BASTEI
LÜBBE
TASCHENBUCH

Weitere Titel der Autorin:

Das tiefe Blau des Meeres
Der Leuchtturm auf den Klippen

Über die Autorin

Marie Lamballe wurde in Hannover geboren. Ihre Liebe zu Frankreich entdeckte sie bereits früh; sie studierte Französisch und begann schon kurz nach dem Studium mit dem Schreiben. Inzwischen lebt die Mutter zweier erwachsener Kinder in der Nähe von Frankfurt. Ihre Ideen kann sie am besten in ihrem Lieblingscafé entwickeln.

Marie Lamballe

Der Hortensien-garten

Bretagne-Roman

BASTEI LÜBBE
TASCHENBUCH

BASTEI LÜBBE TASCHENBUCH
Band 17542

Dieser Titel ist auch als E-Book erschienen

Originalausgabe

Textredaktion: Ulrike Strerath-Bolz, Friedberg
Titelillustration: © shutterstock/haraldmuc; © Arcangel/Marie Carr; © shutterstock/Milan Vachal; © shutterstock/Paul Briden; © shutterstock/Julia Tsokur; © shutterstock/Sergii Rudiuk; © shutterstock/gdela
Umschlaggestaltung: Kirstin Osenau
Satz: two-up, Düsseldorf
Gesetzt aus der Caslon
Druck und Verarbeitung: CPI books GmbH, Leck – Germany
Printed in Germany
ISBN 978-3-404-17542-0

3 5 7 6 4

Sie finden uns im Internet unter www.luebbe.de
Bitte beachten Sie auch: www.lesejury.de

Prolog

Ein See bei Huelgoat, Sommer 1930

Die Hitze lastete wie eine Glocke auf dem See. Still lag seine Oberfläche, ohne Bewegung, ohne Wellen, nur hie und da blitzte es in seiner Mitte kurz auf, wenn ein Fisch nach oben stieß, um ein Insekt zu schnappen. Die späte Nachmittagssonne spiegelte den Wald so deutlich auf dem Wasser, dass man jeden Ast, jedes Blatt, jeden Halm erkennen konnte. Brocéliande, der Zauberwald, war schweigsam wie der See.

»Ich halt es nicht aus«, rief Sema und wischte sich stöhnend die schweißnasse Stirn. »Ich zerfließe gleich. Ich platze vor Hitze …«

Die Zwölfjährige begann, die Bluse aufzuknöpfen. Schuhe und Socken hatten beide Mädchen längst von sich geworfen.

»Wir dürfen doch nicht …«, warf Maelle zögernd ein. »Wir haben keine Badeanzüge mit …«

Sema stand schon in Unterhemd und Höschen. Sie war obenherum noch platt wie ein Kind, kein bisschen Busen wollte ihr wachsen. Maelle, die nur ein Jahr älter war, hatte schon hübsche, spitze Hügelchen. Ganz plötzlich waren sie da gewesen, ein paar Tage hatte es nur gedauert, Sema hatte gesagt, man hätte dabei zusehen können.

»Ach was – Badeanzüge«, meinte Sema verächtlich. »Nur ganz schnell hineinlaufen und abkühlen. Und dann wieder anziehen. Oder hast du etwa Angst, die Wasserfee holt dich?«

»Quatsch!«

»Na also. Und danach essen wir den Kuchen, ja?«

Der Pardon, die Prozession zu Ehren der heiligen Anna, hatte den ganzen Tag gedauert. Es war unfassbar heiß und staubig gewesen, die Frauen in ihren schwarzen Trachten mit den weißen Hauben waren in der Hitze fast verglüht. Zwei waren ohnmächtig geworden, die alte Anne Seznec und Joanna Prigent, die im vierten Monat schwanger war. Nachdem sich alle auf dem Dorfplatz vor der Kirche an den langen Tisch gesetzt und Kaffee getrunken hatten, waren die Jugendlichen einer nach dem anderen verschwunden, um eigene Wege zu gehen.

Maelle ließ den Blick am Seeufer entlangschweifen. Eichen und Buchen reckten ihre Äste bis zum Wasser hin. Drüben, wo die Ruinen des Klosters in den See hineinragten, gab es schlanke Weiden. Dahinter blühten roséfarbene und weiße Hortensien, die längst verblichene Nonnen im Klosterhof gepflanzt hatten. Die Klosterruine war ein verfluchter Ort. In der Nacht, so hieß es, gingen dort ruhelose Seelen um.

Sema hatte ihr blondes Wuschelhaar hochgebunden und lief jetzt nackt, wie Gott sie geschaffen hatte, in den See hinein. Es ging nicht ohne Gekreisch und Gespritze, denn obwohl das Ufer hier flach war, gab es Steine, über die man stolpern konnte.

»Komm doch endlich!«, rief sie der Freundin ungeduldig zu.

Maelle warf einen letzten Blick in die Runde und streifte dann die Kleider ab. Welche Wohltat, die durchgeschwitzten Sachen loszuwerden und das kühle Wasser auf der Haut zu spüren. Zuerst war es angenehm, aber als sie bis über die Oberschenkel im Wasser stand, fand sie es plötzlich kalt. Sie verschränkte die Arme vor der Brust und spürte die noch ungewohnten Wölbungen, die ihr jetzt schrecklich lästig waren. Warum konnte man nicht einfach ein Kind bleiben? Alles wäre leichter. Mamas Vortrag neulich abends in der Schlafkammer hatte sie erschreckt und unbestimmte Ängste geweckt. Sie sei jetzt eine Frau und würde bald zu bluten anfangen. Dafür könne sie die Lumpen in der Truhe benutzen, die aus alten Kleidern zurechtgeschnitten und in eine gestrickte Hülse gesteckt wurden. Und wehe, sie ließe sich mit einem Burschen ein. Dann würde Papa sie grün und blau prügeln …

»Du bist so hübsch«, sagte Sema neidisch. »Ich will auch einen Busen!«

Sie schwamm mit kräftigen Zügen Kreise im grünlichen Wasser, die Sonne ließ ihr Haar leuchten. Maelle tauchte entschlossen bis ans Kinn unter, spürte die schwappende Wasseroberfläche an Mund und Nase kitzeln und bemühte sich, ja keinen Tropfen Wasser zu schlucken. Es hieß, wer das Wasser des Sees trank, über den hatte die Wasserfee Macht. Die wohnte in einem kristallenen Palast in der Mitte des Sees, dort, wohin man besser nicht schwimmen sollte, weil es sehr tief war. Natürlich waren sie alle trotzdem dort gewesen und hatten versucht, den Palast der Wasserfee auf dem Grund zu erkennen. Aber da war alles nur schwarz und unheimlich gewesen, und Semas Bruder Marno hatte später gemeint, der Palast sei ja auch durchsichtig, daher könne man ihn nicht sehen.

Maelle schwamm zu einem umgestürzten Baum, der zur Hälfte im Wasser lag, zog sich an einem der Äste hoch und setzte sich auf den trockenen, sonnengewärmten Stamm. Es war unfassbar schön, hier zu sitzen, den sonnenfunkelnden See vor sich, umfasst vom dichten Wald der Brocéliande, der sich wie ein dunkler, beweglicher Schatten im Wasser spiegelte. Harmlose Wölkchen, flauschig wie Schafwolle, zogen über den Himmel. Zwei Möwen glitten vorüber, flogen weiter nach Norden zur Küste. Drüben zwischen den Klosterweiden wagten sich jetzt ein paar braune und graubunte Enten aufs Wasser, um hinauszupaddeln und ihr Abendbrot zu fischen.

»Gefällt dir auch, wie?«, hörte sie Semas triumphierende Stimme dicht neben sich.

Kühles Wasser spritzte über ihren von der Sonne gewärmten Bauch, sie kreischte auf, lachte, half der Freundin auf den Stamm hinauf. Semas Haut war hell und voller Sommersprossen. Als sie neben ihr saß, zappelte sie mit den Füßen, ließ das Wasser aufspritzen und kicherte vergnügt.

»War eine gute Idee«, gestand ihr Maelle zu.

Sie lehnte sich zurück, schloss die Augen und bot ihr Gesicht der Abendsonne. Wassertröpfchen trockneten kitzelnd auf ihrem Hals, ein kleines Rinnsal rann aus dem feuchten Haar ihren Rücken hinab.

»Heilige Mutter Anna!«

Sema klatschte ihr mit der Hand auf den Oberschenkel, sodass sie erschrocken die Augen aufriss. O Gott, da waren sie. Alle drei. Maelles Brüder Connan und Dustin und dazu Marno. Sie standen drüben am schmalen Waldweg, der nahe am Kloster vorbeiführte und eigentlich verboten war.

»Die können uns sehen …«

Sema rutschte ins Wasser wie ein Fisch, der lautlos in sein Element zurückgleitet, Maelle plumpste hinterher, kam sich schwer und ungeschickt wie ein Sack Mehl vor. Sie schwammen mit hastigen Stößen, als ginge es um ihr Leben, krochen an Land, zerrten Hemd und Unterhose über die nassen Körper, nahmen sich keine Zeit, die Ameisen aus Röcken und Blusen auszuschütteln. Dann saßen sie verärgert und beschämt im Ufergras und starrten hinüber zu den drei Störenfrieden. Richtig eilig hatten die Jungen es eigentlich nicht, sie schwatzten miteinander, feixten, alberten herum.

»Vielleicht haben sie ja gar nichts gemerkt?«, flüsterte Sema, die das Wasser aus ihrem verfilzten Zopf drückte.

»Denkst du, die sind blind?«

Sema zuckte die Schultern und behauptete, es könne ihnen ja im Grunde egal sein. Früher, als sie ganz klein waren, hätten sie alle miteinander nackig im See gebadet, da müsse man sich jetzt nicht so anstellen.

Maelle schwieg. Sie dachte an den Vortrag ihrer Mutter. Wenn Dustin oder Connan es Mamm erzählten, dann würde es schlimm. Dustin würde das nicht tun, aber Connan ganz sicher …

Erst als die drei schon dicht heran waren, fiel ihnen der Kuchen ein. Sie hatten sich an der Festtafel ein paar Stücke abgeschnitten und den mit einem Küchentuch bedeckten Teller mitgenommen. Für die alte Gwen, hatte Sema ihrer Mamm erklärt. Da hatte man sie ziehen lassen. Sie hatten der alten Frau, die unbeweglich wie tot in ihrem Bett lag, nur scheu eines der Kuchenstücke auf den Nachttisch gelegt, dann waren sie mit ihrem Teller durch den Wald zum See gelaufen.

Natürlich hatte Connan das Küchentuch und den Teller darunter längst erspäht. Connan war schon fünfzehn, groß und sehnig wie Tad, und er hatte die gleichen hellen, scharfen Augen.

»Mamm hat dich gesucht, Maelle!«, rief er ihnen entgegen. »Du solltest Kaffee einschenken und Tante Iwa beim Crêpebacken helfen.«

Maelle schwieg. Connan war einer, der es schaffte, immer recht zu haben. Immer auf der guten Seite zu stehen. Der kluge, besonnene, vernünftige Connan.

Sema war nicht beeindruckt. Kein Wunder – Connan war ja auch nicht ihr Bruder.

»Ach ja?«, meinte sie ungläubig und blinzelte Connan an. »Und da hat eure Mamm dich ausgeschickt, uns herbeizuschaffen?«

Sema hatte etwas an sich, das Connan verlegen machte. Das war immer schon so gewesen. Wahrscheinlich war es die Art, wie sie den Kopf zur Seite legte und ihn anblinzelte.

»Das hab ich nicht gesagt«, knurrte er und sah an ihr vorbei. »Und von dir war sowieso nicht die Rede …«

Der elfjährige Dustin, Maelles jüngerer Bruder, hatte eine Ecke des Küchentuchs gelupft, um zu sehen, was darunter verborgen war. »Das ist Tante Iwas Königskuchen … Und gleich drei dicke Stücke … Da kriegen wir was ab, oder?«

»Finger weg!«, befahl Maelle. »Das gehört uns. Du hast dir auf dem Fest schon den Bauch vollgeschlagen.«

Dustin zog die Wangen nach innen und bot das Bild eines hohlwangigen Hungerleiders. »Nur ein Eckchen …«

»Hör auf mit den Faxen.«

»Heute ist der Tag der heiligen Anna!«

»Was hat das damit zu tun?«

»Da müssen alle Mädchen ihren kleinen Brüdern Kuchen schenken.«

»Das hast du geträumt, Dustin«, lachte Maelle.

»Gib ihm schon was!«, unterbrach Sema das Wortgefecht. »Ihr bekommt alle etwas ab. Setzt euch hin – ich teile aus!«

Ihre einladende Geste hatte etwas von einer reichen Hofherrin, die ihre Knechte zu Tisch lädt. Dustin hockte sich ohne Umschweife neben sie, Connan zögerte zunächst, wechselte einen Blick mit Marno, der die ganze Zeit über schweigend daneben gestanden hatte, und erst als auch Marno sich im Ufergras niederließ, suchte sich Connan einen Sitzplatz auf einer vorstehenden Baumwurzel.

»Es wird ehrlich geteilt!«, bestimmte Sema.

»Drei Kuchenstücke in fünf Teile – das geht gar nicht!«, feixte Dustin.

»Wer die größte Klappe hat, bekommt das kleinste Stück!«

Connan schlug vor, jedes Kuchenstück in fünf Teile zu schneiden, und stellte sein Taschenmesser zur Verfügung. Sema nahm das Angebot an und säbelte drauflos. Dustin meinte schließlich, es sei wohl einfacher, alles zu zerkrümeln und mit dem Löffel zu essen. Semas Backpfeife wich er geschickt aus. Schließlich ließ sich auch Connan zu einem Lächeln herab, weil Sema ihm einen der größeren Happen zuteilte, und Dustin behauptete, hier draußen am See schmecke der Kuchen ganz anders und viel besser.

»Das muss an der Ameise liegen, die du eben mitgegessen hast!«, bemerkte boshaft der große Bruder.

»Bäh …«

Gelächter kam auf, steckte alle an. Auf einmal waren sie wieder die verschworenen Freunde, die Kinder der LeHaziff und der Tabarly, deren Höfe nebeneinander lagen, sodass die Kleinen immer miteinander gespielt hatten. Sie hatten stets zusammengehalten gegen die anderen Kinder aus Plouvan, sie waren etwas Besonderes, lebten wie Geschwister, saßen gemeinsam mal hüben, mal drüben am Tisch, schliefen alle miteinander in der großen Scheune der Tabarly, trafen sich bei Regenwetter auf dem Dachboden der LeHaziff, wo man zwischen Schmalztöpfen, eingemachtem Obst und Säcken mit Korn und Buchweizen so wunderbar Verstecken spielen konnte.

Alles ist wie immer, dachte Maelle erleichtert. Dann spürte sie Marnos Augen, die schon die ganze Zeit auf sie gerichtet waren, und sie wusste, dass es nicht stimmte. Marno war sechzehn, im Winter war er unfassbar gewachsen, jetzt überragte er sogar seinen Tad, worüber viel gewitzelt wurde. Er war nicht glücklich über das rasche Wachstum gewesen, zumal er erschreckend dünn blieb und sein Haar einen immer stärker werdenden Stich ins Rötliche aufwies. Feuerkopf, hatte Dustin gewitzelt. Rotbarbe. Rotkopf. Marno hatte dazu verlegen gelächelt; er war keiner, der sich gegen dumme Witze zur Wehr setzte. Marno war sanft und redete nur wenig. Heute hatte er noch gar nichts gesagt. Nur geschaut hatte er. Mit braunen, verträumten Augen, die jedoch nicht minder scharf waren als die von Connan.

»Warum starrst du mich so an?«, fragte Maelle, die sich unter diesem Blick unbehaglich fühlte. Hatte er sie vorhin gesehen? Als sie nackt auf dem Baumstamm saß?

Marno hatte ebenso wie Sema jede Menge Sommersprossen im Gesicht. Trotzdem konnte man sehen, dass er errötete. Vor allem an seinen Ohren sah man es gut.

»Ich war … ich hab an etwas anderes gedacht …«

Er schaute jetzt angestrengt zum gegenüberliegenden Seeufer, wo die Enten auf den niedrigen Mauerresten der Klosterruine hockten. Die Hortensienbüsche leuchteten in blassem Rosa.

»Woran denn?«, wollte Sema belustigt wissen.

Marnos Gesicht wurde noch ein wenig dunkler. Er sah seine Schwester vorwurfsvoll an.

»Er denkt über die Hexe nach«, kam ihm Dustin zu Hilfe.

Alle wussten, was er meinte. Drüben im alten Klostergarten gab es zwischen den wilden Hortensien und allerlei Gestrüpp einen Brunnen. Er war aus Sandstein gemauert und von Moos bewachsen, früher hatten die Nonnen dort ihr Wasser geschöpft. Damals – so hatte es Madame LeBoff, die Lehrerin, erklärt –, damals war der wilde Hortensiengarten der Kreuzgang des Klosters gewesen. Mauern hatten ihn umgeben, die jetzt umgestürzt waren, und in der Mitte hatte der Brunnen gestanden. Er hatte sogar einmal eine schmiedeeiserne Haube gehabt, und darauf hatte eine Statue der Jungfrau Maria gestanden. Die war aber bei einem Gewitter vom Blitz getroffen worden und zerborsten. Gesehen hatte das niemand, aber ein Professor aus Paris, der sich für alte Klöster interessierte, hatte dort herumgesucht und gesagt, die Trümmer der Jungfrau befänden sich unter dem Gras. Die Reste der eisernen Haube waren schon vor langer Zeit verschwunden.

Er hatte auch Maelles Großtante Iwa befragt, die alle Sagen und Geschichten kannte. Auch die ganz alten, die schlimmen, von denen der Abbé sagte, es sei böser Aberglaube und eines Christenmenschen unwürdig. Aber Iwa scherte sich nicht um den Abbé, und das war gut so, denn für kalte, dunkle Winternachmittage gab es keinen besseren Ort als Iwas Kaminstube. Wenn sie erzählte, hatte man das Gefühl, all die Hexen, Feen und Zwerge schauten ihr über die Schulter, und man empfand ein wohliges Gruseln.

»Die Groac'h ist noch im Brunnenschacht gefangen«, meinte Dustin. »Es sei denn, jemand hat den Stein vom Rand genommen.«

Die Geschichte der Hexe Groac'h hatte besonders die Gemüter der Jungen erregt. Schön war sie gewesen, eine Fee mit langem, seidigem Haar und Augen wie blaue Edelsteine. Großtante Iwa hatte auch ihren weißen Körper beschrieben, da hatten die Knaben verlegen gegrinst, die Ohren aber weit aufgesperrt. Wenn die Frauen in den alten Geschichten schön waren, dann handelte es sich ganz sicher um arge Huren und Sünderinnen. Die Groac'h war eine Fee und konnte zaubern. Sie nahm sich jede Nacht einen anderen Mann, den sie am Morgen in ein Tier verwandelte. Dafür machte Gott sie zur Strafe zu einer scheußlichen Hexe und sperrte sie in den Brunnenschacht. Solange der Stein mit dem eingeritzten Kreuzzeichen auf dem Brunnenrand lag, war sie an diesen Ort gebannt. Manchmal, wenn der Wind über Wald und See fegte, konnte man die Groac'h im Brunnen heulen hören.

»Leid tut sie mir schon«, meinte Sema nachdenklich. »Es muss da drinnen ziemlich feucht und modrig sein.«

»Ja«, stimmte Connan zu. »Voller Frösche und Asseln. Sicher auch Wasserspinnen.«

»Und eng … Und ganz dunkel …«, erweiterte Dustin die Szene.

»Tja – das kommt davon. Sie hat's aber auch gründlich verdient«, fand Connan. »Dass sie bis zum Jüngsten Gericht da unten sitzt, ist nur gerecht.«

Maelle war anderer Ansicht. Schon weil sie sich über Connan ärgerte. Wieder einmal war er auf der guten Seite. Es war gerecht. Die Hexe hatte es verdient. Für ihn war die Welt so leicht zu verstehen, es gab Gut und Böse, mehr nicht.

»Ich finde, dass sie lange genug gebüßt hat. Tausend Jahre oder mehr – das reicht ja für drei Sünder und zwei Teufel aus …«

Sema fing an zu lachen. Dann stand sie Maelle zur Seite. Jawohl, die arme Groac'h hatte lange genug im Brunnen gesessen.

»Was meinst du, Dustin? Sollten wir den Stein wegnehmen?«

»Unbedingt«, fand Dustin.

Connan grinste überlegen und meinte, es sei jetzt langsam Zeit, ins Dorf zurückzukehren. Tatsächlich war die Sonne hinter die hohen Baumwipfel gesunken und das Licht, das durch das Gezweig blitzte, warf unstete Streifen über den dunkler werdenden See. Auf dem Dorfplatz würde man jetzt die Lampions und Kerzen anzünden, Teller mit Fisch, Wurststücken und Brot würden aufgetragen, die Gläser mit Bier und Cidre, wohl auch mit Calvados und anderem gefüllt. Man saß nach einem Pardon oft noch lange beieinander, schwatzte, phantasierte, lachte – mitunter wurde auch gestritten oder es gab eine richtige Prügelei. Connan, der seit einem Jahr mittrinken durfte, zog es jetzt dorthin.

Sie klopften Sand und kleine Steinchen aus den Kleidern, bevor sie losgingen, Sema nahm den Teller, Maelle das Küchentuch. Ohne sich abgesprochen zu haben, liefen sie am Seeufer entlang, stiegen über umgestürzte Stämme, kämpften sich durch hohes Gras. Der Waldweg, der im Bogen zum Dorf hinüberführte, hätte weniger Hindernisse geboten, außerdem war er der erlaubte Weg, während sie nun dem Kloster zustrebten. Doch heute war nicht der Tag der erlaubten Wege.

Die Enten hatten schon die Köpfe unter die Flügel gesteckt. Als sie die Eindringlinge hörten, starrten sie sie mit erstaunten, glänzenden Augen an, einige quakten verärgert. Zwei ängstliche Erpel flogen über den See zum anderen Ufer.

Marno blieb bei den bemoosten Steinblöcken stehen, kreuzte die Arme vor der Brust und sah Maelle herausfordernd an.

»Du willst also, dass der Stein fortgenommen wird, ja?«

Maelle blieb verblüfft stehen und wechselte einen Blick mit Sema. Was war denn in Marno gefahren? Der zählte doch sonst nicht zu den Waghalsigen.

»Was meinst du damit?«, fragte Maelle unsicher zurück.

»Wenn du das willst, dann geh ich hinein und lege den Stein auf die Erde.«

Marno, der sommersprossige Schlacksel mit dem Rotschopf, er wirkte plötzlich wie einer, der zu allem entschlossen war. Es war so beeindruckend, dass Maelle verstummte. Auch den anderen fiel nicht viel ein, nur Dustin murmelte:

»Wir dürfen da nicht rein … da gehen die Geister um …«

Marno wartete ein Weilchen, mit gekreuzten Armen und festem Blick. Aus dem rötlichen Haarschopf ragten die noch röteren Ohren. Trotzdem erschien er Maelle sehr beeindruckend, wie er da stand. Als alle schon glaubten, er würde mit dem Quatsch aufhören, drehte er sich um und kletterte über die bemoosten Steine, die einmal zur Klostermauer gehört hatten.

»Der macht das tatsächlich …« flüsterte Connan, mehr erstaunt als bewundernd.

Atemlos sahen sie zu, wie Marno zwischen die blühenden Hortensienbüsche kletterte, kratziges Weißdorngezweig beiseiteschlug, über Steinbrocken stieg. Der Brunnen war jetzt im Sommer völlig zugewuchert. Im Winter, wenn alles kahl war, sah man ihn besser.

»Marno!«, rief Maelle, die es mit der Angst bekam. »Marno, komm zurück!«

Er antwortete nicht, verschwand im dunklen Wacholdergestrüpp. Tauchte nicht wieder auf.

»Und wenn die Hexe ihn geholt hat?«, wisperte Dustin.

»Die Hexe wohl nicht«, meinte Connan. »Die sitzt ja im Brunnen. Aber der Teufel.«

Sema stellte den Teller auf einen Stein und kletterte über die Mauerreste. Maelle folgte ihr, weil sie begriff, dass Sema ihrem Bruder gegen den Teufel beistehen wollte. Was sehr mutig von ihr war, daher würde sie Hilfe brauchen. Auch die beiden Jungen stiegen jetzt über die bemoosten Ruinen, allerdings plagte sie weniger die Sorge als die Neugier.

»Marno! Tu's nicht! Lass den Stein liegen …«, rief Maelle, so laut sie konnte.

Ihre Stimme klang dumpf – Gras, Moos und das alte Gemäuer dämpften den Ton. Von irgendwoher war ein Summen zu hören, zunächst fein, dann lauter, feindlich, gefährlich. Gezweig knackte, ein Schrei erklang, eine wild gewordene Windmühle stürzte auf sie zu. Marno wedelte mit beiden Armen durch die Luft, rannte an ihnen vorbei, stolperte, raffte sich auf, kämpfte immer weiter mit wütenden Armschlägen gegen einen unsichtbaren Feind.

Sema begriff als Erste. Sie fasste Marno bei der Hand und riss ihn und die anderen mit sich fort. Zum See hinunter. So schnell wie möglich. Ins Wasser hinein und untertauchen. Anders konnte man sich vor einer Schar wütender Wespen nicht retten.

Einer nach dem anderen liefen sie in den See hinein, tauchten unter, spritzten, schwammen zum anderen Ufer hinüber, wo sie die Plagegeister endlich loswurden.

»Und?«, fragte Sema später, als sie nass und von Wespenstichen angeschwollen heimwärts gingen. »Hast du den Stein weggenommen?«

Marno war so zerstochen, dass er vor Schmerz kaum sprechen konnte. Er schüttelte nur den Kopf.

I

Plouvan, Sommer 1939

Die Kartoffelpflanzen waren in Reihen angeordnet und angehäufelt, die Rinnen dazwischen schon wieder voller Unkraut.

Maelle zog ihr Kopftuch zurecht, das über das linke Ohr gerutscht war, und warf einen besorgten Blick zum Himmel. Von Westen zog dunkles Gewölk heran – sie würden wieder einmal nass werden. Ihre Mutter, die zwei Reihen neben ihr die Hacke schwang, ließ sich nicht aus der Ruhe bringen. Mari LeHaziff war eine kleine, gedrungene Frau. Wenn sie das Unkraut aus dem Boden zog, bückte sie sich aus der Hüfte heraus, knickte einfach mit gespreizten Beinen nach vorn, ohne die Knie zu beugen. Alle Bäuerinnen in der Gegend bückten sich auf diese Weise, es schonte die Knie, hieß es. Maelle fand jedoch, dass es peinlich aussah, wenn die Frauen ihre Kehrseite so hochstreckten.

Sie hatte mit Sema oft Witze darüber gemacht. Sema hasste die Landarbeit, das eintönige Unkrautjäten auf den von Hecken umschlossenen Äckern, das mühsame Ernten des Buchweizens, das Dreschen, Heumachen, das schweißtreibende Rühren beim Marmeladekochen. Sema war gerade einundzwanzig geworden, sie wollte so schnell wie möglich fort aus Plouvan. Nach Morlaix. Oder Brest. Vielleicht auch Lannion. Auf jeden Fall in eine Stadt, wo man eine »anständige« Arbeit finden konnte. Eine Arbeit, bei der man nicht ständig mit rissigen Händen und dreckgeränderten Fingernägeln herumlief.

»Mach zu!«, rief die Mutter streng zu Maelle hinüber. »Steh nicht herum und träum!«

Maelle hackte emsig, sammelte das Unkraut aus dem Boden, warf es in den Korb, hackte weiter, sammelte, warf es in den

Korb. Der war jetzt voll, sie musste ihn auf die Schulter heben und an dem dafür vorgesehenen Platz dicht bei der Hecke ausleeren. Im Vorübergehen sah sie, dass einige der Kartoffelpflanzen schon weiße Blüten hatten. Ein roter Käfer war unvorsichtig genug, sich erwischen zu lassen. Kartoffelkäfer musste man sofort umbringen, denn wenn sie sich vermehrten, konnten sie die Ernte verderben. Sie fraßen das ganze Kraut ab, sodass die Knollen im Boden nicht richtig gediehen.

Mutter und Tochter hielten sich wacker, schafften es bis zur letzten Reihe, leerten noch ihre Körbe aus und legten die Gerätschaften auf die hölzerne Schubkarre. Wind war aufgekommen, er trieb feinen Nieselregen herbei. Der lange Rock der Mutter bauschte sich, während sie die Karre den Weg entlang zum Dorf schob. Maelle ging hinter ihr her, fröstelte ein wenig und überlegte schon, wie sie nach dem Abendbrot noch schnell in die Scheune der Tabarly entwischen könnte. Es gab ein paar Dinge, die sie unbedingt mit Sema besprechen musste.

»Maelle!« Die Mutter drehte sich um und ruckte auffordernd mit dem Kopf. Geh neben mir her, ich will mit dir reden, bedeutete die Geste. Maelle gehorchte, wenn auch unwillig. Was Mamm ihr zu sagen hatte, konnte sie sich denken. Schließlich redete sie seit Wochen von nichts anderem.

Dieses Mal zog die Mutter die Angelegenheit von einer neuen Seite auf.

»Es wird Krieg geben, Maelle.«

Ach du lieber Herr Jesus! Immer diese Unkenrufe. Wahrscheinlich kam das daher, weil die Eltern den Weltkrieg noch in Erinnerung hatten. Da waren zehn oder elf junge Männer aus Plouvan umgekommen, man konnte ihre Namen auf dem Gedenkstein bei der Kirche lesen. Joel Seznec hatte einen Arm verloren und Ael, der Vater von Joanna Prigent, war mit einem Holzbein zurückgekommen. Als ob irgendjemand Lust auf einen neuen Krieg haben könnte!

»Wer sagt das, Mamm?«

Ihre Mutter bugsierte die Schubkarre durch eine tiefe Pfütze, die Hacken klapperten, einer der Körbe fiel herunter. Maelle beeilte sich, ihn aufzuheben und zurück auf die Karre zu stellen. Der Nieselregen wurde stärker, ihre Mutter beugte sich vor, um das Gesicht mit dem Ärmel zu wischen.

»Patrik hat es gesagt …«

Maelle lachte ungläubig. Patrik Tabarly, ihr Nachbar, bekam aus Morlaix eine Wochenzeitung geschickt, die nach Ansicht seiner Frau Armelle die pure Geldverschwendung war. Aber Semas Vater war der Ansicht, dass man auf dem Laufenden sein musste, sonst machten die da oben in Paris, was sie wollten.

»Patrik – der sagt heute dies und morgen das«, erwiderte sie leichthin. »Je nachdem, was er gerade in der Zeitung gelesen hat.«

Aber Mamm schüttelte stur den Kopf. Nein, dieses Mal war es ernst. »Tante Iwa hat es auch gesagt …«

Maelle zuckte die Schultern. Tante Iwa sollte besser bei ihren Geschichten bleiben, dachte sie, wagte aber nicht, es laut zu sagen, um Mamm nicht aufzubringen. Ihre Mutter gab viel auf Tante Iwas Meinung; sie behauptete, Iwa habe schon oft Dinge vorhergesagt, die später eingetroffen seien. Maelles Einwand, dass Tante Iwa auch viel erzählt habe, was sich als Irrtum erwies, ließ Mamm nicht gelten.

»Warten wir es einfach ab, Mamm. Wir können es ja doch nicht ändern«, meinte Maelle versöhnlich.

»Ändern können wir es freilich nicht«, gab die Mutter zurück. »Aber Vorsorge treffen, das können wir …«

Ah, daher wehte der Wind. Maelle warf einen abschätzenden Blick zum Dorf hinüber. Wenn sie nur schon auf dem Hof wären, da könnte sie rasch die Hühner in ihren Stall sperren, damit der Fuchs sie über Nacht nicht holte. Mamm würde Schubkarre und Geräte in der Remise verstauen und darüber ihre Predigt vergessen. Aber leider war es noch ein gutes Stück bis zum Dorf, und die Mutter schien es nicht eilig zu haben.

»Verstehst du, Maelle? Vorsorgen für den Hof, für den Besitz. Damit es weitergeht, auch wenn unsere Männer wieder in den Krieg ziehen müssen …«

Maelle ging schneller, es half jedoch nichts, weil ihre Mutter nicht mitzog. Stattdessen blieb sie mitten auf dem Weg stehen, stellte die Schubkarre ab und richtete das Kopftuch.

»Wir werden nass, Mamm …«

»Ist das deine einzige Sorge?«, fuhr die Mutter sie zornig an. »Ich will jetzt endlich von dir wissen, ob du zu Verstand gekommen bist. Marno hat gestern mit deinem Tad geredet …«

Maelle drehte sich ärgerlich zur Seite. Dieser Feigling! Ging zu Tad, um hinter ihrem Rücken zu verhandeln. Anstatt zu ihr zu kommen. Na, dem würde sie was erzählen!

Die Mutter war aber noch längst nicht fertig. Sie packte Maelle beim Arm und zwang sie, ihr ins Gesicht zu sehen.

»Worauf wartest du? Auf einen Prinzen? Einen schönen Ritter, der für dich in den Kampf reitet? Wach auf, Maelle! Wir leben nicht im Wolkenland, sondern hier in Plouvan. Marno ist der Hoferbe, und er will dich zur Frau nehmen. Das ist ein großes Glück für dich. Der Besitz der Tabarly ist dreimal so groß wie der unsere, du wirst also eines Tages die reichste Bäuerin von Plouvan sein …«

»Ja, Mamm …«

Wenn ihre Mutter sich so in Rage redete, hatte es wenig Zweck zu widersprechen. Und natürlich – es war alles sehr vernünftig, was sie da sagte. Mamm war überhaupt eine vernünftige Frau, von ihr hatte Connan seine nüchterne Art. Connan, der so gerne Sema geheiratet hätte. Nicht nur, weil er in sie verliebt war. Connan hatte ganz sicher auch an die Mitgift gedacht …

»Was ist los?«, fuhr die Mutter aufgebracht in ihre Gedanken hinein. »Bekomme ich eine Antwort?«

»Was willst du denn hören, Mamm?«

Die ausweichende Gegenfrage machte die Mutter erst richtig wütend. Sie riss an Maelles Arm, schüttelte sie, schalt sie ein freches Ding. »Dass du Marno dein Jawort geben wirst, das will ich hören!«

Maelle stand mit gesenktem Kopf, wischte sich das regennasse Gesicht mit dem Handrücken, zog den Knoten ihres Kopftuchs fest.

»Aber das kann ich dir nicht versprechen …«

Die Mutter ließ ein tiefes, zorniges Stöhnen hören. Es klang wie: Dieses Kind bringt mich noch ins Grab. »Und warum nicht?«

»Weil … weil ich … Er hat mich ja nicht einmal gefragt!«

Dieses Argument schien der Mutter einzuleuchten. Sie nickte und fasste die hölzernen Griffe der Schubkarre.

»Am Sonntag nach der Messe wird er es tun.«

Maelle gab keine Antwort, und auch die Mutter schien nichts hinzufügen zu wollen. Sie hob die Karre an und setzte den Weg fort. Am Sonntag also. Falls Marno den Mut aufbringen würde. Aber wenn er schon mit Tad geredet hatte, dann schien er jetzt wirklich Ernst zu machen.

Maelle hatte im Grunde nichts gegen Marno. Er war ein lieber Kerl, immer hilfsbereit, immer rücksichtsvoll. Ein freundlicher Schatten, ein sanfter Begleiter ohne eigenen Willen, dienstfertig, unsichtbar, langweilig. Nur selten unternahm er den Versuch, etwas Besonderes zu wagen. Etwas, was die anderen beeindrucken könnte. Damals, als sie im See gebadet hatten – wie lange war das jetzt her? Fast neun Jahre – du liebe Zeit. Da hatte er ganz plötzlich den Helden spielen wollen. Es war ihnen allen jedoch schlecht bekommen. Besonders Marno hatte es damals schlimm erwischt. In der Nacht musste Tad ihn ins Krankenhaus nach Morlaix fahren, weil Marno keine Luft mehr bekam und sie Angst hatten, er könnte sterben. Danach hatte er nur noch zweimal den Angeber gemacht. Einmal im darauffolgenden Winter. Da hatte er mit Connan gewettet, er könne auf dem dünnen Eis bis zur Mitte des Sees gehen. Natürlich war er eingebrochen, Connan hatte vorsichtshalber schon ein langes Seil mitgebracht, damit sie ihn herausziehen konnten. Das andere Mal – vor vier Jahren – hatte er bei Erwan LeBlochs Hochzeit zu viel getrunken und sich geprügelt. Er war sogar auf Dustin losgegangen. Connan und Tad hatten den wild um sich schlagenden Rotschopf schließlich gepackt und in die Remise gesperrt, damit er dort wieder nüchtern wurde. Die Zeit danach hatte er kaum gewagt, Maelle anzuschauen, so sehr schämte er sich. Sie hatte das rührend gefunden, Sema aber war ärgerlich auf ihren Bruder gewesen.

»Es ist schade, dass er solch ein Dummkopf ist. Eigentlich hättet ihr beide doch gut zueinander gepasst.«

»*Eigentlich* hätte Connan doch gut zu dir gepasst, Sema …«

»Ganz bestimmt nicht!«

»Siehst du!«

Ganz früher, als sie noch kleine Mädchen waren, hatten sie sich vorgestellt, dass jede den Bruder der anderen heiraten würde, damit sie für immer nebeneinander wohnten. Damals erschien ihnen eine Heirat die einfachste Sache der Welt. Man ging miteinander in die Kirche, dann wurde ein großes Fest im Dorf gefeiert, und schon war man Mann und Frau. Maelle wollte zwei Töchter und einen Sohn haben, Sema fand drei Söhne und eine Tochter besser. Die würden dann natürlich miteinander spielen, mal hüben, mal drüben, so wie sie es auch hielten …

Die schöne Vorstellung bekam erste Risse, als sie in die Schule kamen und Sema sich in Erwan verliebte. Sie war sechs Jahre alt und er neun, aber sie liefen miteinander über die Apfelwiesen, und Sema küsste Erwan auf den Mund. Später lachte sie darüber und meinte, es seien nur Kindereien gewesen. Aber sie wisse jetzt, dass man verliebt sein musste, um einen Mann zu heiraten.

Maelle war damals sehr traurig gewesen, weil Sema behauptete, sie könne auf keinen Fall Connans Frau werden, weil sie ihn nicht liebte. Maelle hielt noch ein wenig länger an ihrem kindlichen Plan fest – erst als sie zwölf war und ein Buch über die Artussage in die Finger bekam, war Marno als Ehemann aus dem Rennen. Mit heißen Wangen las sie von Lanzelot und Guinevere, von König Artus und den tapferen Rittern der Tafelrunde, von Merlin, dem Zauberer, der von der Fee Viviane verführt wurde und in ewigen Schlaf sank.

Nein, sie war nun genau wie Sema der Meinung, dass man ohne Liebe nicht heiraten durfte. Und Marno hatte leider nichts an sich, was Maelle dazu veranlasst hätte, sich in ihn zu verlieben.

Die Vorstellung, sich von ihm anfassen und küssen zu lassen, war nicht angenehm. Und das andere, von dem sie inzwischen ziemlich genau wussten, wie es ablief, das mochte Maelle mit Marno schon gar nicht tun. Sie hatten Erwan und seine Braut Annik dabei beobachtet. Sie taten es an einem Sommerabend auf der Apfelwiese, und sie stöhnten so laut dabei, dass Joel Prigent, der Besitzer der Wiese, herbeilief und sie davonjagte.

Nur die Eltern, vor allem die Mütter, hielten an dem längst vergessenen und verworfenen Plan fest. Weil es vernünftig sei. Und weil die Liebe oft nach der Hochzeit käme. So sei es im Dorf schon immer gewesen.

»Ein Strohfeuer ist das, was du für Liebe hältst«, hatte die Mutter gesagt. »Stroh ist leicht angezündet und brennt rasch aus. Für ein gutes Kaminfeuer aber braucht man trockenes, abgelagertes Buchenholz, man muss die Scheite sorgfältig aufschichten und nur obendrauf eine Schicht Reisig legen. Wer solch ein Feuer entzündet, der kann lange Zeit im Warmen sitzen …«

Tatsächlich aber hatte Tad ihr einmal verraten, dass er seinerzeit ganz verrückt nach der hübschen, lebhaften Mari gewesen sei. Das Feuer musste damals ziemlich hoch gelodert haben, denn Connan kam schon sechs Monate nach der Hochzeit zur Welt.

Zu Mamms Plänen sagte Tad nichts. Er überließ diese Dinge seiner Frau und würde sich erst einmischen, wenn es ernst war und ein Vertrag ausgehandelt wurde. Das machten alle Väter so.

Am Abend saßen sie wie immer am langen Tisch vor dem Kamin, in dem heute sogar ein Feuer brannte. Großtante Iwa hatte darum gebeten, weil ihr oft kalt war, sogar im Sommer, wenn eigentlich kein Holz verbraucht werden musste. Sie war alt geworden, die Großtante, nur selten erzählte sie noch ihre Geschichten, und wenn sie es tat, dann redete sie leise und sehr langsam. Das lag daran, dass sie kaum noch Zähne im Mund hatte. Aber sie thronte immer noch auf ihrem Platz gleich neben Tad, der vorn beim Kamin saß und von Mamm immer als Erster den Teller gefüllt bekam. Mamm hatte ihm gegenüber ihren Platz, dann kamen die Kinder: Connan und Dustin saßen bei Tad, Maelle neben ihrer Mutter. Danach die beiden Mägde, Swana und Annik, auf der anderen Tischseite der alte Tin, der die Kühe versorgte, und der Hütejunge. Meist auch zwei oder drei Knechte, die im Sommer bei der Ernte halfen und dafür bezahlt wurden. Im Herbst mussten sie gehen, weil man sie im Winter nicht mit durchfüttern konnte.

Kamen Gäste, dann setzte man sie dazwischen. Wobei Mamm streng darauf achtete, dass die Rangfolge eingehalten wurde. Immer saßen die Knechte und Mägde am unteren Ende des langen Tisches, und wenn der Platz auf den Bänken knapp wurde, dann mussten sie eben zusammenrücken.

Maelle liebte diese gemeinsame Abendmahlzeit. Die Arbeit war getan, man hatte das Recht, auszuruhen, lustig zu sein, auch genügend Cidre zu trinken. Die Kinder schwatzten drauflos, lärmten, zogen die Köpfe ein, wenn sie zurechtgewiesen wurden, um gleich darauf unbefangen weiterzureden. Mamm füllte die Teller mit Eintopf, der Korb mit Brot wurde herumgereicht,

Krüge mit Wasser und Cidre machten die Runde. Wenn aber Tad etwas mit lauter Stimme sagte, herrschte augenblicklich Ruhe und alle hörten ihm zu. Meist ging es dann um die anstehenden Arbeiten, zu denen er die Knechte einteilte, um Kühe und Kälber, weggelaufene Schafe oder Hühner. Es kam auch vor, dass die Knechte nicht in Frieden miteinander waren, dann wies er den einen oder anderen zurecht. Fortgeschickt hatte er noch keinen. Sie waren junge Burschen, Bauernsöhne oder auch Fischer, die daheim kein Erbteil erwartete und die ihr Glück auf eigene Faust suchen mussten. Der eine oder andere hatte Maelle Blicke zugeworfen, ihr auch zugelächelt, doch die Mutter hatte stets dafür gesorgt, dass es dabei blieb.

Heute war das leidige Thema »Krieg« an der Reihe, das – wie es schien – nicht nur Patrik Tabarly umtrieb, sondern auch Tad beschäftigte.

»Sie sind gefährlich, die Deutschen«, sagte Tad zu Connan. »Glaub es mir. Auch wenn wir sie zu Boden gezwungen haben – sie stehen wieder auf und marschieren …«

»Ach, Tad«, meinte Dustin. »Wenn die Deutschen tatsächlich marschieren, dann bestimmt gegen die Russen.«

Dustin war erst achtzehn, mit dem Mundwerk war er schon immer flott gewesen. Er glich Maelle und der Mutter, hatte blaue Augen und dunkles Haar, ein hübscher Bursche, nach dem sich die Mädchen heimlich umsahen. Der Vater rührte bedächtig in seinem Eintopf und gab keine Antwort. Connan schwieg ebenfalls. In Tads Gegenwart redete er erst, wenn er ganz sicher war, das Richtige zu sagen.

»Die Deutschen«, ließ sich jetzt Großtante Iwa undeutlich hören. »Gib ihnen eine Blechdose und sie machen eine Kanone daraus …«

»Kanonen haben sie schon lange, Iwa«, meinte Dustin unverdrossen. »Aber keine aus Blech. Richtige. Aus Eisen. Und auch Panzer. Weißt du, was ein Panzer ist, Großtante? Das ist ein kleines Haus aus Stahl mit Rädern drunter und einer langen Kanone obendrauf. Darin sitzen Soldaten, die die Kanone bedienen …«

Mamm warf Dustin einen zornigen Blick zu, denn die Großtante ließ vor Schreck den gefüllten Löffel unter den Tisch fallen. Man hörte den Hund schmatzen.

»Keine Räder«, sagte Tad. »Ein Panzer hat Ketten. Er kriecht wie eine Raupe. Ich habe einmal einen Panzer gesehen, damals im Krieg. Wie große Blechkäfer sehen sie aus …«

Er schien noch mehr sagen zu wollen, doch er hielt inne und schwieg. Tad hatte nur selten vom Weltkrieg erzählt, nur dass er in Italien und in Belgien gewesen sei. Auch an der Marne. Später in Deutschland. Als Kriegsgefangener.

»Warum sollten sie Krieg machen, jetzt, wo sie keinen Kaiser mehr haben?«, fragte eine der Mägde vorwitzig.

»Weil sie jetzt den Monsieur Ittler haben«, gab ein junger Knecht zurück. »Der ist der neue Kaiser der Deutschen. Die sagen auch nicht mehr ›Bonjour‹. Die sagen ›Eil Ittler‹ und dabei machen sie so mit dem Arm …«

Er streckte den rechten Arm aus und fuhr der Magd dabei an die Brust. Sie wich zurück und schalt ihn aus, die anderen lachten.

»Die sollen es nur versuchen«, sagte Tad und hielt Mamm den leeren Teller hin. »An der Grenze, da steht eine Festung neben der anderen. Da kommen sie nicht durch. Auch nicht mit ihren Panzern …«

»Maginot« hieß das Zauberwort, das hatte Patrik Tabarly immer wieder gesagt, weil es in der Zeitung stand. Die Maginot-Linie. Da war kein Durchkommen für die deutschen Soldaten. Wie die Hasen würden die französischen Soldaten sie da abschießen. Frankreich war sicher. Und die Bretagne sowieso.

2

Es regnete immer noch, als Maelle über die niedrige Mauer stieg, die den Hof der LeHaziff vom Anwesen der Tabarly trennte. Die Steine, auf die sie die Füße beim Hinüberklettern setzte, waren von unzähligen Tritten abgeschliffen. Jetzt, da sie nass waren, musste man aufpassen, dass man nicht ausglitt.

Komisch, dachte sie. Als ich klein war, erschien mir diese Mauer gewaltig. Connan stieg damals einfach drüber und lachte mich aus. War es nicht Marno, der mir gezeigt hat, wie man die Füße setzt? Ja, das könnte sein. Ich glaube, er hat es auch Sema und Dustin gezeigt. Connan hat sich nie um die jüngeren gekümmert, das war immer Marno …

Der ausgetretene Pfad führte hinter dem Komposthaufen vorbei und an den Gemüsebeeten entlang bis zur Rückseite der nachbarlichen Scheune. Eine Windböe schüttelte die Johannisbeerbüsche, und Maelle musste die Kapuze ihres Regencapes festhalten, sonst wäre sie ihr vom Kopf gerissen worden. O weh – das nasse Wetter würde den Buchweizen niederdrücken und vielleicht auch die Zwiebeln faulen lassen. Es würde wohl kein gutes Jahr werden. Sie sah sich nach dem elterlichen Wohnhaus um, bevor sie die Leiter zum Schlupfloch hinaufstieg. Unten beim Kamin war noch Licht in den Fenstern, das konnten nur Mamm und Tad sein, denn die Mägde und Knechte waren schon hinüber zum Stall gegangen. Sie schliefen dort auf dem Zwischenboden, da war es immer gut warm.

Während sie hinaufstieg, riss der Wind an Regencape und Rock. Beinahe hätte sie einen der alten Holzschuhe verloren. Die trug man bei solchem Wetter, um die teuren Lederschuhe nicht dreckig zu machen. Das Türchen, durch das man auf den

Scheunenboden gelangte, hatte Patrik LeHaziff vor Jahren eingebaut, als hier noch der alte Ziegenstall stand. Es war praktisch, denn so konnte man den Ziegen das Heu einfach hinunterwerfen. Inzwischen gab es einen neuen, größeren Ziegenstall auf der anderen Seite der Scheune – das Türchen aber war geblieben.

Maelle ertappte sich bei dem Gedanken, dass sie eigentlich schon zu alt für solche Dummheiten war. Sie war eine erwachsene Frau. Ob ihr das nun gefiel oder nicht. Die Zeiten, als Sema und sie im Heuversteck saßen, geklauten Kuchen aßen und beim Licht der Stalllaterne Bücher schmökerten, waren vorbei. Und doch hatten sie beide an diesen heimlichen Treffen festgehalten. Sie waren seltener geworden, manchmal wartete man auch vergeblich auf die Freundin, die Besseres zu tun hatte. Aber wenn sie dann beisammen hockten, im Halbdunkel zwischen den alten Holzbalken, in ihrem Nest aus knisterndem Heu – dann war die alte Vertrautheit wieder da. Es gab niemanden auf der Welt, dem Maelle so bedingungslos und offen alle ihre Gedanken anvertraute, wie Sema. Und umgekehrt war es genauso.

Ein schwaches Licht schimmerte durch das Heu – sie war da! Maelle stieg eilig durch die Öffnung und zog das Türchen hinter sich zu, damit der Regen nicht eindrang.

»Ich dachte schon, du kommst gar nicht mehr«, seufzte Sema, die mit angezogenen Beinen neben der Laterne hockte und ein Zeitungsblatt studierte.

»Musste noch abwaschen …«

Maelle nahm das triefende Regencape ab und ließ sich neben Sema nieder. Sie fröstelte ein wenig, es war jedoch ein angenehmes Gefühl und hatte nichts mit der abendlichen Kühle zu tun. Man hörte, wie der Regen auf das Scheunendach trommelte, ab und zu strich eine Windböe heulend um die Scheune, irgendwo klapperte ein loses Brett.

»Liest du etwa auch von diesem dummen Krieg, der angeblich bald ausbricht?«, wollte Maelle wissen.

»Krieg?«, meinte Sema und schüttelte den Kopf. »Das ist doch dummes Geschwätz. Manchmal denke ich, dass mein Tad alt wird. Er hat ständig Angst vor irgendeinem Unglück. Krieg. Krankheit. Sturm. Überschwemmung …«

Beide kicherten fröhlich, lehnten sich eng aneinander und fühlten sich geborgen in ihrem Nest. Es bestand aus einem Rest vom Vorjahresheu, und da die Tiere nun schon lange draußen auf den Weiden waren, würde es ihnen noch ein Weilchen zur Verfügung stehen. Ende Juni wurde wieder Heu gemacht, dann zerstörten die Knechte die kleine Mulde und sie mussten sich eine neue bauen.

»Da, schau – ich habe das Blatt wegen der Anzeige mitgenommen«, sagte Sema und deutete mit dem Finger auf einen dunkel umrandeten, fett gedruckten Text.

Neugierig nahm Maelle die Zeitung in die Hand. Da suchte eine Fabrik Arbeiterinnen. In Morlaix. Eine Fischfabrik. Acht Stunden am Tag, drei bezahlte Urlaubstage, Schichtarbeit, gute Bezahlung …

»Äh!«, meinte sie und verzog das Gesicht. »Da muss man stinkende Fische aufschneiden und die Innereien rausholen. Acht Stunden am Tag. Widerlich. Willst du dich etwa bewerben?«

Sie hatte die Frage nicht ernst gemeint und war verblüfft, als Sema entschlossen nickte.

»Für den Anfang ist das gar nicht schlecht, Maelle. Ich bin nicht empfindlich, ich kann zupacken. Acht Stunden bei guter Bezahlung. Da bleibt noch Zeit …«

»Die wirst du auch brauchen, um den Fischgeruch abzuwaschen.« Maelle schmunzelte. Es war nicht das erste Mal, dass Sema plante, aus Plouvan fortzugehen. Natürlich hatten ihre Eltern gehofft, sie würde Connan heiraten. Dann wäre alles ganz einfach gewesen. Aber Sema mochte Connan nicht leiden, und Maelle, die ihren Bruder kannte, konnte das gut verstehen. Sema hatte eine Weile gehofft, in einem Hotel in Huelgoat Arbeit zu finden. Dort verkehrten viele Touristen, reiche Engländer vor allem, die gute Trinkgelder gaben. Aber es gab schon zu viele Mädchen aus den umliegenden Dörfern, die dort in Stellung gehen wollten – Sema hatte kein Glück gehabt. Auch der Brief an eine entfernte Tante in Brest blieb erfolglos – sie antwortete einfach nicht. Schließlich hatte Sema vorgehabt, einfach auf gut Glück nach Morlaix zu fahren und sich dort eine Stellung zu suchen. Aber das hatten ihre Eltern verboten. Sie war noch nicht volljährig, und Geld für die Reise würde sie auch nicht bekommen.

»Hier auf dem Hof brauchen wir jede Hand«, hatte Armelle, ihre Mamm, gesagt. »Schlag dir die Dummheiten aus dem Kopf!«

Sie hatte wieder zu hören bekommen, dass Anne LeCunff und Britt Guézennec vor Jahren nach Morlaix gegangen waren und dass sie beide ohne Geld, dafür aber schwanger zu den Eltern zurückkehrten. Und natürlich hatte es zu den Kindern keine Väter gegeben.

»Das ist hundert Jahre her, Mamm!«, hatte Sema gestöhnt. »Heutzutage kann eine Frau einen Beruf lernen, sie muss nicht immer nur als Hausmädchen arbeiten.«

»Einen Beruf?«, hatte Armelle laut gerufen. »Heiliger Mériadeg – schütze mein Kind vor einem Beruf. Sünde ist das, was die Frauen in der Stadt tun …«

Sema und Maelle waren sich darin einig, dass man mit ihren Müttern unmöglich reden konnte. Mari und Armelle waren in manchen Dingen recht unterschiedlich, aber wenn es um die Töchter ging, war die eine so stur wie die andere. Oberste Regel: Die Mutter hatte immer recht. Ganz gleich, worum es ging. Die Mutter kannte das Leben, sie wusste, was gut für die Tochter war. Bei den Söhnen war es anders. Zumindest dann, wenn sie eine tiefe Stimme bekommen hatten und mit ihrem Tad Gespräche über die Welt, die Politik und die Arbeit auf dem Hof führten. Da konnten sich Connan, Dustin und auch Marno bei ihren Müttern viel mehr herausnehmen.

Jetzt wollte Sema also nach Morlaix fahren und in einer Fischfabrik arbeiten. Einfach so. Und ganz sicher gegen den Willen ihrer Mamm.

»Und wie willst du dorthin kommen? Hast du Reisegeld?«

»Ich nicht. Aber du.«

Die Zeitung rutschte Maelle von den Knien. Draußen klapperte das lose Brett im Ansturm des Windes, vermutlich gehörte es zur Remise, da war seit einiger Zeit eine Dachlatte locker.

»Ich?«

Sema kicherte und nahm die Zeitung vorsichtshalber wieder an sich. »Pass auf«, sagte sie verschwörerisch. »Ich habe mir das so gedacht …«

Wie mutig sie war! Nie im Leben hätte Maelle gewagt, einen solch wahnwitzigen Plan auszuhecken. Zumal sie ja gar nicht nach Morlaix wollte. Sie liebte ihr Dorf, die Wälder, die es umgaben, die gewaltigen Felsen, den geheimnisvollen See. War hier nicht der Ort, an dem König Artus und seine Ritter einst umhergezogen waren? Schlief der König nicht dort oben in der Grotte seinen langen Schlaf? Natürlich waren das nur Märchen – aber sie waren in Maelles Gemüt sehr lebendig.

»Warum sollte mir Tante Iwa das Geld für die Reise geben?«

»Sie wird es bestimmt tun, Maelle. Hat sie nicht erzählt, dass sie selbst einmal vor Jahren aus Plouvan fortgehen wollte? Und außerdem bist du ihr Liebling …«

Sema konnte sehr überzeugend sein. Sie und Maelle würden in Morlaix ein Zimmer mieten, hatte sie vorgeschlagen. Mitten in der Stadt in einem schmalen, alten Haus unterm Dach. Dort würden sie gemeinsam wohnen, alles miteinander teilen, sich niemals wieder trennen. An den freien Tagen und am Wochenende würden sie die Stadt erkunden, den Hafen anschauen, in der weiten Bucht von Morlaix den Geruch des Meeres atmen.

»Zunächst arbeiten wir beide in der Fabrik. Wenn wir etwas Geld gespart haben, lernen wir Schreibmaschine schreiben. Es gibt Kurse dafür. Dann können wir in einem Büro arbeiten. Da verdienen wir mehr Geld. Wir kaufen uns hübsche Kleider und moderne Schuhe, lassen uns die Haare beim Frisör legen, gehen in ein Tanzcafé ...«

»Du spinnst ja!«, lachte Maelle. »Dir geht es wie dem Mädchen, das den Milchkrug nach Hause trägt und von einem Huhn, einem Schweinchen und dann sogar von einer Kuh träumt. Und weißt du auch, wie die Geschichte ausgeht?«

Sema rollte die Augen. »Das ist eine Lügengeschichte. Glaub mir, Maelle: Wenn man nur fest daran glaubt, dann bekommt man alles, was man haben will.«

»Das sagst du so einfach ...«

Sema faltete das Zeitungsblatt zusammen, bis es ganz klein war, und steckte es in ihre Schürzentasche. Zur Bestätigung klopfte sie noch einmal mit der Hand darauf.

»Wenn du nicht mitmachst – ich schaffe es auch allein!«

Maelle schwankte. Am Sonntag will Marno mich fragen, ob ich seine Frau werden will, dachte sie. Und ich werde gewiss nicht Ja sagen. Die Mutter wird wütend sein und mir das Leben schwer machen. Auch Tad wird unzufrieden mit mir sein. Vielleicht finde ich in Plouvan niemals einen Ehemann und bleibe eine alte Jungfer wie Tante Iwa. Und später, wenn Connan den Hof übernimmt, wird er mich zwar durchfüttern, aber zu melden habe ich nichts. Das Sagen auf dem Hof hat Connans Frau. Und das wird nicht Sema sein. Sema ist dann weit fort in Morlaix ... Nein, ich mag Sema nicht verlieren!

»Wir müssen sehr vorsichtig sein ...«, begann sie langsam. »Mamm darf auf keinen Fall bemerken, was ich mit Tante Iwa bespreche ...«

»Also doch? Oh, ich wusste es ...«, jauchzte Sema. Sie umarmte Maelle, küsste sie, drückte sie an sich. Sie würde schon sehen, alles würde großartig klappen, es sei viel einfacher, als man es sich so vorstellte. »Wenn wir erst in Morlaix in unserer kleinen Wohnung sitzen … Ach, Maelle! Wir werden frei sein! Kannst du dir das vorstellen? Frei und glücklich. Wie die Vögel, die über dem Meer fliegen und sich vom Wind tragen lassen …«

Maelle verdrückte ein paar Tränen und schmiegte sich an die Freundin. Ihre himmelhohe Begeisterung teilte sie nicht. Vielmehr plagten sie Ängste, sie könnte etwas falsch machen oder die Eltern könnten ihren Plan aufdecken. Und was, wenn die Tante ihr das Geld nicht gab? Die Freiheit, von der Sema schwärmte, schien ihr im Grunde genommen gar nicht so erstrebenswert.

3

Die nächsten Tage verstrichen, ohne dass Maelle den Mut fand, das Gespräch mit der Großtante zu führen. Es war ohnehin wenig Zeit dazu, da es auf den Äckern und im Garten viel Arbeit gab und Mamm sie kaum aus den Augen ließ. Wann immer sie gemeinsam hackten und jäteten, schilderte die Mutter ihr den nachbarlichen Besitz in leuchtenden Farben. Das zweistöckige Wohnhaus. Der neue Ziegenstall. Der Hausgarten. Die Wiesen am Bachlauf. Alles war schöner, größer, fruchtbarer als das, was die LeHaziff aufzuweisen hatten.

»Ein gutes Stück Wald gehört auch dazu. Und der See mit der Klosterruine. Damit ist freilich nicht viel anzufangen – aber wer weiß? Es kommen vielleicht Zeiten, da kann man es günstig verkaufen und steckt einen ordentlichen Batzen Geld ein …«

Geld. Land. Besitz. War das wirklich alles, worauf es im Leben ankam? Maelle hörte der Mutter schweigend zu und nickte an den richtigen Stellen, um sie nicht unnötig aufzubringen. Es würde noch Ärger genug geben, wenn Marno am Sonntag seinen Antrag vorbrachte und sie ihm einen Korb gab.

In den Nächten schlief sie kaum. Sie kam sich schlecht vor, undankbar den Eltern gegenüber, die es doch nur gut mit ihr meinten. Schlimmer noch war der Gedanke, ihr Dorf für immer zu verlassen. Nie mehr im See baden. Nie wieder über die glatten Felsen klettern, die Füße im Silberbach kühlen. Nie mehr die Rehe im Morgendunst auf den Wiesen beobachten. Stattdessen würde sie glubschäugigen Fischen den Bauch aufschneiden und ihre blutenden Innereien herauszerren. Acht Stunden am Tag. Der einzige Lichtblick in dieser trüben Zukunft war das Zusammensein mit Sema. Die Freundin verlor nie den Mut, sie war immer fröhlich, sie war eine starke, verlässliche Kraft an ihrer Seite. Mit Sema zusammen würde sie auch die Fischfabrik ertragen.

Trotzdem vermied sie es, zu dem gemeinsamen Versteck zu schleichen – Sema wartete zwei Abende vergeblich auf sie. Am Samstag schließlich kam Sema hinüber zu den LeHaziff, um einen Topf mit selbst gemachtem Käse zu bringen. Sie schlenderte über den Hof und blieb bei Maelle stehen, die damit beschäftigt war, den Hühnerstall zu reinigen. Es war eine unangenehme Arbeit, weil der Hühnermist so staubig war und sich schlecht zusammenkehren ließ. Außerdem musste man sich vor dem scharfen Schnabel des Gockels in Acht nehmen, der jedes Mal, wenn der Stall ausgekehrt wurde, glaubte, man wolle ihm seine Hennen wegnehmen.

»Hast du sie gefragt?«, wollte Sema wissen. Sie hatte nicht einmal »Guten Morgen« gewünscht, lehnte einfach an der Stalltür, den irdenen Topf mit dem Käse auf die Hüfte gestützt, und blinzelte in den Hühnerkackestaub.

»Noch nicht«, sagte Maelle und hustete.

»Und wann?«

»Heute Abend …«

Sema schüttelte unzufrieden den Kopf. »Sie sitzt drüben unter dem Kirschbaum auf der Bank. Du brauchst nur hinzugehen.«

Tatsächlich saß die Großtante auf der alten Holzbank und hielt ihr Strickzeug in den Händen. Ihre Finger bewegten sich nicht, sie schlief.

»Ich muss erst den Stall sauber machen. Mamm ist in der Küche, sie kann mich durchs Fenster sehen …«

Sema warf einen kurzen Blick zum Küchenfenster hinüber, dann tat sie einen unzufriedenen Seufzer. »Weißt du, was ich glaube? Du willst es gar nicht tun. Das war nur Gerede neulich in der Scheune. Du kannst es mir ruhig sagen, Maelle. Ich bin dir nicht böse, wenn …«

Maelle betätigte den Handfeger so heftig, dass sie von grauem Dunst völlig eingenebelt wurde. Sema verpasste dem vorwitzigen Hahn einen Tritt und rückte den Topf mit Käse zurecht, der schwer auf ihrer Hüfte lastete. Armelle war sehr stolz auf ihren Weißkäse, niemand im Dorf bekam ihn so gut hin wie sie.

»Doch, doch …«, versicherte Maelle. »Ich geh nachher zu ihr. Morgen sage ich dir Bescheid. Ganz sicher. Morgen. Spätestens übermorgen …«

Sema zog die Augenbrauen hoch und wandte sich wortlos dem Wohnhaus zu. Maelle ärgerte sich. Sie glaubte ihr nicht, das war ihr deutlich anzusehen. Wie kam sie dazu? Natürlich würde sie alles daransetzen, das Geld von der Großtante zu bekommen. Schließlich hatte sie es ja versprochen. Aber sie hatte auch gesagt, dass sie dabei vorsichtig zu Werke gehen musste.

Nachdem sie mit den Hühnern fertig war, klopfte sie Rock und Jacke aus und ging langsam hinüber zum Kirschbaum. Großtante Iwa schlief noch immer, das Wollknäuel war von ihrem Schoß gefallen und unter die Bank gerollt. Maelle angelte es darunter hervor, wickelte den Faden auf und setzte sich neben Iwa.

»Deine Wolle, Tante Iwa … Sie war unter der Bank …«

Bei Maelles Anrede fuhr die alte Frau zusammen und erwachte. Ihre Lider waren mit dem Alter faltig geworden, sie konnte die Augen nur noch einen Schlitz weit öffnen. Trotzdem war Iwas Sehkraft immer noch gut, sie wusste, wie viele Tauben auf dem Dach hockten, und brauchte auch zum Stricken keine Brille.

»Bist ein gutes Mädel, Maelle … Dank dir … Bin wieder mal eingenickt. Hörst du es summen über uns? Die Bienen sind Boten der Heiligen Jungfrau … sind aber auch mit Nimue, der Groac'h, gut Freund … Erzählen ihr von Sonne und Blüten … Es wird sie freuen, dort unten im Dunkel …«

Maelle hatte heute ausnahmsweise keine Lust auf die alten

Sagen. Solange Mamm sie hier nicht entdeckte und nach ihr rief, musste sie die Zeit nutzen.

»Du hast mal erzählt, dass du von hier fortgehen wolltest, Großtante. Damals, als du noch jung warst …«

Iwa sah hinauf in den blühenden Kirschbaum und bewegte lautlos den Mund. Hatte sie die Frage überhaupt gehört?

»Das stimmt doch, oder nicht?«, setzte Maelle nach.

»Kann mich nicht erinnern.« Iwa nahm sich das Strickzeug wieder vor. Maelle hockte niedergeschmettert neben ihr und sah all ihre Hoffnungen davonfliegen.

»Aber das hast du erzählt, Großtante. Du warst verliebt in einen Seemann aus St. Malo, und du wolltest mit ihm davonlaufen.«

Die alte Frau zählte bedächtig die Maschen auf ihrer Stricknadel. Zwischendurch warf sie Maelle einen belustigten Blick zu. »Mag sein … War so eine Geschichte … Lange her … Hab's erfunden …«

Erfunden! Sie hatte es erfunden. Maelle war entsetzt. Was mochte sie noch alles erfunden haben? Neben den alten Sagen und Gruselmärchen hatte ihnen die Großtante auch immer wieder Geschichten aus dem Dorfleben erzählt. In einigen kamen sogar ihre Eltern und Großeltern vor … Waren das etwa alles Lügengeschichten gewesen?

Iwa hatte Maelles erschrockene Augen gesehen, und wie es schien, rührte sich jetzt ihr Gewissen.

»Mach dir nichts draus, Mädel. Bin eine alte Frau. Wahr oder erfunden – geht alles durcheinander in meinem Kopf. Und am Ende ist's auch egal …«

»Egal?«

Die Großtante sah sie durch die schmalen Liderschlitze mit hellen, heiteren Augen an. Sie grinste sogar. »Geschichten werden aus Geschehen gebacken, Maelle. Buchweizen und Honig, der König an der Tafel, Salz dazu, die Hexe im See. Mehl und

Eier, die Korrigan in den alten Bäumen, Gargantua wirft seine Felsen, Rosinen in Calvados …«

Die alte Frau kicherte jetzt so heftig, dass sie das Strickzeug loslassen musste, um sich die Augenwinkel zu wischen. Hatte Großtante Iwa möglicherweise den Verstand verloren?

»Schon gut, Mädel …«, krächzte sie. »Nimm's mir nicht übel. Bist doch mein Liebling, Maelle. Sollst mich beerben, wenn ich einmal gehe.«

Maelle wurde jetzt noch unbehaglicher zumute. Der Gedanke, dass Iwa sterben könnte, gefiel ihr gar nicht. Die Großtante war immer da gewesen, hatte sie und ihre Brüder mit großgezogen. Die Stunden, die sie alle in Iwas Kammer verbracht hatten, waren ihre schönsten Kindheitserinnerungen …

»Du wirst noch lange nicht gehen, Großtante …«

Iwa zählte schon wieder ihre Maschen, doch sie war nicht ganz bei der Sache. »Hab ihn schon gesehen, den schwarzen Mann, der in der Nacht seinen Karren vorüberschiebt. Ancou ist es. Der, dem wir alle einmal begegnen werden. Hat mir versprochen, sanft zu sein …«

Da waren sie wieder, die Geschichten. Ancou, der als Gerippe mit einer Sense in der knochigen Hand auf der Mauer des Kirchhofs zu sehen war. Die Insel Avalon, wo die Toten weiterlebten. Aber auch der Eingang zur Unterwelt, der tief im Nebel verborgen im Sumpfgebiet Yeun Ellez in den Bergen lag …

»Meine Tracht bekommst du, Maelle. Den Rock musst du ein Stück länger machen, die Bluse wird passen. Das Leibstück hab ich selbst bestickt, damals, als ich noch ein Mädchen war. Dazu Schürze und Haube … kennst sie ja. Aus feiner weißer Spitze. Musst sie kochen und danach in Stärke legen …«

Maelle war gerührt und zugleich tief unglücklich. Es war eine große Ehre, dass Iwa gerade ihr die schöne alte Tracht vermachte. Aber was sollte sie damit in Morlaix anfangen? Niemand würde dort eine Tracht tragen. In der Fischfabrik schon gar nicht.

»Dazu will ich dir das Silberstück geben, die alte Münze, auf der noch der große König Ludwig zu sehen ist. Nicht der, den sie geköpft haben … Der andere … der vierzehnte …«

Sie hatte ihnen die kleine Silbermünze schon öfter gezeigt. Man musste sie mit Scheuermilch putzen, dann wurde sie wieder silbern, sonst war sie schwarz. Sie lag in Iwas Kästchen, dort, wo sie die wenigen Dinge aufbewahrte, die nur ihr gehörten.

»Und dann sollst du auch mein Erspartes haben, Maelle …«

Drüben wurde das Küchenfenster aufgerissen und Mamms schweißrotes Gesicht erschien. Sie winkte Maelle. »Was hockst du da und schwatzt? Hol die Wäsche von der Leine und fang schon mal mit Bügeln an. Hast du die Säcke geflickt? Wo ist Dustin? Er soll den Hof fegen – morgen ist Sonntag …«

Maelle nickte eifrig in Richtung Küchenfenster und wollte aufstehen, doch die Großtante hielt sie am Handgelenk fest.

»Für deinen Brautschmuck soll das Geld sein. Eine Kette sollst du dir davon kaufen, mit einem Anhänger aus Silber. Unten im Schrank liegt es, musst ein Brett aufheben, darunter ist das Geld. Sollte einmal für meinen eigenen Brautschmuck sein, hat aber nicht sollen sein.«

Sie krallte ihre Hand so fest um Maelles Handgelenk, dass es wehtat. Dazu kicherte sie zufrieden vor sich hin. »Die schönste Braut, die Plouvan je gesehen hat. So will ich es haben. Bist ein hübsches Ding, Maelle. Und anständig dazu. Hast es verdient, mein Mädel …«

Maelle kam sich unsagbar schlecht vor. So viel Vertrauen. So viel Zuneigung. Ach, sie hatte nichts davon verdient. Sie war eine gemeine, hinterhaltige Person, die versucht hatte, der Tante ihr Geld abzuluchsen. Und jetzt schämte sie sich.

»Nun geh«, sagte Iwa und ließ endlich ihren Arm los. »Sonst wird Mari noch blau vor Zorn. Sag, ich hätte etwas mit dir zu bereden gehabt …«

Am Abend schlich Maelle mit schwerem Herzen zur Scheune der Tabarly und erzählte Sema, was das Gespräch mit der Großtante ergeben hatte. »Es geht nicht, Sema. Sie will, dass ich die schönste Braut von Plouvan werde …«

»Warum hast du ihr nicht gesagt, dass du andere Pläne hast?«

»Das hätte sie nicht verstanden …«

Sema tat einen tiefen, ärgerlichen Seufzer. Ganz überzeugt war sie nicht, das sah Maelle ihr an. »Ich sehe es ein«, sagte sie trotzdem und streichelte Maelles Schulter. »Sei nicht traurig. Du hast es immerhin versucht.«

Ein Weilchen saßen sie still beieinander und lauschten auf einen Abendvogel, der oben auf dem Scheunendach sein Lied sang. Im Gebälk der Scheune raschelten und piepsten die kleinen Mäuse, sie hatten Gänge in die Balken gefressen und liefen dort hin und her.

Nein, niemand dachte daran, das Geld heimlich aus Iwas Schrank zu nehmen. Und falls doch eine von ihnen solch sündige Gedanken hatte, dann sagte sie es nicht. Weil sie wusste, dass die andere dann sehr enttäuscht von ihr wäre. »Mach dir keine Sorgen«, sagte Sema schließlich und schüttelte das schulterlange blonde Haar. »Wir kommen auch ohne das Geld von Großtante Iwa nach Morlaix.«

Sie wollte nicht verraten, wie das gehen sollte. Aber es sei alles ganz einfach.

Am Sonntag wölbte sich der Himmel taubenblau über dem Land. Kein Wind, kein Wölkchen – die Luft war erfüllt von weißem und rosigem Blütenschnee, der von den Obstbäumen herabrieselte.

»Das reine Hochzeitswetter!«, sagte Mamm, als sie nach dem Füttern und Melken am Tisch saßen, um vor dem Kirchgang noch rasch eine Tasse Kaffee zu trinken.

Nur Großtante Iwa nickte beifällig, Tad schien in Gedanken

versunken, Connan und Dustin waren mit dem Morgenkaffee beschäftigt. Maelle fand die Anspielung peinlich. Wenn der Tag doch nur schon vorüber wäre!

Mamms aufmerksame Augen, die sie von oben bis unten prüften, als sie aus dem Haus gingen. Das unweigerliche Zusammentreffen mit den Tabarly, die sich ebenfalls auf den Weg zur Kirche machten. Marno mit einer frisch verschorften Kerbe am Kinn – vermutlich hatte er sich beim Rasieren geschnitten, der ungeschickte Kerl. Er grüßte sie nur kurz und schaute dann angestrengt vor sich hin. Zum Glück schwatzte der immer fröhliche Dustin ein paar Worte mit ihm, was seine Befangenheit ein wenig löste. Sema hatte sich gleich an Maelles Seite begeben, sie erzählte von einem frechen Möwenpärchen, das in der Nähe nistete und jetzt seine Brut großzog. Eierdiebe waren das, man musste sie verjagen!

»Mach nicht so ein Gesicht, Maelle«, flüsterte sie, als sie ein wenig hinter den anderen zurückgeblieben waren. »Ich warte heute Abend im Versteck auf dich. Dann verrate ich dir eine Überraschung.«

Aber Maelle stand der Sinn nicht nach Überraschungen. Zum ersten Mal in ihrem Leben wünschte sie sich, die Sonntagsmesse möge länger andauern, am besten nie zu Ende gehen. Bildete sie sich das ein, oder schaute der dürre, graubärtige Abbé Tanguy während seiner Predigt immer wieder bedeutungsvoll zu ihr hinüber? Er predigte über den Garten Eden und das erste Menschenpaar, das dort in völliger Unschuld und nach dem Willen Gottes gelebt hatte. Und natürlich war es Eva, die Ungehorsame, die Sünderin, die dieses vollkommene Glück zerstörte …

Die Sonne schien durch die Kirchenfenster und warf flirrende, gleißende Rechtecke auf den Fußboden. Zwei Meisen hatten sich in die Kirche verirrt, sie flatterten hilflos im Gewölbe herum und suchten einen Ausweg. In der Bank vor Maelle leuchtete Marnos roter Schopf wie eine brennende Fackel. Das letzte

Lied war gesungen, Tante Iwa klappte lautstark ihr Gebetbuch zu, Abbé Tanguy erteilte den Sonntagssegen. Madame LeBoff spielte eine altbekannte Weise auf dem Harmonium, die gleiche, die sie jeden Sonntag zu Gehör brachte. Hinter ihnen öffnete die alte Caira, die als Küsterin fungierte, die Kirchentüren, Licht flutete in den halbdunklen Innenraum.

Nun also. Sie würde es hinter sich bringen. Unter Mamms aufmunterndem Blick ging sie durch den Mittelgang hinaus und blieb auf dem Kirchplatz bei den anderen jungen Leuten stehen. Üblicherweise traf sich die Jugend nach der Messe hier an der Friedhofsmauer, man schwatzte und alberte herum, redete über Tanzveranstaltungen in der Umgebung, über Filme, die im *Hôtel de France* in Huelgoat gezeigt worden waren, oder über die englischen Touristen, die dort herumliefen und die Bretonen durch ihre Zwicker anstarrten wie seltsame Insekten. Einer oder zwei der Burschen hatten Zigaretten. Zum Rauchen ging man allerdings besser ein Stück weiter, weil Abbé Tanguy es für Sünde hielt, vor allem, wenn ein Mädchen eine Zigarette rauchte.

Maelle brauchte nicht lange zu warten. Marno trat bald neben sie, sagte zunächst jedoch nichts. Sie hörten zu, wie Dustin von einem Seemann aus Brest erzählte, einem Verwandten von Erwan, den er auf dessen Hochzeit kennengelernt hatte. Schon fünfmal sei der um die Welt gefahren, in Australien und Amerika, in Hawaii und auch in Afrika sei der gewesen. Maelle konnte sehen, wie Marnos Kehlkopf sich bewegte. Er schluckte, dann endlich richtete er das Wort an sie.

»Hast du Lust, einen Spaziergang zu machen, Maelle?«

Er musste sich räuspern, weil seine Kehle rau war.

Maelle hatte überhaupt keine Lust. Aber natürlich – er konnte sie ja schlecht hier vor der Kirche fragen, wo alle anderen zuhörten.

»Warum nicht?«

Er schien ausgesprochen erleichtert und konnte jetzt sogar lächeln. Er sah nett aus, wenn er lächelte. Nur die dumme Schramme am Kinn störte.

»Ich habe gedacht, wir könnten hinauf zu den alten Steinen laufen. Du weißt doch – dort, wo der König Artus mit seinen Rittern früher gelagert hat.«

Schlauer Marno! Er wusste ganz genau, dass sie diesen Ort liebte. Was versprach er sich davon?

»So weit?«

»Das ist doch nicht weit!«

Da hatte er recht. Wenn man den Pfad durch den Wald nahm und keine Umwege machte, war man nach einer guten halben Stunde oben. Trotzdem erschien es ihr übertrieben. Um die entscheidende Frage zu stellen, hätte es genügt, an den Hecken entlang durch die Wiesen zu gehen.

»Ich habe einen Korb dabei – wir können unterwegs Picknick machen«, verkündete er. »Mamm hat einen halben Apfelkuchen spendiert. Und eine Flasche Cidre.«

Er hatte sich alles so schlau zurechtgelegt. Sollte sie nicht besser gleich sagen, dass er sich die Mühe umsonst machte? Wäre das nicht anständiger?

Ja, das war es. Sie zog ihn ein wenig auf die Seite und überlegte blitzschnell, wie sie es am besten sagte.

»Hör zu, Marno … Falls du dir Hoff…«

Doch sie brachte den Satz nicht zu Ende. Dustin war es, der dazwischenfuhr. »Eh – was höre ich da? Ein Picknick mit meiner Schwester? So geht das aber nicht, Marno. Da müsst ihr mich mitnehmen!« Er lachte über Marnos belämmerte Miene und erklärte, dass er als Maelles Bruder über die Tugend seiner Schwester wachen müsse. Nicht, dass er glaube, dass Marno böse Absichten hege … »Aber du weißt ja, wie das ist, mein Lieber. Mit den Äpfeln, meine ich … Ich kann euch doch nicht mit einem halben Apfelkuchen allein lassen …«

Irgendwie wurde alles immer komplizierter. Jetzt mischte

sich auch noch Sema ein, die in Dustins Nähe gestanden hatte. »Dann komme ich auch mit. Keine Bange, Marno, ich esse nur ein winziges Stückchen Apfelkuchen. Sooo klein …«

Sie deutete mit Daumen und Zeigefinger an, wie gering ihr Anteil am Kuchen sein würde, und grinste wie ein Faun. Marno hatte nicht den Mut, die beiden ungebetenen Begleiter zurückzuweisen; er zuckte die Schultern und fügte sich.

Feigling, dachte Maelle. Er wird sich niemals ändern, der arme Marno.

Da Sema und Dustin ihnen nun nicht mehr von der Seite wichen, verzichtete Maelle auch darauf, Marno reinen Wein einzuschenken. Es wäre vor den anderen peinlich gewesen, sie würde warten, bis sich unterwegs die Gelegenheit bot. Im Grunde war es ja schön, zu viert durch den Wald zu laufen. Man blieb an altbekannten Plätzen stehen, schaute nach, ob die Ameisen schon wieder fleißig in ihrem großen Hügel zugange waren, freute sich über die Eichhörnchen, die von Baum zu Baum flitzten, und als sie zu dem Felsenmeer gelangten, zogen alle die Schuhe aus, um darauf herumzuklettern.

»Kannst du das Wasser sehen?«

Sema war als Erste auf einen der größten Felsen gekrochen, hatte sich auf den Bauch gelegt und in den schmalen Zwischenraum geschaut. Die Felsbrocken, die der Riese Gargantua vorzeiten hier heruntergeworfen hatte, füllten das breite Bachbett gleich einer Ansammlung gewaltiger Kieselsteine. Einige waren mit grünem Moos bewachsen, andere waren kahl und trugen helle Stellen aus grauen Flechten. Zwischen den Brocken wucherte Efeu oder Geißblatt, nur wenige junge Bäumchen gediehen in dem nackten Geröll. Am Grund hatte sich der Bach seinen Weg gesucht. Wenn die Sonne günstig stand, konnte man von dort oben, wo Sema jetzt lag, durch einen langen dunklen Spalt hindurch das Wasser glitzern sehen.

»Ich seh es … ich seh es …«, rief Sema aufgeregt.

»Lass mich auch schauen …« Dustin robbte sich neben sie und schob sie mit seinem Körper zur Seite. Sema kreischte und hielt sich an ihm fest, um nicht vom Fels zu rutschen. Beide lachten wie alberne Kinder. Es schien ihnen viel Spaß zu machen, sich dort oben auf dem Felsen aneinander zu klammern.

»Willst du auch mal, Marno?«, fragte Dustin grinsend, als sie wieder hinabgestiegen waren, und besah gleichgültig seine aufgeschürften Ellbogen.

»Lass uns weitergehen …«

Maelle stieg allein hinauf und sah in den dunklen Felsenspalt hinein. Möglich, dass die Sonne jetzt ungünstiger stand, sie konnte nichts erkennen. Kein Lichtblitz, kein Blinken – nur völlige Finsternis.

Als sie sich aufraffte und nach den anderen sah, stand dort nur noch Marno, den Picknickkorb neben sich. Sie kletterte zu ihm hinab und stellte fest, dass ihr schwarzer Sonntagsrock grüne Moosflecken abbekommen hatte.

»Wo sind Sema und Dustin?«

Er machte eine unbestimmte Armbewegung nach links hinüber. »Sie wollten zur Höhle gehen … Willst du auch dorthin?«

»Nein. Da sind immer die englischen Touristen aus Huelgoat. Gehen wir allein weiter …«

Ohne Eile folgten sie dem schmalen Waldweg, blieben hie und da stehen, um einen Salamander oder einen glänzenden Käfer zu betrachten, tauschten Erinnerungen aus. Wie sie damals im Wald Verstecken gespielt hatten und Dustin plötzlich verschwunden war. Sie hatten ihn verzweifelt gesucht und nach ihm gerufen.

»Der Wald hat unsere Stimmen verschluckt«, sagte Marno.

Dustin, der kleine Gauner, hatte sich hinter einem umgestürzten Baum versteckt und begeistert zugesehen, wie sie sich um ihn sorgten.

»Er war immer für eine Überraschung gut …«, meinte Maelle lächelnd.

Inzwischen zweifelte sie daran, ob Marno sie überhaupt fragen wollte. Vielleicht hatte Mamm sich ja geirrt. Oder Marno hatte seine Pläne geändert. Er fand den Mut nicht, verschob die Frage auf später. Du liebe Zeit, dann würde sie jetzt doch den Anfang machen müssen, damit sie es endlich hinter sich hatte.

Doch sie täuschte sich. Als die hohen, kastenförmigen Felsblöcke des Artuslagers zu sehen waren, blieb Marno stehen.

»Ich wollte gern mit dir sprechen, Maelle«, sagte er und stellte den Korb auf den Boden.

Also doch. Wie unpassend, dass sie jetzt auf einmal solches Herzklopfen bekam.

»Ja?«

Er sah ihr offen in die Augen und für einen Moment kam er ihr fast mutig und entschlossen vor.

»Ich weiß, dass du nicht in mich verliebt bist«, sagte er und lächelte verlegen. »Das weiß ich schon lange. Es ist ja auch kein Wunder …«

Er hielt inne und schluckte, dann sprach er weiter. »Ich … kann das ganz gut verstehen, Maelle. Ich bin keiner, in den sich ein Mädchen einfach so verliebt. Dein Bruder Dustin – der ist von einer anderen Sorte. Er ist hübsch, fröhlich, hat immer gute Ideen und überall Freunde …«

Er fuhr mit der Hand durch die Luft und ließ sie dann wieder sinken. Die Geste hatte etwas Hoffnungsloses, das Maelle rührte. Er war ein so lieber und eigentlich auch kluger Mensch – wie schade, dass er solch ein Unglückswurm war.

»Es ist für mich nur die Frage«, fuhr er fort und räusperte sich noch einmal. »Die Frage, ob ich dir ganz und gar zuwider bin. Oder ob du dich vielleicht mit der Zeit an mich gewöhnen könntest.«

Er zäumt das Pferd von hinten auf, dachte sie beklommen. Sie schwieg und hoffte, er würde weitersprechen, doch er wartete auf ihre Antwort.

»War das jetzt … ein Heiratsantrag?«

Er nickte. Dann grinste er; es sah aus wie eine Grimasse. »Ziemlich komischer Antrag, wie?«

»Schon …«

»Bekomme ich eine Antwort?«

Sie suchte nach den passenden Worten und sah dabei an ihm vorbei zu den kantigen Felsen hinauf. Dort waren jetzt Leute aufgetaucht, gegen die Sonne nur als Schatten zu erkennen. Vermutlich irgendwelche Touristen, Engländer mit Knickerbockern und Wachstuchmänteln, Deutsche mit umgehängten Fotoapparaten. Dann erkannte sie plötzlich Dustin. Er stand mit ausgebreiteten Armen zwischen den beiden Felsen, die man den Eingang zu Artus' Lager nannte. Im nächsten Augenblick warf sich ein weiblicher Schatten in seine Arme, ein Mädchen mit schulterlangem, lockigem Haar. Sema. Sie küssten sich. Ja, wahrhaftig, sie küssten sich, wollten gar nicht mehr damit aufhören.

Marno hatte ihren entrückten Gesichtsausdruck gesehen und sich umgedreht. Auch er starrte jetzt auf das Paar, das sich immer noch umschlungen hielt. Er schien von diesem Anblick weniger überrascht als Maelle.

»Möchtest du … es mir vielleicht später sagen?«, fragte er leise. »Ich kann warten, Maelle. Morgen. Nächste Woche. Nächstes Jahr … Wenn ich nur noch die Hoffnung habe.«

Sie begriff den Sinn seiner Worte nicht gleich, denn das Liebespaar dort oben nahm all ihre Sinne in Anspruch. Dustin und Sema. Sema und Dustin. War das die Überraschung, die Sema ihr versprochen hatte? Konnte sie darüber glücklich sein? Ganz sicher. Die beiden passten wunderbar zusammen. Ihr Bruder und ihre Freundin. Ach, sie hätte sich keine glücklichere Verbindung wünschen können. Es blieb nur ein wenig Bitterkeit zurück, weil Sema ihr nichts davon erzählt hatte. Und vielleicht auch, weil sie sich jetzt plötzlich ganz allein fühlte …

»Maelle?«

Sie fuhr zusammen und blickte in Marnos blasses Gesicht. Seine Sommersprossen auf Nase und Stirn. Die Scharte am Kinn. Die erwartungsvollen, fast starren blauen Augen …

»Ja …«, sagte sie unsicher. »Nächste Woche.«

»Danke!«, murmelte er. Er sah aus, als wäre eine große Last von seiner Seele genommen, als er jetzt den Korb wieder aufnahm und eine Stelle aussuchte, an der sie sich niedersetzen und picknicken konnten.

Am Abend hatte Maelle Mühe, Mamms Vorhaltungen zu entkommen. Nächste Woche! Wozu dieser Aufschub? Warum sie nicht gleich alles festgemacht hätte?

»Es gibt im Leben Augenblicke, da musst du mit beiden Händen zugreifen. Weil die Gelegenheit niemals wieder kommt, Maelle …«

Mamm hatte tatsächlich Sorge, Marno könnte sich nach einer anderen umschauen. Es gab schließlich genug heiratsfähige Mädchen im Dorf und in der Umgebung. Mamm zählte sie alle auf, beschrieb ihre Vorzüge und ihre Nachteile – in ihren Augen war es offensichtlich, dass jede einzelne voller Sehnsucht auf einen Antrag des jungen Tabarly wartete. Schließlich waren die Tabarly die größten Landbesitzer weit und breit …

Maelle musste warten, bis ihre Mamm zu Bett gegangen war – dann endlich konnte sie hinüber in das Scheunenversteck huschen in der Hoffnung, dass Sema so lange gewartet hatte. Die Freundin hockte mit angezogenen Knien im Heu und blinzelte Maelle entgegen. Wie es schien, war sie eingenickt und gerade erst wieder aufgewacht.

»Ich kenne die Überraschung«, sagte Maelle lächelnd. »Sie heißt Dustin.«

Sema nickte und streckte die Arme nach ihr aus. Sie weinte ein wenig, als sie sich aneinander drückten. Maelle konnte spüren, wie ihr Körper unter den kleinen Schluchzern erbebte, und nun vergoss auch sie Tränen der Rührung.

»Ich freu mich so für euch … Alles Glück der Welt … Es ist das Beste, was uns allen passieren konnte.«

Sema brauchte ein Weilchen, um sich zu beruhigen. Dann sprudelte es aus ihr hervor. »Ich habe ihn schon immer gemocht, Maelle. Er ist so anders als die anderen, so voller Leben, er sprüht förmlich vor innerer Kraft. Verstehst du, was ich meine?«

»Natürlich. Er ist ja mein Bruder …«

Sema erzählte, dass es ganz plötzlich gekommen sei. Vorgestern, als sie mit dem Käsetopf auf den elterlichen Hof zurückkehrte, habe Dustin ihrem Tad und Marno beim Holzstapeln geholfen. Da habe sie schon gespürt, dass er sie auf eine ganz besondere Weise ansah.

»Nicht wie sonst, Maelle … Seine Augen hatten solch ein seltsames Feuer!«

Am Abend war er zu ihr in die Scheune gekommen. Frech hatte er sich in ihr Versteck geschlichen.

»Ihr wart hier … Ihr beide wart hier … zusammen?«, stotterte Maelle.

Bei aller Freude über Semas und Dustins Glück – der Gedanke, dass die beiden hier in ihrem Mädchenversteck miteinander allein gewesen waren, gefiel ihr nicht. Das hatte etwas von Verrat an sich. Dieser Ort gehörte nur Sema und ihr.

»Natürlich … Wo sonst hätten wir uns treffen können? Ach Maelle, jetzt stell dich nicht so an! Pass auf, die Geschichte ist noch nicht zu Ende.«

Maelle schluckte ihr Unbehagen herunter und lächelte. Ob die beiden hier am Ende … Ob sie miteinander geschlafen hatten? Sie sprach es nicht aus, hörte stattdessen Semas aufgeregtem Bericht zu.

»Pass auf, Maelle! Dustin will genau wie wir beide aus Plouvan fort. Er hat keine Lust, später einmal Connan zu gehorchen, wenn der den Hof bekommt. Dustin und ich – wir wollen zusammen nach Morlaix und von dort aus vielleicht hinüber nach England. Dustin hat dort Freunde, Touristen, die er in Huelgoat kennengelernt hat, als er sich dort im *Hôtel de France* ein wenig Geld verdiente. Sie würden uns aufnehmen …«

Die Nachricht traf Maelle wie ein Schlag. Dustin und Sema. Sema und Dustin. Nicht sie, Maelle, würde mit Sema nach Morlaix gehen, sondern Dustin. Nicht sie würde mit Sema in einer kleinen Dachwohnung leben, sondern Dustin.

»Er hat Freunde, die würden ihm ein Auto leihen. Stell dir vor, Maelle. Wir fahren mit dem Auto nach Morlaix. Und sie wollen sich auch darum kümmern, dass Dustin erst einmal eine Stelle am Hafen bekommt. Und wir beide, du und ich, wir werden Kurse machen und …«

»Ich? Was habe ich denn damit zu tun?«, fuhr Maelle in Semas blühende Zukunftsvisionen.

Sema fasste sie bei den Händen und sah sie mit großen Augen an. Begeistert, eindringlich, mit fester Überzeugung. Nur ganz im Hintergrund war das schlechte Gewissen zu spüren. »Du kommst natürlich mit uns, Maelle. Das versteht sich doch von selbst. Dustin ist einverstanden …«

Maelle schwieg einen Augenblick und spürte den Gefühlen nach, die in ihr aufstiegen und miteinander kämpften. Doch letztlich war die Entscheidung ganz leicht.

»Nein, Sema, ich werde nicht mit euch kommen. Ich bleibe hier.«

Sema war weit weniger enttäuscht, als sie erwartet hatte. Sie hielt ihr nur vor, dass sie in diesem Fall wohl doch Marno heiraten müsse. Ob ihr das klar sei.

»Das ist meine Sache.«

Zum ersten Mal trennten sie sich wortlos, und als Maelle die kleine Scheunentür von außen wieder zudrückte, wusste sie, dass sie diesen Ort niemals wieder aufsuchen würde. Die Zeit der heimlichen Mädchentreffen und der bunten Träume war vorüber. Die Zeit der vernünftigen Entscheidungen brach an.

Sema hatte das gute Teil, sie, Maelle, das schlechte. Sema konnte ihren Eltern freimütig ihre Liebe zu Dustin gestehen, denn Maelles Bruder ging schon am folgenden Tag hinüber zu den Tabarly und erklärte, dass er Sema heiraten wolle. So hielt man das unter guten Nachbarn, man machte Nägel mit Köpfen, ein junges Paar benötigte einen Ehevertrag und den Segen der Kirche. Die Eltern waren mehr als zufrieden, nur Connan zog eine düstere Miene, aber das war zu erwarten gewesen, denn er hatte sich immer noch Hoffnungen auf Sema gemacht. Ja, sie waren gut dran, Sema und Dustin. Sie konnten sogar offen über ihre Pläne reden, dass sie nach der Hochzeit zusammen nach Morlaix und vielleicht nach England gehen wollten. Es weckte bei den Eltern zwar wenig Freude, dafür war Connan damit sehr zufrieden. Er wünschte seinem kleinen Bruder sogar »viel Glück«. Die Hochzeit sollte im September gefeiert werden. Dann waren Hafer und Buchweizen in der Scheune und die Obsternte hatte noch Zeit.

Maelle war bei all diesen guten Nachrichten in Vergessenheit geraten, und sie war recht froh darüber. Sie hatte Zeit zum Nachdenken, und sie kam darauf, dass es im Leben nun einmal Menschen gab, die ihrer großen Liebe begegneten und sie festhielten. Sema hatte dieses Glück, und Maelle gönnte es ihr von Herzen. Sie selbst hatte bisher vergeblich auf die Liebe gewartet. Alle ihre Träume von den Rittern der Tafelrunde, von dem Zauberer Merlin, von Ivanhoe und Lanzelot würden Träume bleiben. Das Leben aber ging weiter, und es war nötig, eine Entscheidung zu fällen.

Drei Wochen später – länger hatte sie das Treffen nicht hinauszögern können – ging sie nach dem Abendessen hinüber zu den Tabarly, fand die Nachbarn noch am Tisch sitzend und bat darum, mit Marno allein sprechen zu dürfen.

Er war ungewöhnlich ernst, als er mit ihr auf den Hof hinausging. Es regnete, und der Wind riss an ihren Kleidern. Sie suchten Schutz bei der hölzernen Scheunenwand, und Marno stellte sich so, dass Maelle im Windschatten war.

»Ich bin bereit, deine Frau zu werden.«

Er bewegte sich nicht. Versuchte nicht einmal, den Arm um sie zu legen. Aber er lächelte sie an. Überglücklich und zugleich unendlich traurig. »Das hier ist heute früh mit der Post gekommen«, sagte er dann und zerrte einen zusammengefalteten Umschlag aus der Jackentasche.

Es war seine Einberufung. Er hatte drei Tage Zeit, um sich in Huelgoat im Rathaus zu melden. Dann ging es zu den Fahnen. Frankreich brauchte Soldaten, um die Heimat gegen Hitlers Armee zu schützen.

»Wirst du auf mich warten, Maelle?«

Sie fiel ihm weinend um den Hals und versprach es ihm. Auf einmal war es nicht mehr wichtig, ob sie ihn liebte oder nicht. Marno, der liebenswerte Unglückswurm, der hilfsbereite Freund, der gute Kamerad, der immer zu ihr gehalten hatte – sie wollte ihn nur einfach nicht verlieren. Ihr erster Kuss schmeckte salzig nach ihren Tränen.

Tags drauf war auch Sema in heller Verzweiflung. Dustin hatte ebenfalls den Einberufungsbefehl erhalten, er würde schon übermorgen mit Marno und vier anderen Altersgenossen aus Plouvan nach Huelgoat gehen.

»Warum sind wir nicht längst fortgelaufen?«, schluchzte Sema. »In Morlaix hätte dieser verfluchte Brief Dustin gar nicht erreicht. Und in England wären wir beide in Sicherheit gewesen …«

4

Campénéac, 2010

Kurz hinter dem Dorf hatte es zu regnen angefangen, und Giselle hatte überlegt, ob sie besser zurückging, um den Guss abzuwarten. Sie hatte es nicht getan, weil sie sich daran erinnerte, dass es hier in der Bretagne gar keine Güsse, sondern nur den beharrlichen, lange andauernden Landregen gab. Wenn sie den abwarten wollte, konnte sie bis heute Abend und wohl noch die halbe Nacht im Bistro hocken.

»Zu Fuß?«

Die Besitzerin des Bistro-Tabac schaute auf ihre Armbanduhr. »Eine Viertelstunde. Wenn Sie sich beeilen, ist der Klosterladen noch geöffnet …«

»Merci, Madame …«

Was sie vergessen hatte, war die unangenehme Konsistenz des bretonischen Landregens. Er war fein, ein zartes Gespinst aus Nebel und Wassertröpfchen, das langsam und stetig durch ihre Handwerkerkluft drang. Vielleicht lag es daran, dass Jacke, Weste und Hose nach nunmehr sechs Jahren schon etwas abgetragen waren. Der schwarze Hut war auf jeden Fall sehr nachgiebig geworden, er saugte sich durstig mit bretonischem Regenwasser voll, und die Krempe hing ihr ins Gesicht. Giselle fluchte leise vor sich hin. Die verdammte Landstraße schlängelte sich durch Wiesen, Äcker und kleine Wäldchen, alles schön durch grüne Hecken voneinander abgetrennt, die die Sicht in jede Richtung verbarrikadierten. Hie und da ein winziges Dörfchen, drei Häuser, zwei davon verlassen, das dritte ein Bauernhof mit einem riesigen, gruselig hässlichen Stallgebäude. Moderne Milchbetriebe ließen ihre Kühe nicht mehr auf der Weide herumlaufen, weil es da keinen Strom für die Melkmaschinen gab.

Ihre Stimmung sank auf den Nullpunkt, als sie bemerkte, dass ihr rechter Schuh durchlässig war, nicht an der Sohle, sondern oben auf dem Spann. Als sie sich bückte, um die Schnürsenkel fester anzuziehen, hörte sie hinter sich den Motor eines Autos.

Toll, dachte sie. Jetzt, wo ich sowieso nass bin.

Der Wagen hielt dicht neben ihr, und der Fahrer ließ das Fenster auf der Beifahrerseite herunter.

»So was!«, sagte er und besah sie verblüfft. »Du bist ja ein Mädchen.«

»Was dagegen?«

Immer das Gleiche. Sobald einer die Handwerkerkluft sah, meinte er, sie duzen zu können. Und dann kam gleich: »Ach, gehen Frauen jetzt auch auf die Walz?« Manche holten auch die Kamera oder das Handy raus und knipsten sie.

Der Typ im Auto war zumindest verlegen, das war in Ordnung. Es gab viel dreistere Leute. Er musste um die dreißig sein, hatte blondes, welliges Haar, und seine Haut war braun gebrannt. Er hatte wohl gerade an der Küste Urlaub gemacht. Sein alter Renault war allerdings ziemlich rostig. Entweder war er ein Oldtimer-Freak oder er hatte kein Geld.

»Ich fahre zur Abbaye la Joie Notre Dame. Kann ich dich mitnehmen?«

»Ach nö, das lohnt nicht. Ist doch gleich da vorn, oder?«

»Noch vier Kilometer, sagt mein Navi ...«

Navi! Giselle hasste diese Dinger. Diese sanfte Frauenstimme, die dir pausenlos Befehle gibt. Bei der nächsten Kreuzung links. Bis zum Ende der Straße, dann halb rechts abbiegen. Sie haben Ihr Ziel erreicht ... Zum Kotzen! Aber vier Kilometer Landstraße in bretonischem Nieselregen waren ein Argument.

»Ich mache Ihnen die Sitze nass ...«

»Stört mich nicht ...«

Er hatte nicht einmal etwas dagegen, dass sie ihr triefendes Bündel auf den Rücksitz schob, wo es zwischen allerlei Krimskrams versank. Als sie den nassen Hut ausschüttelte, grinste er, wurde jedoch gleich wieder ernst, weil sie ihn mit einem unfreundlichen Blick abstrafte.

»Willst wohl bei den Nonnen übernachten, wie?«, fragte er. »Die haben bestimmt Gästezimmer im Kloster.«

Sie rückte sich auf dem Beifahrersitz zurecht und sah ihren rechten Schuh genauer an. Da war es. Eine Naht gerissen. Kein Wunder, dass Wasser eindrang.

»Nee, ich will da arbeiten.«

Er nickte beeindruckt und fuhr los. Arbeiten. Was sie im Kloster denn arbeiten würde. »Bist du Schreinerin?«

»Steinbildhauer.«

Der übliche prüfende Blick. Sie wusste, was er dachte. Alle dachten das. Sie war zwar groß, aber viel zu dünn. Zu wenig Muskeln. Zu kleine Hände. Überhaupt – was konnte schon dabei herauskommen, wenn ein Mädchen auf einem Stein herumhämmerte?

Immerhin behielt er seine Gedanken für sich, das war ein Pluspunkt für ihn. Ein Lastwagen kam ihnen auf der schmalen Landstraße entgegen, rauschte an ihnen vorbei und spritzte sie voll. Für ein paar Sekunden hatten die Scheibenwischer mit dem Dreckwasser zu tun.

»Und du?«, fragte sie zurück. »Was willst du bei den Nonnen? Urlaub im Kloster?«

Er lachte. Richtig fröhlich konnte er lachen. Jetzt fand sie ihn auf einmal nett. »Seh ich so aus?«, meinte er mit einem heiteren Seitenblick.

Ups – er hatte wunderschöne, blaue Augen. Und er versuchte mit ihr zu flirten. Da würde er leider Pech haben. Sie verzog keine Miene, ging auf das Angebot nicht ein.

»Nee«, sagte er und wurde wieder ernst. »Bin wegen Geschäften dort.«

»Ah so … Käse? Bretonische Butterkekse? Schokolade?«

»Was?«

Er bremste, weil vor ihnen eine breite Pfütze auftauchte, und fuhr langsam hindurch. Es musste in der Gegend schon seit Tagen geregnet haben.

»Das produzieren die Nonnen und verkaufen es im Klosterladen«, erklärte sie. »Hab ich aus dem Internet.«

»Geschäftstüchtig sind sie allerdings«, knurrte er. »Nee, ich steh nicht auf Süßes. Wenn du es wissen willst – ich will Land von ihnen kaufen. Land, das sie sich unrechtmäßig angeeignet haben.«

Verbiestert starrte er auf die nasse Landstraße. Jetzt war der sympathische Ausdruck in seinem Gesicht verschwunden, er hatte etwas von einem beleidigten Kater.

»Okay …«, meinte sie.

Man musste nicht alles verstehen. Und außerdem war der Typ ihr sowieso egal.

»Wie im Mittelalter«, fuhr er aufgebracht fort. »Ist noch genau wie im Mittelalter. Da – schau dir die schönen Häuser an. Da ist nichts verfallen, alles perfekt restauriert. Von geschenktem Geld. Alten Leuten Angst vor der Hölle machen und sie dann abzocken. So wird das gemacht …«

Auf der linken Seite waren jetzt die ersten Gebäude der Abtei »La Joie Notre Dame« aufgetaucht. Sie machten tatsächlich einen sehr sauberen und gepflegten Eindruck. Die Wände weiß getüncht, die Dächer frisch gedeckt, die kleine Kirche schien neu zu sein, auf keinen Fall war es ein romanischer Bau.

»Tja …«, meinte sie schulterzuckend. »Ist halt gute alte Tradition bei Kirche und Klöstern. Dafür haben sie in ihren Bibliotheken das Wissen der Antike und des Morgenlands für uns bewahrt. Und sie gaben Malern, Bildhauern und Architekten Arbeit und Brot …«

»So kann man es auch sehen …«, murmelte er.

Er bog in den schmalen, ziemlich aufgeweichten Weg ein,

der in den Klosterhof führte. Der Wagen schlingerte durch die Pfützen, Giselle hielt sich instinktiv am Haltegriff über der Tür fest.

»Im Grunde hab ich nichts gegen die Nonnen«, gestand er und fuhr langsam in den gepflasterten Hof hinein, wo schon mehrere Wagen mit ausländischen Nummernschildern parkten. »Es lag wohl eher an dieser verrückten Alten, die mir ihren Besitz ums Verrecken nicht verkaufen wollte. Der Teufel weiß, warum. Nein, bevor sie es mir zu einem guten Preis gibt, da schenkt sie es lieber dem Kloster. Kannst du dir so einen Starrsinn vorstellen?«

Giselle hatte eigentlich schon genug von seinem Theater. Die alte Frau – wer immer es war – hatte vermutlich gute Gründe gehabt. Und überhaupt, was hieß schon starrsinnig? Schließlich konnte sie mit ihrem Besitz machen, was sie wollte, oder?

»Da wünsche ich dir gutes Gelingen«, meinte sie höflich. »Und vielen Dank fürs Mitnehmen …«

Er wartete, bis sie ihr Bündel aus dem Wagen geholt hatte, dann nickte er ihr zu. »Wünsch ich dir auch. Wie heißt du überhaupt?«

»Giselle.«

»Ich bin Yannik. Vielleicht sehen wir uns mal wieder … Irgendwann …«

»Klar«, sagte sie ohne große Begeisterung. »Bin viel unterwegs …«

Sie schulterte schwungvoll ihr Bündel, das die Form einer langen Wurst hatte, und ging über eine Pfütze hinweg in Richtung Klosterladen. Eine Gruppe deutscher Touristen füllte den kleinen Raum, in dem die Erzeugnisse der Ordensfrauen liebevoll dekoriert auf Regalen und kleinen Tischen angeboten wurden. Die Deutschen erkannte man immer an ihren Freizeitklamotten. In keinem anderen Land gaben die Leute so viel Geld für Sachen aus, die sie nur im Urlaub anzogen. Momentan waren

Regenjacken in blau, grün oder gelb angesagt, die gaben dem Laden etwas von einem Käfig bunter Wellensittiche.

»Wo finde ich die Mutter Oberin?«, wandte sie sich an eine Nonne, die an der Kasse saß. Ihre Haut war ebenso dunkel wie die Schokoladenpasteten, die sie gerade einscannte.

»Schwester Agnès dir zeigt …«, gab sie freundlich lächelnd zurück, ohne von ihrer Beschäftigung aufzusehen. Die Deutschen waren gute Kunden, sie kauften bretonisches Sandgebäck, bretonischen Gewürzkuchen und bretonische Mandelkekse. Sie liebten nun einmal kulinarische Reiseandenken.

Giselle nahm das Bündel von der Schulter, um damit nicht unversehens die Waren von den Regalen zu fegen, und sah sich nach besagter Agnès um. Es konnte eigentlich nur die kleine, betagte Nonne sein, die in gebückter Haltung einen Tisch mit Nusspasteten und in Folie eingeschweißtem bretonischem Apfelkuchen bestückte. Ebenso wie ihre dunkelhäutige Schwester trug sie ein weißes, langes Kleid mit schmalem Skapulier in schwarz und einen schwarzen Nonnenschleier. Sie hatte es wohl im Rücken, denn als Giselle sie anredete, hob sie nur den Kopf ein wenig, richtete sich aber nicht gerade.

»Zur Mutter Oberin?«

»Ich bin Giselle Esch-Lamartine. Die Steinbildhauerin.«

»Ach ja … Wie schön! Ach, und noch so jung! Ganz herzlich willkommen bei uns. Einen kleinen Moment bitte …«

Sie musste zuerst ihre Schachteln auf dem Tischlein drapieren, dann schleppte sie noch drei Marmeladengläschen und zwei Fläschchen mit irgendeinem Likörchen herbei. Giselle sah ihr geduldig zu. Immerhin eine der wenigen Menschen, die sich nicht darüber wunderten, einen weiblichen Steinbildhauer zu sehen. War es Einfalt oder Weisheit, wenn sich ein Mensch abgewöhnt hatte, Fragen zu stellen?

»Kommen Sie mit mir, junge Frau …«

Tatsächlich – die Gute hatte einen krummen Rücken und lief

auch durch die Gänge und Flure des Klostergebäudes in gebückter Haltung. Flott war sie trotzdem, Giselle hatte keine Zeit, sich umzuschauen, sonst hätte sie ihre freundliche Führerin aus den Augen verloren.

»Warten Sie bitte hier …«, sagte die alte Ordensfrau und blieb so abrupt stehen, dass Giselle beinahe über sie gefallen wäre. Sie öffnete eine der weiß lackierten Türen, und weg war sie. Giselle versuchte, sich zu orientieren. Vermutlich befand sie sich in dem lang gestreckten Gebäude, das den Kreuzgang nach Süden hin begrenzte. Klöster hatten fast alle den gleichen Bauplan – Kirche, Wohn- und Nebengebäude waren um einen quadratischen Innenhof angeordnet, der oft als Garten angelegt und mit einem Brunnen geschmückt war. Längs der Gebäude verlief ein Säulengang um den Innenhof: der Kreuzgang. Er diente dazu, die Gebäude auch bei schlechtem Wetter trockenen Fußes zu erreichen, war aber auch ein Ort der Meditation und der Begegnung mit Gott. Es gab traumhaft schöne Kreuzgänge, in denen noch die alten Säulen erhalten waren, z.B. oben auf dem Mont-Saint-Michel. Auch die Brunnen oder Skulpturen aus Sandstein, hier in der Bretagne oft sogar aus Granit gemeißelt, waren kleine Kostbarkeiten. Und dann die Grabplatten längst verblichener Mönche, Äbte oder Fürsten, die man in die Wände des Kreuzgangs eingelassen hatte … Solche Kunstwerke zu restaurieren war eine von Giselles Lieblingsarbeiten. Es war ungeheuer spannend, sich in die Arbeit eines Kollegen einzufühlen, der vor Hunderten von Jahren all seine Kunstfertigkeit in diesen Stein hineingegeben und damit auch von sich selbst Zeugnis abgelegt hatte. Giselle konnte solche Hinterlassenschaften deuten, nicht selten glaubte sie, den mittelalterlichen Künstler vor Augen zu haben, sein Denken, seine Hoffnungen, seine Abgründe, seinen Glauben zu kennen.

»Ich will nicht unbescheiden sein, ehrwürdige Mutter. Ich habe mir zwar mehr erhofft, bin aber fürs Erste zufrieden.«

Giselle hob den Kopf und lauschte. Aha – da war ihr dieser … wie hieß er noch … Yannik … tatsächlich zuvorgekommen. Irgendwie hatte er es geschafft, direkt zur Äbtissin vorzustoßen, während sie selbst ihre Zeit im Klosterladen vertan hatte. Aber nun ja – sie hatte es nicht eilig.

Gleich darauf öffnete sich die Tür, und eine Nonne mit weißem Schleier bat sie hinein. Sie war noch sehr jung, hatte ein liebenswertes, ein wenig pummeliges Gesicht mit dickem Näschen und begeisterte blaue Kinderaugen. Da die Haube der Zisterzienserinnen den Haaransatz freiließ, konnte man sehen, dass sie dichtes blondes Kraushaar besaß.

»Seien Sie herzlich willkommen, Madame Esch-Lamartine … Ich bin Nolwenn.«

»Vielen Dank!«

Man konnte sich wirklich nicht beschweren – es hatte Arbeitsplätze gegeben, da war sie gleichgültiger empfangen worden. Ruppiger vor allem. Weil sie fast immer mit Männern zusammen arbeitete. Hier war das anders.

Die Äbtissin Marie-Joseph erwies sich als eine agile Frau mittleren Alters, schon ein wenig grau am Haaransatz, die braunen Augen hinter der Brille aber waren klug und sehr lebendig. Auch ihr Lächeln hatte Wärme, sie verstand es, Menschen für sich einzunehmen. Im Übrigen stellte Giselle zu ihrer nicht geringen Verblüffung fest, dass das Kloster über ein modern ausgestattetes Büro mit Computer, Laptop, Kopierer, Drucker und anderen Geräten verfügte. Und wie man auf dem Bildschirm des Computers sah, waren sie online. Yannik hatte recht gehabt, die Damen waren auf der Höhe der Zeit und dazu recht umtriebig und geschäftstüchtig. Es gefiel ihr.

»Wir haben natürlich mehrere Angebote eingeholt«, gestand die Äbtissin mit großer Selbstverständlichkeit. »Aber letztlich haben wir uns für Sie entschieden. Vor allem, weil Sie schon in Chartres und auch in Straßburg gearbeitet haben. Das sind eindrucksvolle Erfahrungen für einen Steinbildhauer, nicht wahr?«

Giselle konnte das nur bestätigen. Sie hatte sich auch eine Weile in Deutschland herumgetrieben, am Ulmer Münster und einige Wochen am Kölner Dom gearbeitet. Da hatte sie von morgens bis abends mit dem Sandstrahler Umweltdreck von einem heiligen Jacobus entfernt – der langweiligste Job ihres Lebens. Aber das brauchte die nette Äbtissin nicht zu wissen.

»Ja, man lernt die großen Meister des Mittelalters bewundern. Sie haben keine Namen hinterlassen, weil der Künstler damals hinter seinem Werk verschwand ...«

»So ist es«, meinte die Äbtissin lächelnd. »Sie gaben Gott die Ehre, während spätere Meister den Ruhm lieber selbst einheimsten.«

»So ähnlich ...«, murmelte Giselle, die nicht viel von Selbstverleugnung zur Ehre Gottes hielt.

Die Äbtissin hatte sie auf einem Besucherstuhl Platz nehmen lassen und sich selbst an einen der Arbeitstische gesetzt. Jetzt klappte sie eine Mappe auf, und Giselle begriff, dass sie ihre Bewerbung vor sich liegen hatte.

»Eine Frage habe ich noch, liebe Madame Esch-Lamartine ... Sie schreiben hier, dass Sie im Jahr 2008 Ihre Gesellenprüfung abgelegt haben ... Seitdem haben Sie an ... sieben ... nein, acht verschiedenen Orten gearbeitet. Darf ich fragen, wieso Sie in diesen drei Jahren nie daran gedacht haben, eine dauerhafte Stelle anzunehmen? Es ist wohl auch möglich, sich nach bestandener Gesellenprüfung als Steinbildhauer selbstständig zu machen, oder? Aber das haben Sie nicht in Betracht gezogen?«

Prüfende, kluge braune Augen hinter Brillengläsern. Sie trug eines dieser scheußlichen Kassengestelle. Klosterfrauen waren nicht eitel.

Giselle räusperte sich. »Nun – um sich selbstständig zu machen, braucht man Eigenkapital, das ich nicht habe. Sicher werde ich irgendwann eine Stelle finden, die mir so gut gefällt, dass ich dort bleiben will. Bisher war das noch nicht der Fall. Aber ich denke, dass ich noch Zeit habe.«

Sie lächelte zuversichtlich und wusste genau, was die Äbtissin jetzt dachte. Die jungen Leute heutzutage wollten eben nicht erwachsen werden. Sesshaft werden, eine Lebensaufgabe übernehmen, Verantwortung tragen – das schob man gern vor sich her. Nun ja …

»Ich verstehe …«, sagte Mutter Marie-Joseph sanft.

Sie verstand gar nichts – aber das war nicht ihre Schuld. Sie wusste nichts von der Werkstatt in Soufflenheim im Elsass, die einst Giselles Vater gehört hatte. Da hatte sie ihre ersten Zeichnungen angefertigt, die ersten Steine behauen. Es gab keinen Sohn, also hatte der Vater ihr seine Kunst beigebracht, zunächst widerwillig, dann voller Stolz. Er war ganz plötzlich gestorben, als sie noch auf der Walz war; als sie heimkam, war er schon beerdigt. Ein halbes Jahr später – sie hatte gerade die Gesellenprüfung bestanden – hatte die Mutter einen anderen geheiratet. Einen Kollegen. Der saß jetzt in der Werkstatt ihres Vaters, meißelte Friedhofsengel mit seinem Werkzeug und bot Giselle an, bei ihm als Angestellte anzufangen. Sie hatte ihm ins Gesicht gelacht und war gegangen. Geweint hatte sie erst, als sie allein war und niemand sie dabei sehen konnte. Sie hatte noch oft geweint, aber den Kummer war sie nicht losgeworden. Er reiste mit ihr, steckte in ihrem Bündel, in ihren Kleidern, in ihrem Herzen.

»Sie wissen ja, um was es geht, liebe Madame Esch-Lamartine …«

»Ja … ein sehr schönes und lohnendes Objekt.«

Sie hatten ihr ein Foto des Sandsteinbrunnens geschickt, der in der Mitte des Kreuzganges stand. Die Haube stellte einen barocken Aufbau dar, gekrönt von einer kleinen Statue des kindhaften Jesus Christus – ein opulentes Werk des Frühbarock, das dringend restauriert werden musste. Es war eine Herausforderung, weil der Sandstein an einigen Stellen so beschädigt war, dass man Ersatzstücke einarbeiten sollte …

»Wir denken, dass Sie Anfang des kommenden Jahres damit fertig sein werden …«

Das waren vier Monate, vielleicht fünf. Wenn sie die Arbeit bis März oder April hinzog, hatte sie den Winter überstanden. Falls sie es so lange hier im Kloster aushielt …

Die Äbtissin klappte den Ordner zu und blickte Giselle mit einem seltsamen Lächeln an. Es hatte etwas Schelmisches. Pass auf, Mädchen, ich habe noch was im Ärmel. Du wirst begeistert sein.

»Wenn Sie danach immer noch nicht von uns genug haben, liebe Madame Esch-Lamartine, dann hätte ich für Sie eine weitere Aufgabe. Die wäre allerdings langfristiger zu sehen. Dafür ist sie ausgesprochen reizvoll. Ich könnte mir vorstellen, dass Sie dafür genau die Richtige sind …«

Giselle musste lachen. Diese Äbtissin gefiel ihr. Keine fromme Beterin, sondern voller Witz und Energie. Vermutlich hätte sie auch einen mittelständischen Betrieb leiten können. Eine Schokoladenfabrik. Oder eine kleine Werft an der Küste …

»Sie machen mich neugierig.«

»Das war meine Absicht«, sagte Mutter Marie-Joseph zufrieden. »Ich fasse mich kurz, weil wir uns gleich zum Mittagsgebet versammeln. Durch die großzügige Schenkung einer betagten Dame kamen wir in den Besitz größerer Ländereien bei Huelgoat. Teil der Schenkung ist eine alte Klosteranlage, die wir – nach dem Willen der ehemaligen Besitzerin – restaurieren und wieder ihrer ursprünglichen Bestimmung zuführen sollen.«

Giselle begriff, dass es sich hier offensichtlich um die Schenkung handelte, von der der junge Autofahrer geredet hatte. Allerdings hatte er nichts von einem Kloster gesagt.

»Seiner ursprünglichen Bestimmung … das heißt, Sie wollen dort eine Art Filiale eröffnen?«

Über das Gesicht der Äbtissin zuckte ein Lächeln. »Genau. Wir haben das spätmittelalterliche Gemäuer zwei Jahre lang restaurieren lassen und werden dort Anfang kommenden Jahres eine Tochtergründung vornehmen. Die Arbeiten an dem Gebäude sind noch nicht abgeschlossen, wir haben es zunächst vor allem in einen bewohnbaren Zustand versetzt und die kleine Kirche saniert. Für eine Steinbildhauerin gibt es dort reichlich zu tun. Vor allem der Kreuzgang und auch die Krypta …«

»Das … das klingt verlockend.«

»Ich freue mich, das aus Ihrem Munde zu hören, liebe Madame Esch-Lamartine …« Mutter Marie-Joseph schmunzelte, vermutlich war sie zufrieden, dass ihre Menschenkenntnis sich wieder einmal bewährt hatte. Tatsächlich erschien Giselle dieses Angebot zunächst einmal spannend. Es versprach die Begegnung mit mittelalterlichen Künstlern, zugleich aber wohl auch viel Freiheit für eigene Skulpturen. Was eine Seltenheit war. Die Frage war nur, wo der Haken saß. Bei solchen Angeboten gab es immer einen Haken.

Eine durchdringende, helle Glocke war zu hören – das betraf wohl die Nonnen, die sich jetzt zu einer ihrer Gebetszeiten versammelten. Tatsächlich erhob sich die Äbtissin von ihrem Bürostuhl, zeigte jedoch keine Eile, das Büro zu verlassen.

»Nun – lassen wir dies alles auf uns zukommen, mit Gottes Hilfe werden wir den rechten Weg finden. Im Gästehaus wird in einer Viertelstunde das Mittagessen serviert, liebe Madame Esch-Lamartine. Und wie ich vermute, ist Ihr Zimmer bereits für Sie vorbereitet. Mit eigenem Bad – es wird Ihnen gefallen.«

»Vielen Dank, ehrwürdige Mutter …«

»Mutter Marie-Joseph reicht aus«, sagte die Äbtissin freundlich und wies sie mit einer auffordernden Handbewegung aus dem Büro.

Das Mittagessen bestand aus einem faden Eintopf: Karotten, Kartoffeln und Sellerie, mit einem Hauch gesalzenem Fleisch zusammengekocht. Keiner der Klostergäste beschwerte sich – man suchte hier Stille, Einkehr und Enthaltsamkeit.

Wahrscheinlich will sie mich für einen Billiglohn arbeiten lassen, dachte Giselle, und sie nahm sich vor, einen anständigen Arbeitsvertrag auszuhandeln. Trotzdem hatte sie das Gefühl, einen Hauptgewinn gezogen zu haben. Ein spätmittelalterliches Kloster ganz für sie allein. Ein Traum! Wer dachte da an Geld?

5

Februar 2011

»Wir sehen uns wieder, versprich es mir!«

»Großes Ehrenwort. Wir sehen uns!«

Die kleine Nolwenn hatte tatsächlich geweint, als sie vor drei Wochen mit Schwester Cécile und den beiden anderen Nonnen die Reise nach Huelgoat antrat. Giselle hatte sie in die Arme genommen, und Nolwenn hatte ihr die Jacke nass geheult.

»Ich weiß ja …«, schluchzte sie. »Ich weiß ja, dass Gott überall ist … und dass ich nur auf ihn allein … vertrauen darf … Ach, Giselle, vielleicht bin ich ja doch nicht für ein Leben als Ordensfrau geeignet …«

Sie war Novizin im zweiten Jahr und konnte sich immer noch anders entscheiden. Allerdings war Giselle bald klar geworden, dass Nolwenn im Kloster sehr gut aufgehoben war. Sie war vierundzwanzig, aber naiv und einfältig wie eine Vierzehnjährige. Vom ersten Moment an hatte sie eine kindhafte Zuneigung zu der jungen Steinbildhauerin gefasst, und sie war überglücklich, wenn man ihr gestattete, in ihrer Nähe zu sein. Was nicht immer möglich war, denn auch die Äbtissin hatte Nolwenns Zuneigung bemerkt, und sie war offenbar der Ansicht, es gehöre zur Selbstdisziplinierung einer Novizin, solche Gefühle zu unterdrücken. Zumal Nolwenn neben Schwester Cécile ausgewählt worden war, ins Kloster Notre Dame de la Forêt zu ziehen. Die Arbeiten der Handwerker dort waren abgeschlossen, und obgleich es noch winterlich kalt war, hatte die Äbtissin beschlossen, die Gebäude nicht länger leer stehen zu lassen. Zwei Zisterzienserinnen aus einem Kloster in der Provence waren ebenfalls dorthin beordert, Schwester Athanase, die der kleinen Gemeinschaft als Priorin vorstehen würde, und Schwester Thérèse.

»Die beiden sind sicher sehr nett«, hatte Nolwenn geplaudert, während sie Giselle bei der Feinarbeit an der Christusstatue zusah. Giselle hatte den Christus komplett neu angefertigt, worauf sie sehr stolz war. Jetzt musste noch mit Sandpapier und einem feinen Eisen nachgearbeitet werden.

»Das glaube ich auch …«, gab Giselle zurück und pustete Steinstaub vom Gesicht der Statue.

»Nur … nur Schwester Cécile …«, sagte Nolwenn mit einem tiefen Seufzer.

»Ist sie so schlimm?«

»Sie ist schrecklich streng … Und sie schaut immer so böse …«

Schwester Cécile war hauptsächlich damit beschäftigt, feine Stickereien für liturgische Gewänder anzufertigen, Giselle hatte sie bisher kaum zu Gesicht bekommen. Nolwenn hatte ihr gesagt, dass Schwester Cécile groß und hager sei, eine dicke Brille trage und es gottlos fand, dass die Steinbildhauerin den Christus auf dem Brunnen durch einen neuen ersetzte. Auch wenn dem Original die Arme und ein Stück vom Kopf gefehlt habe – es sei der wahre Christus gewesen. Dieser neue sei eine Fälschung, denn der Steinbildhauerin fehle der tiefe Gottesglaube, der ihren Vorgänger beseelt hatte.

»Es gibt Leute, die müssen immer nörgeln«, hatte Giselle tröstend erklärt. »Es geht ihnen dann besser, verstehst du? Nimm es einfach nicht so ernst.«

Dass sie selbst sich fürchterlich über diese Äußerung ärgerte, hatte sie Nolwenn verschwiegen. Na schön, dachte sie. Falls ich also tatsächlich den Job in Notre Dame de la Forêt übernehmen sollte, weiß ich, was auf mich zukommt. Da sollst du mich kennenlernen, du hochnäsige Zimtzicke.

In Wahrheit war ihre Entscheidung längst gefallen. Mutter Marie-Joseph hatte ihr Fotografien gezeigt – ein schlauer Zug von ihr.

Gedrehte Sandsteinsäulen, die sich zwischen allerlei Pflanzenbewuchs im ehemaligen Kreuzgang erhalten hatten. Ein Brunnen. Trümmer einer Brunnenhaube, die der Blitz getroffen hatte. Die Kirche, deren Decke von Sandsteinpfeilern gestützt wurde. Die Kapitelle sollte Giselle mit Figuren schmücken. Der ehemalige Altartisch aus Granit, der sich in der Kirche gleich neben dem Eingang zur Krypta angefunden hatte und der – soweit sie auf den Fotos erkennen konnte – höchst interessante Reliefarbeiten trug. Möglich, dass dieser Stein älter war als die gesamte Klosteranlage. Vielleicht sogar heidnisch.

Nein – sie konnte diesen Job nicht ablehnen. Auch wenn die Bezahlung erwartungsgemäß gering war, eigentlich eine Unverschämtheit. Kirche und Klöster hatten sich schon immer darauf verstanden, arme Künstler auszubeuten.

Nun – sie würde es ihnen auf ihre Art heimzahlen.

»Ich habe den Vertrag schon fertig gemacht …«, sagte Mutter Marie-Joseph eifrig, als sie ihr die frohe Kunde überbrachte. »Wir sind mit Ihrer Arbeit sehr zufrieden. Der Brunnen ist ein Meisterwerk, wir sind stolz darauf, dass er nun wieder unseren Kreuzgang schmückt.«

Lob macht gefügig, Giselle kannte den Trick. Aber natürlich war sie eitel genug, sich über das Lob zu freuen. Außerdem zahlte das Kloster für die Brunnenrestaurierung ein hübsches Sümmchen, das sie für schlechte Zeiten auf die Bank legen konnte.

»Ich hoffe, Sie haben einen Führerschein, Madame Esch-Lamartine?«, fragte Mutter Marie-Joseph mit ihrem üblichen verschmitzten Gesichtsausdruck. Was führte sie jetzt schon wieder im Schilde, diese Klosterfrau?

»Klar habe ich einen Führerschein! Bin halt nicht so im Training, weil ich kein Auto habe.«

Marie-Joseph strahlte, als würde man ihr ein Geburtstagsgeschenk überreichen. »Wir haben für unser Tochterkloster einen Wagen gekauft. Einen sehr hübschen kleinen Transporter, den wir Ihnen anvertrauen möchten.«

»Mir? Aber ich … ich bin so lange nicht mehr gefahren!«

»Das schaffen Sie schon. Wir werden ein paar Kleinigkeiten einpacken, die unsere Schwestern dringend benötigen. Und den Kraftstoff zahlen wir selbstverständlich auch – also wird Sie die Reise nicht einmal etwas kosten …«

Wie großzügig. Der Wagen entpuppte sich als ein staubgrauer Peugeot Expert. Baujahr 1998 – er hatte also dreizehn Jahre auf dem Buckel. Nun ja – wer wollte denn abergläubisch sein? Er war nur knapp 80 000 km gefahren und hatte das Kloster 2 000 Euro gekostet. Ein Schnäppchen. Giselle verstand nicht viel von Autos, aber ihr war klar, dass bei einem so niedrigen Preis etwas nicht stimmen konnte.

»Haben Sie den Wagen von einer Werkstatt durchchecken lassen?« Immerhin hatte es in diesem Winter ordentlich geschneit, und sie hatte keine Lust, in Eis und Kälte irgendwo liegen zu bleiben.

»Selbstverständlich, meine Liebe. Öl ist nachgefüllt, neue Reifen aufgezogen, die Bremsen repariert. Der Autoschlosser meinte, der Wagen würde noch mindestens zehn Jahre halten.«

»Sein Wort in Gottes Ohr.«

»Genau das sagte ich auch zu ihm.«

Am folgenden Morgen – die Klosterfrauen hatten gerade die Laudes gesungen – stand Giselle vor dem vollgepackten Transporter und versuchte mühsam, ihr Bündel noch zwischen die vielen Koffer und Pakete zu quetschen. Stand in den Regeln des heiligen Benedikt nicht etwas von Armut? Bedürfnislosigkeit? Das hier sah aus wie ein Warenlager.

Der Abschied war kurz; einige der Nonnen versammelten sich fröstelnd im morgendunklen Hof, um ihr Lebewohl zu sagen und Grüße an die Mitschwestern aufzutragen. Vor allem an die »liebe kleine Nolwenn«, von Schwester Cécile war weniger die Rede. Eigentlich gar nicht. Was sehr aufschlussreich war.

Der Wagen blubberte ein wenig, dann sprang er bereitwillig

an, machte allerdings einen ziemlichen Lärm. Während Giselle langsam vom Hof fuhr, eilten die Klosterschwestern zurück ins Refektorium, wo das Frühstück wartete. Um Viertel vor neun begann schon wieder die Messe.

Kein Leben, das mir gefallen würde, dachte Giselle. Sechs Gebetszeiten, die sich über den Tag verteilten, dazu eine Morgenmesse – das musste man mögen. Jede Stunde, jede Minute verplant, Andachten, Mahlzeiten, Arbeit, Erholung, Schlafen – alles hatte seine Zeit. Während ihrer Restaurierungsarbeit hatte sie die Klosterfrauen oft beobachtet, wenn sie in eiliger Prozession durch den Kreuzgang zur Kirche liefen. Ganz in Weiß, eine hinter der anderen, schweigend, die Arme vor der Brust verschränkt, die Köpfe gesenkt, den Blick nach innen gerichtet. Giselle hatte Respekt vor ihrer Beständigkeit, ihrem Fleiß, sie bewunderte die Äbtissin für ihre Klugheit und Menschenkenntnis. Aber viel länger hätte sie es hier nicht ausgehalten.

Der Wagen schnurrte wie ein alter Dachkater, gehorchte aber einwandfrei und ließ sich auf der Nationalstraße sogar bis auf 120 Sachen hochdrehen. Mehr ging wohl nur bei Rückenwind. Sie fand bald wieder Spaß am Autofahren und merkte erst nach einigen missglückten Überholversuchen, dass der graue Kater kräftemäßig etwas schwach auf der Brust war, wahrscheinlich mangels Pferdestärken.

Okay, dachte sie. Ist eben ein Nonnentransporter. Klosterfrauen haben es nicht eilig, sie sind wie die Lilien auf dem Felde, sie tanken nicht, sie eilen nicht, aber der himmlische Herrscher lässt sie dennoch rechtzeitig ankommen. Oder so ähnlich. Sie schaltete das Radio ein und hörte ein wenig Countrymusik, die sie an irgendeinen uralten Wildwestfilm erinnerte

Dann mischte sich der Nachrichtensprecher ein. »Im Westen der Bretagne immer noch heftiges Schneetreiben, einige Dörfer sind von der Außenwelt abgeschnitten. Die Schneepflüge sind seit dem frühen Morgen im Einsatz …«

Verflixt. Sie überlegte, ob dieses Huelgoat mit »im Westen« gemeint sein konnte, und kam zu der Überzeugung, dass der Westen viel weiter westlich war. Hinten an der Atlantikküste. Bei Brest. Pointe du Raz. Oder Crozon. Auf keinen Fall Morlaix. Das war viel zu weit östlich im Westen …

Auf der Höhe von Loudéac schwirrten winzige Eiskristalle gegen die Frontscheibe, auch konnte man jetzt, da die morgendliche Dunkelheit sich hob, die schneebedeckten Felder und Häuser erkennen. Sie fuhr langsamer, weil die Straße im Scheinwerferlicht unangenehm glitzerte, auch hatten sich die kleinen Eiskristalle zu wattigen Schneeflocken zusammengeschlossen, und die Scheibenwischer des grauen Katers quietschten zum Gotterbarmen. Die hatte der freundliche Automechaniker leider nicht erneuert.

Wenn das Kloster mitten im Wald liegt, werde ich viel Spaß bekommen, dachte sie.

Es ging jetzt langsamer voran, die vierspurige Straße war zwar geräumt worden, rechts und links der Fahrbahn türmten sich jedoch Schneeberge. Und es schneite. Von wegen maritimes Klima in der Bretagne. Schnee und Eis wie am Montblanc. Man hätte glatt die Langlaufski herausholen können.

Lustig war das nicht. Am Straßenrand hing ein Peugeot in einer Schneewehe fest, zwei Leute mühten sich mit Schaufeln ab, und da sie zwei Kinder im Wagen sah, hielt sie an.

»Kann ich helfen?«

Sie hatten ein Abschleppseil dabei, und Giselle entdeckte bei dieser Gelegenheit, dass der graue Kater eine Anhängerkupplung besaß. Leicht verrostet, aber haltbar. Auch die neuen Reifen bewährten sich, langsam anfahren, spannen, ziehen, langsam, langsam – und plopp!

Sie verteilte Kekse an die Kinder aus dem Lunchpaket, das die Nonnen ihr mitgegeben hatten, kassierte überschwänglichen Dank und fuhr weiter.

»Gutes Auto«, murmelte sie vor sich hin. »Braver, alter Schnurrekater! Ich liebe dich.«

Der Graue verschluckte sich ein paar Mal vor Freude, sodass sie schon Angst um den Motor bekam, doch er fing sich wieder und schnurrte weiter. Kurz vor Huelgoat staute sich der Verkehr, man konnte nur noch im Schritttempo fahren. Die Wagen, die ihr entgegenkamen, trugen eine vereiste Schneeschicht auf den Dächern. Huelgoat lag doch viel weiter westlich im Westen, als sie angenommen hatte.

Die Straßen im Ort waren notdürftig geräumt; da es jedoch immer noch schneite, hatte sich das ausgestreute Salz mit dem Neuschnee zu einer glitschigen Seife vermengt. Mehrere Autofahrer hatten diese Mixtur unterschätzt und waren vom Weg abgekommen. Einer hatte ein Verkehrsschild umgeknickt, zwei andere standen mit eingedrückter Front und zerbeultem Kofferraum vor dem Hotel *La Bretagne.* Giselle schwitzte Blut und Wasser, denn auch der graue Kater schlingerte über den Asphalt, glitt elegant an einem abgestellten Traktor vorbei und wäre beinahe in das Fenster der Bar-Tabac *La Motte* gerutscht. Giselle bremste gefühlvoll, hielt an und begab sich in die Bar, um nach dem Weg zu fragen.

»Bei Plouvan rechts abbiegen. Sie haben ein Hinweisschild aufgestellt, hat jemand neulich gesagt …«

»Und wo geht's nach Plouvan?«

Der Patron war schlecht gelaunt, nachdem der Schnee die letzten Touristen vertrieben hatte. Er deutete mit dem Daumen über die Schulter und verschwand hinter einem dunkelroten Vorhang.

»Am Seeufer entlang, dann ist es ausgeschildert …«

»Vielen Dank, Monsieur … Sehr liebenswürdig … Schneit es hier öfter so?«

»Alle hundert Jahre …«, tönte es dumpf hinter dem Vorhang.

Draußen musterte sie die Umgebung und kam darauf, dass

das, was sie bisher für eine verschneite Wiesenfläche gehalten hatte, ein zugefrorener See sein musste. Natürlich – drüben lagen Boote im Schnee, da musste eine Anlegestelle sein.

»Was meinst du, Grauer«, murmelte sie, als sie wieder im Wagen saß und den Motor anwarf. »Durch den Wald. Schaffst du das?«

Der Graue tuckerte zuversichtlich, daher setzte sie ihn vorsichtig in Bewegung und sah auf die Uhr. Noch nicht einmal Mittag – falls sie irgendwo im Wald liegen blieb, konnte sie zu Fuß Hilfe holen. Das Schild, das nach Plouvan wies, war ziemlich zugeschneit, man ahnte die Schrift mehr, als dass man sie lesen konnte. Dafür war der Weg dorthin anständig geräumt, sie kam gut voran. Das Dorf war von Wiesen und Äckern umgeben, alle durch Hecken voneinander abgetrennt, wie es hierzulande üblich war. Als sie hindurchfuhr, kam es ihr ziemlich ausgestorben vor, nur ein brauner Hund kläffte sie an und die Heizung saugte den unverkennbaren Duft von frischem Schweinemist in den Wagen. Auf einer Weide standen schwarz-weiße Kühe in einem Unterstand und schauten sie mit vorwurfsvollen Augen an.

Das Hinweisschild aus braunem Holz war so winzig, dass sie es im Schnee fast umgefahren hätte.

»Abbaye Notre Dame de la Forêt« stand darauf in weißen Lettern.

Der Wald bestand hauptsächlich aus winterkahlen Buchen und Eichen, die wenigen Fichten litten unter der schweren Schneelast, etliche Äste waren auf den Weg heruntergebrochen. Giselle fuhr im Schritttempo, die Federung des Transporters wurde herausgefordert, denn es ging über Steine und Wurzelwerk. Trotz allem war es weniger schlimm, als sie befürchtet hatte, denn die Bäume hatten den Weg weitgehend schneefrei gehalten.

Sie erblickte zuerst die Kirche, klein, aber ganz im spätromanischen Stil restauriert. Dann eine Mauer, im unteren Bereich aus Granit, weiter oben hatte man Schieferbrocken benutzt. Zuletzt den See. Beinahe kreisrund, von Bäumen und Gebüsch umgeben, an einigen Stellen ragten dünne Eisschollen heraus, die der Schnee zugedeckt hatte.

Der Transporter hatte Mühe, sich bis zum Mauertor durchzukämpfen, denn hier hatte niemand Schnee geräumt. Giselle stieg aus, stapfte zum Tor, das aus Schmiedeeisen gearbeitet war, und suchte nach einer Klingel. Oder einer Glocke. Nach einem eisernen Ring, mit dem man anklopfen konnte. Es fand sich jedoch nichts dergleichen. Stattdessen ließen sich die beiden Torflügel nach innen drücken, das Schloss knackte, öffnete sich und Giselle stand im Kreuzgang des Klosters.

Tiefe Stille ringsum. Falls die vier Ordensfrauen den gleichen Rhythmus wie die Nonnen von »La Joie Notre Dame« einhielten – sie sah auf ihre Armbanduhr –, dann hätten sie jetzt eigentlich die Mittagshore beten und singen müssen.

Giselle stieg durch die unberührte, weiße Fläche des Klostergartens bis zu der kreisrunden, halb im Schnee versunkenen Form in seiner Mitte. Ein alter Brunnen! Sein Rand war breit und wie es schien aus festem, rötlichem Sandstein gemauert. Sie wischte den Schnee fort und stieß dabei gegen einen flachen Stein, ein schweres Teil, das lose auf dem Rand lag. Granit, aber sehr dunkel, fast schwarz. Vielleicht von der Atlantikküste. Dann sah sie, dass jemand ein Kreuz hineingemeißelt hatte. Ein Handwerker war das nicht gewesen, dazu war es zu ungleichmäßig …

»Heilige Jungfrau sei mit uns …«, rief eine schrille Frauenstimme. »Wer sind Sie und was wollen Sie hier?«

6

Plouvan, Juni 1940

Das ist eine Lüge!«, sagte Justen LeHaziff und schlug mit der Faust auf den Tisch.

Mari schwieg, um ihn nicht noch wütender zu machen.

»Was hat er gesagt?«, fragte Großtante Iwa.

»Nichts. Iss deinen Brei. Es ist Honig drin …«

Maelle fing den auffordernden Blick der Mutter auf und nahm den Löffel, um die alte Frau zu füttern. Es ging bergab mit der Großtante, sie schlief die meiste Zeit, und man musste sie am Morgen ankleiden und am Abend ausziehen. Im Winter hatte sie in der Küche übernachtet, dicht am Herd auf einem Stuhl. Weil es dort wärmer war als oben in der ungeheizten Kammer.

»Sie können gar nicht nach Frankreich eingedrungen sein. Wir haben die Maginot-Linie. Eine Festung neben der anderen. Kasematten, durch Gänge miteinander verbunden. Unüberwindlich …«

Der Vater blickte wild in die Runde, aber von den drei Knechten wollte keiner widersprechen. Die beiden Stallmägde hielten vorsichtshalber auch den Mund. Aber natürlich – es hatte sich längst herumgesprochen. Gerüchte zunächst. Dann hatte Madame LeBoff es im Radio gehört und der Abbé hatte sogar eine offizielle Mitteilung vom bischöflichen Amt erhalten. Per Telefon.

Die Deutschen hatten die französische Heeresleitung zum Narren gehalten und einen Angriff über Belgien vorgetäuscht. In Wirklichkeit aber war der Hauptteil ihres Heeres mit Panzern und Geschützen durch die Ardennen auf französisches Gebiet vorgedrungen und stand damit im Rücken der französischen Truppen. Was genau geschehen war, wusste niemand.

Aber die Deutschen waren auf dem Vormarsch. Sie hatten Paris genommen, und sie würden auch die Bretagne erobern. Niemand hielt sie auf – die Besatzungen der Maginot-Festungen schon gar nicht.

»Wir haben sie 1918 besiegt und wir werden wieder siegen! Auf dem Gedenkstein am Kirchhof steht es geschrieben. All die Namen. Alle sind für Frankreich gefallen. Soll das umsonst gewesen sein?«

Der Vater starrte auf die schweigenden Zuhörer, dann auf die beiden leeren Plätze, die seinen Söhnen gehörten. Niemand durfte sich dort hinsetzen, auch wenn es am anderen Tischende eng wurde – die Lücken auf der Küchenbank für Connan und Dustin mussten bleiben.

Seit vier Wochen hatten sie keine Nachricht mehr von ihnen. Auch nicht von Marno, der bis dahin so viele Briefe und Postkarten geschrieben hatte. Aber Marno wurde hier am Abendbrottisch bei den LeHaziff nicht mehr erwähnt. Auch von der Verlobung mit Maelle oder gar von einer Heirat war nicht mehr die Rede. Die Familien waren seit Monaten verfeindet.

Im Grunde war es Dustins Schuld. Er war Anfang April gemeinsam mit Marno einige Tage auf Heimaturlaub nach Plouvan gekommen. Alle waren sehr froh darüber gewesen, nicht zuletzt Sema, die sich ganz offen mit Dustin traf. Und dann musste ja noch gepflügt werden und man brauchte jede Hand. Marno war entschlossen, während dieses kurzen Urlaubs zu heiraten, er hatte die Papiere auf dem Gemeindeamt besorgt und auch Abbé Tanguy gebeten, die übliche Frist zu verkürzen. Patrik Tabarly war zu den LeHaziff gegangen, und sie hatten vereinbart, dass Dustin und Sema am gleichen Tage die Ehe eingehen sollten. Das war nur klug und richtig gedacht, denn auf diese Weise sparte man sich eine Feier, und das konnte in diesen unsicheren Zeiten nur von Nutzen sein. Niemand konnte etwas dagegen sagen, schon gar nicht Justen LeHaziff.

Aber Dustin verdarb alle Pläne, denn er weigerte sich. »Es ist Krieg, da soll man nicht heiraten!«, hatte er zu Patrik Tabarly gesagt.

»Gerade weil Krieg ist, muss geheiratet werden«, beharrte Semas Vater. »Nur wer sein Haus bestellt hat, kann ruhigen Herzens davonziehen, um das Vaterland zu verteidigen.«

Aber Dustin ließ sich nicht überzeugen. Das sei ein trauriger Spruch. Der bedeute nichts anderes als: Sorge rasch für einen Enkel, denn wenn du erst gefallen bist, ist es zu spät.

»Ich will Sema heiraten und mit ihr Kinder haben. Aber nicht jetzt. Später, wenn der Krieg vorüber ist.«

Auch Justen und Mari LeHaziff hatten versucht, den Sohn umzustimmen – umsonst. Dustin behauptete, er lasse sich nicht zu einer Heirat zwingen, schon gar nicht von Patrik Tabarly. Der meine, weil er den größten Besitz im Dorf habe, könne er anderen Vorschriften machen. Und was den Enkel beträfe – in dieser Hinsicht habe er, Dustin, bereits sein Bestes getan. Der alte Tabarly könne ganz beruhigt sein.

Sema hielt fest zu Dustin. Auch sie behauptete, es zeuge nicht von Gottvertrauen, eine Hochzeit übers Knie zu brechen. Wenn sie heirate, dann solle es eine schöne, große Feier sein, genau so, wie es sich gehörte. Keine Nothochzeit, bei der die Leute sonst was von ihr denken könnten …

Auch wenn die beiden Freundinnen sich heimlich in ihrem Scheunennest trafen – was sie inzwischen wieder regelmäßig taten –, beharrte Sema auf dieser Meinung. Sie schimpfte auf ihre Eltern, die so spießig und kleinmütig dachten, und auch auf ihren Bruder Marno.

»Wieso hat er es so eilig? Er kann es wohl nicht abwarten, dich im Ehebett zu haben, wie?«, spottete sie.

Maelle fiel es schwer, ihr darauf eine Antwort zu geben. Sie fand es schade, dass sie Marnos hingebungsvolle Liebe nicht belohnen konnte. Sie hatte ihm bisher nur zwei Umarmungen und ein paar Küsse gestattet – zu mehr war es nicht gekommen. Marno war keiner, der ein Mädchen bedrängte. Dennoch war sie nicht traurig, dass letztlich keine der beiden Hochzeiten stattfand.

»Wenn Dustin sich zu schade für meine Sema ist«, hatte Patrik Tabarly gesagt. »Dann ist mein Sohn Marno auch nichts für deine Maelle. Marno kann zehn bessere finden, er hat es nicht nötig, einer LeHaziff hinterherzulaufen!«

»Wenn du es so siehst«, hatte Justen LeHaziff ihm zur Antwort gegeben. «Dann tut es mir leid um unsere gute Nachbarschaft. Marno soll heiraten, wen er will – wir weinen ihm keine Träne nach. Und Maelle wird deshalb bestimmt nicht ledig bleiben!«

Marno hatte sich in heller Verzweiflung hinter seine Mutter gesteckt. Die war hinüber zu Mari LeHaziff gelaufen, und die beiden Frauen waren übereingekommen, die Streithähne miteinander zu versöhnen. Vielleicht wäre es auch geglückt, denn Mari hatte ihren Justen schon so weit, dass er einlenken wollte. Aber Patrik Tabarly war keiner, der sich von seiner Frau Armelle zu irgendetwas bereden ließ. Er war beleidigt; Dustin hatte seiner Tochter die Ehe versprochen und sich dann auf schlaue Art herausgeredet. Das ließ ein Tabarly nicht auf sich sitzen. Noch bevor Marno und Dustin zurück zu ihren Regimentern fuhren, hatte der alte Tabarly die Mauer zwischen den beiden Höfen um einige Steinreihen erhöht. Schluss mit dem Hinüber und Herüber. Von jetzt an blieb jeder dort, wo er hingehörte.

Und nun kam keine Nachricht mehr. Nicht von Dustin und auch nicht von Marno. Nur Connan hatte eine Karte geschrieben, aber auch das war schon gut drei Wochen her. Da war er in der Nähe von Straßburg gewesen. Beide Familien hatten den gleichen Kummer, die gleiche Sorge. Aber der Streit hatte schon zu tiefe Wurzeln in ihre Herzen getrieben – weder Patrik Tabarly noch Justen LeHaziff wollte dem anderen die Hand zur

Versöhnung reichen. Stattdessen beschuldigten sie sich gegenseitig, dem Glück ihrer Kinder im Weg zu stehen.

Nur Sema und Maelle waren von dem Familienstreit unberührt geblieben. Die Freundschaft der beiden jungen Frauen war tief, sie hatte schon so manchen Zwist überdauert, und auch jetzt hatten sie Wege gefunden, sich heimlich zu treffen. Im Frühjahr hatte Patrik Tabarly das Versteck in der Scheune zerstört und Sema den Umgang mit Maelle verboten. Da hatten sie sich auf dem Dachboden des Ziegenstalls ein neues Nest eingerichtet. Als dann im Juni das erste Heu in die Scheune gebracht wurde, entfernte Sema die Nägel, mit denen der Vater die rückwärtige Scheunentür zugenagelt hatte, und sie bauten ihr altes Versteck wieder an den gleichen Ort. Nur mussten sie jetzt warten, bis es dunkel geworden war, um sich dort ungesehen einzufinden, und auch das Übersteigen der Mauer war nicht leichter geworden.

Zu Anfang hatten sie sich gegenseitig die Feldpostbriefe ihrer Verlobten vorgelesen. Marnos lange, umständliche Berichte. Seine vorsichtigen Andeutungen. Die zärtlichen Abschiedsgrüße, die Hoffnung auf ein baldiges Wiedersehen. Sema hatte oft gemeint, ihr Bruder sei ein ganz wundervoller Briefeschreiber und sie wünschte, Dustin wäre das auch. Dessen Briefe kamen weitaus seltener, sie waren viel kürzer und wenn er von zärtlichen Dingen schrieb, dann wurde Maelle beim Zuhören rot. Wie direkt ihr Bruder war! Und wie genau er Semas Körper kannte, wie gut er wusste, wo und wie er sie berühren musste. Als Sema ihr einen Antwortbrief gezeigt hatte, bevor sie ihn abschickte, da hatte Maelle große Augen gemacht. Das also war Liebe. Tatsächlich hatte sie sich alles viel romantischer vorgestellt. Nicht so … so lüstern … so … schamlos. Aber das sagte sie nicht, weil sie Sema nicht verletzen wollte.

Stattdessen gab sie anderes zu bedenken. »Und wenn irgendwelche Leute die Briefe öffnen und lesen?«

»Wer soll das denn lesen?«

Maelle zuckte die Schultern. Das wusste sie auch nicht so genau. Aber ein Feldpostbrief war doch etwas anderes als ein normaler Brief. Irgendwie militärischer, dienstlicher …

»Du spinnst ja … Niemand wird es lesen außer Dustin. Und ich weiß, dass es ihm gefallen wird … Ach, wenn er doch nur bald zurückkäme … Ich träume jede Nacht von ihm. Ich halte es kaum aus ohne die wilden, verrückten Sachen, die er mit mir macht …«

Maelle hatte viel zu trösten, und sie tat es gern, denn Sema hatte nun den schlechteren Teil. Sie liebte Dustin, sie sehnte sich nach ihm, sie litt unsäglich unter der Angst, er könne fallen. Er wäre nicht der Erste gewesen: Drei der Altersgenossen, die mit ihm eingezogen worden waren, hatten schon den Heldentod gefunden. Natürlich sorgten sich Sema und Maelle auch um Marno, der so ungeschickt war und ganz sicher als Soldat nicht viel taugte. Aber die Sorge um Marno war eine andere, sie war nicht mit der quälenden Sorge um den Geliebten zu vergleichen.

An diesem Tag im Juni war es lange hell, und Maelle entschied sich schließlich, bei fallender Dämmerung über die Mauer zu steigen. Wenn sie wartete, bis es vollständig dunkel war, würde es zu spät. Die Mutter weckte sie noch vor fünf Uhr, weil sie dann zum Melken auf die Weide gingen.

Es war ein schöner Tag gewesen, sonnig, nur wenig Wind, die Äcker und Wiesen dampften noch die Feuchte der vergangenen Regentage aus. Sie sah prüfend zum Wohnhaus hinüber und hoffte, dass Vater und Mutter inzwischen eingeschlafen waren. Es konnte höchstens sein, dass eine der beiden Stallmägde sie jetzt sah und es morgen der Mutter erzählte. Die Knechte machten ihr weniger Sorge, sie waren verschwiegen, denn sie wussten, dass ein Streit in der Familie sich letztlich auch auf sie ungut auswirken würde. Seitdem Dustin und Connan im Krieg waren, hatte sich der Vater verändert. Er konnte grundlos zornig werden und ungerechte Strafen verhängen. Dabei war es nicht einfach, Männer für die Landarbeit zu finden, weil die jungen Burschen alle im Krieg waren. Die Knechte auf dem Hof waren entweder zu alt für den Militärdienst, oder sie waren aus anderen Gründen dienstuntauglich.

Sema saß zusammengekrümmt im Heu, umschloss die hochgezogenen Knie mit den Armen und hob kaum den Kopf, als Maelle zu ihr ins Versteck kroch.

»Was ist?«, flüsterte Maelle erschrocken.

Die Antwort kam nicht gleich, was Maelles Angst noch steigerte. Jeden Tag konnte der Briefträger eine schlimme Nachricht bringen, meist kam Abbé Tanguy kurze Zeit später in das Haus der betroffenen Familie, um zu trösten, wo kein Trost mehr helfen konnte. Gefallen auf dem Feld der Ehre. Den Heldentod für das Vaterland erlitten.

»Eine Karte von Marno«, sagte Sema schließlich zu Maelles Erleichterung.

»Eine Feldpostkarte? Was schreibt er? Geht es ihm gut?«

»Lies selbst.«

Sie reichte ihr die kleine graue Karte, die auf einer Seite mit einer bunten Zeichnung bedruckt war. Ein Soldat, der seine Liebste im Arm hält und von ihr Abschied nimmt.

»Aber … sie ist für dich, Sema …«

»Lies!«

Liebe Sema, ich schreibe diese kurze Nachricht im Auftrag von Dustin, der Dich herzlich grüßen lässt. Er liegt in Dünkirchen in einem Lazarett. Sobald er einen Stift halten kann, will er Dir schreiben. Grüße bitte meine liebe Braut Maelle, an die ich Tag und Nacht denke. Bin selbst gesund, aber sehr unglücklich über unsere bittere Niederlage. Grüße an die Eltern. Marno

Dustin lag in einem Lazarett. Das bedeutete, er war verwundet. So schlimm verwundet, dass er nicht mal einen Bleistift halten konnte … Maelle sah von der Karte auf und bemerkte erst jetzt, dass Sema sie die ganze Zeit über mit vom Weinen geröteten Augen anstarrte. Im schwachen Schein der Stalllaterne sah die Freundin erschreckend bleich aus. Die Wangenknochen traten vor, das Kinn erschien spitz, unter den Augen waren dunkle Gräben.

»Ich muss nach Dünkirchen, Maelle«, flüsterte sie.

»Beruhige dich, Sema. Er liegt in einem Lazarett und wird gewiss gut versorgt.«

Sema schüttelte stur den Kopf, als hätte sie gar nicht zugehört. »Ich muss ihn sehen.«

»Du kannst ihm doch nicht helfen!«

»Und wenn er stirbt?«, stieß Sema heiser hervor. »Wie kann ich hier sitzen und warten, während er dort sein Leben aushaucht? Ich muss zu ihm, verstehst du das denn nicht?«

Es hatte keinen Zweck, ihr zu widersprechen. Maelle verstand sehr gut, dass Sema in heller Verzweiflung war und vernünftige Gründe keinen Weg zu ihr fanden.

»Du musst mir helfen, Maelle. Du bist meine einzige Freundin. Der einzige Mensch auf der Welt, dem ich vertrauen kann.«

»Natürlich helfe ich dir, Sema. Das ist doch gar keine Frage.« Maelle sprach mit leiser, sanfter Stimme, um Sema zu beschwichtigen. Gewiss sah sie die Sache morgen früh schon in einem anderen Licht.

»Du musst mir das Reisegeld leihen!«

»Ich? Woher sollte ich so viel Geld haben?«

Sema schwieg und fuhr fort, sie mit wunden Augen anzustarren. Dachte sie tatsächlich, Maelle würde ihretwegen die Großtante bestehlen?

»Sie braucht es doch nicht mehr, Maelle«, wisperte sie eindringlich. »Und es soll dir gehören. Ist es dann nicht gleich, ob du es jetzt oder erst nach ihrem Tod an dich nimmst?«

»Das meinst du nicht im Ernst, Sema!«

Sema tat einen tiefen Atemzug, als müsste sie sich von etwas befreien. Von dem schlechten Gewissen der Freundin gegenüber. »Ich brauche nur eine kleine Summe. Fünfzig Francs – nicht mehr. Ich habe noch die goldene Kette mit dem Anhänger von meiner Mutter, die kann ich unterwegs verkaufen.«

Maelle suchte verzweifelt nach Gründen, die die Freundin von ihrem verrückten Plan abhalten könnten.

»Du hast doch auch davon gehört, dass die Deutschen einmarschiert sind. Sie sind gewiss auch in Dünkirchen!«

»Das ist mir gleich«, rief Sema erregt. »Niemand hält mich davon ab, Dustin zu sehen. Ihn in die Arme zu schließen. Vielleicht zum letzten Mal ... Ach Maelle – du weißt nicht, was Liebe ist. Wenn du wirklich liebst, dann ist nichts mehr wichtig, nur der Geliebte. Mag die Welt untergehen. Soll das Meer austrocknen. Sollen die Feinde über uns herfallen. Wenn ich nur bei Dustin sein kann, will ich gern alles ertragen ...«

Maelle war von dieser Rede beeindruckt. Wie mutig ihr die Freundin jetzt erschien! So mussten auch die Frauen der großen Revolution damals gesprochen und gehandelt haben. Ohne Rücksicht auf das eigene Leben waren sie ihrem Ziel entgegengestürmt. Zumindest hatte es Madame Le Boff damals im Geschichtsunterricht so dargestellt.

»Lass mich nicht im Stich, Maelle! Ich bitte dich ... Ich würde das Gleiche jederzeit auch für dich tun.«

Maelle schwankte. Es war völlig schwachsinnig, was Sema da plante. Aber war es nicht so, dass Liebe alle Hindernisse überwand?

»Ich könnte es versuchen.«

Semas Miene war mit einem Schlag verändert. Sie strahlte vor Glück und Zuversicht, sprang auf und umarmte die Freundin so heftig, dass sie beide rücklings ins Heu kippten.

»Bring es mir gleich morgen früh, ja? Ich werde nach dem Melken in der Scheune sein und auf dich warten.«

»Ich kann nichts versprechen, Sema.«

»Die Heilige Jungfrau, die Beschützerin aller Liebenden, wird mit dir sein.«

Dass die Jungfrau Maria sie bei einem Diebstahl unterstützte, erschien Maelle zweifelhaft. Immerhin war der Mond ihr Komplize, er stand als runde, bleiche Nachtlaterne am Himmel, von ein paar vorübertreibenden Wölkchen kaum behelligt. Maelle wusste, dass die Kammer der Großtante nun hell erleuchtet war, denn sie schlief an der Giebelseite, wo es ein Fenster gab.

Eine Diebin im eigenen Haus, stieg sie barfuß die Treppe hinauf und lief durch die leere Kammer der Brüder zur kleinen Tür, hinter der die Tante schlief. Es war keine Gefahr dabei. Falls Mamm sie hier überraschte, konnte sie sagen, sie hätte ein Geräusch gehört und wollte nach der Großtante schauen. Iwas Schlaf war tief, man hörte sie leise schnarchen.

Die Luft in der winzigen Kammer, in der gerade Bett, Stuhl und Schrank Platz hatten, war dick und verbraucht. Es roch nach Moder, nach schmutziger Wäsche, nach Alter und Tod. Maelle schauderte es, sie kam sich vor wie eine Verbrecherin.

Im Schrank fand sich das Kästchen. Darunter fühlte sie die lose Bodendiele, grub die Fingernägel in einen Spalt und zog das Holz in die Höhe. Sie spürte einen Hohlraum, tastete mit der Hand, suchte, fühlte und konnte nichts finden. Das Geheimfach, von der die Großtante ihr erzählt hatte, war leer.

Entweder hatte die Großtante die Geschichte mit dem Geld erfunden oder irgendjemand hatte es an sich genommen. Aber wer? Wem hatte sie davon erzählt?

Maelle legte das Holzstück an seinen Platz zurück, stellte das Kästchen darauf und schob die Schranktür wieder zu. Dann schlich sie erleichtert in ihre Kammer und legte sich zu Bett.

Möglicherweise hatten ja die Mäuse das Geld gefressen. Ja, so war es ganz sicher gewesen. Darauf hätte sie gleich kommen können.

7

Der Morgen war kühl. Ein frischer Wind fuhr durch das taufeuchte Gras, am Himmel flogen Wolkenschleier, der weißen Schafwolle ähnlich, die man vor dem Spinnen auseinanderzupfte. Maelle und die Mutter arbeiteten Hand in Hand, reichten sich die vollen Milcheimer, die in die Blechkanne gegossen werden mussten, halfen einander, Frou-Frou zu melken, die am Euter empfindlich war und mit dem Schwanz peitschte. Die schwarz-weißen Kühe waren sanfte Mädchen, sie kamen freiwillig gelaufen, wenn sie die Melkerinnen sahen, ließen sich streicheln, rieben auch ihre schweren Köpfe an den Bäuerinnen. Auch die drei Mutterkühe, die Kälber hatten und vorerst nicht gemolken wurden, liefen mit den anderen mit.

Die zweite Blechkanne war voll, Maelle setzte den Deckel darauf und hob die schwere Kanne auf den Handwagen – heute würde es wohl nur drei Kannen geben. Aber solange Dustin und Connan nicht bei ihnen waren, brauchten sie auch nicht mehr. Sie wischte sich die feuchte Stirn mit dem Ärmel und seufzte tief. Gleich nach dem Melken würde sie Sema erklären müssen, dass sie ihr kein Geld geben konnte. Es war nicht ihre Schuld, aber es war dennoch …

»Maelle!«, rief die Mutter, die zwischen den Kühen hockte, den Melkeimer zwischen den Knien. »Maelle! Hörst du nicht?«

Man vernahm Automotoren. Ein oder zwei Wagen näherten sich aus der Richtung Huelgoat. Es konnte Gurvan LeBoff, der Ehemann der Lehrerin, sein, der besaß ein Auto, das er allerdings nur noch selten benutzte, weil es keinen Kraftstoff zu kaufen gab.

»Was stehst du da an der Straße? Komm her zu mir! Schnell!«

Die Stimme der Mutter war hart, ihr Befehl duldete keinen Widerspruch. Maelle griff rasch den Melkeimer und drängte sich zwischen den Kühen hindurch.

»Los, los. Mathilde hatten wir noch nicht. Da drüben. Mach schon …«

Maelle hatte verstanden. Die Motoren klangen fremd, niemand hier in der Gegend besaß solch ein Auto. Als sie jetzt über die niedrige Hecke auf die Straße schaute, erkannte sie zwei graue Fahrzeuge, ein kleineres vorneweg und ein größeres dahinter. Sie waren da. Die Deutschen kamen, um ihr friedliches kleines Heimatdorf in Besitz zu nehmen. Es würde ihnen nicht schwer fallen, denn alle jungen Männer waren fort. In den Krieg gezogen.

»Setz dich doch endlich hin! Willst du, dass sie dich sehen?«, zischte ihr Mari zu.

Mechanisch gehorchte Maelle. Stellte den einbeinigen Melkschemel zurecht, setzte sich, nahm den Eimer zwischen die Knie … Die Motoren dröhnten jenseits der Hecke, man hörte männliche Stimmen, laut, kurz angebunden, es wurde auch gelacht.

»Hallo? Mesdames? Mesdames les vaches?«

Maelle duckte sich, hoffte, die Kuh Mathilde würde sie verdecken. Die Mutter saß unbeweglich auf dem Schemel, ihre Hände arbeiteten weiter, das Gesicht war starr. Die Fahrzeuge hatten gleich neben der Weide angehalten. Die Motoren liefen weiter, vielleicht wollten die Fahrer nur nach dem Weg fragen? Aber es war auch möglich, dass sie erschossen wurden, sobald man sie entdeckte.

Maelle beugte sich ein wenig vor, um unter Mathildes Bauch hindurchzuschauen. Sie erschrak fast zu Tode, denn sie blickte in ein vergnügt grinsendes Männergesicht. Einer der Deutschen war über die Hecke gesprungen, er hockte drüben im Gras und versuchte, die Frauen zwischen den Kühen auszumachen.

»Mademoiselle! N'ayez pas peur. Je ne vais pas vous manger ...«

Es hörte sich nicht gefährlich an, fand Maelle. Eher schien es ihr, als wollte sich der junge Deutsche über sie lustig machen. Sie solle keine Angst haben, er wolle sie nicht aufessen.

»Ich habe keine Angst!«, sagte sie und stand von ihrem Schemel auf. »Wir sind bei der Arbeit, meine Herren.«

Es klang etwas unfreundlicher, als sie es hatte sagen wollen, aber der junge Deutsche schien von ihrer Rede erheitert. Er richtete sich auf und lächelte sie an. Dieser deutsche Eroberer hatte ein angenehmes, fast hübsches Gesicht. Auch sein Lächeln war gewinnend. Hatte sie nicht in der Kirche gehört, dass der Teufel sich gern in der Gestalt eines schönen jungen Mannes zeigte? Hier hatte sie den Beweis.

»Lassen Sie sich nicht stören ...«, sagte er auf Französisch. Er sprach die Worte seltsam hart und kehlig aus. Aber er machte keine Fehler. »Wir wollten nur wissen, wie das Dorf heißt. Ist es schon Plouvan?«

Da hatten sie es. Sie wollten nach Plouvan, um das Dörfchen zu erobern. Vielleicht würden sie alle Männer erschießen? Oder in der Schule einsperren? Und was würden sie mit den Frauen und Kindern tun?

Sie presste die Lippen fest aufeinander. Sicher würde es nichts helfen, den Namen ihres Dorfs zu verschweigen. Aber sie wollte auch nicht diejenige sein, die es an die Deutschen verriet. Sollten sie doch selbst herausfinden, wie das Dorf hieß. Am Ortseingang gab es ein Schild.

Der junge deutsche Teufel sah sie immer noch fragend an. Etwas an ihr schien ihn anzuziehen, denn er wurde nicht zornig, weil sie schwieg, er fuhr fort zu lächeln. Blondes Haar hatte er, man sah es, als er jetzt die Mütze ins Genick schob. Ganz kurz geschnitten. An seiner grauen Uniform waren weiße Achselstücke, auch am dunklen Kragen waren helle Rechtecke aufgenäht. Er trug hohe schwarze Stiefel und Reithosen.

Aus dem vorderen Wagen war eine ungeduldige Stimme zu hören. Sie verstand nichts, es war Deutsch. Aber der Fahrer streckte den Arm aus und wies auf das Ortsschild.

»Plouvan!«, rief er. Und noch etwas Unverständliches, das eine Aufforderung an seinen Kameraden war.

»Bien«, sagte der und nickte ihr zu. »Merci, Mademoiselle. À bientôt!«

Reglos stand sie, sah zu, wie er über die Hecke sprang und in das offene Fahrzeug stieg. Er wechselte ein paar Worte mit dem Soldaten, der hinter dem Steuer saß, lachte und machte eine Bewegung mit der Hand, die besagte: Fahr zu. Wir sind genau richtig. Plouvan wird uns gehören.

Während sie sich entfernten, in die Dorfstraße einbogen, vermutlich gleich auf dem Platz vor der Kirche ankamen, stand Maelle immer noch wie erstarrt. Angstbilder jagten sich in ihrer Phantasie. Tad. Sema. Großtante Iwa. Was würden sie mit ihnen tun? Und mit den anderen? Den Tabarly? Den Seznec, den Prigent. Mit Madame LeBoff. Mit Abbé Tanguy?

»Wir machen unsere Arbeit zu Ende«, sagte die Mutter in ruhigem Tonfall. »Ändern können wir doch nichts. Und die Kühe müssen gemolken werden, die können nichts dafür.«

Das war unbestritten. Fast beneidete Maelle die schwarz-weißen, freundlichen Tiere, die keine Ahnung davon hatten, dass der Erbfeind ihre Ställe, die Weiden und das Heu für den Winter in Besitz nahm.

»Was werden sie tun, Mamm?«

Die Mutter verzog keine Miene. Sie war eine, die dem Unglück ins Gesicht sah, ihm die Stirn bot, mutig und ohne zu klagen mitten hindurchging. Weil ja doch niemand helfen konnte.

»Gar nichts werden sie tun«, sagte sie düster. »In Huelgoat haben sie die Mädchenschule besetzt und sich dort einquartiert. Ein Gefängnis eingerichtet. Die Offiziere sind auch in der Stadt und im *Hôtel du Lac*. Und in Kervinaouet haben sie fünf Kanonen aufgestellt, die sind auf Huelgoat gerichtet.«

»Woher weißt du das?«

Madame LeBoff hatte es gestern einigen Frauen im Dorf erzählt, sie wusste es von ihrer Schwester, die im Hotel *Bretagne* in Huelgoat am Empfang arbeitete und von dort aus angerufen hatte. Mari hatte die Nachricht für sich behalten – Justen würde es noch früh genug erfahren.

»Sie haben niemanden erschossen?«

»Bisher nicht.«

Gemeinsam hoben sie die letzte Milchkanne auf den Handwagen, stellten die Eimer und die Melkschemel dazu und machten sich auf den Heimweg. Nach Hause mussten sie in jedem Fall – ganz gleich, was sie im Dorf erwartete.

»Vielleicht sind sie einfach nur durchgefahren.«

»Möglich …«, murmelte Mari.

Sehr wahrscheinlich war es nicht, denn Plouvan lag abseits der Straße. Wer nach Carhaix oder Plexben wollte, der war hier falsch.

»Oder sie erkunden die Umgebung von Huelgoat und fahren wieder dorthin zurück.«

»Auch möglich …«, meinte Mari wortkarg.

Aber die beiden Armeefahrzeuge standen auf dem Platz vor der Kirche. Der junge Teufel war ausgestiegen und besah sich in aller Seelenruhe den Gedenkstein für die Opfer des vergangenen Krieges, zwei der Soldaten standen neben ihm, das Maschinengewehr im Anschlag, die restlichen Männer saßen noch im Fahrzeug. Keiner der Dorfbewohner war zu sehen, nur zwei gelbe Hunde spielten im Kirchgarten, und auf den Dächern gurrten die Tauben. Maelle und ihre Mutter blieben im Mauerschatten von Joel Prigents Scheune stehen. Um zu ihrem Hof zu gelangen, hätten sie über den Platz gehen müssen, aber das war nicht ratsam, solange die Deutschen dort waren. Klüger wäre es gewesen, rasch über die Mauer zu steigen, um sich auf dem Hof der Prigent zu verstecken. Aber dann hätten sie den Handwagen mit den drei Milchkannen stehen lassen müssen und das brachte Mari nicht übers Herz.

So verharrten sie unschlüssig und warteten. Nach einer kleinen Weile sahen sie Abbé Tanguy aus dem Pfarrhaus treten. Er ging mit langsamen Schritten auf die Besatzer zu, ein magerer, grauhaariger Priester, dessen Brillengläser im Licht der Morgensonne funkelten. Maschinengewehre richteten sich auf die kleine Gestalt, und Maelles Herz stand für einen Moment still.

»Bonjour!«, rief ihm der deutsche Teufel entgegen. Es klang erfreut, er ging auf den Abbé zu und machte sogar eine knappe Verbeugung. »Ich glaubte schon, dieses Dorf sei ausgestorben. Wir haben vor, hier Quartier zu nehmen, und ich denke, es wird keine Schwierigkeiten geben. Oder sind Sie anderer Meinung, Monsieur l'Abbé?«

Er sprach in harmlosem Tonfall, angesichts der Maschinengewehre war es jedoch eine gefährliche Drohung. Sind Sie anderer Meinung? Wollen Sie vielleicht gar Widerstand leisten? Nur zu – wir sind darauf vorbereitet.

Maelle konnte nicht verstehen, was der Abbé erwiderte, denn er redete sehr leise. Aber die Antwort schien zur Zufriedenheit des Deutschen auszufallen, denn er nickte immer wieder. Jetzt entdeckte Maelle auch Sema und Armelle, die vor die Haustür getreten waren, um besser sehen zu können. Und drüben neben der Kirche tauchte Joanna Prigent mit einer ihrer Stallmägde auf. Maelle wagte sich zwei Schritte vor, um in den eigenen Hof hineinzuschauen. Und richtig: Tad stand bei der Tür und starrte zur Kirche hinüber. Wie ein Schlafwandler sah er aus, ganz bleich im Gesicht und mit hohlen Augen.

»Gehen wir!«, befahl die Mutter, die ahnte, was Maelle gesehen hatte. »Nicht, dass er auf dumme Gedanken kommt.«

Der Handwagen hatte Holzräder, die auf dem gepflasterten

Platz fürchterlich ratterten und klapperten. Nie war Maelle dieser Umstand so unangenehm aufgefallen wie jetzt, da sie eigentlich ungehört und ungesehen an den Deutschen vorbei zu ihrem Hof gelangen wollten. Ein oder zwei Gewehrläufe bewegten sich in ihre Richtung – dachten die vielleicht, die blechernen Milchkannen wären Bomben, die gleich neben ihrem Wehrmachtsauto in die Luft gehen würden? Sie spürte den Blick des deutschen Teufels in ihrem Rücken. Er hatte sie gesehen, ließ sie jedoch ungehindert passieren.

Der Vater hielt sich am Türpfosten fest und atmete schwer. Mamm überließ Maelle den Handwagen und eilte zu Justen, redete auf ihn ein, versuchte, ihn ins Haus zu ziehen.

»Nein, lass mich! Wo sind Jodok und Loan? Sie sollen herkommen. Wo ist Patrik Tabarly, der Feigling? Er hat ein Jagdgewehr!«

»Willst du uns alle an den Galgen bringen, du aufgeblasener Gockel?«, fuhr die Mutter ihn wütend an. »Halt den Mund und geh hinein, Justen. Sonst lernst du mich kennen!«

Tad wich tatsächlich zurück in den Hausflur, denn wenn Mari in diesem Tonfall redete, war es ihr bitterernst. Annik und Swana, die beiden Stallmägde, kamen zum Wohnhaus gelaufen, weil sie Angst vor den Soldaten hatten, dann humpelte auch der Pferdeknecht Jodok hinüber. Maelle kümmerte sich nicht darum, sie zog den Handwagen zur Küchentür und machte sich daran, die Kannen in die Wirtschaftsküche zu tragen, wo die Milch abgekocht wurde. Erst als sie hörte, dass auf dem Platz die Motoren angeworfen wurden, drehte sie sich um.

Das konnte doch nicht sein! Heilige Jungfrau Maria, flehte sie innerlich. Mach, dass es nicht wahr ist.

Aber die Jungfrau Maria war nicht bereit, ihr zu helfen. Die beiden grauen Wehrmachtsfahrzeuge bogen nacheinander in die Hofeinfahrt und hielten dicht vor dem Eingang zum Wohnhaus.

Wie lächerlich das alles war. Die Soldaten sprangen auf Befehl des jungen Teufels vom Wagen und bewegten sich um das Wohnhaus, liefen geduckt hinüber zu den Ställen, bedrohten die ahnungslosen Schweine mit ihren Waffen, durchwühlten die Scheune, die Remise, stocherten im Stroh herum. Dass sie nicht auch noch den dampfenden Misthaufen durchsuchten, war ein Wunder. Dafür fanden sie den Knecht Jodok, der das Geschirr für die beiden Pferde im Stall geputzt hatte, und trieben ihn wie einen gefährlichen Feind vor sich her. Auch Maelle wurde aufgefordert, ihre Kannen stehen zu lassen und sich ins Haus zu begeben.

Dort hatte man alle Bewohner in der Küche zusammengetrieben. Auch die Großtante saß auf der Bank, mümmelte unablässig vor sich hin und begriff nichts. Mamm stand hinter ihr, Tad hatte den Rücken an den Kamin gelehnt und die Arme vor der Brust verschränkt. Die beiden Stallmägde hockten wie Schlachthühner auf der Bank, neben ihnen die Knechte Jodok und Loan. Maelle ging hinüber zu Tante Iwa und setzte sich neben sie.

»Sind das alle Bewohner?«, fragte der deutsche Teufel in seinem hässlich klappernden Französisch.

Die Frage war an Tad gerichtet. Maelle konnte ihrem Vater ansehen, wie ungern er dem Deutschen antwortete. »Es fehlt noch einer der Knechte. Er ist draußen bei den Pferden.«

»Bien«, meinte der Deutsche. »Wir werden Ihnen eine Weile zur Last fallen, Monsieur LeHaziff. Ich bin Leutnant Peter Schmidt und benötige Quartier für fünfzehn Mann, außerdem ein Zimmer für mich und meinen Fahrer.«

Jetzt sah er Maelle an und lächelte, als hätte er sie gerade eben erst entdeckt. Sie verzog keine Miene, aber sie hätte dem Teufel, der sich Leutnant Peter Schmidt nannte, gern ins Gesicht gespuckt. Warum wollte er ausgerechnet bei ihnen Quartier nehmen? Es gab fünf Bauernhöfe im Ort und ihrer war der kleinste. Vermutlich würden sie nun die vielen Soldaten verköstigen müssen. Und sich täglich von ihnen auf die Finger sehen lassen, unter ihrer Bewachung stehen. Die Eroberer würden sich die Eier aus dem Hühnerstall nehmen und die Ferkel an den Grill stecken. Gefangene auf dem eigenen Hof waren sie nun.

»Wenn Sie sich ruhig verhalten, geschieht Ihnen nichts. Deutsche Soldaten sind keine Mörder, auch wir haben Eltern und Geschwister daheim. Zivilpersonen haben von uns nichts zu befürchten …«

Tad zeigte sich willig, er machte sogar Vorschläge, wo man die Quartiere einrichten konnte, die Mannschaften in den Unterkünften der Knechte über dem Kuhstall, den Leutnant in der Kammer seiner Söhne. Nein, ein Badezimmer habe er nicht. Auch kein WC zum Hinsetzen, da hole man sich ja alle Krankheiten. Man gehe über den Hof, dort gäbe es einen Verschlag.

Geschieht dir recht, dachte Maelle, als sie sah, dass der deutsche Leutnant das Gesicht verzog. Die Tabarly haben ein Badezimmer mit einer großen weißen Wanne. Und sogar einen Badeofen.

»Wir richten uns ein, Monsieur LeHaziff. Frühstück um acht Uhr. Mittagessen um eins. Abendbrot um sechs. Keine Sorge – wir besitzen eigene Vorräte, die wir Ihnen für die Verköstigung zur Verfügung stellen.«

Er hob den Kopf und schaute noch einmal prüfend über die Anwesenden, nickte zufrieden und wandte sich dann seinen Soldaten zu, um ihnen die nötigen Befehle zu erteilen.

»Quartier machen. In einer halben Stunde antreten zum Frühstück!«

In der Küche herrschte düsteres Schweigen. Schließlich war es Mari, die den Bann brach und zum Tagwerk überging. »Setz Milch auf und mach Kaffee«, befahl sie Maelle. »Wir machen ihnen dicken Brei mit Pflaumenmus. Brot muss erst gebacken werden.«

8

Es war wie ein böser Traum. Verrückt. Geradezu irrsinnig. Aber zugleich auch zum Lachen. Obgleich es eigentlich zum Weinen war.

Sechsundzwanzig Personen drängten sich um den langen Tisch. Drei Hocker waren im Haus aufgetrieben worden, um als zusätzliche Sitzgelegenheit zu dienen. Mari, die Großtante und Maelle dicht aneinandergequetscht, Tad am Kopfende und gleich neben ihm – Leutnant Schmidt. Sechzehn deutsche Soldaten, dazu die drei Knechte und die Mägde Annik und Swana. Die Stimmung war seltsam fröhlich, es wurde deutsch und bretonisch geredet, nur der Leutnant sprach französisch und man antwortete ihm in der gleichen Sprache. Ansonsten verständigte man sich durch Zeichen und Grimassen.

Sie waren umgängliche Leute, benahmen sich anständig, keiner hatte bisher etwas an sich genommen, was zum Hof gehörte, auch die Mägde waren nicht belästigt worden. Wie es schien, hatte der Leutnant seine kleine Truppe fest im Griff – aber was bedeutete das schon? Sie waren ja gerade erst angekommen.

»Ihre Söhne sind im Krieg, Monsieur LeHaziff?«

»Ja, Leutnant …«

»Haben Sie Nachricht von ihnen?«

»Nein …«

Maelle fiel siedend heiß ein, dass sie ihren Eltern noch gar nichts von Marnos Postkarte erzählt hatte. Es war nicht einfach, denn sie musste zugeben, dass sie sich mit Sema getroffen hatte. Aber es ging schließlich um Dustin, die Eltern hatten ein Recht darauf, die Nachricht zu erfahren.

»Dann ist es möglich, dass sie in Gefangenschaft geraten

sind«, sagte Leutnant Schmidt und sah Maelle dabei an. Er sah sie oft an, sprach auch in ihre Richtung, doch sie hatte bisher kein einziges Wort gesagt. Stattdessen kümmerte sie sich um die Großtante, die wie ein Kind gefüttert werden musste, und überließ das Reden ihrem Vater.

»Ich habe zwei Brüder und eine Schwester in Hamburg«, erzählte der deutsche Leutnant freimütig. »Meine Brüder sind beide in Polen. Wir alle hoffen, dass dieser Krieg ein rasches und gutes Ende finden wird.«

Maelles Eltern schwiegen dazu. Auch sie selbst hatte keine Lust, seinem Geschwätz beizupflichten. Ein rasches und gutes Ende … für die Deutschen bedeutete das, Frankreich für alle Zeit unter ihre Herrschaft zu zwingen. Und wohl auch Polen und Russland. Belgien und Holland. Vor allem aber England. Monsieur Hitler hatte einen großen Magen.

»Wenn Sie wollen, Monsieur LeHaziff – ich kann vielleicht herausfinden, ob Ihre Söhne in einem unserer Gefangenenlager sind. Versprechen kann ich nichts – aber ich könnte es versuchen …«

Tad zögerte, er war misstrauisch. Wer konnte wissen, ob der deutsche Offizier nicht ganz andere Pläne verfolgte? Mamm bedankte sich und nannte ihm die Namen und die Einheiten, in denen sie gedient hatten.

»Dustin ist in Dünkirchen«, fiel Maelle dazwischen. »In einem Lazarett.«

Sie hatte bretonisch gesprochen, damit der Deutsche sie nicht verstand.

»Woher weißt du das?«, fragte Mamm.

»Marno hat eine Karte geschrieben …«

Sie spürte den fragenden Blick des deutschen Leutnants, aber sie war nicht bereit, ihm die Worte ins Französische zu übersetzen. Hier nicht und auch sonst nicht. Er war ein Feind, ein Teufel, der sich nur freundlich und hilfsbereit gab, um sie zu beschwichtigen. In Wirklichkeit waren sie in seiner Hand und ihm ganz und gar ausgeliefert.

Leutnant Schmidt hatte sich wieder von ihr abgewendet. Er sprach mit seinem Fahrer auf Deutsch, richtete auch das Wort an seine Soldaten. Wenn er mit ihnen redete, war sein Tonfall ein anderer, energischer, härter, er ließ sie wissen, dass sie ihn zu respektieren hatten. Maelle fing die Blicke der beiden Mägde auf, die an dem deutschen Offizier hingen, und sie ärgerte sich. Sowohl Annik als auch Swana schienen geradezu verschossen in diesen deutschen Teufel. Wie war es möglich, dass sie auf sein hübsches Gesicht und das gewandte Auftreten so leicht hereinfielen? Wie dumm sie waren, alle beide!

Nachdem der süße Milchbrei mit Pflaumenmus verspeist war, trug einer der Soldaten einen Arm voller Brote herbei, die sie wer weiß wo besorgt hatten. Angeblich waren sie in Huelgoat beim Bäcker gekauft worden. Man schnitt das Brot und teilte es aus, aß dazu frische Butter oder tunkte das Brot in den Milchkaffee. Nach dem Frühstück beorderte der Leutnant seine Truppe in den Hof, wo sie unter den erstaunten Augen der Hofbewohner eine geschlagene Stunde exerzierten. Laufen, über Hindernisse springen, am Boden kriechen, in Reih und Glied marschieren – er schenkte ihnen nichts. Anschließend bestiegen sie ihre Fahrzeuge, um nach Huelgoat zu fahren. Zwei Soldaten verblieben auf dem Hof; sie hatten die Aufgabe, das Quartier zu bewachen.

Während sie die Milch absahnten, Butter machten und den Rest abkochten, nahm Mamm die Tochter streng ins Gebet. Was für eine Karte? Wieso wusste sie nichts davon?

»Du weißt, Tad will nicht, dass du hinüber zu Sema gehst!«

»Sema ist meine Freundin. Und sie ist Dustins Verlobte. Mein Gott, Mamm, wir haben Krieg. Niemand weiß, ob sie lebend zurückkehren. Was soll da dieser dumme Streit?«

Mari drehte die Zentrifuge, mit der die Butter gemacht wurde. Eine Weile arbeitete sie schweigend, wehrte eine aufdringliche

Fliege ab, die sich auf ihre Stirn setzen wollte. Es war heiß in der Wirtschaftsküche, der große Milchtopf dampfte auf dem Herd.

»Hast ja recht«, sagte Mari schließlich und wischte sich den Schweiß vom Gesicht. »Ich werde ihn fragen. Vielleicht kann er uns helfen.«

»Glaubst du wirklich, dass er uns helfen will, Mamm?«

»Warum denn nicht?«

»Weil er ein Feind ist. Darum.«

»Er ist kein böser Mensch, Maelle.«

»Er ist ein deutscher Teufel, Mamm. Du darfst ihm nicht trauen.«

Aber Mari schüttelte den Kopf. »Auch im Krieg gibt es böse und gute Menschen. Wenn er uns Nachricht von Dustin und Connan verschaffen kann, dann soll er es tun.«

Maelle widersprach nicht, sie war unsicher geworden. Die Eltern hatten den Weltkrieg erlebt, vielleicht hatte die Mutter ja recht und der deutsche Leutnant war tatsächlich kein Teufel. Ein guter Mensch konnte er jedoch auf keinen Fall sein, sonst wäre er nicht in ihr Land eingefallen, um es in Besitz zu nehmen.

Um die Mittagszeit kehrten die deutschen Besatzer pünktlich zurück. Die Soldaten schleppten mehrere Pakete und zwei Fässer in die Küche, wo der Tisch für sie bereits gedeckt war. Es gab Eintopf: Fleisch, Möhren, Sellerie und Kartoffeln, dazu einen Rest Brot und Wasser mit Cidre gegen den Durst.

»Wir haben ein paar Lebensmittel mitgebracht«, vermeldete der Leutnant. »Vor allem Bohnenkaffee – daran sind wir Deutschen nun einmal gewöhnt.«

Er lächelte, als müsste er sich dafür entschuldigen. In den anderen Paketen waren Reis, Zucker, Dosenfleisch und Schokolade. In den Fässern Rotwein aus der Bourgogne.

Dafür erwarteten sie allerdings gebratene Hühnchen und Schweinebraten auf der Speisekarte und keinesfalls jeden Tag nur Eintopf.

Was blieb ihnen übrig, als sich höflich für die Geschenke zu bedanken und am Nachmittag ein paar Hühner für morgen zu schlachten?

»In Dünkirchen?«, meinte der Leutnant, als Mamm nach Dustin fragte. »Ich könnte es über einen guten Freund versuchen. In einem Lazarett, sagten Sie?«

Nach dem Mittagessen, als sich die deutschen Soldaten in den Quartieren über dem Kuhstall ausruhten, erschien er mit zwei bunt verpackten Schachteln. Darin waren Pralinen. »Für die Damen«, sagte er und legte die Schachteln auf den Tisch. Die kleine Verbeugung und sein Lächeln in Maelles Richtung verwirrten sie. Es lag Ehrerbietung darin. Ritterlichkeit. Kein Mann hier im Dorf benahm sich in dieser Weise einer Frau gegenüber. Ivanhoe hätte es wohl getan. Lanzelot, der edle Ritter. König Artus, der seiner Gemahlin ein Geschenk überreicht. Was war los mit ihr? Wie konnte sie den Feind aus Deutschland mit den Rittern der Tafelrunde vermischen? Aber hatte es nicht auch unter den schönen und adeligen Rittern Verräter gegeben?

Sie wartete diesmal, bis es vollkommen dunkel war, bevor sie über die Mauer stieg und zur Scheune der Tabarly hinüberhuschte. Die deutschen Soldaten hatten noch lange rumort und geschwatzt, man sah sie auf dem Hof beieinander hocken, Wein trinken und Karten spielen. Einige rauchten Zigaretten, sie gaben auch Loan und Tin davon ab, nur Jodok wollte sie nicht nehmen. Zwei von ihnen spielten mit den Hunden, pfiffen nach ihnen und brachten ihnen Kunststückchen bei. Der Leutnant war hinüber zu den LeBoff gegangen, die einen Telefonanschluss besaßen. Er kehrte erst spät zurück und verschwand gleich in seinem Zimmer. Gegen zehn Uhr war überall Ruhe eingekehrt.

Regenwolken verdunkelten den Nachthimmel. Es nieselte in feinen Tröpfchen, der Mond, die verräterische, runde Laterne, hatte keine Chance. Maelle huschte barfuß über den Hof, überstieg die Mauer mit den Holzschuhen in der Hand und sprang auf der Seite der Tabarly ins feuchte Gras. Trotz des Regens war die Nacht warm, es roch nach nasser Erde und sommerlicher Fruchtbarkeit.

Doch zu ihrer großen Enttäuschung war das Versteck leer. Hatte Sema die Geduld verloren und war zu Bett gegangen? Oder war sie böse mit ihr, weil sie das Geld nicht gebracht hatte? Aber selbst wenn sie es gehabt hätte – die Ankunft der Deutschen hatte es unmöglich gemacht, sich heimlich mit Sema zu treffen. Die dritte Möglichkeit, dass Sema einen Weg gefunden hatte, ohne ihre Hilfe nach Dünkirchen zu fahren, beunruhigte Maelle am meisten. Heute früh hatte sie Sema doch noch an der Haustür mit ihrer Mutter stehen sehen …

Sie zündete die Laterne an und setzte sich ins Heu, um wenigstens noch ein halbes Stündchen zu warten. Was für ein Tag das heute gewesen war! Einer dieser Tage, die alles verändern, alles auf den Kopf stellen. Plötzlich war ihnen klar geworden, wie reich sie gewesen waren, als sie noch frei waren. Sie hatten diese Freiheit nicht geschätzt – wie sollten sie auch? Nun waren sie Gefangene, hatten Quartier und Verköstigung für fremde Besatzer zu stellen, mussten sich deren Wünschen fügen, den Befehlen gehorchen. Immer wieder drängte sich das Bild des deutschen Leutnants vor ihre Augen, seine Art, sie anzulächeln. Fand er sie amüsant? Machte er sich über sie lustig? Oder gefiel sie ihm gar? Glaubte er, sie verführen zu können? Tad hatte einmal erzählt, dass es im Weltkrieg Mädchen gegeben hatte, die sich mit deutschen Soldaten einließen. Nicht in der Bretagne, aber im Elsass und in Burgund, das die Deutschen damals be setzt hatten. Als Frankreich dann gesiegt hatte, war man mit solchen Verräterinnen nicht eben zimperlich umgegangen.

Er hatte buschige, blonde Brauen und graue Augen. Seine Lippen waren glatt, und wenn er lachte, konnte man seine weißen Zähne sehen. Ganz ebenmäßig standen sie – wie die Soldaten.

Auf seinen Wangen lag ein zarter blond-rötlicher Flaum. Wenn er sich einen Bart stehen ließe, würde der vermutlich rot …

Sie fuhr zusammen, denn das Türchen wurde aufgedrückt. Es knirschte und knarrte, weil es sich bei dem feuchten Wetter wieder einmal verzogen hatte.

»Da bist du ja!«, sagte Sema mit sichtbarer Erleichterung. »Ich hatte schon Angst, die verdammten Deutschen würden dich nicht aus dem Haus lassen.«

»Hab mich rausgeschlichen.«

Sema setzte sich neben Maelle ins Heu, noch hastig atmend, weil sie so rasch gelaufen war. Es sei nicht einfach gewesen, weil die Eltern noch nicht zu Bett gegangen waren. Sie saßen mit Joanna Prigent zusammen in der Küche, Annik LeBloch sei auch gekommen.

»Sie reden über die Deutschen. Was nun werden wird. Ob es hier am Ende zu Kämpfen kommt. Und Joanna Prigent hat gesagt, dass es auch hier in der Gegend junge Männer gibt, die sich mit der deutschen Besatzung nicht abfinden wollen.«

»Was meint sie damit?«

»Dass sie kämpfen wollen. Heimlich, verstehst du? Nicht wie Soldaten, die dem Feind gegenübertreten, sondern versteckt. Sie hocken hinter einem Busch oder sie verstecken sich in einer Scheune. Sie töten die Feinde aus dem Hinterhalt.«

Maelle schwieg beklommen. Feinde waren Feinde, sie hatten den Tod verdient. Fünf junge Männer aus Plouvan waren gefallen, die Deutschen hatten sie getötet. Es gab keinen Grund, Mitleid zu empfinden. »Glaubst du, dass das wahr ist?«

Sema zuckte die Schultern. Wer konnte das wissen? »Sie haben ja nur so geredet …«, meinte Sema. »Sag mir lieber, ob du das Geld hast.«

Sie wollte Maelle kaum glauben, dass das Versteck leer gewesen war. Ach, sie hatte solche Hoffnungen darein gesetzt und nun war alles verloren. »Leichtsinnig sind sie, die alten Leute!«, jammerte sie. »Gewiss hat es eine der Mägde genommen. Dustin sagte mir damals gleich, dass solch ein Versteck leicht entdeckt würde.«

»Du hast Dustin davon erzählt?«

Sema sah sie empört an. Was für eine Frage! »Natürlich! Ich hatte niemals Geheimnisse vor Dustin.«

»Und mit wem hast du noch darüber gesprochen?«

»Mit niemandem!«, rief Sema. »Glaubst du, ich tratsche so etwas herum?«

Natürlich glaubte Maelle das nicht. Und ganz sicher hatte ihr Bruder Dustin nichts mit dem leeren Fach im Schrank der Großtante zu tun. Wozu hätte er wohl Geld gebraucht? Er war Soldat.

»Der deutsche Leutnant will sich nach Dustin erkundigen«, erzählte sie rasch, um das Thema zu wechseln. »Er hat einen Freund in Dünkirchen, sagt er.«

»Ausgerechnet der …«

»Mamm sagt, er sei kein böser Mensch.«

»Er ist ein Deutscher. Und du solltest dich vor ihm in Acht nehmen, Maelle.«

»Ich?«

»Mamm und ich, wir haben doch gesehen, wie er dir nachgeschaut hat. Heute früh auf dem Platz, als du und deine Mutter mit dem Milchwagen an ihnen vorbeigelaufen seid. Da hat er die Augen nicht von dir wenden können, der deutsche Offizier.« Sema grinste sie an, dann legte sie ihr den Arm um die Schulter und schüttelte sie freundschaftlich. »Jetzt hast du aber einen Schrecken bekommen, wie? Mach doch nicht solch ein Gesicht, Maelle. Es war ein Scherz. Ist schon wahr, dass er dir nachgeschaut hat. Aber nur kurz. Außer mir hat es niemand mitbekommen.«

Maelle fand den Scherz nicht lustig. Sie entzog sich Semas Arm und rückte ein Stück von ihr ab.

»Wenn er etwas über Dustin herausfinden kann, dann musst du freundlich zu ihm sein, Maelle. In allen Ehren natürlich. Du weißt, was ich meine …«

»Ach, hör auf damit!«

»Ich meine es ernst, Maelle. Dünkirchen ist nun einmal schrecklich weit fort, und ich habe kein Geld.«

Wenigstens schien sie inzwischen zu Verstand gekommen zu sein und nicht mehr auf dieser irrsinnigen Reise zu bestehen.

»Wahrscheinlich kommt in ein paar Tagen ein Brief von ihm«, tröstete Maelle.

»Glaubst du, dass jetzt noch französische Feldpostbriefe befördert werden?«

»Warum denn nicht? Was sollten sie mit all den Briefen machen?«

Das wusste Sema auch nicht. Würden sie sie verbrennen? Ins Wasser werfen? Einfach irgendwo liegen lassen?

»Ich frage ihn morgen, Sema. Sei ganz ruhig. Mamm will es auch wissen.«

Sie umarmten einander, und Sema schluchzte in Maelles Bluse hinein. Ach, die Sehnsucht würde sie noch umbringen. Wie leer alles um sie herum sei ohne Dustin. Und die furchtbare Angst, er könne inzwischen gestorben sein …

Maelle tröstete sie, streichelte ihr Haar, ihre Schultern, drückte sie an sich. Bis morgen um die gleiche Zeit. Vielleicht wussten sie dann schon mehr.

Sie küssten einander wie immer, wenn sie sich trennten, und wünschten sich eine gute Nacht. Sema stieg als Erste die Leiter hinunter. Als Maelle nachkam, war die Freundin schon in der Dunkelheit des Gartens verschwunden.

Es regnete immer noch in boshaft feinen Tröpfchen, die rasch in die Kleidung einsickerten. Maelle tastete sich zur Mauer und zog die Holzschuhe aus, kletterte auf die Steine und wollte gerade auf der anderen Seite hinunterspringen, da wuchs plötzlich ein Schatten vor ihr empor. Ein Schatten, dunkler als die Nacht, aufrecht und in der Gestalt eines Mannes.

»Erwischt!«, sagte die Stimme des Leutnants.

Maelle war so erschrocken, dass sie zu keiner Bewegung fähig war.

»Sie schleichen also bei dunkler Nacht von Haus zu Haus, Mademoiselle? Das scheint mir doch sehr verdächtig. Sind Sie vielleicht gar eine Spionin?«

Sie konnte seine Gesichtszüge nicht erkennen, aber sie hörte die Ironie in seinem Tonfall.

»Natürlich, Leutnant. Ich treffe mich fast jeden Abend mit meiner Freundin, um Spionage zu treiben.«

»Das dachte ich mir.«

Eine Hand wuchs aus der Dunkelheit, die Innenfläche ihr zugewandt.

»Darf ich Ihnen hinunterhelfen?«

Die Versuchung war zu groß. Seine Hand war nicht die eines Bauern, aber warm und zupackend. Sie sprang, landete dicht vor ihm und wich rasch einen Schritt zurück. Weiter ging es nicht, sie hatte die Mauer im Rücken.

»Was tun Sie?«

»Ich ziehe meine Schuhe wieder an, Leutnant. Spioninnen laufen meist barfuß, damit man sie nicht hört.«

Er lachte leise, es schien ihm zu gefallen, dass sie auf seine Scherze einging. »Aber Sie sollten vorsichtiger sein, Mademoiselle. Der Wachposten hat Sie vorhin gesehen und mir Meldung gemacht.«

Schlagartig begriff sie, dass die Deutschen Wachen aufgestellt hatten. Natürlich – auch sie wussten von jungen Männern, die heimlich und in der Nacht gegen fremde Soldaten kämpften. Partisanen.

»Vielen Dank für die Warnung, Leutnant. Ich werde in Zukunft vorsichtiger sein.«

Er ging dicht neben ihr, sie hörte und spürte ihn mehr, als dass sie ihn sehen konnte. Er roch nach feuchter Uniform und ein wenig nach Cognac oder etwas Ähnlichem.

»In Zukunft werden Sie derartige Ausflüge unterlassen, Mademoiselle. Das ist ein gut gemeinter Rat. Meine Posten haben die Anweisung, scharf zu schießen.«

Sie waren am Brunnen angelangt, der seit vielen Jahren nur noch als Viehtränke benutzt wurde. Maelle blieb stehen und spürte, dass auch ihr Begleiter innehielt.

»Sema Tabarly ist mit meinem Bruder Dustin verlobt«, sagte sie leise. »Sie macht sich große Sorgen.«

»Ich verstehe … Und Sie?« Jetzt war er so dicht vor ihr, dass sie seinen Atem spüren konnte. Oder war es die Wärme seines Körpers? Sein Lächeln, das sie nicht sehen konnte? Sie hatte nicht gewusst, dass es diese Magie gab. Diese Anziehung zweier Körper, die aufeinander zustreben.

»Ich? Ich mache mir auch Sorgen.«

War das eine Hand auf ihrer Schulter? Oder hatte ein vorübergleitender Nachtvogel sie mit einem Flügel gestreift?

»Um Ihren Bruder Dustin? Oder vielleicht um einen anderen?«

Tückisch war die Nacht. Ihr Herz hämmerte vor Glück, weil er diese Frage stellte. Weil er wissen wollte, ob sie frei war. Und zugleich war ihr doch klar, dass es darauf nur eine Antwort gab.

»Gewiss. Um meinen Verlobten Marno Tabarly.«

Er sagte nichts dazu, folgte ihr bis zur Küchentür, wo der deutsche Wachposten stand.

»Sieg und Heil …«

Der Posten wich zur Seite als er die Parole hörte, und ließ sie beide ins Haus hinein. Maelle stieg hastig die Treppe hinauf, um in ihre Kammer zu schlüpfen.

»Bonne nuit«, hörte sie seine Stimme aus dem Flur.

»Bonne nuit.«

9

Sie schlief kaum in dieser Nacht. Auf dem Rücken liegend starrte sie in die Dunkelheit, sah darin fantastische Traumgestalten vorüberziehen, und ihr Herz schlug rasch, als hätte sie Fieber. Es ist die Wärme, sagte sie sich und schob die Decke von sich. Ihre Kammer hatte kein Fenster, daher war es stickig darin, besonders im Sommer bekam man schlecht Luft und lag manchmal schweißgebadet in den Laken.

Aber das war es nicht. Die schwere Luft und die Hitze in der engen Kammer war sie gewohnt. Es waren die Bilder, die immer wieder vor ihr auftauchten und eine schmerzhaft schöne Sehnsucht auslösten. Sein Gesicht, seine Augen, die Art, wie er lachte. Wie er sie ansah. Auch seine Stimme, die so wandelbar war. Ironisch, fröhlich, sogar zart und leise. Dann wieder fest, entschlossen, auch herrisch, wenn er seine Soldaten befehligte. Und seine Wärme, sein Geruch. Sie hatte diesen Männerdunst nie gemocht, es hatte sie abgestoßen, ihre Körper zu riechen. Zu diesem aber zog es sie hin. Der Duft, der von ihm ausging, hatte eine magische Kraft, es ging ihr wie der Katze mit dem Baldrian …

War das Liebe? Hatte Sema diese seltsame Sinnesverwirrung gemeint? Nein, das konnte auf keinen Fall die wundervolle große Liebe sein, die den Menschen mit Engelsgewalt ergreift. Viel eher eine schlimme Krankheit. Oder – was viel wahrscheinlicher war – eine teuflische Verblendung.

Sie hoffte, dass der Schlaf, der schließlich doch kam, sie davon heilen würde, doch sie täuschte sich. Am Morgen, als die Mutter an ihre Kammertür klopfte, fuhr sie mitten aus einem hellen Traum. Sie hatte von ihm geträumt. Krauses Zeug, das sie gewiss niemandem würde erzählen können, nicht einmal Sema.

Was für eine Qual. Als er zum Frühstück eintrat und sie grüßte, konnte sie seinem Blick nicht standhalten. Sie spürte, wie die Hitze in ihr aufstieg, und sah schnell zu Boden. Hatte er es bemerkt? Und vor allem: Hatten es die anderen bemerkt, dass sie sich wie eine alberne Gans benahm? Niemand sagte etwas, man tat, als sei nichts gewesen. Aber ganz sicher dachten sie sich ihren Teil. Während des Frühstücks sprach sie kaum ein Wort, widmete sich eingehend der Großtante und ließ die anderen reden. Kein einziges Mal sah sie zu dem deutschen Leutnant hinüber, und sie war froh, dass er das Wort nicht an sie richtete. Er unterhielt sich heute eingehend mit Tad über die Pferdehaltung, erzählte, dass einer seiner Verwandten in Hannover Pferde züchtete, und fragte nach den bretonischen Postier, die hier auf fast jedem Hof gehalten wurden. Es dauerte nicht lang und Tad erzählte vom Weltkrieg 1914 bis 1918, als er zur Kavallerie eingeteilt war und mit knapper Not den deutschen Granaten entkam.

»Ich werde heute vielleicht etwas über Ihre Söhne erfahren. Wenn es den jüngeren betrifft – Dustin ist sein Name, oder? –, dann sollten wir die Nachbarn dazu bitten. Ich hörte, dass Dustin mit der Tochter der Tabarly verlobt ist …«

Das gefiel weder Tad noch Mamm, aber sie wagten nicht, den Vorschlag abzulehnen. Und zum Glück fragten sie auch nicht, woher der deutsche Offizier von Dustins Verlobung mit Sema wusste.

»Und wenn ich schon dabei bin, werde ich auch versuchen, etwas über den Soldat Marno Tabarly herauszufinden«, fuhr der Leutnant fort.

Maelle spürte seine grauen Augen, die sich jetzt forschend auf sie richteten, doch sie starrte angestrengt auf den Teller mit Haferbrei. Großtante Iwa aß kaum mehr als ein Vöglein, es war mühsam, sie zu füttern.

Nach dem Frühstück stiegen die Deutschen in ihre Fahrzeuge und ratterten in Richtung Huelgoat davon. Auf dem Hof ging die Arbeit ihren gewohnten Gang, anders war nur, dass die geschlachteten Hühner gekocht wurden und Mamm daraus ein Ragout zubereitete. Dazu kochten sie Reis, den die Deutschen mitgebracht hatten.

Sie ernteten Lob. Nicht nur der Leutnant bedankte sich für das schmackhafte Mahl, auch die Mannschaften, die sich inzwischen mit Knechten und Mägden angefreundet hatten, tranken auf die Küche und riefen dann: »Hipp, hipp, hurra!« Mamm und Maelle war das Geschrei peinlich – was sollten die Nachbarn denken? Dass sie mit den fremden Besatzern im Bunde waren? Sich von ihnen feiern ließen?

»Morgen gibt's wieder Eintopf«, murmelte Mamm, als sie die Teller spülten. »Sollen froh sein, dass wir überhaupt für sie kochen. Könnten auch aus dem Schweinetrog fressen, die Deutschen!«

Maelle nickte dazu. Sie musste aufpassen, dass sie keinen Teller zerbrach, so sehr war sie mit den aufwallenden Empfindungen beschäftigt. Was für eine schlimme Krankheit. Stieg er in das Armeefahrzeug, um nach Huelgoat zu fahren, dann krampfte sich ihr Herz vor Angst zusammen, er könne niemals wiederkommen. Saß er aber am Tisch in der Küche oder ging im Hof umher, dann zitterte sie vor Unruhe, fürchtete, er könne sie anreden und bemerken, wie sehr er sie in Verwirrung stürzte.

Am Abend näherten sich tatsächlich die Tabarly dem Hofeingang, blieben dort zögernd stehen und schienen sich nicht einig zu sein. Mit düsteren Mienen besahen Patrik und Armelle die herumsitzenden deutschen Soldaten, die rauchten, Wein tranken und Karten spielten. Nur Sema hielt sich nicht lange auf. Sie lief in die Küche und begrüßte Maelle.

»Er ist ein Zauberer, dein Leutnant«, sagte sie leise. »Er schafft es am Ende noch, die Streithähne zu versöhnen.«

»Pssst«, machte Maelle streng. »Er ist nicht ›mein Leutnant‹. Sag so etwas nie wieder!«

»Ach, hab dich nicht so …«

Sie schwieg, weil der deutsche Leutnant in diesem Moment mit Patrik und Armelle Tabarly in die Küche trat und sie mit einer einladenden Handbewegung aufforderte, am Tisch Platz zu nehmen. So, als sei er hier zu Hause.

»Darf ich Sie bitten, sich auch zu uns zu setzen, Mesdemoiselles. Sie sind Mademoiselle Sema – habe ich recht?«

Er hatte Charme, der Deutsche. Wer hatte eigentlich behauptet, die Deutschen seien alle langweilig und einfältig? Leutnant Peter Schmidt entlockte sogar Armelle Tabarly ein Lächeln, und auch Patrik Tabarlys eisige Miene wurde nach einer Weile milder. Dieser Feind, der in ihr Dorf eingedrungen war, saß mit ihnen am Tisch wie ein alter Bekannter, ließ sich von Mamm Cidre einschenken und trank auf die »freundlichen Gastgeber«. Eigentlich eine unerhörte Frechheit. Aber weil er es so unbefangen und fröhlich sagte, fand niemand etwas dabei.

»Fangen wir an«, meinte er, setzte das Glas ab und wischte sich den Mund mit dem Handrücken. »Ich habe alle Hebel in Bewegung gesetzt und immerhin ein paar Nachrichten ergattert.«

Er blickte in die Runde, sah Semas blasses, aufgeregtes Gesicht, und Maelle glaubte, so etwas wie Mitgefühl in seinem Lächeln zu erkennen.

»Dustin LeHaziff war tatsächlich einige Tage in einem Lazarett in Dünkirchen. Er ist allerdings nicht mehr dort.«

Semas Augen weiteten sich, ihr Kinn zitterte.

»Was … kann das bedeuten, Leutnant? Ist Dustin etwa …«

»Aber nein, Mademoiselle. Soweit ich erfahren konnte, wurde er entlassen. Er befindet sich entweder in deutscher Kriegsgefangenschaft oder …«

»Oder …«, fragte Mamm leise. »Oder was?«

Leutnant Schmidt zog die blonden Brauen hoch und kniff den Mund schmal. Es sah fast lustig aus, so als müsste er jetzt etwas eingestehen, das ihm peinlich war. Etwas Dummes. »Es gibt auch die Möglichkeit, dass er nach England entwischt ist, Madame.«

Sema saß mit offenem Mund da. Sie mochte an diese wundervolle Nachricht kaum glauben. Nach England ... dorthin hatten sie beide reisen wollen, bevor dieser dumme, dumme Krieg sie daran hinderte.

»Wäre das möglich, Leutnant?«, mischte sich nun Justen ein.

Der Deutsche nickte, trank und hob wie in heiterem Bedauern die Schultern. »Wir haben nicht genug aufgepasst, Monsieur. Ende Mai ist eine ziemliche Menge englischer und französischer Truppen über den Kanal nach England geflohen. Sehr wahrscheinlich, dass Ihr Sohn dabei war. Zumindest wurde er genau zu diesem Zeitpunkt aus dem Lazarett entlassen.«

Sema tat einen tiefen Seufzer der Erleichterung, dann wischte sie sich eine Träne ab und nahm einen guten Schluck Cidre.

»Gebe Gott, dass Ihre Vermutung stimmt, Leutnant«, sagte Mamm und lächelte Armelle Tabarly zu.

Die lächelte zurück und legte den Arm um Sema. »Wissen Sie auch etwas über unseren Marno, Leutnant?«

Er sah blitzschnell zu Maelle hinüber. Vermutlich wollte er wissen, wie sehr sie um ihren Verlobten bangte. Maelle war keine gute Schauspielerin – brennende Sorge mimte sie nicht, wollte es auch nicht tun.

»Leider nein – ich will es jedoch weiterhin versuchen. Aber über Connan LeHaziff kann ich berichten. Er ist in deutscher Kriegsgefangenschaft und vermutlich in einem Lager in der Nähe von Hamburg. Das ist eine große Hafenstadt im Norden von Deutschland.«

Er erzählte ihnen, dass man die Kriegsgefangenen in Deutschland gut behandle. Niemand müsse hungern oder frieren, möglich sei höchstens, dass sie zu Arbeitseinsätzen in der Landwirtschaft oder Industrie abkommandiert würden. Nach dem Krieg kehrten sie in ihre Heimat zurück.

Trotz dieser Versicherung hörte sich diese Nachricht nicht gut an. Kriegsgefangener der Deutschen! Auf der anderen Seite konnte man froh darüber sein, dass Connan und Dustin mit hoher Wahrscheinlichkeit am Leben waren und es Aussicht auf ein Wiedersehen gab. Man trank einige Gläser darauf, Mari brachte Gebäck und Trockenobst, auch harten Käse, den man zum Cidre aß, und die Gespräche am Tisch zogen sich in die Länge. Zunächst redete man über Pferde, dann über die englischen Touristen in Huelgoat. Sema erzählte von den uralten Steinkreisen im Wald, von den Menhiren, die steingewordene Götter waren. Der Leutnant wusste Spannendes aus seiner Heimatstadt Hamburg zu berichten, redete von der Hanse, die die Städte im Mittelalter reich gemacht hatte, von dem Piraten Störtebeker. Wenn er sprach, hingen alle an seinen Lippen. Warum das so war, konnte Maelle sich nicht erklären. Vielleicht waren es seine blitzenden grauen Augen oder seine Stimme, die er so gut verändern konnte? Vielleicht auch seine Freude am Erzählen? Seine Fähigkeit, über sich selbst zu lachen? Als sie ihm schließlich einige Worte Bretonisch beibrachten, hatten alle großen Spaß, denn er mühte sich redlich und meinte schließlich, jetzt habe er einen Knoten in der Zunge. Gegen zehn Uhr erklärte er, todmüde zu sein, wünschte allen noch einen angenehmen Abend und stieg die Treppe hinauf in sein Quartier.

Ja, er war ein Zauberer, denn als die Tabarly spät in der Nacht heimgingen, umarmte man einander, wie man es früher getan hatte. Die Versöhnung war vollzogen.

Am folgenden Morgen machte Maelle während des Frühstücks eine erstaunliche Entdeckung. Als sie nach der Kaffeekanne griff, um der Tante ein wenig einzuschenken, kreuzte sich ihr Blick mit dem des deutschen Leutnants. Eine sekundenlange Ewigkeit hingen ihre Augen aneinander fest, drangen ineinander ein, dann senkte der Leutnant die Lider, griff verlegen zu seinem Becher und stellte fest, dass er leer war. Als er gleich wieder zu ihr aufsah, war sein Blick flackernd, glitt rasch zur Seite, als fürchte er sich davor, sie anzuschauen.

Konnte es sein, dass es ihm genauso ging wie ihr? Dass auch er Tag und Nacht an sie denken musste? Von ihr träumte? Den Sog verspürte, der sie zueinander hinzog? In Verlegenheit geriet, wenn sie ihn ansah? Ein plötzliches, heftiges Glücksgefühl stieg in ihr auf. Sie war nicht allein. Auch er litt unter dieser Krankheit, und da er ein Feind war, würde sie ihn leiden lassen.

Zwei Tage lang genoss sie das Gefühl, geliebt zu werden und zugleich Macht über den Liebenden auszuüben. Sie wurde mutig, riskierte lange Blicke, machte schnippische Bemerkungen und triumphierte, weil es ihr gelang, ihn zu verwirren. Er verhaspelte sich beim Sprechen, scharrte ungeschickt mit den Stiefeln, setzte die Mütze falsch herum auf. Wenn er sich von ihr unbeobachtet glaubte, lächelte er vor sich hin, als würde er an etwas ungemein Schönes denken. Fast erinnerte er sie nun an Marno, der so schrecklich verliebt gewesen war und dabei eine Menge Dummheiten gemacht hatte.

Aber Leutnant Peter Schmidt war nicht Marno Tabarly. Er machte das Spiel eine Weile mit, ließ sich gutmütig zum Narren halten, gönnte der hübschen Bretonin ihre kleinen Siege und wartete auf seine Chance. Peter Schmidt war ein Eroberer. Auch in der Liebe.

Am dritten Tag tauchte er völlig überraschend in der Wirtschaftsküche auf, wo sie gerade die frische Butter aus der Zentrifuge kratzte, um sie in einer großen Tonschüssel mit Salz zu verkneten. Es war heiß in der Küche, Fliegen summten, die Arbeit war anstrengend. Das Kopftuch war verrutscht, und ihr dunkles Haar hing ihr in die verschwitzte Stirn.

»Sie sind sehr hübsch, Mademoiselle«, sagte er und lächelte verschmitzt, als sie erschrocken von ihrer Arbeit auffuhr.

»Seien Sie vorsichtig, Leutnant«, gab sie zurück und zog das Kopftuch zurecht. »Wir Bretoninnen sind Komplimente nicht gewöhnt.«

Er lachte und wollte wissen, was passieren könnte, falls er es damit übertrieb.

Sie streute ein wenig Salz nach und begann wieder, den Holzlöffel zu betätigen.

»Nun …«, meinte sie gedehnt und blickte rasch zu ihm hinüber. »Es könnte sein, dass es uns gefällt, Leutnant.«

»Das wäre das Schlimmste nicht.«

Sie schüttelte den Kopf in gespielter Empörung. »Aber wenn Frankreich Deutschland besiegt hat und Sie zurück nach Hamburg gehen müssen – was tun wir dann?«

Er fand, dies sei eine kühne Vorstellung, die so bald nicht Wirklichkeit werden könne. »Allerdings gefällt mir daran, dass Sie mich ganz offensichtlich vermissen würden, Mademoiselle.«

Er sagte es mit weicher, leiser Stimme, und Maelle erzitterte innerlich. Er hatte recht, der Deutsche Peter Schmidt. Er würde ihr fehlen. Ganz schrecklich würde er ihr fehlen.

»Reichen Sie mir bitte diesen Topf? Dort oben auf dem Schrank. Nein, den anderen. Links daneben. Genau den. Vielen Dank …«

Sie ließ ihn die frische Butter probieren, wollte wissen, ob genügend Salz darin war, und wunderte sich, dass diese Art, die Butter haltbarer zu machen, in Deutschland kaum bekannt war. Er sah zu, wie sie einen Teil der gelben Masse in den irdenen Topf strich, reichte ihr den nächsten Topf an, behauptete, es sei ihm ein großes Vergnügen, ihr zur Hand zu gehen. Handlanger würde man das im Deutschen nennen. Eigentlich seien Deutsche und Franzosen doch Geschwister. Und vor langer, langer Zeit unter dem großen Kaiser Karl, da sei man noch ein einziges Volk gewesen. Charlemagne.

Es war schön, mit ihm zu plaudern. So leicht. So einfach. Sie lachten zusammen, forderten einander heraus, spielten ein heiteres, gefährliches Spiel. Zwei Verliebte, allein in einem geschlossenen Raum. Eroberer und Eroberte. Deutscher und Bretonin. Mann und Frau. Gefangen im gleichen Netz, das sich unmerklich immer enger um sie beide legte.

»Hat die schöne Bretonin auch daran gedacht, ihren fleißigen Handlanger zu entlohnen?« Er stand dicht vor ihr, sein Lächeln umfing sie, hüllte sie ein, verwirrte ihren Verstand.

»Welchen Lohn könnte ich Ihnen wohl bieten, Leutnant, da Sie doch schon ganz Frankreich besitzen?«

Da war Sehnsucht in seinen Augen, Leidenschaft in den Zügen. Seine Lippen zogen sie wie magisch an, schienen immer näher zu kommen …

»Was will ich mit ganz Frankreich«, murmelte er. »Wenn ich doch nur immer an eine Einzige denken kann. Eine, die mir nicht aus dem Sinn gehen will. Tag und Nacht verfolgt sie mich, quält mich mit ihren Scherzen, will sich über mich lustig machen …«

Es war zu spät. Sie wollte noch rasch eine witzige Antwort finden, doch der Sog war zu stark. Das Netz zog sich um sie zusammen, band sie fest aneinander, das Schicksal hatte seinen Fang gemacht.

»Maelle …«, flüsterte er und zog sie an sich. »Maelle, meine süße, meine geliebte … Ich bin verrückt nach dir …«

Sie wollte diesen Kuss, drängte sich zu ihm hin und spürte zum ersten Mal in ihrem Leben, wie eine solche Berührung ihren Körper in Flammen setzte. Sie glühte, glaubte zu verbrennen, umklammerte ihn, erwiderte seine Küsse, konnte nicht damit aufhören. So also war Liebe. Ein Rausch von Glück und Farben, Schmerz und Leidenschaft, ein Zustand, der nichts mit dem irdischen Leben zu tun hatte, sondern ein Teil der himmlischen Seligkeit war.

»Heute Abend gegen acht«, flüsterte er ihr ins Ohr. »Ich warte auf dich am Dorfausgang. Dann werde ich dir einen Ort zeigen, der nur für uns beide gemacht wurde.«

»Aber … das geht nicht … ich kann doch nicht …«

Er küsste sie auf den Mund und brachte sie so zum Schweigen. Ohne ihre Antwort abzuwarten, öffnete er die Küchentür und ging auf den Hof hinaus.

Was mit einer Lüge beginnt – daraus kann nichts Gutes werden. Wer hatte das immer gesagt? Mamm? Oder war es Mademoiselle LeBoff gewesen, die Lehrerin? Aber sie musste lügen, um ihrer Liebe willen. Es war so, wie Sema immer gesagt hatte. Die Liebe war frei, sie kam und ging, wann sie wollte. Und nun war sie in Gestalt eines deutschen Eroberers zu ihr gekommen.

Sie sagte Mamm, dass sie noch rasch ein wenig zu Sema hinüberginge. Die abendlichen Treffen waren jetzt, da die Familien miteinander versöhnt waren, wieder gestattet. Mamm nickte ihr zu und mahnte nur, nicht zu spät heimzukommen.

»Um fünf in der Frühe ist die Nacht vorbei!«

»Ich weiß, Mamm …«

Sie kletterte über die Mauer, um keinen Verdacht zu erregen, schlich an der Scheune der Tabarly vorbei und lief die Dorfstraße entlang zum Ortsausgang. Er war nicht zu sehen. Entweder hatte er sie vergessen oder sie war zu früh. Im Schutz der Hecken ging sie ein Stück in Richtung Huelgoat, dann sah sie seinen Wagen in einem Seitenweg und begriff, dass er aus Vorsicht ein Stück vom Dorf entfernt gewartet hatte.

»Kluges Mädchen«, lobte er sie schmunzelnd, als sie zu ihm in den Wagen stieg. Er streckte den Arm nach ihr aus und zog sie an sich. Sein Duft, seine Lippen, seine leise, warme Stimme waren alles, was es auf dieser Erde an Glückseligkeit geben konnte. Er zog ihr das Kopftuch herunter, fuhr mit den Händen durch ihr langes, welliges Haar, nannte sie seine Fee, seine wunderschöne Bretonin. Sie bedachte ihn mit allerlei verrückten Namen, sagte *mon chou, mon chat, mon petit soldat allemand …*

Es war so einfach, so selbstverständlich. Nie zuvor hatte sie in einem Armeefahrzeug gesessen, in einem deutschen schon gar nicht, aber neben ihm, in seinem Arm, war es so, als wäre sie schon jahrelang mit ihm über schmale Feldwege und holprige Waldwege gefahren. An ihn geschmiegt, spürte sie, wie der Fahrtwind in ihrem Haar wühlte, und ihre Finger glitten spielerisch über die silberfarbenen Knöpfe seiner Uniformjacke. Ganz von selbst taten sie dies, ohne dass sie es wollte, von ihrer Sehnsucht gelenkt und mehr als unvorsichtig.

»Das ist es!«

Sie hatte längst gewusst, wohin er über allerlei verschlungene Pfade steuerte. Rechts blinkte der stille Waldsee in der Abendsonne, vor ihnen die Mauerreste des verfallenen Klosters. Der alte Klostergarten, den einst ein Kreuzgang umgeben hatte. Jetzt wuchs dort wildes Gebüsch, Holunder und Stechdorn, auch ein paar kleine Buchen, vor allem aber Hortensien. Sie blühten weiß und roséfarben, so prächtig, wie Maelle es selten gesehen hatte.

»Als Kinder haben wir da drüben immer gebadet …«

Sie wies mit der Hand zum gegenüberliegenden Ufer, wo es ein schmales Wiesenstück und einen Sandstreifen gab.

»Und hier zwischen den Hortensien habt ihr Versteck gespielt, wie?«, lächelte er.

»O nein! Das hätten wir nicht gewagt. Das hier ist ein verfluchter Ort …«

Er zog die Stirn kraus und schüttelte den Kopf. Hörte verständnislos zu, was sie von der Hexe Groac'h erzählte. Von dem Palast der Wasserfee tief unten im See. Viviane. Nimue. Die Herrin vom See. Die Königin des unterirdischen Reichs. Die Gefangene im Brunnen …

Er stieg aus, lief um das Fahrzeug herum und reichte ihr mit einer galanten Bewegung die Hand, um ihr beim Aussteigen zu helfen. Sein Grinsen war das eines frechen Lausbuben. »Darf ich bitten, verehrungswürdige Brunnendame? Lassen Sie uns ein wenig die Aussicht genießen.«

Sie kletterten auf den Ruinen herum, kicherten, alberten, fielen einander in die Arme, ertasteten ihre Körper unter den Kleidern. In den grasbewachsenen Ruinen der alten Klosterkirche fanden sie einen Steinblock, in den seltsame Zeichen eingeritzt waren. Dahinter bewachten Brennnesseln den Eingang zur Unterwelt.

»Eine Krypta«, sagte Peter neugierig. »Erforschen wir sie?«

»Besser nicht. Dort unten wohnen die Seelen der Toten.«

»Wer sagt das?«

»Das weiß jeder hier in der Gegend.«

Er lachte sie aus, gab den Plan jedoch auf, denn außer seinem Feuerzeug hatten sie kein Licht. Sie scheuchten die Enten auf, die sich schon zur Abendruhe ins Ufergras geduckt hatten. Standen Arm in Arm, um den schwankenden rötlichen Streifen Abendgold auf dem See zu bewundern. Hand in Hand drangen sie durch das Gestrüpp des Hortensiengartens, stolperten über zerschlagene Sandsteinreste, fanden den niedrigen Brunnenrand und ließen sich darauf nieder.

»Da drin?«, fragte er belustigt.

»Ja. Dies ist ihr Gefängnis seit vielen hundert Jahren. Schau, und dies ist der Stein, der sie bannt …«

Schmunzelnd besah er den dunklen, flachen Stein, fuhr mit dem Zeigefinger die Rillen entlang, die ein Kreuz bildeten. Legte ihn wieder zurück und beugte sich über das Schwarz des Brunnenschachts.

»Madame Groac'h?«, rief er hinein. »Ich hoffe, Sie haben es nicht allzu ungemütlich dort unten!«

Ein Rauschen war zu hören. Peter suchte einen kleinen Stein und warf ihn in das schwarze Loch. Sie lauschten atemlos, sahen sich dabei in die Augen, warteten, staunten, fanden sich endlich damit ab, dass kein Aufschlag zu hören war.

»Hat ihn mit der Hand gefangen, deine alte Hexe.«

Maelle fasste seinen Arm und zog ihn zu sich heran. »Mach sie nicht zornig ... Sie tut mir leid, die Groac'h ...«

Er küsste sie mit zärtlichen Lippen, ließ sie vor Sehnsucht erbeben und hielt dann inne. »Eine männermordende Hexe tut dir also leid. Ach, Maelle ... Mein süße, mitfühlende kleine Maelle ...«

Es geschah, was geschehen musste. Sie wollte es, kannte sich selbst nicht mehr, folgte einem Instinkt, der bisher tief in ihrem Inneren geschlummert hatte. Zwischen den rosigen und weißen Hortensienblüten waren sie beide nackt wie das erste Menschenpaar im Paradies, berührten einander, erforschten einander, verwickelten sich enger und enger in die seidenen Fäden des Schicksals, bis sie eins miteinander wurden. Es geschah ungestüm und schmerzhaft, war weit entfernt von jener rauschhaften Lust, die Maelle noch Sekunden davor empfunden hatte. Aber ihr Liebster war ungeduldig und wollte nicht mehr warten.

Eng umschlungen lagen sie danach auf den Kleidungsstücken, mit denen sie ihr Liebeslager gebaut hatten, er streichelte sie und sagte etwas auf Deutsch, das sie nicht verstehen konnte. Es klang wie ein Fluch und erschreckte sie.

»Es war dein erstes Mal?«

»Bist du deshalb ärgerlich?«

Er seufzte tief und küsste sie auf den Mund, auf die Wangen, auf die Stirn. Ohne Leidenschaft. Nur zärtlich. Und nachdenklich. »Sie haben uns erzählt, dass die französischen Frauen ...« Er sprach den Satz nicht zu Ende, kniff nur die Lippen schmal und ärgerte sich, ihn überhaupt begonnen zu haben. Aber sie hatte begriffen.

»Dass die französischen Frauen alle Huren sind«, sagte sie mit Bitterkeit. »Das haben sie euch erzählt, ja?«

Er schüttelte den Kopf, aber sie sah ihm an, dass sie die Wahrheit getroffen hatte. So war es nun einmal: Die Deutschen erzählten Lügen über die Franzosen, und umgekehrt war es genauso. Der Erbfeind. Der Hassgegner. Der Kriegstreiber. Nichts war es mit einem gemeinsamen Volk. Verleumdung und Feindschaft – das war die Wahrheit. Warum sagte er nichts? Warum versuchte er nicht, sich zu rechtfertigen?

»Lass uns zurückfahren, Maelle.«

Später, als sie müde und traurig neben ihm im Wagen saß, nahm er sie in den Arm und drückte sie tröstend an sich. »Es ist alles Unsinn«, sagte er und küsste sie auf das Ohr. »Wir erschaffen die Welt neu, Maelle. Du und ich. Wir beide hier im Zauberwald. Wie hieß er noch? Brocéliande …«

Er ließ sie ein Stück vor dem Dorf aus dem Wagen und fuhr in der Abenddämmerung davon. Maelle lief über die Felder, kletterte durch Hecken, stieg über die Mauer des Tabarly'schen Anwesens und hoffte inständig, dass Sema auf sie gewartet hatte. Es war schon fast dunkel, als sie die Leiter hinaufkletterte, sie zerrte an der Tür, riss fast den Griff ab. Dann sah sie Licht. Das kleine, warme Licht der Stalllaterne.

»Ich hab's gewusst!«, sagte Sema, die von einem Buch aufsah. Maelle kannte das Büchlein, es stammte aus der Bibliothek von Madame LeBoff, die ihnen gerne Bücher auslieh. Dieses hieß »Manon Lescaut«. Maelle hatte es nicht gefallen.

»Was hast du gewusst?«

Sema legte das rote Seidenbändchen zwischen die Seiten und klappte das Buch zu. Der Blick, mit dem sie die Freundin ansah, war eine Mischung aus Bewunderung und Besorgnis. »Dass es so kommen würde, Maelle. Ach, Maelle – nun weißt du also auch, wie es ist …«

Das Buch fiel ins Heu, die Freundinnen lagen sich schluchzend in den Armen. Wie schön das war! Sema, ihre liebste, vertraute Freundin, die Einzige, die sie verstehen konnte, die mit ihr fühlte. Die sie in den Armen hielt und leise, beruhigende Worte flüsterte. Sei ganz ruhig, Maelle … Es kommt, wie es kommen muss … niemand kann etwas dagegen tun … Gott, der Herr, hat es so gewollt … und die Heilige Jungfrau wird ihre Hände über euch beide halten …

»Jungfrau …«, murmelte Maelle und schniefte an Semas Schulter.

»Du meine Güte!«, wisperte Sema und streichelte ihr den Rücken. »Beim ersten Mal? Der geht aber ran, der Deutsche …«

»Ich will ihn niemals wiedersehen!«

»Ja, ja …«

»Ich meine es ernst, Sema. Er hat behauptet, alle Französinnen seien Huren …«

Semas Gesicht wurde für einen Moment ernst, dann kicherte sie. »Na und? Wir sind doch keine Französinnen. Wir sind Breizhadez. Bretoninnen.«

»Ach, lass doch die Witze«, seufzte Maelle gequält. »Verstehst du denn nicht? Er hat mich genommen, weil er glaubte, ich sei eine Hure!«

Sema war keineswegs so entsetzt, wie Maelle geglaubt hatte. Sie zuckte die Schultern und sah die Freundin schelmisch an, die Lider halb gesenkt.

»Und? Hast du dich vielleicht wie eine prüde Jungfrau aufgeführt?«

Maelle spürte, wie sie rot wurde. Sema hatte ja recht, sie hatte es freiwillig getan, sie war zu ihm in den Wagen gestiegen und hatte sich ihm hingegeben. Und es war wunderschön gewesen. Mehr als das. Zumindest bis zu dem Moment, als er …

»Nein, habe ich nicht. Aber da habe ich ja auch noch geglaubt, dass er es aus Liebe tut …«

Sema musste erneut trösten und streicheln. Dabei brauchte sie selbst Trost, denn Dustins Schicksal war keineswegs geklärt. Aber heute war Maelles Liebeskummer der größere.

»Warum sollte er es nicht aus Liebe tun, Maelle? Er ist ganz sicher in dich verliebt, das konnte ja ein Blinder sehen …«

Auch das noch! Mit weiten, erschrockenen Augen sah Maelle die Freundin an. »Du meinst … Mamm und Tad konnten es auch sehen? Deine Eltern? Das Gesinde? Die Soldaten? O heiliger Corontin!«

Sema verdrehte die Augen und stöhnte. »Quatsch! Jetzt hör endlich auf, dich so albern zu benehmen! Niemand außer mir hat es bemerkt. Unsere Eltern schon gar nicht. Und überhaupt verstehe ich dein Gejammer nicht. Du liebst ihn und er liebt dich – das ist ein großes Glück. Du solltest es festhalten und genießen, solange du es in deinen Händen hältst. Es kann so schnell vorbei sein. Und dann tut es dir um jeden Augenblick leid, den du verpasst hast.«

Jetzt endlich beruhigte sich Maelle, und sie fand die Seelenstärke, auch Sema ein paar ermutigende Worte zu sagen. Dustin sei ganz sicher nach England entwischt. Und er würde sich bald, sehr bald melden. »Ich kenne doch meinen Bruder Dustin«, meinte sie lächelnd und wischte sich die heiß geweinten Wangen. »Er ist ein Schlaukopf und findet überall Freunde. Pass auf – in ein paar Tagen ist ein Brief von ihm da!«

Sie trennten sich wie immer unter Küssen, und Sema kündigte an, am folgenden Abend wieder auf sie zu warten.

»Ich werde ganz sicher früh kommen«, versprach Maelle. »Er wird sich bei der französischen Hure einen ordentlichen Korb einhandeln, der deutsche Gockel.«

»Wie auch immer …«, sagte Sema lächelnd und lief durch den dunklen Garten zum Wohnhaus hinüber.

Maelle ärgerte sich über Semas offensichtlichen Unglauben. Es waren nicht alle Mädchen wie Sema, die sich ohne Vorbehalt einem jungen Burschen auslieferten. Dustin war ein anständiger Mensch, schließlich war er ihr Bruder. Mit dem Leutnant Peter Schmidt war das etwas anderes. Er hatte einfach nur eine Hure gesucht. Ja, so war es wohl. Sie musste es akzeptieren, auch wenn es bitter wehtat.

Ungehindert kletterte sie über die Mauer. Auch als sie über den Hof zum Haus ging, kümmerte sich niemand um sie. Möglich, dass der Leutnant seine Wachposten angewiesen hatte, sie in Ruhe zu lassen. So leise wie möglich stieg sie die Treppe hinauf, um niemanden zu wecken, öffnete die Tür zu ihrer Kammer und schaltete das Licht an. Es bestand aus einer elektrischen Birne, die an einer schwarzen Schnur vom Deckenbalken herabhing. Ihr Schein zog einen Kreis über ihrem Bett, beleuchtete schwach die hölzernen Dielen des Fußbodens, ein Stück der Kleidertruhe, das alte Schaffell, das ihr als Bettvorleger diente. Mitten auf ihrem Bett lag eine roséfarbene, große Hortensienblüte. Einfach so. Als wäre sie aus der Bettdecke herausgewachsen. Sie leuchtete in der kleinen, düsteren Kammer wie ein rosiger, duftender Stern.

»Zu schade«, dachte sie. »Zu schade, dass mein Zimmer kein Fenster hat. Sonst würde er sein Blümchen morgen früh auf dem Misthaufen wiederfinden.«

Stattdessen zog sie sich aus, schlüpfte in das lange, weiße Nachthemd, das einmal der Großtante gehört hatte, löschte das Licht und legte sich ins Bett. Die Hortensie duftete kaum wahrnehmbar, dafür fühlten sich ihre Blättchen kühl und zart an, wenn man sie an die Wange hielt. Die Blüte konnte ja nichts dafür, dass ein deutscher Schürzenjäger sie gepflückt hatte. Sie half beim Einschlafen, denn sie vertrieb die unguten Gedanken. Man konnte sich an ihrem harten Stängel festhalten, sich daran hängen wie an einen bunten Luftballon und geräuschlos ins Land der Träume schweben.

Am Morgen erklärte der Leutnant beim Frühstück, dass man zu einem Sondereinsatz abkommandiert sei und vermutlich zwei Tage nicht ins Quartier zurückkehre. Niemand war traurig darüber, die Eltern verbargen höflich ihre Erleichterung, Maelle gelang es, ein gleichgültiges Gesicht zu machen.

»Meinetwegen können sie bleiben, wo der Pfeffer wächst«,

murmelte Mamm, als sie später in der Küche das Geschirr abwuschen. »Aber leider werden sie wohl wiederkommen.«

»Besser diese als andere«, meinte die Magd Annik, die die Weißwäsche auf dem Wäschebrett rubbelte. »Unten in Huelgoat gibt es Offiziere, die verteilen Fußtritte an die Bauern, und jeden Abend gehen sie ins Kasino. Französische Mädchen bedienen sie dort. Eine Schande.«

»Französische Mädchen?«, fragte Mamm stirnrunzelnd nach. »Aber keine Bretonin, oder?«

Annik schüttelte heftig den Kopf und besah den Kragen von Tads weißem Kirchganghemd, bevor sie ihn weiterbearbeitete.

»Keine Bretonin. Das versteht sich. Die sind aus Paris, heißt es. Die Huren.«

»Sollen sich was schämen!«, brummte Mamm.

Maelle schwieg. Trotz regte sich in ihr. Was taten Mamm und Tad anderes, als den Besatzern zu Willen zu sein? Sie gaben ihnen Quartier, versorgten sie mit Essen, erfüllten alle ihre Wünsche. Neulich hatte einer der Soldaten in Mamms Gemüsebeet gepinkelt – hatte sie ihn da vielleicht zur Rede gestellt? Sie hatte feige geschwiegen. Später, in der Küche, als die Deutschen sie nicht hören konnten, da hatte sie geflucht und ihnen Pest und Cholera an den Hals gewünscht.

Die Treffen mit Sema verliefen schweigsam, beide waren mit den eigenen Gedanken beschäftigt. Es gab keine Nachricht von Dustin, und der Leutnant war fort. Maelle wollte nicht einmal Sema gestehen, wie sehr sie ihn vermisste. Dass sie die Hortensienblüte in ein Glas Wasser gestellt hatte, wo sie trotzdem dahinwelkte, weil ihr das Licht fehlte.

Die Deutschen kamen erst am dritten Tag zurück. Spät am Abend, als alle im Haus zu Bett gegangen waren, hörte man, wie die Militärfahrzeuge in den Hof hineinfuhren. Maelles Herz hämmerte. Seine Stimme. Er gab seinen Männern einige kurze

Befehle in halblautem Ton, dann hörte man, wie die Haustür geöffnet wurde. Er stieg die Treppe hinauf, betrat den Flur. Maelle saß aufrecht auf ihrem Bett, zitternd vor Erwartung und Angst, glaubte, sterben zu müssen, falls er jetzt den Griff an ihrer Tür berühren sollte. Er verharrte einen Moment lang im Flur, ging zwei Schritte weiter, blieb wieder stehen. In Maelles Ohren dröhnte der eigene Herzschlag. Dann vernahm sie das leise Knarren seiner Zimmertür, das sie so gut kannte, denn früher hatten in der Kammer ja Dustin und Connan geschlafen.

Er war zu Bett gegangen. Das war gut und richtig so. Und doch war sie unendlich enttäuscht, ja, sogar zornig auf ihn. Feigling. Hätte er nicht wenigstens leise anklopfen können? Für einen winzigen Moment zu ihr hineingehen?

Wo war ihr Zorn? Ihr Entschluss, ihn mit Verachtung zu strafen? Sich ihm zu verweigern? Es war nichts mehr davon übrig. Geblieben war nur die Sehnsucht nach seinem Körper, seinen Küssen.

Am nächsten Abend lief sie über die Wiesen zu dem Seitenweg, wo er auf sie wartete. »Ich fürchtete schon, du würdest nicht kommen«, sagte er und lächelte sie an.

»Warum?«

Er küsste sie. Als er den Arm um sie legte, tastete seine Hand frech nach ihrer rechten Brust.

»Ich hatte Sorge, du könntest ärgerlich auf mich sein. Ich habe dummes Zeug geredet, Maelle. Verzeih mir.«

Sie kannten ihre Körper, wussten, was unter den Kleidern verborgen war, und waren beide ungeduldig, es wieder zu finden. Er legte die Uniform ab und schichtete ihr daraus ein Lager zwischen den wilden Hortensien. Dort entkleidete er sie langsam, begrüßte mit Fingern und Lippen jedes Stückchen ihrer bloßen Haut, machte, dass sie vor Lust zu sterben glaubte. Merlin, der Zauberer, strich zwischen den Stämmen von Brocéliande vorüber, sah ihnen zu und dachte voller Sehnsucht an die Schöne im gläsernen Palast. Lanzelot ritt am Ufer des Sees, um dort heimlich Guinevere zu treffen, die junge Gemahlin des Königs, die seine Geliebte war.

Er nahm sie erst, als die Sonnenkugel hinter die Baumwipfel sank und ihr flirrender, roter Widerschein sich über den stillen See zog. Dieses Mal spürte sie keinen Schmerz, als er in sie eindrang, nur pure Lust. Auch sagte er die Worte, auf die sie so gehofft hatte, denn sie gehörten zu ihren Träumen.

»Ich liebe dich, Maelle«, flüsterte er. »Ich liebe dich, meine mutige, zärtliche Bretonin.«

11

Es war ein Sommer, wie es ihn nur alle hundert Jahre gibt. Licht im Überfluss, dazu sanfter Regen, nächtliche Kühle und heiße Sonnentage. Alles im richtigen Maß, keine Stürme, keine Unwetter, nur oben in den Monts d'Arrée hatte es ein wenig geblitzt und gedonnert, hier unten aber waren die Nächte ruhig und voll warmer Fruchtbarkeit. Abbé Tanguy sagte, Gott schicke ihnen diesen Sommer aus Barmherzigkeit, um ihnen zu beweisen, dass er sie nicht vergessen habe.

Und es war der Sommer einer verbotenen Liebe, die mit jedem Tag und jeder Nacht größer und tiefer wurde. Maelle und Peter trafen sich fast jeden Abend, manchmal liefen sie auch in der Nacht durch die Wiesen, heimlich wie zwei Schatten, die ineinander verschmolzen, nur von den beiden gelben Hofhunden bemerkt. Wenn sie am Abend zwischen den Hortensien auf dem Brunnenrand saßen, auf den Sonnenuntergang wartend und zu heiteren Wortgefechten aufgelegt, dann staunte Peter über die Gewitztheit und Schlagfertigkeit seiner Gespielin.

»Ich habe zwei Brüder, mein Freund. Da muss ein Mädchen frühzeitig lernen, sich zu behaupten.«

Er liebte es, sie herauszufordern, spottete gern und war immer wieder von ihren Antworten überrascht.

»Du findest es also richtig, dass diese Hexe dort unten im Brunnen unschuldige Männer in Tiere verwandelt?«

»Erstens sind solche Männer niemals unschuldig. Und zweitens bekommen sie nur, was sie verdient haben. Der eine wird zu einem Esel, der nächste zu einem Karnickel. Vielleicht auch zu einer Ameise oder einer Stechmücke …«

Er lachte und begann, ihre Bluse aufzuknöpfen. Er tat es langsam und hielt immer wieder inne, um sie zu betrachten. Der Sonnenuntergang war noch fern.

»In welches Tier würdest du mich verwandelt, böse Groac'h?«

»Dich? In einen Wolf.«

Er runzelte die Stirn und überlegte, dann grinste er zufrieden.

»Da habe ich ja noch einmal Glück gehabt. Ich fürchtete schon, als Regenwurm zu enden ...«

»Oh«, kicherte sie. »Wenn du es wünschst, ändere ich meine Pläne ... Regenwurm oder lieber Tausendfüßler?«

»Boshafte Zauberin«, schalt er und zog ihr die Bluse über die Schultern. »Wenn schon, dann wollte ich gern ein Löwe sein.«

»Das könnte dir so passen, mein kleiner deutscher Offizier.« Sie war frech geworden, griff ihn im Scherz an, wartete auf seine Verteidigung, wehrte ab, besiegte ihn mit Worten. Gewiss – er war im Nachteil, weil sein Französisch zwar gut war, aber mitunter doch nicht ausreichte. Sie konterte damit, dass sie Bretonin sei und das Französische auch für sie eigentlich eine Fremdsprache war. Er ließ es gelten. Er konnte sie schmunzelnd anblicken und sich über ihre Kapriolen freuen.

Auch in der Liebe wurde sie mutig, sie ließ ihn warten, steigerte seine Begierde, erfand Spiele, die ihn erregten und amüsierten.

»Wenn ich nicht wüsste, dass ich der Erste für dich war, mein Schatz – ich würde darüber nachdenken, wer dir das alles beigebracht hat.«

»Oh, wir Bretoninnen sind alle Töchter der Fee Viviane und des Zauberers Merlin.«

Er sagte ihr oft, dass sie ein Rätsel für ihn sei. Ein Bauernkind, das die Kühe melken und Butter zubereiten kann – und dann wieder eine versponnene Träumerin, die an die Gestalten alter Sagen und Märchen glaubt. So brav und kurz angebunden auf dem Hof – hier aber in seinen Armen eine wilde, zuweilen herrische Geliebte. Zärtliche Zauberin. Erfinderische Gespielin.

»Für einen braven deutschen Soldaten, den man zu Pflicht und Gehorsam erzogen hat, bist du eine tückische Versuchung, meine geheimnisvolle Viviane.«

»Sieh dich vor, mein deutscher Geliebter«, gab sie lächelnd zurück und strich ihm über das kurz geschorene blonde Haar. »Es könnte sein, dass ich dich in meinen unterirdischen Palast locke, aus dem du niemals wieder entkommst.«

»Zeig mir den Weg dorthin, Zauberfee. Ich folge dir gern.«

»Für immer und ewig?«

Er brach in Gelächter aus und zog sie an sich. »Was willst du jetzt hören? Einen romantischen Liebesschwur?«

»Von dir? O nein. Das wäre allzu komisch!«

Er war ein wenig beleidigt und erklärte ihr, dass er ein Mensch von kühlem Verstand und klaren Vorstellungen sei. So habe man ihn erzogen, für Gefühlsduseleien sei in seinem Elternhaus in Hamburg kein Platz gewesen. Seine Eltern führten einen Kolonialwarenladen in Pinneberg, sie arbeiteten hart, um zwei Söhne studieren zu lassen. Einer wollte Arzt werden, der andere studierte Elektrotechnik in Hannover. Er selbst war der Älteste, es hatte ihn früh zum Militär gezogen.

Für einen kühlen Verstandesmenschen benahm er sich jedoch reichlich unvorsichtig, fand Maelle. Wenn sie auf dem Hof zusammentrafen, am langen Tisch bei den Mahlzeiten saßen, konnte er es nicht lassen, sie immer wieder anzusehen. Gewiss, er tat es nur kurz, aus den Augenwinkeln, aber sein Lächeln verriet ihn. Glaubte er, die beiden Stallmägde wären blind? Sie waren die ersten, die Verdacht schöpften, denn ihre Augen hingen pausenlos an dem hübschen deutschen Offizier. Aber auch die Soldaten waren nicht dumm. Vermutlich wussten sie längst über die nächtlichen Ausflüge ihres Leutnants Bescheid. Nur Maelles Eltern waren nach wie vor ahnungslos, wie ja üblicherweise die Betroffenen von ihrer Schande zuletzt erfahren.

Maelle schwebte in einem seltsamen Zustand zwischen höchstem Glück und tiefen Schuldgefühlen. Ja, sie war wie die Sünderinnen, von denen der Abbé so gern in der Kirche erzählte. Katel Kollet, die verruchte Hure, die auf dem Calvaire von Guimiliau zu sehen war. Ein zähnefletschender Drache war ihr Begleiter, als sie hinunter in die finsterste Hölle stürzte. Es gab in den alten Sagen viele schlimme Weiber, die Unzucht getrieben hatten und grausige Strafen dafür erlitten.

»Und wenn schon«, sagte Sema bei einem ihrer kurzen Treffen. »Eine große Liebe ist die Strafe wert.«

»Ach, Sema«, seufzte Maelle. »Ich wünsche dir so sehr, dass auch du bald wieder glücklich sein kannst.«

Seit dem abendlichen Gespräch bei den LeHaziff waren über fünf Wochen vergangen, aber es gab immer noch keine Nachricht von Dustin. Was natürlich daran liegen konnte, dass der Postverkehr zwischen England und Frankreich eingeschränkt war. Sema sprach kaum noch über ihre Sehnsucht nach Dustin, sie klagte auch nicht über die Unsicherheit, die lange Wartezeit. Stattdessen erwies sie sich als treue Freundin und Ratgeberin.

Fast jeden Abend hockte sie allein in dem Scheunennest, während Maelle und Peter sich im Hortensiengarten am See liebten. Sema war Maelles Ausrede, wenn sie an den Abenden lange fortblieb, die Tabarly und die LeHaziff waren fest davon überzeugt, dass die Mädchen sich in der Scheune trafen. So war es doch früher auch immer gewesen.

Nur selten, wenn der Leutnant zu einem überraschenden Sondereinsatz abkommandiert wurde, saßen Sema und Maelle tatsächlich den ganzen Abend zusammen. Dann erzählte Maelle, dass er versprochen hatte, sie nach dem Krieg nach Hamburg mitzunehmen, und sie rätselte gemeinsam mit Sema darüber, ob man ein solches Versprechen ernst nehmen könne.

»Es wäre viel schöner, er würde hier in Plouvan bleiben«, seufzte Maelle.

»Was soll er denn hier? Er ist kein Bauer.«

»Er könnte doch irgendeine Arbeit finden. Unten in Huelgoat. Wir würden ein Hotel übernehmen. Oder eine Bar eröffnen. Ein Bureau-Tabac …«

»Ach Maelle! Er ist Offizier. Sein Beruf ist der Krieg.«

»Aber eines Tages ist der Krieg zu Ende, Sema. Er kann doch nicht ewig dauern. Und dann muss er sich einen anderen Beruf suchen.«

»Wer weiß, wann das ist … Es heißt, an der Küste bauen die Deutschen Bunker aus hartem Beton. Und in Brest bauen sie riesige U-Boote …«

»Wozu?«

Sema starrte in die flackernde Stalllaterne. »Sie wollen England erobern …«, sagte sie leise, und Maelle hörte ihre Angst heraus.

Zwei Tage später fuhr Tad mit dem Pferdewagen hinunter nach Huelgoat, um Salz, Zucker und Hefe einzukaufen und bei der Gelegenheit auch gleich die Sensen nachschleifen zu lassen. Als er am späten Nachmittag zurückkam, hatte es zu regnen angefangen, und sie beeilten sich, die in Papier verpackten Lebensmittel ins Haus zu bringen. Tad kümmerte sich zuerst um die Pferde, dann um die Sensen; schließlich kam er ins Haus, wo Maelle schon den Tisch für die Abendmahlzeit deckte.

»Da«, sagte er und hielt ihr einen Brief vor die Nase. »Joel LeGouff hat ihn mir gegeben. Sie haben ihn aus dem Lazarett bei Straßburg entlassen und heimgeschickt. Er ist blind wie ein Maulwurf, hat ein Geschoss ins Gesicht bekommen …«

Joel LeGouff war einer der jungen Burschen, die damals mit Dustin und Marno eingezogen worden waren. Blind war er nun. Ein Krüppel, der seinen Eltern zur Last fallen würde.

Der Brief war von Marno. Maelle gelang es, ihren Schrecken zu verbergen; für ein frohes Gesicht reichte ihre Verstellungskraft nicht.

Meine geliebte Maelle,
ich bin sehr froh, dass der arme Joel meinen Brief mit in die Heimat nehmen will und ich Dir so meine Grüße senden kann. Es geht inzwischen besser, eine Verletzung am rechten Bein, die sich entzündete, hat mir leider zu schaffen gemacht. Eine dumme und überflüssige Wunde, die ich mir durch eigene Unachtsamkeit eingehandelt habe.
Ich denke immerzu an Dich, meine liebe Braut, Dein Bild steht mir Tag und Nacht vor Augen. Es hat mich während der Fieberschübe gestärkt, und ich bin fest davon überzeugt, dass ich nur überlebt habe, weil Du als guter Engel an meinem Lager gewacht hast. Gott weiß, was aus Frankreich werden wird, vielleicht werden wir ein Teil des Hitler-Reiches sein. Vielleicht wird unsere große Nation aber auch die Kraft finden, sich vom Joch der Deutschen zu befreien. Was auch immer geschehen wird, sei ohne Sorge, Maelle. Ich werde zu Dir zurückkehren, um Dich heimzuführen, wie ich es Dir versprochen habe. Nichts auf dieser Welt kann mich daran hindern.
Sei herzlich umarmt, meine süße Maelle, und vergiss nicht, wie sehr ich Dich liebe. Grüße Sema und meine Eltern von mir, sag ihnen, dass ich hoffe, sie bald wiederzusehen.
Ewig der Deine
Murno Tabarly

12

2011

Giselle sah auf und erblickte eine vermummte Gestalt im Schnee. Eine Nonne, die eine braune Wolldecke um die Schultern gelegt hatte.

»Bonjour, Schwester«, rief sie ihr zu. »Ich komme von Mutter Marie-Joseph. Ich bringe den Wagen.«

Die Nonne rückte die Brille zurecht, wobei ihr ein Zipfel der Wolldecke entglitt und der wärmende Umhang von ihrer Schulter rutschte. Sie streckte den Kopf ein wenig vor und blinzelte hinter den Brillengläsern, um besser sehen zu können.

»Was für einen Wagen? Wer sind Sie überhaupt?«, rief sie mit schriller Stimme.

Das kann nur diese Cécile sein, dachte Giselle, und sie legte den Stein mit dem Kreuz darauf wieder auf den Brunnenrand. Begriffsstutzig, kurzsichtig und so charmant wie ein Betonmischer.

»Ich bin die Steinbildhauerin, die Mutter Marie-Joseph eingestellt hat. Mein Name ist Giselle Esch-Lamartine.«

Die Nonne antwortete nicht, sie war jetzt bemüht, ihre Decke wieder umzulegen. Hinter ihr wurde die Tür geöffnet und man vernahm einen hellen Schrei.

»Giselle! Heilige Maria und Joseph! Giselle ist angekommen. Nun wird alles gut …«

Nolwenn rannte mit gerafftem Ordenskleid und wehendem weißen Schleier an ihrer Mitschwester vorbei und stieß sie dabei versehentlich gegen die Schulter, sodass Cécile zur Seite taumelte und die Decke aufs Neue verlor.

»Giselle! Liebe Giselle!«

Sie umarmten einander, und Giselle stellte gerührt fest, dass

Nolwenn schon wieder weinte. O weh – da schien es hier ja schlimmer zu stehen, als befürchtet.

»Schwester Nolwenn!«, rief eine energische Frauenstimme über den verschneiten Kreuzgang. »Es ist schön, dass du dich so freuen kannst. Dennoch wäre mehr Zurückhaltung angebracht!«

Nolwenn schniefte an Giselles Schulter, aber immerhin konnte sie jetzt ein wenig lächeln.

»Ja, Mutter Athanase. Verzeihung, Mutter Athanase. Ich … ich habe mich so gefreut …«

Neugierig blickte Giselle an ihr vorbei zur Tür hinüber. Sie war nur halb geöffnet, sodass man die Priorin nur teilweise sehen konnte. Sie war mittelgroß, das Gesicht schmal, die Augen blickten aufmerksam auf das Geschehen. Um den Mund hatte sie einen heiteren Zug. Sie schien Nolwenn trotz ihrer kindlichen Art zu mögen, was Giselle sofort für sie einnahm.

»Was ist los, meine Schwestern? Wollen wir unseren Gast im Schnee stehen lassen? Herein mit ihr. Willkommen in Notre Dame de la Forêt.«

Das hörte sich doch schon besser an. Giselle klopfte sich den Schnee von den Hosen und stapfte an Nolwenns Seite zur Tür hinüber. Eigentlich eine kleine Pforte, gerade groß genug, dass eine Person hindurchschlüpfen konnte. Drinnen war es zunächst stockdunkel, dann öffnete sich rechts eine Tür und ein mattes, leicht flackerndes Licht drang herein.

»Vorsichtig … hier sind zwei Stufen. Fallen Sie nur nicht …«, sagte Mutter Athanase besorgt.

Giselle wurde klar, dass der erste Raum ein Flur war, auch hatte sie undeutlich eine Treppe gesehen, die wohl in den ersten Stock führte. Der Raum, in den sie nun eintrat, war recht groß, fast ein kleiner Saal mit einer Reihe von Fenstern zum Kreuzgang hin. Die Wände waren – soweit man das bei der feenhaften Beleuchtung erkennen konnte – schlicht weiß gekalkt, die Decke wurde von vier dicken Holzpfosten gestützt.

»Leider sind wir momentan ohne Strom, und auch die Ölheizung hat uns im Stich gelassen«, erklärte die Priorin. »Aber zum Glück gibt es diesen Kamin und auch genügend Holz, sodass wir nicht erfrieren müssen.«

Giselle starrte ungläubig auf den offenen Kamin, der vermutlich noch aus dem 16. Jahrhundert stammte, aber einwandfrei funktionierte. Eine Nonne kniete davor, hielt einen Löffel in der Hand und rührte in einem Kochtopf, den man nach mittelalterlicher Manier auf ein eisernes Dreibein über die Flammen gestellt hatte. Es roch irgendwie – vegetarisch. Auf der anderen Seite der wärmespendenden Feuerstelle standen mehrere Stühle; Wolldecken und ein Schaffell waren darauf ausgebreitet. Auf einem Tisch umgaben Bücher, Aktenordner, Nähkasten und allerlei Krimskrams ein Kruzifix aus Ebenholz, das ganz offensichtlich in Afrika geschnitzt worden war.

»Schwester Thérèse ... dies ist die junge Steinbildhauerin, die Mutter Marie-Joseph zu uns geschickt hat.«

Die topfrührende Nonne gefiel Giselle sofort. Sie hatte ein breites, gutmütiges Gesicht mit kleinen, dunklen Augen und ein geradezu mütterliches Lächeln. Es kostete sie einige Mühe, sich aus der knienden Stellung zu erheben, was wohl an ihrer Körperfülle lag.

»Herzlich willkommen, junge Künstlerin. Wie haben Sie denn den Weg zu uns gefunden, bei diesem Schneetreiben? Doch nicht etwa zu Fuß?«

Giselle schüttelte die dargebotene Hand und fand, dass Schwester Thérèse richtig nett war. Wieso stellte sich Nolwenn nur so an? Bis auf die merkwürdige Cécile waren die Damen im Waldkloster doch ganz in Ordnung.

»Ich bin mit dem Wagen gekommen. Hat Ihnen Mutter Marie-Joseph das nicht angekündigt? Sie hat das Auto für das Kloster gekauft, und außerdem ist es mit allerlei wichtigen Dingen beladen, die Sie bestimmt gut brauchen können.«

Die Nachricht löste Begeisterung aus – nur Schwester Cécile, die sich inzwischen auf einem der Stühle niedergelassen hatte und die Decke um sich wickelte, blieb gleichgültig.

»Das ist ja eine ganz wundervolle Nachricht!«, rief die Priorin. »Ein Auto! Endlich! Wir sind wieder mit dem Rest der Welt verbunden.«

»Wozu?«, ließ sich Cécile missmutig vernehmen. »Wir leben nur auf Gott ausgerichtet. Der Rest der Welt sollte uns nicht kümmern.«

»Wenn du bis zum Herbst fasten möchtest, liebe Cécile«, meinte Schwester Thérèse freundlich. »Unsere Vorräte sind so ziemlich am Ende. Außer Mehl und Trockenerbsen ist nicht mehr viel da.«

Giselle hörte den Gesprächen amüsiert zu, hielt die Hände in die Nähe des Kaminfeuers und wechselte Blicke mit Nolwenn. Aha, die Damen schenkten sich untereinander nichts.

»Wieso wussten Sie nicht, dass die Äbtissin ein Auto für das Kloster gekauft hat? Hat sie Sie denn nicht benachrichtigt?«, fragte sie Mutter Athanase.

Die tat einen leisen Seufzer und erklärte, das Telefon sei leider seit einigen Tagen außer Betrieb. Man warte auf den Techniker. Ein Handy? Natürlich habe sie ein Handy. Leider könne sie es nur momentan nicht gebrauchen, da sie es nicht aufladen könne.

»Dann bin ich gespannt, was Mutter Marie-Joseph so alles hat einpacken lassen«, rief Giselle fröhlich. »Ich glaube, wir sollten jetzt das Auto ausladen. Zugeschlossen habe ich sowieso nicht – aber hier gibt es bestimmt keine Diebe.«

»Nur Eichhörnchen und diebische Rabenvögel«, sagte Nolwenn. »Darf ich Giselle beim Ausladen helfen, Mutter Athanase?«

Die Priorin lächelte sie wohlwollend an. »Später, liebe Nolwenn. Jetzt ist es Zeit für die Vesper. Darf ich Sie dazu einladen,

Madame Esch-Lamartine? Nolwenn wird Ihnen die Kirche aufschließen.«

»Ähh …« Giselle räusperte sich und wollte erklären, dass sie auch in La Joie Notre Dame nur selten an den Stundengebeten teilgenommen hatte. Eigentlich nie. Aber irgendwie lenkten die Augen der Priorin sie ab. Nicht nur, dass Mutter Athanase eine intensive Art hatte, jemanden anzublicken, sie besaß auch zwei unterschiedliche Augenfarben. Das linke Auge war olivgrün, das rechte hellbraun.

»Wir freuen uns sehr, Madame Esch-Lamartine …«, sagte die Priorin befriedigt und wendete sich ab.

Zu spät, dachte Giselle ärgerlich. Na schön. Aber nur dieses eine Mal. Schließlich will ich mir ja die Kirche ansehen.

Wieso die arme Nolwenn jetzt mit ihr zusammen in den Schnee hinausgeschickt wurde, um die große Kirchentür aufzuschließen, war ihr allerdings ein Rätsel. Die Nonnen hatten ihre schwarzen Überwürfe abgelegt und liefen, eine schön nach der anderen, wie weiß gekleidete Engelein durch eine Seitentür hinüber in die Kirche.

»Dort geht es zum Altarraum, der ist nur für die Klosterfrauen«, erklärte Nolwenn, während sie dem überdachten Kreuzgang folgten, der den Klostergarten an drei Seiten umgab. Die schmiedeeiserne Pforte war vermutlich nur eine Notlösung, da hier zwei verfallene Gebäude provisorisch restauriert waren und zwischen den Mauerresten eine Lücke klaffte. »Laien dürfen sich dort nicht aufhalten, die müssen unten im Kirchenschiff sitzen.«

Die Tür der kleinen Kirche befand sich gleich rechts um eine Mauerecke, sie hatte den Wagen davor abgestellt. Das neue Türschloss leistete wegen der Kälte kurzen, aber energischen Widerstand, ließ sich dann aber öffnen. Giselle stand in einem eiskalten, ziemlich dunklen Kirchenraum, während Nolwenn zurück in das Wohngebäude lief, um über den Weg für Klosterfrauen zum Altarraum zu gelangen.

»Was für Umstandskrämerinnen«, murmelte Giselle, während sie sich langsam in den Raum hineintastete. Zuerst stolperte sie über eine Kirchenbank, dann berührten ihre ausgestreckten Arme eine Säule. Hervorragendes Material. Glatt, kaum porös, wahrscheinlich bretonischer Sandstein aus Erquy. Nicht ganz leicht zu bearbeiten wegen der Härte und möglicher Einschlüsse. Ob es ein Kapitell gab, das sie gestalten konnte, war schlecht zu sehen. Aber vermutlich schon – deshalb hatte man sie schließlich engagiert.

Vorn im Altarraum wuchs jetzt ein kleiner Lichtschein in die Dunkelheit, dann ein zweiter, ein dritter, ein vierter. Die Nonnen zündeten die Altarkerzen an. Richtig – sie hatten keinen Strom. Also würde man heute Nacht ebenfalls bei Kerzenschein sitzen. Die genauere Besichtigung der Kirche sollte sie also besser auf morgen verschieben.

Frierend hockte sie sich in eine der schmucklosen Kirchenbänke. Eiskalt war das Holz, nicht einmal ein Kissen hatte man unter dem Allerwertesten. Hätte sie doch bloß das Schaffell oder eine Wolldecke mitgenommen. Puh – da gehörte schon viel christlicher Eifer dazu, um diese Gebetszeiten im Winter regelmäßig zu absolvieren. Die langen Bibelverse und Psalmen, die vorn abwechselnd von Mutter Athanase, Schwester Thérèse und Schwester Cécile vorgetragen wurden, waren auch nicht dazu angetan, Giselles kalte Glieder zu erwärmen. Nur die Gesänge gefielen ihr, vor allem Nolwenn hatte eine hübsche Stimme, und sie sang sehr musikalisch. Was man von den anderen Nonnen nicht sagen konnte, eine von ihnen brummelte ganz fürchterlich, eine andere schaffte es, fast einen halben Ton tiefer zu singen als die anderen.

Nach einer Weile hatte sie sich an das Dämmerlicht im Kirchenraum gewöhnt. Einzelheiten wurden erkennbar. Die Apsis mit Altar und Nonnengestühl war etwa einen Meter höher als das Kirchenschiff, eine Treppe führte hinauf, die mit polierten hellen Platten belegt war. Marmor? Wohl eher Granit. Es glitzerte ein wenig im Kerzenlicht, was Giselle gut gefiel. Ansonsten war die Kirche nichts Besonderes: Mittelschiff und zwei Seitenschiffe, die von jeweils vier Säulen gestützt wurden. Die Seitenschiffe waren von Gewölben überdacht, das Mittelschiff deckte eine flache Holzkonstruktion – ganz im Sinne frühmittelalterlicher Sparsamkeit.

Dennoch schien der dämmrige Kirchenraum voller Leben. Es waren nicht allein die Gesänge der Nonnen und auch nicht ihre Bibelsprüche, die zwischen Gewölben und Säulen umherschwirrten. Da war noch etwas anderes, eine Reihe seltsamer Schatten, ein Flüstern, ein Wehen, das immer wieder Giselles Stirn berührte. Sie starrte auf den Altar, der aus einem grauen Granitbrocken herausgearbeitet worden war. Im sanften, unsteten Kerzenschein schienen sich dort Bilder zu bewegen, als spielte jemand einen Film ab. Gesichter erschienen und verschwanden, Fratzen, Tiergestalten, kreisende Spiralen, runde Glotzaugen. Giselle war sich sicher, dass diese Erscheinungen nur Ausgeburten ihrer eigenen Phantasie waren – trotzdem konnte sie den Blick nicht von dem steinernen Bildschirm wenden.

Spannend, dachte sie. Ein Fenster in die Zeit der keltischen Götter, vielleicht sogar noch weiter zurück. Steinzeitgottheiten. Mythen aus grauer Vorzeit, als Mensch und Tier noch miteinander sprachen, als der Jäger dem getöteten Wesen Respekt und Dank erwies und seine Seele um Vergebung bat.

Als die Vesper zu Ende war, hatte Giselle das Gefühl, zu einem Eisblock gefroren zu sein. Sie überlegte, was die Nonnen wohl unter ihren weißen Flattergewändern trugen – bestimmt Angora-Unterwäsche, Fleecepullis und wollene Socken. Sie hatten ihren schwarzen Überwurf vorher ja sogar abgelegt. Aber vielleicht hielt ja auch das beständige Rezitieren und Singen geistlicher Texte warm.

Mit steifen Gliedern ging sie aus der Kirche, musste sich sogar sputen, weil oben die Altarkerzen ausgeblasen wurden, sodass der Raum in Dunkelheit versank. Sehr rücksichtsvoll gingen sie ja nicht mit ihren Kirchgängern um. Sie setzte sich in den Wagen, ließ den Motor an und drehte die Heizung hoch, um etwas aufzutauen. Das Radio meldete verschiedene Verkehrsunfälle wegen Glätte und Schneewehen, außerdem kündigte der Sprecher weitere Schneefälle an.

So geht das gar nicht, dachte sie. Ohne Strom und Heizung sind die armen Frauen innerhalb kürzester Zeit erfroren oder todkrank. Schließlich leben wir nicht mehr im Mittelalter, wo man solche Entbehrungen noch leichter weggesteckt hat. Wir sind verpimpelte Neuzeitmenschen und brauchen ein wenig Komfort. Zumindest einen warmen Ofen und ein Schnitzel mit Pommes auf dem Teller.

Es war schon dunkel, Schneeflöckchen trieben durch die Luft, setzten sich sanft auf die Scheiben des Wagens. Da waren sie ja endlich! Trugen eine Laterne, weil die Außenbeleuchtung natürlich nicht funktionierte. Giselle stieg aus und öffnete die hinteren Wagentüren, damit endlich ausgeladen werden konnte.

»Heilige Mutter Gottes – mein Stickkasten mit allen Seidenfäden und meiner guten Schere …«

»In der Kühltasche ist Fleisch. Und die Gefriertruhe geht nicht. Misericordia!«

»Die Statue der Heiligen Jungfrau aus der Marienkapelle … Welch eine Gabe! Ich bin überwältigt …«

»Hilf mir doch mal mit den Kartons, Nolwenn. Das ist Mehl. Und Reis. Nudeln. Gewürze. Würstchen in Dosen. Und Kaffee! Wir sind im Schlaraffenland, meine Lieben …«

»Liebe Schwestern – wir sollten trotz aller Freude das Schweigegebot nicht vergessen … Nach dem Abendessen ist Zeit zum Reden …«

Giselle reichte an, hob einen der größeren Kartons auf die

Schulter und schleppte ihn zum Wohngebäude, erfuhr bei dieser Gelegenheit, dass die Küche hinter der letzten Tür rechts zu finden war, tastete auf dem Rückweg die schmalen Säulchen des Kreuzgangs ab, erfühlte mehrere alte Grabplatten, die man in die Mauern eingelassen hatte. Als alles ausgeladen war, öffnete man ihr ein zweiflügeliges hölzernes Tor, das einem Scheunentor sehr ähnlich sah, und sie fuhr den Wagen in eine düstere Remise. Allerlei Säcke, Kübel, Steinbrocken und verrostete Gerätschaften bewiesen, dass die Bauarbeiter alles Überflüssige hier hatten stehen lassen, als sie die Baustelle verließen.

Durchgefroren eilte sie durch den Kreuzgang zum Wohnhaus, um sich am Kaminfeuer aufzuwärmen. Dort erwartete sie eine Überraschung.

»Liebe Madame Esch-Lamartine«, redete sie Mutter Athanase freundlich an. »Wir sind Ihnen außerordentlich dankbar für die Überbringung all dieser schönen Dinge. Vor allem das Auto ist für uns eine große Erleichterung. Unsere liebe Nolwenn, die Sie ja schon kennen, wird Ihnen nun den Gästebereich und Ihr Zimmer zeigen …«

»Sehr freundlich … Ich würde allerdings gern noch ein wenig hier am Kamin …«

»Sie wird Ihnen auch das Abendessen hinüberbringen und dazu alles, was Sie sonst noch benötigen.«

Giselle war mitunter etwas begriffsstutzig. »Das Abendessen … Äh, ich dachte, wir essen gemeinsam zu Abend … Ich meine, wo es hier doch so gemütlich warm ist …«

Dic Priorin lächelte mild. Hinter ihr blickte Schwester Thérèse mit mitleidigen Augen auf die junge Steinbildhauerin, die so gar keine Ahnung von klösterlichen Gepflogenheiten hatte.

»Bitte verstehen Sie mich recht, Madame Esch-Lamartine. Wir Klosterfrauen leben in strenger Klausur, es ist uns nicht gestattet, gemeinsam mit unseren Gästen zu essen oder auch zu arbeiten. Selbstverständlich stehe ich Ihnen als Vorsteherin unserer kleinen Kongregation immer zur Verfügung, wenn Sie Fragen oder Probleme haben. In meinem Büro …«

Sie blieben für sich, die vier Klosterdamen. Wollten sie nicht bei den Mahlzeiten dabeihaben und auch sonst nichts mit ihr zu tun haben. Strenge Klausur. Nun ja – auch in La Joie Notre Dame hatte sie im Gästehaus gewohnt und dort gegessen. Aber da war sie nie allein gewesen, es gab immer klosterbegeisterte Selbsterfahrungsgruppen, die wanderten, fasteten, meditierten oder irgendwelchen künstlerischen Ambitionen nachgingen. Hier aber war niemand. Himmel – diese vier Klosterhennen scharten sich zusammen, als wäre sie der Fuchs im Hühnerstall.

»Na schön«, äußerte sie wenig erfreut. »Ich bin ohnehin hundemüde – es war ein langer Tag.«

Die Priorin wünschte ihr von Herzen eine gesegnete Nacht, auch Schwester Thérèse sagte etwas von Engeln, die ihren Schlaf bewachen sollten. Schwester Cécile durchsuchte beim Kerzenschein ihren Stickkasten und hielt einzelne Garnröllchen ins Licht, um sie mit zusammengekniffenen Augen zu mustern. Für Giselle hatte sie keinen einzigen Blick.

Nolwenn kam mit Teller und Löffel zu ihr. Auf dem Teller war eine hellgraue Pampe – ihr Abendessen. Na, Mahlzeit!

»Komm, ich zeige dir alles. Nimm die Laterne. Wir müssen nach draußen. Das Gästehaus ist um die Ecke. Gleich neben der Küche.«

Giselle schulterte ihr Bündel und folgte der eifrig schwatzenden Nolwenn. Mit dem Gebot des Schweigens schien sie auf Kriegsfuß zu stehen, die kleine Novizin. Heute war Giselle sehr froh darüber.

»Weißt du, ich finde es wahnsinnig schade, dass du nicht mit uns essen darfst. Und auch sonst. Diese Klausur ist so was von blödsinnig. Wo wir doch sowieso nur Frauen sind. Ja, wenn jetzt ein männlicher Steinbildhauer gekommen wäre. Das wäre was anderes. Aber so …«

Sie bogen um eine Ecke des Kreuzganges, dann musste Giselle Teller und Löffel halten, weil Nolwenn eine Pforte aufschloss. Die graue Pampe war jetzt von einer dünnen, gehärteten Schicht überzogen. Giselles Appetit entwickelte sich rückläufig. Vielleicht sollte sie heute Abend mal fasten …

»Hier unten sind Werkstätten, da soll später getöpfert oder auch geschnitzt werden. Die Zimmer für die Gäste sind oben. Dort ist auch der Aufenthaltsraum, in dem gegessen wird. Rauchen darf man da aber nicht.«

»Ich rauche sowieso nicht … zu teuer …«

Nolwenn hatte die Laterne genommen und stieg die Treppe hinauf. »Ja«, sagte sie, sich zu Giselle umwendend. »Sehr teuer. Und auch ganz schlimm ungesund.«

Sie stolperte über ihr langes Gewand und hätte beinahe die Laterne fallen lassen. Giselle packte sie rasch am Arm und schaffte es, dabei Teller und Löffel festzuhalten.

»Es gibt sogar ein sehr hübsches Badezimmer. Mit Dusche. Schau doch nur, Giselle … Es ist viel schöner als unseres. Wir haben keine Dusche, sondern nur eine Badewanne.«

Eine eiskalte Dusche war genau das, was sie jetzt brauchte. Auf warmes oder gar heißes Wasser konnte man wegen des Stromausfalls leider nicht hoffen. Aber immerhin konnte man sich die Hände waschen und die Zähne putzen. Falls der Frost die Wasserleitungen nicht erwischt hatte.

Ihr Zimmer erwies sich als schmale Klosterzelle, in der nur Bett, Schrank, Nachttisch und ein Stuhl mit Tischlein Platz hatten. Immerhin gab es ein Schaffell als Bettvorleger, und das zurechtgelegte Steppbett sah vertrauenerweckend aus. Erfrieren würde sie also nicht.

»Ich würde so gern noch hierbleiben …«, seufzte Nolwenn, während Giselle Teller und Löffel auf das Tischlein stellte und ihr Bündel auf das Bett warf.

»Einen Augenblick wirst du wohl noch Zeit haben …«

»Die Priorin ist wahnsinnig streng. Sie sitzt jetzt ganz sicher mit der Uhr in der Hand und wartet auf mich.«

»Na so was«, meinte Giselle kopfschüttelnd. »Ist das der Grund, weshalb es dir hier nicht gefällt?«

Nolwenn tat einen tiefen Atemzug und rollte gedankenschwer die Augen.

»Auch … Aber auch, weil sie sich dauernd streiten … Vor allem aber … es ist irgendwie unheimlich hier … Besonders in der Nacht. Ich sollte dir so was nicht erzählen, Giselle. Aber ich glaube, es gibt hier Geister.«

»Kann schon sein«, meinte Giselle unbeeindruckt. »Geister gibt es überall. Manche Leute haben ein Gespür dafür und andere merken es gar nicht. Ist aber ganz normal, Nolwenn … Geister sind nichts Schlimmes.«

»Meinst du wirklich?«, flüsterte die Novizin. »Ach, dann ist es ja gut. Wie schön, dass du gekommen bist, Giselle. Dir kann ich das erzählen, weißt du? Wenn ich Mutter Athanase mit solchen Sachen komme, dann wird sie gleich böse.«

»Ja, eine Geisterseherin ist sie wohl nicht, eure Chefin.« Giselle lachte fröhlich. Dann hielt sie Nolwenn am Ärmel fest, weil sie mitsamt der Laterne verschwinden wollte.

»Halt! Ich brauche ein Licht … Glaubst du, ich habe Lust, hier im Stockdunkeln zu sitzen?«

Sie fanden im Aufenthaltsraum zwei große weiße Altarkerzen, und Giselle stellte sich eine davon neben das Bett. Streichhölzer hatte sie in ihrem Bündel – für alle Fälle und falls sie doch mal eine Packung Zigaretten in die Finger bekam.

»Gute Nacht, Giselle. Schlaf gut. Bis morgen.«

Sie tauschten Küsschen, dann stieg Nolwenn die Treppe hinunter und Giselle stellte sich an das Fenster ihres Zimmers, um sie durch den Kreuzgang laufen zu sehen. Man sah nur eine schwarz-weiße Flattergestalt, die ein Licht vor sich hertrug.

Das Bett war ein wenig klamm, aber als sie sich unter Wolldecke und Steppbett zusammengerollt hatte, wurde ihr mollig warm. Sie träumte in dieser Nacht allerlei seltsames Zeug. Der schneebedeckte Kreuzgang war voller rosiger und weißer Büsche, auf denen Schwärme von Bienen saßen. Dann wieder war sie in der Kirche und suchte den Eingang zur Krypta. Schließlich fand sie ihn hinter dem Altarstein, stieg hinunter und betrat einen dämmrigen Raum, der nirgendwo zu enden schien. Er war voller merkwürdiger Fabelwesen, die sie mit großen, glänzenden Augen anstarrten. Einige hatten Flügel, andere trugen verzweigte Hirschgeweihe, wieder andere ähnelten Wildschweinen. Es war auch ein Wolf dabei, ein schwarzer Geselle mit schrägen, gelben Augen. Er kam zu ihr gelaufen und leckte ihr die Hand.

13

Nichts ist so angenehm wie der Morgenschlummer im warmen Bett. Vor allem, wenn es im Zimmer so kalt ist, dass sich der Atem der Schläferin feucht auf ihrem Kopfkissen niederschlägt. Ein zartes Klopfen an der Tür bewirkte nur, dass sich Giselle mit leisem Knurren auf die andere Seite drehte.

»Guten Morgen, Giselle!«

Klopf, klopf …

»Schläfst du noch?«

Klopf …

»Ich bringe dein Frühstück.«

Tiefer Seufzer.

»Dann schlaf schön weiter. Es schneit immer noch.«

Das Wort »Frühstück« weckte die Vorstellung von einer Tasse mit heißem Milchkaffee, dazu ein Croissant und ein Klecks Erdbeermarmelade. Giselle öffnete die Augen, blinzelte in die Dunkelheit und stellte fest, dass die Kerze neben ihrem Bett längst erloschen war. Der Docht musste im flüssigen Wachs ersoffen sein. Aufstehen und frühstücken? Sie überlegte, dass es höchstens acht Uhr sein konnte, falls die Nonnen hier die gleichen Zeiten einhielten wie in La Joie Notre Dame. Dort wurde gegen halb fünf die Vigil gesungen, um sieben die Laudes, um acht gab's Frühstück. Viertel vor neun begann die Messe. Giselle gähnte, verzichtete auf das Frühstück und versank wieder im Land der Träume. Wie angenehm, dass hier kein Glöckchen zu den Andachten rief! Vermutlich hatte die Glocke einen elektrischen Antrieb. Hatte also auch sein Gutes, so ein Stromausfall.

Erst eine gute Stunde später trieb ein Bedürfnis sie aus dem warmen Bett ins Badezimmer. Dort wusch sie sich mit Todesverachtung Gesicht, Hände und Füße mit Eiswasser, putzte ihre Zähne und kehrte schlotternd in ihre Zelle zurück, um sich fertig anzukleiden. Sie zog fast alles übereinander, was sie besaß, und sah dann zum Fenster hinaus, wo wattige Flocken vom grauen Himmel herabschwebten. Das weiße Polster auf dem Rand des alten Brunnens hatte sich mindestens verdoppelt und deckte nun auch den schwarzen Stein zu. Nur das Loch des Brunnenschachtes gähnte schwarz wie ein aufgerissenes Maul inmitten der verschneiten Winteridylle. Wie tief es da wohl hinunterging? Eigentlich war es leichtsinnig, den Schacht so offen zu lassen. Da gehörte ein Gitter drüber, bevor jemand zu Schaden kam.

Der Milchkaffee war vorhin, als Nolwenn ihn brachte, vermutlich schön warm gewesen – jetzt war er leider kalt. Ein Croissant gab es nicht, dafür ein Stück hartes Weißbrot und etwas Butter. Wenn man das Brot in den kalten Kaffee tunkte und etwas Geduld mitbrachte, war es tatsächlich essbar.

Sie beschloss, die Kirche noch einmal in Augenschein zu nehmen, denn in ihrem Kopf spukten schon jede Menge Ideen für die Ausschmückung der Säulenkapitelle herum. Außerdem wollte sie wissen, ob sich der Eingang zur Krypta tatsächlich hinter dem Altar befand, wie sie es geträumt hatte. Nicht, dass sie etwas auf Träume gab – sie konnte weder mit den Freud'schen Lehren noch mit dem ganzen esoterischen Quatsch etwas anfangen. Trotzdem, Träume waren manchmal hilfreich.

Als sie in den Kreuzgang trat, hörte sie den Motor eines Wagens. Tatsächlich, durch die schmiedeeiserne Pforte konnte man ein dunkelrotes Auto erkennen, auf dessen Dach eine verharschte Schneeschicht klebte. Irgendwie kam ihr das Teil bekannt vor. Ein Renault. Ziemlich alt und rostig. Wo hatte sie den schon mal gesehen?

Ein dunkel gekleideter Mensch mit einem zerdellten Hut erschien hinter dem Tor, rüttelte daran, schlug dagegen, dass der

Schnee herabstäubte, der sich auf den Ornamenten abgelagert hatte. Dann trat er ratlos zwei Schritte zurück, schob den Hut nach hinten und blickte zum Wohnhaus hinüber.

»Hallo? Ist jemand da? Ich komme wegen der Stromleitung!«

Natürlich. Der Typ, der sie mitgenommen hatte. Der vom Kloster Land kaufen wollte. Wie hieß er doch noch? Iwan? Erwan? Ivanhoe?? Irgendwas mit I.

Sie öffnete das Fenster und beugte sich hinaus. »Dagegendrücken. In der Mitte. Sacht und mit Gefühl …«

Er hob den Kopf in ihre Richtung, starrte sie an, blinzelte, nahm den Hut ab und kratzte sich im Nacken. Aha – er hatte sie auch noch auf dem Schirm.

»Die Torflügel sind nicht im Boden verankert.«

Endlich hatte er begriffen. Es schien ihm nicht zu gefallen, auf diese Weise in den Kreuzgang einzudringen, denn er blickte noch einmal hoffnungsvoll zum Wohngebäude hinüber. Da sich dort aber nichts regte, zuckte er mit den Schultern und tat, was Giselle ihm geraten hatte. Er machte es gut, vorsichtig und mit Bedacht. Als das Schloss knackte und aufsprang, verzog er schmerzhaft das Gesicht. Ein Praktikus mit Herz, vermutlich bastelte er auch seit mindestens zehn Jahren liebevoll an seiner alten Karre herum.

Für Klostergarten schien er weniger zu empfinden, denn jetzt stapfte er quer über das verschneite Viereck, sodass sie schon fürchtete, er würde versehentlich in das schwarze Brunnenloch stolpern. Unter ihrem Fenster blieb er stehen und blickte nach oben. Jetzt sah sie auch, dass die Kopfbedeckung aus dunkelbraunem Filz gemacht war, gute Ware, hart und wasserbeständig, vom langen Tragen vollständig an die Kopfform seines Besitzers angepasst.

»Giselle? Du bist doch Giselle, oder? Die Steinbildhauerin?«

Verflixt, er wusste ihren Namen noch. Leider hatte sie seinen immer noch nicht aus dem Topf ihrer Erinnerung herausgefischt. Iwain. Igor. Isegrimm … Quatsch, Isegrimm … Das war der Wolf, von dem sie heute Nacht geträumt hatte.

»So ein Zufall …«, meinte sie und lächelte ihn an. »Was tun *Sie* denn hier?«

Er lächelte verhaltener. Die Aufforderung, das vertrauliche »Du« zu unterlassen, hatte er verstanden.

»Das Gleiche könnte ich *Sie* fragen …«

»Ich arbeite hier …«

»Da schau einer an. Hier also auch …«

Er zog eine Miene, als sei er schwer beeindruckt. Was natürlich nur Show war. Er sah irgendwie einem schlauen Kater ähnlich. Ein wenig eingebildet, aber durchaus liebenswert.

»Und Sie?«, erkundigte sie sich höflich.

»Nun«, meinte er und hörte auf, den Kater zu geben. »Ich wohne gleich in der Nähe und wollte mal schauen, ob ich den Damen von Notre Dame de la Forêt nützlich sein kann. Ich hörte, dass sie immer noch ohne Strom sind.«

»Ach, Sie sind Elektriker?«

»Das nun grade nicht … Aber ich könnte vielleicht trotzdem Abhilfe schaffen.«

Seine Miene drückte ehrliche Mitmenschlichkeit aus. Dennoch blieb Giselle skeptisch. Wieso gab er sich als Handwerker aus, wenn er gar keiner war? Hatte er nicht auf die Nonnen geschimpft? Sie als geldgierige Ausbeuterinnen bezeichnet? Nun, zumindest so ähnlich hatte er über sie geredet. Wieso stellte er sich jetzt so uneigennützig zu ihrer Verfügung?

»Da müssen Sie warten – die Nonnen feiern gerade die Messe.«

Er sah hinüber zur Kirche, runzelte die Stirn und blickte wieder hoch zu Giselle. Zu hören war nicht viel – die dicken Mauern verschluckten die Gesänge.

»Messe?«, meinte er skeptisch. »Wie soll das gehen ohne Priester?«

Darüber hatte sich Giselle bisher keine Gedanken gemacht. In La Joie Notre Dame war täglich ein glatzköpfiger Rauschebart erschienen, um den Nonnen die Messe zu lesen. Er hätte für die Apostel Lukas oder Jakobus Modell sitzen können.

»Sie haben bestimmt einen Priester«, meinte sie ohne rechte Überzeugung. »Aus irgendeinem Dörfchen in der Nachbarschaft vielleicht.«

Aber der hilfsbereite Besucher – wieso fiel ihr sein Name immer noch nicht ein? – schüttelte den Kopf.

»Hier gibt's nur Abbé Lecombe aus Plouvan. Und der hat sich geweigert, im Kloster die Messe zu lesen.«

Das wurde ja immer besser. Ein Handwerker, der keiner war, und ein Priester, der seinen Job nicht tun wollte.

»Wieso das?«

Er pustete eine dicke Schneeflocke weg, die sich auf seine Nasenspitze gesetzt hatte. »Keine Ahnung«, behauptete er. »Er hat wohl was gegen Klosterfrauen.«

»Und Sie?«

»Ich?«, fragte er mit der Miene eines Unschuldsknaben.

»Sie haben doch neulich auch gegen die Nonnen gewettert, oder etwa nicht?«

Aus unerfindlichen Gründen freute er sich über diesen Vorwurf. »Schön, dass Sie mir so aufmerksam zugehört haben!«

»Ich merke mir halt Leute, die wirres Zeug reden.«

»Wenn's Sie beruhigt: Ich hab meine Meinung geändert. Die Damen sind sehr nette, freundliche Nonnen, und sie haben es hier nicht leicht.«

Wolf im Schafspelz, dachte sie. Vielleicht auch Schaf im Wolfspelz. Auf jeden Fall sollte man ihn im Auge behalten.

»Wären Sie so freundlich, mir die Tür zu öffnen, Giselle? Es ist verflucht kalt hier draußen.«

Er trat tatsächlich schon seit einiger Zeit von einem Fuß auf den anderen und hatte die Hände in die Jackentaschen gesteckt.

»Erstens …«, sagte sie mit zuvorkommendem Lächeln. »Erstens kann ich Ihnen versichern, dass es hier drinnen kein Grad wärmer ist als dort, wo Sie gerade stehen.«

»Verstehe«, murmelte er. »Kein Strom, keine Heizung … Elend, verfluchtes …«

»Und zweitens«, fuhr sie fort. »Zweitens besitze ich keinen Schlüssel.«

Mit einem unchristlichen Fluch drehte er sich um und kickte ein Häuflein Schnee in Richtung Brunnenloch. In diesem Moment wurde drüben die Pforte geöffnet und das schmale Gesicht der Priorin erschien.

»Monsieur LeHaziff? Welch schöne Überraschung. Warum sind Sie nicht in die Kirche gekommen?«

Er breitete die Arme aus, als müsste er sich vor der Priorin rechtfertigen, und tat einige Schritte in ihre Richtung.

»Verzeihen Sie, Mutter Athanase. Ich wollte die Messe nicht stören, und außerdem habe ich eine liebe Bekannte wieder getroffen.«

Vermutlich wies er jetzt hinauf zum Fenster und war sehr enttäuscht, dass es geschlossen und Giselle verschwunden war. Das fehlte noch, dass Mutter Athanase sie beim Schwatz mit diesem Yannik erwischte. Yannik! So hieß er. Endlich hatte ihr Kopf den Namen ausgespuckt. Yannik LeHaziff. Ein echter Bretone. Nur dass er wohl kein Seemann war, sondern eher Bauer oder so etwas Ähnliches.

»Kommen Sie herein, Monsieur LeHaziff. Wir haben den Kamin angezündet, es ist warm im Refektorium«, hörte sie die Stimme der Priorin.

Unfassbar! Sie fror sich hier im eiskalten Gästehaus den Hintern ab, und dieser doppelzüngige angebliche Handwerker durfte den seinigen am warmen Kamin wärmen. Im inneren Klausurbereich der Nonnen.

Sie beschloss, diese Angelegenheit ein für alle Mal zu klären und sich nicht mehr mit frommen Sprüchen abspeisen zu lassen. Sie war hier, um für das Kloster zu arbeiten, und hatte Anspruch auf vernünftiges Essen und ein warmes Plätzchen. Basta!

Eilig lief sie die Treppe hinunter und stellte fest, dass ihre Vermutung richtig gewesen war: Nolwenn hatte die Pforte zum Kreuzgang abgeschlossen. Vermutlich hatten die Damen befürchtet, ihr Gast könnte in der Nacht gestohlen werden.

»Schlau«, murmelte sie. »Aber nicht schlau genug.«

Wozu brauchte sie eine Pforte, wenn man nur ein Fenster öffnen musste, um hinauszugelangen? Daran hatten die ängstlichen Damen wohl nicht gedacht, wie?

Sie lief nicht durch den verschneiten Klostergarten, sondern benutzte den Kreuzgang, um zum Eingang des Wohnhauses zu gelangen. Der Gang hatte sich leider nur an der Kirchenwand im Original erhalten, an den restlichen beiden Seiten war er neu angelegt worden. Man hatte Platten auf dem Boden verlegt und den Gang mit einem flachen Schrägdach mit Schindeln überdeckt, das sich auf mehrere Stahlträger stützte. Nur an der Seite, wo die Remise und ein weiteres verfallenes Gebäude standen, hatte man den Gang noch nicht weitergeführt, dort begrenzten die Ruinenmauern das Anwesen. Das Ganze erinnerte an ein römisches Atrium, nur das Wasserbecken in der Mitte fehlte. Dafür gab es das kniehoch ummauerte Brunnenloch. Dort unter dem Schnee mussten die Reste der Sandsteinfigur liegen, die damals der Blitz zertrümmert hatte.

Auf Giselles Klopfen an der Pforte des Refektoriums öffnete schließlich Schwester Thérèse. Sie machte eine einladende Armbewegung. »Ach, unsere junge Steinbildhauerin. Kommen Sie herein, es ist kalt draußen. Setzen Sie sich an den Kamin …«

Dort saß bereits Schwester Cécile, in eine Wolldecke gewickelt und angestrengt beschäftigt, einen Faden in die Sticknadel einzufädeln. Was bei dem schwachen Morgenlicht und dem flackernden Kaminfeuer nicht ganz einfach war.

»Ist Mutter Athanase nicht hier?«

Schwester Thérèse reichte ihr einen Becher mit dampfend heißem Kaffee, dem Giselle nicht widerstehen konnte. Welche Wohltat, das heiße Getränk zu schlürfen und zu spüren, wie sich im ganzen Körper angenehme Wärme ausbreitete. Sie trank genüsslich mit geschlossenen Augen und fröstelte dabei wohlig.

»Mutter Athanase ist mit Monsieur LeHaziff hinüber zum Stromkasten – sie wollen versuchen, den Fehler zu beheben.«

»Seit wann ist der Strom denn weg?«

Schwester Thérèse goss ihr Kaffee nach und tat einen tiefen Seufzer. »Am Montag ist es passiert. Ich stand in der Küche, um das Mittagessen zu kochen, rührte Grieß in die Milch, da ging der Herd aus. Mutter Athanase war gerade dabei, ihr Büro einzurichten, und Schwester Cécile hatte endlich die richtige Lampe für ihre Stickarbeit gefunden …«

»Ist die Hauptsicherung rausgeflogen?«

»So ist es«, seufzte Thérèse. »Und das Schlimme ist: Sie lässt sich nicht wieder hochdrücken. Sobald man es versucht, kippt sie wieder herunter.«

Giselle schlürfte gedankenvoll ihren Kaffee und beschloss, erst einmal den Mund zu halten. Der hilfsbereite Yannik würde das Ding schon schaukeln. Entweder war die Sicherung kaputt – was bei einer neuen Anlage eher unwahrscheinlich war –, oder irgendein Gerät war defekt und verursachte immer wieder einen Kurzschluss. Darauf hätten die Damen eigentlich auch selbst kommen können. Brauchte man sogar im Kloster für jeden Mist einen Mann?

»Es geht einfach nicht«, hörte sie die dünne Stimme von Schwester Cécile. »Ich bringe den Faden nicht in die Nadel.«

Es hörte sich so verzweifelt an, dass Giselle fast Mitleid bekam. Sie stellte die leere Tasse ab und wandte sich der Nonne zu, die unweit von ihr am Kamin saß. Sie hatte einen kleinen quadratischen Tisch vor sich stehen, auf dem mehrere Pappkästen mit buntem Stickgarn, Nadeln, Borten und allerlei anderes Zeug ausgebreitet waren, außerdem mehrere verschieden große Scheren. Über ihren Knien lag ein weißer Stoff, vermutlich ein Priestergewand, das sie gerade mit einer Stickerei schmückte. Giselle erkannte verschlungene Pflanzensymbole, auch Figuren und Gesichter. Die Stelle, an der die Nonne im Moment arbeitete, war in einen runden, hölzernen Stickrahmen gespannt, um den Stoff glatt zu halten.

»Soll ich Ihnen helfen?«, bot sie an.

Cécile hob den Kopf und starrte sie durch die dicken Brillengläser an. War das ein erstaunter oder ein empörter Blick? Giselle war sich nicht sicher. »Das nützt nichts«, knurrte die Nonne unfreundlich. »Licht muss her. Sehe ja die Farben kaum …«

Sie hätte sich wenigstens für das Hilfsangebot bedanken können, dachte Giselle. Dennoch war sie entschlossen, sich nicht einschüchtern zu lassen. Zumal diese Stickerei tatsächlich ein kleines Wunderwerk war. So unangenehm diese Cécile auch war – ihr Handwerk schien sie zu verstehen.

»Woher sind diese Muster? Gibt es dafür Vorlagen?«

Jetzt endlich schien Cécile etwas milder gestimmt. Sie legte den Faden sorgfältig geringelt in ein Pappkästchen und nahm dann eine Art Büchlein aus Stoff zur Hand, in dem zahllose Sticknadeln steckten wie kleine silberne Soldaten, eine neben der anderen. Dort sortierte sie ihre Nadel ein und band dann die roten Bänder, die das Büchlein verschlossen, zu einer Schleife.

»Diese Muster sind uralt, es gab sie schon im Mittelalter«, erklärte sie. »Damals wurden großartige Priestergewänder gestickt, sie sind in Museen erhalten und so kostbar, dass man sie nur im Dämmerlicht zeigen darf, um die Farben nicht zu schädigen. Immer war es eine der Nonnen, die den Entwurf machte und die Umrisse vorgab, die anderen führten die Stickerei dann aus. Ich selbst stelle die Muster nach eigenen Ideen zusammen und …«

Wenn sie von ihrer Stickarbeit redete, kam sie mächtig in Fahrt. Vermutlich war es ihre große und einzige Leidenschaft, Priestergewänder mit Ornamenten zu besticken. Schade, dass kaum jemand diese schönen Bilder zu sehen bekam. Wer schaute sich schon ein Priestergewand aus der Nähe an?

»Dieses Muster habe ich frei erfunden, es sind blaue und weiße Hortensienblüten, wie man sie hier in der Bretagne so oft sieht.«

Giselle nickte, um ihr Interesse zu bekunden. Zugleich lauschte sie auf die Stimmen, die sich von jenseits des Refektoriums näherten. Vermutlich war der Sicherungskasten in der Nähe der Küche angebracht, denn von dort war jetzt eine aufgeregte Diskussion zu hören.

»Aber wir haben alle Geräte vom Netz genommen, Monsieur LeHaziff.«

»Auch alle Lampen ausgeschaltet?«

»Natürlich. Und auch die Heizungspumpe.«

»Den Herd? Kühlgeräte? Was ist mit der Kirche? Die Beleuchtung in der Krypta. Im Kreuzgang die Außenlampen …«

Aha, dachte Giselle. Gar nicht so dumm, der Bastler mit Herz.

»Es muss aber irgendwo einen Kurzschluss gegeben haben. Kontrollieren wir alle Leuchtkörper. Vor allem die Lampe von Schwester Cécile.«

»Das haben wir schon getan, Monsieur LeHaziff …«

»Wir sollten es noch einmal tun.«

»Es ist wirklich sehr liebenswürdig von Ihnen, dass Sie sich so um unser Problem bemühen …«

Man hörte deutlich, dass Mutter Athanase wenig Lust hatte, die Prozedur von vorn zu beginnen. Was dachte sie eigentlich? Dass ein richtiger Elektriker den Schaltkasten nur kurz anblinzelte und den Fehler dann mit einem »Klick« beseitigte? Gott erhalte Ihnen Ihren festen Glauben, Mutter Athanase!

»Dann kann ich leider nichts mehr für Sie tun, ehrwürdige Mutter«, sagte Yannik.

Gleich darauf traten beide ins Refektorium. Die Oberin mit bemühter Sanftmut im Blick, Yannik mit rotem Gesicht und ärgerlich zusammengekniffenem Mund. Wie es schien, war die Zusammenarbeit wenig fruchtbar gewesen. Giselle verkniff sich ein schadenfrohes Grinsen und beugte sich interessiert über das Priestergewand auf Schwester Céciles Schoß.

»Diese Hortensien sind unfassbar lebensecht!«

Sie spürte Yanniks neugierigen Blick im Nacken, tat jedoch, als bemerkte sie ihn nicht.

»Darf ich Sie zu einer Tasse Kaffee einladen, Monsieur LeHaziff? Wie man mir erzählte, sind Sie selbst ebenfalls mit einem Umbau beschäftigt.«

Doch er war jetzt schlecht drauf und winkte ab. Behauptete, er wolle die Nonnen nicht berauben, ohne Strom sei es gar nicht so einfach, zu einem heißen Kaffee zu kommen.

»Ich werde den Elektriker noch einmal anrufen«, versprach er. »Dies ist schließlich ein dringender Fall.«

»Allerdings!«, tönte Cécile dumpf.

»Das wäre wirklich sehr liebenswürdig, Monsieur LeHaziff.«

»Das tue ich doch gern …« Er machte eine angedeutete Verneigung und stülpte sich den Hut wieder auf. »Die Damen … Wünsche allseits ein angenehmes Wochenende.«

Giselle fing einen schadenfrohen Blick von ihm auf, und sie begriff, was er hatte sagen wollen. Morgen war Samstag, übermorgen Sonntag. Falls der Elektriker tatsächlich den Weg hinaus zum Kloster wagte, dann bestimmt nicht vor Montag.

»Das hat doch alles keinen Sinn«, seufzte Mutter Athanase, der dieser Umstand inzwischen auch klar geworden war. »Aber zum Glück haben wir jetzt ja den Wagen. Schwester Thérèse – wir fahren hinunter nach Huelgoat, um mit diesem Elektriker zu reden. Wie heißt er doch? Monsieur LeBloch. Da können wir auch gleich ein paar Dinge einkaufen …«

»Vor allem Lampenöl …«, bemerkte Thérèse.

Die Priorin warf ihr einen strafenden Blick zu. »Was, Lampenöl! Wenn der Strom wieder geht, brauchen wir kein Lampenöl.«

»Ja, Mutter Oberin …«

»Sie müssen positiv denken, Schwester Thérèse!«

»Gewiss, Mutter Oberin … kein Lampenöl …«

Giselle begriff. Gehorsam war eine der wichtigsten Tugenden der Klosterfrau. Auch wenn man anderer Ansicht war – die Order der Oberin wurde befolgt und nicht angezweifelt. Genau wie in der Armee. Mutter Athanase blickte kurz mit gerunzelter Stirn zu Giselle hinüber, die ihr ein breites Lächeln schenkte und die Hände ausstreckte, um sie am Kaminfeuer zu wärmen. Falls die Oberin vorgehabt hatte, etwas zum Thema »Klausur« zu äußern, dann schluckte sie es beim Anblick der frierenden jungen Frau hinunter. Besondere Situationen erforderten nun einmal besondere Maßnahmen. Oder besser Ausnahmen.

Giselle wartete, bis Athanase und Thérèse hinausgegangen waren, dann beschloss sie, auf eigene Faust dem geheimnisvollen Kurzschluss auf die Spur zu kommen.

»Wo waren Sie eigentlich, als der Strom ausfiel, Schwester Cécile?«

»Na, wo schon?«, gab die Schwester mürrisch zurück. »Drüben in meiner Werkstatt war ich. Hatte gerade meinen Nähtisch eingeräumt und eine vernünftige Lampe gefunden …«

»Ja, richtig … Wo ist eigentlich Nolwenn?«

»Drüben in der Kirche. Sie wischt die Apsis …«

»Bei dieser Kälte?«, regte sich Giselle auf.

Cécile zog sich die Wolldecke enger um die Schultern und schien keine Meinung zu diesem Punkt zu haben. Stattdessen murmelte sie leise vor sich hin, und Giselle sah die schwarzen Holzperlen eines Rosenkranzes in ihren Händen. Resigniert stand sie auf, verabschiedete sich von der angenehmen Wärme des Kaminfeuers und schaute nach dem Zugang zur Kirche. Die

Tür befand sich gleich rechts neben dem Kamin, sie führte einige Stufen hinauf zu einer schmalen Pforte. Giselle hatte richtig vermutet – sie war nicht abgeschlossen.

Ein muffiger Hauch wehte ihr entgegen, es roch nach feuchtem Stein und nach Moder – vielleicht kamen die Gerüche aus der Krypta, die Kirche war ja zum größten Teil neu erbaut. Das Tageslicht, das durch die Fenster in die Kirche drang, erleuchtete die Apsis nur unvollkommen. Man sah Schatten, die sich bewegten, hörte ein Geräusch, als streife Stoff über hartes Gestein. Dann tat es einen leisen Schlag, und Giselle vernahm einen langen Fluch. Zumindest klang es wie ein Fluch, verstehen konnte sie nichts, denn es war bretonisch.

»Nolwenn? Bist du hier?«

Ein leiser Aufschrei, dann ein zweiter Schlag. Aha – ihr war der Schrubber aus der Hand gefallen und auf die Granitplatten geknallt. »Heilige Mutter Gottes, bewahre mich Sünderin vor Unglück und Schande!«

»Ich bin's doch, Nolwenn. Giselle! Ich stehe hier an der Pforte.«

»Giselle?«, flüsterte Nolwenn ängstlich. »Bist du es wirklich?«

»In eigener Person. Was treibst du hier so lange? Du musst ja halb erfroren sein.«

Es plätscherte, der Schrubber fiel zum dritten Mal um, dann endlich erkannte sie im Lampenschein Nolwenns weißes Gewand mit dem schwarzen Überwurf. Sie lief wie ein flatternder Schmetterling mit Eimer und Schrubber zu ihr hinüber, stellte den Eimer ab und streckte langsam die Hand aus. Als sie Giselles Arm berührte, löste sich die angstvolle Spannung in ihrem Gesicht. Sie lächelte erleichtert und verlegen. »Verzeih mir. Ich habe gedacht … Ich hatte solche Angst!«

Giselle musste lachen, aber es schallte erschreckend laut durch die Kirche, sodass sie gleich wieder damit aufhörte. »Du hast gedacht, ich wäre ein Geist, wie?«

Nolwenn nickte verschämt. »Du solltest nicht darüber lachen, Giselle. Hier sind überall Schatten und Geister. Die Mutter Oberin will mir das nicht glauben, deshalb muss ich jetzt jeden Tag nach der Messe die Apsis wischen.«

»Nach dem Motto: Was uns nicht umbringt, macht uns nur härter, wie?«, witzelte Giselle. »Komm jetzt mit hinüber, die Oberin ist mit Schwester Thérèse nach Huelgoat gefahren.«

Nolwenn schien wie erlöst und trottete mit Eimer und Schrubber brav hinter ihr her. Im Refektorium war Cécile inzwischen auf ihrem Stuhl sanft eingeschlummert. Nolwenn war so durchgefroren, dass ihre Zähne aufeinanderschlugen.

»Ich glaube nicht, dass die Maßnahme von Mutter Athanase mir helfen wird, Giselle. Beim Putzen sehe ich in der Kirche mehr Geister als während der Andachten …«

Schwester Cécile ließ ein Schnarchgeräusch hören, das wie das letzte Röcheln einer Sterbenden klang und Nolwenn fürchterlich erschreckte. Dann hustete die Schwester zweimal, sog rasselnd Luft ein und schnarchte weiter. Giselle goss den Rest aus der Kaffeekanne in den Becher und reichte ihn Nolwenn.

»Sag mal, wo warst du eigentlich, als der Strom ausfiel?«

Jetzt schaute das arme Mädchen schon wieder ganz verzweifelt drein. Sie war wirklich vollkommen verstört. »Ich?«

»Ja, du …«

»Ich war … ich weiß nicht mehr genau.«

Sie war eine miserable Lügnerin, und sie wusste es selbst, denn sie hob rasch die große Kaffeetasse an die Lippen.

»Denk nach!«, befahl Giselle.

Nolwenn rieb die steifen Finger gegeneinander und verzog das Gesicht, um Giselle vorzuführen, dass sie grausame Schmerzen litt und nicht mit solchen Lappalien belästigt werden durfte. Giselle blieb unbeeindruckt.

»Das kann doch nicht so schwer sein. Es war um die Mittagszeit, Schwester Thérèse rührte gerade Grieß in die Milch …«

»Ach, wirklich?«

Giselle verschränkte die Arme vor der Brust und hob das Kinn. »Also? Wo warst du? Auf dem Klo?«

»Nein«, sagte Nolwenn leise und schaute ängstlich zu der schnarchenden Cécile hinüber. »Ich war im Vorratskeller. Weil da noch ein Säckchen Trockenpflaumen war. Für den Grießbrei, verstehst du?«

Giselle nickte. Grießbrei mit Trockenpflaumen. So schlecht hatten sie gar nicht gelebt, die Nonnen. »Und da ging plötzlich das Licht aus, ja?«

»Ja«, schniefte Nolwenn. »Aber ich hab nur eine winzig kleine Pflaume genommen. Das schwöre ich. Klein wie eine Rosine.«

Sie legte die Hände vors Gesicht und schluchzte leise. Giselle stand einen Moment ratlos, dann wurde ihr die Sache langsam klar. Die Glühbirne der Deckenbeleuchtung musste mit einem Knall geplatzt sein, und das naive Mädel hatte geglaubt, dies sei die göttliche Strafe für ihre Naschsucht. Heilige Einfalt!

»Hast du es gebeichtet?«

»Wie denn?«, heulte Nolwenn. »Es kommt ja kein Priester zu uns.«

Nun ja – sie hätte es zur Not auch der Priorin beichten können, dann hätte sie ihren Mitschwestern vermutlich eine Menge Probleme erspart.

»Gehen wir.«

Der Vorratskeller lag direkt unter der Küche, man erreichte ihn über eine schmale, stockdunkle Steintreppe, die vor einer stabilen Tür aus schwarzem Eichenholz endete. Man musste sie zweifach entriegeln, dann gab sie knarrend den dahinter liegenden Kellerraum frei. Giselle leuchtete mit der Laterne Wände und Decke ab. Eine einfache Lampe mit einer Glühbirne war dort befestigt, nicht gegen Feuchtigkeit geschützt und vermutlich defekt. Sie kippte den Wandschalter auf »aus« und schraubte die Birne heraus. Sie war durchgebrannt, wie vermutet.

»Ich schwöre dir, Giselle«, flüsterte Nolwenn. »Ich werde niemals wieder heimlich naschen!«

»Guter Vorsatz«, lobte Giselle grinsend. Sie lief die Treppe hinauf und machte sich am Schaltkasten zu schaffen. Gleich darauf flammte in der Küche das Licht auf, auch der Herd ging an, Kühlschrank und Gefrierschrank brummten gehorsam.

»Na bitte!«, murmelte Giselle zufrieden. »So, wo ist die Heizung?«

»Drüben im ehemaligen Schafstall«, sagte Nolwenn, die dieses große Wunder kaum fassen konnte. »Ach, Giselle! Du bist ein Engel. Eine Zauberin. Die Herrin des Lichts. Wie wird die Priorin staunen! … Du verrätst mich doch nicht, oder?«

14

Mutter Athanase staunte tatsächlich, als sie mit Schwester Thérèse kurz vor Mittag ins Kloster zurückkehrte. Ihre Begeisterung hielt sich jedoch in Grenzen.

»So? Im Vorratskeller also …«, sagte sie streng. »Und wieso hat mir das niemand gesagt?«

Nolwenns Tränen flossen. Sie habe es über der ganzen Aufregung vergessen, behauptete sie. »Es tut mir so leid! Bestrafen Sie mich, Mutter Oberin … ich bin eine dumme, ungeschickte Person und habe Strafe verdient …«

Gehörte Ehrlichkeit nicht auch zu den Geboten des Ordens? Nun ja – das musste Nolwenn wirklich selber wissen. Giselle hielt den Mund, erzählte nur, dass sie gemeinsam auf die Idee gekommen seien, doch auch einmal im Vorratskeller nachzuschauen. Nolwenns dankbare Blicke waren so verräterisch, dass Mutter Athanase den Braten eigentlich hätte riechen müssen. Sie war jedoch kurz angebunden und verhängte hastig drei Tage absolutes Schweigegebot über die Novizin.

»Gehen wir hinüber in die Kirche …«

Richtig. Um zwölf Uhr fünfzehn wurde die Sext gesungen und gebetet. Sie weckten Schwester Cécile auf, die die bewegenden Ereignisse komplett verschlafen hatte, legten die schwarzen Überwürfe ab und bewegten sich als weiße Engelsprozession durch die kleine Innenpforte in die Apsis der Kirche. Giselle hatte wenig Lust, das Mittagsgebet anzuhören, sie würde später, wenn die Nonnen die Kirche verlassen hatten, die Krypta besichtigen. Dabei brauchte sie keine Begleitung, sie wollte diesen Raum ganz allein für sich entdecken. Es musste ein magischer Bereich sein, das spürte sie deutlich. Auch Nolwenn hatte dafür eine feine Antenne, sie schien sogar noch empfindlicher zu sein als Giselle und der anderen Dimension, die sich dort öffnete, ein Stück näher zu kommen. Im Grunde war es nichts Besonderes, die meisten Kirchen waren auf heidnischen Tempelruinen erbaut. Uralte Kultstätten, die ihre Kräfte bis heute bewahrt hatten. In Chartres war diese Energie so stark gewesen, dass Giselle fast Angst bekommen hatte, sich darin zu verlieren.

Sie kontrollierte noch einmal die Heizung, prüfte den Brenner, wo die bläulich-gelbe Flamme nahezu unbeweglich hinter der dicken Glasscheibe stand. Gut so. Die Priorin hatte Grund, ihr dankbar zu sein, fand Giselle. Eine gute Position, um verschiedene Abmachungen mit ihr zu treffen, die beiden Teilen den Umgang miteinander erleichtern würden. Sie war keine Nonne und hatte nicht vor, sich von Mutter Athanase am Gängelband führen zu lassen.

Doch Mutter Athanase erwies sich als harte Nuss. Nach dem Mittagsgebet war ihre erste Handlung, der jungen Steinbildhauerin einen Schlüssel auszuhändigen und sie darauf hinzuweisen, dass sie von nun an freien Zugang zum Gästehaus und zu den Werkstätten habe. Alle anderen Räume – auch die Küche – gehörten jedoch zum inneren Bereich der Nonnen; dort hatte sie anzuklopfen und zu warten, bis man ihr öffnete. »Die Mahlzeiten werden Ihnen ins Gästehaus gebracht, liebe Madame Esch-Lamartine. Und auch sonst alles, was Sie benötigen.«

»Wenn ich mit Ihnen gemeinsam essen würde, könnte man unnötige Heizkosten einsparen.«

Giselle sah der Priorin an, dass dieses Argument ihr durchaus einleuchtete. Sie schien jedoch nicht bereit, sich darauf einzulassen. »Leider verbietet dies unsere Ordensregel«, entgegnete sie kühl.

Unglaublich. Von wegen Ordensregel. Die Dame legte die Regeln des heiligen Benedikt so aus, wie es ihr passte.

»Was ist mit der Kirche? Wenn ich dort arbeiten soll, brauche ich einen Schlüssel.«

Mutter Athanase hatte sich schon abgewendet, um mit gewohnt raschem Schritt zum rückwärtigen Ausgang des Refektoriums zu eilen. Aha. Von dort aus kam man in die Küche und vermutlich auch in ihr Büro, das über den Werkstätten lag. Eigentlich brauchten die Nonnen gar keinen Kreuzgang, sie konnten alle Räume durch innere Verbindungen erreichen.

»Ach ja, richtig«, murmelte die Priorin und blieb einen Moment stehen, als müsste sie nachdenken. »Kommen Sie mit, ich werde Ihnen einen Kirchenschlüssel aushändigen.«

Es klang, als handelte es sich um eine große Kostbarkeit, die da in ihre unwürdigen Hände gegeben wurde. Hatte die Priorin Angst, Giselle würde das Gestühl aus der Kirche stehlen? Die Altarkerzen? Den zentnerschweren Granitaltar davontragen?

Das Büro war ein schmaler Raum, von einem einzigen Fenster erleuchtet, dafür jedoch mit modernster Technik ausgestattet. In diesen Dingen schien sich die Priorin vorzüglich auszukennen, sie fuhr den Computer hoch, tippte virtuos auf der Tastatur herum und zeigte sich ausgesprochen erleichtert, dass sie im Netz war. Auch das Telefon tat einwandfrei seinen Dienst. Spätestens jetzt wäre der passende Moment gewesen, sich für die Wiederbeschaffung all dieser Segnungen zu bedanken – doch nichts dergleichen geschah. Bevor die Priorin die notwendigen Anrufe tätigte, öffnete sie eine Art Safe, der in die Wand über dem Schreibtisch eingelassen war. Dort hingen verschiedene Schlüssel, schön ordentlich mit roten, gelben und blauen Plastikanhängern bestückt, die mit Kugelschreiber beschriftet waren. Der Kirchenschlüssel hatte keinerlei Ähnlichkeit mit jenen altertümlichen Schlüsselungetümen, die es für viele kleine Kirchen noch gab. Er glich einem gewöhnlichen Hausschlüssel und war mit einem roten Anhänger versehen.

»Wenn Sie bitte hier und hier unterschreiben …«, forderte Mutter Athanase sie in liebenswürdigem Geschäftston auf und schob ihr einen Vordruck samt Kugelschreiber vor die Nase. »Nur eine Formalität. Das Mittagessen wird heute etwas später fertig sein – Schwester Thérèse ist aber mit Nolwenn bereits in der Küche zugange.«

Giselle kritzelte ihren Namen an die vorgegebenen Stellen, womit sie bestätigte, ein Gäste-Passepartout und einen Kirchenschlüssel erhalten zu haben. Ihr Zorn kochte vor sich hin. Diese hochnäsige, eingebildete Krähe!

»Wie schön, dass der Strom wieder funktioniert, nicht wahr?«, sagte sie und sah Mutter Athanase mit eindringlichem Blick an. Wenn sie jetzt nicht wenigstens ein kurzes Dankeswort über die Lippen brachte, dann war klar, dass sie einfach nicht wollte.

Die Priorin lächelte sie an. Wirklich, sie konnte sehr einnehmend lächeln. Was war sie früher gewesen? Unternehmensberaterin. Eine, die den Leuten sagte, wo es langging. Zum Wohl des Unternehmens, versteht sich.

»Ja, das ist eine große Erleichterung. Sie sind übrigens ganz herzlich zu unseren Andachten eingeladen, Madame Esch-Lamartine. Haben Sie schon unsere Hausordnung und die Gebetszeiten erhalten? Nein? Nun, sie unterscheiden sich kaum von jenen in unserem Mutterkloster. In Ihrem Zimmer finden Sie ein Merkblatt, ich gebe es Ihnen aber auf alle Fälle noch einmal in die Hand …«

Mit Schlüsseln und Merkblatt ausgestattet verließ Giselle das Büro. Was war das denn nun wieder gewesen? Anstatt sich zu bedanken, wurde sie zu den Andachten eingeladen. Nun ja – vom Standpunkt der Priorin her war das logisch gedacht. Zum Lohn für die freundliche Stromreparatur sorgte die ehrwürdige Mutter für ihr Seelenheil. Wenn die glaubte, sie würde morgens um halb fünf aus dem warmen Bett kriechen, um in der eisigen Kirche die Gesänge und Gebete der Nonnen zu hören, dann hatte sie sich geirrt. Die Vigil konnten sie gern ohne sie feiern. Und die restlichen Andachten auch.

Draußen im Kreuzgang empfing sie schräges, goldfarbenes Sonnenlicht, das nur hin und wieder von vorüberfliegenden Wölkchen gestört wurde. Sie war von dem gleißend in allen Farben aufblitzenden Schnee so fasziniert, dass sie den grauen Schatten neben dem Brunnenloch erst nach einer Weile bemerkte.

Was für ein großer Bursche! Er saß kerzengerade, den buschigen Schwanz in elegantem Halbkreis um die Pfoten geschlungen, eifrig beschäftigt, die rechte Vorderpfote zu lecken. Dabei blickte er aufmerksam zu ihr hinüber, ohne in seiner Beschäftigung innezuhalten. Nur die schwarzen, etwas zerfledderten Ohren zuckten ab und zu.

»Merlin …«, murmelte sie. »Das kann nur Merlin sein. War er es nicht, der sich in jeglicher Gestalt zeigen kann?«

Der Kater wandte jetzt den Blick von ihr ab, vermutlich erschien sie ihm wenig gefährlich. Er nahm stattdessen das Küchenfenster aufs Korn.

»Schlechte Zeiten, wie?«, sagte Giselle. »Früher muss es hier von Mäusen nur so gewimmelt haben. Jetzt gibt es nur noch ein paar in der Remise. Und die ist ganz sicher abgeschlossen.«

Der graue Kater sah sie aufmerksam mit grünen Glaskugelaugen an. Er schien ihrer Rede genau zu folgen, als könnte er jedes Wort verstehen.

»Mau …«, sagt er, als sie fertig war.

Ein Kater, der Antwort gab. Ob er an einer Unterhaltung interessiert war?

»Hättest du gern ein Schälchen Grießbrei? Mit Backpflaumen?«

»Mau!«

»Oder lieber ein saftiges Steak mit grünen Bohnen?«

»Mau!«

Sehr umfangreich war seine Ausdrucksskala nicht – dafür stand er jetzt auf, buckelte wohlig in der Sonne, schüttelte die rechte Pfote aus und stakste durch den Schnee auf sie zu. Ein Schwerenöter. Sie musste kichern – genau das, was den frommen Damen hier fehlte. Er warf sich ungeniert gegen ihre Knie, riss sie mit seinem Gewicht fast um und rieb schnurrend den dicken Kopf an ihrer Hose. Puh, wie zottig sein Fell war! Sicher voller Flöhe. Und die Ohren an mehreren Stellen zerfetzt: vernarbte Wunden nächtlicher Katerkämpfe. Sie beugte sich herunter und strich über seinen struppigen Rücken. Haare wie Drahtseile. Er warf sich noch heftiger gegen ihre Beine, strich daran entlang, schnurrte, murrte, burrte … Und als sie ihn noch ein bisschen zwischen den Ohren kraulte, schloss er die Augen und überließ sich dem Genuss.

»Okay – jetzt ist aber Schluss, mein Freund!« Sie beendete die Wellnessbehandlung ziemlich abrupt, strich ihm das gesträubte Nackenfell glatt und begab sich zu dem schmiedeeisernen Tor, das – man glaubte es kaum – nicht abgeschlossen war. Auch der Kirchenschlüssel passte auf Anhieb, sie ging durch die schmucklose hölzerne Eingangstür in den Kirchenraum und fand gleich links an der Wand einen grauen Kasten mit verschiedenen Lichtschaltern. Keine Frage, dass sie erst einmal alle ausprobierte, den Kirchenraum in helles, schwaches, mattes und geheimnisvoll rötliches Licht tauchte und dabei feststellte, dass außer den Fundamenten und einem Mauerrest zum Kreuzgang hin wohl alles neu gebaut worden war. Immerhin stützten jeweils vier Säulen aus Sandstein die Seitenschiffe – der einzige Blickfang in der ansonsten schmucklosen Kirche. Die Säulen hatten würfelförmige Kapitelle, die von ihr mit passenden Ornamenten versehen werden sollten – eine Aufgabe ganz nach ihrem Geschmack …

Sie fuhr erschrocken herum, weil hinter ihr etwas mit dumpfem Schlag auf den steinernen Boden gefallen war.

»Merlin?«

Er war ihr gefolgt, hatte sich auf einer der Kirchenbänke niedergelassen und spielerisch ein vergessenes Gebetbuch herabgeworfen. Sie beobachtete, wie er lässig die Banklehne entlang balancierte und dann eine Stelle unter der Bank mit dem aufmerksamen Blick des Raubtieres fixierte. Ein Käfer? Eine Spinne? Oder eine Schattenmaus aus der anderen Dimension?

»Viel Glück«, murmelte sie amüsiert.

Sie stieg die Stufen zur Apsis hinauf und besah sich den Altarstein aus der Nähe. Jetzt, bei der künstlichen Beleuchtung, wirkte der Stein längst nicht so lebendig wie gestern, da sie ihn im flackernden Licht der Kerzen gesehen hatte. Wellenlinien, Kreise, mehrere Spiralen – die gleichen Symbole, die man auch in den unteren Bereichen einiger Menhire gefunden hatte. Botschaften einer uralten Religion, die lange vor den keltischen Gottheiten und den christlichen Missionaren in der Bretagne verbreitet gewesen war. Giselle berührte den Stein mit den Fingern, fuhr die Linien nach, folgte der Spirale, die sich ins Innere des Steins zu bohren schien. Der Stein war seltsam glatt, als wäre er im Laufe der Jahrtausende von unendlich vielen Berührungen geschliffen worden.

Hinter dem Altar lag der Zugang zur Krypta – ihr Traum war also wahr gewesen. Drei Stufen, dann verschloss eine Tür aus schwarzem Holz mit einem aufgenagelten Metallkreuz den unterirdischen Raum. Giselle drückte die Klinke herunter. Riss daran. Wollte wütend aus der Kirche hinüber ins Büro der Priorin stürmen – da kam sie darauf, den Kirchenschlüssel zu benutzen. Und siehe da, er passte. Knarrend öffnete sich die schwarze Pforte zur Unterwelt.

Zunächst einmal roch es heftig nach Moder, nassem Gestein, abgestandener Luft und irgendwelchen Schimmelpilzen, wie sie sich gern in verschlossenen, feuchten Räumen ansiedeln. Giselle tastete nach einem Lichtschalter, fand ihn gleich neben der schwarzen Tür an der Wand, und die Deckenbeleuchtung ließ die Krypta in bläulich-weißem Neonlicht erscheinen.

Keine Monster, nicht einmal eine Maus war zu sehen. Uralte Pilaster aus Granit stützten gotische Rippengewölbe, in denen die alten Schlusssteine saßen. Giselle erkannte ein Gesicht mit runden Glotzaugen, ein Wesen mit einem zahnbewehrten Maul, etwas wie ein Eichenblatt oder auch eine Frauengestalt … alles ziemlich vom Zahn der Zeit geschliffen. Aber immerhin. Die Gewölbe wiesen darauf hin, dass dieser Raum sakralen Zwecken gedient hatte; vielleicht hatte man hier unten früher die Messe gelesen oder Kinder getauft. Links befand sich eine breite Mauernische, in der ein Altar Platz gehabt hätte, doch es gab keine Reste der Ausstattung. Nur die Säulen, die auf runden Postamenten ruhten, füllten den Raum mit schwarzen und grauen Schatten, als hätte sich dort eine Schar schweigender Mönche versammelt.

Merlin, der grau Getigerte, saß oben in der Apsis auf einem der Stühle, die die Nonnen für ihre Andachten aufgestellt hatten. Als sie auftauchte, hob er den Schwanz in die Höhe und grüßte sie.

»Mau!«

Er sprang von dem Stuhl und lief ein paar Schritte, drehte den Kopf zu ihr und fixierte sie mit fluoreszierenden Katzenaugen. Auffordernd. Jetzt aber los. Mach mir die Kirchentür auf.

Draußen sah sie ihn durch den Kreuzgang zur Küche hinüberlaufen. Jemand öffnete ihm das Fenster – vermutlich Nolwenn –, und schon war Merlin, der Klosterkater, am Ziel seiner Wünsche.

Die folgenden Tage verbrachte Giselle in der Werkstatt. Ausgerüstet mit einem Stapel Papier und einem Sortiment Bleistifte aus dem Büro saß sie und zeichnete einen Entwurf nach dem anderen. Die Würfelkapitelle der Säulen im Kirchenraum waren wie gemacht für phantasievolle Skulpturen; sie malte Drachen, die den schuppigen Leib um die Säule wanden, boshaft grinsende Schimären, heitere Engelchen, ineinander verschlungene Pflanzenornamente, in denen sich Heiligengestalten bewegten, gehörnte Teufelchen, in die Hölle abstürzende nackte Sünder, Löwen, Schafe, körperlose Köpfe, Vögel mit ausgebreiteten Schwingen, Meeresungeheuer, die breite Schwimmhäute zwischen den Pranken trugen. Auch ein Kater war darunter, aber eigentlich nur, weil sich Merlin gern in ihrer Nähe aufhielt und sie Lust bekommen hatte, ihn zu zeichnen. Sie ignorierte die Essenszeiten der Nonnen, stellte ihren Teller irgendwohin und aß, wann sie Hunger verspürte. Was selten genug geschah, denn wenn sie im Arbeitsrausch war, spürte sie weder Hunger noch Durst, noch konnte sie schlafen. In solchen Phasen fühlte sie sich, als hätte sie Flügel. Ihre Vorstellungskraft arbeitete auf Hochtouren, die Bilder drangen so rasch auf sie ein, dass sie mit Zeichnen kaum nachkam und oft nur rasch eine Skizze machte, um die Idee später in Ruhe auszuarbeiten. Erst wenn sie ein merkwürdig hohles Gefühl im ganzen Körper verspürte und ihre Hände zu zittern begannen, wusste sie, dass es Zeit war. Dann dauerte es nicht mehr lange, und eine bleierne Erschöpfung befiel sie, die Phantasiewelten in ihrem Kopf sanken in sich zusammen und sie wollte nur noch eines: schlafen. In das sanfte, dunkle Reich hinabsinken, sich fallen lassen, schweben, dahintreiben und Kraft tanken.

Als sie aufwachte, konnte sie sich nur dunkel daran erinnern, dass man sie am Arm gerüttelt, ihr einen Löffel mit Suppe oder Becher mit irgendeinem heißen Getränk vorgehalten hatte, sie gefragt hatte, ob sie Schmerzen habe oder einen Arzt benötige. Was sie darauf geantwortet hatte, wusste sie nicht mehr, man hatte sie aber schließlich in Ruhe schlafen lassen. Sie streckte sich, fuhr sich durch das wirre, verklebte Haar und wischte sich die Augen. Ein kleiner Vogel hockte auf dem Fensterbrett, nickte, pickte auf etwas herum, schüttelte schwirrend das Gefieder.

Es regnet, dachte sie. Sie erinnerte sich, dass sie von ihrem Vater geträumt hatte. Sie hatte bei ihm in der Werkstatt gesessen und zugesehen, wie er ein Modell aus Ton von einer geplanten Skulptur anfertigte. Immer das ganze Werk im Blick haben, Mädel. Sich niemals an ein Detail verlieren. Und nicht aufgeben, bevor du ganz und gar zufrieden bist …

Sie hörte die Sätze so schmerzhaft deutlich, als säße er neben ihr. Mit einem Ruck richtete sie sich auf und schüttelte den Traum ab. Weg damit! Sie war hier im Kloster Notre Dame de la Forêt. Gästehaus. Einzelzimmer. Unten in der Werkstatt lagen ihre Entwürfe!

Sie duschte, zog sich frische Sachen an und sah auf die Armbanduhr. Mittag. Die Nonnen sangen jetzt die Sext, in einer halben Stunde gab es Mittagessen. Sie hatte Hunger wie ein Wolf. Vergnügt lief sie durch den Kreuzgang hinüber zur Werkstatt und stellte fest, dass der Schnee inzwischen vollständig weggeschmolzen war. Man sah die feuchte braune Erde, kahles Gestrüpp, aus dem welken Vorjahresgras ragten hie und da bemooste Steinbrocken heraus. Wohl die Trümmer der Brunnenfigur. Wenn es ein wenig trockener war, würde sie die Steine zusammensuchen und reinigen. Vielleicht war es möglich, der Idee des Kollegen nachzuspüren, der hier vor fast fünfhundert Jahren am Werk gewesen war.

Ihre Entwürfe lagen sorgfältig zu einem Stapel geschichtet auf dem Tisch, die Bleistifte hatte jemand in einen Becher gestellt. Sie stand einen Moment und starrte auf die ungewohnte Ordnung, ärgerte sich, dass man hier herumgeschnüffelt und aufgeräumt hatte. Eine Werkstatt war Vertrauenssache, verflixt noch mal. Da hatten Außenstehende nichts zu suchen und schon gar nicht aufzuräumen! Das würde sie der eifrigen Priorin erklären müssen, sonst konnte sie hier nicht arbeiten. Seufzend setzte sie sich, um den Stapel in Ruhe durchzusehen und die besten Entwürfe herauszusuchen, um sie in den nächsten Tagen gründlicher auszuarbeiten. Leider gab es in der Kirche nur acht Säulen – sie hätte mit ihrer Ideenflut leicht zehnmal so viel ausschmücken können.

Während sie noch hin und her überlegte, erschien Nolwenn mit einem Tablett in der Werkstatt. »Oh, Giselle!«, sagte sie und stellte das Tablett auf dem Nebentisch ab. »Ich war ja so froh, als ich dich durchs Fenster der Werkstatt sah. Heilige Mutter Gottes, du hast geschlafen wie eine Tote … Wir wollten schon Docteur Kervella aus Huelgoat kommen lassen, aber die Mutter Oberin hat gemeint, es sei gewiss nichts Ernstes …«

Schon klar. Vermutlich hatte sie Giselle in ihr Gebet eingeschlossen – da konnte ihr ja nichts passieren.

»Das war schon in Ordnung, Nolwenn. Ich brauchte einfach meinen Schlaf. Was gibt es denn Schönes zu Mittag? Riecht ja nicht schlecht …«

»Eintopf mit Karotten, Zwiebeln, Sellerie und Kartoffeln. Dazu eine halbe Rindswurst aus der Dose …«

Es schmeckte einfach himmlisch, was aber hauptsächlich daran lag, dass sie tage- und nächtelang nichts gegessen hatte. Sie leerte den Teller, trank dazu Apfelmost, von dem es einen ganzen Krug gab, und fühlte sich danach bis oben hin abgefüllt.

»Stell dir nur vor, dieser Dickschädel will einfach nicht zu uns kommen«, schwatzte Nolwenn. »Dabei ist er doch dazu verpflichtet, er muss die Messe bei uns halten, der Bischof hat es angeordnet.«

Giselle döste in wohliger Sattheit vor sich hin. Ganz offensichtlich redete Nolwenn von diesem widerspenstigen Priester. Wie war doch noch sein Name gewesen? Lecombe. Komischer Vogel. Hatte wohl Angst vor Nonnen.

»Ich gebe dir hier acht Zeichnungen mit«, sagte sie zu Nolwenn, die sich gerade über die »sitzkalten« Stühle in der Apsis ereiferte. »Die gibst du der Priorin. Es sind die Entwürfe für die Säulenkapitelle in der Kirche, sie soll sie sich einmal anschauen.«

Nolwenn unterbrach ihren Redefluss und nahm die Zeichnungen ehrfürchtig entgegen.

»O wie schön! Wenn ich doch auch so zeichnen könnte ... Du bist eine Künstlerin, Giselle! Hu, was für ein grausliches Monster! Da bekommt man ja Angst.«

»Oh, ich finde, es ist eine hübsche, kleine Schimäre. Sie grinst so nett ...«

Nolwenn starrte auf das Papier. Man sah ihr an, dass sie mit zähnefletschenden Ungeheuern nicht viel anfangen konnte.

»Ach ja – die Mutter Oberin lässt dich bitten, das Auto zur Werkstatt nach Huelgoat zu fahren. Der rechte Scheinwerfer ist ausgefallen, und außerdem muss der Wagen aufgetankt werden. Das Geld liegt im Handschuhfach.«

Ach – die Mutter Oberin hatte offensichtlich auch durchs Fenster der Werkstatt gelinst. Giselle verfluchte die großen Fenster, die zwar viel Licht einließen, aber auch einen guten Einblick boten. Wie es schien, glaubte die Dame, sie zu allerlei Boten- und Arbeitsdiensten einsetzen zu können. Diesen Zahn würde sie ihr am besten gleich ziehen. Sie war keine ihrer Nonnen, die sie herumkommandieren konnte.

Auf der anderen Seite war es vielleicht gar nicht schlecht, das Auto zur Verfügung zu haben. Auch wenn sie es warten und tanken musste – sie war mobil und das hatte seine Vorteile.

»Dazu brauche ich die Schlüssel ...«

»Ja, richtig. Die Mutter Oberin hat sie mir gegeben. Und du musst das hier unterschreiben ...«

Zum Kuckuck mit diesem lächerlichen Papierkram. Jetzt unterschrieb sie schon das zweite Formular, bestätigte den Empfang der Autoschlüssel und des Garagenschlüssels. Die Priorin brauchte einen Seelenklempner, sie hatte einen ausgewachsenen Schlüsselkomplex.

»Und fahr vorsichtig, Giselle. Monsieur LeHaziff hat gesagt, die Wege im Wald seien glitschig und voller Schlamm. Es hat getaut.«

»Monsieur LeHaziff? War er hier?«

Nolwenn lächelte sie strahlend an. »Ja, vorgestern. Er hat die Sext angehört, und Mutter Athanase hat ihn zum Essen eingeladen. Er hat sich sehr nach dir erkundigt, Giselle. Er wollte sogar Docteur Kervella holen, weil er sich Sorgen um dich gemacht hat. Er ist so ein netter Mensch …«

Giselle knurrte etwas Unverständliches und schnappte sich Auto- und Garagenschlüssel, um sie in ihrer Hosentasche verschwinden zu lassen. Das also verstand die Priorin unter »strenger Klausur«. Mittagessen mit Monsieur LeHaziff. Wenn sie da mal nicht an den Falschen geraten war. Der nette und ehrenwerte Monsieur LeHaziff hatte doch nichts weiter vor, als den einfältigen Klosterfrauen ihren Grund und Boden abzuluchsen.

15

Der See war durch die Schneeschmelze angestiegen, sein Wasser stand nur noch wenige Meter vom Kloster entfernt. Ein paar Regengüsse, dann würde sich erweisen, ob die Klostermauern dick genug waren, um den Fluten standzuhalten.

Giselle setzte sich auf einen der umherliegenden Steinbrocken und genoss den Anblick des kleinen Sees, der vollkommen still lag und auf den Frühling zu warten schien. Die bunten Enten zogen bedächtig ihre Kreise, hin und wieder wurde einer der Erpel übermütig, dann gab es lautes Gequake und Geflatter und die braunen Damen ließen den Enterich wissen, dass sie nicht in Stimmung waren. Gleich darauf glättete sich die Wasseroberfläche wieder, und man sah im schrägen Sonnenlicht die Spiegelung des Klostergebäudes. Giselle ertappte sich bei dem Gedanken, dass die Wasserfee, die dort unten in ihrem Palast wohnte, von den Gesängen der Nonnen angezogen wurde und in den Nächten neugierig über die Klostermauern schaute.

Kichernd stand sie auf, fand, dass ihre Phantasie allzu bunte Blüten trieb, und öffnete die Remise. Irgendjemand musste hier fleißig gewesen sein, denn die Baureste waren ordentlich aufgestapelt und in ein Holzregal eingeordnet. Nicht sehr sinnvoll, das Zeug gehörte einfach auf den Müll.

Fünfzig Euro fanden sich im Handschuhfach – na, hoffentlich reichte das. Ein Blick auf die Tankanzeige sagte ihr, dass sie auf dem letzten Tropfen fahren würde; das sah dieser Athanase wieder einmal ähnlich. Ein Fünflitertank aus blauem Plastik stand auf einem Regalbrett – leer. Wenn sie mit der Karre irgendwo im Wald liegenblieb, würde man vermutlich für sie beten.

Wieso tat sie sich das alles an? Es gab bessere Jobs für eine

Steinbildhauerin. Geregelte Arbeitszeiten, nette Kollegen, anständige Bezahlung. Aber die Möglichkeit, acht Sandsteinkapitelle ganz nach ihren Vorstellungen zu gestalten – die war einfach zu verlockend. Die wog sogar eine Megäre wie diese Mutter Oberin auf.

Sie fuhr langsam, ließ den Wagen rollen, wo immer es möglich war, meisterte zwei tiefe Schlammpfützen, die aussahen, als könnte der Wagen darin bis übers Verdeck versinken. Trotzdem begann der Motor zu stottern, kaum dass sie das Dörfchen Plouvan erreicht hatte. Auf dem Platz vor der Kirche, den sie wohlweislich ansteuerte, fraß das Auto den letzten Tropfen Benzin, dann machte es »plopp« und der Motor verabschiedete sich. Natürlich gab es in diesem Kaff keine Tankstelle. Aber vielleicht fand sie ja eine hilfsbereite Seele, die ihr den blauen Plastikbehälter mit ein wenig Benzin füllte.

Sie stieg aus und sah sich um. Eigentlich ein hübscher kleiner Ort, ein wenig zurückgeblieben vielleicht, da dampfte noch ein Misthaufen im Hof und die Hühner hockten darauf. Gleich neben der Haustür – okay, die hätte wirklich mal gestrichen werden müssen – saß ein grau getigertes Katzentier, vermutlich ein Abkömmling des Klosterkaters. Aber immerhin schien dieser Bauernhof noch intakt zu sein, während es auf dem daneben liegenden Anwesen eher nach Stillstand aussah. Kein Kater, kein Huhn, dafür eingeschlagene Fensterscheiben und durchhängende Dächer. Ob das der Hof der alten Dame war?

»Pardon, Madame – Sie können hier nicht parken!«, sagte jemand hinter ihr.

Ein hochgewachsener, sehr schlanker Mensch mit schmalem Gesicht und gewölbten dunklen Augenbrauen. Da er schwarz gekleidet war, vermutete sie, dass sie den widerspenstigen Priester vor sich hatte.

»Bonjour, Monsieur l'Abbé. Ich parke nicht – ich habe eine Panne …«

Ihr kindliches Lächeln schien ihn zu erweichen, denn er fragte, ob sie vielleicht bei ihm telefonieren wolle.

»Oh, ich brauche weiter nichts als ein wenig Benzin. Damit ich es bis Huelgoat zur Tankstelle schaffe …«

»Ach so!«, sagte er und senkte unzufrieden die Augenbrauen. »Sie haben kein Benzin mehr. Das ist sehr leichtsinnig. Haben Sie keinen Reservekanister dabei?«

Sie lächelte unbeirrt weiter. »Doch. Aber leider ist er leer.«

Er starrte sie an, vermutlich wollte er herausfinden, ob sie sich über ihn lustig machte. Giselle blieb hartnäckig bei dem naiv-kindlichen Lächeln, sodass sein prüfender Blick kein Ergebnis tätigte. Dafür fiel ihm etwas anderes auf.

»Das ist doch der Wagen der Nonnen von Notre Dame de la Forêt, oder?«

Das konnte sie nicht leugnen. Und es war klar, dass sie nun schlechte Karten hatte.

»Hier hat niemand Benzin übrig, Madame. Viel Glück und Gottes Segen …«

Er verabschiedete sich mit einem Kopfnicken und zog sich in ein niedriges Häuschen zurück, das in die Umfriedung von Kirche und Friedhof integriert war. Giselle stand einige Sekunden bewegungslos und starrte ihm nach. Selbst wenn man berücksichtigte, dass Mutter Athanase ihn vergrätzt hatte – das war schon mehr als unfreundlich. Und unchristlich war es auch. Der Typ musste unter einem tief sitzenden Nonnenhass leiden. Eigentlich ein trauriger Fall. Wenn es nicht so ärgerlich gewesen wäre …

»Hier hat keiner Benzin? Das werden wir ja sehen«, murmelte sie.

Hoffnungsvoll nahm sie den blauen Kanister aus dem Kofferraum und ging damit zu dem Bauernhof mit dem dampfenden Misthaufen. Am Tor blieb sie vorsichtshalber stehen und versuchte, eine lebende Seele zu entdecken. Vergeblich.

»Hallo? Ist jemand zu Hause?«

Eigentlich hätten sie alle an den Fenstern hängen müssen, schließlich war ihr Wagen vom Wohnhaus aus gut zu sehen und das Gespräch war nicht gerade leise gewesen. Da ihr niemand antwortete, ging sie ein paar Schritte in den Hof hinein.

»Hallo? Ich brauchte ein wenig Ben…«

Ein gelber Hund rannte mit wütendem Kläffen auf sie zu, die Hühner flatterten erschrocken vom Misthaufen auf, die Katze blieb ungerührt auf ihrem Platz sitzen. Giselle hatte keine Angst vor Hunden, sie blieb stehen und ließ ihn herankommen, und als er sie anspringen wollte, drehte sie ihm den Rücken zu.

Jetzt endlich wurde die Haustür geöffnet. Ein Mann mit wild abstehendem grauem Haar und rotem Gesicht brüllte: »Filou! Hierher, verdammter Mistköter! Filou!«

Der Hund knurrte verdrießlich und machte sich auf den Rückweg. Giselle hob den Kanister und zeigte ihr schönstes Lächeln. »Pardon, Monsieur … Ich habe eine Panne und bräuchte ein wenig Ben…«

»Wir haben kein Benzin, Madame.«

Der Hund konnte sich gerade noch ins Haus quetschen, da schlug die Tür zu und das Gespräch war beendet. Giselle wechselte einen empörten Blick mit der Katze, die ihren Platz vor der Haustür verlassen hatte und verärgert auf den Fenstersims gesprungen war. Dort hockte sie jetzt neben dem kahlen Blumenkasten und maulte.

»Ich verstehe dich vollkommen, meine Liebe«, sagte Giselle. »An deiner Stelle würde ich wegziehen. Ich kenne da einen netten Kater draußen beim Kloster …«

Nun ja, es gab ja noch mehr Häuser hier im Ort. So schnell gab sie sich nicht geschlagen. Schließlich hatte sie niemandem etwas getan, im Gegenteil, sie brauchte Hilfe. Es musste in diesem Kaff doch wenigstens ein oder zwei anständige Menschen geben.

Sie ging an dem verlassenen Anwesen vorbei und vernahm bald kräftige Hammerschläge. Aha, dieser Nachbar schien fleißig an der Arbeit zu sein. Gut so. Niemand hinderte sie hier, in das Anwesen hineinzugehen, kein Hund, kein Huhn, nicht einmal ein Kater wurden auf sie angesetzt. Eine hohe Mauer trennte den Besitz vom Nachbarn auf der anderen Seite. Man konnte gut erkennen, dass sie während der vergangenen Jahre mehrfach aufgestockt worden war. Sie näherte sich der Baustelle und stellte fest, dass man das alte Wohnhaus bis auf wenige Reste niedergerissen hatte. Offensichtlich war ein Neubau in doppelter Größe geplant, mehrere Haufen mit Natursteinen aus Granit lagen bereit, die ganz sicher nicht billig gewesen waren. Giselle konnte sich nicht beherrschen, sie kletterte über den Bauschutt, um das Innere des alten Hauses zu begutachten. Reste der Holzdielen waren noch zu finden, ziemlich verwohnt und vom Schnee endgültig verdorben. Ein altes Spinnrad lag in Einzelteilen herum, Geschirr aus bunter Keramik, ein Teppich aus dem Supermarkt, ein hässlicher Sessel, in dem die Mäuse genistet hatten. Puh – wem auch immer dieser Hof gehört hatte, er hatte ihn ganz schön verkommen lassen. Sie ging zu dem Schornstein, der wie ein schmaler, hoher Schlot noch einsam in den Himmel ragte, und wollte sich den verrosteten Herd darunter anschauen – da blieben ihre Augen an einem knallrot aufgemalten Schriftzug hängen.

Mörder!

Großer Gott. Gute Nachbarschaft sah wirklich anders aus. Auf der anderen Seite des Schornsteins ging es weiter.

Nichts ist vergessen!

Sie hob den Finger, um herauszufinden, wie alt die Farbe wohl war, da schlug plötzlich dicht neben ihr ein Wurfgeschoss gegen den Schlot. Erschrocken duckte sie sich. Jemand hatte einen Stein nach ihr geworfen.

»He!«, brüllte sie. »Was soll das?«

Man vernahm das Geräusch von harten Arbeitsschuhen, die über loses Geröll stampften. Dann stand er vor ihr. Riss erschrocken die Augen auf.

»O mein Gott! Ich habe Sie doch nicht etwa erwischt?«

»Knapp verfehlt«, sagte sie gefasst und erhob sich aus der Hocke. »Empfangen Sie alle Besucher mit Steinwürfen?«

Yannik LeHaziff schob in höchster Verlegenheit den Filzhut mehrmals in den Nacken und wieder zurück. Ob er mit dem Teil auch schlafen ging?

»Es tut mir wahnsinnig leid … Ich dachte, es sei wieder dieser verdammte Lausebengel LeBloch, der seit Tagen auf meinem Hof herumschleicht …«

»Der Ihnen so nette Botschaften schreibt?«

Sie wies mit dem Finger auf die rote Schrift, und er nickte grimmig. »Nicht nur das. Er hat auch mehrfach versucht, Feuer zu legen. Und wenn ich mein Werkzeug nicht wegschließe, ist es verschwunden.«

Er war so wütend, dass sie ihm glaubte. Sabotage auf der Baustelle hatte sie auch schon erlebt. Sogar in Chartres war es vorgekommen, da gab es verrückte Touristen, die in der Nacht durch die Absperrung kletterten, um ein Stückchen Sandstein oder etwas Ähnliches mitgehen zu lassen. Sozusagen als Reliquie. Aber das hier war natürlich etwas anderes.

»Doch nicht der Nachbar von da drüben?«, fragte sie.

»Der und auch andere.«

»Aber … aber warum machen die das?«

Er zuckte die Schultern und behauptete, keine Ahnung zu haben. Aber er habe vom ersten Tag an hier in Plouvan nur Probleme gehabt.

»Mögen Sie ein Bier? Ich wohne da drüben in der ehemaligen Scheune.«

»Ich hätte lieber ein wenig Benzin«, sagte sie und hob den Kanister hoch.

Er konnte wundervoll dumm aussehen, wenn er etwas nicht gleich einzuordnen wusste. Eigentlich war er doch ganz nett. Allerdings hätte sie gern gewusst, weshalb man ihm »Mörder« an den Schornstein geschrieben hatte.

»Autopanne?«

»Erfasst!«

Er grinste und nahm ihr den Kanister ab. »Ein guter Schluck Benzin für das Auto und ein Bier für die Fahrerin? Unter Handwerkern …«

Sie musste lachen. Tatsächlich, er war nicht übel. Gefiel ihr. »Abgemacht!«

Er hatte sich in der Scheune überraschend gut eingerichtet, vermutlich hatte er die Renovierungsarbeiten in diesem Gebäude begonnen. Drei Wohnungen lagen hier übereinander, alle mit Küche und Badezimmer ausgestattet, dazu Wohnzimmer und zwei Schlafräume. Er hatte sich bemüht, die alte Bausubstanz so weit wie möglich zu erhalten. Man sah an einigen Stellen die hölzernen Balken; die Steine aus der Mauer hatte man zum Bau des offenen Kamins benutzt.

Er servierte das Bier frisch aus dem Kühlschrank, sie tranken aus der Flasche, stießen nach altem Brauch miteinander an. Giselle erzählte von ihren Entwürfen, von der Krypta, von Kater Merlin. Yannik hörte interessiert zu, warf ein, dass er die Entwürfe sehr gern sehen würde und dass er plane, vor dem Wohnhaus eine Skulptur zu errichten.

»Etwas, was hier in die Gegend passt. Etwas Keltisches vielleicht …«

Er habe diesen Bauernhof geerbt und den Nachbarhof vom Kloster dazugekauft. Leider nur den Hof, nicht die dazugehörigen Ländereien. Er plane eine Art Gästehof, mit Ferienwohnungen, einem kleinen Restaurant und ein wenig Landwirtschaft. Ein paar Kühe, Hühner, vielleicht Schafe. Die Skulptur habe den Zweck, auf das Anwesen aufmerksam zu machen.

Giselle war wenig begeistert, sie mochte solchen Touristenfirlefanz nicht. Sie mochte überhaupt keine Touristen.

»Mit der Landwirtschaft ist nicht viel zu verdienen«, meinte er und hob die Schultern. »Aber hier ist der Wald, in dem König Artus mit den Rittern der Tafelrunde umherzog. Und in einem der Seen liegt der gläserne Palast der schönen Viviane. So was lässt sich perfekt vermarkten. Und damit die Leute auch ein paar Tage bleiben anstatt einfach nur durchzureisen, bieten wir ihnen Wanderungen, ein Gourmet-Restaurant, einen Erlebnispark oder Theateraufführungen. Vielleicht auch eine kleine Schienenbahn durch den Wald für Familien mit Kindern ...«

»So mit Gruseleffekten wie auf der Geisterbahn?«, erkundigte sie sich ironisch. »Kopflose Recken und klappernde Totengebeine?«

Er lachte und meinte, sie werde schon sehen. Sanfter Tourismus sei die Devise; der Wald und die einmalige Stimmung der Landschaft müssten auf jeden Fall erhalten bleiben.

»Haben Sie diese Pläne im Dorf verkündet?«

Er gestand, die Hoffnung gehabt zu haben, die Dorfbewohner mit ins Boot zu holen. Es habe sich jedoch als Fehlschlag erwiesen. Mehr noch. »Sie sabotieren meinen Bau, wo immer sie können. Dabei plagen sie sich halbtot mit der unrentablen Landwirtschaft und sind zugleich noch hoch verschuldet. Aber bloß nichts Neues wagen. Nur immer so weitermachen, wie es die Eltern und Großeltern getan haben. Bis man ihnen die Höfe unter dem Hintern wegsteigert ...«

Er hatte blonde, dichte Augenbrauen, die er tief herabzog, wenn er wütend war. Seine dunkelblauen Augen wurden dann ganz schmal, aber sie konnten Blitze schleudern. Ach, und er hatte tatsächlich den Hut abgenommen und neben sich auf die Couch geworfen. Jetzt fiel ihm das Haar immer wieder in die Stirn. Wenn es ihn kitzelte, machte er eine rasche Kopfbewegung, um es zurückzuwerfen.

»Tja …«, meinte sie mit Blick auf die Uhr. »Ich muss dann mal weiter.«

»Klar … War schön, mit Ihnen zu plaudern.«

»Fand ich auch.«

Er hatte in der Remise mehrere Kanister Benzin gebunkert. Als er das schwere Vorhängeschloss öffnete, dachte sie daran, dass man versucht hatte, Feuer zu legen, und sie beneidete ihn keineswegs um seine großartigen Pläne.

»Alles Gute«, meinte sie, als der Wagen fahrbereit war. »Und passen Sie auf sich auf, Yannik.«

»Sie aber auch, Giselle!«, gab er grinsend zurück.

Sie hatte den Wagen inzwischen gut im Griff, in weniger als zwanzig Minuten war sie in Huelgoat, fand die Werkstatt und erstand eine neue Birne für den Scheinwerfer, die sie selbst einbaute. Das Geld reichte für das Auffüllen des Reservekanisters und für einmal volltanken. Zumindest fast voll. Es fehlten noch zwei Strichlein – aber wer schaute schon so genau hin?

Mutter Athanase jedenfalls nicht. Als sie bei Dunkelheit ins Kloster zurückkehrte und den Wagen in die Remise gefahren hatte, lief ihr schon Nolwenn aufgeregt entgegen. »Du sollst gleich zu Mutter Athanase kommen.«

»Tatsächlich?«, knurrte Giselle. Sie ließ sich Zeit. Verschloss die Remise sorgfältig und gönnte sich einen langen Blick über den mondbeschienenen See. Dieses Kleinod wollte Monsieur LeHaziff also für den Tourismus öffnen. Womöglich mit einer Bimmelbahnstation und Besichtigungstouren des gläsernen Palastes vom Ruderboot aus. Was für ein Glück, dass die Nonnen auf den geschenkten Wäldern und Ländereien saßen und nichts davon veräußern wollten. Das war sehr klug von ihnen.

Fünf Minuten später hatte sie ihre Ansicht über die Nonnen von Notre Dame de la Forêt geändert. Sie waren einfältige Hühner, dumm, stur und ohne jeglichen Kunstverstand.

»Das da, dieses und vielleicht noch der Engel«, sagte Mutter Athanase mit der ihr eigenen Entschiedenheit.

Sie hatte Giselles Entwürfe auf einem Tisch ausgebreitet und tippte mit dem Zeigefinger auf drei der Blätter. Ein Pflanzenornament, der geplagte Sünder und ein lachender Engel.

»Die anderen Entwürfe gehen gar nicht, liebe Madame Esch-Lamartine. Wir wollen keine Schimären in der Kirche, auch keine heidnischen Ungeheuer oder Wolfsgesichter. Beachten Sie dies bitte, wenn Sie weitere Entwürfe zeichnen.«

Giselle blieb einige Sekunden lang stumm vor Verblüffung. Dann holte sie tief Luft, und der lange aufgestaute Zorn brach aus ihr heraus.

»Es wird keine weiteren Entwürfe geben, Madame.« Sie genoss die Überraschung auf dem Gesicht der Priorin. Madame! Das war mehr als frech. »Mutter Marie-Joseph hat mir freie Hand gegeben. Entweder Sie freunden sich mit meinen Entwürfen an, oder ich verlasse noch morgen das Kloster.«

Jetzt war es an Mutter Athanase, tief Luft zu holen, doch Giselle stellte ihr Ultimatum, bevor die Priorin den Mund auftat. »Ich erwarte Ihre Entscheidung bis morgen Mittag. Vor der Sext. Gute Nacht!«

Sekunden später hatte sie das Büro verlassen.

16

August 1940

Maelle fand den weißen Zettel in der Nacht, als ein kräftiges Sommergewitter über das Dorf herunterbrach und sie aufstand, um nach dem Vieh zu sehen. Es hätte nicht viel gefehlt und das Papier wäre der Mutter zwischen die Füße geraten, denn alle eilten in großer Hast die Stiege hinunter. Wenn die Donnerschläge und Blitze so dicht über dem Hof waren, musste man die Pferde beruhigen und auch nach den Schweinen sehen.

»Wenn es nur regnen wollte«, stöhnte die Mutter, während sie im langen Nachthemd an Maelle vorbeilief. »Heiliger Hervé, lass es nicht im Stall einschlagen …«

Maelle hatte den Zettel rasch aufgehoben und in ihr Hemd gesteckt. Es war keine Zeit gewesen, die wenigen Worte darauf zu lesen. Nur die Unterschrift hatte sie gesehen, und sie war erschrocken. Noch niemals hatte Peter ihr eine schriftliche Nachricht unter der Kammertür durchgeschoben.

Der Himmel schien über dem Haus bersten zu wollen. Maelle hielt sich die Ohren zu, während sie hinunterlief. Die Küche lag sekundenlang in bläulich grellem Licht, dann versank sie wieder in Finsternis. Man hörte die Pferde wiehern und schnauben, der Hengst schlug die Hinterhufe gegen die Stallwand. Den musste der Vater zur Räson bringen, nicht einmal Tin, der Knecht, der sonst so gut mit Pferden konnte, war dem Hengst gewachsen. Die Mutter war mit den Mägden hinüber zu den Schweinen gelaufen, die aus dem Kogel ausbrechen und über die Wiesen davonrennen wollten. Maelle wollte den Frauen zu Hilfe kommen, blieb jedoch mitten auf dem Hof stehen und starrte fasziniert auf die bizarren Zackenlinien, die die Blitze in den schwarzen Himmel zeichneten.

»Maelle!« Ein Schatten glitt über den Hof, zwei Arme legten sich um sie, zogen sie hinüber zur Scheunenwand. Er küsste sie, presste sich gegen sie, erdrückte sie fast in wilder Zärtlichkeit.

»Wenn sie uns sehen!«, stammelte sie. »Die Blitze … alles ist hell.«

»Hast du meine Nachricht nicht gefunden?«

»Doch! Aber noch nicht gelesen …«

Sie ahnte es. Wagte nicht, sich zu bewegen, wünschte nur, immer so stehen zu bleiben, von seinen Armen umschlossen, die Last seines Körpers spürend.

»Schon heute früh …«, hörte sie ihn murmeln.

Dann zerriss ein Donnerschlag seine Worte. Sie klammerten sich aneinander, ihre Herzen tobten.

»Nein …«, flüsterte sie.

Er küsste sie lange, hielt sie eng umschlungen. Da war keine Leidenschaft mehr, nur noch Trauer und Abschied.

»Der Marschbefehl kam gestern Abend … Es geht wohl nach Norden, wohin, das wissen wir noch nicht. Vielleicht Norwegen …«

Sie schwieg. Eine seltsame Kälte stieg in ihr auf, die ebenso gut ein Feuer sein konnte. Sie verbrannte ihr Inneres, verwandelte es in rohes Fleisch. So also fühlte sich Verzweiflung an.

»Ich schreibe dir, Maelle. Ich liebe dich. Nach dem Krieg komme ich und hole dich zu mir. Das schwöre ich dir.«

Sie hörte nur halb zu, weil drüben im Pferdestall laute Rufe zu vernehmen waren.

»Verflucht, so haltet doch fest!«

Holz splitterte, der Hengst schrie und kam aus dem Stall gerannt. Ein Blitz erleuchtete den Hof, das Tier bäumte sich auf, schlug wild mit den Vorderhufen, die Mähne wehte. Dann war alles wieder dunkel.

Die Knechte rannten dicht an ihnen vorbei, man hörte ihre Stimmen, die der Donner gleich wieder zudeckte. Peter hatte sich vor sie gestellt, um sie mit seinem Körper vor den Hufen des Pferdes zu schützen. Nun löste er sich von ihr, küsste sie noch einmal rasch und flüchtig, dann lief er in die Nacht hinein, und sie hörte, wie er den Knechten Anweisungen zurief. Ruhig bleiben. Nicht in die Enge treiben. Nicht alle auf einmal. Lasst mich vorgehen.

Tropfen fielen vom Nachthimmel, schlugen dick und schwer auf das Hofpflaster, rannen knisternd von den Strohdächern. Immer mehr. Immer dichter. Bis sie zu Regen wurden, dem Regen, den Mari so ersehnt hatte. Maelle lief zum Schweinestall, half den Mägden, die Ferkel zusammenzutreiben, und die kühle Nässe, die ihre Kleider bis auf die Haut durchdrang, löste die Starre der Verzweiflung. Er würde gehen. Schon morgen früh. Nein, heute. Was hatte sie anderes erhoffen können? Nun ging es ihr wie Sema, die seit Monaten vergeblich auf eine Nachricht von Dustin wartete. Je stärker und tiefer die Liebe, desto härter das Leid. Es musste so sein, denn Gott strafte die Sünde.

Peter war es gelungen, den Hengst einzufangen. Gefolgt von den beiden Knechten Tin und Loan führte er das aufgeregte Tier durch den Regen zum Stall hinüber. Dort hatte man inzwischen Licht gemacht, und man sah die Mutter, die neben Justen am Boden kniete.

»Weg!«, rief der Vater zornig und stöhnte. »Lass mich! Ich kann alleine aufstehen …«

»So lass dir doch helfen, Justen. Wo hat er dich erwischt?«

»Weg von mir!«, schimpfte der Vater. »Gib mir den Stock da. Es ist nur das Knie …«

Maelle sah voll Entsetzen, wie der Vater versuchte, sich auf die Beine zu stellen, aber gleich wieder mit einem Fluch in sich zusammensank.

»Du hier, ich drüben«, befahl die Mutter der Magd Annik. Sie griffen den Vater unter den Achseln und hoben ihn hoch. Für einen Moment sah Maelle sein bleiches, schmerzverzerrtes

Gesicht, dann waren Loan und Tin zur Stelle, um ihn ins Haus zu tragen.

»Maelle, eine Schüssel mit kaltem Wasser. Küchentücher. Mach rasch … Wir tragen ihn nach oben in die Kammer …«

Die Mutter war wie immer ruhig und umsichtig. Es hatte keinen Sinn zu jammern, jetzt musste man erst mal den Schaden eindämmen. Die Schwellung kühlen. Heilende Salbe auftragen. Hoffen, dass der Knochen heil geblieben war. Der deutsche Leutnant Peter Schmidt schickte seinen Fahrer mit der Notapotheke hinüber, bot Salbe und Verbände an. Maelle saß bis zum Morgen neben dem Bett der Eltern, um das dick angeschwollene Knie des Vaters zu kühlen. Der Regen rauschte auf das Dach hernieder, es gluckste und plätscherte, rieselte, tropfte an den Fenstern, nur selten war noch ein entferntes Donnern zu hören.

Nebenan im Zimmer des Leutnants wurde bereits gepackt. Sie hörte seine Befehle, seine helle, energische Stimme, die ihr so vertraut war und die dennoch so ganz anders, so viel weicher geklungen hatte, wenn sie beieinander gewesen waren.

Nie mehr, dachte sie. *Wir sehen uns nicht wieder.*

Als es hell wurde, machte sie sich fertig, um mit der Mutter zum Melken zu gehen. Der Vater schlief unruhig, immer wieder zuckte er, weil der Schmerz ihn durchfuhr. Das rechte Knie, gegen das der Hengst in seiner Panik getreten hatte, war zerschlagen. Maelle hatte den gesplitterten Knochen trotz der enormen Schwellung spüren können.

»Er muss in die Klinik«, sagte die Mutter, während sie die leeren Kannen auf den Wagen stellten. »Aber sag es ihm nicht, er wird sich weigern. Ich rede mit ihm, wenn es Zeit ist.«

»Ja, Mutter.«

Durch den Regen sah man die Lichter in den Luken über dem Kuhstall und in den Gesinderäumen. Die deutschen Soldaten schnürten ihr Gepäck. Nach dem Frühstück wollten sie abziehen, das hatte Peter gestern noch den Eltern gesagt.

»Fast tut es mir leid«, meinte die Mutter. »Er ist ein anständiger Mensch, der deutsche Leutnant. Hat in der Nacht noch den Hengst eingefangen und uns Salbe und Verbandszeug bringen lassen. Drunten in Huelgoat, da haben sie es schlimmer getroffen, da waren etliche, die haben sich an den Frauen vergriffen.«

Die Kühe hatten sich alle an einem Platz zusammengeschart. Sie schienen froh zu sein, nach dieser Nacht des Schreckens die gewohnten Menschen zu sehen, die ihnen die schmerzenden Euter erleichterten. Maelle und Mari arbeiteten schweigend. Ein anständiger Mensch, hatte die Mutter gesagt. Einer, der sich nicht an den Frauen vergriff.

Später saßen sie am Tisch vor dem Kamin, tranken Milchkaffee und aßen eilig gekochte Milchsuppe, tunkten das Brot vom Vortag hinein. Der Vater war trotz der Schmerzen die Treppe hinuntergestiegen und saß an seinem Platz, aß aber nichts und trank nur Kaffee. Maelle spürte die hämischen Blicke der beiden Mägde, die Knechte taten unbefangen, redeten von den Ereignissen der vergangenen Nacht, sahen aber immer wieder neugierig und mitleidig zu ihr hinüber. Peter war freundlich wie immer, dankte für die angenehme Zeit, das gute Einvernehmen, redete davon, dass der Krieg bald ein Ende haben würde, dass Deutsche und Franzosen keine Feinde, sondern Brüder seien.

Er sah sie nicht an, kein einziges Mal. Es schien ihr, als wäre er mit seinen Gedanken schon weit fort. Als hätte er sie längst vergessen. In ihrer Kammer, ganz unten im Schrank, lag das Papier, das er ihr gestern Abend unter der Tür durchgeschoben hatte. Sie hatte Mühe gehabt, die zerflossene Schrift zu lesen, denn der Regen hatte es unter ihrem Hemd aufgeweicht.

Marschbefehl für morgen früh. Ich liebe dich. Für immer. Dein Peter

Erst als er schon im Wagen saß und der Motor lief, wandte er sich noch einmal zurück, und da war sein Gesicht so ernst und voller Trauer, dass sie diesen letzten Blick kaum aushielt. Dann dröhnten die Motoren, und die grauen Wagen verließen den Hof, fuhren über den Dorfplatz an der Kirche vorbei und weiter in Richtung Huelgoat.

»Es lebe Frankreich!«, rief Brieg Prigent, der gerade elf geworden war und neben seiner Mutter an der Kirchmauer stand. »Es lebe die Bretagne! Tod den Deutschen!«

»Still«, befahl seine Mutter und sie sah sich ängstlich um. Aber da kamen Ael Seznec und sein Bruder Pierrik gelaufen, dazu der kleine Servan LeBloch, und alle Knaben sprangen im Regen umher, schnitten Grimassen und warfen mit Steinen nach den Deutschen, die kaum noch in der Ferne zu sehen waren.

Eine eigenartige Stimmung machte sich in den folgenden Wochen im Dorf breit. Es hatte etwas von Triumph, von Siegerstolz, zugleich aber wagte niemand, laut zu jubeln oder sich zu rühmen. Die Deutschen hatten das Dorf verlassen, man konnte in aller Ruhe die Ernte einbringen, an den Abenden auf den Höfen zusammenkommen, Cidre trinken, alte und neue Geschichten erzählen. In Huelgoat aber saßen die Deutschen nach wie vor. Sie hatten die gesamte Bretagne besetzt, waren in St. Malo, in Brest, in Quimper, in Lorient, in St. Nazaire – überall.

»U-Boote bauen sie«, wusste Madame LeBoff, die Lehrerin, zu erzählen. Sie telefonierte täglich mit ihrer Schwester im Hotel *Bretagne* in Huelgoat, weil sie sich Sorgen machte, die Deutschen könnten ihr etwas antun. An den Abenden ging sie in Plouvan von Hof zu Hof, um die Neuigkeiten aus Huelgoat zu verbreiten.

»U-Boote? Hier in der Bretagne?«, staunte Patrik Tabarly, der mit Armelle zu den LeHaziff hinübergekommen war. Nach wie vor hielten die Nachbarn sich eng aneinander, die gemeinsame Sorge um ihre Söhne verband sie. Auch hatten die Tabarly den LeHaziff mehrere Mägde zur Ernte ausgeliehen, denn Justen war nicht zur Arbeit fähig. Er quälte sich mit dem zerschmetterten Knie herum, weigerte sich aber standhaft, nach Morlaix in die Klinik zu fahren.

»Sie wollen die britischen Kriegsschiffe in die Luft jagen«, erklärte Madame LeBoff. »Weil die den Zugang zu den deutschen Häfen blockieren.«

»Gott helfe den Engländern«, seufzte Mari. »Ich mag sie nicht besonders gut leiden, weil sie so lächerliche und hochnäsige Leute sind. Aber wenn die Deutschen England erobern – wer will sie dann noch aufhalten?«

»Es ist dafür gesorgt, dass die Bäume nicht in den Himmel wachsen«, meinte Armelle Tabarly. »Die Heiligen werden nicht zulassen, dass diese deutschen Teufel die ganze Welt erobern.«

Tatsächlich vergaß Abbé Tanguy in keiner Messe, für die Befreiung der Bretagne und den Sieg Frankreichs über seine Feinde zu beten. Seine Worte machten besonders auf die halbwüchsigen Knaben großen Eindruck. Ihre älteren Brüder und ihre Väter waren gefallen oder in Kriegsgefangenenlagern eingesperrt, sie waren schmählich besiegt worden, und die Jüngeren brannten darauf, sie zu rächen.

Es gab auch Jungen, die ihre Mütter und Großväter beschuldigten, gar zu freundlich zu den Besatzern gewesen zu sein. »Wie feige ihr gewesen seid!« schimpfte Ael Seznec seine Großmutter. »Das Essen gekocht. Die Socken gestopft. Eine Schande!«

»Dummer Bub! Was hätten wir tun sollen gegen bewaffnete Soldaten?«

Ael zog die Nase hoch und spuckte aus. Sein Vater Gwen Seznec war in einem Lazarett bei St. Malo an einer Sepsis gestorben. Sie hatten ihn dort beerdigt, die Familie war später mit dem Zug angereist, um das Grab zu sehen. Nach dem Krieg wollte man ihn heim nach Plouvan holen. »Ihr hättet sie alle im Schlaf erstechen können.«

Ael und sein Bruder Pierrik hatten sich mit anderen halbwüchsigen Burschen zusammengetan. Sie waren aufsässig, streiften umher, prügelten sich mit Kindern aus den Nachbardörfern, und die Mütter und Großeltern hatten Mühe, sie zur Arbeit zu bewegen. Es fehlten die Väter. Schlimm wurde es, als die jungen Burschen begannen, den Mägden aufzulauern und sie zu verprügeln, weil sie sich angeblich mit deutschen Soldaten eingelassen hatten. Da taten sich die alten Knechte zusammen, griffen sich die Buben und verpassten ihnen eine kräftige Abreibung. Von da an ließen sie die »Strafaktionen« sein, doch ihr Hass war nicht erloschen, er gärte weiter in ihnen und trieb sie um.

Maelle und Sema sahen einander täglich. Da die Eltern enge Freundschaft pflegten und man jede Gelegenheit nutzte, miteinander zu schwatzen, saßen auch die Mädchen oft mit dabei, hörten zu, redeten wenig und mussten sich bedauern lassen.

»Was für ein Brautstand ist das nur?«, seufzte Armelle ein ums andere Mal. »Nur Gott weiß, wann eure Hochzeiten endlich gefeiert werden. Und dabei könnten längst die Enkel unterwegs sein.«

Nur ab und zu gelang es den Freundinnen, in ihrem Versteck miteinander allein zu sein. Bei einem dieser Treffen hatte Sema Maelle erzählt, dass sie schwanger war.

»Es muss der vierte Monat sein …«

Maelle war überwältigt. Sema erwartete ein Kind von ihrem Bruder Dustin. Ach, wenn er sich doch endlich melden würde! Wenn eine Nachricht aus England käme. Dann könnte Sema ihm zurückschreiben, und Dustin würde wissen, dass er nun bald Vater wurde.

»Er würde dich auf der Stelle nach England holen. Ganz gleich wie. Ich kenne doch meinen Bruder. Wenn er etwas will, dann schafft er es.«

Sie sprachen niemals von der Möglichkeit, dass Dustin tot sein könnte. An einer Verwundung gestorben wie der arme Gwen Seznec. Auf der Überfahrt nach England ertrunken.

Oder auf der Flucht aus dem Lazarett erschossen. Dustin nicht. Dustin war einer, der immer durchkam. Ein Glückskind. Und er hatte überall Freunde.

»Man sieht es kaum«, fand Maelle, die die Wölbung unter Semas Rock betrachtete. »Bist du sicher, dass es auch stimmt?«

Sema behauptete, die Bewegungen des Kindes schon spüren zu können. Es müsse ein Junge sein, denn ihre Beine seien angeschwollen. Sie trug seit einiger Zeit die dunkle Tracht mit Bluse, Mieder und langem Rock. Ihre Eltern waren gerührt, denn sie glaubten, Sema wolle sich mit dieser Kleidung, die sie früher so verabscheut hatte, zu ihrer Heimat, der Bretagne, bekennen. In Wirklichkeit trug sie die Sachen, um ihre Schwangerschaft besser verbergen zu können.

»Wann wirst du es deinen Eltern sagen?«

»Bald …«

»Hast du es dem Abbé gebeichtet?«

»Weshalb sollte ich das tun?«

Maelle zuckte die Schultern und meinte, es sei immerhin eine Schwangerschaft ohne das Sakrament der Ehe.

»Unsinn«, rief Sema ärgerlich. »Es ist Krieg, falls du es noch nicht gemerkt haben solltest. Und Dustin ist mein Bräutigam. Wäre er nicht eingezogen worden, dann wären wir längst verheiratet …«

»Natürlich. Du hast vollkommen recht, Sema. Entschuldige bitte.«

Sie schwiegen eine kleine Weile, denn es stand etwas zwischen ihnen, das ausgesprochen werden musste. Schließlich raffte sich Sema dazu auf, die Frage zu stellen.

»Und du? Hast du noch nichts gemerkt?«

»Ich?«

Sema tat einen ärgerlichen Seufzer.

»Ja, du. Ihr beide wart doch auch zusammen. Und er hat dich genommen wie ein Mann eine Frau nimmt, oder etwa nicht?«

»Doch, natürlich ... aber ich glaube nicht, dass ich schwanger bin.«

»Was heißt, du glaubst nicht? Hast du deine Monatsblutung?«

»Ja. Sie ist gerade gekommen. Alles ganz normal.«

»Hast du aber ein Glück! Weißt du, dass das böse hätte ausgehen können?«

»Ich weiß. Ja, ich war sehr froh darüber.«

Tatsächlich war Maelle eher traurig gewesen, als die Blutung kam. Auch wenn das natürlich sehr dumm von ihr war. Aber der Gedanke, ein Kind von Peter in ihrem Leib zu tragen, wäre tröstlich gewesen. Dann hätte er etwas bei ihr zurückgelassen, ein lebendiges Teil von ihm. Etwas, das ihr gehörte.

»Sie werden natürlich über mich herziehen«, meinte Sema und sie strich sich über den Bauch. »Aber das ist mir gleich. Ich weiß, dass meine Eltern zu mir halten werden. Und deine Eltern auch. Weißt du was? Dieses kleine Wesen in meinem Bauch wird die Tabarly und die LeHaziff für immer und ewig verbinden. Wir sind nun miteinander verwandt und werden uns nie mehr streiten!«

»Das ist wahr!«, sagte Maelle lächelnd, und sie legte ihre Hand auf Semas Leib. Bewegte sich da etwas? Nein, kein bisschen. Aber um Sema eine Freude zu machen, sagte sie: »Ich glaube, ich kann es fühlen.«

Sie lachten miteinander, trennten sich unter Küssen und Umarmungen, und als Maelle aus der Scheune kletterte, dachte sie dankbar darüber nach, wie froh sie sein konnte, eine solch vertraute Freundin zu haben. Erst als sie über die Mauer stieg, fiel der Kummer wieder über sie her. Hier war es gewesen, dass er sie im Dunklen angeredet hatte. Wie war sie damals erschrocken. Später hatte er ihr gestanden, dass er den ganzen Abend auf sie gewartet hatte, um für wenige Augenblicke mit ihr allein zu sein. Er hatte sich schon in sie verliebt, als er sie mit der Mutter zwischen den Kühen entdeckt hatte. »Schicksal«, hatte er lächelnd gemeint. »Dagegen ist der Mensch machtlos.«

Manchmal dachte sie, dass er recht hatte. Das Schicksal war mächtig, eines Tages würde der Krieg zu Ende sein und Peter würde zu ihr zurückkommen. Sie gehörten zueinander. Zwei Menschen, die einander liebten, mussten doch auf immer und ewig vereint bleiben. Aber weil auch Sema nur selten von Peter sprach, fiel diese Hoffnung recht bald in sich zusammen. Er würde niemals zurückkommen, damit musste sie sich abfinden. Stattdessen würde Marno heimkehren, und sie würde seine Frau werden. Die große Liebe lag hinter ihr, sie hatte sie immerhin erlebt, auch wenn sie kurz gewesen war. Ein Leben lang wollte sie dieses Glück in ihrer Seele bewahren wie einen leuchtenden Edelstein. Es würde sie halten und ihr Kraft geben, damit sie Marno eine gute Ehefrau sein konnte.

Allerdings war keine weitere Post von Marno eingetroffen. Nur von Connan war eine kurze Nachricht gekommen. Es ging ihm gut, er fürchtete nur, als Fremdarbeiter in eine deutsche Fabrik geschickt zu werden. Die Nachricht war über einen deutschen Soldaten aus Huelgoat zu ihnen gelangt, der ihnen Grüße von Leutnant Peter Schmidt übermittelte. Als die Mutter seinen Namen erwähnte, hatte Maelle ihr Herz festhalten müssen, und sie brauchte eine ganze Nacht, um sich wieder zu fassen. Die Hoffnung, die verlockende, trügerische Hoffnung, die sich so rasch einstellte und so schwer zu besiegen war.

Er kommt nicht zurück und du kannst nicht zu ihm gehen. Es ist Krieg. Er ist unser Feind. Es gibt keinen Ort für eine solche Liebe.

Inzwischen hatte Sema ihren Eltern die Schwangerschaft gestanden. Sie hätten es gefasst aufgenommen, erzählte sie. Die Mutter habe ein wenig geweint, der Vater habe ihr Schweigen verordnet. Solange es nicht offensichtlich sei, müsse die Sache nicht im Dorf herumgetratscht werden. Auch Maelles Eltern wussten inzwischen von dem noch ungeborenen Enkel, doch sie hatten wenig dazu gesagt. Es gab schlimmere Sorgen. Justens Knie wollte nicht heilen, es war nach wie vor dick geschwollen, und der kleinste Versuch, das Knie zu beugen, trug ihm höllische Schmerzen ein. Aber immer noch weigerte sich Justen, den Rat von Docteur LeBihan aus Huelgoat anzunehmen und sich einer Operation zu unterziehen. Er wollte auf keinen Fall in ein Krankenhaus.

»Da sterben die Leute«, behauptete er. »Die alte Gwen haben sie dorthin geschafft, und am nächsten Tag war sie tot. Und letztes Jahr Gurvan LeBoff, der Ehemann der Lehrerin …«

»Gurvan hatte Krebs«, sagte Mari. »Niemand hätte ihm helfen können. Aber Ael Seznec wurde vor zwei Jahren am Blinddarm operiert, und seine Mutter sagt, wenn sie ihn nicht in die Klinik gebracht hätten, wäre er gestorben.«

»Gerede … Und es kostet viel Geld.«

»Wenn du auf immer lahm bleibst, kostet es uns mehr.«

»Das heilt schon. Braucht nur seine Zeit.«

Ende Oktober, als der Wind schon kalt war und man das letzte Obst von den Bäumen pflückte, starb Tante Iwa. Es war keine Überraschung, denn sie hatte seit Wochen auf ihrem Lager gelegen, ausgezehrt wie eine Tote, das Gesicht gelb, die Nase spitz, der Mund halb offen stehend. Maelle hatte es aufgegeben, der alten Frau weichen Haferbrei einzuflößen, sie träufelte ihr ein wenig Kamillentee in den trockenen Mund und strich ihr immer wieder zärtlich über die Wangen. Ihre Haut fühlte sich trocken und steif an wie Papier. Es war erstaunlich, wie lange sie in diesem Zustand verweilte, und oft überlegte Maelle, ob im Kopf der Sterbenden all die bunten Geschichten umhergingen und Ancou, der Tod, so fasziniert davon war, dass er sie nicht zur Toteninsel Avalon fahren mochte.

An einem trüben, regnerischen Morgen fand sie die alte Frau tot in ihrem Bett, und sie eilte hinunter, um den Abbé zu rufen.

Gebeichtet hatte Iwa schon längst, auch die Sterbesakramente erhalten, aber der Abbé warf dennoch eilig das Regencape um und lief mit ihr zum Hof. In der Kammer der Toten sprach er Gebete und Beschwörungsformeln, die den Bösen daran hindern sollten, von Iwas unsterblicher Seele Besitz zu ergreifen.

»Er ist überall«, flüsterte Abbé Tanguy. »Er lauert in jeder Ecke. Hinter der Tür. Auf dem Kamin. Ich habe ihn neulich sogar in der Kirche gesehen und mit dem heiligen Kreuz vertrieben.«

Sie dankten ihm und luden ihn zum Frühstück ein. Man redete über den Krieg, klagte, dass die Männer bei der Ernte fehlten, nur die Knaben und die Alten seien geblieben. Über Tante Iwa sprach man nicht. Der Abbé hatte sie nicht besonders gemocht, was auf Gegenseitigkeit beruhte. Man würde die Tote nach altem Brauch einen Tag und eine Nacht im Haus behalten, damit Freunde und Verwandte von ihr Abschied nehmen konnten – dann trug man sie auf den Friedhof und übergab sie der Erde. Iwas Sarg hatte schon lange in der Scheune auf sie gewartet, sie hatte ihn vor fünf Jahren von einem Schreiner in Huelgoat anfertigen lassen.

»Hat immer hoch hinaus gewollt, die Tante«, knurrte Justen, den das Knie schmerzte. »Sie war die Schwester meines Vaters und hat seinerzeit eine hübsche Summe von meiner Großmutter geerbt. Hat auf dem Geld gesessen wie die Henne auf den Eiern und sich einen teuren Sarg geleistet.«

Maelle schwieg, es stand ihr nicht an, ihre Meinung kundzutun. Aber es tat ihr weh, dass der Vater in solch abfälligem Ton von der Großtante sprach, denn sie hatte die alte Frau sehr lieb gehabt. All die aufregenden und wundersamen Geschichten, die sie ihnen erzählt hatte, die Sagen von Iwain und Merlin, von König Artus und seinen edlen Rittern, von der schönen Herrin des gläsernen Palastes – sie würde sie getreulich in ihrem Gedächtnis bewahren, das war sie der Großtante schuldig. Marno würde das verstehen. Ja, er hatte seine guten Seiten. Sie würde sich schon an ihn gewöhnen.

Gemeinsam mit der Mutter richteten sie die Tote her, zogen ihr das weiße Hemd aus Leinen an, das im Schrank bereitlag und intensiv nach Bergamotte duftete. Sie trugen sie hinunter in die Küche, wo die Knechte schon den Sarg aufgestellt hatten, legten die Tote hinein, falteten mit einiger Mühe ihre steifen Hände, kämmten das dünne weiße Haar, damit sie an ihrem letzten Tag auf Erden ordentlich aussah, wie es sich gehörte.

Es kamen überraschend viele Leute, um von Iwa LeHaziff Abschied zu nehmen. Nicht nur die alten Leute aus dem Dorf standen an ihrem Sarg, auch aus den umliegenden Dörfern und sogar aus Huelgoat fuhren sie herbei. Meist waren es Frauen, mit denen sie zur Schule gegangen war und die sie in guten Zeiten häufig besucht hatte, es waren aber auch Männer dabei, vom Alter gekrümmt und gierig auf den Cidre und den Calvados, die zu frischem Kuchen und Brot eingeschenkt wurden. Nur Sema war nicht dabei, sie war jetzt schon im sechsten Monat und ihre Eltern wollten nicht, dass über sie geredet wurde. Am Nachmittag ging es lustig zu in der Küche, man saß dicht gedrängt um den langen Tisch, ließ Iwa ein ums andere Mal hochleben, und Geschichten aus ihrer Jugendzeit machten die Runde, die Maelle und sogar ihren Eltern völlig unbekannt waren.

»Schön ist sie gewesen. Eine Wilde war sie, hat allen die Köpfe verdreht. Einen Seemann hat sie geliebt, aber auch der war ihr nicht gut genug, und so ist sie am Ende allein geblieben.«

Mari hatte gleich am Morgen im Schrank der Großtante nachgesehen, ob noch Geld oder andere Kostbarkeiten geblieben waren. Die silberne Münze, die eigentlich Maelle haben sollte, nahm sie an sich, auch die Tracht mit der Stickerei und die feinen Spitzen. Das Versteck unter der Diele fand sie nicht, und Maelle schwieg darüber. Wer auch immer das Geld genommen hatte – sie wollte es nicht wissen.

»Es ist wenig genug«, sagte Mamm. »Aber besser als nichts. Wir müssen für das Grab zahlen und all diese Leute verköstigen. Übermorgen fahre ich nach Huelgoat und versuche, diese Münze zu verkaufen. Sie muss etwas wert sein, sonst hätte die Großtante sie nicht so sorgfältig aufgehoben.«

Es wurde ein langer Abend, und Tad lag schon längst im Bett, während unten in der Küche noch gezecht und erzählt wurde. Tad war wütend auf all die Leute, die seinen Calvados soffen und dummes Zeug daherredeten. Aber vor allem war es der stechende Schmerz in seinem Knie, der ihn böse und ungerecht machte.

»Wenn sie nur endlich unter der Erde ist!«

Auch am folgenden Morgen kamen noch Gäste, setzten sich an den langen Tisch in der Küche und ließen sich bedienen. Sie brachten Herbstblumen, meist die letzten blauen und roséfarbigen Hortensien, um sie später mit auf den Kirchhof zu nehmen.

»Maelle?«, sagte eine ältere Frau, die mit ihrer Schwester gekommen war. »Du bist doch Maelle LeHaziff, oder?«

»Die bin ich«, gab Maelle freundlich zurück.

Die Sprecherin war füllig und trug städtische Kleidung, auch hatte sie die Fingernägel rosafarben lackiert, was hier in Plouvan verpönt war. Maelle erinnerte sich, sie schon gesehen zu haben, konnte aber nicht sagen, wo das gewesen war.

»Ich bin Madame Kervella. Ich betreue mit meiner Schwester zusammen das Postbüro in Huelgoat. Eigentlich ist mein Mann der Postbeamte, aber er ist ja im Krieg …«

»Das geht vielen so, Madame …«

»Willst du mir einmal das Örtchen zeigen, Maelle? Mir ist ein wenig schwindelig und ich fürchte, dass ich auf dem Hofpflaster ausgleiten könnte. Bin ja nicht mehr die Jüngste …«

Was für ein Ansinnen! Zumal es draußen auch noch in Strömen regnete und man sich nasse Füße holte. Ja, die Tabarly hatten es gut, dort gab es einen Abort gleich neben der Küche. Hier musste man noch über den Hof laufen, weil Mamm die üblen Gerüche nicht im Haus haben wollte.

Maelle schaute nach Annik aus, um den Auftrag an die Magd weiterzugeben, doch die war nicht zu sehen, und die Postfrau hatte bereits ihr Handgelenk fest umklammert. »Bist ein gutes Mädchen, Maelle. Gib mir meinen Mantel. Was für ein Regenwetter. Nimm das Tuch über den Kopf, Maelle, damit dein Haar nicht nass wird. So geht es schon. Ach, der Kaffee, der fließt immer so rasch hinein und will gleich wieder fort ...«

Sie gingen an dem Sarg vorbei, auf dem jetzt mehrere Sträuße mit Hortensien lagen, und traten auf den Hof hinaus. Madame Kervella hatte stark übertrieben, ihr Schritt war fest und sie ging so rasch, dass Maelle ihr kaum folgen konnte. Sie lief am Stall und am Abort vorbei und blieb hinter der Scheune stehen, lehnte sich gegen die gemauerte Wand, um unter dem vorstehenden Scheunendach vor dem Regen Schutz zu finden.

»Der Abort ist dort drüben«, rief Maelle ihr ärgerlich zu.

Madame Kervella schien diese Tatsache nicht zu kümmern. Ihre Miene hatte etwas Verschwörerisches, sie winkte Maelle und sah gleichzeitig nach rechts und links, als fürchtete sie, gesehen zu werden. Maelle beschlich ein ungutes Gefühl. Was wollte diese Frau von ihr?

»Ich habe Post für dich, Maelle LeHaziff. Geheime Post, die uns beide den Hals kosten kann. Aber ich tue es, weil ich ein guter Mensch bin. Da, nimm ...«

Sie zog ein graues, zusammengefaltetes Papier aus ihrer Manteltasche: ein Briefumschlag, zweimal geknickt und mit einem roten Gummiband zusammengehalten. Maelle starrte sie mit großen Augen an und machte keine Bewegung.

»Nun nimm schon! Kann deinetwegen alles verlieren. Das Postbüro. Meinen Lebensunterhalt. Das Leben selbst. Totschlagen würden sie mich, wenn es herauskäme. Alles für dich. Willst du mich damit stehen lassen?«

Maelle wollte ihr erklären, dass sie all das niemals von ihr gefordert hatte. Dass sie überhaupt keine Ahnung davon gehabt hatte. Dass sie es auch nicht wollte. Aber da war dieser kleine, graue Umschlag. Und ihr dummes Herz, das wild in ihrer Brust zitterte.

Sie nahm das kleine Stück Papier und steckte es in ihr Hemd unter die Bluse.

»Wenn du antworten willst, dann kommst du ins Postbüro und fragst nach einem Telegramm. Dann gehen wir miteinander in meine Stube und ich nehme deinen Brief, gebe dir auch die Post, die er inzwischen geschrieben hat. Zahlen musst du nichts, das ist geregelt. Und sei auf der Hut. Nicht öfter als einmal im Monat. Hast du mich verstanden, Maelle LeHaziff?«

Maelle nickte. Spürte den roten Gummi ziepend auf der bloßen Haut, erschauerte und starb fast vor Aufregung.

»Dann geh zurück ins Haus. Ich komme nach.«

Sie wagte nicht, hinauf in ihre Kammer zu laufen, um den Brief zu lesen. Es hieß warten. Gegen Mittag trugen drei alte Männer und drei Knaben den Sarg hinaus auf den Kirchhof, wo man noch gestern ein Grab für Iwa LeHaziff geschaufelt hatte. Das Regenwasser stand darin, und als man den Sarg an den Seilen hinabließ, gab es ein Geräusch, als hätte man ein Boot zu Wasser gelassen. Iwa war auf dem Schiff angekommen, das sie nach Avalon tragen würde.

Erst spät, nachdem die Küche aufgeräumt und das Vieh versorgt war, zog sich Maelle in ihre Kammer zurück, löste das rote Gummiband und öffnete den Briefumschlag. Seine Handschrift. Klein, akkurat, ein wenig nach rechts geneigt. Mit Kugelschreiber geschrieben.

Huelgoat, den 23. August 1940

Meine geliebte Maelle,
ich habe diese Möglichkeit gefunden, mit Dir in Verbindung zu bleiben, denn ich fürchte, Dich bei allem, was auf uns einstürmen wird, zu verlieren. Es ist tollkühn, und mir ist bewusst, dass Du es bist, die das größere Risiko trägt. Vergib mir, meine Liebste, dass ich so selbstsüchtig bin und meine Sehnsucht nach Dir so groß ist. Wenn du auf diesen Brief keine Antwort sendest, dann weiß ich, dass ich schweigen muss, und ich werde es tun, weil Du es mir befiehlst. Aber selbst dann werde ich im Herzen stets bei Dir sein und nicht von Dir lassen, denn ich weiß, dass wir uns wiedersehen.
Sei umarmt und geküsst!
Dein Peter

17

Sie saß beim Schein der Deckenlampe und las den Brief immer wieder. Bis sie ihn schließlich auswendig konnte. Dann legte sie das Papier unter ihr Kopfkissen und blieb bis weit nach Mitternacht schlaflos. Immer wieder tastete ihre Hand nach dem Brief, befühlte das Papier, als müsste sie sich versichern, dass sie nicht geträumt hatte.

Sie sah sein Gesicht vor sich, seine grauen Augen unter buschigen blonden Brauen, spürte seinen Blick, glaubte, seine Stimme zu hören. »Warum bist du so kleinmütig?«, fragte er sie vorwurfsvoll. »Warum vertraust du mir nicht?«

»Ich will dir ja so gern vertrauen, Peter«, flüsterte sie in die Dunkelheit der Kammer hinein.

»Du musst stark sein, meine Liebste«, sagte seine Stimme. »Wenn du nur fest an unsere Liebe glaubst, dann wird sie alle Widerstände überwinden.«

»Ja …«

Konnte man so lebhaft träumen? Seine Arme, der Hauch seines Atems, die Berührung seiner Lippen … Es war, als läge er bei ihr, als spürte sie die Last seines Körpers, die Lust, die sein ungeduldiges Eindringen ihr verschaffte.

Am Morgen musste die Mutter sie zweimal wecken, denn sie war erst spät eingeschlafen. Wie betäubt stand sie auf, lief in der Kammer umher und wusste nicht, wo sie den Brief verstecken sollte. Endlich löste sie eine Bodendiele, die schon längst locker gewesen war, und legte ihn darunter. Dann zog sie sich hastig an, dachte an die wilden, sündigen Träume der Nacht und schämte sich dafür.

Das Melken war rasch getan – die Deutschen hatten ihnen

mehrere Kühe samt den Kälbern weggenommen, außerdem drei Pferde. Sie waren aus Huelgoat mit ihren offenen Militärfahrzeugen gekommen, hatten überall im Dorf das Vieh aus den Ställen und von den Weiden geholt und vor sich hergetrieben. Die Pferde wurden mit der Eisenbahn irgendwohin gebracht; was mit den Kühen und Kälbern geschah, konnte sich jeder denken. Sie hatten einen kräftigen Appetit, die deutschen Teufel.

Maelle hatte das Gefühl, neben sich zu stehen. Sie tat ihre Arbeit, hörte, wie die Eltern miteinander stritten, und es berührte sie nicht. Tad wollte seinen Calvados haben und Mamm war der Ansicht, er müsse nicht schon beim Mittagessen trinken – ein Streit, den die beiden seit einigen Wochen täglich miteinander führten. Tad brauchte den Schnaps, um die Schmerzen zu betäuben, aber das sagte er nicht, weil Mari dann von der Klinik reden würde. Maelle sah, wie unglücklich Mamm war, als Tad den gefüllten Teller durch die Küche warf und brüllte, er sei der Herr im Haus und sie habe zu gehorchen. Auch die Knechte und die beiden Mägde waren erschrocken, doch sie schwiegen, um den Herrn nicht noch mehr aufzubringen.

»Was ist nur aus ihm geworden?«, murmelte Mari kummervoll, als sie am Nachmittag mit Maelle die Butter salzte und das Brot für den Folgetag ansetzte.

»Es sind die Schmerzen, Mamm«, sagte Maelle, um sie zu trösten. »Wenn sein Knie wieder gesund ist, wird er wie früher sein.«

Sie hatte diese Worte schon oft gesagt, und sie wusste, dass sie keinen Trost gaben. Aber Mari nickte dazu. Sie setzten die Arbeit schweigend fort.

Sie war froh, dass Sema am Abend in ihrem Versteck auf sie wartete. Sie sahen sich jetzt häufiger dort, denn Semas Eltern besuchten die Nachbarn nur noch selten. Justens Trinkerei und seine Wutanfälle gefielen ihnen nicht. Sie kümmerten sich um

Annik LeBloch, die seit Wochen nichts mehr von ihrem Erwan gehört hatte und mit den drei Kindern allein auf dem Hof lebte.

»Heilige Jungfrau!«, stöhnte Sema, als Maelle ihr Peters Brief gab. »Weißt du, dass du dafür an den Galgen kommen kannst?«

Maelle nickte. Natürlich wusste sie das. »Warst du es nicht, die immer sagte, dass eine große Liebe jedes Wagnis wert sei?«, fragte sie zurück.

»Schon …«, meinte Sema und zögerte einen Moment, bevor sie weitersprach. »Aber er ist … ein Deutscher.«

»Lies. Und sag mir dann, was du an meiner Stelle tun würdest«, bat Maelle.

Sema überflog die Zeilen zunächst widerwillig, dann las sie noch einmal von vorn, und ihre Augen füllten sich mit Tränen. »Er schreibt so wunderschöne Dinge«, seufzte sie. »Ach ich wünschte so sehr, dass …« Sie konnte nicht weitersprechen, und Maelle nahm sie tröstend in die Arme.

»Wir haben beide kein Glück mit unseren Liebsten, nicht wahr, Sema?«, raunte sie ihr ins Ohr. »Ich bekomme zärtliche Liebesbriefe, die mich an den Galgen bringen können, und du bist schwanger von einem Mann, der dir nicht schreiben will.«

Sema musste unter Tränen lächeln. Dann meinte sie, an all diesen Verwirrnissen sei nur der dumme Krieg schuld. »Wir dürfen nicht zulassen, dass er unser Leben ruiniert, Maelle. Wir müssen dagegenhalten. Mutig sein. An die Zukunft glauben. In einem Jahr ist der Krieg vielleicht längst vorbei und wir sind beide mit unseren Liebsten verheiratet. Dann werden wir beieinander sitzen und über unsere Sorgen lachen.«

Maelle war zwar nicht überzeugt, aber Semas Zuversicht steckte sie an. Ja, es war sicher richtig, an die Liebe zu glauben.

»Und was soll ich tun, wenn Marno zurückkehrt?«

»Dann werden wir es ihm erklären«, meinte Sema. »Marno ist ein guter Junge, er wird es verstehen.«

Wie einfach das Leben doch erschien, wenn man neben Sema

im Heu saß. Die Laterne verbreitete ihren warmen Schein, und die Freundin erzählte von der kleinen Wiege, die ihre Mutter vom Dachboden heruntergeholt hatte. Sie hatten Kissen und Decke frisch bezogen und auch einen Koffer mit Babysachen gefunden, die Mamm damals sorgfältig aufgehoben hatte. Dustins Kind wuchs in ihrem Bauch – warum also sollte sie verzagen? Das Leben war stark.

»Du glaubst, ich sollte Peter schreiben?«, fragte Maelle schließlich.

Sema verzog das Gesicht, weil das Kind in ihrem Bauch sich kräftig bewegte. »Ja«, sagte sie dann. »Aber du musst sehr vorsichtig sein. Wenn jemand seine Briefe findet, ist es aus.«

»Dann sollte ich sie wohl besser sofort verbrennen, oder?«

»Das wäre das Klügste.«

Sie überlegten eine Weile, denn es erschien Maelle sehr hart, Peters Briefe dem Feuer zu übergeben. Auch war es gefährlich, denn Mamm konnte sie dabei erwischen. Oder die Mägde.

»Und wenn ich sie verstecke? Weißt du, wenn Peter und ich später verheiratet sind, wäre es doch schön, diese Briefe noch einmal zu lesen …«

Sema fand, das sei ein guter Gedanke. Es müsse nur ein ganz besonders schlaues Versteck sein.

»Und wenn wir diesen Stein aus der Mauer herauskratzen? Schau, er ist schon ein wenig lose …«

Sie versuchten es mit den Händen, dann stieg Sema mit der Laterne hinunter auf den Scheunenboden und brachte eine Hacke. Mit der ging es zwar mühsam, aber sie kamen voran. Der Stein war aus Granit und ließ sich nach einer Weile aus der Mauer herausziehen. Sie leuchteten mit der Laterne in das entstandene Loch, kratzten darin herum und sorgten sich, die Briefe könnten feucht werden und schimmeln.

»Wir wickeln mein Taschentuch darum …«

Der erste Liebesbrief wurde gefaltet, mit einem Taschentuch

umwickelt und vorsichtig in das Loch in der Mauer gelegt. Dann passten sie den Stein wieder in die Lücke. Er stand jetzt ein wenig vor, aber Sema meinte, das würde bestimmt niemandem auffallen.

»Hier kannst du seine Briefe ungestört lesen, Maelle. Niemand wird dich überraschen.«

Sie trennten sich unter zärtlichen Umarmungen, und Maelle blieb draußen unter der Leiter stehen, weil sie sich sorgte, Sema könnte ausgleiten und herunterfallen. Ihr Bauch war schon so dick, dass man es auch unter dem weiten Trachtenrock sehen konnte.

In der Nacht saß Maelle in ihrer Kammer und schrieb an Peter. Es fiel ihr schwer, sie hatte in der Schule bei Diktaten immer schlechte Zensuren bekommen. Auch ihre Aufsätze waren nicht gut benotet worden, zu kraus, hieß es, du hast keine Ordnung in deinen Gedanken. Sie kramte ein altes Schulheft heraus, in dem noch ein paar leere Seiten waren, und beschloss, einfach zu schreiben, was ihr durch den Kopf ging.

Plouvan, den 25. Oktober 1940

Mein lieber Freund,
ich war sehr erstaunt, als man mir Deinen Brief überbrachte, denn wenn ich ehrlich bin, ich habe nicht daran geglaubt, jemals wieder etwas von Dir zu hören. Deshalb habe ich auch lange überlegt, ob ich Dir antworten soll.
Nun tue ich es doch. Weil ich nicht anders kann, mein Liebster. Seit ich Deinen Brief gelesen habe, weiß ich, dass ich Dich nicht vergessen kann. Schreibe mir, wo Du bist und was Du tust, denn ich möchte an Deinem Leben Anteil haben, auch wenn wir getrennt sind.
Ich denke oft an Dich. Und ich will an ein Wiedersehen glauben.
Ich liebe Dich.
Deine Maelle

Sie war sehr unzufrieden mit diesen Zeilen. Sie klangen so schrecklich steif. So ungeschickt. Es war überhaupt nicht das, was sie ihm hatte mitteilen wollen. Wenn er das liest, dachte sie, wird er denken, dass ich ein dummes Bauernmädel bin und keine Briefe schreiben kann. Und ich fürchte, er hat recht.

Sie faltete das Blatt zusammen und steckte es unter das lose Dielenbrett. Lohnte es überhaupt, für solch einen albernen Brief sein Leben zu riskieren?

Zwei Tage später verkündete Mamm ihr am Morgen, dass sie nach Huelgoat fahren müsse, um einige Dinge einzukaufen. »Du fährst mit mir, Maelle. Tad braucht Tabletten gegen die Schmerzen, und Monsieur LeDraoulec will sie mir nicht verkaufen. Weil ich kein Rezept von Docteur LeBihan habe.«

Tad wollte den Arzt nicht mehr aufsuchen, weil der Docteur ihm immer wieder sagte, er müsse sich operieren lassen. Die Tabletten hatten gegen die Schmerzen gut geholfen und Mamm hoffte, dass Maelle den Apotheker beschwatzen konnte.

»Er hat immer schon ein Auge auf dich geworfen, Kind. Ein Mann, der in die Jahre gekommen ist, der schaut nach den jungen Dingern. Das musst du nutzen. Tu es für deinen Tad …«

So war das also. Wenn es einen Nutzen brachte, dann hatte Mamm nichts dagegen, dass sie den Männern gefiel. Ansonsten aber war es eine Sünde. Eine Frau, nach der sich die Männer umdrehten, das konnte nach Ansicht ihrer Mutter nur eine schlechte Person sein.

Das machte ihr die Entscheidung leicht. Sie steckte ihren Brief unter die Bluse ins Hemd und hoffte, dass Madame Kervella einen Umschlag für sie hatte, denn die Briefumschläge in der Schublade des Küchentischs konnte sie nicht nehmen, das hätte Mamm gemerkt.

Sie spannten die Stute ein, die den Wagen allein ziehen musste, denn den Wallach hatten die Deutschen mitgenommen. Ein kühler Wind wehte ihnen entgegen, hie und da regnete es ein paar Tropfen, hörte jedoch bald wieder auf, und die Sonne kam heraus. Der Herbst zeigte sich von seiner schönen Seite, die ersten gelben und braunen Blätter wirbelten umher, lagen auf den Wegen, schwammen in den Pfützen. Maelle dachte traurig an den See, der still und einsam im Wald lag und dessen Oberfläche den Himmel spiegelte. In dem alten Klostergarten würden die Hortensien nun längst verblüht sein und die Groac'h im Brunnen hoffte vergeblich darauf, das Liebespaar zu belauschen. Seitdem Peter fortgezogen war, hatte Maelle diesen Ort kein einziges Mal mehr aufgesucht.

In Huelgoat war alles viel einfacher, als sie befürchtet hatte. Der Apotheker machte zwar ein ziemliches Theater, erzählte ihr, er könne in Teufels Küche kommen, denn er dürfe diese Tabletten nicht ohne ärztliches Rezept herausgeben. Aber da ihr Tad das Medikament ja bereits einmal verschrieben bekommen hatte, wolle er eine Ausnahme machen. Sie müssten das Rezept aber nachreichen. Dabei blinzelte er ihr mit dem linken Auge zu, was ziemlich merkwürdig aussah.

»Natürlich«, sagte sie und lächelte ihn an.

Ich lüge für meinen Tad, dachte sie. Wenn es keine Sünde ist, für Tad zu lügen – warum soll ich nicht auch für Peter und für mich selbst lügen?

Mamm hatte draußen gewartet, sie ließ die Schachtel rasch in der Tasche ihres Rocks verschwinden.

»Gut gemacht, mein Mädel!«

»Ich gehe noch rasch in das Postbüro«, sagte Maelle zu ihr. »Vielleicht ist ja ein Brief von Marno gekommen.«

Mamm wollte zum Bäcker und danach die Schneiderin Madame Guézennec besuchen. Sie sollte ihr die Tracht der verstorbenen Großtante ändern, denn Mamm wollte sie gern tragen. Dafür brachte sie der Schneiderin einen Käse und frische Butter mit. »Geh nur – wir sehen uns dann bei Madame Guézennec.«

Im Postbüro saß die Schwester von Madame Kervella und verkaufte Briefmarken an einen Bauern. Maelle wartete, bis er hinausgegangen war, und wollte dann nach Madame Kervella fragen, doch das erwies sich als unnötig.

»Du willst gewiss ein Telegramm aufgeben, nicht wahr? Geh dort hinein, meine Schwester wird dir helfen.«

Das Hinterzimmer war so stickig, dass man kaum Luft bekam. Madame Kervella saß an einem Schreibtisch, der mit allerlei Papierkram bedeckt war. Auf dem Regal hinter ihr waren merkwürdige Gegenstände aufgereiht: Edelsteine, tote, glänzende Käfer, eine Schlangenhaut, eine geschnitzte Kokosnuss und anderes mehr. Das Seltsamste war ein kleiner Totenschädel mit spitzen Raubtierzähnen.

»Bonjour, Maelle«, sagte Madame Kervella. »Wie schön, dass du gekommen bist. Staunst du über dieses verrückte Zeug auf meinem Schreibtisch? Es stammt von meinem Mann, er hat solche Dinge gesammelt. Schau! Das da ist der Schädel eines Affen aus Madagaskar. Das ist eine Insel gleich neben Afrika.«

Maelle starrte voller Abscheu auf den kleinen Totenschädel. Wie konnte jemand nur solch ein scheußliches Ding auf ein Regal stellen! Man bekam Albträume davon.

»Ich … wollte Ihr freundliches Angebot gern annehmen, Madame Kervella.«

Die Posthalterin lächelte, als hätte sie das von vornherein gewusst. »Das trifft sich gut. Gib mir deinen Brief. Wie – kein Umschlag? Nun, dann bekommst du einen von mir. Du musst nichts darauf schreiben, das erledige ich schon. Schau, was ich für dich habe, Maelle. Ich muss schon sagen, er gibt sich wirklich Mühe …«

Sie zog eine Schublade auf, nahm sie ganz heraus und stellte sie beiseite. Dahinter gab es noch eine Schublade – ein Geheimfach. Daraus nahm sie einen dicken Umschlag aus grauem Papier und reichte ihn Maelle mit verschwörerischer Miene.

»Das wird ein Weilchen reichen. Kannst in ein paar Wochen wiederkommen. Und sei vorsichtig. Am besten verbrennst du die Briefe, nachdem du sie gelesen hast.«

Maelle war überwältigt. Sie hatte keine Post von Peter erwartet und nun hielt sie einen Umschlag in Händen, in dem mindestens drei oder gar vier Briefe stecken mussten.

»Nun geh«, befahl Madame Kervella. »Bist eine Hübsche. Kann den jungen Deutschen schon verstehen.«

Das Lächeln der Posthalterin war süßlich und hatte etwas Falsches, Boshaftes an sich. Maelle kam sich schmutzig vor, sie wendete sich ab, um die Bluse unter der Jacke aufzuknöpfen und den Umschlag unter ihr Hemd zu schieben. Dann verabschiedete sie sich und ging durch das Postbüro hinaus. Auf der Straße empfing sie feiner Nieselregen, der sich kühl auf ihr erhitztes Gesicht legte und ihr wohltat. Nein, sie hatte keinen Grund, sich schlecht zu fühlen. Ihre Liebe zu Peter war ehrlich und rein. Dass sie diese schmierige Person als Vermittlerin benötigte, war weder ihre noch Peters Schuld. Es war der Krieg.

Bei der Schneiderin saß ihre Mutter mit unzufriedener Miene, hielt das gestickte Mieder vor sich und seufzte, als Maelle eintrat. »Am Ende hast du wohl recht«, sagte sie zu Madame Guézennec. »Es wäre gar zu viel Aufwand, an den Seiten und am Rücken Stoff einzusetzen. Und die Stickerei kommt dann auch nicht recht zur Geltung.«

Madame Guézennec kaute an einem Stück Käse, den sie mit Butter und Weißbrot aß.

»Zieh doch mal die Bluse aus, Mädel«, sagte sie zu Maelle. »Wir schauen, ob dir das Mieder nicht besser passt. Ein paar Abnäher vielleicht an den Seiten …«

Maelle erschrak. Wenn sie die Bluse auszog, würde man unweigerlich den Umschlag unter ihrem Hemd entdecken.

»Nein«, sagte sie entschieden. »Das geht nicht …« Die beiden Frauen starrten sie erstaunt an, und sie begriff, dass sie eine glaubhafte Begründung finden musste. »Ich möchte es nicht … Zumindest jetzt nicht. Die Großtante wollte, dass ich diese Tracht an meinem Hochzeitstag trage. Das hat sie mir einmal gesagt. Und deshalb will ich warten, bis Marno wieder hier ist.«

Das war schon wieder eine schlimme Lüge. Aber wenigstens hatte sie sich aus dieser Notlage herausgewunden, denn sowohl Mamm als auch die Schneiderin nickten verständnisinnig.

»Warum hast du mir das denn nicht erzählt, Maelle? Dann hätte ich mir den Aufwand sparen können«, meinte Mari kopfschüttelnd. »Ja, wenn das so ist, dann bin ich wohl umsonst gekommen.«

Der Schneiderin tat es nicht leid, denn Käse und Butter waren ihr hochwillkommen. Sie klagte, dass die Lebensmittel immer teurer und schlechter würden, weil man die Deutschen verköstigen müsse und für die Bretonen kaum noch etwas übrig blieb.

Tatsächlich begegneten sie auf dem Rückweg einem Trupp deutscher Soldaten, die an ihnen vorbeimarschierten und neugierige Blicke auf die beiden Bretoninnen warfen. Sie fürchteten schon, angehalten zu werden, denn auch die hübsche Stute erregte das Interesse der Soldaten, doch es setzte ein heftiger Regen ein, der die Besatzer in ihre Quartiere trieb.

Während sie über holprige Wege, durch Pfützen und Schlammlöcher nach Plouvan fuhren, überlegte Maelle fieberhaft, ob sie es wagen konnte, Peters Briefe in ihrer Kammer zu lesen. Oder war es klüger, den Umschlag nur rasch unter das lose Dielenbrett zu legen, um sie später mit ins Scheunenversteck zu nehmen? Ja, gewiss, das war klüger. Aber es würde ihre Geduld auf eine harte Probe stellen.

Ich bin süchtig nach seinen Worten, dachte sie beklommen. Was soll daraus werden? Was werde ich tun, wenn er mir nicht mehr schreibt?

Als sie in den Hof hineinfuhren, kam Jodok aus dem Pferdestall gehumpelt, um die Stute auszuspannen.

»Swana hat gesagt, der Herr sei sehr krank. Ich soll es Ihnen gleich sagen, wenn Sie ankommen.«

Maris Miene wurde starr, aber wie immer ließ sich die Mutter ihre Angst nicht anmerken. Sie gab Jodok die Zügel, stieg vom Wagen und reichte Maelle die Taschen mit den Einkäufen.

»Gib der Stute ein wenig Hafer, Jodok«, sagte sie mit ruhiger Stimme. »Sie hat ordentlich ziehen müssen ohne den Wallach.«

In der Küche saß die Magd Annik mit verheulten Augen, neben ihr stand Tin mit einer Miene, als sei die Welt soeben untergegangen.

»Er redet irres Zeug, Madame. Er fiebert …«

Mari raffte den langen Rock und lief die Stiege hinauf, Maelle folgte ihr. Panik hatte sie erfasst. War das die Strafe für ihre Sünden? Musste der Vater nun ihretwegen sterben?

Justen lag auf dem Rücken, die Beine ausgestreckt, das Gesicht glühte. Er hatte die Augen weit offen und starrte auf die dunklen Deckenbalken, als hätte er Angst, sie könnten auf ihn herunterstürzen. Seine Lippen waren seltsam blass und aufgesprungen.

»Justen … Hörst du mich? So gib doch Antwort …«

Mari saß an der Bettkante und versuchte, ihm ein wenig Wasser einzuflößen. Er schluckte nicht, röchelte nur und begann zu husten.

»Wir müssen Docteur LeBihan holen, Maelle … Lauf hinüber zu Madame LeBoff, sie soll ihn anrufen. Rasch!«

Maelle hatte die Jacke noch nicht ausgezogen, sie eilte die Stiege hinunter, schob Annik und Swana, die ängstlich unten im Flur standen, beiseite und stürzte hinaus in den Regen. Im Dorf hatte niemand außer der Lehrerin ein Telefon. Wer einen wichtigen Anruf tätigen musste, der ging zu Madame LeBoff.

»Herr Jesus, sei uns gnädig … er liegt im Fieber?«, sagte die Lehrerin, als sie Maelle die Tür öffnete. »So hat es kommen müssen. Hier ist der Apparat. Die Nummer von Docteur LeBihan steht hier in der Liste.«

Maelle wählte die Nummer mit unsicheren Fingern auf der runden Wählscheibe. Sie hatte noch nicht oft telefoniert, höchstens ein- oder zweimal. Wichtige Anrufe tätigten meist die Mutter oder der Vater.

»Mein Mann ist unterwegs«, sagte Madame LeBihan. »Ich weiß nicht, wann er zurückkommt. Ist es denn dringend? Bei diesem Wetter nach Plouvan zu fahren, das ist kein Spaß.«

»Mein Vater liegt im Fieber. Er antwortet nicht mehr. Sein Knie ist rot und dick angeschwollen …«

»Du bist die Tochter von Justen LeHaziff?«

»Ja, Madame …«

»Hör zu, Mädchen. Packt den Kranken vorsichtig auf einen Wagen und bringt ihn her. So schnell wie möglich. Hast du mich verstanden?«

»Ja, Madame …«

Sie hielt den Hörer noch einen Moment lang ans Ohr, dann begriff sie, dass Madame LeBihan schon aufgelegt hatte.

»Wird er kommen?«, fragte die Lehrerin, die das Gespräch mit großem Interesse verfolgt hatte.

»Nein, er ist anderweitig unterwegs.«

Sie bedankte sich und lief davon, ohne auf Madame LeBoffs Fragen und Mutmaßungen einzugehen. Sie war Maris Tochter, und genau wie ihre Mutter blieb sie in der Not ruhig und besonnen. Ihr Kopf war klar, ihre Gedanken zielgerichtet.

In der Küche der Tabarly saß Sema mit den Eltern und dem Gesinde beim Mittagessen. Als Maelle ihre Bitte vortrug, zögerte Patrik Tabarly keine Sekunde. »Spann an!«, brüllte er den Knecht an. »Meine Jacke. Den Hut. Packt die Plane ein. Legt ein Polster auf den Wagen. Verdammt – warum wollte er auch nicht in die Klinik, der sture Bock!«

Eine Ewigkeit schien zu vergehen, bis der Knecht die beiden Pferde angespannt hatte. Sema nötigte sie, rasch etwas zu essen, einen Schluck Cidre zu trinken, sich zu stärken.

»Es wird alles gut, Maelle. Unsere Pferde sind schnell. Ach, dass sie uns das Auto weggenommen haben, als der verdammte Krieg anfing …«

Maelle aß keinen Bissen, hörte kaum zu, sondern lief hinüber auf den elterlichen Hof, um der Mutter Bescheid zu geben. Mari holte Tin und Loan herbei, im Bettlaken trugen sie den Kranken die Stiege hinunter und warteten in der Küche, bis Patrik Tabarly mit seinem Pferdewagen im Hof stand.

Kein Wort wurde gewechselt, jeder Handgriff mit Ruhe und Sorgfalt ausgeführt. Man hob Justen auf das Polster, deckte den Wagen mit der Plane ab, die neugierigen Nachbarn, die sich trotz des Regens am Hoftor einfanden, wurden von Annik und Swana mit Nachrichten versorgt. Maelle saß mit der Mutter auf dem Wagen bei dem fiebernden Kranken, Patrik Tabarly trieb die Pferde an, bedächtig und mit der gebotenen Vorsicht, denn der Weg war tückisch und der stundenlange Regen hatte ihn nicht besser gemacht.

Maelle musste die Plane immer wieder festbinden, weil der Wind sie losriss und der Regen dann ins Innere des Wagens drang. Angstvoll sahen beide Frauen auf das aufgedunsene Gesicht des Vaters, seine blassen, bläulichen Lippen, die rot geäderten Augen. Wenn der Weg allzu holprig war, versuchten sie, den Kranken zu stützen, ihm die Erschütterungen so weit als möglich zu ersparen. Ab und zu flößte Mari ihm ein wenig Cidre ein, den er begierig schluckte.

Sie hatten Glück im Unglück, denn Docteur LeBihan war gerade von einem Krankenbesuch zurückgekehrt, als sie vor seinem Haus ankamen. Zu viert trugen sie den Fiebernden in die Praxis und legten ihn auf die Liege im Behandlungszimmer. Dann bat der Arzt Patrik Tabarly und die beiden Frauen, im

Nebenraum zu warten, und blieb mit dem Kranken allein. Nass und erschöpft saßen sie auf den abgeschabten Stühlen des Wartezimmers, vorerst mit sich zufrieden, denn sie hatten alles getan, was möglich war. Justen LeHaziff war jetzt in guten Händen.

Drüben wurde leise gesprochen, der Arzt hatte seine Frau und eine Helferin herbeigerufen. Maelle versuchte, ein paar Worte zu verstehen, doch es schien keinen Sinn zu ergeben.

»Zu weit fortgeschritten … Pferdenatur … drüben im Schrank … die Schale … versuchen …«

Auch Mari hatte die Ohren gespitzt. Sie wechselte Blicke mit Maelle, ihr rascher Atem bewies, wie aufgeregt sie war. Patrik hielt die Anspannung nicht mehr aus. Er ging hinaus, um nach seinen Pferden zu sehen. Gleich darauf wurde die Tür des Behandlungszimmers geöffnet, und Docteur LeBihan schob sich in den Raum. Er war ein kräftiger Mann, groß, mit breiten Schultern und Händen, die für einen Bauern taugten. Und dennoch ging er mit seinen Patienten behutsamer um als mancher Arzt, den die Vorsehung mit kleinen, zarten Fingern ausgestattet hatte.

»Wir müssen leider eine Notoperation vornehmen, Madame LeHaziff«, sagte er zu Mari. »Ich werde tun, was möglich ist, aber ich kann nichts versprechen. Wir müssen mit allem rechnen, Madame …«

Maelle stockte für einen Moment der Herzschlag. Mari presste die Lippen aufeinander und nickte. »Tun Sie, was nötig ist, Docteur«, sagte sie. »Gott wird uns beistehen.«

»Darauf hoffe ich, Madame. Wir sind leider gezwungen, das Bein zu amputieren.«

Sie warteten schweigend, lauschten auf die Geräusche im Nebenzimmer, waren noch wie betäubt von dem, was der Arzt ihnen verkündet hatte. Patrik, der nach einer Weile ins Wartezimmer zurückkam, wurde totenbleich, als sie ihm die Nachricht zuflüsterten.

»Besser tot als so zum Krüppel werden«, entfuhr es ihm, aber dann biss er sich auf die Lippen. Er hatte das vor den Frauen nicht sagen wollen.

Justen LeHaziff überlebte die Operation. Zwei Tage blieb er in der Praxis des Arztes, dann brachte man ihn zurück auf seinen Hof. Von dem rechten Bein war nur noch ein Stumpf geblieben, der niemals vollständig vernarbte.

18

Posen, den 3. September 1940

Meine geliebte Maelle,
noch habe ich keine Antwort von Dir, aber ich bin zuversichtlich und mag nicht glauben, dass Du für immer schweigen wirst. Wir sind tagelang mit der Eisenbahn immer weiter nach Osten gefahren, und auch jetzt weiß keiner von uns, wo wir letztlich stationiert sein werden. Ich denke oft an unseren Hortensiengarten, an unsere glückliche Zweisamkeit und an Deine wundervollen, süßen Verrücktheiten.
Lass mich für heute schließen. Gar zu viele Erinnerungen steigen in mir auf, die ich dem Kugelschreiber nicht anvertrauen mag.
Dein Peter

Krakau, den 10. September

Geliebte Maelle,
immer noch keine Nachricht von Dir. Ich bin voller Ungeduld und schreibe Dir dennoch, auch wenn diese Zeilen Dich vielleicht niemals erreichen werden. In den wenigen Stunden, die ich allein bin, denke ich an die Bretagne, an ihre Küsten und Wälder und an meine mutige kleine Freundin, die seitdem all meine Gedanken erfüllt. Soll ich Dir gestehen, dass ich noch nie zuvor so verliebt gewesen bin? Dass aus dem nüchtern denkenden Menschen Peter Schmidt ein romantischer Dummkopf geworden ist? Ich habe eine Rose von einer Hecke gebrochen und lege sie für Dich in diesen Brief.
Gute Nacht, meine Liebste
Dein Peter

Lemberg, den 4. Oktober 1940

Maelle,
wenn ich allein bin, sage ich Deinen Namen immer wieder vor mich hin. Maelle. Maelle. Maelle. Es klingt wie Musik. Wie die Wellen des Sees, die ans Ufer schwappen. Wie das Raunen der alten Bäume in Brocéliande …
Wie Du wohl erraten hast, bin ich verrückt geworden. Es liegt daran, dass ich ein leichtes Fieber habe. Kein Typhus, hab keine Sorge. Nur eine kleine Unpässlichkeit.
Sei aus der Ferne geküsst und umarmt
Dein armer Peter

Lemberg, 10. November 1940

Geliebte Freundin,
Du hast mich unendlich glücklich gemacht mit Deiner Antwort! Endlich! Ich danke Dir viele tausend Mal für Deinen Mut und Deine treue Liebe. Gott gebe, dass wir beide eines Tages in Frieden miteinander vereint sein werden. Nichts anderes wünsche ich mir. Dein Brief war mir eine doppelte Freude, denn er kam an dem Tag, als ich die Krankenstation verlassen durfte. Nun wird es mit meiner Genesung in Riesenschritten vorangehen. Schreibe mir, was in Deinem Dorf geschieht, was Du tust, wie das Leben verläuft. Ich denke so oft an das hübsche kleine Plouvan inmitten der bretonischen Wälder, und ich träume davon, dorthin zurückzukehren. Hier ist es ruhig, wir stellen uns auf den Winter ein. Vielleicht werde ich Heimaturlaub erhalten. Dann – aber ich wage es kaum zu hoffen – würde ich für einige Tage nach Huelgoat reisen und wir könnten uns sehen.
Sei umarmt, Du meine Schöne vom See
Dein Peter

Lemberg, den 19. Dezember 1940

Liebste Maelle,
mit Schrecken las ich Deinen Brief. Es ist ein grausames, ungerechtes Schicksal, das Deinen Vater getroffen hat. Nun wird die Arbeit auf dem Hof vor allem für Deine Mutter und Dich bleiben, dazu noch die Sorge um den Kranken. Ich wünschte sehr, bei Euch zu sein, um ein wenig Trost zu spenden. Aber auch in meiner Familie steht es nicht zum Besten. Mein jüngster Bruder ist gefallen und meine Mutter so schwer erkrankt, dass ich fürchte, sie nicht lebend wiederzusehen. Die wenigen Tage, die ich in Pinneberg auf Heimaturlaub verbrachte, habe ich fast nur an ihrem Bett gesessen.
Trotz aller Trübsal wollen wir auf ein frohes und gesegnetes Weihnachtsfest hoffen. Und auf ein Wiedersehen im neuen Jahr. Ich will Dich, meine Liebste, fest in meinen Gedanken und Träumen halten, denn mein Leben wäre dunkel ohne die Hoffnung, Dich eines Tages wieder in die Arme nehmen zu dürfen.
In inniger Liebe
Dein Peter

Es waren seine Briefe, die ihr die Kraft gaben, das Unglück, das sie getroffen hatte, zu tragen. Der Vater hatte sich auf erschreckende Weise verändert. Solange sie lebte, war Tad ein gerechter und liebevoller Vater gewesen, ein energischer Herr auf seinem Hof, ein guter Ehemann. Gewiss – er konnte aufbrausend und hie und da ein wenig stur sein – aber daran waren sie gewöhnt. Mari hatte oft Scherze darüber gemacht, dass ihr Justen seinen Dickkopf durchsetzen musste.

Doch schon während er sich mit dem zerschlagenen Knie herumquälte, war er ein anderer geworden. Launisch und ungerecht. Störrisch. Immer mehr dem Schnaps zugeneigt, der ihm die Schmerzen linderte. Nur wenn die Tabletten ihm die Pein nahmen, war er für eine kleine Weile wieder der Alte. Nun aber, da er sein rechtes Bein verloren hatte, war er für sie alle zu einer schweren Last geworden. Wochenlang lag er still, weinte vor sich hin, verweigerte die Nahrung, redete davon, dass der Docteur ihn zum Krüppel gemacht habe, dass er lieber sterben wolle, als so weiterzuleben. Nur wenn Mari ihm seinen Schnaps gab, ging es ihm besser. Dann begann er zu lachen und seltsame Gesten zu machen, wollte Mari zu sich aufs Lager zerren, und mehrfach vergriff er sich auch an Annik und Swana. War die Wirkung des Alkohols vergangen, dann stöhnte er wegen der Schmerzen, redete davon, dass er sein Knie immer noch spüre, auch wenn der Arzt es abgehackt habe, und dass er seine Tabletten brauche. Docteur LeBihan war Anfang November zu ihnen gekommen, um den Stumpf, der nicht heilen wollte, zu untersuchen und zwei Krücken zu bringen. Doch Justen hatte den Arzt so unflätig beschimpft, dass er sich nicht lange in der Kammer des Kranken aufhielt.

»Er soll aufstehen und mit den Krücken umherlaufen. Wenn die Wunde gut verheilt ist, kann man eine Prothese anfertigen. Es gibt Leute, die damit so geschickt herumlaufen, dass man es kaum bemerkt.«

Mari wollte sich für Justens Benehmen entschuldigen, doch LeBihan machte nur eine wegwerfende Handbewegung. »Schon gut. Ich bin nicht empfindlich, Madame. Aber geben Sie ihm keinen Schnaps. Ich werde ihm Tabletten verschreiben. Laufen soll er. Arbeiten. Unter Menschen sein. Das wird ihm helfen.«

Aber Justen wollte nicht aufstehen. Er wollte auf seinem Lager liegen, die Decke anstarren und den Schnaps in sich hineinlaufen lassen. Die Krücken warf er wütend gegen die Kammertür. »Als Krüppel auf dem Hof herumhumpeln. Dass die Nachbarn etwas zu gaffen haben. Lieber verrecke ich hier in diesem Loch!«

Mari wurde zornig, die Eltern stritten in der Schlafkammer. Maelle saß unten in der Küche und lauschte mit bangem Herzen auf die Stimme der Mutter, die immer wieder von Justens heiserem Gebrüll unterbrochen wurde. Früher hatten die Eltern niemals gestritten. Nur Connan und Dustin waren oft aneinandergeraten, doch das war lange her. Ihre Kammer, in der zwischenzeitlich Peter Schmidt und sein Fahrer gewohnt hatten, war immer noch leer, die Betten frisch bezogen und unberührt. In der kleinen Kammer der verstorbenen Großtante schlief inzwischen Mari, die keine Lust mehr hatte, das Bett mit dem ständig betrunkenen Ehemann zu teilen.

»Er muss durch den Winter kommen«, sagte die Mutter zu Maelle. »Wenn der Frühling da ist und die Arbeit auf den Feldern ansteht, wird er schon laufen.«

Maelle erklärte, sie sei auch dieser Ansicht. Doch sie sagte es nur, um Mamm den Mut nicht zu nehmen. Insgeheim befürchtete sie, dass der Vater nicht die Kraft hatte, um ohne das rechte Bein zu leben. Es lag nicht daran, dass sein Körper zu schwach war, es war sein Geist. Jene innere Stärke, die einen Menschen durchs Leben trug. Jodok hatte diese Stärke, trotz einer kaputten Hüfte durch einen Pferdetritt lebte er zufrieden und tat seine Arbeit, so gut er konnte. Tad aber besaß diese Lebensstärke nicht.

Einmal im Monat brachte sie ein Bündel Briefe zu Madame Kervella ins Hinterzimmer. Dort erhielt sie einen Umschlag, in dem Peters Post steckte. Er schrieb häufiger als sie, doch niemals beklagte er sich, dass ihre Briefe seltener und kurzer waren als die seinen. Er erwähnte jeden einzelnen, versuchte sie zu ermutigen und gab ihr Trost. Er riet, die Schweine einzusperren, damit die Besatzer sie nicht zu sehen bekamen, denn sonst würde man sie ihnen wohl fortnehmen. Manchmal bat sie ihn um Rat wegen des Vaters, dann schrieb er, sie müsse geduldig sein. Eine solche Wunde brauche Zeit, um zu heilen. Wenn die Schmerzen nachließen, würde Justen bald anders in die Welt schauen. Kurz nach dem Christfest war Peters Mutter gestorben, da bekam er ein paar Tage Heimaturlaub und fragte, ob er zu ihr kommen dürfe. Doch sie bat ihn, es nicht zu tun. Es sei keine gute Zeit für ein Wiedersehen, er solle kommen, wenn es dem Vater besser ginge.

»Du bist dumm«, sagte Sema, die jetzt nur noch mit Mühe die Leiter zu ihrem Versteck hinaufsteigen konnte. »Wer weiß, ob du ihn je wiedersiehst.«

Sema war bekümmert, weil die Deutschen Bomben auf England warfen und sie große Angst hatte, Dustin könne dabei sterben. Aber niemand wusste, ob Dustin tatsächlich in England war, denn nach wie vor war keine Nachricht von ihm gekommen. Auch nicht von Connan und von Marno. Nur Peters Briefe füllten die Nische in der Scheunenwand. Es waren inzwischen so viele, dass sie einen zweiten Stein herausgelöst hatten, um das Versteck zu erweitern.

Mitte Februar, als während der Nacht ein Schneesturm über das Land fegte, brachte Sema einen Sohn zur Welt. Die Geburt kam sehr plötzlich. Am Abend waren Maelle und Mari bei den Tabarly gewesen, auch Joanna Prigent und Marie Seznec hatten mit am Tisch gesessen und man hatte über allerlei Neuigkeiten geplaudert. Erwan LeBloch hatte seiner Frau eine Nachricht geschickt. Er war in einem Kriegsgefangenenlager in der Nähe von Straßburg und hoffte, bald freigelassen zu werden. Joanna und Marie hatten die Nachricht gelesen, es waren nur wenige Worte auf einer Postkarte gewesen, aber Annik LeBloch war unendlich glücklich darüber. Sie hatte nicht zu den Tabarly kommen können, weil der kleine Servan eine schlimme Erkältung hatte.

Gegen zehn Uhr waren die Gäste aufgebrochen, hatten die Jacken fest zugeknöpft und sich in wollene Tücher gewickelt, denn der Sturm wollte nicht nachlassen. Danach waren auch Patrik und Armelle zu Bett gegangen. Nur Sema war in der Küche geblieben, um noch einen Schluck warme Milch zu trinken.

»Es kam so schnell!«, sagte sie am nächsten Tag zu Maelle. »Ich konnte mich gerade noch auf den Boden legen, da ging es schon los. Ich dachte, es zerreißt mich, ich überlebe das nicht.

Aber dann kam Mamm hinunter zu mir, und nach ein paar Minuten war alles vorbei.«

Der Kleine war gesund und munter. Sema hingegen brauchte über eine Woche, um wieder zu Kräften zu kommen. Anfang März wurde Dustins Sohn von Abbé Tanguy auf den Namen Gwen Tabarly getauft.

»Wenn Dustin zurückkommt und wir heiraten, dann wird er ihn adoptieren, damit er seinen Namen trägt«, sagte Sema.

Der kleine Gwen war ein Lichtpunkt in den ansonsten so trüben Winterwochen. Er war ein lebhafter Säugling, wollte herumgetragen werden und Sema hatte alle Mühe, ihn satt zu bekommen. Er hatte feine dunkle Härchen auf dem Kopf, und seine blauen Augen waren die seines Vaters. Am fünften Tag seiner Erdenreise verzog er den Mund und lächelte seine Großmutter an. Von da an bezauberte er jeden, der in die Wiege hineinschaute, mit diesem zahnlosen Säuglingslachen.

»Er kann seinen Vater wirklich nicht verleugnen«, meinte Sema mit Stolz. »Ich fürchte, in spätestens fünfzehn Jahren wird er die Mädchen der Umgebung reihenweise verführen.«

Als der Frühling kam, trug sie den Kleinen häufig hinüber zu den LeHaziff, saß mit Sema und Mari in der Küche, und sie fütterten Gwen mit Weißbrot, das sie in Milch getunkt hatten. Er krähte fröhlich vor sich hin, wedelte mit den kleinen Fäustchen und wollte den grauen Kater fangen, der auf der Bank saß und mit grünen Augen den Milchtopf anstarrte. Es waren auch für Mari glückliche Momente, und oft sagte sie traurig, dass auch Maelle und Connan längst Kinder haben könnten, wäre da nicht der unselige Krieg.

»Habt es richtig gemacht, Sema«, meinte sie und hielt Gwen ihren Zeigefinger hin, den er sofort mit der Faust umklammerte. »Der Krieg hat andere Gesetze, da kann eine nicht warten, bis die Kirche ihren Segen gibt. Da geht es um das Leben und um die Zukunft der Familien.«

Sema und Maelle waren recht erstaunt, solche Worte aus dem Mund von Mari LeHaziff zu hören, denn bisher hatte die Mutter streng darauf geachtet, dass alles so geschehen musste, »wie es sich gehört«. Aber seit Justen das Bein verloren hatte, ging auf dem Hof der LeHaziff nichts mehr so, wie es sich gehörte. Der Frühling hatte Justens Zustand nicht gebessert, wie Mari gehofft hatte. Ganz gleich, ob sie das Fenster öffnete, um ihm das frische Grün in den Wiesen und die Blütenknospen der Obstbäume zu zeigen – Justen verlangte seinen Schnaps. Die Felder pflügen? Düngen? Die Saat ausbringen? Wozu? Er sei ein Krüppel und tauge nicht zur Arbeit. Connan solle die Stute und den Wallach einspannen. Dustin könne den Mist auf den Wagen gabeln. Er habe zwei kräftige Söhne in die Welt gesetzt, die sollten nur arbeiten.

»Den Verstand hat er sich weggesoffen«, schimpfte Mari. »Weiß nicht einmal mehr, dass die beiden im Krieg sind. Bald wird er seinen eigenen Namen vergessen haben.«

Die Last der Verantwortung lag nun auf ihr allein. Gewiss taten die Knechte und Mägde, was sie konnten, doch es war an ihr, zu entscheiden, nach dem Rechten zu sehen, die Arbeit zu kontrollieren. Es war ihnen nur noch die Stute geblieben, und wenn Patrik Tabarly ihnen nicht hie und da mit den Pferden ausgeholfen hätte, wären wohl manche Arbeiten zu spät oder gar nicht erledigt worden.

Im Sommer fuhren Maelle und Sema oft gemeinsam zum Einkaufen nach Huelgoat. Den kleinen Gwen ließen sie bei Armelle. Wenn sie beim Bäcker standen, wo bretonisch gesprochen wurde, gab es häufig Streitereien, denn einige Einwohner der Stadt waren der Ansicht, die Deutschen wären auf der Seite der Bretonen. Mit ihrer Hilfe würde schon bald eine freie und selbstständige Bretagne entstehen, die verhasste Abhängigkeit von Paris sei vorüber. Andere widersprachen. Man wolle hundertmal lieber von Paris abhängig sein als von den Deutschen.

Sei der Feldzug des Hitlerreiches gegen Russland nicht der beste Beweis dafür, dass man ihnen nicht trauen konnte? Erst waren der Deutsche Hitler und der Russe Stalin dicke Freunde gewesen, hatten gemeinsam Polen überfallen und untereinander aufgeteilt. Aber jetzt sei es aus mit der Freundschaft, weil Monsieur Hitler sein wahres Gesicht gezeigt habe. Die hässliche Fratze des Verräters.

Maelle war totenblass geworden, während sie die Gespräche verfolgte. Nach Russland wollte Hitler seine Armee schicken. Davon hatte Peter bisher kein Wort geschrieben.

»An Russland, da beißen sie sich die Zähne aus«, sagte Monsieur Guivarch, der das Bureau de Tabac gegenüber hatte. »Erfrieren werden sie. Genau wie die Grande Armée des großen Napoléon. Was für ein grausames, sinnloses Sterben …«

Sema wartete auf dem Wagen bei den Einkäufen, bis Maelle aus dem Postbüro kam. Dann nahm sie die Zügel und trieb die Stute an, damit sie so schnell wie möglich aus Huelgoat herauskamen. Auf dem wenig befahrenen Weg nach Plouvan zog Maelle Peters Briefe heraus und überflog sie in großer Eile. Nein, er war immer noch in Polen, jetzt in Brest-Litowsk – war das näher an Russland oder weiter im Westen? Sie wusste es nicht, und einen Atlas gab es daheim nicht. Den hatte nur Madame LeBoff, die Lehrerin.

»Das ist doch nicht wichtig«, meinte Sema. »Wenn sie ihn nach Russland schicken wollten, dann hätte er es dir bestimmt geschrieben.«

Maelle sah das ein, es war allerdings nur ein schwacher Trost. Wenn die Deutschen das unendlich große Russische Reich besiegen wollten, dann würden sie viele Soldaten brauchen. Peter konnte jederzeit den Marschbefehl erhalten. Ach, Sema hatte ja so recht gehabt. Er hätte für ein paar wenige glückliche Tage nach Huelgoat kommen können, aber sie hatte es nicht gewollt. Und nun war es wohl zu spät.

Brest-Litowsk, den 28. Juli 1941

Meine geliebte Maelle,

hier ist alles ruhig, wir verbringen unsere Tage mit den üblichen Verrichtungen, Kontrollen, Patrouillenfahrten, militärischen Übungen, Pflege der Ausrüstung. An den Abenden sitzen wir beisammen, Fotos werden herumgereicht, man redet davon, was nach dem Krieg sein wird. Einige meiner Kameraden sind mitten aus dem Studium herausgerissen worden, zwei haben die Schule vor dem Abitur verlassen. Major von Gartzen hat eine junge Frau in München, die ein Kind von ihm erwartet. Ich erzähle stets, dass ich eine Braut in Frankreich habe, weitere neugierige Fragen beantworte ich nicht.

Es ist nun schon fast ein Jahr her, dass wir uns das letzte Mal sahen, und doch steht mir Dein Bild so klar vor Augen, als wäre es gestern gewesen. Ich höre Deine Stimme, Dein Lachen, spüre Deine Haut … Es ist seltsam, aber ich fühle mich enger an Dich gebunden als je zuvor. Es soll ein gutes Omen für unsere Zukunft sein, meine Liebste.

Sei umarmt und geküsst
von Deinem Peter

Der Sommer brachte frohe und bange Stunden, aber die frohen überwogen. Da war der kleine Gwen, der so prächtig gedieh. Da war die Freundschaft zu Sema. Die Hilfsbereitschaft der Tabarly, die nicht mehr nur Nachbarn, sondern nun auch Verwandtschaft waren. Vor allem aber Peters Briefe, die regelmäßig eintrafen, mit liebevollen Augen gelesen wurden und ihren Platz im Versteck hinter den Steinen fanden. Maelle hatte von Sema einen dicken Briefblock geschenkt bekommen, den sie ganz unten in ihrem Kleiderschrank versteckt hielt. Sie war immer noch keine gewandte Schreiberin, wollte es auch gar nicht sein, sondern ihrem Peter ehrlich und ungekünstelt gegenübertreten.

Anfang Oktober fuhren die Freundinnen wieder einmal nach

Huelgoat, um Einkäufe zu tätigen. Sema wollte sich zwei Kleider ändern lassen, Maelle musste in der Apotheke Verbandsmaterial, Desinfektionsmittel und Heilsalbe für den Vater besorgen. Außerdem eine Flasche Calvados, den Justen von Mari in kleinen Dosen zugeteilt bekam. Wie gewohnt erledigten sie zuerst ihre Aufträge, besorgten Nägel, Salz, Zucker, Medikamente, frisches Brot und allerlei anderes, das daheim fehlte, dann hielten sie auf das Postbüro zu, damit Maelle noch rasch zu Madame Kervella hineinlaufen konnte. Doch schon aus einiger Entfernung sahen sie einen Menschenauflauf vor der Post. Sema zügelte die Stute.

»Heiliger Servan – was ist da los?«

»Ich steige aus und sehe nach.«

»Nein, Maelle, tu das nicht. Bleib hier.«

Sema hielt die Freundin, die vom Wagen steigen wollte, am Arm fest. Es war keine Sekunde zu früh, denn in diesem Moment öffnete sich die Tür des Postbüros und man sah für einen kleinen Moment mehrere Männer in deutschen Militäruniformen. Zwischen ihnen befand sich eine Person, die abgeführt wurde, doch dann schloss sich die neugierige Menge um die Szene, und die Gruppe wurde verdeckt. Sema und Maelle stockte der Atem. Starr saßen sie auf dem Wagen, wagten kaum, einander anzusehen.

»Wir müssen hier weg«, flüsterte Maelle schließlich. »Fahren wir durch die Seitengasse und dann um den See herum. Auf keinen Fall am Postbüro vorbei.«

Sema nickte. Es schien unerträglich lange zu dauern, bis die Stute sich in Bewegung setzte. Der Wagen rumpelte und ratterte auf dem Straßenpflaster, die ganze Stadt konnte hören, dass sie durch die schmale Gasse hinunter zum See fuhren. Was auch immer im Postbüro passiert war – wenn die Deutschen dort den Umschlag mit Peter Schmidts Briefen an seine geliebte Maelle fanden, war es um sie geschehen.

»Sie werden nach Plouvan kommen, Sema. Peter war dort

einquartiert. Und es gibt in ganz Plouvan nur ein Mädchen, das Maelle heißt.«

»Jetzt reg dich nicht unnötig auf. Wir wissen ja gar nicht, was da los war.«

Als sie in Plouvan ankamen, fieberte Maelle so heftig, dass sie sich hinlegen musste. Mari war außer sich vor Sorge, brachte ihr Tee, süßen Reisbrei, kühlte ihr die Stirn mit feuchten Tüchern. »Du musst gesund werden, mein Mädchen. Wie soll ich denn ohne dich zurechtkommen? Du bist meine einzige Hilfe, meine Stütze … Nimm ein Schlückchen Salbeitee …«

Maelle lag die ganze Nacht über im Fieber. In wilden Angstträumen sah sie sich wie Jeanne d'Arc im weißen Büßerhemd auf einem Scheiterhaufen stehen, die Hände an den Pfahl gebunden, unter sich das brennende Holz. Sie spürte die Hitze, den beißenden Geruch des Rauchs, glaubte, die sengenden Flammen wie Messerstiche in Beinen und Leib zu fühlen. Am Morgen war sie so schwach, dass sie kaum stehen konnte, und die Mutter ging allein auf die Weide zum Melken. Später zwang sie sich aufzustehen, aß ein wenig Brot, half den Mägden, die Birnen und Pflaumen zu Mus zu kochen, und spürte, wie das Fieber erneut in ihr aufstieg.

Spät am Abend kam Sema hinüber, um einen Topf von dem frisch gekochten Mus zu holen. Sie hatte Neuigkeiten zu berichten, denn Madame LeBoff war bei den Tabarly gewesen. Durch ihre Schwester im Hotel *Bretagne* war die Lehrerin wie immer bestens über die Vorgänge in Huelgoat informiert.

»Die Deutschen haben die Posthalterin verhaftet«, erzählte sie. »Madame Kervella, die damals zur Beerdigung von Großtante Iwa gekommen ist. Erinnert ihr euch nicht?«

Mari schlug die Hände vor Staunen zusammen. Maelle hob mit zitternder Hand einen Becher Milch an die Lippen.

»Sie soll eine Spionin sein, heißt es«, fuhr Sema fort. »Denkt nur – sie und ihre Schwester haben die Gespräche der Deutschen mitgehört und militärische Geheimnisse an die Engländer verraten.«

»Wer hätte ihnen das zugetraut?«, staunte Mari. »Und was wird nun aus ihnen?«

Sema hob die Schultern. Sicher war nur, dass die beiden Frauen jetzt in der ehemaligen Mädchenschule gefangen saßen und pausenlos verhört wurden.

»Am Ende sind sie ganz unschuldig«, meinte Mari. »Diese deutschen Teufel sehen überall Spione. Dabei sind sie selbst die schlimmsten Verräter.«

Sema umarmte Maelle zum Abschied und flüsterte ihr ins Ohr: »Alles halb so schlimm. Geht doch gar nicht um die Briefe. Nur um Spionage …«

19

Wochenlang lebte Maelle in der Angst, abgeholt und eingesperrt zu werden. Fortgebracht mit unbekanntem Ziel, wie es den Schwestern Kervella geschehen war, von denen man niemals wieder etwas hörte. In den Nächten fuhr sie aus dem Schlaf, weil sie glaubte, draußen im Hof das Geräusch eines Militärfahrzeugs gehört zu haben. Meist hatte sie nur geträumt, manchmal war es der Wind, der um die Scheune pfiff, einen leeren Eimer umwarf oder an den Fensterläden rüttelte. Tagsüber ging es ihr nicht besser. Sie war fahrig, Geschirr fiel ihr aus den Händen, sie vergaß, die Suppe zu würzen, ließ die Milch überkochen.

»Warum schaust du immer aus dem Fenster?«, fragte Swana. »Denkst du, die Deutschen kommen zurück?«

Maelle starrte die junge Magd an. Swana war blond und füllig, sie sprach selten, meist versteckte sie sich hinter der redseligen Annik. Hatten ihre Worte einen Hintersinn oder waren sie einfach nur so dahingesagt?

»Tu deine Arbeit!«, befahl sie dem Mädchen ärgerlich.

Wenn sie sich spät am Abend mit Sema in ihrem Scheunenversteck traf, versuchte die Freundin sie zu beruhigen. Weshalb sollten sich die Deutschen über den Liebesbrief eines gewissen Peter an seine Maelle aufregen? Stand irgendwo sein Nachname? Nein. Noch dazu waren die Briefe auf Französisch geschrieben. »Da hätten sie viel zu tun, wenn sie jedem Liebesbrief nachspüren wollten. Die haben ganz andere Sorgen, die Deutschen …«

Es war November, und die Deutschen marschierten auf Moskau. In Sommeruniformen, das hatte Madame LeBoff gesagt, die heimlich einen englischen Radiosender hörte. Tausende seien bereits im Schnee erfroren. Wenn man Glück hatte, dann erfror die ganze deutsche Wehrmacht im russischen Winter und Frankreich könnte sich aus den Klauen der Besatzer befreien.

Anfang Dezember sah Maelle ein, dass Sema richtig vermutet hatte. Niemand kam, um sie abzuholen, niemand wollte ihr etwas tun. Das Leben in Plouvan ging seinen gewohnten Gang. Die Ernte war mit Hilfe der Tabarly eingebracht, ein Schwein wurde geschlachtet und man lud die Nachbarn zum Fest. Wie jedes Jahr wurden Würste gestopft, das Fleisch eingesalzen, die Schinken in den Rauch gehängt. Mari erklärte stolz, dass auf ihrem Hof niemand hungern oder frieren müsse, man könne vorerst getrost in die Zukunft sehen.

Maelle stimmte ihr zu, obgleich der Kummer ihr täglicher Begleiter war. Peters Briefe fehlten ihr unendlich. Über ein Jahr hatte dieses Band zwischen ihnen bestanden, es war mit der Zeit sogar enger und inniger geworden. Peter war mehr als ein Geliebter, er war ein starker, verlässlicher Freund an ihrer Seite gewesen. Sie hatte ihm ihre Sorgen anvertraut, und er hatte ihr geraten, sie getröstet. Er hatte sie seine Braut genannt, seine geliebte Freundin, seine einzige Hoffnung in den grauen Tagen des Kriegsgeschehens. Ach, sie hatten beide auch allerlei Verrücktheiten in diese Briefe hineingeschrieben, zärtliche, verbotene Dinge, die Maelle zu normalen Zeiten niemals einem Stück Papier anvertraut hätte. Die Trennung hatte sie beide gelehrt, ihre Sehnsucht nach dem Körper des anderen in Worte zu fassen und lesend süße, hitzige Lust zu empfinden.

All das war jetzt zu Ende, sie war allein. Tatsächlich hatte sie sich noch nie in ihrem Leben so einsam gefühlt. Nicht einmal Sema konnte sie trösten, denn Sema war glücklich. Gewiss – von Dustin hatte niemand etwas gehört. Aber Sema war Mutter, sie zog einen bezaubernden kleinen Sohn groß, der Dustins dunkles Haar und seine blauen Augen besaß. Maelle gönnte der Freundin dieses Glück, sie nahm in jeder freien Minute daran teil. Und doch haderte sie mit dem Schicksal, das ihr die Mutterschaft verwehrt hatte.

Nein, ich bin nicht froh darüber, sagte sie trotzig zu sich selbst. Und wenn auch alle mit Fingern auf mich zeigten – ich hätte ein Kind von Peter. Er wäre bei mir, würde in diesem kleinen Wesen weiterleben. So aber …

Es war eine unausgesprochene Übereinkunft zwischen Sema und ihr, dass der Tod niemals erwähnt wurde. Dustin lebte irgendwo in England und würde sich bald bei Sema melden. Peter war in Polen, vielleicht auch in Norwegen. Keinesfalls in Russland. Er würde zu Maelle zurückkehren und sie heiraten, sobald der Krieg zu Ende war. Auch Marno würde irgendwann wieder bei ihnen sein. Und natürlich Connan. Er stand als Letzter auf der Liste, denn weder Maelle noch Sema vermissten Connan wirklich.

Ein Jahr verging. Im späten Herbst 1942 kam ein Mensch in abgerissener Kleidung auf den Hof, gebeugt, Wangen und Kinn von einem Vollbart bedeckt, auf einen Wanderstock gestützt. Swana bot ihm einen Becher Milch an, ließ ihn auf der Schwelle warten und lief in die Küche.

»Draußen ist ein schmutziger Bettler«, flüsterte sie Mari und Maelle zu.

»Sicher wieder einer, der durch die Bomben der Engländer alles verloren hat«, meinte Maelle. »Man muss Mitleid haben.«

Da stand er schon in der Küche, aufgerichtet zu seiner normalen Größe, ein seltsames Grinsen im abgezehrten Gesicht.

Mari glitt das Brot, das sie gerade schneiden wollte, aus der Hand. Das Messer fiel zu Boden. »Connan! Heilige Jungfrau. Connan!«

Die Mutter, die sonst immer so beherrscht war, schluchzte auf und nahm den Heimgekehrten in die Arme. Einer – wenigstens einer – war zurück. Ganz gleich, wie und unter welchen Umständen – sie hatte ihn wieder.

Maelle brauchte ein wenig länger, um in dem ausgehungerten Fremden ihren Bruder Connan zu erkennen. Vielleicht lag es an dem veränderten Ausdruck seiner Augen. Connan war auch früher niemals gefühlvoll gewesen, er war der nüchterne, auf seinen eigenen Vorteil bedachte Hoferbe. Jetzt aber war in seinem Blick eine ungewohnte Härte, die mit einem Wissen zu tun hatte, das den Frauen auf dem Hof verschlossen blieb. Das Wissen um das Grauen des Krieges.

Er war als Arbeiter in einem Stahlwerk eingesetzt gewesen, das sich irgendwo in der Nähe der Stadt Duisburg befand. Von dort war er mit drei Kameraden geflohen. Sie hatten sich tagsüber in den Wäldern versteckt, nachts waren sie zu Fuß Richtung Südwesten gelaufen. Als sie französischen Boden betraten, wurde es leichter. Man gab ihnen heimlich zu essen, ein Nachtlager, versorgte sie mit Landkarten, manchmal nahm ein Bauer sie auf seinem Wagen ein Stück mit, wo sie unter Säcken verborgen still liegen mussten. In der Gegend von Rennes hatten sie sich getrennt, die anderen waren aus Vannes und gingen in südlicher Richtung weiter. Das war vor einer Woche gewesen. Gestern war er in der Nähe von Huelgoat einem Trupp deutscher Soldaten in die Arme gelaufen, da hatte er schon geglaubt, jetzt sei alles aus. Aber sie hielten ihn für einen Landstreicher und steckten ihm sogar Zigaretten zu.

Mari wollte ihn zuerst im Keller verstecken, aber Connan war dazu nicht bereit. Er wollte in sein eigenes Bett, davon hatte er mehr als ein Jahr lang jede Nacht geträumt. Wer sollte schon nach ihm suchen? Hier in Plouvan gewiss niemand. Er war so erschöpft, dass er sich nicht einmal die Zeit nahm, sich zu waschen und die Kleider zu wechseln. So wie er war, kroch er unter die Bettdecke, rollte sich auf die Seite und schlief sofort ein. Er schlief die ganze Nacht und auch den folgenden Tag über. Erst gegen Abend, als sie alle beim Essen saßen, tauchte er auf. In seinen eigenen Kleidern, rasiert, das Haar gekämmt. Da war er plötzlich nicht mehr der abgerissene, ausgehungerte Landstreicher, sondern Connan LeHaziff. Der Hofherr.

Er machte kein Hehl daraus, dass er es war, dem von nun an alle zu gehorchen hatten. Auch die Mutter, die seit über einem Jahr alles auf dem Hof geregelt hatte, auch der Vater, den er kurz in seiner Kammer aufgesucht hatte, bevor er in die Küche hinunterkam. Der Anblick musste ihn erschüttert haben, das konnte Maelle dem Bruder ansehen. Connan hatte den Vater immer verehrt, Justen war das Vorbild gewesen, dem Connan hatte gleichen wollen. Nun hatte er einen blöde vor sich hinlallenden, greisenhaften Menschen gefunden, einen Krüppel, der dieses Schicksal noch dazu dem eigenen Starrsinn verdankte. Connan sprach kein Wort über den Vater, er ging auch niemals wieder in die Kammer, um nach ihm zu sehen. Die Pflege des Kranken überließ er den Frauen – für ihn existierte Justen LeHaziff nicht mehr.

Der Winter kehrte ein, Stürme zogen über das Land, brachten uralte Bäume zum Stürzen, bestreuten die Dächer mit glitzernd weißem Staub. Auf dem See bildete sich eine dünne Eisschicht, sodass die Enten nicht mehr nach Futter gründeln konnten. Auf den braunen, ausgeblühten Dolden der Hortensien wuchsen Eiskristalle. Wenn die Wintersonne schräg über den See blinzelte, schienen die Zeichen auf dem alten Stein lebendig, doch es gab niemanden, der sie lesen und verstehen konnte.

Connan zeigte sich ohne Scheu im Dorf. Er war sich sicher, dass ihn niemand an die Deutschen verraten würde. Zu Anfang kamen an den Abenden oft Gäste: Annik LeBloch und Marie Seznec saßen bei den LeHaziff am Tisch, auch Joanna Prigent und Sema Tabarly mit ihren Eltern. Sie hörten Connans Bericht über Gefangenschaft, Zwangsarbeit und seine abenteuerliche Flucht, bewunderten ihn gebührend und brachten kleine

Geschenke. Kuchen, Pasteten, Marmeladen oder eingemachtes Obst. Damit er rasch wieder zu Kräften kam. Connan schien diese Abende zu genießen. Er fragte viel, wollte genau wissen, was während seiner Abwesenheit geschehen war, und immer wieder sah er zu Sema hin. Der kleine Gwen würde im Februar zwei Jahre alt sein, er saß auf Semas Schoß, ließ sich mit Marmelade füttern und schlief nach einer Weile an ihre Brust gelehnt ein.

»Er sieht Dustin ähnlich«, sagte Connan zu Sema.

Sie lächelte, weil ihr die Bemerkung gefiel. Connan goss allen am Tisch Cidre ein und hob das Glas, um auf seinen Neffen anzustoßen.

»Er ist der Sohn meines Bruders, und solange Dustin nicht wieder bei uns ist, will ich ihm wie ein Vater sein!«

Alle außer Sema waren beeindruckt von diesem Trinkspruch, man ließ Connan hochleben, pries Mari und Maelle glücklich, die nun wieder einen Mann auf dem Hof hatten, und schließlich trank man darauf, dass bald auch alle anderen Väter, Brüder und Ehemänner nach Plouvan zurückkehrten und die Deutschen dorthin verschwanden, wo der Pfeffer wächst.

»Sollen sie doch alle in Russland verrecken!«, rief Joanna Prigent.

»Stalin soll sie fressen!«, stimmte Annik LeBloch zu.

»Keiner soll aus Russland zurückkehren!«, meinte auch Connan. »Aus ihren Knochen werden die Russen ihre Hühnerställe bauen.«

»Lermat!«

Gelächter stieg auf, man füllte die Gläser erneut und stieß miteinander an. Sema war mit dem heulenden Gwen beschäftigt, den der Lärm aus dem Schlaf geweckt hatte. Maelle stand auf, um einen Lappen zu holen, denn Connan hatte in seinem Eifer den Cidre verschüttet. Nur Sema wusste, wie bang es Maelle bei solchen Reden ums Herz war.

Nach dem Christfest begann Connan schlecht über seinen Bruder zu reden. Dustin habe das Geld der Großtante gestohlen, um sich davon einen englischen Pass machen zu lassen. Das wisse er von einem Kameraden aus dem Kriegsgefangenenlager. Sein Bruder sei gleich zu Anfang desertiert und habe sich nach England abgesetzt.

Zunächst wollte ihm niemand glauben. Schließlich gab es die Nachricht von Marno, der Dustin in einem Lazarett bei Dünkirchen getroffen hatte.

»Na und?«, meinte Connan. »Von dort aus ist es nicht weit nach England, oder?«

»Aber Marno schrieb, dass Dustin sehr krank sei. Er konnte nicht einmal einen Stift in der Hand halten«, wandte Mari ein.

»Marno war immer schon ein Phantast «, sagte Connan verachtungsvoll. »Aber die Großtante hatte das Geld unter einem lockeren Dielenbrett in ihrem Schrank. Schaut doch nach, ob es noch dort liegt.«

Mari lief hinauf in die Kammer und musste feststellen, dass Connan die Wahrheit gesagt hatte.

»Woher wusstest du von diesem Versteck?«, staunte Maelle.

»Ich wusste es eben«, war Connans Antwort. Es war deutlich, dass er es nicht für nötig hielt, sich vor Maelle zu rechtfertigen. Die Mutter war von der Entdeckung des leeren Verstecks, das Dustins Schuld bestätigte, wie vor den Kopf geschlagen. »Dustin wird es uns erklären, wenn er zurückkommt«, sagte sie.

»Er kommt nicht zurück, Mamm. Er ist ein Dieb, und er weiß, was ihn hier erwarten würde.«

»Das glaube ich einfach nicht!«, hielt ihm Maelle zornig entgegen. »Wie kannst du deinen eigenen Bruder so verleumden?«

Connan starrte sie wütend an, gab ihr jedoch keine Antwort. Einige Tage später, als sie sich mit Sema in der Scheune traf, erfuhr sie, dass Connan es schon im ganzen Dorf erzählt hatte. Sema war außer sich vor Zorn.

»Oh, dieser widerliche Lügner! Dustin ist nicht hier, er kann sich nicht wehren. Aber ich stehe für ihn ein. Ich und unser Sohn Gwen – wir werden Dustin verteidigen bis ans Ende aller Tage!«

Sie erzählte, dass sogar ihre Eltern diese Tat für möglich hielten, denn schließlich hatte Dustin die Hochzeit damals ja unbedingt aufschieben wollen. Wahrscheinlich habe er da schon den Plan gehabt, sich heimlich allein nach England abzusetzen.

»Als ob Dustin je auf die Idee gekommen wäre, ohne mich fortzugehen!«, rief Sema aufgeregt.

»Wie könnte er das«, sagte Maelle. »Er liebt dich doch.«

Sie würde zu Sema und zu Dustin halten, so viel stand fest. Auch wenn sie von Dustins Unschuld nicht ganz überzeugt war. Doch das sagte sie niemandem.

Als das Frühjahr einzog und von Dustin immer noch kein Lebenszeichen gekommen war, redete man im Dorf, dass die arme Sema nun mit dem unehelichen Kind sitzen bliebe, denn der jüngere LeHaziff habe sich ja wohl nach England davongemacht. Wie traurig es doch sei, dass der kleine Gwen ohne Vater aufwachsen müsse.

Connan wartete bis nach Ostern, dann ging er hinüber zu den Tabarly, um sein Angebot zu unterbreiten. Er war bereit, Sema zu heiraten und den kleinen Gwen als seinen eigenen Sohn anzunehmen.

»Ich tue das, weil der Sohn meines Bruders einen Vater braucht. Und auch, um Sema vor böser Nachrede zu schützen«, erklärte er und fügte hinzu, dass die Familien ja schon seit Jahren miteinander befreundet seien und man sich von Kind auf vertraut war.

Sema erzählte Maelle später, dass sie zuerst geschwiegen habe und gespannt auf die Antwort ihrer Eltern wartete. Patrik Tabarly sprach einige anerkennende Worte, lobte Connan für seine gute Absicht, dann aber meinte er, dass die Entscheidung ganz allein bei Sema liege.

»Und was hast du gesagt?«

Sema grinste zufrieden. Es war ihr eine tiefe Befriedigung gewesen, Dustins Verleumdung auf diese Weise zu rächen. »Und wenn du der allerletzte Mann auf Erden wärest, Connan – nie, nie und niemals werde ich deine Frau. Liebe sterbe ich tausend Tode!«

Connan hatte diese Absage schweigend hingenommen. Er setzte seine Mütze auf, erhob sich ohne ein Wort und ging vom Hof. Armelle war ihm nachgelaufen, hatte ihn am Arm gegriffen, um ihn zurückzuhalten. Er müsse ein wenig Geduld mit Sema haben. Sie würde sich schon noch besinnen. Aber Connan riss sich von ihr los und stürmte davon.

In den folgenden Wochen war er reizbar und ungerecht, schalt die Knechte für nichts, schlug die Stute mit der Peitsche, hämmerte wütend auf dem Pflug herum, um eine verbogene Pflugschar wieder zurechtzubiegen. Maelle, die dem Vater das Essen und seinen Schnaps hinauftrug, wurde von Connan wütend beschimpft. »Es ist eure Schuld, dass er zum Säufer geworden ist. Du und die Mutter, ihr seid zu weich. Weg mit dem Zeug!«

Er schleuderte das Glas gegen die Wand und stieß Maelle so heftig beiseite, dass sie um ein Haar die Stiege hinabgefallen wäre. Von diesem Moment an hatte Maelle Angst vor ihrem Bruder.

Im Juni, als das erste Heu eingebracht wurde, begann die Magd Swana, freche Reden zu führen. Sie wollte am Tisch neben Maelle sitzen und nicht mehr als Letzte die Schüssel mit dem Eintopf gereicht bekommen.

»Wer arbeitet, der soll auch essen«, behauptete sie und warf Connan einen Blick zu. Connan schwieg dazu, und als Mari das Mädchen zurechtwies, ließ er es geschehen. Doch an den Abenden blieb er lange fort, und auch Swana war nicht in ihrer Kammer.

»Wenn er nur nichts mit einer Magd in die Welt setzt«, seufzte Mari besorgt. »Warum sucht er sich nicht eine Frau? Da ist Marie Seznec, die ist allein geblieben mit den beiden Söhnen und muss sehen, wie sie den Hof erhält. Ach, er hat sich Sema in den Kopf gesetzt, das war schon früher so. Aber Sema, diese hartherzige Person, will ihn nicht haben!«

Im Spätsommer zog Swana in Connans Kammer ein, sie teilte mit ihm das Bett und man hörte im ganzen Haus, wie die beiden sich miteinander vergnügten. Swana trug ein Kind, sie saß nun neben Connan am Tisch, redete, wann und was sie Lust hatte, und überließ die Stallarbeit Annik und den Knechten.

Stattdessen bügelte sie die Wäsche und half Mari, Butter und Käse zu machen. Maelle verlor immer mehr Boden unter den Füßen, denn die Mutter war hin und her gerissen. Einerseits war auch sie zornig über die Anmaßungen der Magd, auf der anderen Seite aber trug Swana ihr Enkelkind unter dem Herzen, und Mari sehnte sich nach Enkeln.

Die Lage spitzte sich zu, als sich die Magd Annik beschwerte, den Schweinestall allein ausmisten zu müssen, weil die Knechte mit der Ernte des Buchweizens zu tun hatten.

»Ich kann dir nicht helfen, Annik«, sagte Swana. »Warum fragst du nicht Maelle? Die hat doch den lieben langen Tag nichts zu tun.«

Maelle war starr über diese unglaubliche Frechheit. Doch dieses Mal stand ihr die Mutter zur Seite. Swana war eindeutig zu weit gegangen.

»Hüte deine Zunge, Swana! Was glaubst du, wer du bist? Du bist nichts als eine Magd, und es ist deine Aufgabe, mit Annik den Stall auszumisten.«

Swana sah auffordernd zu Connan hin, doch der mischte sich nur ungern in das Gezänk der Frauen ein. Er hob nur den Kopf und sah die Mutter an. »Ich will keinen Streit beim Essen!«

Swana fühlte sich ermutigt, denn Connan hatte nicht sie, sondern Mari zurechtgewiesen. »Mag sein, dass ich als Magd auf den Hof gekommen bin«, sagte sie zu Mari. »Aber jetzt bekomme ich ein Kind von Connan. Den Hoferben trage ich unter dem Herzen!«

Maelle begann zu lachen. Swana war nicht besonders klug, sie hatte niemals lesen oder schreiben gelernt. Die Eltern hatten das Mädchen damals nur aufgenommen, weil sie keine Angehörigen hatte und ganz allein auf der Welt war. Nun lohnte sie es ihnen auf diese Weise.

»Den Hoferben! Du glaubst doch wohl nicht, dass Connan dich heiraten wird, Swana!«

Das Mädchen riss die Augen weit auf, blähte die Backen und stieß Connan in die Seite.

»Sag es ihnen. Los, sag es. Du hast es mir versprochen!«

Doch Connan hatte wenig Lust, sich von ihr bedrängen zu lassen. Er legte den Löffel beiseite und schlug zornig mit der Faust auf den Tisch. »Halt dein Maul, dummes Ding!«, fuhr er Swana an. »Nach dem Essen hilfst du Annik beim Stallmisten. Und Schluss!«

Alle am Tisch außer Swana waren mit dieser Anordnung zufrieden. Annik und die Knechte nickten und kauten schweigend das Brot – Swanas Überheblichkeit hatte sie schon lange gestört. Mari reichte den Krug weiter und tat, als sei nichts gewesen. Maelle jedoch war der Appetit vergangen; sie spürte deutlich, dass die Sache keineswegs ausgestanden war.

Am Abend hörte man zornige Worte und lautes Weinen aus Connans Kammer. Es dauerte eine ganze Weile, dann wurde Connans Stimme leiser und sanfter, Swana redete und schluchzte, zog die Nase hoch und redete weiter. Dann vernahm man Connans dumpfe Fußtritte auf den hölzernen Dielen, und Maelles Kammertür wurde mit einem Schlag aufgerissen.

»Hure!«, brüllte Connan und riss ihr die Bettdecke fort. »Sag, dass es nicht wahr ist! Deutschenhure, dreckige. Flittchen. Dirne!«

Er riss sie hoch und schlug ihr ins Gesicht. Einmal. Zweimal. Als sie die Hände erhob, um sich zu schützen, packte er sie bei den Armen und schleuderte sie gegen den Schrank. Maelle spürte keinen Schmerz, dazu war es zu rasch über sie gekommen. Sie sah das wutverzerrte Gesicht ihres Bruders über sich und wusste nicht, ob es ein böser Traum oder die Wirklichkeit war. Konnte es sein, dass hinter Connan jetzt Swanas triumphierendes Gesicht auftauchte?

»Ja, schlag sie nur. Sie hat es verdient. Alle haben es gewusst. Draußen am See haben sie es miteinander getrieben. Splitternackt sind sie gewesen, die Annik hat sie beobachtet und alles gesehen.«

Jemand griff in Maelles langes Haar und riss daran, schüttelte sie wie einen toten Hasen, schlug mit der Rechten gegen ihre Schläfe. Sie sah ein Gewimmel von blitzenden Fünkchen und hatte das Gefühl, weit fort zu sein. Nur aus der Ferne hörte sie die Stimme ihrer Mutter. »Bist du von Sinnen, Connan? Hör auf, sie zu schlagen!«

»Du hast es auch gewusst, Mamm. Verfluchte Verräter, allesamt. Während wir Soldaten unsere Haut zu Markte trugen, haben sich unsere Weiber mit dem Feind eingelassen!«

»Wenn du es wagst, die Hand gegen deine Mutter zu erheben, Connan, wird niemand im Dorf mehr ein Stück Brot von dir nehmen!«

Stille trat ein, und Maelle sank in ein tiefes, kühles Gewässer. Schatten umflossen sie, wehten an ihr vorüber, berührten sie zart wie Gräser, die der Wind bewegt. Dann sah sie den gläsernen Palast. Er hatte sieben Türme, und in seiner Mitte leuchtete ein sanftes bläuliches Licht.

»Komm«, sagte die Fee. »Ich warte schon lange auf dich, meine schöne Freundin …«

20

2011

Natürlich regnete es den Vormittag über. Feiner bretonischer Nieselregen, der so harmlos daherkam und so hinterhältig die Kleider durchtränkte. Giselle rührte in ihrem Milchkaffee, den Nolwenn ihr schweigend mit Grabesmiene hinstellte, aß ein wenig Weißbrot und begann, ihr Bündel zu schnüren. Sie tat es in der Nähe des Fensters, damit die Priorin sehen konnte, wie ernst es ihr mit ihrer Drohung war.

Bis Mittag, hatte sie gesagt. Noch vor der Sext. Die begann um Viertel nach zwölf.

Heute früh war ein Priester erschienen, um die Messe zu lesen, allerdings nicht Abbé Lecombe aus dem Dorf Plouvan, sondern ein junger rothaariger Mensch mit einer runden Nickelbrille und abstehenden Ohren. Wahrscheinlich hatte der Bischof ihn zu den Nonnen abgeordnet, weil sein Kollege sich beständig weigerte, im Nonnenkloster die Messe zu lesen. Warum auch immer.

Nach der Messe wurde der Geistliche von den dankbaren Damen im Refektorium bewirtet, das war durch die Fenster gut zu sehen. Nun ja, vermutlich wollten sie sich den Priester warmhalten, da konnte es nicht schaden, ihn gut zu füttern. Nachdem er endlich in seinem schwarzen Citroën davongefahren war, begab sich Mutter Athanase in ihr Büro. Dort konnte Giselle zwar nicht hineinsehen, aber man erkannte, dass die Deckenlampe angeschaltet war. Die Dame spielte auf Zeit, tat, als wäre nichts gewesen, und wartete vermutlich darauf, dass die vorlaute junge Handwerkerin zu Kreuze kroch.

Da kannst du lange warten, dachte Giselle und zupfte an ihrem Bündel herum. Dumm war nur, dass sie stundenlang durch den Wald stiefeln musste, was bei dem Regen ziemlich unangenehm war. Aber schließlich machte sie so etwas nicht zum ersten Mal. Einen Moment lang überlegt sie, ob sie in Plouvan bei Yannik LeHaziff anklopfen sollte, um ihm Lebewohl zu sagen. Dann verwarf sie den Gedanken – das hätte so ausgesehen, als wolle sie nach Huelgoat an den Bahnhof gefahren werden. Nein, sie kam schon allein klar.

Sie machte ihr Bett, zog es ordentlich glatt, schaute nach, ob ihr etwas darunter gefallen war, ein Bleistift oder eine Zeichnung. Aber da war nichts. Ihre Entwürfe steckten in ihrem Bündel, regensicher in eine Plastiktüte verpackt. Unten strich Merlin durch den Kreuzgang zur Küche hinüber und sprang aufs Fensterbrett. Er maunzte eine ganze Weile ohne Erfolg, versuchte, mit der Pfote das Fenster zu öffnen, dann kauerte er sich zusammen und grummelte vor sich hin. Giselle wandte sich ab und setzte sich auf das frisch gemachte Bett.

Um den netten Kater tat es ihr leid. Und um Nolwenn. Um die am meisten. An die wundervollen Sandsteinpfeiler in der Kirche durfte sie gar nicht denken. Es hatte nicht sollen sein. Sie war keine, die sich an die Kandare nehmen ließ. Entweder – oder. Keine faulen Kompromisse.

Drüben wurde jetzt das Küchenfenster geöffnet, der Kater schlüpfte hinein und ein leckerer Duft von gebratenem Hühnchen stieg in Giselles Nase. Wann begann eigentlich die Fastenzeit vor dem Osterfest? Momentan ergaben sich die Nonnen eher der Völlerei. Aber nun hatten sie ja einen Priester, da konnten sie ihre Sünden beichten.

Wieso verging die Zeit so verflucht langsam? Noch eine ganze Stunde bis Mittag. Giselle ließ sich rücklings aufs Bett fallen und überlegte, ob es nicht klug wäre, noch ein Stündchen zu schlafen. Schließlich hatte sie einige Kilometer zu Fuß vor sich. Vermutlich kam sie erst gegen Abend in Huelgoat an, und dort würde es nicht einfach sein, eine preiswerte Unterkunft zu finden. Dann musste sie telefonieren. Ein paar Freunde anrufen, vielleicht hatte einer ja einen guten Tipp, wo sie noch einen Job bekam. Ansonsten konnte sie eine Weile vom Ersparten leben und sich in Ruhe umschauen. Jetzt im Februar war keine gute Zeit für die Jobsuche.

Das Letzte, das sie tun würde, war, nach Hause fahren. Dann lieber irgendeinen Aushilfsjob annehmen, ganz gleich, was es war, und auf den Frühling warten …

Noch eine halbe Stunde …

Drüben im Refektorium deckte Nolwenn den Tisch. Stellte Wassergläser neben die Teller, schob die Bestecke zurecht. Im Büro über dem Refektorium brannte immer noch Licht. Das Küchenfenster wurde geöffnet, Kater Merlin sprang eilig nach draußen, hinter ihm knallte der Fensterflügel wieder zu. Merlin umging eine Pfütze und setzte sich auf den Brunnenrand. Dort ringelte er beleidigt den Schwanz um die Pfoten und starrte zur Küche hinüber. Aha, den hatten sie also auch hinausgeworfen.

Noch eine Viertelstunde.

Sie hatte es satt. Zog die Jacke über, setzte den Hut auf, warf das Bündel über die Schulter. In der Jackentasche fand sie die Schlüssel, die musste sie leider noch abgeben. Verdrossen lief sie die Treppe hinunter, überquerte den Klostergarten und scheuchte dabei Merlin von seinem Ruheplatz. Er folgte ihr, als sie zur Pforte des Refektoriums ging, strich ihr um die Beine und versuchte, seine Krallen an dem Cordstoff ihrer Hose zu schärfen.

Nolwenn öffnete und lächelte sie hoffnungsvoll an. Hatte sie geweint? Na klar. Sie hatte noch rot geränderte Lider. Armes Ding – sie hatte wegen der Geschichte mit der Glühbirne ein strenges Schweigegebot aufgedrückt bekommen.

»Bonjour, Nolwenn. Ich komme, um die Schlüssel zurückzugeben. Pass auf: Dies ist der Kirchenschlüssel. Dieser da ist für die Garage – also für die Remise, in der das Auto steht. Und das sind die Autoschlüs…«

»Madame Esch-Lamartine?«

Die Tür zum Refektorium wurde schwungvoll geöffnet, die Priorin war in Eile, denn in einer Viertelstunde begann die Sext, das Mittagsgebet. Ihre Miene war gefasst, Giselle sah ihr den Ärger jedoch an. Das junge Ding war also nicht zu Kreuze gekrochen.

»Ich bringe die Schlüssel …«

»Kommen Sie bitte herein. Wir wollen es kurz machen.«

»Gern!«

Nolwenn lief auf einen Wink der Priorin eilig in Richtung Küche davon, von Cécile und Thérèse war nichts zu sehen. Mutter Athanase setzte sich an den gedeckten Mittagstisch und wies einladend auf einen Stuhl. Giselle blieb stehen.

»Ich habe ein Telefonat mit Mutter Marie-Joseph geführt, um ihre Ansicht zu dieser Angelegenheit zu erfahren. Wir haben uns dahingehend geeinigt, dass wir Ihnen einen Vorschlag zur Güte unterbreiten.«

Giselle öffnete den Mund, um zu verkünden, dass sie sich auf keinen Kompromiss einlassen würde, doch dieses Mal war die Priorin schneller.

»Ich bin bereit, Ihre Entwürfe zu akzeptieren. Bis auf den Wolf, den bitte ich, etwas weniger naturalistisch zu gestalten. Weiterhin bin ich mit Mutter Marie-Joseph der Meinung, dass man die Statue der Heiligen Jungfrau, die in früheren Zeiten auf der Brunnenhaube gestanden hat, erneuern sollte …«

Das war ein unerwartetes Entgegenkommen, das Giselle der Nonne nicht zugetraut hätte. Trotzdem gefiel es ihr nicht. Wieso kam sie jetzt mit der Heiligen Jungfrau? Wollte man sie beschäftigen, damit sie keine Zeit hatte, die Kirche mit ihren Schimären zu verschandeln?

»Ich habe nichts gegen die Heilige Jungfrau«, meinte sie zögernd. »Aber ich möchte auf jeden Fall in der Kirche mit der Arbeit beginnen. Zumal ich mir die Trümmer der Marienstatue erst einmal genau anschauen muss …«

Mutter Athanase verzog den Mund, sie hatte wohl begeisterte Dankesworte erwartet und keine Einwände. Ungeduldig sah sie auf ihre Armbanduhr. Noch sieben Minuten bis zur Andacht.

»Meinetwegen«, sagte sie nervös. »Sie überarbeiten den Wolf und fangen in der Kirche mit einem anderen Entwurf an. Können wir uns darauf verständigen?«

»Nicht ganz.«

Giselle zog sich jetzt in aller Ruhe einen Stuhl herbei und setzte sich. Dafür stand die Priorin auf, denn ihr lief die Zeit davon.

»Was noch?«

»Ich möchte an Ihren Mahlzeiten teilnehmen.«

»Warum?«

»Weil es praktischer ist. Und außerdem gefällt es mir nicht, allein drüben zu sitzen wie eine Aussätzige!«

Mutter Athanase starrte sie mit einem grünen und einem braunen Auge an. Die Forderung kam für sie offensichtlich vollkommen unerwartet, und sie brauchte einen Moment, um zu begreifen. »Es ist nicht unsere Absicht, Sie auszugrenzen, Madame Esch-Lamartine. Es sind unsere Regeln …«

Es klang auf einmal sanfter. Betroffen. Fast ein wenig mütterlich.

»Dann denken Sie vielleicht über eine Ausnahme nach.«

Mutter Athanase holte tief Luft. Bei allem Verständnis – die energische Art ihres Gegenübers schien ihr nicht zu gefallen. Dabei hatte Giselle sich Mühe gegeben, einen höflichen Ton anzuschlagen.

»Ich will es versuchen«, äußerte die Priorin und kniff die Lippen zusammen. »Allerdings würde ich mich in diesem Fall darüber freuen, wenn Sie sich zum Besuch unserer Andachten und der Messe entschließen könnten.«

Sie schoss zurück. Stellte ihrerseits Bedingungen. Gebe ich dir, dann gibst du mir. Giselle überlegte, wie sie sich aus der Schlinge ziehen konnte. Es wäre albern gewesen, die vorteilhafte Übereinkunft an solchen Kleinigkeiten scheitern zu lassen.

»Aber nicht die Frühandacht …«

»Die Messe und die Vesper – das reicht schon.«

»Wenn ich es mit meiner Arbeit vereinbaren kann …«

»Während der Stundengebete können Sie in der Kirche sowieso nicht arbeiten.«

Das war auch wieder wahr.

Jetzt war die Priorin schon fünf Minuten zu spät. Es schien sie jedoch nicht zu stören, denn sie hielt Giselle ihre Hand hin. »Einig?«

Giselle blickte ihr ins Gesicht, und auf einmal gefiel ihr diese Frau. Keine einfache Person, aber man konnte mit ihr streiten. Es war ein gutes Zeichen, wenn man mit einem Menschen anständig streiten konnte. So, dass für beide Teile hinterher die Luft besser war und man einander in die Augen sehen konnte. So eine war sie.

»Einig!«

Ihr Händedruck war fest, so wie Giselle es von ihren männlichen Kollegen gewohnt war.

»Dann bitte ich Sie jetzt zum Mittagsgebet und anschließend zum gemeinsamen Essen!«

Die Sext zur Mittagszeit wurde Giselles bevorzugte Andacht, denn sie dauerte nur eine Viertelstunde. Danach versammelten sich die Nonnen im Refektorium, um das Mittagessen einzunehmen. Schweigend, wie es die Regel gebot. Früher hatte es eine Vorleserin gegeben, die aus der Bibel rezitierte, während die übrigen Nonnen das Essen einnahmen. Das hatte den Sinn, dass kein unnötiges Geschwätz entstand und die Nonnen sich auch während des Essens auf den eigentlichen Sinn menschlichen Daseins, das Leben in Jesus Christus, konzentrieren konnten. Hier im Kloster Notre Dame de la Forêt lief eine Kassette mit psalmodierenden Mönchen, eine eintönige Darbietung, die nur durch Céciles Schmatzen und wenige halb geflüsterte Sätze unterbrochen wurde.

»Reich mir bitte das Salz, Nolwenn.«

»Das Hühnerfleisch bleibt mir immer im Hals hängen …«

»Haben wir noch eine Flasche Wasser?«

Giselle sah von der einen zur anderen und kam sich fast so einsam vor wie drüben im Gästeraum.

»Es schmeckt ganz hervorragend«, sagte sie laut, an Schwester Thérèse gerichtet. »Ist da Curry drin?«

Thérèses Miene hellte sich merklich auf; sie freute sich über das Lob.

»Curry, Salz und ein Hauch Muskat. Und in das Wasser, in dem ich den Reis koche, tue ich einen Brühwürfel, damit er …«

Sie unterbrach sich, weil sie die strafenden Augen der Priorin spürte.

»… damit er würziger schmeckt …«, ergänzte sie mit leiser Stimme und senkte den Blick auf ihren Teller. Die Mönche auf der Kassette brummelten eintönig ihre lateinischen Psalmen.

Warte nur, dachte Giselle amüsiert. Dich kriege ich auch noch zum Reden.

»Ich freue mich sehr, dass ich hier mit Ihnen essen darf«, schwatzte sie und lächelte mit kindlicher Unbefangenheit. »Heute Nachmittag werde ich die erste Säule in der Kirche in Angriff nehmen. Einen Engel will ich daraufsetzen, mit einem menschlichen Gesicht. Sind Engel eigentlich männlich oder weiblich?«

Cécile ließ empört den gefüllten Löffel sinken. »Engel haben kein Geschlecht, junge Frau. Sie sind himmlische Wesen, die

Heerscharen Gottes. Ihre Gesänge tragen den göttlichen Kosmos im Weltenmeer.«

Sie sah kampflustig in die Runde. Die Mönchsgesänge stiegen in tenorale Höhen. »Dominus Deus, Rex coelis …«

Nolwenn nickte eifrig und trank ihr Wasserglas leer. Die Priorin räusperte sich anzüglich. Thérèse aber schüttelte den Kopf. »Kein Geschlecht? Aber wieso haben sie solche Namen wie Raffael und Gabriel? Ich glaube eher, dass Engel männlich sind.«

»Vielleicht gibt es ja männliche und auch weibliche«, heizte Giselle die Diskussion an. »Möglicherweise auch solche, die gar kein Geschlecht haben.«

»Wie der Engel der Verkündigung«, meinte Nolwenn und duckte sich erschrocken unter dem Blitzfeuer der verschiedenfarbigen Augen.

»Salva me …« psalmodierten die Mönche.

»Der ist aber ganz sicher männlich«, meinte Thérèse. »Ein schöner Jüngling, der sich der Jungfrau mit einer Lilie in der Hand nähert.«

»Männlich«, meinte Giselle kopfnickend. »In den meisten Darstellungen etwas steif – aber sonst recht attraktiv. Für einen Engel … Darf ich bitte die Schüssel mit dem Gemüse haben?«

Bevor Nolwenn ihr antworten konnte, klopfte die Priorin mit den Fingerknöcheln auf den Tisch.

»Wir nehmen die Mahlzeiten schweigend ein, Madame Esch-Lamartine.«

»Oh, Verzeihung«, rief Giselle scheinbar erschrocken. »Ich hatte das außer Acht gelassen. Es war aber ein wichtiges Gespräch, denn nun werde ich meinen Entwurf revidieren und meinen Engel wohl etwas maskuliner gestalten.«

»Wenn Sie die Entwürfe verändern, Madame Esch-Larmartine, dann würde ich vorher gern einen Blick darauf werfen«, bemerkte Mutter Athanase und biss sich auf die Lippen, weil sie nun selbst geredet hatte.

»Aber natürlich«, meinte Giselle mit großer Bereitwilligkeit. »Ich bringe das Blatt vorbei, sobald ich fertig bin. Darf ich jetzt bitte das Gemüse haben? Es ist köstlich, liebe Schwester Thérèse.«

»Mit ein wenig Knoblauch und Schinkenwürfelchen angebraten.«

Mit leisem Knacken endete die meditative Hintergrundmusik, und Cécile erhob sich, um die Kassette zu wenden.

»Beatus vir qui non abiit …«

Giselle besuchte vorsichtshalber die Non um halb drei, dann legte sie der Priorin ihren neu gezeichneten Engel vor. Mehr Entgegenkommen ging nun wirklich nicht.

»Sehr schön«, erklärte Mutter Athanase schmunzelnd. »Gefällt mir besser als der erste. Er schaut aus, als wollte er gleich losfliegen.«

Sie konnte witzig sein, die gestrenge Dame. Das Eis war gebrochen.

»Er ist in der Bewegung. Ich mag das sehr, wenn eine Figur dynamisch ist.«

Giselle rollte das Blatt zusammen. Beim Abendessen zeigte sie es der versammelten Nonnenschar, und darauf entspann sich eine Diskussion darüber, ob Engel Flügel haben. Die Priorin machte zu Beginn einen Versuch, die Gespräche zu zügeln, dann gab sie es auf. Schließlich ergriff sie selbst das Wort.

»Ob Engel mit oder ohne Flügel dargestellt werden, obliegt allein der Phantasie der Künstlerin. Ich persönlich finde einen geflügelten Engel sehr passend …«

Die Mönche psalmodierten im Hintergrund, doch die gregorianischen Gesänge blieben ungehört. Niemand wendete die Kassette, als sie ausgelaufen war. Man diskutierte darüber, ob Schwanenflügel oder eher die Fittiche des Ibis die geeigneten Flugwerkzeuge für einen Engel seien.

An den folgenden Tagen arbeitete Giselle bis zur Erschöpfung. Die Zeichnung musste in die passende Größe gebracht und auf das Würfelkapitell in der Kirche übertragen werden. Dabei galt es, die Struktur des Steins so weit wie möglich einzuschätzen und die beste Position zu wählen. So wie Michelangelo es angeblich einmal ausgedrückt hatte: In jedem Steinblock steckt eine Skulptur, unsere Aufgabe besteht darin, sie zu befreien. Giselle begann, mit Hammer und Stößel die groben Umrisse herauszuarbeiten, in den Dialog mit dem Stein einzutreten. Behutsam zu Werke gehen, den Stein streicheln, liebkosen, ihn formen, ohne ihn zu vergewaltigen, mit ihm gemeinsam die Gestalt befreien, die in seinem Inneren verborgen war.

Es fiel ihr ausgesprochen schwer, die Arbeit zu unterbrechen. Während der Stundengebete und der Messen hockte sie ungeduldig in der Kirchenbank, starrte auf das angefangene Werk, spürte, wie es ihr in den Fingern zuckte, und sie hätte die singenden, betenden Nonnen am liebsten aus der Kirche gescheucht. Besonders lästig waren ihr die häufigen Besuche der Priorin, die die Fortschritte ihrer Arbeit mit viel Interesse beobachtete und nicht mit ihrer Meinung hinter dem Berg hielt.

»Die Nase scheint mir aber sehr spitz …«

»Sie haben heute noch nichts gegessen …«

»Nehmen Sie da oben nicht zu viel weg, nicht, dass uns die Säule umfällt!«

Giselle, die auf einer Klappleiter stand, hämmerte und schliff ungerührt weiter, ohne auf die Kommentare einzugehen.

»Ist das eine Lockenfrisur oder eine Kapuze?«

Immerhin schien Mutter Athanase nach einigen Tagen begriffen zu haben, dass es kaum möglich war, den Arbeitsrausch der jungen Steinbildhauerin zu unterbrechen. Sie schickte Nolwenn mit Kaffee und belegten Broten in die Kirche, und eines Morgens fand Giselle eine neue Leiter aus Aluminium vor, die an zwei Stellen geknickt werden konnte und so eine Arbeitsplattform bildete. Sie war mit dem Engel nun fast fertig. Einige

Feinheiten mussten noch ausgearbeitet werden, das Gesicht, die Struktur der Flügel. Sie war inzwischen so erschöpft, dass ihr manchmal schwindelig war, dann glaubte sie, auf ihrer Leiter bei jedem Hammerschlag ein seltsames Vibrieren zu verspüren, als bewegte sich der Boden unter ihr. Wenn es so weit war, hängte sie den Hammer rasch an den Gürtel und stieg von der Leiter, um einen ordentlichen Schluck Kaffee zu trinken und einen Happen zu essen. Falls Kater Merlin, der gern durch die Kirche strich, ihr etwas übrig gelassen hatte.

Als der Engel fertig war, schlief sie einen Tag und eine Nacht, dann erschien sie frisch und ausgeruht zum Frühstück im Refektorium.

»Da ist sie ja!«

»Ach wie schön – geht es Ihnen wieder gut? Wir hatten schon Sorge um Sie …«

»Denk dir nur, Giselle: Am Sonntag soll dein Engel in der Messe feierlich eingeweiht werden!«

Sie war überwältigt von so viel Aufmerksamkeit. Thérèse holte extra die Erdbeerkonfitüre aus der Küche, und sogar Cécile bemerkte, sie sähe jetzt wieder ganz gesund aus.

»Vorgestern waren Sie bleich wie ein Gespenst, ich fürchtete schon, Sie würden gleich von der Leiter fallen.«

Der Engel wurde einmütig als »sehr gelungen« bezeichnet. »Ein wundervoller Schmuck für unsere Kirche«, »vom Heiligen Geist inspiriert«, »er wird unsere Gemeinschaft schützen und bewahren«. Giselle kaute Weißbrot mit einem dicken Klecks Erdbeerkonfitüre und fand, dass die Lobeshymnen der Nonnen etwas zu weit gingen. Sie war nur halbwegs mit ihrem Werk zufrieden, es erschien ihr zu harmlos, ein netter Bursche, der oben auf der Säule hockte und sich zum Abflug bereit machte. Aber ansonsten eher nullachtfünfzehn.

Wartet nur, dachte sie. Die nächste Skulptur wird euch die Schuhe ausziehen. Der Engel braucht schließlich ein Gegenüber, und das wird eine fette, böse Schimäre sein. So eine richtige Hexe. Eines dieser bösen Weiber, die es in den bretonischen Sagen gibt.

Immerhin war es mit dem Schweigegebot während der Mahlzeiten vorbei. Es wurde lebhaft geredet und sogar gelacht, nur Cécile schüttelte immer wieder einmal missbilligend den Kopf. Mutter Athanase nutzte die Gelegenheit zu allerlei »Bitten« an die junge Steinbildhauerin, kleinere Hilfeleistungen, für die man nicht extra einen Handwerker bestellen wollte.

»Das Fenster im Büro klemmt, es lässt sich nicht mehr richtig schließen. Die Feuchtigkeit hat wohl das Holz verzogen. Ach ja – und dann hat Schwester Cécile ein Problem mit dem Bügeleisen. Und in der Kirche ist eine Stufe lose. Wir wollen doch nicht, dass Abbé Goadec stürzt, wenn er die Kommunion austeilt …«

Man hatte sie offensichtlich zur Klosterhausmeisterin befördert. Mädchen für alles. Den Stromanschluss hatte sie ja auch repariert. Da konnte ein streikendes Bügeleisen doch wohl kein Problem darstellen.

»Ich wollte eigentlich die nächste Säule in Angriff nehmen …«

»Selbstverständlich«, rief Mutter Athanase aus. »Aber wir wollen auch nicht die Statue der Heiligen Jungfrau für den Brunnen vergessen. Sie erinnern sich an unsere Abmachung, Madame Esch-Lamartine?«

»Schon, aber …«

Mutter Athanase lächelte sieghaft und bemerkte, es sei vor allem wichtig, den Brunnen mit einem Gitter abzudecken.

»Der Rand ist so niedrig, wir können Gott danken, dass es noch kein Unglück gegeben hat.«

»Allerdings!«

Giselle schlug vor, im Baumarkt ein Gitter zu beschaffen, das man provisorisch über den Schacht legen konnte. Ansonsten habe sie ohnehin vor, den Brunnenrand um einige Lagen aufzumauern. Dazu brauche sie allerdings Sandstein.

»Nun – ich werde Mutter Marie-Joseph fragen, wie es mit unseren Finanzen ausschaut …«

Giselle wehrte ab. Sie wolle dazu keine neuen, sondern lieber alte Steine benutzen, solche, die schon einmal vermauert gewesen waren.

»Wir könnten Monsieur LeHaziff fragen«, meinte die Priorin. »Er reißt doch verschiedene Gebäude auf seinem Anwesen ab.«

»O ja!«, rief Nolwenn begeistert. »Er ist immer so hilfsbereit, der liebe Monsieur LeHaziff!«

Am Sonntag war die Klosterkirche ungewöhnlich gut besetzt. Möglich, dass es an dem freundlichen Priester lag, der zur Einsegnung der neuen Skulptur einige neugierige Kirchgänger aus Huelgoat mitgebracht hatte. Aber auch aus Plouvan kamen Leute, was Abbé Lecombe vermutlich als persönliche Beleidigung empfand, denn sie fehlten heute in der Dorfkirche. Es waren zwei ältere Frauen und eine junge Familie, die in den neu gebauten Häusern am Dorfrand wohnten. Außerdem war Yannik LeHaziff erschienen, und er hatte drei alte Leute in seinem Wagen mitgebracht.

Es war Mitte März; der Frühling wartete zögernd mit den ersten dicken Hummeln auf, die das wild wachsende Gebüsch im Klostergarten und die Weidenkätzchen am See nach Nahrung absuchten. Zur Feier des Tages luden die Klosterfrauen nach der Messe zu einem Imbiss ins Gästehaus ein, es gab Kaffee und frisch gebackene Crêpes mit Puderzucker, die Schwester Thérèse in der Küche in solchen Mengen buk, als müsste sie das ganze Dorf damit versorgen.

Giselle mischte sich unter die Leute, wurde mit Lob und Bewunderung überhäuft und musste immer wieder erzählen, wie sie zu diesem für eine Frau doch ungewöhnlichen Beruf gekommen war. Schließlich landete sie auf einem freien Sitzplatz neben Yannik LeHaziff, der gerade seine fünfte Crêpe mit Konfitüre zu sich nahm.

»Sie haben sich ja richtig fein gemacht«, scherzte sie und wies auf seinen dunklen Anzug und die glänzend gewienerten Lederschuhe.

»Gehört sich doch so am Sonntag, oder?«

Er wischte sich den Puderzucker vom Kinn und lehnte wohlig aufseufzend den Rücken an. »Diese Crêpes sind so fantastisch, dass es mir leidtut, keine einzige mehr herunterzubekommen«, stöhnte er. »Das Kloster ist kulinarisch gesehen das reine Paradies.«

Wie unbefangen er war. Rieb sich den nicht vorhandenen Bauch und schob die letzte Crêpe seinem Nachbarn zu.

»Iss, Brieg. So was Gutes bekommst du so bald nicht wieder zwischen die Zähne!«

Er stellte ihr seine drei Mitfahrer vor, die Geschwister Prigent, die einen kleinen Bauernhof am nördlichen Ortsrand besaßen.

»Brieg ist achtzig, sein Bruder Iwain wird im April zweiundachtzig«, sagte Yannik. »Und ihre kleine Schwester Caira führt ihnen den Haushalt.«

Giselle war beeindruckt, als sie erfuhr, dass die drei alten Leutchen ihren Hof immer noch ganz allein bewirtschafteten. Brieg fuhr den Traktor, das war für ihn leichter, als zu Fuß gehen, weil sein linkes Knie nicht mehr so richtig wollte. Drei Kühe hatten sie noch und ein paar Ziegen. Um die kümmerte sich Iwain. Die beiden Schweine wurden seit drei Jahren durchgefüttert, weil keiner sie mehr schlachten mochte. Nur Hühner kamen hin und wieder in den Topf. Dafür war Caira zuständig.

»Die Mädels, die können so was viel besser«, witzelte Brieg. »Ich hab im Leben noch kein Huhn geschlachtet. Könnt ich gar nicht. Bin viel zu sensibel!«

Er lachte laut und fröhlich, dass man mitlachen musste. Brieg und sein Bruder waren beide klein und von der lebenslangen Arbeit gekrümmt, die Hände dick und schwielig, sodass sie Mühe hatten, die zierlichen Kuchengabeln der Nonnen zu halten. Ihre Gesichter waren voller Bartstoppeln, die Haut jedoch war glatt und die Augen blickten klar. Auch die »kleine Schwester« Caira, die – wie sie nun selber erzählte – ganze achtundsiebzig Jahre zählte, wirkte nicht wie eine alte Frau. Ihre Gesten waren lebhaft, und sie erklärte, noch gut zu Fuß zu sein.

»Gestern hat die Kleine mit Iwain Mist auf den Wagen gegabelt«, meinte Brieg anerkennend. »Da hat Iwain sich ranhalten müssen, sonst hätte er sich ordentlich blamiert.«

Sie luden Giselle zu einem Besuch ein. Dann würde Caira Kuchen aus Buchweizen backen, ein altes bretonisches Familienrezept.

»Wir haben beschlossen, die Sonntagsmesse abwechselnd in Plouvan und dann wieder hier in Notre Dame de la Forêt zu besuchen«, sagte Brieg. »Sema zuliebe. Sema Tabarly, die ihren Besitz dem Kloster gegeben hat, war eine gute Freundin von uns. Wir wollen ihren Entschluss damit ehren.«

Giselle warf einen vorsichtigen Blick zu Yannik hinüber, doch der nickte dazu und schien seinen Zorn auf die alte Dame inzwischen begraben zu haben.

»Madame Tabarly hatte wohl keine Nachkommen, denen sie ihren Besitz hinterlassen konnte, oder?«

»Sie hatte einen Sohn«, gab Caira zur Antwort, während ihre Brüder sich in Schweigen hüllten. »Aber der ging nach Australien, und da ist er geblieben. Hat den Hof nicht haben wollen.«

»Wie schade! Ein so großes und schönes Anwesen …«

»Ja«, nickte Iwain. »War der größte Hof weit und breit. Mit Äckern, Wiesen und Wald. Sema hat ihn ganz allein geführt, mit drei Knechten und einigen Frauen. Bis sie neunzig war, da kam der Tod. War eine tapfere Person, unsere Sema. Eine aufrechte und gutherzige Frau. Haben sie zu Grabe getragen und neben ihren Bruder Marno gelegt. Gott schütze sie beide in seinem ewigen Reich.«

»Und ihr Ehemann?«

Caira wechselte einen Blick mit Brieg, und Giselle schien es, als bäte sie ihn um Erlaubnis, etwas preiszugeben, was eigentlich nicht gesagt werden sollte. Um Semas Andenken nicht zu schmälern. Aber dann zuckte Brieg die Schultern, und Caira gab Antwort.

»Sema Tabarly war nie verheiratet. Hat es gemacht wie ich – weil der Richtige nicht gekommen ist, nahm sie besser gar keinen. Den Sohn hat sie von ihrem Verlobten, der ist damals aus dem Krieg nicht zurückgekommen. Und sie hat ihm die Treue gehalten.«

»So war das …«, meinte Giselle nachdenklich. »Und ihr Bruder hatte auch keine Nachkommen?«

Caira wandte sich ihrer Kaffeetasse zu und goss Milch nach, Brieg und Iwain taten, als hätten sie die Frage nicht gehört. Dafür sprang Yannik ein. »Es gibt eine Grabinschrift auf dem Kirchhof. Klingt ein wenig seltsam, finde ich …«

Brieg stellte seine leere Tasse mit einer harten Bewegung auf den Tisch und blickte in die Runde. »Lassen wir die Toten ruhen!«, sagte er laut.

Es klang energisch, eine deutliche Mahnung an alle, die weiterhin ungebührliche Fragen stellen wollten. Cairas breite Wangen röteten sich, doch sie sagte nichts. Iwain nickte nur stumm vor sich hin.

Ach du liebe Zeit, dachte Giselle. Da bin ich wohl mitten ins Fettnäpfchen gelatscht. Komische Familie, diese Tabarly. Irgendwas stimmt mit denen nicht. War eigentlich klar. Weshalb schenkt die alte Frau den Riesenbesitz dem Kloster? Sie hätte ihn doch verkaufen und das Geld ihrem Sohn hinterlassen können.

»Ach, ich hab da eine Bitte«, wechselte sie das Thema und

erzählte Yannik von ihrem Vorhaben, den Brunnenrand hochzumauern.

»Kein Problem«, meinte er grinsend. »Steine liegen bei mir genug herum. Viel Granit. Aber auch Sandstein. Gehen wir raus, damit ich mir den Brunnen noch mal genau anschauen kann?«

Unten saß Kater Merlin auf dem Brunnenrand und schlang eine gestohlene Crêpe herunter. Als sich Giselle und Yannik näherten, sprang er mit kühnem Satz auf die andere Seite des Brunnens und beendete sein Mahl im Kreuzgang.

»Das hätte leicht schiefgehen können, Bursche«, meinte Yannik. »Da unten bei der Groac'h ist es für deinesgleichen bestimmt ungemütlich.«

»Bei wem?«

»Kennen Sie die alte Sage nicht? Da unten hockt die Hexe Groac'h, eine keltische Ausgabe der Circe. Hat Männer in Tiere verwandelt, das böse Weib. Und dafür muss sie jetzt büßen. Da!« Er tippte mit dem Fuß an den dunklen Stein, in den das Kreuz eingeritzt war. »Der Stein da bannt die Furie. Solange der hier liegt, kommt sie nicht heraus und wir sind vor ihr sicher!«

»Spannend …«, murmelte Giselle.

Er zog eine Packung Zigaretten aus der Jackentasche, riss das Papier ab und bot ihr eine an. Giselle griff gierig zu – seit Monaten hatte sie nicht mehr geraucht. Er klemmte sich ebenfalls eine Zigarette zwischen die Lippen und suchte in der Hosentasche nach dem Feuerzeug. Giselle machte den ersten Lungenzug, spürte einen leichten Schwindel und genoss die belebende Wirkung des Nikotins. Dabei sah sie das silberne Feuerzeug in Yanniks Hand in der Sonne aufblitzen.

»Schönes Teil. Ein Erbstück?«

Er grinste und spielte mit dem schmalen, silbernen Feuerzeug, ließ es ein paar Mal aufschnappen, sodass sich die kleine Flamme auf dem Docht entzündete.

»Leider nein. Hab ich mal einem Trödler in London für ein

Schweinegeld abgehandelt. Ist aber die zwanzig Pfund, die ich dafür bezahlen musste, unbedingt wert. Echt Sterlingsilber.«

Gehandelt hatte er. Dabei musste er doch eine Menge Geld besitzen, wenn er Sema Tabarlys gesamten Besitz hatte kaufen wollen. Woher das Geld wohl kam?

»Ja, London ist eine tolle Stadt. Es lohnt sich, dort einen Kurzurlaub zu machen«, sagte sie und schloss die Augen einen Moment, während sie den nächsten Lungenzug tat.

Er hockte schon am Brunnenrand, maß mit den Händen die Breite, wackelte kritisch mit den Augenbrauen und gab erst nach einer Weile Antwort.

»Bankerstadt«, meinte er abfällig. »Kein Ort, um dort zu leben. Ich bin in Kent aufgewachsen. In der Nähe von Canterbury. Schöne Landschaft, grüne Wiesen und Hügel, so weit das Auge reicht.«

Sie war verblüfft. Er war gar nicht aus der Gegend. Zumindest hatte er seine Kindheit nicht in der Bretagne verbracht. Sein Name – Yannik LeHaziff – klang allerdings sehr bretonisch.

»Sie werden die Steine bearbeiten müssen, um die Rundung hinzubekommen …«, meinte er und sah sie von unten herauf an. »Aber was rede ich – das wissen Sie selber, oder?«

Sie nickte. Klar wusste sie das. Er rechnete schon, zählte die Steine ab, die sie brauchen würde, kalkulierte Ausschuss mit ein, fragte, ob drei Lagen genügen würden. »Besser wohl vier«, meinte er dann und wischte sich die herabgefallene Zigarettenasche von der guten Hose. »Vier Lagen, das sind über den Daumen ungefähr hundertsechzig Steine. Brauchen Sie auch Mörtel?«

»Steht noch in der Remise.«

Er stand auf und nickte ihr zufrieden zu. Die Sache schien ihm großen Spaß zu machen; wenn sie nicht aufpasste, würde er hier auftauchen und die Maurerkelle schwingen.

»Morgen Nachmittag«, versprach er und gab ihr die Hand, als handelte es sich um ein Geschäft.

Seine drei Begleiter waren inzwischen aufbruchbereit. Sie standen bereits am Tor, Caira winkte ihm zu. »Na, dann müssen wir wohl«, meinte er mit leichtem Bedauern. »War nett, mit Ihnen zu schwatzen. Bis morgen, Giselle.«

Sie lächelte ihm zu. Er gefiel ihr. Ein richtig guter Kumpel. Gut, dass sie doch hiergeblieben war. Er hätte ihr gefehlt.

»Ach ja«, rief er und drehte sich zu ihr um. »Und vergessen Sie nur nicht, den Stein mit dem Kreuz drauf immer schön auf den Rand zu legen. Sie wissen ja …«

21

Am folgenden Morgen geschah etwas ganz und gar Unerwartetes: Die Priorin bat Giselle, an einer gemeinsamen Beratung teilzunehmen.

»Wir wollen uns zusammensetzen, um über die wirtschaftliche Zukunft unseres Klosters zu sprechen, liebe Madame Esch-Lamartine. Und da ich der Ansicht bin, dass auch Sie dazu beitragen könnten, bitte ich Sie herzlich, sich um zehn Uhr hier im Refektorium mit uns zusammenzusetzen.«

Giselle war so erstaunt, dass sie zunächst kein Wort erwiderte. Stattdessen kaute sie das Weißbrot mit Erdbeermarmelade umständlich zu Ende und überlegte, was Mutter Athanase wohl im Schilde führte. In welcher Weise sollte sie, Giselle Esch-Lamartine, zum wirtschaftlichen Gedeihen des Klosters beitragen? Nun – auf jeden Fall war diese Einladung ein großer Vertrauensbeweis, den sie nicht zurückweisen konnte.

»Gern …«

Da sie bis zehn Uhr noch eine gute Stunde Zeit hatte und es ausnahmsweise nicht regnete, suchte sie in der Remise nach einer Hacke und begann, den Boden um den Brunnen herum nach Resten der Heiligen Jungfrau abzusuchen. Es war ein mühsames Unterfangen, weil unter dem Gras allerlei Wurzelwerk gewuchert war, das zuerst abgestochen werden musste. Der Blitzschlag war immerhin ein gutes Jahrhundert her, da hatte sich über den Trümmern eine Menge an Erde und Pflanzen abgelagert. Verbissen hackte sie herum, verfluchte die geizigen Nonnen von La Joie Notre Dame, die zwar für die Instandsetzung der Klostergebäude gesorgt hatten, die Neuanlage des Klostergartens aber ganz offensichtlich den drei Nonnen und der Novizin Nolwenn überließen. Ora et labora. Betet und plagt euch. Oder so ähnlich.

Als ihre Armbanduhr fünf vor zehn zeigte, hatte sie ganze drei Bruchstücke aus Sandstein geborgen. Ein Stück vom Mantelsaum, ein Teil, das vorerst nicht eingeordnet werden konnte, und – das war das Wichtigste – den Kopf der Statue. Eine faszinierende Entdeckung, denn es handelte sich um einen Januskopf. Die Jungfrau auf dem Brunnen hatte zwei Gesichter gehabt, hatte in entgegengesetzte Richtungen geblickt. Giselle war begeistert von dieser Entdeckung. Dies war eine sehr alte Darstellung, die auf römische oder keltische Ursprünge hinwies. Und sie war fast sicher, dass sie den Nonnen nicht gefallen würde, aber da war nichts zu machen. Ihr Auftrag war schließlich, die Marienstatue, die auf der zerstörten Brunnenhaube gestanden hatte, wiederherzustellen. Und genau das würde sie tun.

»Ich glaube, Madame Groac'h«, sprach sie in das Brunnenloch hinein. »Ich glaube, wir beide werden hier noch viel Spaß haben.«

Es hallte ein wenig in der Tiefe, das war ihr schon mehrfach aufgefallen. Möglich, dass der Brunnen auf einen unterirdischen Wasserlauf traf, der den Stein ausgehöhlt und eine Art Röhre geschaffen hatte. Wenn es so war, dann würde das Wasser vermutlich in den See laufen.

Im Refektorium empfing sie Mutter Athanase' vorwurfsvoller Blick, denn sie war zehn Minuten zu spät.

»Entschuldigung, musste mir noch die Hände waschen …«,

Es gab Wasser, Orangensaft aus der Tüte und runde Kekse, die frisch gebacken waren und einen leckeren Duft verströmten. Giselle langte hungrig zu.

»Da wir nun alle beisammen sind, können wir mit der Besprechung beginnen«, sagte die Priorin. »Es geht darum, unser Kloster wirtschaftlich auf eigene Füße zu stellen. Das wird nicht von heute auf morgen möglich sein, aber es ist ein Ziel, das mir sehr wichtig ist und auf das wir alle miteinander hinarbeiten müssen …«

Giselle kaute bretonische Butterkekse und vernahm mit einigem Erstaunen, dass Benediktinerklöster keineswegs von Steuergeldern oder päpstlichen Zuwendungen existierten. Jedes Kloster musste selbst sehen, wie es finanziell über die Runden kam, es gab nur einen Zusammenschluss der Benediktinerklöster mit dem Ziel gegenseitiger Unterstützung und Kontrolle. Notre Dame de la Forêt war eine Tochtergründung, die vorerst noch an der Nabelschnur des Mutterklosters hing, aber die Priorin hatte den Ehrgeiz, diesen Zustand so rasch wie möglich zu beenden.

»Ich freue mich auf eure Vorschläge!« Mutter Athanase lehnte sich im Stuhl zurück und trank einen großen Schluck Orangensaft. Dabei schaute sie auffordernd in die Runde, in der sich betretenes Schweigen breitmachte. Nolwenn blickte hilfesuchend zu Giselle, die sich den nächsten Keks angelte. Schwester Thérèse rieb sich verlegen lächelnd die Nase, Schwester Cécile putzte ihre Brille. Draußen vor dem Fenster saß Kater Merlin wie eine altägyptische Statue und ließ sich die Märzsonne aufs Fell scheinen.

»Nun?« Die Priorin stellte das Glas zurück auf den Tisch und fixierte Schwester Cécile, die ihre Brille ins Sonnenlicht hielt, um herauszufinden, ob sie sauber geputzt war.

»Was soll ich dazu sagen, Mutter Athanase«, meinte sie zögerlich. »Wir sind wie die Lilien auf dem Felde. Wir säen nicht, wir ernten nicht, und der himmlische Vater ernährt uns doch …«

Mutter Athanase machte eine ungeduldige Handbewegung. »Darauf können wir uns nicht verlassen, Schwester Cécile. Was ist mit Ihren Stickarbeiten? Sie sind großartig, aber es dauert zu lange, bis sie fertig sind, und der Bedarf an Priestergewändern ist ja leider auch eher rückläufig. Welche Möglichkeit sehen Sie, wirtschaftlicher zu arbeiten?«

Schwester Cécile setzte sich umständlich ihre Brille auf, zwinkerte mehrfach und hustete. »Ich sticke seit nunmehr achtundvierzig Jahren sakrale Gewänder zum Lobe Gottes. Für meine Stickereien habe ich sogar Dankesschreiben erhalten. Was meinen Sie mit ›wirtschaftlich‹, Mutter Athanase?«

Die Priorin blieb ruhig, nur die Finger ihrer linken Hand spielten auf dem Tisch Klavier.

»Damit meine ich, dass Ihre wundervollen Arbeiten viel zu schlecht bezahlt werden, Schwester Cécile. Es geht darum, schneller zu arbeiten und teurer zu verkaufen.«

»Wir sollen nicht dem Mammon nachjagen«, bemerkte Cécile. »Jesus hat die Geldwechsler aus dem Tempel gejagt …«

Mutter Athanase' Miene wurde starr. Sie blickte hinüber zu Thérèse, die vor sich hinlächelte, dann fasste sie Giselle ins Auge. Die beschloss, ihr ein wenig beizustehen.

»Man könnte ja außer Priestergewändern auch andere Stickereien herstellen«, schlug sie vor. »Solche, die nicht so viel Arbeit machen, sich aber gut an Touristen verkaufen lassen. So … so kleine Deckchen oder so was …«

»O ja!«, fiel Nowenn begeistert ein. »Kleine, hübsche Dinge wie Kosmetiktäschchen oder Geldbörsen. Behälter für Taschentücher, Tampons oder für den Lippenstift …«

»Lippenstift?« Cécile starrte sie an, als hätte sie gerade den Teufel persönlich beschworen.

»Eine sehr gute Idee!«, rief die Priorin erleichtert. »Ich werde das einmal notieren. Was ist mit Ihnen, Schwester Thérèse? Diese Kekse hier wären doch ein Verkaufsschlager, oder nicht?«

»Unbedingt!«, bemerkte Giselle kauend.

»Gewiss«, gab Thérèse zu. »Ich habe das Rezept aus La Joie Notre Dame mitgebracht. Aber dort arbeiten mehrere Schwestern in der Bäckerei, und sie haben außerdem Maschinen. Ich allein habe schon genug mit der Zubereitung unserer Mahlzeiten zu tun.«

Die Priorin notierte etwas auf ihrem Schreibblock und meinte dann, es sei ja möglich, Hilfskräfte einzustellen. Die Hauptsache sei, dass Schwester Thérèse die Rezepte kannte. Man könne auch klein anfangen.

»Natürlich, Mutter Athanase …«, sagte Thérèse in gewohnt klösterlichem Gehorsam. Man sah ihr jedoch an, dass sie wenig davon hielt.

»Wir könnten Apfelessig herstellen«, schlug Nolwenn vor, die das Lob der Priorin ermutigt hatte. »Es gibt eine Wiese mit Apfelbäumen neben dem Kloster. Apfelessig kaufen viele Leute, weil er gesund ist.«

Die Priorin nickte und schrieb »Apfelessig« auf ihren Block. »Weiß jemand, wie man das Zeug herstellt?«

Schulterzucken ringsum.

»Das kann ja nicht so schwer sein …«, meinte Schwester Thérèse. »Äpfel schneiden, Wasser und Zucker drauf und dann stehen lassen, bis es gärt …«

»Ihh …«, machte Nolwenn angewidert und verzog das Gesicht.

Mutter Athanase klopfte mit dem Kugelschreiber auf den Tisch und nahm einen Schluck Orangensaft. »Schön …«, sagte sie und zog einen Strich unter ihre Notizen. »Des Weiteren habe ich mit Mutter Marie-Joseph ausgemacht, dass wir ab Mai einige Gruppen bei uns beherbergen. Das bedeutet, wir müssen die Gästezimmer in Ordnung bringen und die Leute verköstigen. Darüber hinaus werden sie die Werkstatt für verschiedene kreative Tätigkeiten brauchen …«

Die Neuigkeit stieß auf wenig Begeisterung. Vor allem Giselle war ärgerlich, denn sie würde die Werkstatt frei machen müssen. Sie kannte diese christlichen Gruppen aus La Joie Notre Dame zur Genüge. Vermutlich würden sie irgendwelche albernen Tonfigürchen herstellen und endlos darüber schwatzen, wie sehr diese kreative Tätigkeit ihr Inneres befreit habe. Lästig waren auch die Bibelgruppen, die endlos über fromme Texte diskutierten und sich dann an den Abenden betranken, lärmten und übereinander herfielen. Am einfachsten war es mit den Fastengruppen. Die tranken ihr Gemüsesüppchen und liefen den ganzen Tag im Wald herum.

»Verköstigen?«, meinte Schwester Thérèse. »Da muss mir Nolwenn aber helfen, sonst schaffe ich das nicht.«

»Vor allem sollen sie sich anständig benehmen und keinen Lärm machen«, sagte Schwester Cécile mit Nachdruck. »Dies ist ein Ort der Stille und der Zwiesprache mit Gott.«

Die Priorin wischte die Bedenken mit einer energischen Handbewegung beiseite und wandte sich Giselle zu. »Hätten Sie nicht Lust, mit einer Gruppe ein paar hübsche Tonarbeiten herzustellen, Madame Esch-Lamartine?«

»Nein!«

»Oder Skulpturen aus Speckstein ...«

»NEIN!«

Mutter Athanase stieß ärgerlich die Luft aus, gab jedoch noch nicht auf. »Es wäre wirklich schön, wenn Sie unser Kloster ein wenig unterstützen könnten. Ein Zeichenkurs würde Ihnen doch keine Mühe bereiten.«

»Ich bin keine Zeichenlehrerin, Mutter Athanase. Ich bin Steinbildhauerin und habe hier im Kloster eine Aufgabe übernommen ...«

Die Priorin sah ein, dass sie so nicht weiterkam. Also versuchte sie, wenigstens ein Minimum zu erreichen. »Natürlich, natürlich ... Immerhin ... Es wird Sie aber doch nicht stören, wenn man Ihnen bei der Arbeit ein wenig über die Schulter schaut, nicht wahr?«

»Nur wenn keiner dumme Fragen stellt«, knurrte Giselle.

»Ich werde die Gruppen darauf hinweisen.«

Na, großartig! Wie sie es liebte, von diesen Selbsterfahrungssuchern bei der Arbeit begafft zu werden! Das blöde

Getuschel. Die Bemerkungen. »Haach, so ein schöner Beruf. Immer an der frischen Luft! Haben Sie sich schon mal auf den Finger gehauen? Ich hab letztes Jahr in meinem Garten auch eine Skulptur hergestellt. Ist eigentlich ganz einfach.« Und dann natürlich: »Ein ungewöhnlicher Beruf für eine zarte Frau …«

»Und warten Sie, bis ich den Brunnen aufgemauert und abgedeckt habe«, sagte sie zu der Priorin. »Nicht, dass uns einer ins Loch fällt …«

»Ich sagte ja: ab Mai«, gab Mutter Athanase ungeduldig zurück. »Bis dahin werden Sie ja wohl fertig sein, oder?«

»Sicher …«

Giselle griff missgelaunt zum letzten Keks und merkte zu spät, dass sie ihn Nolwenn vor der Nase weggenommen hatte. Sie brach ihn in zwei Teile und reichte Nolwenn eine Hälfte. Ein glückliches Lächeln war der Dank.

»Ach ja«, sagte die Priorin. »Noch eine Information. Bevor ich es wieder vergesse. Monsieur LeHaziff will uns zwei Ruderboote zur Verfügung stellen. Damit unsere Gäste ein wenig auf dem See herumrudern können.«

»Dort soll vor Jahren ein junger Mensch ertrunken sein!«, sagte Schwester Cécile.

Mutter Athanase ignorierte die Bemerkung und fügte hinzu, dass es ganz außerordentlich freundlich von Monsieur LeHaziff sei, ihnen auf diese Weise behilflich zu sein.

»Ein netter junger Mann«, fand auch Schwester Thérèse.

»Wenigstens sieht man ihn hie und da in unserer Kirche«, bemerkte Cécile.

»Vor allem, seitdem Giselle bei uns ist«, sagte Nolwenn mit eifrigem Kopfnicken.

Giselle erhob sich hastig und erklärte, jetzt unbedingt an ihre Arbeit zu müssen. Ob noch etwas Wichtiges anläge?

»Gehen Sie nur …« Hatte sie ein verschmitztes Grinsen in

den Mundwinkeln der Priorin bemerkt? Aber nein – da tat sie ihr gewiss Unrecht.

Bis zur Sext und zum anschließenden Mittagessen war gerade noch Zeit, erste Entwürfe für die Mutter Gottes zu machen. Zwei Gesichter – das bedeutete auch zwei Körper, die im Rücken miteinander verschmolzen. Sie reinigte ihre Fundstücke behutsam in einer Wasserschüssel, benutzte eine weiche Bürste und versuchte herauszufinden, ob die beiden Antlitze der Madonna unterschiedlich waren. Eine junge und eine alte Frau zum Beispiel. Sie konnte jedoch keinen Unterschied feststellen – beide Seiten waren genau gleich.

Ein lautes Hupen ließ sie zusammenschrecken – vor der Kirche stand ein grauer Transporter, dessen Innenleben mit einer Plane verhüllt war. Gleich darauf erschien der hilfsbereite Monsieur LeHaziff am Tor und winkte ihr zu. Giselle schaute zum Refektorium hinüber, doch dort war niemand zu sehen.

»Ich habe immer noch keinen Torschlüssel …«, rief sie.

»Ach du Elend!« Er drückte gegen die Torflügel, sodass sie aufsprangen, und verzog das Gesicht, weil ihm diese Art, ein Tor zu öffnen, gegen den Strich ging.

»Sie wollen doch wohl nicht mit dem Transporter in den Klostergarten fahren?«

Er schob den wohlbekannten zerdellten Hut in den Nacken. »Keineswegs. Ich wollte nur die schöne Gefangene aus der Klosterhaft befreien!«

Jetzt kam er sich wohl sehr charmant vor, der Herr aus Kent.

»Ach, Sie meinen die Dame dort unten im Brunnen«, konterte sie. »Da wäre ich an Ihrer Stelle sehr vorsichtig. Es heißt, sie könne Männer in Tiere verzaubern …«

Er lachte fröhlich und stapfte durch Erdreich und ausgegrabenes Wurzelwerk, bis er neben ihr stand.

»Ich habe schon lange darüber nachgedacht, wer wohl in dem netten Klosterkater stecken mag«, witzelte er. »Was haben Sie denn da Schönes gefunden? Ein Januskköpfchen. Da schau einer an … Etwa von der Brunnenstatue?«

»Psst! Ist noch geheim!«, flüsterte sie.

»Verstehe … Man muss die Damen erst auf den Schock vorbereiten, oder?«

Sie wickelte ein Tuch um ihre Fundstücke und trug sie in die Werkstatt. Als sie wieder hinaustrat, stand er immer noch an der gleichen Stelle.

»Haben Sie die Steine mitgebracht?«, fragte sie.

»Habe ich. Aber Sie kriegen sie nicht.«

Er grinste sie an und wackelte mit den Augenbrauen. Es war klar – da war irgendetwas im Hinterhalt.

»Was soll das heißen?«

»Dass ich zuerst Ihre Hilfe benötige, bevor ich Ihnen die Steine vor die Kirche kippe.«

Ahnungsvoll folgte sie ihm zu seinem Transporter, sah zu, wie er die Schnur löste und die beiden Seiten der Plane auseinanderschlug.

»Nein!«

Sie begann zu lachen, was er mit einigem Befremden zur Kenntnis nahm, schließlich aber musste auch er schmunzeln.

»Ich habe letzte Woche Stunden damit verbracht, es abzuschleifen und neu zu lackieren. Es ist ein Schmuckstück und hat früher den Tabarly gehört. Lange nicht benutzt. Kein Wunder, die alte Dame hatte wohl wenig Lust auf eine Bootsfahrt über den See …«

Ein Ruderboot. Gar nicht mal klein, vier Personen hatten locker darin Platz. Solide Arbeit, es war von einem Fachmann gebaut worden. Zwei lange Ruder lagen darin, ragten bis ins Fahrerhaus hinein. Ganz schön leichtsinnig. Bei einer Vollbremsung wären sie durch die Frontscheibe geschossen.

»Gefällt Ihnen die Farbe? Ich fand Türkis ganz hübsch. Nicht so langweilig wie Blau oder Weiß und nicht so knallig wie Rot …«

»Sie mögen die Trikolore nicht, wie?«, unterbrach sie. »Ach ja – Sie sind ja auch Engländer.«

Jetzt machte er wieder dieses unbedarfte Gesicht, weil er einen Moment brauchte, um ihren Scherz zu begreifen. Die Trikolore, die französische Flagge, war blau, weiß, rot. Aber das war die britische Flagge ja auch.

»Quatsch, Engländer«, gab er zurück. »Ich bin da zwar groß geworden, aber meine Familie stammt von hier. Darum habe ich den Hof der LeHaziff ja auch geerbt. War außer mir keiner mehr übrig …«

Langsam fügte sich alles zusammen. Er hatte den kleineren Hof der LeHaziff geerbt und hatte den Besitz der Tabarly dazukaufen wollen. Um ganz groß ins Touristikgeschäft einzusteigen. Dabei hatte ihm Sema Tabarly einen Strich durch die Rechnung gemacht.

»Na, was ist?«, meinte er, weil sie nichts mehr sagte. »Helfen Sie mir, das Teil zu Wasser zu lassen? Ich wäre im Gegenzug auch bereit, ihm den Namen ›Giselle‹ zu geben.«

»Bloß nicht!«

Das Boot stand auf einer grünen Schutzplane, unter der sich die Steine befanden. Fein säuberlich gesetzt und vom anhaftenden Mörtel befreit, wie Giselle beim Anheben der Plane feststellte.

»Na schön. Tragen wir es zum See hinüber. Soll ich Nolwenn rufen, damit sie mit anfasst?«

»Ach was. So schwer ist es nicht.«

Das Boot lag umgedreht im Wagen. Sie zogen es vorsichtig heraus, er packte den Bug, sie nahm das Heck. Langsam bewegten sie sich in Richtung Seeufer, passten ihre Schritte einander an, damit die Last nicht aus dem Gleichwicht geriet. Am Ufer legten sie das Boot erst einmal ins spärliche Märzgras, und Giselle rieb sich die Finger. Yannik lief zurück zum Transporter, um die Ruder zu holen.

»Was wollen Sie denn damit? Die sollten in der Remise eingeschlossen werden. Damit kein Unbefugter auf die Idee kommt, eine Ruderpartie zu machen.«

»Ein Unbefugter nicht. Aber wir.«

Das hätte sie sich eigentlich denken können. Er wollte mit ihr auf den See hinausrudern. Weil er doch prüfen musste, ob das Boot überhaupt seetauglich war, bevor er es den Nonnen übergab.

»Wir verpassen die Sext. Und das Mittagessen«, mahnte sie.

»Ich lade Sie zum Essen ein.«

»Geschenkt …«

Im Grunde hatte sie selbst Lust auf dieses Abenteuer. Wann hatte sie zuletzt in einem Ruderboot gesessen? Vor drei Jahren musste das gewesen sein, da war sie mit zwei Freunden auf dem Cher gerudert. Bei ihrem Lieblingsschloss Chenonceau.

In schweigendem Einvernehmen drehten sie das Boot um und trugen es zum Wasser. Yannik hatte sich weise mit Gummistiefeln ausgerüstet, sodass er ins seichte Uferwasser steigen konnte, um das Schifflein aus dem Uferschlick zu ziehen, Giselle kletterte rechtzeitig ins Innere des Bootes, bevor sie nasse Füße bekam. Dann sorgte sie für das Gleichgewicht, während er seitlich einstieg und sich dabei einen Schwapp Seewasser in den rechten Gummistiefel einhandelte.

»Mist, verdammter …«

»Was ein rechter Seemann ist, der liebt das Wasser«, witzelte sie schadenfroh und mühte sich, die Ruder in die Riemen zu stecken. Er grinste und leerte den Stiefel aus, dann half er ihr und wollte rudern.

»Nee! Ich rudere!«, rief sie aus.

»Kommt ja gar nicht infrage!«

»Loslassen. Das ist mein Ruder …«

Das Boot schwankte gefährlich.

»Wenn Sie so weitermachen, wird das hier eine Badepartie!«

Sie einigten sich darauf, dass jeder von ihnen ein Ruder bekam, was das Manövrieren nicht gerade erleichterte.

»Rechts. Nach rechts. Was treiben Sie denn?«

Sie arbeitete wie verrückt mit dem Ruder, das Boot tat jedoch nicht das, was sie beabsichtigt hatte. Im Gegenteil, es bewegte sich in die falsche Richtung.

»Können Sie mal aufhören herumzukommandieren?«, keifte sie zornig.

»Aber so landen wir gleich auf den Uferfelsen. Mein schönes Boot …«

»Klappe!«

Sie schaffte es im letzten Moment, den Felsen zu entkommen; danach hatte er seine liebe Mühe, weil ein umgestürzter Baum halb im Wasser lag und den Weg versperrte. Es dauerte ein Weilchen, bis jeder seinen Part gelernt hatte, dann aber glitt das türkisfarbige Schifflein von nahezu gleichmäßigen Ruderschlägen getrieben zur Seemitte.

»Sie haben ja einen ganz schönen Zug drauf«, lobte er grinsend.

»Ich hämmere ja auch täglich auf Felsbrocken herum.«

»Der Mann, der Sie mal bekommt, hat wahrlich nichts zu lachen!«

»Und die Frau, die Sie mal bekommt, braucht ein flottes Mundwerk.«

Ohne sich abgesprochen zu haben, zogen sie beide die Ruder ein und ließen das Boot treiben. Eine Hummel flog an ihnen vorbei, der See blitzte in der schrägen Märzsonne, drüben beim Kloster wiegte sich die Entenflotille im Uferwasser. Wie friedlich es doch war. Das leise Schwanken des Bootes, das glucksende Geräusch der Wellen und dazu der Geruch nach Wasser und Schiffslack. Wie früher, als sie am Bodensee Urlaub gemacht hatten. Da war sie zwölf gewesen und ihr Vater hatte ein Tretboot für sie beide gemietet …

»Wahrscheinlich hat es daran gelegen …«, murmelte Yannik neben ihr.

»Was?«

Er gab ein Geräusch von sich, das ein Schnauben, aber auch ein Lachen sein konnte.

»Mein Mundwerk war schuld. Oder meine autoritäre Art. Ich habe ihr keine Luft zum Atmen gelassen. Wie finden Sie das?«

Sie begriff, dass er offensichtlich Partnerprobleme hatte. Sollte sie jetzt die Beichtmutter spielen? Den Psychodoc?

»Schlimm. Ist sie erstickt?«

Er schnaubte wieder. Jetzt war es ganz sicher ein Lachen. Er sah nach links in den Wald hinein, sie schaute in die andere Richtung. Zwischen ihnen war nur das leise Plätschern der Wellen. Ab und zu glitt ein Wolkenschatten über sie hinweg.

»Auf und davon«, murmelte er. »Zu Silvester. Sozusagen als Neujahrsböller.«

»Wehgetan?«

»Ziemlich.«

»Immer noch?«

»Geht so …«

»Tut mir sehr leid, Yannik. Ehrlich.«

»Danke. Musste das mal loswerden.«

Ein Fisch schwebte wie ein schlanker Schatten neben dem Boot im Wasser, dann ein zweiter, ein dritter. Im nächsten Augenblick waren sie wieder verschwunden.

»Scheint dicht zu sein, oder?«, fragte er und beugte sich vor, um den Boden des Bootes zu betrachten.

»Bis jetzt schon. Ziehen wir noch eine Runde?«

»Klar!«

Es machte ihnen Vergnügen, das Boot mit gleichmäßigen Ruderschlägen voranzutreiben, Wendemanöver zu vollführen, sich gegenseitig Anweisungen oder Warnungen zuzurufen, ihre Kräfte zu messen. Schließlich zogen sie dicht an den Enten vorbei, um beim Kloster wieder an Land zu gehen. Sie bemerkten die beiden jungen Leute erst, als sie den umgestürzten Baum umfahren hatten und aufs Ufer zuhielten.

»Da sind schon die ersten Touristen«, meinte Giselle lachend. »Ob die das Boot mieten wollen?«

»Kaum«, gab er zurück. »Das sind die beiden LeBloch aus Plouvan. Corentin und Connan heißen sie ...«

Einer der beiden warf etwas in den See. Einen Stein. Mittelgroß, rechteckig, rosafarben bis grau ...

»He!«, rief Giselle aufgebracht. »Das sind meine Sandsteine. Verdammte Lümmel! Die haben sie vom Transporter geklaut!«

Sie ruderte kräftiger, und er zog mit. Brüllte etwas zum Ufer hin, was sie nicht verstand. Bretonisch? Hatte er das in Kent gelernt?

»Vorsicht!«, rief er ihr zu. »Die Mistkerle werfen mit Steinen nach uns. Ducken!«

Ein Stein flog dicht an ihrem Kopf vorbei und klatschte ins Wasser. Die beiden jungen Burschen gestikulierten heftig, bückten sich und versorgten sich mit neuer Munition. Sie hatten ein ganz hübsches Häufchen Steine gebunkert.

»Warum tun die das?«

»Weil ihr Vater den Tabarly-Hof nicht bekommen hat.«

Ach, so war das also. Yannik war keineswegs der Einzige gewesen, der am Besitz der alten Dame Interesse gehabt hatte. Er war nur der Schlauere gewesen, denn er hatte wenigstens den Bauernhof im Dorf erhandelt.

»Verflucht noch mal!«, brüllte sie wütend. »Hört auf, mit meinen Steinen rumzuschmeißen. Sonst gibt's Senge!«

Der Bug des Bootes bohrte sich in den Uferschlick, ein Stein prallte auf die frisch lackierte Reling und riss eine hässliche Scharte. Giselle sprang als Erste ins seichte Uferwasser, schwang das Ruder, kümmerte sich nicht um die fliegenden Geschosse. Yannik plumpste hinter ihr ins Wasser; sie hörte ihn fluchen, im

Modder herumwühlen, dann war er neben ihr. Ein Stein traf sie an der Schulter, ein zweiter streifte ihre Wange, dann schlug sie mit dem Ruder zu, traf daneben, schlug noch einmal, erwischte einen der Steinewerfer am Knie und hörte ihn aufschreien. Die beiden ließen ihre Munition fallen und rannten davon. Beinahe wäre sie über die aufgestapelten Steine gefallen, das Häuflein wertvoller alter Sandsteine, für die sie in den Kampf gezogen war. Sie blieb erst stehen, als Yannik sie am Arm packte.

»Es ist gut, Giselle. Die kommen nicht zurück.«

Keuchend verharrte sie, ließ das Ruder sinken und starrte auf die jungen Männer, die jetzt hinter der Kirche im Wald verschwanden. Wie alt mochten sie sein? Neunzehn? Achtzehn? Keinesfalls älter. Ein Dumme-Jungen-Streich war das nicht gewesen, eher eine geplante Sabotageaktion.

»Haben die beiden Ihnen ›Mörder‹ an den Schornstein geschrieben?«

Sie drehte sich zu Yannik um und sah, dass auch er noch nach Luft rang. Er hatte das Ruder hingeworfen und suchte etwas in seiner Hosentasche. Zog ein Taschentuch aus Stoff heraus.

»Du bist wirklich ein verrücktes Mädchen«, sagte er und betupfte ihre Schläfe mit dem Tuch. »Weißt du, dass du tot sein könntest? Ein Stein gegen die Schläfe an der richtigen Stelle – alles vorbei!«

Sie ließ ihn gewähren, obgleich es etwas wehtat. Er hatte die linke Hand auf ihre Wange gelegt und tupfte mit der rechten ganz vorsichtig und sehr zart. Als handelte es sich um eine lebenswichtige Operation.

»Sind wir jetzt per Du?«, fragte sie.

»Scheint so … was dagegen?«, murmelte er.

Sie fand seine Fürsorge langsam peinlich und nahm ihm das Taschentuch aus der Hand.

»Danke schön … Geht schon in Ordnung…«

22

Gegen halb drei, als die Non gesungen war, trat Mutter Athanase vor das Refektorium, um nachzusehen, was sich im Klostergarten tat. Dort hockte Giselle neben dem Brunnen und bearbeitete die sorgfältig aufgestapelten Sandsteine mit einem Hammer. Zuvor hatte sie sich aufgezeichnet, wie viel sie wegschlagen musste, um den Brunnenrand in perfekter Rundung aufzumauern. Genau so, wie es der Maurer vor dreihundert Jahren gemacht hatte.

»Sie waren nicht beim Mittagessen, Madame Esch-Lamartine …«

Giselle verspürte einen kleinen Gewissensbiss – schließlich hatte sie ihre Teilnahme an den Mahlzeiten energisch eingefordert.

»Tut mir leid … Ich hatte zu tun …«

Mutter Athanase blinzelte in die Sonne. »Das passende Wetter für eine Bootsfahrt«, bemerkte sie etwas spitz.

Von den Gästezimmern aus konnte man auf den See schauen. Sie war also neugierig gewesen, die besorgte Priorin. Giselle ritzte den Stein an der richtigen Stelle und setzte den Hammer an. Der Schlag saß. Noch ein wenig nacharbeiten, dann passte es.

»Monsieur LeHaziff hat die Steine und eines der beiden Boote gebracht.«

»Das dachte ich mir«, gab Mutter Athanase zurück. Ein Weilchen schaute sie Giselle bei der Arbeit zu, dann ging sie hinüber zur Remise, um das Boot zu bestaunen, das hinter dem Auto auf zwei hölzernen Böcken abgestellt war.

»Ein hübsches Boot. Bis auf die Farbe – aber nun ja … Haben Sie sich beim Rudern verletzt?«

Giselle hatte sich ein Pflaster über die Wunde geklebt und sie schon halb vergessen. Allerdings war ihr klar, dass sie den Vorfall nicht verschweigen durfte. Yannik hatte ihr zwar mehrfach versichert, dass die beiden LeBloch es nur auf ihn abgesehen hatten und keinesfalls dem Kloster oder Giselle Schaden zufügen wollten. Doch sie glaubte ihm nicht. Immerhin war der alte LeBloch auf den Besitz der Sema Tabarly scharf gewesen, und das Kloster samt Waldgebiet waren ein Teil davon. Es war also durchaus möglich, dass die Aktion auch gegen die Nonnen gerichtet war.

»Kann man so sagen. Es kamen ein paar Steine geflogen.«

Mutter Athanase starrte sie erschrocken an. Während Giselle die Vorgänge in kurzen Worten schilderte, blieb die Priorin stumm, schluckte ein paar Mal, dann wollte sie wissen, ob Monsieur LeHaziff die beiden jungen Männer auf irgendeine Art provoziert hatte.

»Nun ja – er hat den Hof der Tabarly vom Kloster gekauft, das hat ihnen nicht gepasst ...«

»Und Sie?«

»Ich?«

»Haben Sie die jungen Leute beschimpft oder bedroht?«

»Nein, habe ich nicht!«

»Wirklich nicht?«

»NEIN!« Unglaublich. Sie fragte wie der Lehrer in der Schule. Am Ende war es jetzt noch ihre Schuld, dass diese beiden Mistkerle sie mit Steinen beworfen hatten. Ganz in der christlichen Tradition – wirft dir einer einen Stein an die linke Schläfe, dann halte ihm auch die rechte hin ... »Wir saßen ganz ruhig im Boot, als uns die Geschosse um die Ohren flogen.«

»Lassen Sie die Wunde von Nolwenn versorgen, sie muss desinfiziert werden.«

Damit drehte sich Mutter Athanase um und ging zurück zum Refektorium. Giselle bearbeitete ihre Sandsteine und ärgerte sich. Christliche Sanftmut. Man wehrte sich nicht, suchte den Fehler lieber bei sich selber. Kassierte klaglos Schläge und Beleidigungen, weil man damit Pluspunkte im Himmel sammelte. Na schön. Immerhin wusste die Priorin jetzt Bescheid über die nette Familie LeBloch aus Plouvan und konnte für die armen Seelen beten.

Kaum eine Viertelstunde später begab sich die Priorin gefolgt von Nolwenn zur Remise, und Giselle hörte, wie der Wagen angelassen wurde. Aha, sie fuhren zum Einkaufen nach Huelgoat wie jede Woche. Meist kamen sie gegen fünf Uhr zurück, dann konnte Schwester Thérèse bis zur Vesper um Viertel vor sechs noch in aller Ruhe die Einkäufe verstauen. Dieser Tagesablauf, der durch die immer wiederkehrenden Stundengebete strukturiert war, ging auch Giselle langsam in Fleisch und Blut über. Obgleich sie nicht alle Andachten besuchte.

Heute wurde es spät – der Wagen kam erst kurz vor sechs in ziemlichem Tempo den Waldweg herangefahren und hielt vor der Remise. Mutter Athanase eilte mit Nolwenn zum Refektorium und warf Giselle im Vorbeigehen den Autoschlüssel zu, während schon die Glocke zur Andacht läutete.

»Fahren Sie bitte den Wagen in die Garage …«

Im Auto waren keinerlei Einkäufe. Giselle packte ihr Werkzeug zusammen und beschloss, später doch noch Nolwenns Hilfe in Anspruch zu nehmen, denn die Schramme an der Schläfe klopfte und schmerzte. Das Abendessen verlief wie gewöhnlich unter angeregten Gesprächen, man redete über die anstehenden Arbeiten im Klostergarten, der bis zum Mai in einen einigermaßen ansehnlichen Zustand versetzt werden musste. Dazu würde es nötig sein, einen oder zwei kräftige Männer zu beschäftigen, denn es musste Buschwerk gerodet werden. Schwester Thérèse schlug vor, um den Brunnen blaue Hortensien zu pflanzen. Dies sei die Farbe der Heiligen Jungfrau.

»Was haben Sie denn da an der Schläfe, Madame Esch-Lamartine?«, fragte Schwester Thérèse mitleidig.

»Nur ein Kratzer …«

Nach dem Abendessen kam Nolwenn mit der Hausapotheke zu Giselle in die Werkstatt, setzte sich auf einen Stuhl und begann ohne Punkt und Komma zu reden.

»Das war ja was! Ich bin noch fix und alle … Nein, so habe ich Mutter Athanase noch nicht erlebt. Ich hab richtig Angst vor ihr bekommen. Wie sie der Frau gedroht hat, sie würde ihre Söhne bei der Polizei anzeigen …«

Giselle friemelte sich das Pflaster ab und verzog das Gesicht, weil es wehtat.

»Was? Wen will sie anzeigen?«

Nolwenn war so in Fahrt, dass sie gar nicht hinhörte. »Sie hat es dann doch nicht gemacht, weil die Frau sagte, einer ihrer Söhne sei am Knie verletzt und müsse zum Arzt. Da hat Mutter Athanase gemeint, sie habe einen Zeugen und es sei ein lebensgefährlicher Anschlag gewesen. Es hätte Tote geben können … Oh Jesus Christus! Ist das wahr, Giselle?«

»Leicht übertrieben. Gib mal die kleine Flasche. Ja, die. Halt das Tuch drunter. Uuuu! Scheißzeug das, brennt wie die Hölle …«

Nolwenns Unterstützung bei der Wundversorgung war wenig hilfreich, sie war noch ganz und gar von dem Erlebten erfüllt. »Stell dir vor – sie hat mir verboten, beim Abendessen davon zu erzählen … Ich bin fast geplatzt … Aber das war ja noch nicht alles, Giselle … Wir waren auch bei diesem Priester … Abbé Lecombe heißt er … So ein unheimlicher, dürrer Mensch. Hoch wie ein Turm und pechschwarze Augenbrauen. Wie ein Geist hat er dagestanden …«

Allerhand. Wenn auch nur die Hälfte von dem, was Nolwenn da schwatzte, der Wahrheit entsprach, dann hatte sie die Priorin bisher schwer unterschätzt. Sie hatten mehrfach am Pfarrhaus geläutet, doch niemand öffnete. Da war die Priorin über das Mäuerchen gestiegen und hatte den Abbé hinter dem Haus im Pfarrgarten erwischt. Alle Achtung!

»Warum er im Kloster die Messe nicht lesen wolle, hat sie ihn gefragt. Erst hat er gar nichts gesagt und wollte schnell ins Haus flüchten. Da hat sie ihm aber den Weg verstellt. Und da hat er einen schrecklichen Unsinn geredet ... Stell dir vor, Giselle, er hat behauptet .... Ich darf es eigentlich niemandem erzählen, weil Mutter Athanase es streng verboten hat ... aber du verrätst mich nicht, oder?«

»Natürlich nicht. Kleb das mal fest. Da oben. Nicht übers Auge ... Übers Ohr auch nicht ...«

Nolwenn hatte heute fürchterlich ungeschickte Finger. Der Verband musste zweimal angelegt werden, bis er einigermaßen hielt, mit einem Spiegel hätte Giselle das ohne Nolwenns Hilfe besser hinbekommen.

»Also, rede schon! Was hat er gesagt?«

Nolwenn sah scheu aus dem Fenster, ob nicht etwa Mutter Athanase im Klostergarten umherlief. Dann sprach sie mit gesenkter Stimme. »Er hat gesagt, das Kloster sei ein verfluchter Ort, den er nicht betreten würde. Weil hier ein böser Geist umginge. So, jetzt weißt du's.«

Giselle musste lachen, hörte aber gleich wieder auf, weil sich der Verband spannte und die Wunde wehtat. »Der hat wohl zu viel Messwein getrunken, der fromme Priester. So eine blöde Ausrede muss einem erst mal einfallen.«

Nolwenn nickte eifrig, doch Giselle sah ihr an, dass das Gehörte nicht ohne Wirkung geblieben war. »Das hat Mutter Athanase auch gesagt. Später im Auto hat sie gemeint, es sei völlig unverständlich, dass der Bischof solchen Aberglauben unterstützt. Man müsse diesen Priester aus dem Amt werfen ...«

»Eine Krähe hackt der anderen kein Auge aus«, bemerkte Giselle grinsend.

Nolwenn nickte immer noch, sie konnte gar nicht mehr damit aufhören. »Obgleich … auch wenn es ja Unsinn ist … boshaftes Gerede … gemeine Lügen … ein bisschen ist schon dran, finde ich.«

Giselle begriff. Das Mädchen war sensibel, sie hatte ein Gespür für Dinge, die anderen Menschen verborgen blieben, da konnte es leicht passieren, dass sie in Panik geriet.

»Pass auf, Nolwenn«, sagte sie. »Das, was manchmal in der Kirche und in der Krypta fühlbar ist, das ist nichts Böses. Es sind Spuren von Geschehnissen oder von Menschen, die zu Schatten wurden. Und wer ein feines Empfinden hat, so wie du, der kann sie spüren. Schattenwesen sind immer um uns herum, die Welt ist voll von ihnen, aber sie tun uns nichts zuleide. Darum sollte niemand sie böse nennen oder gar von einem Fluch sprechen. Damit tut er ihnen schlimmes Unrecht.«

»Ja«, seufzte Nolwenn und lächelte erleichtert. »Ich bin sehr froh, dass ich dir das alles erzählen konnte. Es sind nicht die Geistwesen hier im Kloster, die böse sind, das weiß ich. Es ist Abbé Lecombe. Und darum ist es auch gut, dass er uns nicht die Messe liest. Er würde nur unsere Geister beleidigen, und dann sind sie traurig. Nicht wahr?«

»So ungefähr«, nickte Giselle zufrieden.

»Spielen wir heute Abend noch eine Runde ›Mensch ärgere dich nicht‹?«, fragte Nolwenn.

»Gern! Schwester Thérèse macht gewiss auch mit …«

Nach dem Abendessen war bis zur Complet ein Stündchen Zeit für körperliche und seelische Erholung. Die Nonnen gingen im Kreuzgang spazieren, spielten Gesellschaftsspiele, lasen oder unterhielten sich. An diesem Abend setzte sich auch Mutter Athanase zu den Spielerinnen. Sie war bester Stimmung, würfelte mit Elan und jammerte laut, wenn Giselle sie hinauswarf.

»Es tut mir sehr leid, Mutter Athanase …«

»Das muss Ihnen nicht leidtun, Madame Esch-Lamartine.

Warten Sie … eine Drei … eins, zwei, drei … ach, das tut mir jetzt aber leid, Schwester Thérèse …«

»Ich vergebe Ihnen, Mutter Athanase. Ich fürchte jedoch, Nolwenn wird gleich Ihren letzten Stein aus dem Rennen werfen.«

»Oh«, rief Nolwenn. »Gut dass Sie mir das sagen, Schwester Thérèse … Hätte ich gar nicht gemerkt …«

Die Priorin betrachtete missvergnügt das Spielbrett, auf dem ihre grünen Steine jetzt alle wieder am Ausgangspunkt waren. »Es ist gegen die Regeln, anderen Spielerinnen Hinweise zu geben, Schwester Thérèse.«

»Aber es ist christlich gedacht«, wehrte sich Thérèse. »Nolwenn ist ja manchmal ein wenig … verträumt.«

»Sie lernt nichts dazu, wenn Sie sie bevormunden!«

Giselle verbiss sich das Grinsen und würfelte.

»Eine Sechs … und eine Sechs … und noch eine Sechs …«

Die drei Mitspielerinnen gratulierten ihr zu dieser außergewöhnlichen Serie. Nur Nolwenn fragte, ob es wahr sei, dass Glück im Spiel immer zugleich Pech in der Liebe bedeute.

»Auf jeden Fall«, sagte Giselle und setzte stillvergnügt ihre Steine.

Schwester Cécile hatte sich neben der Heizung mit einem Buch niedergelassen, denn sie verachtete alle Spiele. »Schönheit und Jugend vergehen«, bemerkte sie laut. »Nur der Glaube führt zur ewigen Liebe Gottes!«

»Gewonnen!«, rief Nolwenn laut und setzte den letzten Stein ins Häuschen.

»Da haben wir's!«, sagte die Priorin vorwurfsvoll zu Schwester Thérèse.

Auch während der folgenden Zeit sprach Mutter Athanase niemals über ihre energische Aktion in Plouvan, bei der Nolwenn sie begleitet hatte. Nur Yannik, der das zweite, etwas kleinere

Ruderboot vorbeibrachte, erzählte Giselle, dass die »Kampfnonne« im Dorf das Gesprächsthema Nummer eins war.

»Abbé Lecombe hat sogar in der Messe vor ihr gewarnt«, berichtete er schmunzelnd. »Sie habe den Teufel im Leib, hat er gesagt. Und der alte LeBoff hat dazu genickt wie ein aufgezogener Stoffaffe. Ach ja – und Corentin hat eine Längsfraktur der Patella und darf das Knie acht Wochen lang nicht bewegen.«

Giselle erschrak. Sie hatte den jungen Mann nicht ernsthaft verletzen wollen. »Heißt das, ich habe ihm die Kniescheibe gespalten?«

»Genau das, Madame Ruderschlag.«

»Oh weh …«, murmelte sie beklommen.

»Er wird sich gut überlegen, ob er noch einmal mit Steinen werfen will. Überhaupt sind die Damen von Notre Dame de la Forêt jetzt im ganzen Ort als wehrhaft und brandgefährlich bekannt.«

»Und da traust du dich noch hierher?«, witzelte sie.

»Ich liebe die Gefahr.«

Er machte den Versuch, ihr tief in die Augen zu sehen, doch in diesem Moment erfasste der Wind die Tür der Remise und schlug sie ihm in den Rücken.

»Ich hab einfach kein Glück«, knurrte er und rieb sich die getroffene Stelle. »Pass auf dich auf, Giselle. Adieu!«

Der April brachte wechselhaftes Wetter und viel Regen, dennoch ging es im Kloster in fast jeder Hinsicht voran. Giselle hatte Hochachtung vor der Priorin, die so harmlos daherkam und so energisch die Belange der ihr anvertrauten Frauen vertrat. Man musste zwar aufpassen, von ihr nicht überrollt zu werden – aber wenn man sie zu nehmen wusste, war sie eine großartige Klosterleiterin und Partnerin. Giselle fügte sich nun bereitwilliger den zahlreichen Wünschen der Priorin: Sie reparierte das Bügeleisen, schliff den klemmenden Fensterflügel ab, baute neue Regale im Vorratsraum und kümmerte sich um die wacklige Stufe in der Kirche. Darüber hinaus half sie auch bei den Rodungsarbeiten im Klostergarten, schon aus eigenem Interesse, denn dabei kamen immer mehr Stücke der Madonnenfigur zum Vorschein. Inzwischen war der Brunnenrand hochgemauert, ein Drahtgitter deckte den Schacht provisorisch ab, und der Auftrag für die schmiedeeiserne Brunnenhaube war an einen Kunstschmied aus St-Pol-de-Léon vergeben. Der würde allerdings erst im Frühsommer dazu kommen, die vier Halbbögen zu schmieden, die sich in der Mitte über dem Brunnenloch zu einer runden Plattform vereinigen sollten. Auf diesem Platz würde später die neue Statue der Heiligen Jungfrau mit eisernen Stiften befestigt werden.

Giselle wartete bis zum Osterfest, das feierlich mit einer Messe und anschließender Prozession begangen wurde. Auf Wunsch der Priorin führte Abbé Goadec die Gläubigen aus der Kirche hinaus zum Seeufer, um das Gewässer und die umliegenden Wälder am Ostersegen teilhaben zu lassen. Es waren erstaunlich viele Menschen zur Ostermesse in die Klosterkirche gekommen, die meisten von außerhalb, aber auch einige aus den umliegenden Ortschaften. Aus Plouvan waren die beiden Frauen und ein junges Paar mit Kind gekommen, die bei ihnen zu Besuch waren. Dazu die Geschwister Prigent. Von der Familie LeBloch und auch von den Seznec, auf deren Hof Giselle damals so unfreundlich behandelt worden war, ließ sich niemand blicken. Sie hielten Abbé Lecombe die Treue.

Nach Ostern präsentierte Giselle den Nonnen die Bruchstücke der Sandsteinstatue und ihre Zeichnungen. Sie hatte den Zeitpunkt mit Bedacht gewählt, denn es stand eine Menge Arbeit an, da die erste der von Mutter Marie-Joseph versprochenen Gruppen schon in wenigen Tagen anreisen würde. Giselle hoffte daher, dass man sich nicht auf lange Diskussionen einlassen würde.

»Sehr hübsch«, bemerkte Schwester Thérèse und legte die Zeichnung zurück auf den Tisch. »Aber wieso haben Sie es zwei Mal gezeichnet?«

Nolwenn zog das Blatt neugierig zu sich heran und besah es entzückt. Schwester Cécile rückte die Brille zurecht, starrte Giselle an und lehnte sich empört im Stuhl zurück. Mutter Athanase kniff den Mund schmal und furchte die Stirn.

»Eine doppelgesichtige Statue der Jungfrau?«, murmelte sie kopfschüttelnd. »Ich weiß nicht …«

»Tatsächlich«, rief Nolwenn aus. »Es sind zwei … Wie praktisch, dann schaut sie zum Refektorium und gleichzeitig auch zum Gästehaus. Also, wenn man sie so schräg auf den Brunnen stellt …«

Cécile holte jetzt tief Luft. Die würde sie benötigen, um ihre Meinung in den Raum zu werfen. »Eine solche Statue ist heidnisch und wird ganz sicher Unheil auf unser Kloster herabbeschwören. Die Heilige Jungfrau, die Mutter Gottes, kann nur ein einziges Antlitz und einen einzigen Körper besitzen. Eine doppelte Madonna! Wo gibt es denn so etwas? Schändlich ist das. Eine Sünde!«

Giselle hatte Céciles Widerstand erwartet. Sie führte nun an, dass dieses Doppelgesicht keineswegs ihre Idee war, sondern nur die getreue Nachbildung der ursprünglichen Muttergottes.

»Und was ist mit ihr geschehen?«, trumpfte Cécile auf. »Gottes Blitz hat sie getroffen. Ein Zeichen des Himmels ist dieser Blitzschlag gewesen. Was Gott zerschlägt, das soll der Mensch nicht wieder aufbauen.«

Es war klar, weshalb Mutter Marie-Joseph ausgerechnet Schwester Cécile in die Tochtergründung geschickt hatte. Vermutlich war man in La Joie Notre Dame heilfroh gewesen, die lästige Person loszuwerden. Was für ein merkwürdiger Charakter. Die meiste Zeit über war sie in sich gekehrt, redete wenig, beschäftigte sich mit den eigenen Gedanken. Ging es aber um ihre Stickerei oder um offizielle Lehrmeinungen zum christlichen Glauben, dann wurde sie laut, klopfte mit der Hand auf den Tisch und echauffierte sich derart, dass sie hinterher ganz heiser war.

»Da hat sie vielleicht recht«, fand Schwester Thérèse, die selten eigene Ansichten vertrat. »Es muss ja einen Grund dafür gegeben haben, dass der Blitz die Statue getroffen hat …«

Giselle nahm den Kampf gegen die Gottesblitz-Theorie auf. »Der Blitz hat die Statue getroffen, weil die Klostergebäude verfallen waren und die Statue somit den höchsten Punkt im Ruinenfeld darstellte. Aus keinem anderen Grund.«

»Tja – wenn man nicht an die göttliche Fügung glaubt …«, meinte Cécile mit einem pikierten Seufzer.

»Immerhin hat diese Muttergottes das Kloster mindestens zwei Jahrhunderte lang beschützt …«

»Ja – bis zu seinem unglücklichen Ende nach der Revolution …«

»Für die Revolution kann die Madonna nun wirklich nichts …«

Giselle sah verstohlen zu Mutter Athanase hinüber, die bisher kaum etwas gesagt hatte. Sie schien im Zweifel zu sein, hatte den Kopf der Statue in ihre Hände genommen, drehte ihn hin und her, legte ihn dann wieder auf den Tisch und nahm ein anderes Stück, um es näher zu untersuchen.

»Also …«, ließ sich jetzt Nolwenn vernehmen. »Also ich finde eine doppelte Jungfrau eigentlich sehr schick. Ja, wirklich … es ist doch praktisch, dass sie in zwei Richtungen schaut. Nach vorn und nach hinten … das würde ich auch gern können.«

Cécile verdrehte die Augen, Thérèse kicherte.

»Nolwenn drückt es etwas ungeschickt aus«, ließ sich endlich Mutter Athanase hören. »Aber sie hat recht. Die Doppelsichtigkeit der Gottesmutter hat eine Bedeutung. Sie schaut in die Zukunft, aber auch in die Vergangenheit. Man könnte auch sagen:

Sie sieht die irdischen Plagen, aber sie schaut auch die Herrlichkeit des Himmels. Sie lehrt uns, das Ziel fest im Blick zu haben, ohne unsere Aufgabe hier auf Erden zu vergessen.«

Alle, auch Giselle, starrten sie voller Bewunderung an. So hatte man die Sache bisher noch nicht betrachtet.

»Dann ist diese kleine Muttergottes mit den zwei Gesichtern für uns alle ja eine Mahnung«, sagte Schwester Thérèse lächelnd. »Und auch eine Ermutigung, damit wir bei allen Plagen nicht die himmlische Herrlichkeit vergessen, die uns erwartet!«

»Sehr gut erfasst, Schwester Thérèse!«, lobte die Priorin.

»Wie schön …«, murmelte Nolwenn verzückt. »Wie wunderschön …«

Cécile sagte nichts. Aber man sah ihr an, dass sie von den philosophischen Betrachtungen der Priorin nichts hielt.

»Genau das wollte ich auch sagen!«, rief Giselle begeistert. »Ich finde, dass Mutter Athanase es ganz großartig ausgedrückt hat. Es kann nie schaden, die Dinge von zwei Seiten zu betrachten …«

Die Priorin nahm die Zeichnung noch einmal in die Hand, blickte dann zu Giselle hinüber und nickte.

»Aber dieses Mal bleiben Sie bitte bei dem Entwurf, den ich von Ihnen zu sehen bekomme, Madame Esch-Lamartine!«

»Aber natürlich …«

Der vorwurfsvolle Blick lag immer noch auf ihr, und Giselle wusste ziemlich gut, was sie meinte. Sie hatte in der Kirche begonnen, die zweite Säule zu gestalten, aber die Schimäre war ihr während der Arbeit aus dem Ruder gelaufen. Statt der scheußlichen Teufelsfratze hatte sie ein schmales Gesicht mit eingefallenen Wangen und hohen, gewölbten Brauen gemeißelt. Auch das schüttere Haar und der eifernde Blick hatten nichts mehr mit dem ursprünglichen Entwurf zu tun.

»Wie seltsam«, hatte Nolwenn gestern zu Giselle gesagt. »Dein Teufel hat irgendwie Ähnlichkeit mit Abbé Lecombe.«

»Das kann nicht sein …«, gab Giselle im Ton fester Überzeugung zurück.

»Natürlich nicht. Du kennst ihn ja gar nicht, oder?«

»Kaum …«, murmelte Giselle.

»Und solche spitzen Ohren hat er auch nicht.«

»Eben!«

Die Vorbereitungen für die erste Gästegruppe waren umfangreich und stellten für alle Beteiligten eine harte Prüfung dar. Yannik LeHaziff hatte – selbstlos, wie er nun einmal war – eine Reihe von handgeschnitzten Hinweisschildern aufgestellt, die kurze oder längere Wanderungen im Wald des König Artus erleichtern sollten. Er hatte dies auf eigene Kosten getan – natürlich im Hinblick auf jene Touristen, die er im kommenden Jahr in seinem Gästezentrum begrüßen wollte. Falls er bis dahin mit den Bauarbeiten fertig war. Er hatte sich hübsche Namen für die Wege ausgedacht wie: »Zum magischen Steinkreis« oder »Zur Quelle der ewigen Jugend« oder »Zum Feenhügel«. Darüber hinaus hatte er mit Hilfe der Brüder Prigent einen Bootssteg gezimmert, der den Touristen das Einsteigen in die Ruderboote erleichtern sollte.

»Das habe ich doch gern getan«, sagte er zu Mutter Athanase, die sich bei ihm überschwänglich bedankte. »Wir müssen schließlich zusammenhalten, oder?«

»Sie sind uns jederzeit ganz herzlich willkommen, Monsieur LeHaziff …«

Giselle blieb zurückhaltend. Nun ja – er hatte in seinem Dorf etliche Feinde, die auch dem Kloster nicht wohlgesinnt waren. Gemeinsame Feinde verbanden. Trotzdem fand sie seinen Eifer leicht übertrieben. Er biederte sich den Nonnen ja förmlich an! Erschien fast täglich im Kloster, nahm an Andachten teil und ließ sich zum Essen einladen. Neulich hatte er sogar das verrostete Schloss an der Tür zur Krypta wieder in Ordnung gebracht.

»Damit ihr die bösen Geister da unten wegschließen könnt«, hatte er gewitzelt.

»Hier gibt es keine bösen Geister«, war ihre Antwort.

Da hatte er grinsend auf das Säulenkapitell gedeutet, an dem sie gerade arbeitete, und gemeint, ob dies vielleicht an dem Herrn da oben läge.

»Möglich …«, brummte sie wortkarg.

Sie hatten seit der Fahrt mit dem Ruderboot nur wenig miteinander gesprochen, und wenn, dann waren es Belanglosigkeiten gewesen. Sie wusste, dass auf seinen beiden Höfen im Dorf eifrig gewerkelt wurde. Wie er seinen Beziehungskummer verarbeitete, interessierte sie nur am Rande. Sie mochte ihn, aber das hieß nicht, dass sie die Ersatznummer für ihn spielen wollte. Und außerdem war sie an einer Beziehung nicht interessiert: Sie hatte zwei davon hinter sich, und die waren nicht gut ausgegangen. Vielleicht hatte sie den falschen Beruf, vielleicht auch die falsche Mutter …

Inzwischen mussten im Kloster schwierige Probleme gelöst werden. Es gab sechs Gästezimmer, in denen man jeweils ein oder zwei Personen unterbringen konnte. Die Gruppe, die erwartet wurde, bestand jedoch aus sieben Teilnehmern. Drei Frauen, drei Männer und der Gruppenleiter. Dieser benötigte in jedem Fall ein Einzelzimmer. Wie sich die anderen in den restlichen fünf Zimmern gruppierten, wollte man ihnen selbst überlassen. Eine Maßnahme erschien den Nonnen jedoch unausweichlich: Giselle, die bisher in einem der Gästezimmer geschlafen hatte, wurde ausquartiert.

»Wir haben uns entschlossen, Ihnen eine unserer Zellen anzubieten«, verkündete ihr Mutter Athanase, als handele es sich um ein Privileg. »Sie befindet sich zwar im Klausurbereich, aber Sie sind ja bereits daran gewöhnt, die klösterliche Stille mit uns zu teilen.«

»Äh – ja …«

»Es gibt natürlich ein paar Regeln, die strikt eingehalten werden müssen …«

Absolute Ruhe ab zehn Uhr am Abend, gegenseitige Besuche verboten, das gemeinsame Badezimmer so schnell wie möglich wieder frei machen und ordentlich hinterlassen, gegenseitige Rücksichtnahme, Schweigen, die Heizung nicht übermäßig hoch aufdrehen …

Das alles gefiel Giselle wenig, vor allem, als Nolwenn ihr zuflüsterte, dass Schwester Cécile schrecklich laut schnarchte und die Wände leider recht dünn waren. Immerhin waren die Zellen der Nonnen nicht kleiner als die Gästezimmer, und da es mehr Zellen als Nonnen gab, erhielt Giselle einen zusätzlichen Raum, in dem sie arbeiten und zeichnen konnte. Dafür musste sie leider die Werkstatt räumen, denn die Gruppe würde – sie hatte es schon befürchtet – mit Ton arbeiten. Zu diesem Zweck waren bereits mehrere in Plastik verpackte, bleischwere Tonpakete angeliefert worden – wie es schien, hatte man Großes vor.

Am Abend vor der Ankunft ihrer ersten Gäste rief Mutter Athanase die Schwestern zu einer kurzen Besprechung zusammen. Auch Giselle war angehalten, sich dazuzusetzen.

»Meine Lieben«, begann die Priorin und blickte aufmunternd in die Runde. »Ich bin sicher, dass jede von Ihnen mit Freude und Begeisterung an die bevorstehenden Aufgaben gehen wird. Es ist sehr wichtig, dass wir den Menschen, die sich unserer Fürsorge anvertrauen, einen angenehmen Aufenthalt bieten. Um nicht zu sagen: eine Zeit, die ihnen unvergesslich bleiben wird. Nicht so sehr aus wirtschaftlichen Erwägungen – obgleich auch das für unser Kloster eine Rolle spielt –, sondern um dieser Menschen willen, die Schweres durchgemacht haben und hier bei uns neue Kraft und frischen Lebensmut gewinnen sollen.«

Alle nickten gehorsam. Nur Schwester Cécile bemerkte, dass neue Kraft und frischer Lebensmut nur von Gott dem Herrn kämen und nicht durch das Formen alberner Tonfigürchen oder durch ausgedehnte Waldspaziergänge erworben werden könnten. Man ignorierte diese Anmerkung und ging zum praktischen Teil über.

Schwester Thérèse vermeldete, dass der Essensplan fertig sei, alle notwendigen Lebensmittel eingekauft, sie habe sogar glutenfreies Mehl und laktosefreie Milchprodukte erworben. Zwei der Frauen seien Vegetarierinnen, einer der Männer vertrage keine Kuhmilch, ein anderer leide unter Zöliakie und dürfe kein weißes Mehl zu sich nehmen, er könne jedoch Buchweizenprodukte essen. Auf all diese Dinge müsse selbstverständlich Rücksicht genommen werden, sie habe bereits Brot und Brötchen aus Maismehl und Buchweizen vorgebacken und sich auch bei der Planung der Hauptmahlzeiten darauf eingestellt.

Nolwenn und die Priorin hatten die Gästezimmer vorbereitet, alle Betten frisch bezogen, die Fenster geputzt, die Böden gewischt. Schwester Cécile war im Badezimmer tätig gewesen, man hatte auch den Speise- und Aufenthaltsraum in Ordnung gebracht. Es gab dort einen Kühlschrank, der mit Limonade, Cola, Bier und Cidre bestückt war. Die Preise standen auf einem Zettel an der Pinnwand, und das Geld wurde in einem Körbchen abgelegt, wobei man auf die Ehrlichkeit der Gruppenmitglieder vertraute.

Schwester Cécile hatte auf einem Schild »Bitte die klösterliche Ruhe einhalten« bestanden. Darin wurde sie ausgerechnet von Giselle unterstützt, die in La Joie Notre Dame ihre Erfahrungen mit dem abendlichen »Zusammensitzen« einiger Gruppen gemacht hatte. Da sie sich bereiterklärte, ein solches Schild aus Holz mit eingebrannter Beschriftung anzufertigen, wurde der Antrag von Mutter Athanase genehmigt.

»Damit alle informiert sind, lese ich Ihnen das Begleitschreiben von Mutter Marie-Joseph vor. »Bei diesen Euren ersten Gästen handelt es sich um eine Therapiegruppe von Menschen, die einen körperlichen und seelischen Zusammenbruch erlebt haben. Man nennt dies auch Burnout. Die Patienten sind auf dem Weg der Besserung und sollen unter der Leitung eines Psychologen auf den Wiedereintritt ins normale Leben vorbereitet werden. Die Tagung verläuft nach einem festen Programm, das der Gruppenleiter ausgearbeitet hat und das die Umgebung des Klosters mit einbezieht. Ich wünsche Ihnen ein gutes Gelingen. Möge Gottes segnende Hand auf unserer Arbeit liegen. Ihren Bericht und die Abrechnung erwarte ich in spätestens zwei Wochen …«

Mutter Athanase ließ das Schreiben sinken und sah stirnrunzelnd auf Nolwenn, die, den Kopf auf die Hände gestützt, sanft entschlummert war.

»Wir erwarten die Gruppe morgen um die Mittagszeit. Noch Fragen?«

Nolwenns Kopf rutschte von den stützenden Händen, sie wachte erschrocken auf und gähnte ausgiebig. Der Tag war anstrengend gewesen.

»Was tun wir, wenn es zu unsittlichen Handlungen zwischen den Gruppenmitgliedern kommt, Mutter Athanase?«, wollte Cécile wissen.

»Was meinen Sie damit?«

Schwester Cécile hatte keine Schwierigkeiten, deutlicher zu werden. »Liebeleien, Knutschereien, Beischlaf …«

Nolwenn und Schwester Thérèse starrten sie mit großen Augen an. Giselle verbiss sich das Lachen.

»Das geht uns nichts an, Schwester Cécile. Es sind erwachsene Menschen.«

»Sodom und Gomorrha!«, murmelte Cécile kopfschüttelnd. »Alkohol und lockere Sitten. Ich weiß nicht, ob Mutter Marie-Joseph uns mit diesen Leuten einen Gefallen tut.«

»Es sind bestimmt liebenswerte Menschen«, meinte Schwester Thérèse mit Sanftmut. »Und sie haben so viel durchgemacht. Es ist unsere Pflicht, sie bei uns aufzunehmen.«

»Danke, Schwester Thérèse!«, rief die Priorin. »Das ist die richtige Einstellung. Wir haben vier wunderbare Tage voller neuer Erkenntnisse vor uns – nehmen wir sie als Geschenk Gottes.«

Ein dumpfer Schlag schreckte sie auf – Nolwenn war im Schlaf vom Stuhl gefallen.

23

Ein Wetter wie aus dem Bilderbuch!«, freute sich Schwester Thérèse. »Hast du die Pilze für den Gemüseauflauf geputzt, Nolwenn?«

»Die Champins? Die sind doch ganz sauber!«

»Herr Jesus, bewahre mich vor ungerechtem Zorn! Waschen sollst du sie, die Stiele ganz wenig abschneiden und den Pilz in Scheiben schneiden. Und sie heißen Champignons …«

»Ja, Schwester Thérèse … Champignons … Lampions … Champollions …«

Giselle lauschte schmunzelnd auf die Gespräche, die aus der Küche in den Klostergarten drangen, während sie mit dem Reisigbesen noch einmal die neu verlegten Platten im Klostergarten kehrte. Die Anlage war ein wenig simpel, aber doch recht passend geraten. Vier schmale, mit Granitplatten belegte Wege führten vom Kreuzgang zum Brunnen und teilten den Klostergarten in vier Felder auf. Man hatte einige der jüngeren Hortensienbüsche stehen gelassen, auch ein paar fleißige Lieschen und Stiefmütterchen gepflanzt, der Rest war als Rasenfläche eingesät. dort zeigten sich schon die ersten feinen, lindgrünen Hälmchen.

»Raus, diebischer Kater!«

Das Küchenfenster schlug zu und Merlin schoss quer über zwei der neuen Rasenflächen, die er dabei mit weiteren Pfotenabdrücken zierte. Giselle blinzelte zur Kirchenseite hinüber, wo sich der Übeltäter auf einem Mäuerchen niedergelassen hatte. War das ein Fisch, den er da genüsslich zerkaute?

»Lass es dir schmecken, Merlin«, murmelte Giselle vergnügt.

Oben am Bürofenster erschien jetzt die Priorin. Sie wedelte mit den Armen und deutete zum Tor hinüber. »Sie kommen!

Madame Esch-Lamartine – zeigen Sie ihnen die Parkmöglichkeiten!«

Seufzend lehnte Giselle den Besen an die Mauer. Es ging also los. Schluss mit Ruhe und Beschaulichkeit. Ab jetzt würden diese Leute das Kloster im Griff haben.

»Sie kommen …«, rief Schwester Thérèse aufgeregt in der Küche. »Jetzt mal hurtig mit den Champignons, Nolwenn. Der Auflauf muss in den Ofen!«

Es waren vier Autos, die da als Kolonne den Waldweg zum Kloster hinunterfuhren. Giselle sorgte mit Winken und gutem Zureden dafür, dass sie die Remise, in der der Peugeot Expert des Klosters stand, nicht blockierten. Zwei Frauen entstiegen einem der Wagen, die restlichen drei Autos waren von jeweils einem Mann besetzt. Das bedeutete, dass noch zwei Personen fehlten.

»Herzlich willkommen … Bitte hier entlang … Vorsicht, da ist eine Pfütze …«

Die drei Männer starrten sie an, vermutlich hatten sie eine Nonne im schwarzen Habit, aber keine Handwerkerin in schwarzen Cordhosen und ebensolcher Weste erwartet. Zwei waren jung, der dritte gewiss schon über fünfzig, zumindest dem ergrauten Haarrest und den weißen Bartstoppeln nach zu urteilen. Einer der jungen Männer stellte sich ihr als Paul vor. Er war blond und hatte ein Kindergesicht mit großen braunen Augen. Der andere setzte das Lächeln des erfahrenen Frauenbezwingers auf und erklärte, dass er Théophile hieße und aus Paris komme.

»Was für ein schöner Ort«, meinte er, sich umschauend. »Geradezu romantisch. Dass es so was überhaupt noch gibt …«

Er öffnete den Kofferraum seines blitzenden Luxusgefährts per Fernbedienung und nahm schwungvoll sein Köfferchen heraus.

Die beiden Frauen waren bereits zum Seeufer gelaufen. Dort standen sie auf dem Bootssteg und genossen den Anblick des spiegelnden Wassers. Sie waren beide nicht mehr jung. Eine war dünn, trug Rollkragenpulli und schwarzen Minirock, das Gesicht ziemlich angemalt, das Haar rot gefärbt. Die andere war stämmig, hatte kräftige Oberarme und kurze graue Locken. Sie hatte sich in Jeans Größe 50 gezwängt, und der lilafarbene Pullover wölbte sich als Schwimmring um ihre Taille.

»Der See ist ja ganz schön trübe, wie? Man hat uns erzählt, wir könnten hier baden …«

Die Stämmige lachte über den eigenen Witz, dann erfuhr Giselle, dass sie Béa hieß und dies sei Brigitte, man habe sich während der Therapie kennengelernt.

»Und du?«

»Ich bin Giselle. Ich gehöre zum Kloster. Steinbildhauerin …«

»Ach so!«

Sie hatten geglaubt, eine weitere Teilnehmerin des Kurses »Phönix startet durch« vor sich zu haben. Immerhin – man fragte sie aus, was sie hier so treibe, ob sie sich nicht langweile, wie sie denn so bezahlt würde und ob dieser Job ihr Befriedigung verschaffe.

»Für mich ist es genau das Richtige«, erklärte sie.

»Ach ja? Aber mit fünfzig wird es dann schon schwieriger mit dem Steinehauen, nicht wahr? Und mit sechzig ist dann Schluss …«

Ach herrje! Bei dieser depressiven Einstellung hatte der Gruppenleiter wohl noch viel Arbeit vor sich. Giselle zuckte mit den Schultern, grinste und meinte, bis dahin würde sich wohl noch etwas auftun.

»Es geht schneller, als du denkst, Mädchen …«

Im Gegensatz zu den Männern, die jeweils ein Köfferchen plus Laptop mitgebracht hatten, packten die Damen eine ganze Flut von Reisetaschen, Kosmetiktaschen, Stoffbeuteln, Rollkoffern, Plastiktüten und anderen Gegenständen aus. Giselle bekam eine zusammengerollte Isomatte anvertraut, zwei Paar Turnschuhe, an den Schnürsenkeln zusammengebunden, wurden ihr über den Arm gehängt, dazu setzte die rothaarige Brigitte ihr den breitkrempigen Sonnenhut aus gelbem Bast auf.

»Weißt du, wenn man mit dem Wagen unterwegs ist, dann schmeißt man halt immer noch was rein …«

Giselle ging schweigend durch das Tor und an Mutter Athanase vorbei, die im Kreuzgang stand, um die Gäste zu begrüßen. Bei Giselles Anblick verzog sie keine Miene. Das war auch gut so, denn hätte sie auch nur den winzigen Anflug eines Grinsens gezeigt, dann hätte Giselle ihr das sehr, sehr übel genommen.

»Herzlich willkommen in unserem Kloster Notre Dame de la Forêt. Ich bin Mutter Athanase … dies ist unsere Novizin Nolwenn, sie wird Sie ins Gästehaus führen, damit Sie sich ein wenig frisch machen können. Mittagessen gibt es gegen zwölf Uhr dreißig.«

Wenig später kam Nolwenn die Treppe heruntergelaufen und vermeldete, dass alle, die bisher angekommen waren, ein Einzelzimmer beanspruchten. Somit sei jetzt nur noch ein Zimmer frei.

»Und wer fehlt noch?«

»Der Gruppenleiter und eine der Frauen.«

Mutter Athanase seufzte und bemerkte, zu ihrer Zeit sei es üblich gewesen, dass der Kursleiter mindestens eine halbe Stunde vor den Teilnehmern an Ort und Stelle war.

»Sie war früher Unternehmensberaterin und hat Manager gedrillt«, flüsterte Nolwenn Giselle zu.

»Glaub ich dir aufs Wort …«

Monsieur Charles Durantel, seines Zeichens Diplompsychologe mit zehn Jahren Erfahrung in der Erwachsenenbildung, erschien kurz vor dem Mittagessen, während die Nonnen in der Kirche die Sext sangen. In seiner Begleitung befand sich die Gruppenteilnehmerin Caroline; er hatte sie mit seinem Wagen mitgenommen, da ihr Wohnort sozusagen auf dem Weg lag. Er kam aus Paris, Caroline lebte in der Nähe von Rouen. Sie war etwa Mitte dreißig, schlank, nachlässig gekleidet und ungeschminkt. Dem Ausdruck ihres Gesichts sah man an, dass sie vor nicht allzu langer Zeit einen Weltuntergang erlebt hatte. Welcher Art auch immer.

»Ein Stau nach dem anderen«, erklärte Charles mit bedauernder Miene. »Aber nun sind wir ja sicher gelandet. Freuen wir uns auf die gemeinsamen Tage!«

Giselle hatte versprochen, in der Küche auf den Auflauf und die Nachspeise zu achten, während die Nonnen die Sext sangen, da man dem diebischen Malefizkater nicht trauen konnte. Während sie die Nachspeise mit einem Löffelchen testete, vernahm sie drüben im Gästehaus aufgeregte Diskussionen. Aha – jetzt musste der gute Charles die Zimmerfrage regeln. Wen er wohl zu trauter nächtlicher Zweisamkeit verdonnerte? Nun – ganz gleich wer es war, es schien nicht ohne Proteste abzugehen.

Die Nachspeise war ausgesprochen lecker, eine Mischung aus Joghurt, Honig, Mandeln, Rosinen und verschiedenen Früchten. Außerdem schmeckte man irgendein Wässerchen heraus, Mokkalikör oder so was. Auf jeden Fall hatte Schwester Thérèse sich zu ungeahnten kulinarischen Höhen aufgeschwungen – zum Wohl der Gäste. Tatsächlich wirkte das Mittagessen, das Nolwenn und Thérèse kurz darauf im Gästehaus servierten, besänftigend auf die Gemüter. Charles' Autorität schien sich zu bewähren, man kam ins Gespräch, zunächst leise, später wurde sogar gelacht. Dabei stach besonders das laute Organ von Béa hervor, einmal hörte man auch das tiefe Lachen des älteren Mannes.

»Sein Name ist Alfonse, aber sie nennen ihn Alf«, erzählte Nolwenn im Refektorium. »Er ist ein bisschen schüchtern, glaube ich. Aber der Netteste ist der mit den braunen Kulleraugen. Paul heißt er. Der arme Mensch ist seit zwei Jahren arbeitslos …«

Schwester Cécile klopfte hörbar mit ihrem Stück Baguette auf den Tisch. Für die Nonnen gab es heute Gemüsesuppe mit Brot, der Nachtisch entfiel.

»Es ist gut, Nolwenn«, sagte Mutter Athanase. »Monsieur Charles wird sich um sie alle kümmern – dafür sind sie ja hergekommen. Es ist nicht deine Sache, dir seinen Kopf zu zerbrechen.«

»Verzeihung, Mutter Athanase. Ich wollte nur sagen … dass Monsieur Paul sehr nett ist … und auch sehr gut aussieht …«

»Das will hier niemand wissen!«, sagte Schwester Cécile mit Nachdruck.

»Mich würde vielmehr interessieren, ob sie uns etwas vom Nachtisch übrig lassen«, mischte sich Giselle ein.

Schwester Thérèse, die sonst immer versöhnliche, war jetzt verärgert.

»Ich tue, was ich kann, aber unsere Mittel sind begrenzt. Leider … an erster Stelle stehen nun einmal die Gäste.«

Unglaublich: Die frommen Schwestern sparten die Kosten bei sich selber ein. Giselle bedauerte jetzt ernsthaft, dass sie die Mahlzeiten nicht drüben im Gästehaus einnahm.

Nach dem Essen widmete sich Giselle dem Säulenkapitell in der Kirche, verpasste der Schimäre angedeutete Drachenflügel und arbeitete an ihren Krallenfüßen. Von den Gästen war niemand zu sehen. Nolwenn, die kurz vor der Vesper in der Kirche auftauchte, berichtete, dass im Gästehaus wohl erste Kennenlern-Gespräche stattfanden, sie habe Kaffee und Kekse hinübergebracht. Es würden auch seltsame Spiele gemacht.

»Spiele?«

»So wie Kinder miteinander spielen, weißt du? ›Ich wäre jetzt eine Prinzessin und du wärest meine Dienerin‹ …«

»Ach, du meinst Rollenspiele …«

»Ja, so etwas.«

Wenn es ihnen Spaß macht, dachte Giselle und räumte seufzend das Werkzeug beiseite, weil gleich die Vesper gesungen wurde. Immer diese lästigen Unterbrechungen.

Nach dem Abendessen, das für die Gäste aus Geflügelsalat, Käse- und Wurstplatte, frisch gebackenem Baguette und verschiedenen eingelegten Köstlichkeiten bestand, erklärte Charles, der Gruppenleiter, man wolle zum Ausklang des ersten Tages einen kleinen Abendspaziergang am Seeufer unternehmen.

»Ziehen Sie aber feste Schuhe an«, riet ihm Mutter Athanase. »Der Boden ist an einigen Stellen sumpfig.«

Giselle arbeitete noch ein Stündchen an den Krallenfüßen, dann bekam sie wieder Hunger und beschloss, Schwester Thérèse um ein Salamibaguette zu bitten. Das Abendessen im Refektorium war – wie erwartet – spartanisch gewesen: Brot, Butter, zwei Scheibchen Andouillette, eine gruselige Wurstspezialität, die Nolwenn, Thérèse und Cécile mit Behagen aßen, während sich Giselle und die Priorin auf die Käsescheiben beschränkt hatten.

Gerade als Giselle die Hand auf die Türklinke legte, sah sie die Gästegruppe zurückkehren. Sehr glücklich schien der Abendspaziergang nicht verlaufen zu sein. Brigittes ehemals weiße Sportschuhe waren kräftig gebräunt, auch Pauls Leinenschuhe hatten Farbe bekommen, und auf Charles Stirn blühten mehrere rote Flecke. Mücken – kaum schien die Sonne, da waren die Biester schon unterwegs. Théophile verschwand mit auffälliger Eile im Gästehaus.

Die stämmige Béa – offensichtlich die tatkräftigste Person der Gruppe – klopfte an die Tür des Nonnenhauses und bat um ein Mittel gegen Insektenstiche.

»Mir und den anderen macht das ja nichts aus, aber der arme Charles scheint allergisch zu sein.«

Nolwenn fand in der Hausapotheke eine Insektensalbe, Giselle riet dazu, Zigaretten zu rauchen, der Rauch vertreibe stechwütige Mückenweibchen.

Béa grinste – sie schien Sinn für Galgenhumor zu haben. »Natur ist eben Natur«, meinte sie. »Und Sumpf ist Sumpf. Und wer glaubt, auf einem halb vermoderten Baumstamm im Wasser balancieren zu müssen, der kann Bekanntschaft mit dem Fräulein vom See machen …«

»O Gott! Ist jemand zu Schaden gekommen?«, fragte die Priorin erschrocken.

»Ach wo. Nur ein wenig nass, der gute Théo …«

Der Rest des Abends verlief ruhig. Die Gäste saßen im Aufenthaltsraum zusammen, vermutlich sprachen sie den geistigen Getränken zu, sie blieben aber anständig dabei. Kein Gebrüll, kein Kreischen, keine Prügelei.

Der erste Tag war geschafft.

Das Frühstück wurde den Gästen um halb neun Uhr serviert, und Nolwenn, die Kaffee und Tee hinauftrug, hatte in der Küche allerlei zu berichten.

»Ganz furchtbar schaut er aus, der arme Charles. Dicke Wasserblasen, als hätte er die Windpocken. Und die rothaarige Frau, die Brigitte heißt, die hat sich beschwert, sie habe nicht schlafen können. Weil hier ständig irgendwelche Glocken bimmeln …«

Schwester Thérèse schlug vor, das Läuten um vier Uhr dreißig zur Vigil und um sieben zur Laudes abzustellen. Schwester Cécile sah die Priorin in stummem Entsetzen an.

»Das kommt überhaupt nicht infrage«, entschied Mutter Athanase. »Wir sind ein Kloster, damit müssen sich die Herrschaften abfinden.«

Giselle fand das auch. Es wurde hier schon genug Theater um die Gäste gemacht. Wenn die Glocken sie störten, dann sollten sie eben Oropax benutzen.

»Sie wollen gegen elf Kaffee, Tee und Orangensaft. Und kein Mittagessen, sondern nur Lunchpakete. Dafür ein warmes Abendessen.«

Schwester Thérèse geriet über solche Änderungen ihres Menüplans in nicht geringe Verzweiflung. Sie hatte doch schon das Fleisch eingelegt, das Gemüse blanchiert … Jetzt musste das alles bis zum Abend warten … Und das Brot war auch noch nicht gebacken, das hatte sie am Nachmittag tun wollen.

»Sie wollen eine Wanderung zum ›Magischen Steinkreis‹ unternehmen und dort irgendwas meridieren«, erzählte Nolwenn fröhlich drauflos.

»Du meinst meditieren«, verbesserte Mutter Athanase. »Dieser Charles ist ein solcher Anfänger … Will gar nicht wissen, was er mit den armen Leutchen anstellt. Na, es geht uns ja nichts an. Also Lunchpakete. Gut.«

Giselle zuckte mit einem Grinsen die Schultern. »Mut hat er ja. Wird sich noch mehr Mückenstiche einhandeln …«

Tatsächlich waren die unangenehmen Insekten heute besonders aktiv. Es war schwül und man sah die kleinen dunklen Schwärme am Ufer des Sees auf und nieder tanzen.

Gegen elf nahmen die sieben Gruppenmitglieder den bestellten Imbiss bestehend aus Kaffee, Tee und bretonischen Butterkeksen zu sich, dann erschienen sie in bester Laune und unternehmungslustig im Klostergarten. Man fragte Giselle über die Skulpturen auf den Säulenkapitellen aus und wollte wissen, warum der Brunnen abgedeckt war.

»Damit unser Klosterkater nicht versehentlich hineinfällt …«

»Kann er nicht schwimmen?«, fragte Théophile mit anzüglichem Lächeln.

Giselle hätte gern »Nur halb so gut wie Sie gestern im See« geantwortet, aber im Interesse des guten Einvernehmens und der künftigen finanziellen Selbstständigkeit des Klosters schluckte sie die Bemerkung herunter.

»Ach ja – by the way«, meinte er mit lässiger Armbewegung. »Ich musste heute früh leider feststellen, dass jemand meine Wagentür mit einem Kratzer geziert hat. Nicht gut, gar nicht gut. Der Wagen ist neu und hat mich so viel wie ein halbes Einfamilienhaus gekostet. Es gibt hier doch eine Garage, oder?«

»Eine Garage? Leider nicht, Monsieur Théophile.«

Er kniff ungeduldig das linke Auge zu und machte eine kreisende Handbewegung.

»Komm schon, komm schon … Diese Bruchbude gleich neben dem Tor, da steht doch ein Auto drin. Würde Ihnen doch sicher nichts ausmachen, den Wagen bis übermorgen woanders hinzustellen, oder?«

Ganz schön dreist. Jetzt bot er ihr zwanzig Euro für zwei Tage Garagenmiete an. Wenn der Typ ein Burnout erlitten hatte, dann war vermutlich seine lächerliche Ich-bin-der-Größte-Fassade daran schuld. Warum sagte ihm eigentlich niemand, dass er mal drei Gänge runterschalten sollte, um bei seinem Gegenüber anzukommen?

»Fragen Sie die Priorin – der Wagen gehört dem Kloster.«

Damit ließ sie ihn stehen. Kurz darauf – Nolwenn teilte schon die rasch gepackten Lunchpakete aus – erschien er mit schwingendem Schritt und warf ihr die Wagenschlüssel zu, die Mutter Athanase ihm ausgehändigt hatte.

»Auto rausfahren …«, sagte er in singendem, ironischem Tonfall.

Giselle wünschte ihm die Krätze an den Hals und fuhr das Klosterauto vor die Kirchentür. Er hatte Mühe, seinen blitzenden Straßenkreuzer in der Remise unterzubringen, denn das Teil war breiter und länger als der Peugeot. Théophile war jedoch beharrlich und nach mehreren Versuchen auch endlich erfolgreich. Unten am See wartete inzwischen der Rest der Gruppe auf ihn. Charles hatte ihnen kleine, blaue Zettel ausgeteilt, vermutlich mussten sie irgendwelche blödsinnigen Aufgaben erfüllen. Als sie endlich, dem neu aufgestellten Wegweiser »Zum magischen Steinkreis« folgend, davongewandert waren, kehrte im Kloster erholsame Ruhe ein.

»Ob es Merlin gewesen ist, mit dem Kratzer?«, überlegte Nolwenn, die sich wie immer kurz vor der Mittagsandacht bei Giselle einstellte.

»Kaum«, gab Giselle wortkarg zurück.

Sie war mit der Feinarbeit an den Krallenfüßen beschäftigt und wollte mit dem rechten Fuß fertig werden, bevor das Stundengebet begann. Außerdem konnte der lange, tief eingeritzte Kratzer an Théophiles Autotür unmöglich von einer Katze stammen. Da tippte Giselle eher auf einen Schlüssel oder einen scharfen Stein. Granitsplitter lagen in genügender Zahl auf dem Weg herum, man brauchte sich nur zu bücken. Aber wer tat so etwas? Jemand aus der Gruppe? Oder schlichen am Ende wieder Connan und Corentin ums Kloster herum?

Am Nachmittag stiegen im Westen schwarze Wolkengebirge auf, wuchsen bedrohlich über den Frühlingshimmel, und die ersten Windböen fegten über Kloster und See.

»Gütiger Himmel!«, seufzte Schwester Thérèse, die in der Küche das Abendessen vorbereitete. »Nur kein Gewitter – da wird meine Sahne nicht steif!«

Der Himmel nahm jedoch keine Rücksicht auf die Schokocreme mit Vanillesahne, die gerade unter Thérèse' kundigen Händen entstand. Ein Blitz zuckte auf, der Donner krachte wenige Sekunden später los, und Nolwenn ließ die Sahneschüssel fallen, um sich die Ohren zuzuhalten.

Oben knallte ein Fensterflügel – die Priorin eilte ins Büro hinauf, um den Computer vorsichtshalber vom Strom zu nehmen. Schwester Cécile bemerkte, dass sich Gottes Zorn nun über das Land ergösse. »Solch ein Gewitter war es wohl, das damals den Brunnen traf und die Statue zer…«

Der Rest ihres Satzes ging im Lärm des Donners unter, der klang, als explodierte dort oben in den Wolken ein gewaltiger Eisenofen. Die ersten Tropfen klatschten auf die Steinplatten im Klostergarten. Giselle rannte durch den Regen, um im Gästehaus die Fenster zu schließen und drei Paar Turnschuhe zu retten, die man zum Trocknen ans Fensterbrett gestellt hatte.

»Oh weh«, meinte die Priorin. »Da werden unsere armen Wanderer wohl nass werden.«

»Ach was«, beruhigte sie Schwester Thérèse. »Im Wald können sie sich doch unterstellen.«

»Ja«, bemerkte Giselle boshaft. »Bei Gewitter ist so ein Baum ein todsicheres Plätzchen.«

Die Priorin ordnete an, schon mal die Heizung im Gästehaus hochzudrehen und einen Stapel Handtücher bereitzulegen. Vermutlich würden sie bald kommen.

Doch da irrte sie ausnahmsweise. Das Gewitter legte sich, der Regen hielt an, doch bis gegen halb sechs war niemand von der Gruppe zum Kloster zurückgekehrt. Die Nonnen machten sich zur Vesperandacht bereit und die Priorin bat Giselle, hinauf ins Büro zu gehen.

»Sie haben Handys. Vielleicht ruft jemand hier an …«

»Na schön, wenn es Sie beruhigt …«

Wenn sie nicht aufpasste, dann war sie bald Mutter Athanase' Laufbotin, Lückenbüßerin, Hilfspolizistin und überhaupt Mädchen für alles. Giselle nahm sich vor, beim nächsten Ansinnen einfach mal wieder »Nein« zu sagen. Sie war Steinbildhauerin und sonst nichts. Punktum!

Das verflixte Telefon war schon im Flur zu hören. Sie rannte die Treppe hinauf, joggte durch den langen Flur, riss die Bürotür auf und stand vor Mutter Athanase' Schreibtisch. Großer Gott, was für ein Chaos! Sie wühlte zwischen Papieren, Büchern, Stiften, Döschen mit Heftklammern und zahlreichen anderen Dingen und fand das tragbare Telefon endlich unter einer lilafarbenen Kartonmappe.

»Kloster Notre Dame de la Forêt, Giselle Esch-Lamartine am Appa…«

»Giselle? Endlich! Wir haben uns verirrt …«

Das war Béas Stimme, und sie klang ziemlich verzweifelt. Jetzt vernahm Giselle ein Knacken, als sei ein Ast gebrochen, und einen leisen Fluch.

»Béa? Wo sind Sie? Noch am Steinkreis?«

»Nein. Ich habe keine Ahnung, wo wir sind. Hier sind nur noch Brigitte und ich, die anderen sind verschwunden.«

Es klang panisch. Vermutlich war es das erste Mal, dass die Damen im Wald in ein Unwetter gerieten. Nun ja – war ja auch kein Spaß.

»Sie müssen nur auf den Wegen bleiben, Béa. Es stehen überall Wegweiser, es ist ganz einfach, zurück zum Kloster zu gelangen.«

Jemand schluchzte in ihr Ohr. Das musste Brigitte sein. Komplett hysterisch, die Frau!

»Hier ist kein einziger Wegweiser. Und wenn man ruft, dann verschluckt der Wald alle Geräusche. Und … und … zwischen den Bäumen bewegen sich irgendwelche … Wesen …«

Ach du liebe Güte! Sie drehten durch. Gleich würden sie ihr erzählen, dass sie den Rittern der Tafelrunde und dem bösen Riesen Ysbaddaden begegnet waren.

»Nur die Ruhe. Können Sie den Ort, an dem Sie sich befinden, irgendwie beschreiben?«

»Wie soll ich den beschreiben? Es sind überall Bäume … vorn, hinten, auf allen Seiten …«

»Das ist meistens so im Wald. Gibt es Felsen? Einen Bachlauf? Einen Ameisenhügel …«

»Da ist ein Bach irgendwo … rechts von uns. Man kann ihn hören.«

»Gut. Ich schicke Ihnen einen ortskundigen Helfer. Bleiben Sie einfach, wo Sie sind. Verstanden? Nicht weiter herumlaufen. Geben Sie mir Ihre Handynummer.«

Sie legte auf und rief Yannik an. Er war der Einzige, der jetzt helfen konnte, schließlich hatte er die Wegweiser aufgestellt.

»Das begreife ich nicht …«, murmelte er, als sie ihm das Desaster schilderte. »Egal. Ich bin gleich da …«

Er musste mit Höchstgeschwindigkeit den noch regennassen Weg von Plouvan zum Kloster gefahren sein, denn sein Transporter war von allen Seiten mit Matsch bekleistert. Als er ins Refektorium trat, erklärte Giselle gerade der Priorin den Stand der Dinge, während Schwester Thérèse in der Küche jammerte, sie wisse jetzt gar nicht, wann sie die Lammkoteletts und den Blumenkohlauflauf in den Ofen geben solle.

»Die Wegweiser!«, fuhr Yannik die Priorin an. »Was haben Sie mit meinen Wegweisern gemacht?«

Mutter Athanase hatte zwar Demut und Gehorsam geschworen, jedoch nicht gegenüber einem aufsässigen Bretonen. »Reißen Sie sich zusammen, Monsieur LeHaziff!«, gab sie erbost zurück. »Ich habe keine Ahnung, was mit Ihren Wegweisern passiert ist!«

»Sie sind weg. Zumindest die hier in Klosternähe. Herausgezogen und verschleppt. Verdammt – wenn ich den zu fassen kriege, ich haue ihm den Schädel …«

»Es ist – glaube ich – schon genug geprügelt worden!«, sagte die Priorin streng. »Seien Sie bitte so freundlich und suchen Sie unsere Gäste.«

»Wenn Sie mich so lieb darum bitten …«

Giselle hatte es schon geahnt – Yannik legte Wert auf ihre Begleitung. Zu zweit stapften sie sumpfige Waldwege entlang, stiegen über glitschige Baumwurzeln, schlüpften unter tropfnassen, tief herabhängenden Ästen hindurch. Er hatte sein Handy dabei und telefonierte mit Béa, die war jedoch inzwischen allein, Brigitte hatte einen Seitenweg eingeschlagen und war auf einmal verschwunden.

»Langsam wird's dunkel«, bemerkte Giselle. »Dann gehört Brocéliande den Feen und Waldgeistern.«

»Könnte richtig romantisch werden«, meinte er und sprang über eine matschige Pfütze. Drüben sank er bis zum Knöchel in den Sumpf ein.

»Kommt drauf an, wem wir im Dunklen begegnen.«

Nach einer Weile erreichten sie ein breites Bachbett, in dem gewaltige, vom Wasser rundgeschliffene Felsen lagen. Dazwischen wucherte grünendes Gebüsch, einige der Riesenkiesel waren von weichem, grünem Moos überwachsen.

»Du bleibst jetzt hier«, ordnete Yannik an. »Ich laufe eine Runde und komme hierher zurück. Wenn du eine umherirrende Person siehst, dann halte sie fest, egal, wer es ist.«

»Alles klar. Waidmanns Heil …«

Dieser Wald hatte tatsächlich etwas Unheimliches, vor allem jetzt, da sie ganz allein war und die Dämmerung fiel. Kein Vergleich zu einer gepflegten Fichtenschonung, wo man alles Unterholz beseitigt hatte und der Forst eine edle Durchsichtigkeit besaß. Hier wucherte wildes Gestrüpp mit den unteren Ästen der Bäume um die Wette, an einigen Stellen sah man moosüberwucherte gefallene Stämme, auf denen sich bereits junges Grün angesiedelt hatte. Überall war leise Bewegung, die Feuchte des Unwetters tropfte von Blättern und Gezweig, es knisterte und wisperte, es gluckste, plätscherte, rieselte …

Da! Etwas Dunkles, Großes brach durch die Äste, strauchelte, raffte sich wieder auf. Ein Tier? Ein verirrter Wanderer? Giselle hörte einen Schrei und brüllte zurück.

»Hierher! Zu den Felsen!«

Ein völlig erschöpfter Mensch tauchte aus dem Dickicht auf. Sie erkannte Paul an seinen angstvoll aufgerissenen Augen und an der vornüber gebeugten Körperhaltung.

»Giselle … dem Himmel sei Dank! Ich glaubte schon, die Nacht im Sumpf verbringen zu müssen.«

Er stützte sich gegen einen der bemoosten Felsen und strahlte sie so glückselig an, als wäre sie das Christkind.

»Wo sind die anderen?«, wollte Giselle wissen.

Er zuckte die Schultern und strich sich das klatschnasse Haar aus dem Gesicht.

»Gehen Sie bloß nicht weg«, flehte er. »Bitte! Nur drei Schritte, und der Wald hat Sie verschluckt. Man hört keinen Laut, keinen Schritt, nicht einmal Pfiffe …«

»Haben Sie kein Handy?«

Alle außer Alf waren mit einem Mobiltelefon ausgerüstet, es hatte ihnen jedoch wenig genutzt. Niemand hatte genau erklären können, wo er sich befand, und dann war die Verbindung immer wieder abgebrochen. So, als habe sich eine übersinnliche Sphäre zwischen sie geschoben und das Netz blockiert.

»Es war der pure Horror«, stieß er hervor. »Alles war normal zu Anfang, wir sind den Wegweisern gefolgt und haben den Steinkreis gefunden, dort hat Charles uns verschiedene Aufgaben gestellt, das war auch noch okay. Dann kam das Gewitter …«

Die Gruppe hatte unter den Bäumen Schutz vor dem Regen gesucht, dann bemerkten sie plötzlich, dass Caroline verschwunden war. Charles war sehr besorgt um sie, also beschlossen die drei Männer, auf die Suche zu gehen, während die Frauen beim Steinkreis zurückbleiben und warten sollten. Charles hatte die verrückte Idee gehabt, die blauen Zettel in kleine Stückchen zu zerreißen und hinter sich auszustreuen, damit man zum Steinkreis zurückfand.

»Gar nicht so dumm … Und hat es funktioniert?«

»Nicht besonders. Nachdem wir einander verloren hatten, sah man zwar hie und da einen blauen Fetzen, wusste aber nicht, in welche Richtung die Person gelaufen war. Irgendwann bin ich nur noch vorangestürmt und ich habe gehofft, den See wieder zu finden.«

Tatsächlich war er aber im Kreis gelaufen. Giselle verabreichte ihm einige Schlucke Wasser und ein Stück Traubenzucker, den Yannik ihr für mögliche Notfälle zugesteckt hatte.

»Und was tun wir jetzt? Es wird dunkel …«

»Wir warten auf Monsieur LeHaziff …«

Paul hatte nicht die Kraft zu protestieren, er nickte und blieb mit dem Rücken an den Stein gelehnt neben ihr stehen. Er musste todmüde sein, doch er ließ Giselle nicht aus den Augen. Vermutlich fürchtete er, sie könnte plötzlich vom Geisterwald verschluckt werden.

Es war schon fast dunkel, als der Schein von Yanniks Taschenlampe zwischen den Bäumen wie ein umherwanderndes Irrlicht auftauchte. Er war in Begleitung von Charles und Béa, die er an der Quelle der ewigen Jugend aufgelesen hatte. Charles hing an Yanniks Arm, er war vollkommen fertig und um Jahre gealtert. Béa hielt sich tapfer, begrüßte Paul mit mütterlicher Umarmung und äußerte die Hoffnung, dass die anderen inzwischen längst im Kloster beim Abendessen saßen.

»Gott gebe es …«, murmelte Charles. »Gott gebe es …«

Sie traten den Rückweg an, langsam und vorsichtig wegen der schlechten Sicht, denn außer einem mageren Sichelmond, der immer wieder hinter dunklen Wolken verschwand, half nur der kleine Lichtkreis von Yanniks Taschenlampe, den Pfad nicht zu verlieren. Charles gab immer wieder abgerissene Sätze von sich.

»… meine Schuld … sie nicht mitnehmen dürfen … ist noch nicht stabil … suizidgefährdet … meine Schuld … zu früh … nicht stabil …«

»Jetzt halten Sie doch endlich mal die Klappe!«, sagte Béa. »Sie machen mich ganz meschugge.«

Charles schwieg und begann leise zu schluchzen. Giselle hegte die böse Vermutung, dass der Kurs »Phönix startet durch« früher als geplant beendet werden würde. Indes erwartete sie bei der Ankunft im hell erleuchteten Kloster eine frohe Nachricht. Alf und Théophile waren nach einem verzweifelten Querfeldein-Marsch in einem nahe gelegenen Weiler gelandet, und der dort ansässige Bauer hatte sie mit dem Auto zurück zum Kloster gefahren.

»Und … und Caroline?«, fragte Charles mit versagender Stimme.

»Ach ja – natürlich«, sagte Mutter Athanase. »Caroline. Die hübsche junge Frau, die mit Ihnen gekommen ist, nicht wahr?«

Charles nickte und musste sich gegen die Wand des Nonnenhauses stützen. Er sah aus wie ein unglückseliges Opfer der Revolution, das gerade zur Guillotine geführt wurde.

»Sie ist schon vor einer Stunde gemeinsam mit der rothaarigen Dame zurückgekommen. Die beiden sitzen oben in ihrem Zimmer und unterhalten sich …«

»Hab ich's nicht gesagt?«, rief Béa triumphierend. »Alles in Butter, Charly! Jetzt noch schnell duschen, trockene Klamotten und dann was essen …«

Der kräftige Schlag auf die Schulter, der Charles aufmuntern sollte, hätte ihn fast zu Fall gebracht. Er wankte, wischte sich über die rot gesprenkelte Stirn und atmete schwer. Dann stieg er hinter den anderen her die Treppe zu den Gästezimmern hoch.

Das Abendessen fand mit zweistündiger Verspätung statt. Schwester Thérèse war kreuzunglücklich. Sie hatte zu retten versucht, was noch zu retten war, doch die Lammkoteletts waren leider trocken und der Blumenkohl matschig. Auch der Nachtisch hatte gelitten. Da die Schlagsahne auf dem Küchenboden gelandet war, servierte Nolwenn die Schokocreme mit Vanillesoße.

»Solange ich im Raum bin, sitzen sie da und reden kein Wort«, berichtete sie. »Jeder starrt auf seinen Teller und mampft vor sich hin. Aber wenn ich die Treppe hinuntergehe, höre ich, wie sie schimpfen. Am lautesten schreit der Mann, der Théophile heißt. Er hat gesagt, das sei eine Zumutung und er würde gleich morgen früh abreisen …«

Schwester Thérèse wischte sich bekümmert den Schweiß von der Stirn. »Herr Jesus Christus, sei uns gnädig. Sag es nicht der Priorin, Nolwenn. Vielleicht überlegt er es sich ja noch.«

»Und dann haben sie noch gesagt, der Auflauf schmecke wie eingeschlafene Füße.«

Giselle, die sich in der Küche eine Extraportion Nachtisch gesichert hatte, warf Nolwenn einen vorwurfsvollen Blick zu. Das war jetzt nicht nötig gewesen, die arme Thérèse, die sich für dieses missglückte Menü halbtot gearbeitet hatte, so zu verletzen.

Mutter Athanase hatte inzwischen Maßnahmen ergriffen, um den Kurs »Phönix startet durch« vor dem vorzeitigen Aus zu retten. »Giselle, seien Sie so freundlich ... Nicht fallen lassen ...« Sie ging voraus, stieg die Treppe des Gästehauses hinauf, in jeder Hand eine Flasche Champagner. Giselle folgte mit einem Tablett, auf dem sieben Weingläser klirrten. Sektkelche gab es im Kloster nicht.

Oben war Stimmengewirr zu hören, vor allem Béas lautes Organ. Aber auch Brigitte ereiferte sich, dazwischen immer wieder Charles, der sich bemühte, die Wogen zu glätten. Mutter Athanase blieb einen Moment lang vor der Tür stehen, tat einen Seufzer und schüttelte den Kopf. Dann klemmte sie eine der beiden Sektflaschen unter den Arm und klopfte an. Sie musste es zweimal tun, denn drinnen war offensichtlich niemand auf Besucher gefasst.

»Meine lieben Gäste – ich bin gekommen, um Ihnen meine Hochachtung auszusprechen. Was Ihnen heute widerfahren ist, das hat es hier bisher noch nie gegeben, und ich versichere Ihnen, Sie haben sich großartig gehalten.«

Giselle war beeindruckt. Ohne Zweifel war Mutter Athanase früher, in einem anderen Leben, eine ganz ausgezeichnete Gruppenleiterin gewesen. Allein ihre Art zu sprechen weckte in den Zuhörern neue Energien, es klang ermutigend, bewundernd; wenn man ihr zuhörte, bekam man das Gefühl, etwas

Großes mit Bravour gemeistert zu haben. Béa lächelte als Erste, dann auch Paul. Alf, der sonst so zurückhaltend war, meinte, das sei schon »ein ganz besonderes Erlebnis« gewesen. Brigitte, die neben der blassen, echauffierten Caroline saß, brauchte ein wenig länger. Als Giselle den Korken knallen ließ und einschenkte, nahm sie aber doch ein gefülltes Glas vom Tablett.

»Hier, Caro – trink das aus. Es gibt nichts Besseres als Sekt, wenn man wieder runterkommen will. Prosit, meine Liebe. Hat doch alles auch sein Gutes, oder?«

Caroline nickte und lächelte brav zurück. Schließlich ließ sich auch Théophile herab, ein Gläschen zu nehmen. Er machte eine ironische Verbeugung vor Mutter Athanase und meinte, er habe noch nie mit einer Nonne Champagner getrunken.

Das Zeug musste ein Zauberwässerchen sein, denn die Stimmung im Raum löste sich, man trank einander zu, Béa äußerte zu Théophile, sie habe das mit dem »Angeber« nicht so gemeint, es sei im Affekt gesagt worden. Brigitte bat Charles, ihren »Ausflipp« nicht ernst zu nehmen, Paul fragte Giselle, ob die Novizin Nolwenn nicht auch ein Gläschen trinken wolle …

Mutter Athanase schwatzte mit diesem und mit jener, verbreitete Zuversicht und Fröhlichkeit, verkündete, dass für morgen sonniges Wetter vorausgesagt war, und wünschte den Herrschaften schließlich noch einen angenehmen Abend.

»Gott der Herr hält seine schützende Hand über uns«, sagte sie in eindringlichem Tonfall. »Er segnet unseren Schlaf und schenkt uns morgen einen neuen Tag.«

Man dankte ihr herzlich und wünschte ebenfalls eine gute Nacht. Die zweite Flasche, die noch ungeöffnet war, ließ Mutter Athanase ihnen da. Der Korken knallte schon, während Giselle und die Priorin die Treppe hinuntergingen.

»Wenn Gott uns gnädig ist«, meinte Mutter Athanase, »dann bekommt Charles die Gruppe jetzt wieder in den Griff. Ich wünsche es ihm sehr. Und uns auch.«

Es ging auf zehn Uhr zu, Cécile und Thérèse lagen schon im Bett. Auch die Priorin begab sich hinauf in ihre Zelle. Giselle war noch hellwach; sie ging in ihre Arbeitszelle, um sich die Zeichnung der Madonna noch einmal vorzunehmen. In wenigen Wochen – so war ihr versprochen worden – würde ein Sandsteinblock ins Kloster geliefert, dann konnte sie mit den ersten Vorarbeiten für die Statue der Heiligen Jungfrau beginnen.

Während sie mit dem Bleistift Schraffierungen anbrachte, sah sie hin und wieder zum Gästehaus, in dem die meisten Fenster noch beleuchtet waren. Im Aufenthaltsraum saßen einige Personen zusammen. Sie konnte Théophile erkennen, auch Béa, die auf Alf einredete, neben ihr leuchtete der rote Haarschopf von Brigitte. Diese Frau hatte sie völlig falsch eingeschätzt. Es hatte wohl an ihrem Äußeren gelegen, das dazu verführte, sie für oberflächlich zu halten. Aber wie es schien, hatte sie Caroline nicht nur gefunden, sondern sie auch heil zurückgebracht. Wenn es stimmte, dass Caroline suizidgefährdet war, dann hatte Brigitte ihr das Leben gerettet. Wo war Caroline eigentlich? Aha – sie befand sich in einem der Zimmer in eifrigem Gespräch mit Charles. Eigentlich war es praktisch, dass die Nonnen noch keine Gardinen aufgehängt hatten, die Fenster im Gästehaus waren heute Abend spannender als jeder Fernsehkrimi.

Sie zog ein paar Linien, kniff die Augen zusammen und besah sich kritisch, ob die Proportionen stimmten. Da vernahm sie ein leises Klopfen an ihrer Tür.

»Giselle?«

»Komm rein, Nolwenn …«

Besuche in den Klosterzellen waren verboten. Aber dies war ja keine Klosterzelle, es war ein Arbeitsraum.

Nolwenn schlich auf Zehenspitzen herein. Vermutlich hatte sie Angst, die anderen im Schlaf zu stören. Mit scheuem Lächeln setzte sie sich auf den freien Stuhl und verschränkte die Hände im Schoß.

»Was ist los?«

Nolwenn fuhr bei Giselles Frage zusammen, ihr Lächeln wurde breiter, sie duckte sich, als wollte sie sich unsichtbar machen.

»Ach nichts … gar nichts … Ich dachte nur … ich will dich nicht bei der Arbeit stören …«

»Du störst nicht, Nolwenn. Also los. Du hast doch irgendwas auf dem Herzen, oder?«

Nolwenn senkte den Blick auf die ineinander verschränkten Hände, dann sah sie wieder zu Giselle auf. Schlechtes Gewissen war ein milder Ausdruck für das, was ihr Gesicht zur Schau trug.

»Aber du darfst mich nicht verachten, Giselle … Ich weiß ja selber nicht … ich weiß nicht … sag mir doch, was ich tun soll …«

Sie öffnete die Hände, und Giselle erblickte ein Stückchen Papier. Ein kleiner weißer Zettel, auf dem etwas geschrieben stand. Ein Verdacht stieg in ihr auf.

»Paul?«

Nolwenn nickte dreimal hintereinander. Die erste Träne quoll über das rechte untere Augenlid.

»Was steht drauf?«

Nolwenn reichte ihr den Zettel. Ein Schluchzer stieg aus ihrer Brust auf. Es klang wie ein aus dem Schlaf geschrecktes Vögelchen. Auf dem Zettel standen Pauls Name, seine Adresse, Telefon, Handynummer. Nun ja – er hatte zwar verträumte Kinderaugen, schien ansonsten aber von der praktischen Sorte. Kein Liebesgedicht, keine Herzensergüsse, kein Schmalztopf – klare Fakten.

»Habt ihr geredet?«

»Nur ganz kurz«, flüsterte Nolwenn und wischte sich die Träne von der Wange. »Vorhin, als ich Merlin noch ein Schälchen Milch hinausgestellt habe.«

Giselle musste grinsen. Da hatte der gute Paul, beflügelt vom

Champagner, also den Mut gefasst, der hübschen Novizin näherzutreten. Diese Wirkung ihres Zauberwassers hatte Mutter Athanase vermutlich nicht bedacht.

»Und was hat er gesagt?«

»Dass ich ihm gefalle … Und dass er mich gern wiedersehen würde. Ach, Giselle – was soll ich nur tun?«

Das wusste Giselle auch nicht. Paul schien kein übler Typ, aber er war genauso unbedarft wie Nolwenn – das passte nicht zusammen. Auf der anderen Seite war es nicht ihre Sache, Ratschläge zu erteilen. Vor allem nicht in Liebesangelegenheiten. Da schon gar nicht.

»Das musst du dir gut überlegen, Nolwenn. Du hast ja noch keine Profess abgelegt, oder? Also könntest du dich mit ihm treffen und herausfinden, ob er dir …«

Giselle stockte, denn sie hatte zufällig aus dem Fenster geschaut und glaubte, am Tor eine Bewegung wahrgenommen zu haben.

»Was ist, Giselle?«

»Da unten ist irgendetwas … Du hast nicht zufällig ein Rendezvous mit Paul verabredet?«

»Um Himmels willen – nein«, flüsterte Nolwenn erschrocken. »Was denkst du von mir, Giselle!«

Giselle streifte ihre Schuhe über, griff die Jacke und legte, zu Nolwenn gewendet, den Zeigefinger auf die Lippen.

»Bleib hier am Fenster sitzen. Tu so, als würdest du etwas zeichnen.«

Nolwenns Augen wurden weit vor Angst. »Herr Jesus – sei vorsichtig, Giselle!«

»Keine Sorge …«

Sie hatte eine verdammte Wut auf diese hinterhältigen Saboteure. Autos verkratzen. Wegweiser verschwinden lassen. Was war ihnen jetzt wieder eingefallen, diesen halbwüchsigen Dorfrüpeln? Sie ging ins Refektorium, das unbeleuchtet war, und öffnete eines der Fenster. Einen anderen Weg gab es nicht nach draußen, die braven Nonnen hatten die Eingangspforte abgeschlossen. Als ein nächtlicher Schatten glitt sie aus dem Fenster, nahm Deckung im alten Kreuzgang, der an der Kirche entlang zur Pforte führte. Hatte sie es doch geahnt – das Tor war nach bewährter Art geöffnet worden, die schmiedeeisernen Torflügel standen im stumpfen Winkel zueinander. Sie hockte sich hinter die Brüstung und lauerte. Es war ärgerlich, dass im Gästehaus noch so viele Fenster beleuchtet waren, dadurch lagen auch Teile des Kreuzgangs und der Klostergarten in schwachem Lichtschein. Auch das Tor war als dunkler Schattenriss gut zu sehen. Eigentlich ein hübscher, romantischer Anblick, nur konnte sie ihn momentan leider nicht so recht genießen.

Ich muss es wagen, dachte sie. Wenn ich Pech habe, handele ich mir eine ordentliche Tracht Prügel ein. Aber mehr auch nicht, denn es sind genügend Leute im Kloster, die ich zu Hilfe rufen kann. Sie löste sich von ihrem Versteck, bewegte sich lautlos durch den Kreuzgang, sprang zum Tor hinüber und schlüpfte hindurch. Presste den Rücken gegen die Klostermauer und versuchte, die Dämmerung zu durchdringen. War da jemand zwischen den parkenden Autos am Werk? Sie beugte sich ein wenig vor, kniff die Augen zusammen und wünschte sich, Merlin zu sein, der in der Nacht sehen konnte. Nichts. Sie hatte sich getäuscht.

Ein Knarren dicht neben ihr ließ sie zusammenfahren. Sie kannte das Geräusch, es war eine der beiden Türen der Remise, die eigentlich zugeschlossen sein sollte, denn dort stand Théophiles megateures Superauto.

Verflixt – die hatten das Schloss geknackt. Wenn sie Glück hatte, waren sie noch in der Remise und sie konnte sie dort festsetzen …

Der Mond schob sich hinter einer Wolke hervor und ließ

die Umgebung in zartem, milchigem Licht erscheinen. Giselle nahm zwei Dinge gleichzeitig wahr. Es roch irgendwie brenzlig, und dicht vor ihren Füßen blitzte etwas. Sie stieß mit dem Fuß dagegen, hob das Ding auf und drehte es verblüfft in der Hand. Yanniks Feuerzeug!

Sie kam nicht dazu, über diesen Fund nachzudenken, denn im gleichen Augenblick gab es einen gewaltigen, dumpfen Knall, und die Tür der Remise flog ihr fast ins Gesicht. Drinnen tanzten rote und gelbe Flammenteufel um den schwarzen Straßenkreuzer.

»Feuer! Feuer!«, schrie sie aus Leibeskräften. »Ruft die Feuerwehr. Das Kloster steht in Flammen …«

24

Plouvan, September 1943

Der Schmerz lag auf ihr wie ein Felsblock. Presste ihr die Luft ab, bohrte sich in ihren Schädel, zerrte an der wunden Kopfhaut. Nie zuvor war sie ernsthaft krank gewesen, nur einmal als kleines Mädchen, als sie die Masern hatte, doch das hatte nur einen Tag gedauert, dann ging es ihr schon besser.

Jetzt war es anders. Ihr Kopf war dumpf und schwer; wenn sie ihn anhob, drehte sich die Kammer um sie und ihr wurde schlecht. In den Ohren pfiff ein greller Ton, dazu brummte etwas, was einem Motor ähnlich war: ein widerliches, hässliches Geräusch, das nicht aufhören wollte. Das war das Schlimmste, sie hatte Angst, es könnte für immer in ihrem Kopf bleiben. Das zugeschwollene Auge, die gerissene Lippe und die vielen blauen Flecken und Beulen – alles würde wieder heilen. Nur dieses Geräusch blieb unverändert laut, sie hörte es Tag und Nacht, wurde fast wahnsinnig davon, schlug sich auf die Ohren, rieb die Schläfen, trank kaltes Wasser – nichts wollte helfen.

»Fast totgeschlagen hat er dich«, hörte sie die Mutter leise sagen. »Was ist nur aus meinem Sohn geworden? Der Krieg hat ihn verändert … Als er fortging, war er mein Kind, doch er kam zurück als ein Fremder …«

Sie brachte Maelle Suppe und Haferbrei, gab ihr frisches Wasser zu trinken, trug den Eimer hinaus, in den die Kranke ihre Notdurft verrichtete. Am zweiten Tag hörte Maelle ihren Bruder im Flur mit der Mutter schelten, und sie erschrak über die Worte, die er gebrauchte.

»Was fütterst du die Hure? Sie soll aufstehen und arbeiten. Kann froh sein, dass ich sie nicht nackt durchs Dorf treibe, so wie man früher die Verräterinnen strafte …«

»Wie kannst du so reden, Connan? Sie ist deine Schwester, dein eigen Fleisch und Blut.«

»Sie ist ein Deutschenliebchen, eine ehrlose Nutte, die sich den Besatzern andient. Sie gehört nicht mehr zu uns.«

»Connan! Ich dulde es nicht, dass du so über Maelle sprichst!«

Das Dröhnen in ihrem Kopf wurde jetzt so laut, dass sie die Reden ihres Bruders kaum verstehen konnte.

»... genauso schuldig wie sie ... nicht meine Mutter wärest ... dich strafen, wie du es verdienst ...«

Sie hörte die Mutter zornig mit erhobener Stimme reden, dann auch Connan. Schließlich öffnete sich die Kammertür, und Mari trat ein, die Schale mit Eintopf in der Hand.

»Iss«, sagte sie und stellte ihr die Schale auf den Bauch. »Und dann steh auf. Hast lange genug gefaulenzt.«

Maelle sagte nichts. Sie hatte begriffen, dass Connan nun auch die Mutter unter sein Regiment gezwungen hatte. Schweigend nahm sie den Löffel, der im Eintopf steckte, und begann zu essen. Es ging nun schon viel besser, nur die gerissene Lippe war noch geschwollen und schmerzte, wenn sie mit dem Löffel daran kam.

»Der Krieg, der elende Krieg ...«, murmelte die Mutter.

Maelle gab keine Antwort. Es war nicht der Krieg, der Connan verändert hatte. Er war schon immer ein harter Mensch gewesen, auch Sema hatte das gewusst und ihn darum von Anfang an nicht haben wollen. Aber früher hatte Connan dem Vater gehorchen müssen. Nun aber war Justen LeHaziff zum haltlosen Trinker geworden, und Connan zeigte sein wahres Gesicht. Weil er die Macht dazu hatte.

»Mach schon, Maelle«, drängte Mari. »Unten in der Küche wartet Arbeit. Die Beeren müssen verlesen und eingekocht werden ...«

Sie schob Maelle die Schuhe vors Bett und warf ihr Rock und Bluse zu. Dann nahm sie ihr die leere Schüssel ab und wartete, dass die Tochter sich ankleidete. Maelle setzte sich langsam auf, spürte, wie es in ihrem Kopf kreiste und hämmerte, doch sie war entschlossen, nicht darauf zu achten. Mechanisch zog sie die Bluse an, dann den Rock, den sie in der Taille schloss. Steckte die bloßen Füße in die Schuhe und beugte sich vor, um sie zuzubinden, ließ es jedoch besser sein, denn es wurde ihr übel bei der Bewegung.

Mari trat neben das Bett, um sie beim Aufstehen zu stützen. Es ging überraschend gut, sie spürte zwar das kreisende Drehen, doch es hinderte sie nicht daran, einige Schritte in Richtung Kammertür zu tun.

»Die Himbeeren sind schon überreif, es sind eine Menge Würmer darin, die müssen sorgfältig herausgesucht werden, weil ich sie nicht … im Mus haben … will … auch noch … Johannisbeeren … gelbe … und …«

Die Stimme der Mutter wurde immer leiser, es schien Maelle, als entferne sich Mari immer weiter von ihr, liefe über die Wiesen davon, stieg über Hecken, eilte durch den dichten Wald …

»Maelle! Herr Jesus, hilf! Maelle …«, rief jemand neben ihr. War das Mari? Oder vielleicht die schöne Fee, die sie unten auf dem Grund des Sees gesehen hatte? Dunkle Wellen schlugen über ihrem Kopf zusammen, ein Strudel sog sie ein, riss sie in die Tiefe und nahm ihr den Atem. Nur das Summen und Pfeifen blieb. Es vereinigte sich mit dem Rauschen und Schlagen der Wellen zu einem infernalischen Schmerz.

Als sie zu sich kam, lag sie angezogen auf dem Bett. Die Kammer drehte sich in gemächlichem Tempo um sie, manchmal gelang es ihr sogar, den Schrank, einen Stuhl oder auch die Kammertür für eine kurze Zeit mit den Augen festzuhalten. Sie hob vorsichtig den Oberkörper an, um den Becher mit Wasser auf dem Stuhl neben ihrem Bett zu greifen, trank ein paar Schlucke und fiel wieder zurück in die Kissen.

Man ließ sie in Ruhe. Niemand holte einen Arzt, und sie

wusste recht gut, weshalb. Docteur LeBihan hätte vermutlich wissen wollen, wie die Verletzungen zustande gekommen waren, und darüber wollte ihm niemand Auskunft geben. Auch Maelle selbst hätte geschwiegen, um kein Gerede entstehen zu lassen.

Es dauerte fast zwei Wochen, bis sie auf der Bettkante sitzen konnte, ohne dass die Kammer sich um sie drehte. Langsam, kaum merklich, wurde das Summen und Pfeifen in ihren Ohren leiser, aber ganz verschwinden wollte es nicht. Sie ging in der Kammer auf und ab, stützte sich auf das hölzerne Fußteil des Bettgestells, hielt sich an der Schranktür fest und setzte sich schwer atmend wieder hin, wenn die schwarzen Wellen heranrollten. Es war schon Anfang September, als sie es endlich wagte, die Stiege hinunter in die Küche zu gehen.

»Da schau an«, rief Swana, die die Wäsche bügelte. »Wir haben ja schon geglaubt, du wolltest für immer droben in deiner Kammer bleiben. Damit wir dich füttern, wie die Schweinchen drüben im Stall ...«

Swana drückte ihren stärker werdenden Bauch heraus und stellte das Bügeleisen wieder auf den Herd, damit es heiß wurde. Sie trug einen neuen Rock aus feinem dunkelblauem Stoff und dazu eine Bluse, die Maelle gehörte. Sie waren also an ihrem Schrank gewesen und hatten Kleider herausgenommen, um sie Swana zu schenken. Wer es wohl getan hatte? Die Mutter? Oder Swana selbst? Connan sicher nicht, er kümmerte sich niemals um solchen Weiberkram.

Sie war noch zu schwach, um Swana eine passende Antwort zu geben. Stattdessen setzte sie sich auf die Bank und lehnte den Rücken gegen die Wand.

»Gefällt dir, wie?«, lästerte Swana weiter. »Anderen bei der Arbeit zuschauen. Und selber faul herumsitzen. Aber damit ist jetzt Schluss. Connan hat gesagt, du sollst von nun an den Schweinestall misten ...«

Maelle spürte, wie der Zorn in ihr aufstieg. Swana stand unter Connans Schutz, weil sie ein Kind von ihm austrug. Daher glaubte sie, ungestraft die Herrin spielen und Maelle die Arbeit einer Magd aufhalsen zu dürfen.

»Du warst es doch, die es ihm gesagt hat, nicht wahr?«

Swana starrte sie einen Augenblick lang verblüfft an. Sie schien auf diese Frage nicht gefasst. Dann drehte sie sich zum Herd, nahm das Bügeleisen und fuhr mit dem angeleckten Finger über die Bügelfläche. Es zischte.

»Und wenn schon?«, fragte sie, ohne Maelle anzusehen. »Es ist doch die Wahrheit, oder nicht? Und es ist nicht verboten, die Wahrheit zu sagen.«

Da hatte sie leider recht. Maelle musste zugeben, dass Connan es früher oder später ohnehin erfahren hätte. Und doch hatte Swana es Connan gesagt, weil sie zornig auf Maelle gewesen war und ihr schaden wollte. Was ihr prächtig gelungen war.

»Da!«, sagte Swana und stellte ihr einen Korb Wäsche vor die Nase. »Kannst mal die Socken zusammenlegen. Aber mach es ordentlich. Connan mag nicht, wenn seine Socken verkrumpelt sind.«

Maelle verschränkte die Arme vor der Brust und saß schweigend am Tisch. Sie dachte nicht daran, sich von der Magd herumkommandieren zu lassen. Erst als die Mutter mit Annik hereinkam, stand sie auf, um bei der Arbeit zu helfen, so gut sie konnte. Im Vorübergehen sah sie in den kleinen Spiegel, der neben dem Küchenschrank an der Wand hing. Ein blasses Gesicht starrte sie an, die Augen groß und dunkel umschattet, die Wangen schmal, fast hohl, der Riss an der Lippe zwar verheilt, aber noch sichtbar.

Das bin also ich, dachte sie. Maelle, die Sünderin. Die ihr Volk und ihre Familie verraten hat. Die Hure, die sich mit dem Feind eingelassen hat. Die ihm sogar ihr Herz und all ihre Liebe geschenkt hat. Und die nun dafür bis zum Ende ihres Lebens verachtet wird und später ihre Sünden im höllischen Feuer büßen muss.

War es so? Ein Teil von ihr stimmte zu. Ja, du bist eine Sünderin, Maelle. Doch ein anderer, aufmüpfiger Teil wehrte sich dagegen. Nein, so ist es nicht. Du bist unschuldig, Maelle. Wie kann es sein, dass eine reine, tiefe und ehrliche Liebe zum Verrat erklärt wird? Wäre nicht der Krieg, der Deutsche und Bretonen zu Feinden macht, dann hätte diese Liebe einen Platz auf Erden. Wer hat denn diesen Krieg in die Welt gesetzt? Es sind Menschen. Dumme, nichtswürdige Menschen. Die Liebe aber kommt von Gott. Wo ist also deine Sünde? Heißt es nicht, du sollst Gott mehr gehorchen als den Menschen?

Die beiden Teile nahmen abwechselnd von ihr Besitz. Mal trug sie schwer an der Last ihres Verrats, und das Leben erschien ihr dunkel und ohne Hoffnung. Dann wieder blickte sie trotzig in die Welt und war überzeugt, das Richtige getan zu haben. Wenn ihr das gelang, dann war sie voller Zuversicht und mit sich selbst im Reinen. Vor allem in den seltenen und viel zu kurzen Momenten, wenn sie sich mit Sema traf, wuchs diese Überzeugung in ihr. Sema bestärkte Maelle darin. Nein – eine große und wahre Liebe war ein Geschenk Gottes, niemand durfte sie Verrat oder Sünde nennen.

»Eines Tages werden sie es verstehen, Maelle. Jetzt sind sie alle verhetzt und voller Hass wegen des Kriegs. Aber der Krieg kann nicht ewig dauern, er muss irgendwann ein Ende haben.«

»Wenn es nur schon so weit wäre. Ach, Sema. Ich fürchte, Peter ist gefallen. Ich werde ihn niemals wiedersehen …«

Sema widersprach ihr nicht, sie meinte nur, dass eine große Liebe für die Ewigkeit gemacht sei und dass selbst der Tod sie nicht von Peter trennen könne.

»Hast du etwas von Dustin gehört?«

»Nein. Aber ich weiß ganz sicher, dass er am Leben ist. Ich fühle es, Maelle!«

Sema hatte mehrfach versucht, zu Maelle vorzudringen, während sie krank in ihrer Kammer lag. Es hatte Gerüchte im Dorf gegeben, dass Connan gewalttätig gegen seine Schwester geworden war, und Sema war außer sich vor Sorge gewesen. Doch Connan hatte sich ihr entgegengestellt, und so war sie zornig, aber unverrichteter Dinge wieder heimgekehrt. Auch jetzt, da Maelle wieder auf den Beinen war, war nichts mehr, wie es früher gewesen war. Nachdem Sema Connans Werbung zurückgewiesen hatte, war die Mauer zwischen den Höfen um mehrere Steinlagen erhöht worden, und Maelle hätte eine Leiter gebraucht, um hinüberzusteigen. Also trafen sich die Freundinnen im Kirchhof zwischen den alten Gräbern oder auf der Weide, wenn Maelle mit der Mutter am frühen Morgen die Kühe melkte. Mari begrüßte Sema freundlich, manchmal nahm sie sie sogar in den Arm und fragte sie, wie es den Eltern ginge. Wenn die beiden jungen Frauen dann ein wenig beiseitetraten, um miteinander zu reden, tat Mari schweigend die Arbeit. Niemals erwähnte sie diese heimlichen Treffen daheim auf dem Hof. Sie war unglücklich über den neuerlichen Streit zwischen den Familien, den Connan heraufbeschworen hatte. Was musste er um Sema werben? Sie war die Braut seines Bruders Dustin. Was immer er über Dustin gesagt hatte, Mari mochte es nicht glauben. Manchmal, wenn Maelle mit der Mutter vom Melken zurückkam und Connan mit den Knechten schon zum Mähen gegangen war, ging Mari hinauf zu Justen, setzte sich an sein Bett und redete leise auf ihn ein. Es waren gewiss Reden, von denen Connan nichts wissen sollte, deshalb kümmerte sich Maelle darum, dass Swana nichts davon bemerkte. Das Mädchen war jetzt oft weinerlich, hatte Schmerzen im Rücken, konnte schlecht laufen, die Beine waren dick geschwollen. Connan hatte jedoch kein Mitleid mit Swana. Er fuhr ihr über den Mund, wenn sie bei Tisch herumjammerte, und erklärte, sie solle ihre Arbeit tun, eine Schwangerschaft sei keine Krankheit. Jetzt bei der Ernte werde jede Hand gebraucht.

Das Leben auf dem Hof der LeHaziff ging wieder seinen gewohnten Gang, der dem Rhythmus der Jahreszeiten folgte. Niemand war so recht zufrieden, es gab jedoch auch niemanden, der abgrundtief unglücklich gewesen wäre, auch Maelle nicht, die sich ins Unvermeidliche gefügt hatte. Gab es doch in der Bretagne Menschen, denen es weitaus schlimmer erging, die ihre gesunden Glieder oder gar ihr Leben einbüßten. Seit Monaten lagen die Küstenstädte Brest und Lorient unter dem Bombenhagel der Engländer, die wild entschlossen waren, die U-Boote und Werften der deutschen Besatzer zu zerstören. Bisher – so hatte Madame LeBoff erzählt – war jedoch nicht ein einziger dieser Bunker zum Einsturz gebracht worden, obgleich etliche von ihnen schwere Treffer abbekommen hatten. Der Beton, den die Deutschen anrührten, erwies sich als eisenhart und dauerhaft. Madame LeBoff besaß ein Radio und hörte heimlich den englischen Sender. Die Lehrerin verstand die englische Sprache und hatte keine Angst davor, dass die deutschen Besatzer sie beim Abhören dieses verbotenen Senders erwischen könnten.

Connan hingegen hatte große Furcht vor den deutschen Soldaten. Wenn er den Hafer schnitt oder den Buchweizen erntete, schickte er häufig einen der Knechte aus, um nachzuschauen, ob sich auch keine Militärfahrzeuge näherten. Vom Feld aus war die Straße wegen der Hecken nicht an allen Stellen zu überblicken, und Connan plagte die Sorge, die Deutschen könnten ihn bei der Feldarbeit überraschen. Es gab schlimme Gerüchte über das, was die Besatzer mit entlaufenen Kriegsgefangenen taten. Manche Leute behaupteten, sie würden auf der Stelle exekutiert.

Jeden Mittwoch fuhren Mari und Maelle mit dem Pferdewagen nach Huelgoat, um Lebensmittel für die Besatzer abzuliefern. Das war bitter, denn die Ernte war nicht gut und der Winter stand bevor, doch die Deutschen hatten verkündet, dass sie anderenfalls die benötigten Dinge »einkaufen« würden. Das bedeutete, sie würden ins Dorf kommen und sich nehmen, was sie brauchten. Das wollte Connan auf jeden Fall verhindern, daher belud man den Wagen am Mittwoch großzügig mit Butter, Eiern und frischer Sahne, Mehl und Obst. Dazu kamen noch ein paar geschlachtete Hühner oder ein Schweinchen.

»Und achtet darauf, dass sie genau aufschreiben, von wem die Sachen kommen«, schärfte er der Mutter jedes Mal ein. Maelle, die neben Mari auf dem Wagen saß, beachtete er nicht. Er richtete niemals das Wort an sie, und wenn er ihr Arbeiten zuwies, tat er es über die Mutter. Mehrfach hatte er bei Tisch verächtlich über die »Deutschenhuren« geredet und gesagt, dass »so eine« auf seinem Hof nichts zu suchen habe. Freiwillig würde er »so eine« nicht einmal als Magd einstellen. Die Mutter hatte dazu geschwiegen. Auch Annik und die Knechte sagten kein Wort und taten, als hätten sie nichts gehört. Nur Swana nickte eifrig und manchmal fügte sie hinzu, dass es eine Schande sei, »so eine« in der Familie zu haben.

Wenn Maelle mit der Mutter unterwegs nach Huelgoat war, fühlte sie sich wie befreit. Für ein paar kurze Stunden war sie dem Dasein auf dem Hof entkommen. Sie knotete das Kopftuch auf und ließ den Wind in ihrem offenen Haar wehen, sie atmete tief die kühle Herbstluft, die nach feuchter Walderde, nach Laub und Pilzen roch. Wenn sie weit genug vom Dorf entfernt waren, löste sich auch Maris Zunge. Dann redeten Mutter und Tochter miteinander wie früher, als die Welt noch heil gewesen war und Justen LeHaziff ein guter und gerechter Hofherr.

»Weißt du noch, wie Justen früher mit euch Kindern zum See gefahren ist, um euch das Schwimmen beizubringen?«

»Ich kann mich dunkel erinnern, Mutter. Ich war noch sehr klein, und Dustin ist bei mir geblieben, um mir zu helfen…«

»Ja, ihr beide, du und Dustin, ihr habt immer zusammengesteckt. Und die beiden Tabarly – Sema und Marno …«

Sie redeten von der Zeit, als Maelle lernte, über die Mauer zu klettern, um drüben bei den Tabarly mit den anderen Verstecken zu spielen. Von Connan, der furchtlos mit dem Vater auf die Apfelbäume stieg. Von Marno, über den man oft lachen musste, weil er so ungeschickt war. Der aber doch ein so lieber und treuer Bursche war …

Sobald sie Huelgoat erreicht hatten, trieben sie die Stute zu rascherem Schritt an, und Maelle band das Kopftuch wieder um. Man sah überall deutsche Soldaten in den Straßen, die sich benahmen, als wären sie hier zu Hause. Sie kauften in den Läden ein, standen beieinander und redeten, saßen in den Cafés und Bistros und lasen die Zeitung. Das Hauptquartier befand sich in der ehemaligen Mädchenschule, dort im Hof waren auch die Lebensmittel abzugeben. Die beiden Frauen kannten die Zeremonie inzwischen genau. Es waren immer die gleichen Soldaten, die den Wagen entluden, und dann war da der blonde Gefreite mit dem Oberlippenbart, dessen Aufgabe es war, über die empfangenen Waren und ihre Herkunft Buch zu führen. Sie waren sehr akkurat und sehr gründlich, die Deutschen, und der blonde Gefreite versäumte niemals, Maelle ein paar Worte in holprigem Französisch zu sagen.

»Merci, Mademoiselle … Vous êtes très jolie … Merci beaucoup … À bientôt, Mademoiselle …«

Wenn sie diese unangenehme Pflicht hinter sich gebracht hatten, erledigten Maelle und die Mutter meist ein paar Einkäufe, besorgten Salz und Zucker, Kaffee und Gewürze, auch Hefe und Weißbrot. In den Geschäften traf Mari stets Bekannte, es wurde viel geschwatzt, man erfuhr, wer wen geheiratet hatte, wo ein Kind auf die Welt gekommen und wer gestorben war. Es wurde auch über den Krieg geredet und über die verfluchten Deutschen, die immer noch hier in Huelgoat stationiert waren, obgleich es doch hieß, dass das Kriegsglück sie drüben im Osten längst verlassen hatte.

»Unsere Jungen sind heute Nacht wieder unterwegs«, sagte Madame LeTonquez, die Frau des Bäckers. »Sie treffen sich oben im Wald bei den Sümpfen. Dorthin wagen sie sich nicht, die Deutschen.«

Sie sagte das ganz unbefangen auf Bretonisch, obgleich in diesem Moment zwei deutsche Soldaten in den Laden traten. Man wusste, dass einige der Deutschen Französisch verstanden und es auch sprachen – die bretonische Sprache war ihnen jedoch ein Buch mit sieben Siegeln.

»Sie sind fast alle dabei«, sagte eine junge Frau, die städtisch gekleidet war und einen kleinen Hut trug. »Ich mache mir oft Sorgen um meinen Sohn, aber es wäre eine Schande, wenn er nicht mitmachen würde.«

Maelle wusste, wovon die Rede war. Schon seit einiger Zeit formierte sich in der Gegend der Widerstand gegen die Besatzung. Die Résistance bestand fast nur aus jungen Männern, die bei Kriegsbeginn noch nicht eingezogen worden waren. Sie trafen sich heimlich und planten Aktionen gegen die Besatzer, sprengten Militärfahrzeuge in die Luft, brachen in die Depots ein, überfielen unvorsichtige Soldaten, die in der Nacht allein unterwegs waren. Es war ein lebensgefährliches Unterfangen, denn wer erwischt wurde, dem drohte die sofortige Erschießung. Mit Partisanen machten die Deutschen kurzen Prozess.

»Was ist eigentlich mit den Amerikanern?«, fragte die Bäckersfrau zornig. »Warum kommen sie nicht, um uns beizustehen? Hat Amerika keine Soldaten? Keine Panzer?«

»Die werden schon noch kommen«, sagte ein junger Bursche mit düsterer Miene und klemmte sich das gerade gekaufte Baguette unter den Arm. »Es geht zu Ende mit Adolf Hitler. In Russland sind die deutschen Soldaten wie die Fliegen verreckt. Und auch hier werden sie bald verschwinden, das schwöre ich beim heiligen Yves!«

Auf dem Heimweg schüttelte Mari traurig den Kopf. Da waren diese jungen Burschen vom Kriegsdienst bewahrt worden, und nun riskierten sie als Partisanen ihr Leben.

»Warum nur? Vielleicht hat Loan Seznec ja recht, wenn er meint, die Deutschen seien für die Bretagne ein Glücksfall, sie würden uns von den Franzosen befreien. Madame LeBoff hat gesagt, sie dürfe nun wieder Bretonisch an der Schule unterrichten, das haben die Deutschen eingeführt.«

Maelle wusste, dass kaum jemand außer Loan Seznec im Dorf so dachte. Trotzdem war es ein schöner Gedanke, dass Bretonen und Deutsche Verbündete sein könnten. Aber selbst wenn es eines Tages so kam – würde sie Peter dann wiedersehen? Oder gehörte er zu den Tausenden, die in Russland verblutet oder erfroren waren? Es war so unendlich schwer, ganz und gar im Ungewissen zu schweben. Auch wenn er am Leben war, so konnte er doch keine Nachricht zu ihr senden. Vielleicht hatte er sie ja längst vergessen? Warum sollte er an einer Liebe hängen, die keine Zukunft hatte? Tausendmal wohl hatte sie alle diese Möglichkeiten durchdacht und schmerzhaft durchlebt. Ebenso oft hatte sie sich gesagt, dass es sinnlos war, sich damit zu quälen. Aber sie konnte nicht anders, auch der Schmerz und die Sehnsucht waren Teil ihrer Liebe. Einer Liebe, die sie für immer in ihrem Herzen bewahren wollte.

Als sie daheim in den Hof hineinfuhren, erwartete sie ein überraschender Anblick. Vor der Haustür stand Justen, dreibeinig, die Krücken unter die Achseln geklemmt. Sein Haar stand wirr vom Kopf ab, die Hose hing wie ein Sack an ihm, und seine Arme zitterten bei der ungewohnten Anstrengung. Aber er stand.

Mari war so überwältigt, dass sie die Hand vor den Mund schlug und einen leisen, hellen Laut von sich gab. Es klang wie ein kleines Jauchzen. Oder wie ein Schluchzen. Oder beides.

»Da seid ihr ja endlich!«, rief er ihnen mit heiserer Greisenstimme entgegen. »Jodok – bring die Stute in den Stall und reib sie ab. Annik, Swana – helft die Einkäufe hineintragen. Connan! Verflucht, wo bist du? Connan!«

Kein Zweifel – Justen LeHaziff hatte wieder seinen angestammten Platz als Herr des Hofs eingenommen. Maelle begriff, dass es wohl die häufigen Reden der Mutter gewesen waren, die Justen dazu gebracht hatten, die Zügel wieder in die Hand zu nehmen. Wie aber stellte sich Connan dazu?

Er duckte sich unter die Herrschaft des Vaters. Auf Justens laute, ungehaltene Rufe kam er aus der Scheune herbeigelaufen und nahm die Aufträge des Vaters ohne Widerspruch entgegen. Den Wagen in die Scheune schieben. Die Räder schmieren.

»Wie schaut das Fahrgeschirr aus? Wieso hat es keiner eingefettet? Zum Teufel, muss ich denn alles selber machen?«

Justen nickte zufrieden, als Mari mit dem Korb voller Brote an ihm vorbeiging, dann rief er Maelle zu sich.

»Bist dünn geworden, Mädel«, sagte er, als sähe er sie nach langer Zeit zum ersten Mal. »Musst mehr essen. Wenn du dünn und hässlich wirst, mag dich keiner zur Frau nehmen.«

Er lachte leise vor sich hin, sah hinüber zur Scheune, ob Connan sich auch um den Wagen kümmerte, dann verlangte er von Maelle, sie solle neben ihm hergehen, wenn er sich jetzt zurück ins Haus bewegte. »Bin noch wacklig mit den elenden Krücken. Geht aber besser, als ich dachte. Tatsächlich! Auf drei Beinen steh ich fester als auf zweien.«

Er lachte wieder, obwohl er Mühe hatte, über die Schwelle zu steigen. Maelle griff seinen rechten Arm, um ihn zu stützen, und war erschrocken, wie schlaff und knochig er geworden war. Das lange Liegen und die Untätigkeit hatten seine Muskeln schwinden lassen. Fast war es ein Wunder, dass er sich mit den Krücken aufrecht halten konnte.

»Bist eine gute Tochter«, flüsterte er, als sie ihm half, sich an seinen angestammten Platz am Tisch zu setzen. »Hat er dich schlecht behandelt? Connan ist es zu Kopf gestiegen, dass er ein Weilchen Herr auf dem Hof sein durfte. Geh jetzt zu deiner Mutter und hilf ihr.«

»Ja, Vater …«

»Halt, warte …«

Er hielt sie am Rock fest und verlangte, sie solle ihm zuerst einen Becher Cidre eingießen. Er habe eine trockene Kehle vom vielen Reden.

Niemand auf dem Hof wusste so recht, was daraus werden sollte. Gewiss – Justen LeHaziff war der Hofherr. Aber würde er tatsächlich wieder seinen Platz einnehmen? War das überhaupt möglich, wo er doch kaum laufen konnte? Oder war das hier eine einmalige Vorstellung?

»Gewiss betrinkt er sich gleich und wir müssen ihn die Stiege hinauf in sein Bett tragen«, flüsterte Swana.

»Du halt besser den Mund«, gab Annik leise zurück. »Er hat schon gesehen, dass du schwanger bist.«

»Na und?«, meinte Swana selbstbewusst und streckte den Bauch vor. »Ich trage sein Enkelkind. Da kann er sich doch freuen.«

Später, als Connan und die Knechte zum Abendessen in die Küche kamen, wollte sie sich neben Connan setzen. Doch der schüttelte schweigend den Kopf und verwies sie auf ihren alten Platz am Tischende, wo sie noch hinter Annik gesessen hatte.

Justen nickte allen zu, wie er es früher immer getan hatte, dann griff er zum Löffel, um sich als Erster aufzutun. Er hatte bisher nur einen halben Becher Cidre getrunken, jetzt goss er sich Wasser ein und aß den Eintopf hungrig wie schon lange nicht mehr. Erst nach einer Weile, als er satt war, hob er den Kopf. Sein Blick blieb an Swana hängen.

»Bist du in Umständen? Heraus mit der Sprache!«

Sein Ton war wenig großväterlich, sondern eher der eines aufgebrachten Dienstherrn. Swana erschrak und sah hilfesuchend zu Connan hinüber, doch der senkte die Nase in seinen Wasserbecher.

»Ja, Herr«, sagte sie mit naivem Lächeln. »Ich trage ein Kind. Schon im fünften Monat …«

Ihr Lächeln verging, als Justen einen zornigen Laut ausstieß.

»Wer ist der Vater?«

Alle sahen zu Connan hin, der langsam seinen Becher zurück auf den Tisch stellte und dann den Kopf hob, um dem väterlichen Blick zu begegnen.

»Ich.«

Justen schwieg ein Weilchen, wie er es auch früher gern getan hatte, bevor er ein Urteil fällte. Aber man konnte ihm ansehen, dass ihm die Sache nicht gefiel.

»Hast deinen guten Samen verschwendet, um mit einer Magd einen Bastard in die Welt zu setzen? Du solltest dich schämen für solch eine Dummheit. Warum nimmst du keine Frau? Marie Seznec zum Beispiel …«

Connans Miene war schuldbewusst. Es war ihm durchaus klar, dass es nicht klug war, ein Kind mit einer Magd zu zeugen. Er hatte es nur aus Enttäuschung über Semas energische Absage getan, aber nun war die Sache nicht mehr aus der Welt zu schaffen.

»Marie Seznec trauert immer noch ihrem gefallenen Ehemann nach, Vater …«

»Ach was«, meinte Justen und machte mit der Hand eine wegwerfende Bewegung. »Der ist doch gleich zu Kriegsanfang gefallen. Ist schon lange her. Sie ist kein übles Mädchen, Connan. Fleißig und kräftig, groß gewachsen. Und die Hoferbin dazu.«

Tatsächlich schien Justen LeHaziff wieder klar im Kopf, und er dachte voraus, wie er es auch früher immer getan hatte. Der Hof der Seznec lag zwar jenseits der Dorfstraße, aber etliche ihrer Felder und Wiesen grenzten an den Besitz der LeHaziff.

»Aber selbst wenn wir uns einig wären«, wandte Connan ein. »Dann sind da immer noch die beiden Buben, die sie von Loan hat. Die haben Erbrecht genau wie die Kinder, die Marie und ich zusammen hätten …«

Justen schob der Mutter seinen Becher zu und ließ sich eingießen. »Das kann geregelt werden«, sagte er. »Mit einem Erbvertrag kann man das in Ordnung bringen. Wichtig ist nur, dass du eine Frau nimmst, die etwas mitbringt und zur Hofherrin taugt.«

»Ja, Vater …«

Swana war im weiteren Verlauf des Abends sehr schweigsam. In der Nacht schlief sie wieder mit Annik über dem Stall, denn Connan hatte ihr seine Kammer verboten. Es war ohnehin während der vergangenen Nächte oft zu Streitereien gekommen, denn Swana wollte zwar bei Connan liegen wie eine Ehefrau, sie hatte jedoch keine Lust mehr, sich von ihm besteigen zu lassen. Mehrfach hatte Maelle sie rufen hören: »Lass mich, du Bock. Das schadet unserem Kind. So hör doch auf!«

Nach dem Abendessen ließ sich Justen von Jodok und Tin die Stiege hinaufhelfen und er legte sich schlafen. Es wurde nicht mehr viel geredet an diesem Abend, jeder suchte sein Lager auf und wartete auf die Geschehnisse des kommenden Tages. Dann würde sich ja zeigen, wer Herr auf dem Hof war. Justen oder Connan. Der Alte oder der Junge.

Der folgende Tag war ein Sonntag, und Justen erschien erst, als die anderen schon unten beim Morgenkaffee saßen. Es fiel ihm nicht leicht, die Treppe hinunterzugehen, aber es war immerhin einfacher für ihn, als sie hinaufzusteigen.

»Einen guten Sonntag allerseits«, sagte er und nahm Maelles Hilfe beim Niedersetzen in Anspruch. »Habt wohl geglaubt, ich komm mit den verfluchten Hölzern nicht zu euch runter? Na, wer das gedacht hat, der hat sich geirrt …«

Justen LeHaziff hatte die Sonntagskleider angezogen und ging auf Krücken hinüber zur Kirche. Er grüßte alle Nachbarn und Bekannten, die ihm zur Genesung gratulierten, und saß kerzengerade in der Kirchenbank. Später trieb er die Knechte zu verschiedenen Arbeiten an, schalt über die Unordnung in der Scheune, das verstreut herumliegende Heu, verlangte, dass der Hof gekehrt wurde, obgleich es Sonntag war.

Niemand war über diese Entwicklung glücklicher als Mari. Sie zog wieder in die gemeinsame Schlafkammer ein, redete davon, dass er sich nun bald eine Beinprothese machen lassen solle, und half ihm, wo sie nur konnte.

»Es ist ein Geschenk Gottes«, sagte sie zu Maelle. »So, als wären wir beide noch einmal jung und fingen von vorn an. Und das, als ich schon glaubte, es ginge mit Justen zu Ende.«

Auch Maelle genoss diese unerwartete Wendung auf dem Hof. Der Vater wusste nichts von ihrem Vergehen. Er war freundlich zu ihr, nannte sie »meine kleine Hummel« oder »mein Mädelchen«, und wenn sie am Abend noch in der Küche beieinander saßen, erzählte er manchmal von früher, als er noch ein junger Kerl war und seine Mari das hübscheste Mädchen im Dorf.

»Da waren viele, die um sie herumscharwenzelten«, sagte er grinsend. »Aber ich hab sie bekommen.«

Auch Connan war verändert. Er schien ruhiger, ging mit den Knechten milder um und war bemüht, es dem Vater in allem recht zu machen. Hatte er sich zu Anfang nur widerwillig unter die Herrschaft des Vaters geduckt, so schien es jetzt, als sei er froh darüber, dass Justen wieder er selbst geworden war.

»Lass uns die Tage nach Morlaix fahren, Vater«, schlug er vor. »Ich habe mit Docteur LeBihan gesprochen – in der Klinik werden sie dir eine Prothese anmessen.«

»Nur langsam«, meinte Justen. »Du weißt, dass ich die Klinik nicht leiden kann.«

Connan schüttelte den Kopf und meinte, er müsse doch nicht dort bleiben. Nur das Bein vermessen lassen, damit sie die hölzerne Prothese anfertigen konnten.

»Wenn die Äpfel gepflückt und alle Felder gepflügt sind«, knurrte Justen. »Vorher hab ich keine Zeit.«

Einen Tag vor Allerheiligen ging er auf seinen Krücken in den Stall, um nach der Stute zu sehen, die sich einen Nagel in den Huf getreten hatte. Es war kalt, und ein heftiger Wind trieb welkes Laub über den Hof. Am Himmel jagten dunkle, ausgefranste Wolkenfetzen vorüber.

Die Stalltür schlug eine Weile im Wind, und als Jodok herbeilief, um sie zu befestigen, fand er den Hofherrn leblos im Stroh liegen. Justen hielt noch die Salbentube in der Hand, mit der er die Stute hatte behandeln wollen. Ancou, der Tod, hatte ihn schnell und ohne Vorwarnung zu sich genommen.

25

Justen LeHaziff wurde beigesetzt, wie es der Brauch war. Einen Tag und eine Nacht verblieb er auf seinem Hof, damit alle, die ihn geliebt und geachtet hatten, von ihm Abschied nehmen konnten. Als man ihn feierlich durch den strömenden Regen zum Kirchhof hinübertrug, waren so viele Sargträger beieinander, dass man sich abwechselte, denn jeder wollte die Ehre haben, Justen LeHaziff zur letzten Ruhe zu bringen. Nie zuvor – auch nicht, als die Großtante beerdigt wurde – hatten sich so viele Menschen zusammengefunden. Die Kirche reichte nicht aus, und auf dem Kirchhof war ein solches Gedränge, dass der Grabstein der Lou-Ann Seznec beinahe umgefallen wäre. Nur weil Loan Seznec und Docteur LeBihan sich rasch dagegen warfen, konnte ein Unglück verhindert werden.

Mari war wie erstarrt, sie konnte nicht einmal weinen, so sehr hatte dieser plötzliche Tod sie erschüttert. Wie ungerecht Gott der Herr doch sein konnte! Er hatte ihr den Ehemann gerade in jenem Moment genommen, da sie so glücklich gewesen war und an einen neuen Anfang geglaubt hatte. Maelle ging neben ihr her, hielt sie am Arm und versuchte, ihr Trost zu spenden.

»Er hat sich selbst überwunden, Mutter. Ich glaube, er war ein zufriedener, glücklicher Mann, als Ancou ihn in die Arme nahm …«

Später quoll das Haus über von all den Gästen, die Justen zu Ehren noch ein Gläschen trinken und einen Happen essen wollten. Wegen des kühlen Novemberregens war es unmöglich, auf dem Hof zu sitzen, daher quetschte man sich auf die Bänke in der Küche, hockte auf Schemeln und auf der Holzkiste, die jüngeren Gäste setzten sich einfach auf den Fußboden. Viele waren aus den Nachbardörfern gekommen, die meisten aber aus Huelgoat, wo Mari Verwandtschaft und viele Freundinnen hatte. Connan versuchte zu Anfang, sich im Hintergrund zu halten, denn er hatte Angst, jemand könnte ihn an die Deutschen verraten. Nach einer Weile aber und einigen Gläsern Calvados wurde er mutig und redete genauso laut wie die anderen.

»Du hast Glück im Unglück, Mari«, sagte Madame Guézennec, die Schneiderin. »Justen hast du verloren, aber dein Sohn Connan ist dir geblieben. Er wird heiraten und einen neuen Anfang machen.«

Auch Sema war mit ihren Eltern gekommen, denn die alte Freundschaft, die so lange Jahre gewährt hatte, war stärker als das jetzige Zerwürfnis. Mari hatte sie herzlich begrüßt und ihnen Sitzplätze angewiesen. Connan zeigte sich gleichgültig, seinen Zorn auf Sema ließ er sich nicht anmerken.

»Ach, Maelle«, sagte Sema und schloss die Freundin in die Arme. »Du musst jetzt stark sein und mutig in die Zukunft blicken. Ich glaube fest daran, dass sich alles zum Guten wenden wird.«

Maelle dankte ihr und dachte bei sich, dass Sema glücklich sein konnte, denn sie war immer voller Zuversicht. Woher sie nur die Kraft dazu nahm? Niemand wusste, was mit Dustin geschehen war, aber Sema war felsenfest davon überzeugt, ihn bald wiederzusehen.

Nachdem man Justen LeHaziff zu Grabe getragen hatte, nahm Connan wieder die Herrschaft an sich. Vieles hatte sich jedoch zum Besseren gewendet, und so schien es, als hätten dieses letzte Aufflackern in Justens Dasein und sein plötzlicher Tod doch einen geheimen Sinn gehabt. Connan war ein anderer geworden. Er bemühte sich ernsthaft, dem Beispiel des Vaters zu folgen, behandelte das Gesinde gerecht und seine Mutter mit Respekt. Auch mit Maelle schien er seinen Frieden gemacht zu haben. Er richtete zwar nur selten das Wort an sie, doch er ließ sie in Ruhe und hatte nichts dagegen, dass sie hinüber zu den Tabarly ging, um ihre Freundin Sema zu besuchen.

Swana war vollkommen verängstigt und verstand die Welt nicht mehr. So boshaft sie gewesen war – jetzt tat sie Maelle leid. Das Mädchen war einfältig, hatte sich Hoffnungen gemacht, eines Tages Hofherrin zu werden, und da das Leben bisher nicht sanft mit ihr umgegangen war, hatte sie die Lage ausgenutzt. Im Grunde war Connan der Schuldige: In seinem Zorn über Semas Abfuhr hatte er die naive Magd verführt, sich eine Weile an ihr schadlos gehalten, und als sie ihm lästig wurde, hatte er sie zurück in den Stall geschickt. Dort schlief sie mit Annik auf dem Dachboden, wo das Gesinde seinen Schlafplatz hatte, und dort brachte sie zwei Wochen nach dem Christfest auch ihr Kind zur Welt. Sie musste sich einen ganzen Tag lang quälen, und als es endlich so weit war, lief Annik hinüber ins Wohnhaus und holte Mari herbei. Maelle stand lange am Küchenfenster und starrte hinüber zum Stall, wo man das Licht durch die Ritzen zwischen den Brettern sehen konnte.

Weit nach Mitternacht kehrte die Mutter ins Wohnhaus zurück. »Geh schlafen«, sagte sie zu Maelle, die im Flur vor den Schlafkammern auf sie wartete. »Es ist ein Mädchen, Gott sei gelobt!«

Connan sagte kein Wort, als er es am Morgen beim Frühstück erfuhr. Doch als Swana einen Tag später mit ihrem Säugling im Arm in der Küche saß, ging er zu ihr hin und besah das Kind. Es war winzig, das Gesichtchen rot, die Augen zwei Schlitze.

»Wie wollen wir sie nennen?«, fragte Swana hoffnungsvoll.

»Nenn sie, wie du willst«, gab er zurück. »Sie ist von mir, und ich komme für sie auf. Wie es sich gehört.«

Swana lächelte erleichtert, und da er in sanftem Ton geredet hatte, fühlte sie sich ermutigt, eine Frage zu stellen. »Und was wird mit mir? Du hast doch gesagt, dass du mich …«

»In Arbeit und Brot will ich dich behalten«, fiel er ihr mit harter Stimme ins Wort. »Zumindest, solange ich mit dir zufrieden bin. Hast du verstanden, Swana?«

Der Säugling war erwacht und begann zu weinen. Swana sah mit großen, flehenden Augen zu Connan auf. »Aber … aber du hast …«

Connans Gesicht blieb unbeweglich, nur seine Stimme wurde noch um einige Grade kälter. Es klang fast drohend. »Gar nichts habe ich, Swana! Und wenn du anfängst, falsche Gerüchte über mich im Dorf zu verbreiten, dann hast du hier auf meinem Hof nichts mehr zu suchen.«

Jetzt hatte das Mädchen endlich verstanden. Sie senkte den Kopf und nickte. Dann begann sie langsam und mechanisch das jammernde Kind zu wiegen, bis es still war.

Mari und Maelle hatten das Gespräch mitgehört. Sie warteten, bis Connan hinausgegangen war, dann rief Mari Swana zu sich. »Kannst oben in der Kammer bleiben, die früher der Großtante gehört hat. Und Sachen für die Kleine bekommst du auch von mir.«

Swana machte einen tiefen Knicks vor Mari. Die gab ihr gleich noch eine Lehre mit auf den Weg. »Bleib bescheiden und sei zufrieden, dass du bleiben kannst. Wärst nicht die erste Magd, die mit einem unehelichen Kind davongejagt wird.«

Connan war wenig erfreut über diese Anordnung, doch er fügte sich vorerst. Immerhin war es bitterkalt, der Nordwind drang bis in die Ställe und Häuser hinein, und das Gesinde schlief jetzt in der Küche, wo der Herd noch ein wenig Wärme verbreitete.

Ende Februar, als die Kälte milder wurde, kam Madame LeBoff häufig zu Besuch. Sie erzählte, dass es mit den Deutschen nun bald zu Ende ginge. Sie habe im Radio gehört, dass der Sieg nicht mehr fern sei. Bald würden alle deutschen Städte in Schutt und Asche liegen, so wie es jetzt droben in Brest und unten in Lorient aussah. Oft redete sie auch mit Connan allein, dann standen die beiden neben der Scheune und schienen ganz und gar in ihr Gespräch vertieft. Hin und wieder spannte Connan jetzt die Stute an, um mit Madame LeBoff nach Huelgoat zu fahren, wo sie ihre Schwester besuchte. Mari und Maelle wunderten sich darüber, denn bisher hatte Connan doch große Angst gehabt, die Deutschen könnten ihn als geflohenen Kriegsgefangenen festnehmen.

»Er wird doch keinen neuen Unsinn anstellen«, sorgte sich Mari.

»Doch nicht mit Madame LeBoff«, lachte Maelle.

»Aber vielleicht mit ihrer Schwester?«

»Bestimmt nicht, Mamm. Sie ist viel zu alt für Connan, und sie hat eine Nase wie ein Schürhaken.«

»Vielleicht ist ihm die Nase ja gleich, wenn er nur den Rest bekommt?«

»Aber Mamm!«

Es war schon fast April, als Connan die Mutter beiseitenahm, um ihr eine Neuigkeit mitzuteilen.

»Ich werde im Sommer heiraten, Mutter. Sie heißt Enora Cozon und kommt aus St. Herbot. Die Schwester von Madame LeBoff hat uns miteinander bekannt gemacht, wir haben uns ein paar Mal gesehen, und ich habe auch schon bei ihren Eltern vorgesprochen.«

Alle waren verblüfft; man hatte nicht geahnt, dass Connan auf Freiersfüßen ging. Er hatte Semas Absage also endlich verwunden und sich eine Braut gesucht, so wie der Vater es ihm aufgetragen hatte. Von Madame LeBoff erfuhren Maelle und Mari später unter dem Siegel der Verschwiegenheit, dass ihre Schwester sich durch Heiratsvermittlung ein wenig Geld verdiente, da das Hotel wegen der Deutschen geschlossen war. Sie hatte Connan eine ganze Reihe heiratswilliger Mädchen zugeführt, denn junge Männer waren zurzeit Mangelware und als Ehemänner heiß begehrt. Connan hatte sich Zeit gelassen, seine Wahl sorgfältig getroffen, und Madame LeBoff versicherte Mari, dass ihr Sohn klug gewählt hatte.

»Enora ist Anfang zwanzig, keine Schönheit, aber ein sanftes, fügsames Mädel, und die Landarbeit kennt sie von Kind auf. Die Eltern haben einen kleinen Hof, der ihnen jedoch kaum ein Auskommen gibt, daher wird sie bei euch keine Ansprüche stellen …«

Connan brachte seine junge Braut auf den Hof, um sie der Mutter vorzustellen und ihr sein Anwesen zu zeigen. Enora war blond und mittelgroß; über den grauen Augen lagen dunkelblonde Brauen wie gerade Striche. Sie war sehr ernst und lächelte kein einziges Mal, aber sie besah sich alles aufmerksam und stellte hin und wieder Fragen. Ob es außer der Stute noch weitere Pferde gäbe. Ob sie aus der Milch auch Käse machten. Warum die Felder so weit auseinander lägen. Sie wollte auch wissen, wer die Nachbarn seien und ob es freundliche Leute waren. Sie sprach sehr leise und wandte sich ausschließlich an Connan, der sich eifrig bemühte, ihre Fragen so zu beantworten, dass sie zufrieden war. Bevor er sie zurück zu ihren Eltern brachte, tranken sie alle miteinander Kaffee und aßen den Kouign amann, den Butterkuchen, den Mari gebacken hatte. Enora war sehr höflich und lobte den Kuchen. Sie meinte auch, dies sei ein schöner und großer Hof, der ihr gut gefiele. Obgleich sie leise redete, war doch zu hören, dass sie eine feste Meinung hatte, von der sie nicht abgehen würde. Gerade diese Eigenschaft schien Connan zu gefallen. Als sie später neben ihm auf dem Wagen saß und die Stute sie gen Huelgoat zog, sah Maelle, wie Connan den Arm um Enora legte.

Er kehrte spät in der Nacht zurück, und niemand fragte ihn, wo er so lange gewesen war. Die Hochzeit sollte in acht Wochen stattfinden – wen kümmerte es da, ob die beiden so lange warten wollten oder schon jetzt beieinander lagen? Nicht einmal Abbé

Tanguy, denn er war ein vernünftiger und großzügiger Diener der Kirche.

Connan erschien unausgeschlafen und mit dunklen Ringen unter den Augen zum Frühstück, er war jedoch guter Stimmung und berichtete, dass die Deutschen in Huelgoat nach den »dreckigen Partisanenschweinen« gesucht hätten, die in das Lebensmitteldepot eingebrochen waren. »Sie sind durch die Wälder getappt und in die Sümpfe geraten. Da mussten sie unverrichteter Dinge wieder umkehren …«, lachte er hämisch. »Ihre Zeit ist um, bald werden sie abziehen müssen, und dann werden sie ihren Lohn erhalten.«

Gleich darauf verkündete er, dass Enora eine eheliche Schlafkammer haben wolle und dass die Kammer, in der er jetzt nächtigte und die er früher mit Dustin geteilt hatte, dafür zu klein sei.

Mari zögerte. Sie strich Butter auf ihr Brotstück, nahm einen Löffel vom Pflaumenmus, begann zu essen. Connans Blick ruhte die ganze Zeit auf ihr, mehr fordernd als bittend und bereit, für seinen Willen zu streiten.

»Dann werde ich ab jetzt in deiner Kammer schlafen, Connan. Ein junges Paar braucht eine eheliche Schlafkammer, das ist wahr. Und Justen, mit dem ich dort dreißig Jahre lang gelegen habe, ist ja nicht mehr bei uns.«

Maelle fand Connans Forderung reichlich hart. Musste er die Mutter schon jetzt aus der Schlafkammer drängen, da der Vater gerade mal ein halbes Jahr unter der Erde war?

Es kam jedoch noch schlimmer. »Warum willst du nicht gleich in die Kammer der Großtante einziehen, Mamm?«, fragte er. »Enora findet, die andere Kammer, dort wo ich früher mit Dustin schlief, sollte für unsere Kinder sein.«

Damit hatte er die Mutter aufs Altenteil geschoben, in die winzige Kammer, in der einst Großtante Iwa geschlafen hatte und in der sie auch gestorben war. Enora hatte sich das alles gut überlegt, und wie es schien, war Connan bereit, ihren Wunsch zu erfüllen.

»Aber dort schläft Swana mit der kleinen Yuna …«

Das Mädchen war auf den Namen »Yuna Tudnal« getauft worden, trug also Swanas Familiennamen, doch Connan hatte die Vaterschaft anerkannt.

»Sie wird von hier verschwinden …«, sagte Connan gleichmütig.

Mari blickte entsetzt auf ihren Sohn. Er wollte Swana also vom Hof jagen. Obgleich er ihr versprochen hatte, sie dürfe bleiben. Es war klar, wer hinter dieser Entscheidung steckte.

»Was starrst du mich so an?«, fragte Connan ärgerlich und nahm sich noch ein Stück Brot aus dem Korb. »Die Kleine kann sie hier lassen, Enora ist bereit, sie großzuziehen. Aber Swana mag sie hier auf dem Hof nicht haben. Das kann man doch verstehen.«

Er sagte es Swana noch am gleichen Tag, und Maelle hörte die Magd bitterlich weinen. Am folgenden Morgen stand sie mit einem Bündel, in das ihre Kleider und Habseligkeiten gewickelt waren, in der Küche, und Connan zahlte ihr den Lohn aus. Das Kind nahm sie mit; um nichts in der Welt war sie bereit, ihre Tochter Connans Frau zu überlassen.

»Du bist dumm«, knurrte Connan, den ihr Starrsinn ärgerte. »Hier auf dem Hof hätte Yuna es gut, sie ist ja meine Tochter.«

Swana zog die Nase hoch und presste die Lippen aufeinander. Es gab für sie keine Hoffnung mehr, warum sollte sie ein Blatt vor den Mund nehmen? »Ich weiß, wie es einem unehelichen Kind bei der Stiefmutter ergeht«, sagte sie. »Lieber nehme ich sie mit ins Grab.«

Ein sanfter Frühlingsregen fiel auf das Land, als sie mit dem Bündel auf dem Rücken und dem Kind auf dem Arm vom Hof ging. Sie schlug den Weg nach Huelgoat ein, und da sie kräftig war und munter ausschritt, würde sie wohl in ein paar Stunden dort sein.

»Herr Jesus Christus stehe ihnen bei«, sagte Mari leise zu Maelle. »Das wird Connans Ehe kein Glück bringen.«

Maelle war der gleichen Meinung. Sie mochte Swana nicht besonders, aber die kleine Yuna hatte ein besseres Los verdient.

Am meisten regte sich Sema darüber auf. Sie hatte ihre Eltern gebeten, Swana und das Kind aufzunehmen, doch Patrik Tabarly wollte keinen neuen Streit mit Connan LeHaziff und lehnte daher ab.

»Das sieht Connan ähnlich«, schimpfte Sema. »Ich wusste wohl, weshalb ich deinen Bruder nicht heiraten wollte!«

»Es war nicht seine Entscheidung«, meinte Maelle seufzend. »Enora, seine Braut, steckt dahinter.«

»Da hat er eine gefunden, die ihm an Hartherzigkeit und Kälte das Wasser reichen kann«, sagte Sema verdrossen. »Um eine solche Schwägerin bist du nicht zu beneiden.«

Maelle stimmte ihr zu. Ihr war bang vor dem Moment, an dem Enora auf dem Hof einziehen würde, denn ganz ohne Zweifel war die neue Schwägerin entschlossen, das Regiment zu übernehmen. Und das würde ihr wohl auch gelingen, denn Connan leistete ihr keinen Widerstand. Für die Mutter brach eine böse Zeit an, schlimmer aber würde es für sie selbst werden, denn sie würde bald keinen Platz mehr in ihrem Elternhaus haben.

»Manchmal träume ich in der Nacht, dass Peter plötzlich im Hof steht«, sagte sie lächelnd zu Sema. »In seiner grauen Uniform steht er dort und lacht mich aus, weil ich vor Überraschung kein Wort sagen kann. Dann nimmt er mich in die Arme und wir beide fliegen davon … weit fort, dorthin, wo das Glück ist …«

Sema nickte traurig. Sie gestand, dass auch sie solche Träume kannte. »Du musst nur fest daran glauben, Maelle. Dann wird er kommen.«

»Ja«, flüsterte Maelle. »Wenn er noch am Leben ist …«

Mitte Mai hatten sich Enoras Eltern mit Connan über den Ehevertrag geeinigt, und die Hochzeit wurde auf Ende Juni festgesetzt. Connan wollte aus Vorsicht nur wenige Gäste einladen, denn immer noch saßen die Deutschen in Huelgoat und er war schließlich ein entflohener Kriegsgefangener. Doch Enora bestand auf einer Hochzeit, wie sie in der Bretagne üblich war, und schließlich gab Connan nach. So saßen Mari und Maelle an den Abenden zusammen, um die Verköstigung der Gäste zu planen. Es würde ein kräftiges Loch in ihre Vorräte reißen – aber das spielte keine Rolle, denn man wollte sich nicht nachsagen lassen, dass bei der Hochzeit von Connan LeHaziff geknausert wurde.

Doch Maris Weissagung erfüllte sich nur allzu bald. Früh am Morgen hörte man das Geräusch von Militärfahrzeugen, die von Huelgoat kommend ins Dorf hineinfuhren und vor dem umfriedeten Kirchhof anhielten. Es waren drei offene Wagen, voll besetzt mit deutschen Soldaten, die heraussprangen und ihre Gewehre entsicherten. Maelle und Mari sahen sie zuerst, denn sie kamen gerade mit dem Handwagen vom Melken zurück.

»Lauf«, flüsterte Mari, vor Aufregung zitternd. »Steig über die Mauer. Du musste sie aufhalten, damit Connan fliehen kann …« Sie half Maelle, über die Mauer zu steigen, die den Hof von der Straße trennte. Von hier aus konnte sie ungesehen durch die Arbeitsküche ins Haus gelangen. Atemlos stand sie wenige Minuten später in der Küche, wo die Soldaten bereits an die Tür hämmerten.

»Mach auf, Annik«, befahl sie der verschüchterten Magd. »Und kein Wort von Connan. Er ist im Krieg. Wir wissen nicht, was mit ihm geschehen ist. Hast du verstanden?«

»Ja … ja …« Annik schlotterte vor Angst am ganzen Körper, doch sie ging tapfer zur Haustür und schob den Riegel zurück. Draußen stand ein deutscher Leutnant, hinter ihm mehrere Soldaten mit dem Gewehr im Anschlag.

»Le soldat Connan LeHaziff … vite! Wir wissen, dass er hier versteckt ist. Nous savons qu' il se cache ici … «

Der Leutnant war sehr dünn, der Mund schmal, er hatte dunkle Augen, die Maelle mit einer Mischung aus Abscheu und Kälte anstarrten. Vermutlich war er selbst nicht glücklich über den Befehl, den er ausführen musste.

»Connan LeHaziff? Das ist mein Bruder … Aber er ist im Krieg …«

»Natürlich, Mademoiselle. Wir sind alle im Krieg … en guerre …«

Er machte eine auffordernde Kopfbewegung und trat beiseite, damit seine Leute an ihm vorbei ins Haus eindringen konnten. Maelle stellte sich ihnen entgegen, hielt sich mit beiden Armen am Türrahmen fest und begann laut zu schelten. Gleich darauf erschien Mari hinter dem Leutnant, drängte sich an ihm vorbei in die Küche hinein und begann, die deutschen Soldaten auf Bretonisch zu beschimpfen. Es half jedoch nur wenig, sie stießen die Frauen zur Seite, und gleich darauf hörte man das harte Geräusch der genagelten Soldatenstiefel auf der alten Holzstiege. Hilflos standen die Frauen und lauschten auf das Gepolter im oberen Stockwerk, die Rufe, die umstürzenden Möbel, das Splittern von hölzernen Türen. Sie suchten überall. Im Keller brachten sie die Vorräte durcheinander, in der Wirtschaftsküche warfen sie die Regale um und schauten in den großen Kochkessel. Dann rissen sie die Tür auf und liefen hinüber zu den Nebengebäuden.

»Er ist im Krieg …«, versicherte Maelle immer wieder. »Connan LeHaziff ist nicht hier …«

Schließlich ging sie dem Leutnant damit auf die Nerven.

»Wir wissen, dass er hier ist, Mademoiselle … Wir haben einen Hinweis … Quelqu'un le nous a dit …«

»Das kann nur eine Lüge sein …«

»Schweigen Sie jetzt. Taisez-vous!«

Sie scheuchten die Knechte auf, stellten sie gegen die Scheunenwand und durchsuchten sie sinnloserweise nach Waffen. Sie stocherten in den letzten Resten des Vorjahresheus herum, durchsuchten den Schweinestall, den Abort, stachen mit einer Heugabel in den Misthaufen Da sie den Gesuchten nirgendwo finden konnten, unterzog der Leutnant Mari und Maelle einer Befragung. »Wer hat oben geschlafen? Wem gehören diese Kleider?«

Mari erklärte, die Kleider gehörten ihren Söhnen.

»Dieses Hemd ist erst kürzlich getragen worden.«

Mari behauptete, einer der Knechte, Jodok, schliefe hin und wieder oben.

»Sie teilen das Bett mit Ihrem Knecht, Madame?«

»Ich bin Witwe, Monsieur le Lieutenant …«

Er schnaubte zornig und warf ihr Connans Hemd vor die Füße. Dann befahl er seinen Leuten, sich zu sammeln. Sie fuhren nicht zurück nach Huelgoat, sondern formierten sich zu mehreren Gruppen und begannen, die Nachbarn zu verhören. Da die Besatzer jedoch sehr schlecht französisch sprachen, taten die meisten, als hätten sie nicht verstanden, um was es ging. Erst gegen elf stiegen die Deutschen wieder in ihre Fahrzeuge und fuhren knatternd davon.

»Sie werden wiederkommen«, meinte Mari. »Wir müssen weiterhin auf der Hut sein.«

Connan war nur halb angekleidet über die Mauer hinüber zu den Tabarly geklettert, und Patrik hatte ihn im Kartoffelkeller versteckt. Man kam überein, dass er während der folgenden Wochen vorsichtshalber außerhalb des Dorfes an einem geheimen Ort bleiben solle, bis die Deutschen die Suche nach ihm aufgegeben hatten.

Tatsächlich kamen die Besatzer gleich am folgenden Tag wieder, um den Hof auf gleiche Weise wie zuvor zu durchkämmen. Connan fanden sie auch dieses Mal nicht – er war untergetaucht.

Im wahrsten Sinne des Wortes: Maelle, Annik oder die Knechte brachten ihm alle paar Tage Lebensmittel und was er sonst benötigte in die Krypta der verfallenen Klosterkirche. Sie benutzten dazu die schmalen, nur den Einheimischen bekannten Waldpfade, auf denen ein Verfolger leicht in die Sümpfe geriet.

Connan war wütend und grübelte darüber nach, wer ihn wohl verraten haben könnte. Zu der Sorge um sein Leben kam die Enttäuschung über die verpatzte Hochzeit. Sein einziger Trost war, dass Enora sich geduldig zeigte und bereit war, auf ihn zu warten.

»Na klar wartet sie«, meinte Sema grinsend. »So eine gute Partie lässt man doch nicht sausen. Zumal er großartig nach ihrer Pfeife tanzt …«

Madame LeBoff hatte Mari unter dem Siegel der Verschwiegenheit erzählt, dass Swana in Huelgoat etwas mit einem deutschen Soldaten angefangen habe. Er schien kein übler Kerl zu sein, denn er hatte für Swana und den Säugling ein Quartier besorgt und kümmerte sich rührend um die beiden.

»Da musst du nur zwei und zwei zusammenzählen, Mari … Aber schwöre mir, dass du es niemandem sagst …«

Mari sagte es nur Maelle. Beide hielten es für besser, dass Connan niemals davon erfuhr. Schließlich war es nur eine Vermutung, einen Beweis hatten sie nicht. Es wäre allerdings nicht das erste Mal gewesen, dass Swana den Mund nicht halten konnte.

26

Am 5. August 1944 nachmittags um fünfzehn Uhr erreichte eine amerikanische Panzerdivision Huelgoat. Sie durchbrach ohne weitere Probleme eine Straßensperre auf der Rue des Cieux und begann, das Hauptquartier der Deutschen zu beschießen. Es kam zu einem kurzen Kampf, der acht Amerikaner und etwa fünfzig Deutsche das Leben kostete. Die restlichen Deutschen flüchteten in die Wälder, wo sie jedoch von bretonischen Widerstandskämpfern angegriffen wurden. Einige versprengte Gruppen der besiegten Besatzer flohen zurück nach Huelgoat, drangen dort in das *Hôtel de France* ein und töteten den Besitzer, den Bürgermeister und weitere Personen, bevor sie von den Amerikanern gefangengenommen wurden.

Madame LeBoff erfuhr von den Ereignissen erst am Abend, als ihre Schwester sie vom Hotel *Bretagne* aus anrief, und sie stürzte sofort los, um die Nachricht im Dorf zu verbreiten.

»Sie sind in die Wälder gelaufen und können jederzeit hier auftauchen. Schließt um Gottes willen die Türen ab und lasst niemanden ein. In Huelgoat haben sie den Briefträger und die Lehrerin Marie LeBoulch erschossen. Diese Burschen sind in Panik und schrecken vor nichts zurück …«

Sie ließ sich auf jedem Hof einen Imbiss und einen Kaffee vorsetzen und erzählte, dass sie vor Angst um ihre arme Schwester fast gestorben sei. Nur durch eine Fügung Gottes sei das Hotel *Bretagne,* wo ihre Schwester angestellt war, von den Gräueltaten der Deutschen verschont geblieben. Dann erging sie sich in Lobeshymnen auf die jungen Männer der Résistance, die jetzt draußen im Wald im Kampf mit den geflüchteten deutschen Soldaten standen.

»Monsieur Riou und André Créoff sind von den Deutschen umgebracht worden. Ach, unsere großartigen, mutigen Jungs. Sie haben die Burschen aufgespürt und sie gehetzt wie die Tiere ...«

Als sie sich bei den LeHaziff verabschiedete, um zum Nachbarhof zu laufen, hinterließ sie größte Aufregung und Verwirrung.

»Wir müssen Connan benachrichtigen«, meinte Mari schließlich. »Er braucht sich jetzt nicht mehr zu verstecken.«

»Aber vielleicht ist es besser, noch ein wenig zu warten«, wandte Maelle ein. »Wegen der Deutschen, die in die Wälder geflohen sind ...«

Unschlüssig blieben sie am Tisch sitzen, überlegten hin und her, schließlich fragten sie Tin, den jüngsten der drei Knechte, ob er das Wagnis eingehen würde. Tin hatte sich dem Wehrdienst entzogen, weil er eine Lungenkrankheit hatte. Im Winter hustete er sich meist die Seele aus dem Leib, im Sommer ging es ihm gut. Für einen kleinen Extralohn war er bereit, noch am späten Abend durch den Wald zu laufen, um dem Hofherrn Nachricht zu geben, dass Frankreich befreit sei.

Während man überall im Dorf den Rat der Madame LeBoff befolgte und die Türen verrammelte, machte sich Tin furchtlos auf den Weg zur Klosterruine. Da es im August noch lange hell blieb, brauchte er weder Laterne noch Taschenlampe, denn wenn alles glatt verlief, würden Connan und er noch vor der Dunkelheit wieder im Dorf sein. Mari und Maelle holten derweil das restliche Gesinde – Annik, Jodok und Loan – ins Haus. Dort saß man in der Küche beisammen und wartete bei verschlossenen Türen. Jedes Mal, wenn irgendwo im Dorf ein Hund anschlug, lief Mari hinauf in ihre Schlafkammer, um aus dem Fenster zu schauen, denn von dort oben hatte man den besten Überblick. Es war jedoch nichts Verdächtiges zu sehen, sodass sie schließlich meinte, es sei eine Schande, wie sie sich doch alle zum Narren machten. Es wurde neun Uhr, der Himmel färbte sich gen

Westen rot, dann zerfloss die Röte und hinterließ einen rosigen Schein auf dem taubenblauen Firmament. Langsam wurde das Licht fahler, die Farben blasser, die Dämmerung legte sich gemächlich über das Land, hatte keine Eile, ließ sich jedoch in ihrem Tun nicht aufhalten.

»Sie müssten doch längst zurück sein«, flüsterte Annik.

Die anderen schwiegen. Mari griff den Krug mit Cidre und goss jedem noch einmal den Becher voll, dann erklärte sie, dass das Gesinde ruhig schlafen dürfe, auch Maelle solle hinauf in ihre Kammer gehen. Sie selbst würde wach bleiben, um den Heimkehrenden die Tür aufzuschließen. Daraufhin machten sich Annik, Loan und Jodok in der Arbeitsküche ihre Lagerstätten zurecht, breiteten Decken auf dem Boden aus und legten sich zur Ruhe. Maelle blieb bei der Mutter sitzen, sie hätte oben in der Kammer vor Sorge kein Auge schließen können. Die Kirchturmuhr schlug zehn, dann elf – nichts tat sich, das Dorf lag still unter einem sternlosen Nachthimmel.

»Was immer geschehen ist, es ist meine Schuld«, sagte Mari und wischte sich mit dem Handrücken über die Stirn.

»Nein, Mamm. Wir beide haben es gewollt.«

Der Blick, mit dem Mari auf ihre Tochter sah, war voller Liebe und Schmerz. Noch nie zuvor hatte die Mutter sie auf diese Weise angesehen. »Vielleicht wird es so kommen, dass nur du allein mir bleibst, Mädel«, sagte sie leise und fasste Maelles Hand. »Dann lass uns beide fest zusammenstehen.«

Gerührt wollte Maelle der Mutter versichern, dass sie sie niemals verlassen würde. Doch in diesem Moment schlug eine Faust gegen die Haustür, und beide Frauen fuhren erschrocken zusammen.

»Wer ist da?«

»Connan … mach auf, Mutter!«

Es war seine Stimme, auch wenn sie sehr matt und erschöpft klang. Einen Moment lang fürchtete Maelle, es könnte eine List der Deutschen sein, die den Bruder als Gefangenen vorschoben und sich auf diese Weise Eintritt verschafften. Doch Mari war schon zur Tür gelaufen und hatte den Riegel zurückgeschoben.

Draußen stand Connan, bleich und blutverschmiert, hinter ihm Tin, der mit weit aufgerissenen Augen in die beleuchtete Küche starrte. Zwischen den beiden befand sich eine Last, die sie beide gefasst hatten und in die Küche hineintrugen. Maelle schrie vor Schrecken auf, Mari hielt sich die Hand vor den Mund. Es war ein Mensch. Seine graue, abgerissene Hose und das schmutzige Hemd waren voller Blutflecke, der Kopf hing nach hinten, an dem dünnen, blassen Hals stach der Adamsapfel wie ein Zacken hervor. Erst als Connan und Tin ihn vorsichtig auf die Bank gelegt hatten und man sein Gesicht sah, erkannten sie ihn.

»Jesus Christus, sei uns gnädig … Es ist Marno!«

Er war kalt am ganzen Körper, doch er atmete noch, und als Maelle ihm die Schläfen rieb, öffnete er die Augen. Sein Blick schien von weither zu kommen, er bewegte die Lippen, war jedoch zu schwach zum Sprechen.

»Er ist übel zusammengeschlagen worden, der Unglückswurm«, sagte Connan. »Wären wir nicht in der Nähe gewesen, dann läge er jetzt einsam am Ufer des Sees und hauchte sein Leben aus.«

»Wir brauchen einen Arzt!«, rief Maelle. »Jemand muss die Wunden versorgen. Er blutet immer noch …«

Connan schüttelte den Kopf. Die Frauen sollten Marno verbinden und ihm etwas zu trinken einflößen, das müsse vorerst genügen. »Du glaubst doch nicht, dass Docteur LeBihan mitten in der Nacht von Huelgoat hierherkommt? Wo überall im Wald noch die deutschen Soldaten hocken und wie die Irren um sich schießen …«

Das war nicht zu leugnen.

»Warum habt ihr ihn nicht hinüber zu seinen Eltern gebracht?«

Connan schnaubte unwillig und trank einen tiefen Schluck Cidre. »Versucht haben wir es. Aber sie haben das Hoftor geschlossen und verriegelt. Wir haben eine Weile geklopft und gerufen – vergeblich!«

»Heilige Jungfrau! Das ist nur, weil Madame LeBoff uns alle in Angst und Schrecken versetzt hat.«

Maelle hörte den Rest des Satzes nicht mehr, sie war schon zur Tür gelaufen, schob den Riegel beiseite und stürzte hinaus in die Dunkelheit. Sie hörte, wie ihr Name gerufen wurde, Connans zornige Stimme, die ängstlichen Rufe der Mutter. Doch sie drehte sich nicht um. Die Mauer war hoch, sie brauchte einen Schemel, um hinaufzusteigen, hing dann bäuchlings auf dem Mauerfirst und ließ sich vorsichtig auf der anderen Seite hinabgleiten. Das Wohnhaus der Tabarly war dunkel, die Familie lag in tiefem Schlaf. Maelle eilte an der Scheune vorbei durch den Gemüsegarten. Der Hofhund erwachte und meldete sich mit heiserem Kläffen. Auf dem Hof wäre sie beinahe gegen eine hölzerne Schubkarre gelaufen, im letzten Moment erkannte sie das Hindernis in der grauen Nacht, dann hatte sie die Haustür erreicht. Mit beiden Fäusten schlug sie dagegen.

»Sema! Armelle! Macht auf! Marno ist da. Er ist verletzt und braucht einen Arzt. Sema! So mach doch auf!«

Es dauerte eine ganze Weile, bis hinter der Tür eine Bewegung zu vernehmen war. Eine Magd, die in der Küche geschlafen hatte, öffnete die Tür einen Spalt weit und hielt Maelle eine Laterne entgegen.

»Sind Sie es wirklich? Oder ist das eine List der Deutschen?«

»Natürlich bin ich es …«

Hinter der Magd tauchte jetzt Sema im Nachthemd auf, dann auch ihr Vater, ein Gewehr in den Händen. Eine uralte Flinte, die einmal seinem Vater gehört hatte und die vermutlich längst eingerostet war.

»Connan und Tin haben Marno am See gefunden. Er ist verletzt …«

Man starrte sie ungläubig an, fragte, wieso Marno verletzt sei, was denn geschehen sei, was er am See zu suchen gehabt hatte. Doch Maelle konnte auf keine dieser Fragen eine Antwort geben.

»So kommt doch endlich!«

Hastig warf man sich die Kleidung über und setzte sich in Bewegung. Drüben im Elternhaus waren Mari und Annik dabei, Marnos Wunden vorsichtig mit klarem Wasser zu reinigen. Connan und Tin saßen am Tisch, um ein spätes Abendbrot einzunehmen. Armelle weinte, als sie ihren Sohn bleich und halb verblutet auf der Bank ausgestreckt sah. Sema streichelte seine Wangen, rief ihn beim Namen. Marno öffnete die Augen nur einen Spalt und formte mit den Lippen Worte, die niemand verstand.

»Was murmelt er da?«, fragte Sema und sah Maelle an. Aber die wusste es auch nicht.

Man beschloss, den Verletzten vorsichtig hinüber in sein Elternhaus zu tragen, wo Sema und seine Mutter ihn versorgen würden. Patrik war entschlossen, seinen Sohn gleich morgen früh nach Huelgoat zu Docteur LeBihan zu bringen.

»Und wenn dort eine ganze Armee von deutschen Soldaten steht – das ist mir gleich!«, versicherte er zornig.

Connan nahm den Dank der Nachbarn schweigend entgegen, dann berichtete er so knapp wie möglich, was geschehen war. Tin war in die Krypta hinuntergestiegen, um die Nachricht von der Befreiung zu überbringen, und sie machten sich beide für den Rückweg ins Dorf bereit. Kaum waren sie hinaufgestiegen, da hörten sie vom Seeufer her Schüsse und versteckten sich rasch im Hortensiengesträuch. Eine ganze Weile hockten sie in ihrem Versteck und wagten sich nicht hervor. Als nichts mehr zu hören war, kroch Tin zu einem Mauerrest und spähte hinüber zum See. Es dämmerte schon, der See lag wie eine graue Bleiplatte vor ihnen, kein Lüftchen regte sich, kein Nachtvogel flog. Aber Tins scharfe Augen hatten die leblose Gestalt bemerkt, die dicht am Ufer auf den Steinen lag.

»Ein Toter«, flüsterte er Connan zu. »Sie haben einen umgebracht, Herr.«

»Ein Deutscher?«

Das konnte Tin aus der Entfernung nicht erkennen. Der Mann trug graue Kleidung, die den Uniformen der Deutschen ähnlich schien, aber keinen Gürtel und auch keine Stiefel. An dieser Stelle des Berichts betonte Connan, dass sie ein großes Wagnis eingingen, als sie zum Seeufer hinunterliefen, um sich den leblosen Mann anzuschauen. Es hätte gut sein können, dass die Deutschen im Wald dicht beim Seeufer lagerten, und das wäre dann wohl ihr Ende gewesen.

»Das werde ich dir nie vergessen, Connan!«, sagte Patrik Tabarly und umarmte Maelles Bruder, danach auch Tin, der vor Verlegenheit darüber fast von der Bank fiel.

Am folgenden Morgen sahen Mari und Maelle den Wagen der Tabarly von zwei Pferden gezogen gen Huelgoat fahren. Sie wussten, dass es ernst um Marno stand. Maelle lief hinüber zu Sema, die auf Befehl des Vaters daheim geblieben war. Niemand wusste, was sie in Huelgoat erwartete, ein junges Mädchen war auf jeden Fall zu Hause besser aufgehoben.

»Er hat einen Schuss in den Arm bekommen und auch in die Hüfte«, berichtete sie. »Und dazu haben sie ihn noch geschlagen, diese dreckigen Schweine …«

Wann hatte Maelle ihre Freundin je weinen gesehen? Höchstens aus Mitgefühl mit Maelle hatte Sema Tränen vergossen. Jetzt schluchzte sie in hilflosem Zorn über das, was man ihrem Bruder angetan hatte.

»Er ist der harmloseste Mensch von der Welt, du weißt es doch, Maelle. Keiner Fliege hätte er etwas zuleide getan …«

Maelle nahm sie schweigend in die Arme und sagte ihr, dass sie recht habe. »Hat er etwas gesagt? Wie ist er überhaupt aus der Gefangenschaft freigekommen? Und was wollte er am See? Warum ging er nicht nach Hause ins Dorf?«

Sema wusste es nicht. Marno hatte nur wenig gesprochen, aber gierig Wasser und später auch Fleischbrühe getrunken. Später, als sie ihn wuschen und die Wunden verbanden, hatte er einiges vor sich hingemurmelt, das jedoch wenig Sinn ergab.

»Er hat von der Dunkelheit geredet. Und von Gefangenschaft«, sagte Sema bekümmert. »Vielleicht haben sie ihn gezwungen, in einer Fabrik oder in einem Bergwerk zu arbeiten. Er hat auch immer etwas von einem Stein gemurmelt …«

»Er war nicht richtig bei Bewusstsein, oder?«

Sema schüttelte den Kopf. Marno hatte in der Nacht hohes Fieber gehabt, sie hatten große Angst um ihn.

»Wenn mein Bruder sterben muss, dann werde ich die Deutschen hassen bis an mein Lebensende. Das schwöre ich!«

Maelle schwieg beklommen. Natürlich konnte sie Sema verstehen. Sie hatte Dustin verloren und nun vielleicht auch Marno. Ach, sie selbst war ja auch verzweifelt über Marnos schlimmen Zustand. Aber dennoch …

»Du würdest dann auch Peter hassen?«, flüsterte sie.

Sema starrte böse vor sich hin und gab ihr keine Antwort.

»Er ist sowieso tot«, sagte Maelle mit erstickter Stimme. »Wo ist der Unterschied? Sie bringen sich gegenseitig um. So ist das im Krieg, Sema. Ich verstehe es nicht …«

»Hör auf!«

Zum ersten Mal trennten sich die Freundinnen schweigend und feindselig. Beide waren mit dem eigenen Kummer beschäftigt und unfähig, die andere zu verstehen. Drei Tage hörten und sahen sie nichts voneinander, dann kam Sema am Abend hinüber zu den LeHaziff, um zu berichten, dass es Marno gottlob besser ging. Sie wurde freudig begrüßt und an den langen Tisch geladen, Connan selbst schenkte ihr Cidre ein und Mari schob ihr den Teller mit den Butterkeksen hin.

»Wie schön«, sagte Connan zu Sema. »Wir haben uns große Sorgen gemacht.«

Marno war seit gestern fieberfrei. Er hatte zwar noch Schmerzen in der Hüfte, aus der Docteur LeBihan ihm ein Geschoss herausgeschnitten hatte, aber es ging aufwärts. Er aß und trank, ging in seiner Schlafkammer umher und hatte schon gefragt, ob Maelle ihn nicht besuchen wolle.

»Das will ich gerne tun«, meinte Maelle.

Danach schwieg sie verlegen. Sema ergriff wieder das Wort. Sie erzählte, dass Marno tatsächlich in einem Bergwerk hatte arbeiten müssen. Das war – so hatte er erzählt – im Ruhrgebiet gewesen, dort, wo auch die großen Stahlwerke der Deutschen standen. Während eines Fliegerangriffs wurde die Unterkunft der Kriegsgefangenen von einer Bombe getroffen, und bei dieser Gelegenheit war einigen von ihnen die Flucht gelungen.

»Es muss schrecklich gewesen sein«, sagte Sema. »Er stockt immer wieder und schüttelt den Kopf, wenn er davon redet. Ich glaube, viele seiner Kameraden sind umgekommen und er macht sich Vorwürfe, dass er davonkam, während die anderen sterben mussten.«

»Aber das ist doch Unsinn!«, meinte Connan. »Er soll lieber froh sein, dass Gott ihm das Leben bewahrt hat.«

»Das haben wir ihm auch gesagt. Aber er will es nicht hören …«

Connan war bester Laune, denn er hatte mit Enora und ihren Eltern verabredet, dass die Hochzeit schon in zwei Wochen stattfinden würde. »Wir haben sie schon einmal verschieben müssen und wollen nicht länger warten«, erklärte er Sema. »Deshalb wird es wohl mit einer Doppelhochzeit nichts werden …«

Sema nickte. Natürlich. Allein das Aufgebot benötigte sechs Wochen, und ihr Bruder musste ganz wiederhergestellt sein, um als Bräutigam ein gutes Bild abzugeben. Dabei sah sie mit besorgtem Blick zu Maelle hinüber, die kein Wort dazu äußerte.

Als sie wieder heimgegangen war, nahm Connan seine Schwester beiseite. »Wenn du Glück hast, dann sagen sie es ihm nicht und er heiratet dich. Und später wird er sich schon damit abfinden. Marno Tabarly ist Hoferbe; wenn du seine Frau bist, dann hast du dein Glück gemacht.«

Maelle biss sich auf die Lippen und nickte, als sei sie seiner Ansicht. In Wirklichkeit war sie sicher, dass aus dieser Heirat nichts werden konnte. Selbst wenn man Marno die Geschichte mit Peter vorerst verschwieg, um seine Genesung nicht zu gefährden – Maelle wollte ihn auf keinen Fall auf solch boshafte Weise hintergehen, wie Connan es ihr riet. Damit hätte sie ihn zum Gespött des ganzen Dorfes gemacht. Der Dummkopf, der sich von dem Deutschenliebchen hatte übertölpeln lassen. Der Hahnrei, der sich von einem Deutschen Hörner aufsetzen ließ. Nein, das konnte und wollte sie Marno nicht antun, dazu mochte sie ihn zu gern.

In einer verborgenen Ecke ihrer Seele hoffte sie immer noch, dass Peter am Leben war. Dass er eines Tages kommen würde, um sie mit sich zu nehmen. Fort von hier, fort aus diesen Wäldern, die sie so liebte, fort von ihrem Dorf, dem Haus, in dem sie geboren war, fort von den Menschen und den Tieren. Der Abschied würde ihr das Herz zerreißen, aber sie würde ihm folgen.

Doch das waren alles nur Träume, sie wusste es ja. Stattdessen nahm sie an den Hochzeitsvorbereitungen teil, half mit, die eheliche Schlafkammer für Connan und seine Frau Enora einzurichten, und ging jeden Abend für eine halbe Stunde hinüber zu den Tabarly. Das war das Härteste. Sie litt unendlich unter Marnos vorsichtigen Zärtlichkeiten, seinen hoffnungsvollen Blicken und seinem Vertrauen.

»Ich kann es nur dir erzählen, Maelle«, sagte er immer wieder. »Und ich tue es nur, wenn du bereit bist, mir zuzuhören. Wenn du es nicht mehr hören willst, Liebste, dann sag es mir …«

Er sprach stockend und mit leiser Stimme von den schrecklichen Dingen, die er gesehen hatte, von Bomben und brennenden Gebäuden, von sterbenden Menschen, zerfetzten Körpern, von all der Monstrosität, die der Krieg mit sich bringt, der die Gesetze der Menschlichkeit außer Kraft setzt. Maelle hörte ihm schweigend zu, hielt seine Hand und begriff, dass das Reden ihn erleichterte, ihm einen Teil der schrecklichen Erinnerungslast von der Seele nahm. Immer wieder hielt er inne, sah sie an und fragte besorgt, ob es nun genug sei und er besser schweigen solle. Doch Maelle schüttelte den Kopf und bat ihn fortzufahren. Im Stillen aber fragte sie sich, wie er die Offenbarung ihrer verbotenen Liebe zu Peter verkraften würde. Der Krieg hatte tiefe Wunden in seine Seele geschlagen, und es war fraglich, ob er jemals darüber hinwegkommen würde. Eine weitere Verletzung konnte ihn für immer in die Verzweiflung treiben.

»Ich bin ein glücklicher Mann, Maelle«, sagte er oft zu ihr. »Weil ich heimkehren und dich wiederfinden durfte. Du wirst mir alles wiedergeben, was der Krieg mir genommen hat. Und noch viel mehr …«

Er behauptete, es ging ihm täglich besser, und unternahm erste Spaziergänge. Hand in Hand gingen sie durch das Dorf, wo Marno alle Nachbarn und Freunde begrüßte und sich berichten ließ, was mit ihnen geschehen war. Er tröstete jene, die Angehörige verloren hatten, und erzählte allen, dass er und Maelle nun bald vor den Traualtar treten würden. Die seltsam betretenen Gesichter beachtete er nicht; auch die feindseligen Blicke, die Maelle trafen, entgingen ihm. Maelle aber hatte das Gefühl, Spießruten laufen zu müssen, und sie fragte sich, wie lange sie diese Lüge noch aufrechterhalten wollte. Sie hatte sich vorgenommen, ihm alles einzugestehen, sobald er kräftiger war und die Wahrheit ertragen konnte. Besser, er erfuhr es von ihr, als dass es ihm eine Klatschtante aus dem Dorf verriet. Doch immer noch spürte sie deutlich, dass er darunter zerbrechen würde.

»Warum willst du es ihm sagen?«, fragte Sema. »Heirate ihn und mach ihn glücklich. Dann gibt es hier wenigstens einen, dessen große Liebe in Erfüllung gegangen ist.«

Seitdem Marno wieder zurückgekehrt war, hatte Sema sich verändert. Der Krieg sei bald zu Ende, sagte sie. Die Deutschen würden nun bekommen, was sie verdienten, und sie wünsche nichts mehr, als dass sie alle krepierten.

»Es ist Zeit, sich von den schönen Träumen zu verabschieden, Maelle. Wir müssen weiterleben.«

Hatte sie die Hoffnung aufgegeben, dass Dustin zu ihr zurückkam? Auf Maelles vorsichtige Fragen ging sie nicht ein.

Die Tabarly besaßen jetzt ein Rundfunkgerät, um das sie sich jeden Abend versammelten, um die Nachrichten zu hören. Es hieß, die Alliierten seien in harte Kämpfe verwickelt, weil die Deutschen nur langsam zurückwichen. Aber Frankreich war befreit. Immer mehr französische Kriegsgefangene kamen aus deutschen Lagern zurück, sie flohen oder man schickte sie heim, auch viele, die als Fremdarbeiter rekrutiert worden waren, fanden den Weg zurück in die Heimat.

Drei Tage vor Connans Hochzeitsfeier bat Marno seine Verlobte, mit ihm zusammen einen Spaziergang zur Klosterruine am See zu unternehmen.

»Ist das nicht zu weit?«, wandte Maelle ein. »Du sollst deine Hüfte noch schonen, hat Docteur LeBihan gesagt.«

»Es wird schon gehen.«

Sie saßen in der Morgensonne auf der alten Bank unter dem Kirschbaum, einem Platz, den Marno seit seiner Kindheit liebte. Damals, als sie noch mit zwei Sprüngen über die Mauer steigen konnten, hatten sie oft mit den Geschwistern hier gesessen, und die Großtante Iwa hatte ihre Geschichten erzählt.

»Und warum ausgerechnet an den See?«

Er hatte bisher niemandem verraten, weshalb er nach seiner Flucht zum See hinunter und nicht nach Plouvan gelaufen war. Auch jetzt schien er in Verlegenheit, druckste herum und meinte, der See müsse in der milden Septembersonne sehr hübsch aussehen.

»Aber es ist auch der Ort, an dem du überfallen wurdest, Marno.«

Er nickte und lächelte sie dann auf seine schüchterne Art an.

»Du hast recht, Maelle. Aber ich muss dort etwas Wichtiges erledigen, und ich will es unbedingt tun, bevor …«

Jetzt legte er den Kopf ein wenig schief. Sein Lächeln bekam etwas Flehendes.

»Bevor was?«, fragte sie ahnungsvoll.

Er nahm allen Mut zusammen und führte den angefangenen Satz zu Ende.

»… bevor ich unser Aufgebot bestelle, Maelle.«

Es ist so weit, dachte sie. Ich kann nicht länger schweigen. Und ich will es auch nicht.

»Es gibt da etwas, das du wissen musst, Marno …«

Sie sprach leise, damit keiner der Knechte, die im Pferdestall zugange waren, sie hören konnte. Mit Bedacht wählte sie ihre Worte, hielt dabei Marnos Hand fest, als wollte sie ihn trösten, während sie doch Dinge redete, die ihm tief in die Seele schnitten. Als sie geendet hatte, schwieg er zunächst, sah an ihr vorbei in den Himmel und lächelte auf eine merkwürdige Weise, die Maelle mit Angst erfüllte.

»Und du liebst ihn immer noch?«, fragte er mit heiserer Stimme.

»Ja. Ich kann es nicht leugnen.«

»Wirst du ihn eines Tages vergessen?«

»Das weiß ich nicht …«

Er saß noch eine Weile stumm neben ihr, starrte in die Luft, als suchte er dort etwas, was ihm in seiner Not helfen könnte. Dann entzog er ihr seine Hand und stand auf. Er bewegte sich mühsam, weil seine Hüfte schmerzte. Das Gehen fiel ihm noch schwer.

»Ich muss nachdenken ...«

»Natürlich ... Es tut mir so leid, Marno ...«

»Ja ... ja, es ist ... sehr schade ...«

Das Wort »schade« erschien Maelle in diesem Zusammenhang grotesk, doch Marno war mit den Gedanken weit fort und wusste kaum, was er redete. Mit einem verlegenen Lächeln wandte er sich ihr noch einmal zu, als hätte er selbst etwas Dummes oder Unschickliches getan. Dann ging er mit langsamen Schritten über den Hof und zum Tor hinaus.

Heilige Jungfrau, steh ihm bei, flehte Maelle innerlich. Sie wartete ein Weilchen, dann lief sie hinüber zu den Tabarly und fand Sema im Garten, wo sie die letzten Bohnen erntete.

»Du bist eine dumme Gans!«, fauchte Sema sie an, als sie erfuhr, was geschehen war. »Wie konntest du ihm das antun?«

Sie ließ Maelle stehen und lief ins Haus, um nach ihrem Bruder zu sehen.

Wie ungerecht sie ist, dachte Maelle. Sie war wütend auf die Freundin. Warum wollten alle, dass sie Marno belog? Was hätte ihm das geholfen, da er die Wahrheit ja doch irgendwann erfahren würde? Und wenn Sema noch so viel herumzeterte: Sie hatte gut und richtig gehandelt.

Drei Tage lang hörte und sah man nichts von Marno. Auch Sema kam nicht hinüber, und Maelle hatte keine Zeit, zu den Tabarly zu gehen, denn die Vorbereitungen für die Hochzeit ihres Bruders füllten den Tag bis zum Abend. Annik LeBloch und Marie Seznec halfen ihnen, die vielen Speisen vorzubereiten, auch andere Nachbarinnen kamen. Man hörte, dass es bei den Tabarly nicht gut stünde.

»Bei Marno ist das Fieber zurückgekehrt. Armelle ist ganz

verzweifelt, weil eine Wunde sich schlimm entzündet hat und der Docteur sagt, es könne daraus eine Blutvergiftung entstehen … Gott helfe ihnen!«

»Des einen Freud, des anderen Leid … Ihr feiert morgen Hochzeit, und drüben liegt ein Kranker …«

Schon am Abend vor der Hochzeit kamen die ersten Gäste, und da es ein schöner, sonniger Tag gewesen war, konnte man auf Tischen und Bänken im Hof sitzen. Es war eine fröhliche Gesellschaft, vor allem junge Leute aus den umliegenden Dörfern waren gekommen, die in der Scheune im Heu nächtigen wollten, um nicht im Dunklen heimlaufen zu müssen. Ein paar ältere Leute im Dorf schüttelten zwar die Köpfe über das laute Treiben und meinten, es sei nicht richtig, jetzt schon zu feiern, weil so viele Männer gefallen oder noch in Gefangenschaft waren. Die anderen aber fanden, es sei höchste Zeit, die Befreiung ausgiebig zu feiern.

Connan freute sich über die Gäste und schenkte ihnen großzügig Cidre und Bier ein. Lachend behauptete er, dies sei sein letzter Abend in Freiheit, denn morgen wolle er sich dem Ehejoch ergeben und von da an brav am Zügel seiner Frau gehen. Man fand den Witz großartig, und es wurde viel Gutes über Enora gesagt, die erst morgen, am Tag der Hochzeit, nach Plouvan kommen würde.

Mitten in die ausgelassene Stimmung platzte eine Gruppe junger Männer, die mit einem alten Auto über den Fahrweg aus Huelgoat gekommen waren und auf dem Platz vor der Kirche anhielten. Man sah sie zuerst nur undeutlich, denn es war bereits dunkel; nur der Hof der LeHaziff war mit Lampen und Kerzen beleuchtet. Als sie dann langsam in den Hof hineinkamen, dabei aber dicht beieinander blieben, wunderte man sich.

»Wer sind die denn?«, fragte jemand.

»Sind das Freunde von dir, Connan?«

»Einen von ihnen kenne ich. Das ist Maclou, der ist vor ein

paar Tagen aus der Gefangenschaft zurückgekommen. Und der daneben ist Gurwann, der war bei der Résistance …«

Die fröhlichen Gespräche und das Gelächter erstarben, nur ein paar Betrunkene grölten noch. Plötzlich war allen klar, dass diese Männer nicht als Gäste gekommen waren. Sie hatten andere Absichten. Connan erhob sich und machte eine einladende Geste in ihre Richtung.

»Seid uns willkommen. Ich feiere morgen meine Hochzeit und lade euch ein, auf das Wohl der Braut zu trinken!«

Einige Gäste rückten beiseite, um den Neuankömmlingen Platz zu machen, doch die zeigten keine Neigung, die Einladung anzunehmen.

»Wir haben einen Auftrag«, sagte der junge Bursche, der Maclou genannt wurde. Er war schwarzhaarig und hatte eine frische Narbe über dem rechten Auge. »Es geht um die Ehre aller anständigen Patrioten, die den deutschen Besatzern die Stirn geboten haben.«

»Wenn ihr nach Verrätern sucht – hier werdet ihr keine finden!«, sagte Loan Seznec laut.

Es war in einigen Dörfern und auch in Huelgoat zu Strafaktionen gegen jene gekommen, die sich allzu gut mit den Besatzern verstanden hatten. Vor allem aber zielten die Aktionen auf die Frauen, die sich mit Deutschen eingelassen hatten. Den Gerüchten nach schnitt man ihnen das Haar ab, misshandelte sie und führte sie halb nackt durch die Straßen, damit jeder ihre Schande sehen konnte.

»Maelle LeHaziff!«, sagte Maclou.

Betretenes Schweigen machte sich breit. Maelle stand im Kücheneingang, sie hatte einen frischen Krug mit Cidre aus dem Keller geholt, um den Gästen nachzuschenken. Ungläubig starrte sie auf die Gruppe Männer, die im Schein der Lampen wie eine wilde, gierige Horde aussahen. Hass war in ihren Gesichtern zu erkennen, aber auch die Lust an der Gewalt, daran, sich an der Erniedrigung eines hilflosen Menschen zu ergötzen. Vor allem, wenn es sich um eine junge Frau handelte.

»Lauf weg«, hörte sie ihre Mutter flüstern, die hinter ihr stand. »Versteck dich im Stall …«

Maelle begriff, dass es niemanden hier unter all den vielen Menschen gab, der bereit war, für sie einzustehen. Niemand, der sie vor diesen selbst ernannten Folterknechten retten würde.

»Sie steht auf unserer Liste«, sagte Maclou. »Wir nehmen sie mit. Morgen Abend könnt ihr sie in Huelgoat wieder abholen.«

Geflüster entstand unter den Gästen. Die Frauen hielten sich die Hand vor den Mund und neigten sich zum Sitznachbarn, während sie leise sprachen. Dabei sahen sie furchtsam zu dem Bestrafungskommando hinüber. Nur der alte Loan Seznec rief, dass niemand das Recht habe, über andere zu richten, als nur Gott allein. Doch es machte wenig Eindruck auf die Burschen. Sie sahen nur wütend zu ihm hin, und einige drohten ihm, er könne der Hure ja Gesellschaft leisten.

Maelle fühlte sich verloren. Die Blicke der Gäste hatten sie längst verraten, zwei der Bestrafer lösten sich auf einen Wink Maclous aus der Gruppe, zwängten sich zwischen den Bänken hindurch und blieben dicht vor ihr stehen.

»Bist du Maelle?«, fragte einer und starrte ihr ins Gesicht.

»Lasst sie in Ruhe!«, kreischte Mari. »Sie ist unschuldig. Strolche seid ihr! Haben wir nicht schon genug Unglück und Gewalt erlebt?«

Ohne es zu wollen, hatte sie damit Maelle endgültig preisgegeben. Sie fassten sie mit groben Händen und zerrten sie durch die zurückweichenden Gäste. Mari, die ihre Tochter schützen wollte, wurde gegen den Türpfosten gestoßen. Einzelne Rufe wurden laut.

»Das geht doch nicht!«

»Haltet sie auf!«

Doch während sie über den Hof zum Tor geschoben wurde, vernahm sie auch andere Stimmen.

»Das geschieht ihr recht, der Deutschenhure!«

»Die sollen sie nur hübsch vermöbeln!«

»Gut für den armen Marno, so wird er vor der Schande bewahrt!«

Dann sah sie nur noch die grell auf sie gerichteten Scheinwerfer des Autos, und sie schloss die Augen, um nicht geblendet zu werden. Jemand bog ihr die Arme auf den Rücken, zerrte an ihrer Bluse und riss sie auf. Sie wehrte sich nicht, stand wie eine Gliederpuppe und ließ sie tun, was immer sie wollten. Wenn sie jammerte oder herumzappelte, würde es ihnen doppelt so viel Freude machen.

»Lasst sie los!«, schrie plötzlich eine heisere, überschnappende Stimme. »Gebt sie frei oder ich schieße!«

Sie vernahm Gelächter und versuchte, in der Dämmerung des Kirchplatzes etwas zu erkennen. Ein Mann näherte sich ihnen, das Gewehr im Anschlag. Sein rotes Haar leuchtete jetzt im Licht der Scheinwerfer.

»Geh schlafen, Kleiner«, sagte einer der Bestrafer verächtlich. »Und nimm deine alte Knarre mit!«

Sie begannen jetzt höhnisch zu lachen, denn der Angreifer sah gar zu komisch aus.

»Pass auf, dass du dir mit dem Bärentöter nicht wehtust, Rotschopf …«

In diesem Augenblick donnerte ein Schuss durch die Nacht, und alle, auch Maelle, erstarrten vor Schreck. Einer der beiden Scheinwerfer am Wagen war plötzlich dunkel.

»Ich habe noch eine Kugel geladen«, sagte Marno mit verblüffend ruhiger Stimme. »Und damit treffe ich nicht das Auto, sondern einen von euch.«

»Ein Irrer«, sagte Maclou leise. »Rasch in den Wagen. Der knallt uns ab, der Spinner!«

Maelle stand wie betäubt, während der Wagen aufheulend eine scharfe Kurve fuhr, die Mauer des Kirchhofs mit hässlichem Kreischen streifte und dann in Richtung Huelgoat davonjagte.

»Niemand tut dir etwas zuleide, Maelle«, hörte sie Marnos heisere Stimme dicht neben sich. »Du bist meine Braut, und ich verteidige dich mit meinem Leben.«

27

Notre Dame de la Forêt, Mai 2011

»Das Kloster steht in Flammen! Das Kloster steht in Flammen«, äffte Mutter Athanase Giselles Geschrei nach. »Was haben Sie sich dabei gedacht?«

Man hatte sich nach einem verspäteten Frühstück zur Krisensitzung im Refektorium zusammengefunden. Alle fünf Frauen waren übernächtigt und von den erlebten Aufregungen gezeichnet. Entsprechend hoch schlugen jetzt die Wogen.

»Was ich mir dabei gedacht habe?«, regte sich Giselle auf. »Die Remise ist explodiert, mir schlugen die Flammen entgegen. Was hätte ich wohl rufen sollen? ›Es lebe das Vaterland‹?« Nolwenn lachte unpassenderweise, hörte aber sofort auf, als sich die strafenden Augen der Priorin auf sie richteten. »Ja, es ist schlimm«, sagte sie schuldbewusst. »Das Auto kostet so viel wie ein Einfamilienhaus ...«

Mutter Athanase wandte sich wieder Giselle zu.

»Durch Ihr aufgeregtes Geschrei ist eine Panik ausgebrochen. Ist Ihnen das klar, Madame Esch-Lamartine? Es hätte zu schlimmen Unfällen kommen können.«

Jetzt platzte Giselle der Kragen. Was wollte die Priorin eigentlich? Ihr die Schuld daran zuschieben, dass alle Gäste noch am gleichen Abend abgereist waren?

»In Ordnung«, sagte sie giftig. »Ihrer Ansicht nach hätte ich die Klappe halten und mich wieder schlafen legen sollen.«

Mutter Athanase machte eine ungeduldige Armbewegung und fegte dabei versehentlich eine Tasse mit lauwarmem Morgenkaffee vom Tisch.

»Natürlich mussten Sie das Feuer melden«, schimpfte sie. »Aber man hätte es doch diskreter tun können. So haben unsere Gäste geglaubt, das gesamte Kloster stehe schon in Flammen.«

»Da hätte auch nicht viel gefehlt, Mutter Athanase«, mischte sich Thérèse ein. »Der Regen hat uns gerettet. Bis die Feuerwehr aus Huelgoat endlich ankam, hätten wir locker zweimal abbrennen können. Nicht auszudenken, was geschehen wäre, hätte das Feuer die Öltanks der Heizung erreicht …«

»Danken wir dem Herrn, dass der Schaden vergleichsweise klein geblieben ist«, bemerkte Schwester Cécile, die heute früh als einzige rosige Wangen hatte. Vermutlich hatte die nächtliche Aufregung ihren Blutdruck in die Höhe getrieben.

Die Priorin sah ein, dass sie zu weit gegangen war. Sie erhob sich, um Nolwenn beim Einsammeln der Scherben zu helfen, und erklärte dann, Cécile habe recht.

»Der Herr hat trotz allem seine schützende Hand über uns gehalten. Wir können sehr glücklich sein, dass unser Kloster noch steht und dass vor allem niemand zu Schaden gekommen ist.«

Sie überließ es Nolwenn, die Kaffeepfütze aufzuwischen, und setzte sich wieder an ihren Platz. Dort hielt sie Giselles zornigem Blick so lange stand, bis Nolwenn mit ihrer Arbeit fertig war und ebenfalls wieder am Tisch saß.

»Ich möchte mich bei euch allen entschuldigen«, erklärte sie dann. »Besonders bei Ihnen, Madame Esch-Lamartine. Auch ich bin nur ein Mensch – mir sind die Nerven durchgegangen.«

Giselle war beeindruckt. So war sie, die Athanase. Schoss schon mal übers Ziel hinaus. Aber sie stand dazu.

»Verstehe ich vollkommen«, sagte Giselle. »Ging mir genauso.«

Kein Lächeln. Auch sonst kein Anzeichen der Erleichterung. Nur ein zufriedenes Kopfnicken. Das wäre also geklärt. Dann also weiter im Text.

»Ich hatte heute früh ein längeres Gespräch mit Mutter Marie-Joseph«, vermeldete die Priorin mit düsterer Miene.

Aha. Kein Wunder, dass ihr die Nerven durchgegangen waren. Die Äbtissin des Mutterklosters war vermutlich vor Schreck in Ohnmacht gefallen. Alle Gäste in wilder Panik abgereist. Ein superteurer Sportwagen zu einem nassen, unkenntlichen Etwas verkohlt, die Remise ausgebrannt, Wasserschäden im Gästehaus. Letztere waren den fleißigen Feuerwehrmännern zu verdanken, die ihre Schläuche in den See getunkt hatten und trotz des Regenwetters nicht aufhören wollten, die angrenzenden Gebäude anzuspritzen. Leider hatten die hastig flüchtenden Gäste mehrere Fenster und die Haustür offen gelassen, sodass das Wasser ins Innere eingedrungen war. Immerhin hatte sich das Gitter über dem Schacht bezahlt gemacht, denn in der Dunkelheit war ein Feuerwehrmann bäuchlings auf den Brunnen gefallen, und ohne diesen Schutz wäre er wohl unweigerlich in den Armen der Groac'h gelandet.

»Und … äh … wie hat die Äbtissin die Nachricht aufgenommen?«, fragte Giselle, da sonst niemand etwas sagte.

Der Blick, der sie jetzt aus einem braunen und einem grünen Auge traf, war vernichtend. Vermutlich hatte sich Mutter Athanase einiges anhören dürfen.

»Nun …«, sagte die Priorin und räusperte sich. »Wir haben einige wichtige Punkte angesprochen. Zunächst sind verschiedene Fragen zu klären. Vor allem, was die Brandursache betrifft. Wir werden in Kürze Besuch von der Kriminalpolizei erhalten, denn es handelt sich vermutlich um Brandstiftung, also um ein kriminelles Delikt. Erst wenn diese Angelegenheit geklärt ist, dürfen sich die Versicherungen miteinander streiten …«

Es war auf jeden Fall Brandstiftung, so viel war Giselle klar. Sie hatten das Schloss der Remise geknackt und Feuer gelegt. Dann waren sie davongelaufen. Von den Geräuschen, die sie dabei gemacht hatten, war Giselle alarmiert worden.

»Man wird Ihnen einige Fragen stellen, Madame Esch-Lamartine«, sagte die Priorin zu ihr. »Vielleicht ergeben sich ja Hinweise auf den Täter …«

Giselle zuckte die Schultern. Nein, sie würde dieses verflixte Feuerzeug, das sie vor der Remise gefunden hatte, auf keinen Fall erwähnen oder gar vorzeigen. Es gehörte Yannik, und der Teufel mochte wissen, wie es dorthin gekommen war. Yannik hatte mit dieser üblen Geschichte nichts zu tun. Ganz sicher nicht. Sie wollte es nicht. Es hätte ihr einfach verdammt wehgetan, wenn es anders wäre …

Einen Moment lang war es still. Die Frauen sahen aus dem Fenster auf die verkohlten Mauerreste der Remise und den völlig zertrampelten Klostergarten. Merlin war seit gestern Abend nicht mehr gesehen worden. Besonders Schwester Thérèse machte sich große Sorgen um den Kater.

»Ansonsten …«, erhob die Priorin wieder ihre Stimme, und alle Blicke wandten sich ihr zu. »Ansonsten sind wir alle natürlich angehalten, für die Reparatur der Schäden zu sorgen. Das bedeutet, das Gästehaus so weit wie möglich zu trocknen – zum Glück steht ja der Sommer bevor. Sobald der Wagen – also, was davon übrig ist – aus der Remise abgeholt wurde, brauchen wir Handwerker, die das Gebäude wieder instand setzen. Allerdings sind die Mittel dafür sehr begrenzt.«

Das Mutterkloster war zu weiteren Zahlungen nicht mehr bereit. Entweder fanden sich Handwerker, die die Reparaturen für Gotteslohn ausführten, oder die Nonnen von Notre Dame de la Forêt erschlossen neue Einkünfte. Mit weiteren Gästegruppen war in Zukunft nicht zu rechnen.

»Das ist hart«, meinte Thérèse bekümmert.

»Aber verständlich«, sagte Cécile, die den Gästen keine Träne nachweinte.

»Dann also Apfelessig, Butterkekse und Deckchen sticken«, sagte Nolwenn fröhlich. »Das wollten wir doch sowieso tun.«

Schwester Cécile erklärte selbstlos, in der Stunde der Not sogar Etuis für Tampons und Lippenstifte besticken zu wollen. Schwester Thérèse fand, man solle aus den Äpfeln besser Schnaps brennen, der verkaufe sich besser als Essig. Darauf meinte Mutter Athanase, sie könne das Wort »brennen« momentan nicht mehr hören, und außerdem benötige man dazu eine staatliche Genehmigung.

»Es wird auch mit der Brunnenhaube schwierig werden«, meinte sie zu Giselle. »Wir müssen den Kunstschmied bezahlen. Und den Sandsteinblock.«

»Ich dachte, das zahlt das Mutterkloster …«

Ein tiefer Seufzer war die Antwort. Giselle schloss daraus, dass die Finanzquelle »La Joie Notre Dame« vorerst versiegt war. Zumindest bis zur Klärung der Versicherungsfragen.

Na großartig, dachte Giselle. Jetzt habe ich einen tollen Entwurf für eine Doppelstatue gezeichnet, und die Sache fasziniert mich wie selten eine Arbeit. Und da streichen sie mir das Geld. Schlimmer noch – ich kriege nicht mal das Material.

Schweigend verfolgte sie die weitere Entwicklung der Gespräche. Nolwenn, die den Ernst der Lage nur unvollkommen begriffen hatte, überschlug sich mit neuen Vorschlägen. Sie war richtig kreativ, die Kleine.

»Wir könnten vielleicht die Boote vermieten. An Touristen. Drei Euro für eine halbe Stunde … Oder eine CD mit unseren Gesängen herstellen lassen und sie verkaufen …«

»Also, *die* will bestimmt keiner hören …«, meinte Thérèse.

»Wieso nicht?«, erkundigte sich Cécile.

»Weil du ganz entsetzlich brummelst, liebe Cécile!«

Bevor Cécile darauf antworten konnte, erklärte Mutter Athanase, die Idee mit den Ruderbooten sei gar nicht so dumm. Vorausgesetzt, es kämen überhaupt Touristen in die Nähe des Klosters.

»Wir bauen einen Kiosk auf«, rief die unermüdliche Nolwenn.

»Mit Stickereien, Apfelessig, Kerzen, handgeschnitzten Figuren und Keksen … Ja, und Eis für die Kinder. Und Limonade. Süßigkeiten …«

»Schnaps, Zigaretten und Kondome …«, vervollständigte Cécile mit unbeweglicher Miene, und alle, sogar Giselle, erstarrten.

»Bitte was?«, erkundigte sich die Priorin.

»Wir sind Dienerinnen Gottes und keine Eisverkäuferinnen!«, erklärte Cécile mit Nachdruck. »Der Herr allein wird uns erhalten. Vertrauen wir auf Gott, dann wird uns geholfen.«

Mutter Athanase sog tief die Luft ein und ließ sie langsam wieder aus ihren Lungen entweichen. Dann sah sie auf die Uhr.

»Es ist Zeit, liebe Schwestern«, meinte sie. »Singen wir die Sext zur Ehre des Herrn. Er wird unsere Köpfe erleuchten und uns die rechten Gedanken eingeben.«

»Amen«, kam es von Giselle.

Zur Andacht waren überraschenderweise Zuhörer erschienen. Giselle setzte sich weit nach hinten, um den Kirchenraum besser überblicken zu können, doch es half nichts. Yannik stand von seinem Platz auf und kam leise durch den Mittelgang nach hinten, um sich neben sie zu setzen.

»Was für ein Schrecken«, flüsterte er. »Bist du in Ordnung?«

Er schien wirklich besorgt um sie, was sie unter anderen Umständen rührend gefunden hätte. Da sie jedoch das silberne Feuerzeug in der Jackentasche hatte, wusste sie noch nicht so recht, was sie von seiner Besorgnis halten sollte.

»Ich bin aus feuerfestem Material gebaut«, murmelte sie.

»Hätte ich eigentlich wissen können«, grinste er.

Vorne drehte sich ein Mann zu ihnen um und legte den Zeigefinger über die Lippen. Pssst!

»Luic Seznec«, wisperte der unermüdliche Yannik. »Der wollte den Tabarly-Hof auch gern haben. Hatte aber nicht genug Geld.«

Luic hatte seine Frau mitgebracht, die neben ihm saß. Giselle entdeckte die beiden Steinewerfer, Connan und Corentin LeBloch, an der Seite ihrer Eltern. Corentin trug lange Jeans, sodass sie nicht sehen konnte, ob sein Knie umwickelt war.

Die waren ganz sicher nicht gekommen, um ihre schwarzen Seelen durch das Anhören der Mittagsandacht zu läutern. Diese frommen Kirchenbesucher waren zum Kloster hinausgefahren, um sich am Anblick des verbrannten Gebäudes zu erfreuen. Giselle sah hinauf zur Apsis, wo die vier Nonnen unbeirrt ihre Psalmen und Gebete sangen. Ob Mutter Athanase das Publikum aufgefallen war? Nun – falls ja, dann ließ sie sich nichts anmerken.

Die größte Überraschung war jedoch Abbé Lecombe. Er trat ganze fünf Minuten nach Beginn der Andacht in die Kirche und ging in aller Ruhe, so als sei er hier zu Hause, durch den Mittelgang nach vorn. Dort blieb er vor einer Säule stehen, starrte hinauf, trat einen Schritt zurück und sah noch einmal hin, dann erst setzte er sich auf eine Ecke der Kirchenbank, um der Andacht zuzuhören.

Oh weh, dachte Giselle. Da bin ich wohl doch ein kleines bisschen zu weit gegangen. Sie spürte Yanniks Blick und stellte fest, dass er grinste. Tja, das kommt davon. Nun hat er sein Konterfei mit eigenen Augen gesehen.

Nachdem die Andacht gesungen war, zogen sich die Nonnen ins Refektorium zurück, ohne sich weiter um die zahlreich erschienenen Besucher zu kümmern. Die begafften die ausgebrannte Remise und hingen an dem geschlossenen Tor, um durch die schmiedeeisernen Ornamente hindurch auf den zertrampelten Klostergarten zu spähen. Einige wiesen mit dem Finger auf das Gästehaus, dessen Dach an einer Ecke von den Flammen geschwärzt war.

»Da hat ja nicht viel gefehlt …«

»Habt ihr das Auto gesehen? Total das Wrack!«

»Tja, da war es wohl nicht weit her mit den guten Beziehungen zum Himmel … Ha ha ha …«

Abbé Lecombe war in seinen Wagen gestiegen und davongefahren, ohne auch nur einen einzigen Blick in den Klostergarten zu werfen. Auch die Seznec und Familie LeBloch machten sich bald davon, andere aber, wie die beiden älteren Frauen aus Plouvan, die Caira Prigent im Auto mitgenommen hatten, kamen zu Yannik und Giselle, um ihnen ihre Anteilnahme auszusprechen.

»Wer auch immer das getan hat – er soll in der Hölle braten!«, rief Caira. »Was für Menschen sind das, die in einem Kloster Feuer legen! Brieg hat gesagt, das müssen Heiden gewesen sein!«

»Wir würden gern etwas spenden, damit die Schäden behoben werden können«, sagte eine der Frauen.

»Da schließe ich mich an«, meinte Yannik.

Giselle verwies auf den Opferstock in der Kirche, und tatsächlich wanderten ein paar Scheine durch den Schlitz des alten Holzkastens. Immerhin – besser als nichts.

Yannik ließ sich Zeit mit der Heimfahrt. Er blieb neben Giselle am Tor stehen, bis alle anderen abgefahren waren, und schien zum Plaudern aufgelegt.

»Sind etwa die Ruder der Boote mit verbrannt?«

Er versuchte, in dem verkohlten Durcheinander der Remise etwas zu erkennen, was nicht einfach war. Das Ziegeldach war eingestürzt, da das Feuer die Balken verbrannt hatte; von den Eimern, Säcken und Kisten waren nur verklebte Reste zu sehen. Den meisten Raum nahm das Wrack des Wagens ein. Rötliche Dachziegel und schwarz verbrannte Balken lagen darauf, zudem war es bei den Löscharbeiten voll Wasser gelaufen, das jetzt langsam aus allen Ritzen der Karosserie auf den Boden sickerte.

»Ein Bugatti«, murmelte Yannik erschüttert. »Was für ein Jammer! Wer das getan hat, gehört gesteinigt.«

Typisch Mann, dachte Giselle. Standhaft in Krieg und Katastrophen – aber wenn ein Auto kaputtgeht, fangen sie an zu weinen.

»Die Ruder haben wir gestern Mittag auslagern müssen, damit der Superwagen in die Remise passte«, erklärte Giselle. »Sie liegen drüben im Klostergarten, allerdings sind die braven Feuerwehrleute ein paar Mal drüber gestolpert.«

»Möglicherweise hat der Täter ja geglaubt, dass der Peugeot des Klosters in der Remise stand«, überlegte Yannik.

Giselle zuckte die Schultern. Als er sie jetzt ausfragte, blieb sie wortkarg. Nein, sie hatte niemanden gesehen. Nur Geräusche gehört. Vielleicht einen Schatten wahrgenommen, aber auch da war sie unsicher. Sicher war nur, dass die Türen der Remise offen standen und die waren vorher ganz sicher geschlossen gewesen. Sie hatte selbst das Vorhängeschloss eingeklickt.

»Ich hatte schon überlegt, ob es vielleicht eine Art Schwelbrand gewesen sein könnte«, sagte Yannik. »Eine vergessene Zigarette, die auf dem Polster lag und vor sich hinbrutzelte …«

Sie fühlte sich verdammt mies, weil sie immer noch nicht mit dem Corpus Delicti herausgerückt war. Seine Theorie, dass das Feuer durch eine Unachtsamkeit entstanden sein könnte, gefiel ihr gar nicht. Nachdenklich bohrte sie mit der Schuhspitze in dem aufgeweichten Boden herum und sah zu, wie er den spärlichen Rest der Tür beiseiteschob, um besser ins Innere der Remise schauen zu können.

»Besser, du fasst hier nichts an«, sagte sie. »Demnächst kommt die Kripo und schaut nach der Brandursache.«

»Ach so«, meinte er und ließ die Tür los, starrte aber weiter in das schwarze Chaos. »Ja, das ist üblich in solchen Fällen.«

»Lass uns noch schnell eine rauchen«, sagte sie heimtückisch. »Dann will ich in der Kirche weiterarbeiten. Sind ja noch genügend Säulen, die auf meine hübschen Schimären warten.«

»Na klar …«

Er drehte sich zu ihr um und zog eine angefangene Packung

Gitanes aus der Jackentasche. Beide bedienten sich, dann beobachtete sie gespannt, wie er in der Hosentasche nach dem Feuerzug suchte. Er brachte ein orangerotes Plastikteil heraus.

»Ach«, sagte sie, während er ihre Zigarette anzündete. »Ist das andere kaputt? Das schöne silberne aus London?«

»Verloren«, behauptete er mit bekümmerter Miene. »Selber schuld auch noch. Da, schau!«

Er stülpte die linke Hosentasche um und zeigte ihr das Loch. Nicht gerade klein, ein Feuerzeug passte gut hindurch.

»Ich liebe diese Hose«, knurrte er und stopfte die Tasche wieder zurück in ihre Ausgangsposition. »Aber mit dem Nähen hab ich's nicht so. Nun ist es weg, und ich hätte mich ohrfeigen können. Hätte ich es doch in die Jackentasche gesteckt, ich Depp!«

»Ja, das wäre klüger gewesen«, meinte sie und tat einen Lungenzug. Blies ihm den Rauch entgegen. »Ich stecke so was immer in meine Jackentasche. Siehst du?«

Sie hielt ihm den ausgestreckten Arm entgegen und öffnete die Faust: Ungläubig starrte er auf das, was auf ihrer Handfläche blinkte.

»Woher hast du das?«

»Hab ich gestern Abend hier gefunden. «

»Hier?«, stotterte er ungläubig.

»Genau hier!«

Wenn seine Verblüffung gespielt war, dann war er ein verflucht guter Schauspieler. Nein, er war wirklich komplett durcheinander. Er sah sie an, blickte dann wieder auf das Feuerzeug. Schließlich begriff er, in welch böser Lage er sich befand.

»Gestern Abend …«, stotterte er und rieb sich das Kinn. »Das verstehe ich nicht. Ich habe es schon vor Tagen verloren. Das … das glaubst du mir doch … oder?«

»Sicher …«

Sie merkte selbst, dass es nicht sehr überzeugt klang. Eher ironisch. Was nicht beabsichtigt gewesen war. Sie suchte nach

Worten, doch irgendwie fiel ihr auf die Schnelle nichts Passendes ein.

Seine Miene versteinerte, er trat einige Schritte zurück, warf die brennende Kippe auf den Boden und trat sie sorgfältig aus.

»Verstehe … Du denkst jetzt, ich hätte ein Feuerchen in der Remise gelegt, um die braven Nonnen zu erschrecken. Weil ich doch scharf auf das Kloster und den See bin. Ist es das, was du glaubst, Giselle? Hältst du mich tatsächlich für einen gewissenlosen Brandstifter?«

Sie sah in seine weit geöffneten Augen, las darin heftige Empörung, den gerechten Zorn eines unschuldig Verdächtigten. Echt oder gut gespielt?

»Was regst du dich auf?«, meinte sie gelassen. »Ich hätte das Teil auch der Kripo geben können.«

Er schnaubte wütend. »Das kannst du immer noch tun. Nur zu, zeig es ihnen. Bring mich als Brandstifter in den Knast, dann störe ich auch die Kreise deiner Klostertanten nicht mehr.«

Sie tippte sich mit dem Zeigefinger an die Schläfe. »Du spinnst ja komplett. Da – steck es ein!«

Sie hielt ihm das Feuerzeug vor die Nase, doch er nahm es nicht. Auf keinen Fall wollte er es an sich nehmen. Wenn sie glaube, er sei heute gekommen, um danach zu suchen, dann sei sie im Irrtum. Aber was sollte er länger reden, es habe ja doch keinen Sinn.

»Entweder man hat Vertrauen zu einem Menschen oder man hat es eben nicht«, behauptete er. »Ich weiß jetzt jedenfalls, woran ich mit dir bin, Giselle. Und ich bin sehr froh, dass ich es gerade noch rechtzeitig mitbekommen habe …«

»Gerade noch rechtzeitig?«

Er öffnete den Mund, fuhr mit der Hand eine zackige Linie durch die Luft und ließ den Arm dann resigniert wieder sinken.

»Ach was!«, knurrte er.

Dann drehte er sich um und ging zu seinem Auto. Bevor er

einstieg, zog er den zusammengeknüllten Hut aus der Hosentasche und stülpte ihn über.

Wie eine Tarnkappe, dachte Giselle. Zum Lachen war ihr allerdings nicht zumute. Eher zum Heulen. Irgendwie hatte sie etwas falsch gemacht. Aber das war nichts Neues. Wenn es um Männer ging, machte sie immer alles falsch.

28

Sie hörte es dröhnen. Die eisernen Drähte vibrierten unter dem wütenden Ansturm. Töne schwangen in der Luft, zitterten, heulten, jaulten. Drangen durch Mark und Bein. Wurden zu jämmerlichem Stöhnen und sanken zurück in den Schacht. Das Wasser stieg an, quoll über den Rand des Brunnens, überschwemmte den Klostergarten, stieg über die Schwelle des Gästehauses. Sie watete durch die Flut und beugte sich über den Brunnen. Im Wasser schwankte ein Schatten, von Gitterstäben durchkreuzt. Zog sich breit, dann wieder schmal, formte sich zu einem Gesicht. Bläulich, die Wangen eingefallen, die Augen tief in den Höhlen, die Lider geschlossen. Durchsichtig und doch lebendig. Das Gesicht der Hexe.

Ich habe sie eingesperrt, dachte Giselle erschrocken. Das eiserne Baugitter. Bei dem Gewühl gestern ist der Stein heruntergefallen, aber sie ist trotzdem noch gefangen. Weil sie nicht durch das Gitter kommt.

»Warte, bis die Brunnenhaube fertig ist«, rief sie. »Dann nehme ich das Gitter fort. Dann bist du frei. Du Hexe. Du Groac'h…«

Doch das Versprechen zeigte nicht die erhoffte Wirkung. Die Erscheinung rüttelte an den eisernen Drähten. Klopfte mit knöchernem Finger gegen den Brunnenrand.

»Hör auf damit, du erschreckst die Nonnen!«

Das Klopfen wurde lauter, es klang irgendwie hölzern.

»Giselle? Bist du wach?«

Der Traum sank in sich zusammen. Giselle hatte das Gefühl, in einem Fahrstuhl zu sitzen, der sie mit Höchstgeschwindigkeit in die Wirklichkeit emporschoss. Blinzelnd erkannte sie ihre Klosterzelle: Schrank, Tisch und Stuhl. Durch das Fenster schien die Morgensonne.

»Komm rein, Nolwenn«, krächzte sie und sah auf die Armbanduhr. Ach du Schreck – schon fast neun. Da hatte sie ja prächtig verschlafen.

Nolwenn schob die Tür ein Stückchen auf, sah scheu zurück in den Flur und schlüpfte dann zu Giselle in die Zelle. Richtig, es war verboten, eine Mitschwester in der Klosterzelle aufzusuchen. Warum eigentlich? Fürchtete man eine heimliche Verschwörung?

»Entschuldige, dass ich dich wecke!«

»Geschenkt«, knurrte Giselle. »Hab einen ziemlichen Mist geträumt.«

»Aber schau mal aus dem Fenster!«

Giselle stieg aus dem Bett und zog sich ihre Arbeitshosen an, band das Haar mit einem Gummi am Hinterkopf zusammen und ging dann zum Fenster. Man konnte von hier in den Kreuzgang hineinschauen. Dort bugsierten zwei Männer eine mit Noppenfolie verhüllte Last über die zertrampelten Rasenflächen zum Brunnen.

»Nee – oder? Mein Sandsteinblock! Ich fasse es nicht! Die bringen meinen Sandsteinblock.«

Sie riss ihre Jacke an sich und zog sie hastig über, dann suchte sie fluchend unter dem Bett nach ihren Schuhen.

»Ich hab sie doch gestern hier ausgezogen, verdammt noch mal! Wieso sind die Dinge jetzt weg?«

Nolwenn kickte ihr den rechten, schwarzen Sicherheitsschuh zu, der sich unter den Tisch verirrt hatte.

»Hast du ihn nicht erkannt?«, fragte sie beklommen.

»Wen soll ich erkannt haben?«

Für einen Moment glaubte Giselle, dass Yannik unten den Sandstein schleppte, und sie war ungeheuer froh und erleichtert. Gestern waren zwei Beamte der Kripo mit einem Brandspezialisten im Kloster aufgetaucht, hatten in der verbrannten Remise herumgestochert und allerlei Fragen gestellt. Wie es schien, hatte jemand ein Bündel trockener Ästchen – das die Nonnen als Anfeuerholz für den Kamin gesammelt und in einer Ecke abgestellt hatten – in Brand gesetzt. Von dort hatte sich das Feuer zu einer Mauernische emporgefressen, wo verschiedene Farben, Lacke und auch ein Kanister mit Pinselreiniger gestanden hatten. Der war explodiert – erst danach hatte das Feuer auf das Auto übergegriffen. Wie auch immer: Sie hatte kein Wort von Yanniks Feuerzeug gesagt. Natürlich nicht. Dafür konnte er sich jetzt eigentlich bei ihr bedanken.

Doch dort unten war kein Yannik. Einer der beiden Männer war breit gebaut, klein und krummbeinig, der andere hochgewachsen, ziemlich dünn und schlaksig. Der Schlaksige plagte sich mit einer Sackkarre durch ein buckliges Rasenstück und war prompt stecken geblieben. Der Krummbeinige gestikulierte ärgerlich und packte schließlich mit an. Zu zweit schoben sie das verhüllte Teil zum Brunnen, wo sie es auf die Platten stellten.

»Das ist doch nicht etwa …«, murmelte Giselle und sie kniff die Augen zusammen, um besser zu sehen.

»Paul«, sagte Nolwenn mit einem Seufzer, der sowohl Beglückung als auch Verzweiflung bedeuten konnte. »Stell dir vor: Er möchte hier im Kloster unentgeltlich arbeiten. Nur für Kost und Logis. Mein Gott, Giselle! Sag mir doch, was ich tun soll. Bitte! Ich flehe dich an …«

Tatsächlich, das war Paul. Der schlaksige Bursche, der neulich im Wald Panik geschoben hatte, sich aber später als zielstrebiger Realist in Liebesangelegenheiten zeigte. Arbeiten wollte er? Hier im Kloster? Was für eine ausgefallene Idee. Das tat er ganz sicher nicht, um seine arme Seele vor dem Fegefeuer zu bewahren. Ganz im Gegenteil …

»Hat die Priorin schon darüber entschieden?«

Nolwenn schniefte und schüttelte den Kopf.

»Sie hat … sie hat mir die Entscheidung überlassen …«

»Kluge Frau!«, meinte Giselle grinsend.

»Aber ich … aber er ist … ich kann doch nicht …«

Giselle trat vom Fenster zurück und streckte sich, um richtig wach zu werden. Dann wies sie Nolwenn den einzigen Stuhl zu und setzte sich selbst auf das ungemachte Bett.

»Warst du schon mal verliebt?«, wollte sie wissen.

Nolwenn errötete und gestand, sich bereits mehrmals verliebt zu haben. Es sei jedoch nie zu irgendwelchen Annäherungen gekommen. Außer einmal. Da habe sie ein Mitschüler geküsst. Auf den Mund. Es habe ihr aber nicht gefallen, weil er so nach Rauch geschmeckt habe.

Giselle hörte sich diese Geständnisse an und kam zu dem Schluss, dass die gute Nolwenn noch Jungfrau war. Mit vierundzwanzig Jahren eine Seltenheit.

»Und wovor hast du Angst, wenn Paul jetzt hier im Kloster arbeitet?«

Nolwenns Lider flatterten, sie verschränkte die Finger ineinander.

»Dass er … dass ich … dass wir … ich weiß nicht …«

Giselle entnahm dem Gestammel, dass das Mädchen verliebt war. Vermutlich würden Pauls Küsse nicht nach Rauch schmecken, sondern nach Seligkeit. Liebe betäubte die Sinne. Zumindest die meisten. Den Geruchssinn auf jeden Fall.

»Ja, weißt du, Nolwenn«, sagte sie gedehnt und hatte dabei das Gefühl, auf dünnem Eis zu laufen. »Wenn eine sich entschließt, Nonne zu werden, dann sollte sie schon wissen, worauf sie verzichtet und was sie dafür bekommt. Wenn du noch nie richtig mit einem Mann zusammen warst oder es wenigstens versucht hast, dann kannst du eigentlich gar nicht Nonne werden. Weil du niemals richtig im Leben gestanden bist.«

Nolwenn starrte sie mit großen, verständnislosen Augen an.

Offensichtlich war diese Schlussfolgerung ihr zu verwinkelt. Giselle versuchte es anders.

»Glaubst du, dass Mutter Athanase noch Jungfrau ist?«

Nolwenn machte eine hilflose Bewegung, die ein Schulterzucken sein konnte. Woher sollte sie das wissen?

»Schwester Thérèse ganz sicher nicht«, behauptete Giselle kühn. »Bei Cécile weiß ich es nicht. Aber sicher ist, dass das Kloster gestandene Frauenspersonen braucht, die sich bewusst für diesen Weg entschieden haben. Also solltest du ruhig ausprobieren, ob dir Paul gefällt. Vielleicht willst du ja lieber heiraten und Kinder haben? Eine Familie gründen? Vielleicht aber auch nicht. Paul und du – ihr könntet das gemeinsam herausfinden.«

Nolwenn nickte jetzt wie eine brave Schülerin, und Giselle war ziemlich sicher, dass sie nichts, aber auch gar nichts verstanden hatte. Die Dinge würden halt ihren Lauf nehmen. Niemand konnte es verhindern, am wenigsten Mutter Athanase. Und wie es schien, wollte sie es auch nicht.

»Dann … dann meinst du, er sollte hier bleiben? Im Gästehaus wohnen?«

»Warum nicht? Einen freiwilligen Helfer nur für Kost und Logis kann das Kloster gut gebrauchen.«

Nolwenn tat einen tiefen Atemzug, als müsste sie eine große Last stemmen, und Giselle nahm sich vor, die beiden auf jeden Fall im Auge zu behalten. Mit ihren großartigen Ratschlägen hatte sie sich vermutlich ganz schön in die Nesseln gesetzt.

Während Nolwenn sich vorsichtig aus der Zelle schlich und die Treppe ins Refektorium hinunterlief, sah Giselle noch einmal aus dem Fenster in den Kreuzgang hinunter. Das in Plastik gewickelte Paket stand nun neben dem Brunnen. Der krummbeinige Mensch schob die Sackkarre gerade durch das geöffnete Tor nach draußen, wo ein Lieferwagen stand. Paul verharrte neben dem Brunnen, hatte die Hände in die Taschen seiner Jeans gesteckt und blickte immer wieder zum Nonnenhaus hinüber. Vermutlich wartete er auf die Entscheidung der Priorin.

Netter Typ, dachte Giselle und sie verspürte Neid. Dieser junge Bursche war bereit, unentgeltlich für das Kloster zu schuften, weil er sich in eine Novizin verliebt hatte. Wie romantisch! Wo trieb sich eigentlich Yannik herum? Der Typ, für den sie gestern die Kripo belogen und Beweismaterial unterschlagen hatte? Nun – hoffentlich ließ er sich heute endlich blicken.

Tatsächlich – sie hatte Sehnsucht nach ihm. Er gefiel ihr. Sogar dann, wenn er wütend war. Dann sogar besonders gut. Sie mochte keine Langweiler. Und langweilig war Yannik überhaupt nicht. Vielleicht ein wenig dickköpfig. Aber damit konnte sie umgehen.

Und dann gefielen ihr seine Augen. Dunkelblau – ein seltener Farbton. Wie ein tiefes Wasser, wenn sich darüber der blaue Himmel wölbt.

Was ist denn mit mir los?, dachte sie. Es muss an Nolwenn und ihrem romantischen Lover liegen. Reiß dich zusammen, Giselle. Liebesgeschichten gehen schlecht aus. Weißt du doch. War immer so.

Sie fand den linken Schuh in der Ecke neben dem Schrank und brauchte eine ganze Weile, um die verwickelten Schnürsenkel zu entknoten. Als sie dann hinunter in den Klostergarten lief, war Paul schon verschwunden. Aber was sollte sie auch mit Paul? Aufgeregt wie ein Kind an Weihnachten machte sie sich daran, den vermummten Sandsteinblock auszuwickeln. Schade, dass sie sich den Stein nicht hatte auswählen dürfen. Nun musste sie nehmen, was man ihr geschickt hatte. Und noch froh sein, dass sie überhaupt Material bekam. Hoffentlich hatte die Firma ihr nicht irgend so ein Billigteil gebracht, mit Rissen und Einschüssen, die die Arbeit ruinieren konnten. Schicht um Schicht entfernte sie die Folie, fand darunter einen Quader aus hellrotem Sandstein, glatt, mit der Blocksäge in Form geschnitten. Feinkörnig war der Stein, etwas zu hell für ihren Geschmack, aber ohne Makel, zumindest nichts, was von außen zu sehen gewesen wäre. Sie strich mit den Fingern darüber und fühlte die Konsistenz, sorgte sich, das Material könne zu weich sein, durch Regen und Wind gar zu rasch die Konturen verlieren. Aber es war ein guter Stein, er gefiel ihr, sie spürte, dass er ihr Widerstand entgegenbringen würde. Nein, dieser Stein würde die Skulptur, die in ihm verborgen war, nicht freiwillig hergeben. Und das war in Ordnung so.

»Ich werde dich behalten«, sagte sie zu dem Stein.

Notfalls würde sie ihn aus eigener Tasche bezahlen, sie hatte noch das Geld auf dem Konto, das sie in La Joie Notre Dame verdient hatte. Und irgendwann würden die Nonnen von Notre Dame de la Forêt ja wohl eine Einnahmequelle auftun. Sie sah sich nach der Noppenfolie um, die der Wind inzwischen ergriffen und wie eine durchsichtige Schlangenhaut durch den Klostergarten hinüber zur Küche geweht hatte. Dort hatte sich das weißliche Band um eine Stütze des Kreuzgangs gewickelt und flatterte mit langen, noppigen Armen vor dem Küchenfenster.

»Jesus Christus, steh mir bei! Nolwenn! Wo steckst du? Giselle! Wo seid ihr denn alle? Oh gütiger Himmel …«

Was war denn jetzt schon wieder los? Schwester Thérèse regte sich zwar gern auf, wenn das Essen missriet, aber diesmal klang ihre Stimme angstvoll. Giselle ließ die Plastikhülle, wo sie war, und eilte zum Küchenfenster.

»Schwester Thérèse?«

Das Fenster wurde aufgerissen, und Giselle blickte in das totenblasse Gesicht der Kochin. In ihrer Panik war sogar ihr Schleier herabgerutscht, und man sah, dass sie ihr dichtes graues Haar zu einem Knoten gesteckt hatte.

»Giselle! Gottlob, dass du da bist. Komm rein. Ich … ich glaube, ich muss mich setzen …«

Sie klappte den Hebel herunter, mit dem die Türe gesichert

war, und Giselle trat ein. In der Küche war alles normal. Karotten, Lauch, Zwiebeln und ein Stück Schinkenspeck lagen bereit, dazu Schäler, Messerchen und eine Schüssel für die Abfälle. Offensichtlich war Schwester Thérèse gerade dabei gewesen, den Gemüseeintopf für das Mittagessen vorzubereiten. Jetzt saß sie japsend auf dem Küchenstuhl und versuchte, den Schleier wieder zu richten.

»Ich dachte zuerst, es sei das Radio …«, sagte sie und rang nach Luft. »Aber das war gar nicht angestellt. Dann habe ich geglaubt, es käme aus dem Klostergarten, weil dort doch Leute waren … Aber … aber …«

Sie hielt inne und sah Giselle mit angsterfüllten Augen an.

»Nur die Ruhe«, sagte Giselle. »Ganz ruhig. Wir klären das. Jetzt bin ich ja da.«

Schwester Thérèse hatte Stimmen gehört. Als sie unten im Vorratskeller Kartoffeln holen wollte. Sie hatte sich so erschrocken, dass sie den Korb fallen ließ und in wilder Hast die Treppe hinaufrannte.

»Spannend«, meinte Giselle und versuchte ernst zu bleiben. »Was haben sie denn gesagt?«

»Sie haben nur geflüstert. Es klang geisterhaft, aber ich habe einzelne Worte verstehen können …«

Nolwenn betrat die Küche, starrte erschrocken auf Schwester Thérèse, die sonst niemals die Gewohnheit hatte, auf dem Küchenstuhl zu sitzen.

»O mein Gott«, rief sie. »Es tut mir so leid, dass ich zu spät komme. Ich musste unserem Gast noch das Zimmer anweisen …«

»Wir haben Stimmen im Kartoffelkeller«, vermeldete Giselle. »Schwester Thérèse hat sie gerade eben gehört.«

»Ach ja?«, meinte Nolwenn gleichmütig. »Ich höre sie immer, wenn ich da unten zu tun habe. Sie erzählen oft sehr merkwürdige Sachen.«

Schwester Thérèse hob den Kopf und sah sie mit einem Blick an, als wäre sie ihr völlig fremd.

Giselle beschloss, der Sache auf den Grund zu gehen. Es war nichts Ungewöhnliches, dass Nolwenn hin und wieder Stimmen hörte, denn sie besaß eine hellsichtige Begabung. Schwester Thérèse aber war eine erdgebundene Realistin. Wenn sie behauptete, Stimmen gehört zu haben, dann steckte etwas dahinter.

Unten im Vorratsraum roch es ein wenig nach Kartoffeln und Lauchgemüse, nach geräuchertem Speck und Salami, dazwischen mengte sich der Duft des neulich erworbenen Waschpulvers. Der Rest war Kellermief. Giselle musterte die gefüllten Holzregale an den Wänden, die Kartoffelkiste, die Papiersäcke, in denen sich Mehl, Reis und Grieß befanden. Nolwenn war hinter ihr hergelaufen, das Schlusslicht machte Schwester Thérèse.

»Hier stand ich, an der Kiste … Dort liegt noch der Korb auf dem Boden … Jesus Maria – ich zittere immer noch am ganzen Leib …«

Alle drei standen eng beieinander, starrten auf die Regale, spitzten die Ohren. Giselle spürte eine Anwesenheit, sehr deutlich sogar, doch sie konnte nichts hören.

»Typisch«, seufzte Schwester Thérèse. »Das ist der Vorführeffekt. Jetzt ist natürlich alles still. Aber ich schwöre …«

»Psst!«, machte Nolwenn. Sie deutete mit dem Finger nach oben. Dort schwankte eine der Speckseiten an ihrem Seil. Auch die Salami daneben war in Schwingung geraten. Ein Knistern war zu vernehmen. Dann ein Kratzen. Die drei Frauen sahen sich an.

»Ich weiß nicht«, flüsterte Schwester Thérèse unsicher.

»Aber ich weiß!«, rief Giselle. »Raus da! Weg von dem Schinken! Willst du wohl herauskommen?«

Sie rüttelte an dem Regal, mehrere Dosen mit eingemachten

Pfirsichen gerieten in gefährliche Bewegung, ein zorniges Fauchen war zu vernehmen.

»Merlin!«, rief Schwester Thérèse beglückt. »Katerchen! Du armer, kleiner Kerl. Hast dich so erschrocken, als die bösen Feuerwehrmänner kamen …«

Kater Merlin hatte es sich oben im Regal auf einem Stapel Wischtücher bequem eingerichtet, das Essen hing direkt vor seiner Nase.

»Den Speck hat er angefressen«, rief Nolwenn. »Wie schlau. Nur von hinten, von vorn ist nichts zu sehen.«

Schwester Thérèse stand mit ausgebreiteten Armen vor dem Regal und lockte ihren Liebling. »Komm, mein braver Kater. Komm herunter. Musst dich nicht verstecken. Bist bestimmt halb verdurstet bei all dem salzigen Zeug …«

Es dauerte ein Weilchen, bis sich Merlin entschloss, das hoch gelegene Versteck aufzugeben. Es war selbstverständlich unter seiner Würde, sich in die Arme der fülligen Thérèse fallen zu lassen. Er kletterte ein Stück am Regal abwärts und sprang dann auf den Boden. In der Küche wurde er mit einem Schälchen gewässerter Milch empfangen, an der er sich ausgiebig bediente. Erst als er satt war, sprang er auf das Fensterbrett und starrte misstrauisch in den Klostergarten. Wahrscheinlich hatte er Angst, es könnte dort noch eines dieser wasserspritzenden Ungeheuer lauern.

Beim Mittagessen im Refektorium war man zu sechst. Monsieur Paul Oursel war in Gnaden aufgenommen worden. Mutter Athanase hatte dem freundlichen Helfer gestattet, die Mahlzeiten gemeinsam mit den Klosterfrauen einzunehmen. Was vor allem der Tatsache zu verdanken war, dass der Aufenthaltsraum drüben im Gästehaus noch getrocknet werden musste. Auch das Zimmer, das man Paul zugewiesen hatte, war noch ein wenig feucht, doch er hatte Nolwenn gegenüber erklärt, dass er nicht anspruchsvoll sei.

Tatsächlich saß er brav neben Schwester Cécile und löffelte die Gemüsesuppe, reichte mit schüchternem Lächeln den Brotkorb weiter und wagte nur hie und da, zu Nolwenn hinüberzuschauen. Nolwenn war heute ungewöhnlich schweigsam, dafür fiel ihr ständig das Brot unter den Tisch und einmal der Löffel in die Suppe.

Giselle schilderte das Abenteuer, das sie vorhin im Vorratskeller erlebt hatten, in leuchtenden Farben, worauf sich alle Blicke nach draußen richteten, wo der Urheber der Aufregung stillvergnügt auf dem Brunnenrand saß und sich den staubigen Schnurrbart putzte.

»Schön, dass er wieder aufgetaucht ist«, bemerkte Mutter Athanase, die die Geschichte erheitert hatte. »Somit haben wir nun gleich zwei männliche Wesen in unserem Kloster zu Gast.«

Lächelnd sah sie zu Paul hinüber, der verlegen grinste.

»Wenn wir den Engel und Abbé Lecombe drüben in der Kirche auf den Säulen dazurechnen, sind es sogar vier«, bemerkte Schwester Cécile, ohne eine Miene zu verziehen.

Nolwenn kicherte und ließ ihr Brot fallen. Mutter Athanase sah mit düsterem Vorwurf zu Giselle hinüber. Natürlich hatte die Priorin den Besuch des Abbé mitbekommen und sich ihre Gedanken darüber gemacht.

»Ich hoffe, Madame Esch-Lamartine, dass die Brunnenstatue keine Ähnlichkeiten mit lebenden oder toten Personen aufweisen wird!«

»Ich werde mich bemühen, Mutter Oberin!«

»Im Übrigen wurde der Stein von einem anonymen Spender bezahlt.«

Jetzt war Giselle fassungslos. Hatte etwa Yannik hinter ihrem Rücken den Sandsteinblock finanziert? Das sähe ihm ähnlich. Falls das so war, dann würde sie nach Plouvan fahren, um ihm das Feuerzeug zu bringen, und … und vielleicht auch … ein paar nette Worte verlieren …

»Wissen Sie, wer es gewesen ist, Mutter Athanase?«

Die Priorin hob die Schultern und nahm sich eine zweite Portion Gemüsesuppe.

»Anonyme Spender haben die Eigenschaft, nicht genannt werden zu wollen«, sagte sie.

Ärgerlich. Wenn es nun gar nicht Yannik gewesen war, dann würde er ihren Besuch ganz falsch auffassen. Schließlich war sie keine, die einem Typen hinterherlief. Schon gar nicht einem, der sie beim Abschied beschimpft hatte. Von wegen gerade noch rechtzeitig gemerkt und so …

Paul war wirklich ein Goldstück. Als sie mit der Suppe fertig waren, stand er auf und half Nolwenn, die Teller und Löffel auf den Geschirrwagen zu tragen. Er teilte sogar die Schälchen mit dem Nachtisch aus. Erdbeerspeise mit Sahne und Schokostückchen.

»Haben Sie mal Kellner gelernt, Monsieur Oursel?«, fragte ihn Cécile in spitzem Ton.

Der junge Mann erklärte höflich, sich hin und wieder auf diese Weise ein wenig Geld zu verdienen. Im Übrigen habe er sich schon in mehreren Berufen versucht – leider wenig erfolgreich.

»Trotzdem wollte ich den Damen – falls es gestattet ist – einen Vorschlag unterbreiten«, sagte er und blickte in die Runde.

Alle löffelten eifrig ihre Erdbeerspeise.

»Mir kam zu Ohren, dass Sie eine Art Klosterladen eröffnen wollen, und da dachte ich … also mir fiel ein, dass drüben doch noch der Ton herumsteht. Und ich hatte die Idee, daraus Krippenfiguren zu formen.«

Niemand brach in Begeisterung aus, wie er vielleicht erwartet hatte. Nur Nolwenn nickte ihm lächelnd zu, was ihn zum Weiterreden ermutigte.

»Ich dachte an typisch bretonische Figuren. Dazu könnte man einen typisch bretonischen Stall bauen. Solche typisch bretonischen Sachen gefallen den Touristen …«

Schließlich raffte sich Schwester Thérèse auf, etwas Freundliches zu äußern. »Eine sehr hübsche Idee, lieber Monsieur Paul …«

»Typisch bretonisch …«, sagte Cécile boshaft.

Nolwenn sah hilfesuchend zu Giselle hinüber, der jetzt klar wurde, dass der Vorschlag von den beiden gemeinsam ausgebrütet worden war. Das fing ja gut an.

»Wenn Sie nach Erledigung Ihrer Arbeiten hier im Kloster noch Zeit finden, Tonfigürchen herzustellen, lieber Monsieur Oursel«, ließ sich die Priorin vernehmen, »dann habe ich nichts dagegen einzuwenden. Allerdings mache ich Sie darauf aufmerksam, dass Tonfiguren auch gebrannt werden müssen und dass das Kloster über keinen Brennofen verfügt.«

»Ach …«, meinte Paul enttäuscht. »Daran hatte ich gar nicht gedacht.«

»So ist das leider«, fuhr die Priorin fort. »Morgen wird übrigens das Autowrack abgeholt und ein Container für den Schutt in der Garage gebracht. Sie sehen, junger Mann, wie nötig wir Ihre Hilfe haben …«

»Ja, natürlich! Deshalb bin ich ja hier …«

Er lächelte mit unbekümmerter Liebenswürdigkeit in die Runde, und Giselle begann zu begreifen, dass sie ihn wohl unterschätzt hatte. Er war beharrlich, der schlaksige Paul.

»Einen Brennofen für Tonarbeiten kann man auch selber bauen«, sagte sie. »Gar nicht so schwer. Schließlich ist das Töpfern ein uraltes Handwerk, schon in der Jungsteinzeit wurde Geschirr gebrannt …«

»Madame Esch-Lamartine«, sagte die Priorin mit Nachdruck. »Sie wissen sehr gut, dass ich auf das Wort ›brennen‹ allergisch bin!«

»Nicht hier im Kloster – draußen am See könnte man so ein Teil bauen. Ich könnte Monsieur LeHaziff mal fragen, ob er uns ein paar Ziegelsteine dafür spendiert …«

Uff – wieso redete sie solch ein Zeug?

»Tun Sie das«, meinte die Priorin. »Er war ein Weilchen nicht mehr bei uns, der nette Monsieur LeHaziff. Ich fragte mich schon, ob ihm etwas auf der Seele liegen mag …«

Giselle zuckte nur die Schultern. Natürlich hatte sie es gemerkt, diese Frau merkte so gut wie alles.

29

Es regnete, als sie mit dem Klosterauto nach Plouvan fuhr. Hie und da begegnete sie Wandergruppen, meist Familien mit Kindern oder junge Leute, die den geheimnisvollen Wald des König Artus zu Fuß erforschen wollten. Es war jetzt Ende Mai, der Sommer lag vor ihnen, und es war zu vermuten, dass noch mehr Touristen in die Gegend kommen würden. Vielleicht war die Idee mit dem Klosterladen gar nicht so dumm.

In Plouvan hatte sich einiges verändert. Aus den beiden Höfen, die Yannik gehörten, war ein einziger geworden, denn er hatte die Trennmauer dazwischen abgebaut. Das abgerissene Wohnhaus der LeHaziff war wieder hochgemauert, die ehemaligen Stallgebäude auf der anderen Seite ebenfalls. Vermutlich wollte er darin Läden oder Ferienwohnungen unterbringen. Richtfest war auch schon gefeiert, jetzt waren die Dachstühle mit hellblauer Folie gegen den Regen abgedeckt, aber die hellroten Dachziegel lagen schon aufgestapelt im Hof. Drüben auf dem ehemaligen Anwesen der Tabarly hatte man das schadhafte Scheunendach erneuert, die Außenmauern der Scheune jedoch erhalten, denn sie waren – ebenso wie das Wohnhaus – aus hartem Granit gemauert. Giselle vermutete, dass Yannik im Innenraum der großen Scheune locker sechs Ferienwohnungen unterbringen konnte. Die oberen hatten dann halt schräge Wände, weil sie direkt unter dem Dach lagen. Dafür besaßen sie den schönsten Ausblick.

Woher er wohl das Geld für die teuren Umbauten nahm? Nun ja – sein Problem. Sie fuhr in den neu entstandenen breiten Hof hinein, der momentan als Material- und Steinelager diente. Granitsteine, Ziegel, Sandstein, Schiefer, alles schön sortiert –

da musste sich doch etwas machen lassen. Sie stieg aus und besah die Ziegelsteine, wog sie in der Hand und überlegte schon, wie sie den Brennofen konstruieren würde. Eineinhalb Meter hoch würde er wohl werden. Und rund, etwas mehr als ein Meter Durchmesser. Unten eine seitliche Öffnung zum Anfeuern. Trockenes Holz lag im Wald herum, das würde nichts kosten …

»Oh! Hoher Besuch!«, rief jemand hinter ihr. »Welchem Umstand verdanke ich diese Ehre, Madame Esch-Lamartine?«

Na großartig, dachte sie. Wenn er schon so anfängt, steige ich gleich wieder ein und mache mich davon.

»Mich trieb die Sehnsucht hierher«, sagte sie boshaft und drehte sich zu ihm um.

Er hatte seinen verknautschten Hut wegen des Regens tief in die Stirn gezogen, aber sie konnte trotzdem sehen, dass er verunsichert war.

»Die Sehnsucht? Da schau einer an …«

»Ja«, sagte sie und ging ein paar Schritte näher. »Ich brauche ein paar Ziegelsteine.«

»Zum Werfen?«

»Für einen Brennofen.«

»Da bist du beim Brandstifter ja richtig …«

»Quatsch!«

Das Regenwasser lief ihr übers Gesicht, sie musste blinzeln, um die feinen Tröpfchen abzuwehren. Ihr Haar war schon durchweicht. Wieso hatte sie eigentlich ihren Hut vergessen? Yannik betrachtete sie mit seinen dunkelblauen Augen, die jetzt fast schwarz aussahen. Drüben in der Scheune wurde gehämmert, eine Fräse erhob ihre kreischende Stimme. Es störte ihre Versunkenheit nicht. Sie standen kaum einen Meter voneinander entfernt, sahen einander an, saugten sich aneinander fest, und auf einmal war alles ganz einfach.

»Schön, dass du gekommen bist«, sagte er.

»Ich habe auch noch das Feuerzeug …«

»Verdammtes Teil!«

Sie zog es aus der Jackentasche und gab es ihm. Er nahm es und umschloss dabei ihre Hand. Hielt sie fest und grinste, als sie daran zog.

»He! Lass los!«, knurrte sie.

»Nur wenn du versprichst, mit hineinzukommen. Ich muss dir etwas zeigen.«

»Deine Briefmarkensammlung?«

»Was?«, fragte er irritiert.

Dann begriff er den Witz und meinte. »Quatsch!«

Hin und wieder hatte er eine lange Leitung. Aber auch das gefiel ihr gut. Im Flur seiner Wohnung zog sie die nasse Jacke und die Schuhe aus, er lief ins Bad und brachte ihr ein hellblaues Frotteehandtuch.

»Für deine Haare … Du solltest dir auch so einen Filzhut zulegen, das hält den Regen ab.«

»Ich habe einen Hut …«

Er schickte sie ins Wohnzimmer und lief davon, um die Kaffeemaschine anzuwerfen. Gleich darauf erschien er wieder mit einem Tablett, auf dem Tassen, Milchkännchen, Zuckerdose und eine Schale mit Gebäck standen.

»Mach es dir gemütlich. Kaffee kommt gleich.«

Der perfekte Hausmann. Zumindest tat er so. Ordnete alles hübsch auf dem Tisch an, lief dann zurück, um den Kaffee zu holen, schimpfte, dass die Maschine so lange brauchte …

Sie kuschelte sich ins Sofa und zog die Beine hoch. Es war nett hier. Und er hatte Geschmack. Die Balken der Scheune an Decke und Wänden schön herausgearbeitet, in einer Nische eine kleine Statue aus roséfarbenem Granit, Schränke und Bücherregale modern und praktisch, Sofa und Sessel aus hellgrünem Samt und zum Einkuscheln weich. Hatte er die letztes Mal schon gehabt? Sie konnte sich nicht erinnern.

Er schleppte den Kaffee in einer Wärmekanne an und überließ ihr das Eingießen. Während sie den ersten Schluck genoss – das war schon etwas anderes als die dünne Plempe im Kloster –, nahm er ein schmales, ausgefranstes Bündel aus dem Bücherregal und legte es vor sie auf den Tisch. Es waren Briefe. Ohne Umschlag. Ziemlich vergammelt, von einem verblassten, rötlichen Band zusammengehalten.

»Haben wir in der Tabarly-Scheune gefunden. Beim Verputzen fiel uns ein Stein entgegen, und dahinter steckte dieses Bündel.«

»Liebesbriefe?«

»Lies selbst …«

Sie brannte vor Neugier, zugleich aber empfand sie eine gewisse Scheu, diese so intimen Briefe zu lesen, die nicht an sie gerichtet waren. Die Scheune hatte der alten Dame gehört, Sema Tabarly. Hieß es nicht von ihr, sie habe nie geheiratet?

Lemberg, den 4. Oktober 1940

Maelle,
wenn ich allein bin, sage ich Deinen Namen immer wieder vor mich hin. Maelle. Maelle. Maelle. Es klingt wie Musik. Wie die Wellen des Sees, die ans Ufer schwappen. Wie das Raunen der alten Bäume in Brocéliande …
Wie Du wohl erraten hast, bin ich verrückt geworden. Es liegt daran, dass ich ein leichtes Fieber habe. Kein Typhus. Hab keine Sorge. Nur eine kleine Unpässlichkeit.
Sei aus der Ferne geküsst und umarmt
Dein armer Peter

Giselle hatte einige Sätze vor sich hingeflüstert, während sie die Handschrift entzifferte. Als sie zu Ende gelesen hatte und zu Yannik aufsah, stellte sie fest, dass er sie lächelnd beobachtete.

»Das ist … unglaublich schön«, sagte sie und griff vor Verlegenheit rasch zu ihrer Kaffeetasse.

»Fand ich auch«, gestand er. »Ich habe sie mehrfach gelesen, weil ich so beeindruckt war. Der Schreiber muss wohl ein Deutscher gewesen sein, das merkt man an einigen Stellen. Auch an seinem Namen. Peter. Nicht Pierre. Oder Pierrik.«

Giselle nickte und überflog den nächsten Brief. Der Schreiber erzählte von seinen Kameraden, von der Unterkunft, von seiner Hoffnung, seine Maelle eines Tages wiederzusehen. Offensichtlich war er Soldat oder Offizier gewesen und in Lemberg stationiert. Lemberg, das war in Polen.

»Wie schade, dass heute niemand mehr solche Briefe schreibt«, seufzte sie.

»Wir schreiben E-Mails und SMS. Oder wir telefonieren. Wir schreiben und reden, ohne lange darüber nachzudenken. Und zum Glück leben wir nicht in Kriegszeiten. Hast du das Datum gesehen?«

Die Briefe waren im Jahr 1940 geschrieben. Der erste Brief Anfang August, der letzte im November. Es war nicht auszumachen, weshalb die Nachrichten danach abrissen. Möglich, dass der »arme Peter« im Krieg gefallen war.

»Aber wer könnte diese Maelle sein?«, wollte Giselle wissen. »Hast du dich einmal bei den Geschwistern Prigent erkundigt, ob es auf dem Hof der Tabarly eine Maelle gegeben hat?«

»Habe ich …«, nickte er. »War aber nicht leicht. Keine Ahnung, was dahintersteckt. Aber die drei wollten nicht so recht mit der Sprache heraus.«

Giselle erinnerte sich an ihr Gespräch damals im Kloster. Auch da hatte Brieg Prigent ihre Frage mit einem zornigen »Lassen wir die Toten ruhen« abgewehrt.

»Wenn der Briefeschreiber ein deutscher Soldat war und diese Maelle eine Bretonin, dann kann ich mir schon vorstellen, dass man über diese Geschichte nicht gern redet. Eine verbotene Liebe war das. Deshalb wurden die Briefe wohl auch versteckt.«

Yannik kaute gedankenverloren an einem Keks. »Nicht nur verboten«, meinte er dann. »Im Jahr 1940 war Frankreich von den Deutschen besetzt. Es war brandgefährlich, was die beiden da trieben …«

»Schon möglich …«

Giselle versenkte sich wieder in die kleine, gleichmäßige Schrift des deutschen Soldaten Peter. Wie wohl sein Familienname gelautet hatte?

Es ist nun schon fast ein Jahr her, dass wir uns das letzte Mal sahen, und doch steht mir Dein Bild so klar vor Augen, als wäre es gestern gewesen. Ich höre Deine Stimme, Dein Lachen, spüre Deine Haut … Es ist seltsam, aber ich fühle mich enger an Dich gebunden als je zuvor. Es soll ein gutes Omen für unsere Zukunft sein, meine Liebste.
Sei umarmt und geküsst
von Deinem Peter

Giselle rechnete nach. Die beiden mussten um das Jahr 1920 geboren sein. Dann wären sie jetzt etwa neunzig Jahre alt. Nun ja – Sema Tabarly war auch sehr alt geworden. Theoretisch konnten diese beiden Liebenden noch am Leben sein.

»Die Prigent haben dir also gar nichts erzählt?«

»Doch. Sie haben mir letztendlich verraten, wer diese Maelle gewesen ist.«

Er machte eine Pause und freute sich an Giselles gespanntem Gesichtsausdruck.

»Und? Wer war sie?«, drängelte sie. »Etwa eine Schwester von Sema Tabarly?«

Er schüttelte den Kopf. Nein, Sema Tabarly habe nur einen Bruder gehabt, keine Schwester.

»Diese Maelle war gar keine Tabarly. Sie war eine LeHaziff. Sema und Maelle waren Nachbarskinder und eng befreundet, deshalb waren die Briefe vermutlich in der Tabarly-Scheune versteckt.«

»Ups«, meinte Giselle und nahm sich einen Keks. »Dann bist du ja mit ihr verwandt, oder?«

Er runzelte die Stirn, weil sie Kekskrümel auf die Briefe fallen ließ. Dann tat er einen Seufzer und nickte. »So ist es. Vermutlich war sie meine Großtante. Also die Schwester meines Großvaters. Ziemlich sicher sogar.«

»Boah! Was für eine Entdeckung. Hast du vor dem Fund von ihr gewusst?«

»Nein«, gestand er. »Ehrlich gesagt, ich wusste so gut wie gar nichts von meinen bretonischen Vorfahren. Deshalb war ich auch total verblüfft, als ich damals dieses Anwaltsschreiben erhielt …«

Sie schwieg, trank Kaffee, knabberte Kekse und ließ ihn reden. Hütete sich, ihn zu unterbrechen oder neugierige Fragen zu stellen. Dass er ihr so viel von sich erzählte, war ein großer Vertrauensbeweis, und sie war glücklich darüber. Tatsächlich – sie war glücklich. Das Gefühl beunruhigte sie, aber sie ließ es zu. Warum sollte sie sich nicht ein wenig Glück gönnen? Der Pferdefuß würde schon kommen. Der kam immer. So sicher wie das Amen im Kloster.

»Mein Vater starb, als ich fünfzehn war. Sie hatten mich in ein Internat gesteckt, weil es Probleme in der Ehe gab und sie getrennt lebten. In den Ferien war ich meist bei den Großeltern. Die hatten ein großes Anwesen auf dem Land, ein richtiges englisches Schlösschen und einen großen Park. Da musste ich immer mit dem Großvater spazieren gehen. War ein lustiger alter Knabe, der Großvater. Hatte eine diebische Freude daran, mit den Leuten seine Scherze zu treiben. Und er kannte jeden Baum und jeden Busch im Park … Ich mochte auch die Großmutter, obgleich sie eine richtige feine Lady war und ziemlich streng sein konnte. Manchmal kam meine Mutter zu Besuch, mein Vater nur sehr selten. Ich war nicht besonders traurig, als sie mir sagten, er sei gestorben. Komischer Zustand, wie?«

Giselle nickte. Als ihr eigener Vater starb, war sie abgrundtief verzweifelt gewesen. Wie betäubt war sie mitten aus der Walz nach Hause gefahren, hatte wie eine Wilde getobt, weil er schon beerdigt war. Weil sie ihn nicht einmal mehr hatte sehen können. Nur das frische Grab, auf dem haufenweise Blumen in der Sonne welkten. Und das Gefühl, dass er dort unten lag, tief in der Erde, unerreichbar. Für immer.

»Nach dem Schulabschluss wollte ich eigentlich studieren. Die Hotelfachlehre habe ich meiner Mutter zuliebe gemacht. Im familieneigenen Hotel. War eine harte Zeit. Aber nach vier Jahren war ich der Direktor. Bloß Chef war ich nicht – das war meine Mutter.«

Aha. Deshalb wollte er es hier auf eigene Faust versuchen. Er hatte es satt, unter der Fuchtel von Mama zu stehen. Verständlich. Sehr sogar.

»Daher kam dieses Anwaltsschreiben wie eine himmlische Botschaft zu mir. Ich hatte einen Bauernhof in der Bretagne geerbt. Weil die Sippe der LeHaziff in der Bretagne ohne Nachkommen war, hatten sie nach meinem Großvater geforscht. Er war Bretone und während des Kriegs nach England gegangen. Dort hatte er meine Großmutter geheiratet.«

Er fuhr sich über die Stirn und schien über etwas nachzudenken, dann schüttelte er resigniert den Kopf. »Klingt sehr romantisch, nicht wahr? Komischerweise wurde nicht viel von diesen Dingen geredet. Auch mein Vater war in diesem Punkt sehr schweigsam. Er hatte sich schon als junger Mann mit seiner Familie zerstritten, auch mit meiner Mutter klappte es nicht so recht, die Ehe wurde kurz vor seinem Tod noch geschieden. Du siehst, ich komme aus einer total kaputten Familie.«

Er schaute mit ironisch-verlegenem Grinsen zu ihr hinüber, unsicher, wie sie all seine Geständnisse aufnehmen würde.

Giselle blieb gelassen. »Nichts Ungewöhnliches heutzutage«, meinte sie. »Was glaubst du, weshalb ich in der Weltgeschichte herumziehe, anstatt die Werkstatt meines verstorbenen Papas zu übernehmen?«

Er nickte verständnisvoll. Lächelte ein wenig, weil er schon Ähnliches vermutet hatte. »Familienzwist?«

»Sie hat wieder geheiratet. Die Werkstatt ist besetzt. Er hat sogar das Werkzeug von meinem Papa annektiert …«

Ohne dass sie es wollte, traten ihr auf einmal Tränen in die Augen, und sie beugte sich rasch vor, um nach ihrer Tasse zu greifen. Aber natürlich hatte er es bemerkt.

»Das Leben hält eine Menge Ohrfeigen für uns bereit«, sagte er, und es klang fast zornig. »Und einige davon tun verflucht weh. Ich habe herausgefunden, dass es nur ein einziges Mittel dagegen gibt: Etwas Eigenes in die Welt setzen. Etwas, was ganz allein aus dir selber kommt. Für das du niemandem danken musst. Einen Ferienhof mit Hotel. Eine Steinbildhauerwerkstatt. Einfach ein neuer Anfang. Verstehst du, was ich meine?«

»Ja«, sagte sie und schniefte. »Ich versteh es. Aber bisher hab ich das nicht geschafft.«

War ihr jemand schon einmal so nah gekommen, dass sie solche Geständnisse gemacht hätte? Nein, bestimmt nicht. Ihren Kummer hatte sie immer verschwiegen, hatte stark sein und sich nichts vergeben wollen. Mit dem Kopf durch die Wand. Die Fäuste geballt. Wie hatte er es fertiggebracht, ihre Seele zu öffnen?

»Es ist leichter, wenn man zu zweit ist«, bemerkte er. »Als ich hier anfing, habe ich geglaubt, die große Liebe meines Lebens an meiner Seite zu haben.«

Er hatte sich sein Erbe auszahlen lassen, dazu einen Kredit aufgenommen und losgelegt. Dann hatte es die ersten Rückschläge gegeben. Die alte Dame Sema Tabarly weigerte sich, ihm ihr Land zu verkaufen. Richtig böse war sie gewesen, er hatte sich gar nicht erklären können, was sie gegen ihn hatte.

»Dazu kamen die Anfeindungen hier im Dorf. Ich hatte mich ehrlich bemüht, es allen Nachbarn recht zu machen, stellte mich überall vor, lud sie zu mir ein, ging brav in die Kirche. Ich habe den jungen Burschen sogar bezahlte Arbeit auf meiner Baustelle angeboten. Die LeBloch-Söhne sind ein paar Mal gekommen, auch Pierrik Seznec und zwei seiner Freunde haben Zementsäcke geschleppt und andere Hilfsarbeiten geleistet. Es ging aber nicht lange gut. Sie waren unzuverlässig, hockten herum und schwatzten, tranken mehr Bier und Cidre, als ihnen guttat, und stellten unverschämte Lohnforderungen. Also musste ich sie wegschicken. Da ging es dann los mit den nächtlichen Aktionen. Hast du ja gesehen. Nette Botschaften, mit roter Farbe an die Mauern geschrieben. Steinwürfe gegen die Außenlampen. Die Reifen an meinem Wagen durchstochen. Und. Und. Und.«

Zunächst hatte er gar nicht begriffen, warum man ihm das antat. Die einzigen Alteingesessenen, die ihm freundlich entgegenkamen, waren die Geschwister Prigent. Von ihnen erfuhr er, dass sowohl Luic Seznec als auch Brieg LeBloch den Tabarly-Hof hatten kaufen wollen. Es hatte sogar schon eine Prügelei deshalb gegeben. Später erzählte ihm Caira Prigent, dass es nicht der erste Streit zwischen den Familien gewesen sei.

»Offensichtlich sind die Ureinwohner in diesem Kaff schon seit Generationen miteinander verfeindet«, meinte er verdrießlich. »Warum – das ist nicht herauszubekommen. Aber irgendwas ist da mal gewesen. Caira Prigent macht manchmal merkwürdige Andeutungen. So versteckte Hinweise. Mit denen ich aber leider nichts anfangen kann.«

Giselle dachte an die beiden Steinewerfer und die Brandstifter. Merkwürdig war das alles schon.

»Ob es vielleicht mit diesen Briefen zu tun hat?«, überlegte sie.

Er schüttelte den Kopf. Eine verbotene Liebschaft – nun ja.

Aber wie es schien, hatte es ja nicht lange gedauert. Nein – der Hass musste älter sein und andere Ursachen haben.

»Wie auch immer – ich gehe meinen Weg und kümmere mich so wenig wie möglich darum«, meinte er und nahm das Bündel Briefe in die Hand, um es wieder mit dem blassroten Band zu umwickeln.

»Was hast du damit vor?«, fragte sie und deutete auf die Briefe.

Lächelnd sah er sie an. Tiefblaue Augen. Wie anziehend er sein konnte, wenn er so intensiv schaute.

»Sie sind eine Kostbarkeit und ich werde sie sorgfältig verwahren.«

»Ja«, sagte sie leise. »Liebe ist kostbar. Vielleicht das Kostbarste, was es gibt. Hoffen wir, dass die beiden einander gefunden haben und glücklich geworden sind …«

»Das wäre schön …«

Ihr wurde mulmig zumute. Wenn er sie weiter so ansah, würde sie Unsinn anstellen. Dass er ihre Seele geöffnet hatte, bedeutete noch lange nicht, dass sie schwach werden musste.

»Ich … muss jetzt los. Die Priorin braucht das Auto. Du verstehst, oder?«

»Klar …«

Er brachte ihr Jacke und Schuhe, wartete geduldig, bis sie fertig war, und spannte dann einen Schirm auf, um sie bis zu ihrem Auto zu bringen. Die gestapelten Dachziegel glänzten vor Nässe, gurgelnd schoss das Wasser durch das Regenrohr in ein Plastikfass, das schon lange voll war und überlief.

»Fahr vorsichtig«, sagte er und schmunzelte über ihren empörten Blick. »Ich meine ja nur, weil …«

Er zögerte, und sie ahnte, was kommen würde. Normalerweise hätte sie ihm jetzt das Wort abgeschnitten und wäre davongedüst. Heute nicht. Heute wollte sie es hören.

»Weil?«

»Weil ich sehr froh bin, dass es dich gibt, Giselle. Du bist …

du bist der einzige Mensch hier in der Gegend, zu dem ich offen reden kann. Vielleicht …«

Sie wartete geduldig. Sah zu ihm auf und gab sich dem Blau seiner Augen hin. »Vielleicht nicht nur hier in der Gegend, sondern überhaupt … Ich wollte nur sagen … aber du darfst das nicht falsch auffassen …«

»Tu ich nicht …«, murmelte sie.

Er beugte sich zu ihr, und sie bemerkte plötzlich, dass er auch einen besonders schönen Mund hatte. Oder kam ihr das nur so vor?

»Darf ich dich zum Abschied küssen?«, fragte er unvermittelt. »Nur so. Unter guten Freunden.«

»Natürlich …«

Er küsste sie auf beide Wangen, und sie erwiderte die Küsse. Wie es unter guten Freunden üblich war. Nur dass seine Lippen dann für einen flüchtigen Moment ihren Mund berührten, zart, kaum merklich, so wie der Flügel eines Schmetterlings.

»Bis bald«, sagte er leise. »Ich komme morgen vorbei …«

»In Ordnung …«

Die Fahrt über befand sie sich in einer Art Trance. Sie hätte es wissen müssen, aber sie hatte sein Spiel ja unbedingt mitmachen wollen. Dieser winzige, kaum fühlbare Kuss hatte mehr angerichtet als eine leidenschaftliche Liebesnacht. Er hatte sie süchtig gemacht. Und sie würde eine ganze Weile brauchen, um wieder normal zu werden. Wenn das überhaupt noch möglich war.

Sie kam gerade rechtzeitig zur Vesperandacht ins Kloster zurück und setzte sich in die Kirche, um den Gesängen der Nonnen zuzuhören. Normalerweise wirkten die Psalmen und Wechselgesänge beruhigend auf sie – heute jedoch war es ihr unmöglich, sich zu konzentrieren. War es Céciles unmusikalisches Gebrummel, das sie störte? Oder die ständig wiederkehrende Erinnerung an diesen tückisch wundervollen Schmetterlingskuss? Möglich.

Aber da waren auch die Stimmen aus der Krypta, die sich heute besonders aufdringlich unter die Gesänge der Nonnen mischten. Und die Spiralen auf dem Altarstein schienen sich mit rasender Geschwindigkeit zu drehen, man musste aufpassen, nicht hineingezogen zu werden.

Giselle war froh, als die Andacht beendet war und im Refektorium das Abendessen aufgetragen wurde. Auch hier war die Stimmung jedoch nicht ungetrübt. Paul hatte sich beim Umgraben des Klostergartens Blasen an beiden Händen und eine Schramme am Schienbein eingehandelt. Cécile war eines ihrer Brillengläser aus der Fassung gefallen und zerbrochen, und Schwester Thérèse beklagte drei Gläser mit eingemachten Pflaumen, die aus unerklärlichen Gründen vom Küchenregal gefallen und zerbrochen waren.

»Nun«, sagte Mutter Athanase und lehnte sich im Stuhl zurück, legte die Hände vor dem Bauch zusammen und nahm einen tiefen Atemzug. »Mutter Marie-Joseph hat mir heute früh einen Vorschlag gemacht. Um unserem Kloster etwas mehr finanziellen Spielraum zu verschaffen, denkt sie darüber nach, den See und ein dazugehöriges Waldstück zu verkaufen. Einer der Interessenten dafür hat sich wieder bei ihr gemeldet und ein sehr interessantes Angebot gemacht …«

Giselle hatte das Gefühl, in ihrem Kopf befände sich ein riesiger Wattebausch. Sacht und weich füllte er ihre Hirnschale aus, eine merkwürdige, dumpfe Stille behinderte ihr Denkvermögen.

»Den schönen See verkaufen?«, rief Nolwenn erschrocken. »Aber dann können wir ja die Boote nicht mehr vermieten …«

»Doch wohl nicht auch die Apfelwiesen«, meinte Schwester Thérèse stirnrunzelnd.

Schwester Cécile war der Meinung, dass kein Reicher je ins Himmelreich einzöge. Und daher benötige das Kloster auch kein Geld und brauche den See nicht zu verkaufen.

Klick machte es jetzt in Giselles Kopf. Es tat weh. Da war er, der Pferdefuß. Eher ein Elefantenbein. Der Stampfer eines Sauriers. Oh Himmel – wie hatte sie nur so einfältig sein können! Seine schönen blauen Augen. Der Schmetterlingskuss. Alles Berechnung.

»Darf ich raten, wer der Interessent ist?«, fragte sie die Priorin.

Doch die zuckte die Schultern und behauptete, den Namen nicht zu kennen.

30

Plouvan, Juli 1945

Der See lag still wie ein grünlich grauer Spiegel, kein Lüftchen bewegte seine Oberfläche, nur eine Gruppe Enten zog drüben bei der Klosterruine Kreise und Linien ins seichte Uferwasser. Obgleich der Himmel bedeckt war, lag eine lastende Schwüle über dem Wald. Nur hie und da vernahm man einen Vogelruf, auch die Tiere schienen zu dieser Mittagsstunde untätig und müde.

»Bist du nun zufrieden?«, fragte Maelle lächelnd ihren Mann.

Marno nickte. Er war erschöpft von dem Spaziergang, den er unbedingt gemeinsam mit Maelle hatte unternehmen wollen. Bis hinüber zur Klosterruine war es noch zu weit für ihn, aber immerhin hatten sie den Badeplatz am gegenüberliegenden Seeufer erreicht.

»Schau«, sagte er und deutete mit der Hand auf einen toten Baum, der im Wasser lag und seine schwarzen Äste emporreckte. »Dort hast du damals mit Sema gesessen. Ich weiß es noch wie heute. Ihr wart nackt, ich konnte es vom anderen Ufer aus sehen. Und ich fand es ganz schrecklich, dass auch Connan und Dustin es gesehen hatten …«

Maelle musste über seine beklommene Miene lachen. Er hatte den ganzen Weg über ihre Hand festgehalten; auch jetzt, da er sich auf einen niedrigen Felsbrocken im Ufersand setzte, wollte er sie nicht freigeben. Maelle war diese ungewöhnliche Anhänglichkeit inzwischen gewohnt, sie ließ ihn gewähren und setzte sich neben ihn in den Sand.

»Meine Brüder haben vermutlich nach Sema Ausschau gehalten«, meinte sie heiter. »Mich kannten sie zur Genüge, die Mutter hat uns oft gemeinsam in der Küche abgeseift.«

Nun konnte auch Marno lächeln, und Maelle war froh darüber. Seit er aus dem Krieg zurückgekommen war, litt er unter Anfällen tiefer Melancholie. Dann durfte nur Maelle zu ihm in die Schlafkammer eintreten, und er bat sie, sich zu ihm zu legen, damit er ihre Wärme und Lebendigkeit spürte.

»Weißt du noch, wie wir als Kinder hier das Schwimmen gelernt haben?«, fragte sie.

»Dein Vater hat es uns beigebracht. Ja, ich erinnere mich gut. Damals war er jung und hatte große Freude, im See zu tauchen. Manchmal blieb er so lange unter Wasser, dass wir Angst um ihn bekamen …«

Für einen Moment blitzte die Sonne durch die Wolken und der See hellte sich auf. Das Wasser schimmerte, und an den Ufern sah man die Bäume wie in einem Spiegel auf der stillen Seeoberfläche liegen.

»Es ist schön hier«, sagte Maelle leise und lehnte den Kopf an Marnos hochgezogene Knie.

»Ja«, sagte er. »Es ist schön, weil du bei mir bist, Maelle.«

Sie spürte seine streichelnde Hand auf ihrem Rücken und sah dabei hinüber zu den Klosterruinen, wo die roséfarbenen Hortensien in voller Blüte standen. Irgendwo zwischen den Büschen musste der alte Brunnen sein, doch daran wollte sie sich jetzt nicht erinnern. Was damals dort geschehen war, das gab es nicht mehr; nur noch tief in ihrer Erinnerung war ein Schatten davon zurückgeblieben, den wollte sie sich bewahren. Ein Rausch war es gewesen, die Illusion einer großen, heiligen Liebe, eine Sünde vor Gott, eine Verlockung des Bösen, der sie erlegen war. Sie hatte dafür gebüßt, und nun war es vorbei.

Marno hatte sie von der Schande erlöst. Krank und fiebernd war er aus dem Haus gelaufen, als er sah, dass man sie abholen wollte. Das alte Gewehr seines Vaters hatte er vom Schrank gerissen, ohne zu wissen, ob es überhaupt geladen war, und damit ihre Peiniger in die Flucht geschlagen.

»Niemand tut dir etwas zuleide«, hatte er zu ihr gesagt. Und dann: »Du bist meine Braut, und ich verteidige dich mit meinem Leben.« Dann war er ohnmächtig zusammengesunken, und seine Eltern hatten ihn ins Haus tragen müssen.

Dennoch begann von diesem Tag an für Maelle ein anderes, ein besseres Leben. Am folgenden Morgen, als Connan und Enora in der Kirche getraut wurden, saß Marno neben ihr in der Bank, immer noch fiebernd, doch mit seinen besten Kleidern angetan und festlich geschmückt. Wer immer es hören wollte – und auch wer es nicht wissen wollte –, erfuhr von ihm, dass Maelle seine Braut sei und er in der kommenden Woche das Aufgebot bestellen würde. Um die mitleidigen und empörten Blicke, das Getuschel, das Kopfschütteln der Leute kümmerte er sich nicht. Er blieb bis zum späten Abend auf der Hochzeitsfeier, aß und trank, redete wie aufgezogen und ließ Maelle nicht von seiner Seite. Tags drauf aber kam Sema mit dem kleinen Gwen hinüber zu den LeHaziff. Sie berichtete, dass Marno so krank sei, dass der Vater den Docteur LeBihan aus Huelgoat herbeigeholt habe.

»Ach, Maelle«, sagte sie bekümmert. »Der Docteur sagt, es könne Typhus sein. Niemand darf zu ihm. Aber er fragt immer nur nach dir …«

Sie sprang auf, um ihren Sohn vom heißen Ofen wegzuziehen. Gwen, der schon fast drei war, plärrte und zappelte wütend, und Sema war froh, als jetzt Mari in die Küche kam, um den Enkel auf den Arm zu nehmen. Gwen ähnelte seinem Vater sehr, hatte das gleiche dunkle Haar und die blitzenden blauen Augen.

»Ich komme heute Abend vorbei«, sagte Maelle. »Er hat so viel für mich getan, ich werde ihn jetzt nicht im Stich lassen.«

Sema umarmte sie und flüsterte, genau diese Antwort habe sie sich erhofft.

»Lass ihn nur wieder gesund werden, Maelle. Wir werden alle zusammen sehr glücklich sein …«

Sie hatte feuchte Augen, als sie das sagte, und weil Mari sie so bat, ließ sie ihr den Enkel bis zum Abend da. Maelle würde ihn mit hinüberbringen.

Wochenlang besuchte Maelle ihren Verlobten allabendlich, saß an seinem Bett und flüsterte mit ihm. Oft musste sie an die Mutter denken, die so an Justens Lager gesessen hatte, und sie fürchtete um Marno, der vom Fieber ganz dünn und ausgezehrt war. Mehrmals ging sie in die Kirche, um vor der kleinen Statue der Heiligen Jungfrau eine Kerze für Marno anzuzünden, doch sie wusste nicht, ob ihr Gebet angenommen wurde, da sie eine so schwere Sünde auf sich geladen hatte.

»Wasch dich!«, sagte Enora, die auf dem Hof inzwischen – wie erwartet – das Regiment übernommen hatte. »Schleppst uns noch den Typhus ins Haus. Wasch dir die Hände mit Seife. Und fass mich ja nicht an …«

Marno lag fast eine Woche lang im Fieber, dann sank die Temperatur und er kam langsam wieder zu Kräften. Zu Anfang konnte er nicht einmal ohne stützende Kissen im Bett sitzen, dann musste er langsam das Gehen wieder üben, Schritt für Schritt, zunächst in der Schlafkammer, dann im Flur. Erst in der dritten Woche konnte er an Maelles Arm die Treppe hinuntersteigen. Ihr erster Ausflug mit dem Pferdewagen führte nach Huelgoat zu Docteur LeBihan, danach aufs Rathaus, um endlich das Aufgebot für ihre Hochzeit zu bestellen. Von da an wurde Maelle von Connan und Enora mit großer Freundlichkeit behandelt. Connan sprach häufig von der Zukunft: dass man nun mit den Tabarly »richtig« verwandt sein würde und dass Verwandte stets zusammenhalten sollten.

»So wie wir damals als Kinder gespielt haben, so werden bald unsere eigenen Kinder von Hof zu Hof springen …«

Connan sprach davon, die Mauer zwischen den beiden Höfen abzureißen, auch redete er gern von einem Wiesenstück, das den Tabarly gehörte und an eine Wiese der LeHaziff angrenzte.

»Da wäre doch gewiss unter Verwandten ein Tausch oder eine Vereinbarung zu machen …«

Maelle sorgte vor allem dafür, dass die Mutter gut behandelt wurde und nicht nach Enoras Pfeife tanzen musste. Auf Versprechungen ließ sie sich nicht ein. Vorerst sei Patrik Tabarly noch der Hofherr, und wenn Marno einmal den Hof übernahm, sei er es, der zu bestimmen habe, nicht sie.

Ihre Hochzeit fand Ende Oktober statt, als die letzten Kämpfe oben in den Küstenstädten beendet und die Deutschen endgültig aus der Bretagne vertrieben waren. Es war keine große Feier, die Leute aus dem Dorf waren eingeladen, ein paar Bekannte aus Huelgoat kamen dazu, und Maelle trug die Tracht der Großtante, die sie für diesen Tag aufbewahrt hatte. Marno war ausgelassen wie selten, hieß jeden Gast persönlich willkommen und erzählte, dass er nach der langen Verlobungszeit kaum glauben konnte, Maelle nun endlich zur Frau zu haben.

»Es ist ein gutes Gefühl, dass nach dem schlimmen Krieg, der so viel Elend gebracht und so viele Tote gefordert hat, nun wieder neues Leben in Plouvan einkehrt«, sagte Abbé Tanguy. »Möge eure Verbindung glücklich werden und mit vielen Kindern gesegnet sein.«

Noch am Tag ihrer Hochzeit zog Maelle hinüber auf den Tabarly-Hof, wo eine eheliche Schlafkammer für sie und Marno bereit war, dazu auch eine Kammer für die zu erwartenden Kinder. Sema hatte alles gemeinsam mit Maelle eingerichtet, und Armelle, die Schwiegermutter, hatte gutmütig gemeint, die beiden Mädel würden das schon richtig machen.

Die ersten Tage nach der Hochzeit fühlte sich Maelle unsagbar erleichtert und frei. Wie hatte sie es drüben in der Enge und unter all den Anfeindungen und Demütigungen nur so lange aushalten können? Hier im geräumigen Wohnhaus der Tabarly war sie geliebt und geachtet, Marno las ihr jeden Wunsch von den Augen ab, die Schwiegereltern waren froh und dankbar, den einzigen Sohn glücklich zu sehen, und hofften auf seine vollständige Genesung. Vor allem aber konnte sie täglich mit der Freundin Sema zusammen sein, mit ihr lachen und Scherze machen, die Arbeiten gemeinsam verrichten und über allerlei Dinge reden, die nur unter jungen Frauen zur Sprache kamen.

»Gar nicht?«

Maelle schüttelte bekümmert den Kopf. Bei all dem Guten, das ihr hier auf dem Hof widerfuhr, war dies ein dicker Wermutstropfen in ihrer Glücksschale.

»Er ist zärtlich, und er berührt mich auch. Es ist schön mit ihm, Sema. Er ist mir nicht zuwider, ganz im Gegenteil, ich lege mich gern zu ihm. Aber ...«

Sema nickte vor sich hin und seufzte dann tief. Ihr Bruder war zwar von der Krankheit geschwächt, aber ansonsten gesund. Sie wusste es, schließlich hatte sie bei seiner Pflege geholfen.

»Es ist wohl der Krieg, Maelle. Vielleicht hat er zu viele schlimme Dinge gesehen.«

»Und wenn es damit zu tun hat ... dass ich nicht mehr Jungfrau bin?«

»Unsinn«, meinte Sema. »Das weiß er doch. Nein, du musst einfach Geduld mit ihm haben. Irgendwann wird er es tun. Ganz sicher wird er das. Er liebt dich doch!«

»Ja«, meinte Maelle nachdenklich. »Das sagt er mir täglich viele Male ...«

»Na also«, sagte Sema zufrieden. »Dann wird es schon stimmen!«

Sie sprang auf, um ihren Sohn vom Misthaufen zu holen, wo er nach den Hühnern haschte. Er lachte, weil er zwei braune Schwanzfedern erbeutet hatte, und zappelte mit den Beinen, als Sema ihn herunterhob. Für einen Moment sah Maelle ihren Bruder Dustin dort stehen. Genauso unternehmungslustig war er immer gewesen, hatte sich niemals Sorgen gemacht, er könnte irgendwo runterfallen, sich die Finger verbrennen oder sich an einem scharfen Messer schneiden. Wo mochte er nur sein? Mari sprach oft von ihm, Sema jedoch schien den Vater ihres Sohnes vollkommen vergessen zu haben. Wenn jemand ihn erwähnte, wurde ihre Miene hart, als müsste sie gewaltsam jede Bewegung in ihren Zügen unterdrücken.

Nach dem Christfest erfuhr man, dass Enora schwanger war, und Maelle wusste, dass man in wenigen Monaten auch sie mit prüfenden Blicken betrachten würde. Doch Marno hatte sich bei aller zärtlichen Hingabe noch nicht als Eheherr bewiesen. Nach wie vor lagen sie in den Nächten eng umschlungen beieinander, und Marno sorgte mit vielfältigen Berührungen dafür, dass sie in Wallung geriet. Doch er selbst geriet niemals in Hitze, sein Glied war ohne Kraft, er machte keinen einzigen Versuch, in sie einzudringen.

Er äußerte sich nicht dazu, und so wagte auch sie nicht, das Thema zu berühren, denn sie hatte Angst, er könnte wieder in eine seiner melancholischen Stimmungen verfallen. Ganz sicher war auch er unglücklich über sein Versagen. Vielleicht war er gerade deshalb so bemüht um sie, fuhr mit ihr nach Huelgoat, um ihr bunte Tücher, silberne Halskettchen oder auch Romane zu kaufen. Er ließ nicht zu, dass sie hart arbeitete, und wollte sie stets in seiner Nähe wissen. So, als fürchte er, sie könnte ihm eines Tages davonlaufen.

Im Mai, endlich, kapitulierten die Deutschen, und man erfuhr, dass sich der »Führer« gemeinsam mit seiner Geliebten erschossen hatte. Es gab Siegesfeiern im Land, doch weder die Tabarly noch die LeHaziff hatten große Lust zu feiern. Enora hatte eine Frühgeburt erlitten und einen toten Knaben zur Welt gebracht; bei Maelle wollte sich die von den Schwiegereltern so sehnsüchtig erwartete Schwangerschaft nicht einstellen. Den Grund dafür kannte nur Sema, die Schwiegereltern ahnten nichts von Marnos Problem.

Nun war also der Sommer gekommen, ein prächtiger Sommer, der eine gute Ernte versprach, und Marno schien viel kräftiger als vor einigen Monaten. Er beteiligte sich häufig an der Arbeit, hatte die Sense geführt und das Heu auf den Wagen gegabelt. Auch die Spaziergänge, die er mit Maelle unternahm, wurden länger. Der Weg zum See dauerte fast eine Stunde, und wie es schien, hatte Marno die Strecke recht gut verkraftet.

»Lass uns am Ufer entlang zum alten Kloster gehen«, schlug er vor. »Ich würde gern den Brunnen sehen.«

Maelle war von diesem Vorschlag nicht begeistert. Das Ufer war sumpfig, überall lagen abgestorbene Bäume halb im Wasser – Marno würde den Weg zu den Klosterruinen auf keinen Fall schaffen. Vor allem aber vernahm man in der Ferne schon schwachen Donner. Ein Gewitter näherte sich.

»Du hast wohl recht, Liebste …« Marno sah noch einmal hinüber zu den blühenden Hortensien und seufzte. »Es ist schade«, meinte er. »Aber in ein paar Tagen kommen wir wieder hierher, nicht wahr, Maelle? Dann werden wir in den alten Klostergarten gehen …«

Sie ging voraus, suchte den günstigsten Weg aus und tat dabei, als ließe sie sich von ihm an der Hand führen.

»Warum willst du denn unbedingt in diesen verwahrlosten Klostergarten? Dort gibt es doch nichts Besonderes zu sehen.«

Er lachte leise auf eine seltsame Art.

»Du hast es vergessen, wie?«

Sie versuchte, ihren Schrecken zu verbergen. Konnte es sein, dass ein Tratschmaul aus dem Dorf ihm Dinge verraten hatte, die er niemals hatte erfahren sollen?

»Damals, als du mit Sema hier gebadet hast … Das war am Tag des Pardon der Heiligen Anna. Und da hast du mir eine Aufgabe gestellt.«

Sie brauchte einen Moment, um zu begreifen. Dann war sie sehr erleichtert.

»Ach, du meinst, damals … als wir noch Kinder waren …«

»Wann sonst?«

Verlegen schüttelte sie den Kopf. Nein, sie konnte sich nicht erinnern. Eine Aufgabe?

Wieder lachte er auf merkwürdige Art vor sich hin.

»Du wolltest, dass der Stein vom Brunnenrand genommen wird. Um die Hexe aus ihrer Gefangenschaft zu befreien.«

Jetzt endlich fiel es Maelle wieder ein, und auch sie musste lachen. »Ach du liebe Zeit – ja! Die Bienen haben uns fast umgebracht. Richtig wild waren sie. Ich glaube, du bist auf ihr Nest getreten.«

»O ja. Sie haben mich schlimm zugerichtet. Vor allem aber haben sie verhindert, dass ich deinen Auftrag erledigte. Das hat mich all die Jahre über immer wieder verfolgt.«

Maelle hatte schon eine Menge seltsame Dinge aus seinem Mund gehört. Oft redete er solches Zeug, kurz bevor er in eine Melancholie fiel. Sie wusste nicht recht, ob sie die Frage stellen sollte, aber schließlich tat sie es doch. »War das der Grund, weshalb du ans Seeufer gelaufen bist, als du aus der Gefangenschaft kamst?«

»Ja«, gestand er freimütig. »Ich wollte es tun, weil ich glaube, dass dadurch alles wieder ins Lot kommt. Wenn die Hexe befreit ist, wird es auf der Welt kein Unglück und keinen Krieg mehr geben. Das weiß ich ganz sicher, Maelle …«

Er ist schon ein wenig verrückt, dachte sie. Der Krieg hat vielen Männern den Verstand verdreht. Armer Marno. Wenn ich ihm doch nur helfen könnte!

»Dann werden wir bald wiederkommen und den Stein in den See werfen.«

Er stolperte über eine Wurzel und musste sich an einem Ast festhalten, um nicht zu stürzen. »Das tun wir, Maelle. Wir beide gemeinsam. Und wenn es getan ist, dann … dann werden wir auch Kinder miteinander haben.«

Sie konnte sich zwar nicht vorstellen, was die Befreiung der Hexe Groac'h mit seiner Manneskraft zu tun hatte, aber sie nickte fröhlich und tat, als hätte sie alles verstanden. Wenn er fest davon überzeugt ist, dachte sie, dann klappt es vielleicht tatsächlich.

Noch bevor sie den Fahrweg nach Plouvan erreichten, begann es zu regnen, und der Donner war schon dicht über dem Wald. Als sie endlich ins Dorf kamen, waren sie vollkommen durchnässt, und Marno zitterte vor Anstrengung.

31

Maelles erste Sorge war, dass Marno trockene Kleider auf den Leib bekam, deshalb stieg sie mit ihm hinauf in die Schlafkammer. Er wehrte sich jedoch dagegen, wie ein Kind von ihr ausgezogen und mit einem Handtuch abgerieben zu werden, wie sie es bisher oft getan hatte. Nein, sie solle sich um sich selbst kümmern, er käme schon zurecht.

»Wie du willst, Liebster …«

Als sie in trockenen Kleidern und mit noch feuchtem Haar die Stiege hinunterliefen, vernahmen sie in der Küche Getuschel.

»Auf keinen Fall …«

»Es hat doch niemand gesehen!«

»Ich wüsste schon eine, die den Mund auftun würde …«

»Warum sollte sie das tun?«

Irgendetwas war geschehen, was Sema und die Schwiegereltern beunruhigt hatte. Maelle spürte, wie Marno ihre Hand ergriff, sie achtete jedoch nicht darauf, sondern öffnete die Küchentür. Als sie beide eintraten, erstarb das aufgeregte Gerede. Sema ging ihnen mit aufgesetzt heiterem Lachen entgegen und meinte, das sei gewiss keine gute Idee gewesen, bei diesem Gewitter im Wald herumzulaufen. Zwei Mägde, die bei ihr und Armelle gestanden hatten, liefen hinüber in die Wirtschaftsräume. In ihren Gesichtern war große Verlegenheit zu lesen. Patrik empfing Maelle mit mürrischem Blick, dann fragte er, ob sie das Fräulein vom See verärgert hatten, dass sie solch eine Sintflut über das Dorf ergoss. Sema lachte über seinen Scherz, aber Maelle sah, dass Patrik ernst blieb. Auch Armelle war nicht zum Lachen zumute.

»Ist etwas geschehen?«, fragte Maelle. »Wir haben euch laut reden gehört.«

»Ach …«, meinte Sema. »Der übliche Klatsch. Stellt euch vor, man erzählt sich, Joanna Prigent habe einen Liebhaber.«

Maelle fing einen entsetzten Blick von Armelle auf. Sie begriff, dass Sema etwas erfunden hatte, weil sie mit der Wahrheit nicht herausrücken mochte. Warum in aller Welt tat sie das? Sie wusste doch, dass Marno für solche Dinge ein sehr feines Gespür hatte. Nun würde er die schlimmsten Gefahren vorausahnen.

Doch Marno schien nichts bemerkt zu haben. Er meinte nur, dass der Regen dem Hafer und den Wiesen guttäte und dass man in diesem Jahr wohl zweimal mähen würde.

Die Frauen trugen das Abendbrot auf. Knechte und Mägde kamen über den Hof ins Wohnhaus, schüttelten die nassen Jacken und Röcke am Eingang und zogen die dreckigen Schuhe aus, bevor sie sich an den langen Tisch setzten. Sema redete laut über alles Mögliche, erzählte, dass Loan Seznec heute früh noch Gras geschnitten habe, das nun im Regen verdarb, und dass nächste Woche der Pardon der heiligen Anna sei. Armelle hatte den Enkel auf dem Schoß und fütterte ihn mit Schinkenwürfeln und eingekochten Pflaumen. Wenn sie ihm ein Stück Brot mit Butter anbot, stieß er ihre Hand zornig weg. Maelle sah verstohlen zu dem Gesinde hinüber. Die Leute sprachen leise miteinander und machten betretene Gesichter. Verstehen konnte man nichts, dazu rauschte der Regen zu laut auf das Hofpflaster. Hin und wieder rollte der Donner über dem Wald, doch er wurde schwächer, und auch die Blitze zuckten nur noch in der Ferne.

Nach dem Abendbrot gingen Patrik und Marno über den Hof zum Stall hinüber, um nach den Pferden zu sehen, die Mägde liefen mit den Milchkannen zur Weide. Maelle blieb mit Sema und der Schwiegermutter im Haus zurück. Sie wuschen das Geschirr, verwahrten die Speisen im Keller und setzten sich dann an den Tisch, um die Erbsen, die Armelle mit den Mägden gepflückt hatte, aus den Schoten zu palen. Gwen war völlig übermüdet und hätte eigentlich ins Bett gehört, wegen des Gewitters war er jedoch zu aufgeregt, um schlafen zu können. Daher rannte er mal hierhin, mal dorthin, kletterte auf die Bank, fiel herab und heulte, wollte aber auf keinen Fall auf Semas Schoß.

»Was für ein Quälgeist du bist«, seufzte Sema. »Gleich wirst du wieder hinfallen, wenn du so rennst!«

Jetzt hatte er die Schüssel mit den frischen grünen Erbsen entdeckt und stopfte sich den Mund damit voll. Maelle stellte die Schüssel rasch zur Seite, damit der kleine Räuber sie nicht ausschüttete und die Erbsen in der Küche herumrollten. Zorniges Gebrüll war die Antwort, Gwen stampfte mit den Füßen auf und spuckte die halbzerkauten Erbsen auf Maelles Rock.

»Nun ist aber Zeit«, sagte Armelle energisch. »Komm mit, kleiner Tunichtgut. Die Oma bringt dich zu Bett.«

Gwens jammernder Protest nützte nichts. Armelle klemmte sich das zappelnde, um sich tretende Kind unter den Arm und stieg mit ihm die Treppe hinauf. Oben heulte Gwen noch ein Weilchen, vermutlich wollte er nicht gewaschen werden, dann aber wurde es still. Armelle war eine liebevolle, aber gestrenge Großmutter, während Sema oft zu nachgiebig mit dem Kleinen war.

Ein Weilchen saßen Sema und Maelle beieinander und schwiegen. Man hörte die Erbsen in die Schüssel kullern, die Schoten knisterten, an den Fenstern summten zwei übermütige Fliegen. Draußen war es heller geworden, der Regen hatte aufgehört. Es tropfte noch vom Dach, aber in den Pfützen spiegelte sich schon die Abendsonne.

»Was war denn nun los?«, fragte Maelle leise.

Sema drückte an einer widerspenstigen Erbsenschote herum und schien nicht so recht mit der Sprache heraus zu wollen. »Ich sag's dir nur, wenn du versprichst, ruhig und vernünftig zu bleiben.«

Das hörte sich merkwürdig an. Maelle hatte plötzlich das Gefühl, dass sich ein Schatten durch die Küche bewegte. Etwas Dunkles, das sich auf ihre Seele legen wollte.

»Versprochen.«

Sema riss die Schote auf. Die Erbsen saßen so eng darin, dass sie nicht rund, sondern würfelförmig waren.

»Du musst es schwören!«, forderte sie und streifte die kleinen Würfel aus ihrem schützenden Gehäuse.

»Meinetwegen«, sagte Maelle ungeduldig. »Ich schwöre, dass ich mich ruhig und vernünftig verhalten werde. Bist du nun zufrieden?«

»Bei der Heiligen Jungfrau musst du schwören!«

»Bei wem du willst. Was ist denn nur los? Ist etwas mit meiner Mamm? Ist sie etwa krank?«

Sema schüttelte den Kopf. Sah aus dem Fenster zum Stall hinüber, ob die Männer schon zurückkämen, da aber nur einer der Knechte dort mit einer Schubkarre hantierte, entschloss sie sich, zu reden.

»Der Deutsche war im Dorf. Er ist zu Fuß aus Huelgoat gekommen und war drüben auf eurem Hof.«

Maelle ließ die Hände sinken und starrte Sema an. Was redete sie da? Sie verstand es nicht. Wollte es nicht verstehen.

»Was für ein Deutscher?«

Sema tat einen tiefen Atemzug und sah sie vorwurfsvoll an. War die Freundin wirklich so schwer von Begriff oder tat sie nur so?

»Du weißt ganz genau, wen ich meine.«

Ein Schwindel erfasste Maelle. Sie vernahm plötzlich wieder dieses scheußliche Summen in ihrem Kopf und fühlte sich für einen Moment wie betäubt. Peter war am Leben, er war nicht im Krieg gefallen. Er war hierher nach Plouvan gekommen, um sie wiederzusehen. So wie er es ihr versprochen hatte. O Gott im Himmel! Warum tat er ihr das an?

»Hast … hast du ihn gesehen?«, stieß sie hervor.

»Nein. Annik ist herübergekommen und hat es erzählt. Er hat nach dir gefragt, und Connan hat ihn vom Hof gejagt. Hat sogar den Hund auf ihn gehetzt. Da ist er wieder fortgegangen. Das war alles.«

Maelle nickte schweigend und nahm die nächste Schote in die Hand. Sie spürte Semas prüfenden Blick auf sich gerichtet und bemühte sich, nichts von dem zu zeigen, was in ihr vor sich ging. Nur dass ihr Atem rascher war und ihre Hände flatterten, konnte sie nicht verhindern.

»Connan hat ihm gesagt, dass du verheiratet bist«, nahm Sema den Faden wieder auf. »Er wird also verstanden haben und gewiss nicht wiederkommen. Von daher ist alles in Ordnung. Hörst du mir zu, Maelle?«

»Ja … ja, ich höre …«

Ihre Hände zitterten so, dass sie fürchtete, die Schüssel mit den Erbsen könne ihr vom Schoß rutschen. Er war gekommen. Peter war zu ihr gekommen. Er hatte nach ihr gesucht. Er wollte sie mit sich nehmen. Peter, ihr Geliebter. Die große Liebe ihres Lebens …

»Reiß dich zusammen, Maelle«, forderte Sema. »Sie können jeden Augenblick aus dem Stall zurückkommen. Es ist dir doch wohl klar, dass Marno kein Wort davon erfahren darf.«

»Natürlich nicht …«

Sema redete davon, dass Marno gerade auf dem Weg der Besserung sei und auf keinen Fall einen Rückschlag erleiden durfte. Deshalb habe sie allen auf dem Hof eingeschärft, nicht darüber zu sprechen. Auf Connan war Verlass, der würde den Mund halten. Es konnte nur sein, dass Enora dumme Gerüchte in die Welt setzte, die irgendwann an Marnos Ohren dringen würden. Und natürlich das Gesinde …

Maelle hörte nur halb zu. Während ihre Hände wieder ruhig wurden und die Arbeit tun konnten, stieg in ihrem Inneren eine wilde Flut aus Sehnsucht und Bitterkeit, aus Verzweiflung und Zorn auf. War das noch Sema, die da so vernünftig und kalt auf sie einredete? Ihre Freundin Sema, die einzige Vertraute, die sie im Leben je gehabt hatte? Sema, die damals von der großen Leidenschaft redete, von der kostbaren, edlen und wahren Liebe, die niemals sündig sein konnte. Die jede Frau erleben musste. Die es wert war, dafür zu leiden, ja, dafür zu sterben. Nein, die Sema, die jetzt neben ihr saß und Erbsen palte, während sie ihr erzählte, dass ihr Liebster gottlob unverrichteter Dinge wieder fortgefahren war – das war eine andere. Sie glich Enora und hatte auch Züge von Connan angenommen.

Ich bin ungerecht, dachte Maelle. Sema liebt ihren Bruder über alles, und sie sorgt sich um ihn. Nur deshalb redet sie solche Dinge. Und sie hat ja recht. Es ist gut und richtig, dass Peter wieder fort ist. Nun weiß ich wenigstens, dass er noch lebt. Und auch, dass er ein ehrlicher Mensch ist und zu seinem Wort steht. Ich hingegen …

»Das Gesinde wird natürlich schwatzen«, hörte sie Sema neben sich. »Ich habe es ihnen zwar verboten, aber sie werden es hinter vorgehaltener Hand trotzdem tun. Wir können nur hoffen, dass es Marno nicht so bald zu Ohren kommt. In ein paar Monaten oder im kommenden Jahr vielleicht. Dann wird es für ihn leichter sein, weil genügend Zeit vergangen ist und er keine Sorge mehr haben muss, dass du ihm davonläufst …«

Maelle starrte vor sich hin und nickte traumverloren.

»Das würdest du doch niemals tun, oder?«, fragte Sema und fasste sie am Arm.

Sie erhielt keine Antwort, weil in diesem Moment Patrik und Marno zur Tür hereinkamen. Der Schwiegervater griff das Wochenblatt und setzte sich damit auf die Bank, um vor dem Zubettgehen noch ein wenig zu lesen. Marno ließ sich neben Maelle nieder und naschte ein paar junge Erbsen aus der Schüssel.

»Geht es dir gut?«, fragte er sie und legte den Arm um ihre Schultern. »Du siehst aus, als hättest du Sorgen.«

Maelle lächelte mühsam und behauptete, nur ein wenig müde zu sein. Sema fügte hinzu, dass sie ja schließlich einen weiten Spaziergang hinter sich hätten, da müsse man sich über die Müdigkeit nicht wundern.

»Lass uns zu Bett gehen«, schlug Marno vor. »Ich bin neugierig, wie die Geschichte von Jean Valjean und Fantine weitergeht.«

Sie hatten seit einiger Zeit die Gewohnheit, sich aus den Büchern, die Marno für Maelle gekauft hatte, gegenseitig vorzulesen.

»Gern«, sagte sie. »Geh schon hinauf, ich komme nach, wenn ich mit meinen Erbsen fertig bin.«

Marno nickte ihr zu und stützte sich auf den Tisch, um leichter aufstehen zu können. Er schien doch mehr mitgenommen, als er zugeben wollte, denn Maelle sah, dass sein rechtes Knie beim Gehen zitterte.

»Es muss ein spannendes Buch sein, das ihr da gerade am Wickel habt«, meinte Sema. »Ich höre euch manchmal daraus vorlesen, schlafe aber meist dabei ein. Gibst du es mir, wenn ihr es ausgelesen habt?«

Maelle ließ die letzten Erbsen in die Schale kullern und schüttete dann die leeren Schoten in einen Eimer.

»Es ist ein trauriges Buch, fürchte ich. Aber natürlich bekommst du es, wenn wir damit fertig sind …«

Sie stand auf und nahm den Eimer, um die Schoten in den Hühnerstall zu tragen. Morgen früh würden sie an die Hennen verfüttert werden, die sich auf den Leckerbissen schon freuten.

»Schau mal nach der braunschwarzen Henne«, rief ihr Sema nach. »Ich glaube, sie gluckt.«

Draußen warf die untergehende Sonne ihr rotes Licht über Bäume und Mauern. Die Scheune schien in Flammen zu stehen, und in den Pfützen leuchtete es orangerot. Beinahe hätte Maelle die Frau übersehen, die mit einem Korb beim Hühnerstall gestanden hatte und jetzt zwei Schritte auf sie zutrat.

»Annik! Wie hast du mich erschreckt! Was machst du hier noch so spät?«

Die Magd hatte das Kopftuch weit in die Stirn gezogen, sie blinzelte, weil sie in die Abendsonne schauen musste, um Maelle anzusehen.

»Ich komm von deiner Mamm. Zwei runde Käselaibe bring ich. Hat sie heute frisch gemacht …«

Sie zog das gewürfelte Tuch von ihrem Korb und zeigte Maelle die beiden Käselaibe. Sie waren ganz sicher nicht heute gemacht worden.

»Ich hab ihn gesehen, Maelle«, flüsterte sie und zupfte Maelle am Ärmel, damit sie ein wenig beiseite ging. So, dass man sie vom Wohnhaus her nicht sehen konnte.

»Das will ich nicht wissen!«, sagte Maelle entschieden.

Sie hätte jetzt den Korb nehmen und rasch zum Haus laufen müssen. Aber sie hielt den Eimer mit den Schoten noch in der Hand, und daher blieb sie stehen.

»Er hat mir so leidgetan«, schwatzte Annik weiter. »So ein fescher Leutnant ist er gewesen. Damals hätte niemand gewagt, ihn so zu behandeln. Mit der Mistgabel hat der Herr nach ihm geworfen …«

Maelle wandte sich um, öffnete das Stalltürchen und stellte ihren Eimer in den kleinen Vorraum. Natürlich. Annik war damals schrecklich verliebt in den deutschen Leutnant gewesen. Was für ein dummes Mädchen sie doch war!

»Er hat nach Ihnen gefragt …«

»Das weiß ich schon. Geh jetzt, Annik. Gib mir den Korb. Ich bring ihn morgen zurück …«

Aber Annik hielt den Korb fest. Da war noch etwas, was sie loswerden musste.

»Ich war dann später noch auf dem Feld. Hab die Bohnen gehackt und Karotten geerntet. Da hör ich ihn plötzlich. Hat dicht bei der Hecke gestanden und nach mir gerufen. Sogar meinen Namen wusste er noch …«

Maelle schloss das Stalltürchen mit ungeschickten Händen. Ihr Herz hämmerte, das Apfelbäumchen schien vor ihren Augen auf und nieder zu hüpfen.

»Er hat mir das da gegeben. Ich soll's Ihnen zukommen lassen. So, dass es kein anderer sieht …«

Sie zog ein zusammengefaltetes Blatt Papier aus ihrer Bluse und reichte es Maelle. Die fuhr erschrocken zurück, als hätte Annik ein giftiges Insekt in der Hand.

»Nein … Ich will es nicht …«

»Jetzt nehmen Sie schon. Hab's ihm doch versprochen …«

Maelle hätte jetzt sagen müssen, dass Annik das Papier verbrennen solle. In kleine Fetzen reißen und in die Müllgrube werfen. Auf keinen Fall durfte sie dieses Papier an sich nehmen. Doch genau das tat sie. Mit dem festen Vorsatz, es in der Küche gleich in den Herd zu stecken, in dem noch ein wenig Glut sein musste.

»Gott helfe Ihnen …«, murmelte Annik.

Sie lief im Schutz der Apfelbäume zur Scheune, drückte sich hinter der Scheune vorbei, um nicht über den Hof gehen zu müssen, und eilte durch das Hoftor davon. Ihren Korb mit dem Käse nahm sie mit.

Maelle starrte in den Abendhimmel, wo jetzt die rosigen Wölkchen rasch ergrauten. Auch der Himmel wurde matt, verlor das Blau und nahm die Farbe der Dämmerung an.

Nicht öffnen. Nicht lesen. Zusammenknüllen und in den Herd damit. Andererseits, dachte sie, könnte es wichtig sein, seine Botschaft zu lesen. Wer weiß, was er vorhat. Es ist besser, wenn ich vorbereitet bin. Schon um Marno zu schützen …

Maelle,
ich habe kein Recht, Dich zu tadeln, denn Du hast jenen Mann geheiratet, mit dem Du schon damals verlobt warst. Du bist ihm treu geblieben – er ist ein glücklicher Mensch.
Alles, was ich mir erhoffe, ist ein Abschied. Nichts anderes. Dich noch einmal sehen, aus Deinem Mund hören, dass Du glücklich bist, und mich mit Dir darüber freuen.
Gönne mir dieses letzte Zusammensein, ich bitte Dich sehr darum. Lass uns in Frieden und in gegenseitiger Achtung auseinandergehen. Für immer.
Peter
P.S. Heute Nacht an unserem alten Treffpunkt.

Sie knüllte das Blatt zu einer kleinen Kugel zusammen und behielt es in der Hand, während sie zurück zum Wohnhaus ging. Da Armelle und Sema noch in der Küche saßen, konnte sie ihr Vorhaben nicht ausführen. Stattdessen wünschte sie den beiden eine gute Nacht und stieg die Treppe hinauf.

Marno war eingeschlafen, das aufgeklappte Buch auf seiner Brust, die Lampe zum Lesen angeschaltet. Sie hob den Roman vorsichtig auf und legte ihn auf den Nachttisch, zog Marnos Decke zurecht und betrachtete einen Moment lang sein blasses Gesicht: die scharf hervortretende Nase, die dunklen Ränder, die seine Augen umgaben. Sie empfand unendliche Zärtlichkeit. Er brauchte sie, und sie wollte für ihn da sein. Auch das war eine Art von Liebe, eine höhere und edlere Liebe, eine Liebe, die ohne Sünde und ohne unkeusche Leidenschaft war.

Sie zog die Vorhänge am Fenster zu und kleidete sich aus, zog das Nachthemd an und überlegte dann, was sie mit der Papierkugel anfangen sollte. Auf keinen Fall durfte Marno sie finden, also rollte sie das Papierchen unter die Kommode, wo sie es morgen in einem unbewachten Moment hervorangeln und vernichten würde.

Mit erleichtertem Gewissen schlüpfte sie zu Marno ins Ehebett und löschte die Lampe. Schloss die Augen mit der festen Absicht, so schnell wie möglich einzuschlafen. Sollte er ruhig auf sie warten, dort draußen im Hortensiengarten. Was für eine verrückte Idee. Glaubte er wirklich, sie würde mitten in der Nacht den langen Weg dorthin gehen, nur um ihm zu sagen, dass sie … dass sie … nun, dass sie glücklich war.

Der Schlaf wollte sich nicht einstellen. Sie drehte sich auf die Seite und lauschte auf Marnos gleichmäßige Atemzüge, beneidete ihn um seinen tiefen Schlummer und ärgerte sich über eine dicke Fliege, die in der Kammer hin und her summte. Durch die Vorhänge drang fahles Licht, der letzte Rest der Abenddämmerung, die nun in die Nacht überging. Irgendwo im Dorf bellte ein Hund, ein zweiter antwortete, dann war es wieder still.

Ich bin glücklich, dachte sie und umfasste das Kopfkissen. Niemand kann glücklicher sein als ich. Hier im Dorf ist meine Heimat, in diesen Wäldern leben die alten Sagen von Rittern und Zauberern, die mich seit meiner Kindheit umgeben. Ich habe liebe Menschen um mich, einen Ehemann, der mich vergöttert, meine Tiere, den Erdboden, der die Frucht bringt. All das ist meine Welt, ich wollte sie niemals verlassen. Auch nicht für eine große Liebe.

Sie fand noch viele Gründe, weshalb sie glücklich und zufrieden sein konnte, aber die kleine Kugel unter der Kommode ging ihr dennoch nicht aus dem Sinn. Sie schien dort unten auf dem Dielenboden zu glimmen und zu leuchten, was ganz und gar unmöglich war.

Nun sitzt er dort ganz allein in der Dunkelheit und wartet auf mich, dachte sie. Ihr fiel ein, dass es für ihn nicht leicht gewesen sein konnte, hierher zu gelangen. Vielleicht war er Kriegsgefangener gewesen und aus einem Lager geflüchtet. Man hörte, dass die Amerikaner überall in Frankreich Gefangenenlager für deutsche Soldaten eingerichtet hatten. Ach, er hatte gehofft, seine

Maelle wiederzufinden. Jene zärtliche kleine Bretonin, in die er so verliebt gewesen war. Und auch sie – das konnte sie ohne Scham zugeben – war damals überzeugt gewesen, ohne ihren Peter nicht weiterleben zu können.

Sie drehte sich wieder auf den Rücken und spürte, dass Marno an ihrer Seite aufgewacht war. Er tastete nach ihrer Hand und umschloss ihre Finger.

»Es tut mir leid«, flüsterte er. »Ich bin eingeschlafen …«

»Ist nicht schlimm … gute Nacht, Liebster …«

Er brummte irgendetwas vor sich hin, was sie nicht verstehen konnte, und schlief wieder ein. Gleich darauf begann er leise zu schnarchen.

Und wenn Peter letztes Jahr im September gekommen wäre? Vor ihrer Hochzeit mit Marno. Wäre sie dann mit Peter fortgegangen?

Nein, sicher nicht. Oder doch? Vielleicht doch? Plötzlich schien ihr alles, was vorher so gut und vernünftig ausgesehen hatte, nur ein Spiel des Zufalls. Wäre Peter früh genug zurückgekommen, um sie zu heiraten, dann wäre sie jetzt seine Frau. Weil sie ihn liebte. Aber Gott hatte nicht gewollt, dass diese Liebe auf Erden gelebt wurde.

Die kleine Papierkugel unter der Kommode schien sich zu bewegen. Sie konnte das Papier knistern und flüstern hören. Und sie glaubte, die Worte zu verstehen. Sie hielt sich die Ohren zu, aber es half nichts.

»Dich noch einmal sehen … noch einmal sehen … für immer …«

32

Notre Dame de la Forêt, Mai 2011

Wie man so früh überhaupt schon singen konnte! Giselle rutschte auf der Kirchenbank herum, die so grauenhaft unbequem war, dass ein nachgeholter Morgenschlummer keine Chance hatte. Missmutig lauschte sie auf die im Wechsel gesprochenen Psalmen, danach kam wieder ein gesungener Abschnitt, der klang heute früh richtig gut. Schwester Cécile schien heiser zu sein, man hörte ihr Gebrummel nicht.

»Singt sie nicht wie ein Engel?«, flüsterte Paul. Er meinte natürlich Nolwenn.

Er saß neben ihr, die langen Beine hochgezogen, und ließ kein Auge von den weiß gekleideten Nonnen in der Apsis. Wie er eine gute halbe Stunde in dieser zusammengefalteten Position verbleiben konnte, ohne vor Schmerzen zu schreien, war Giselle unerklärlich. Aber wahre Liebe überstand ja bekanntlich Folter und Tod.

Sie selbst hatte die halbe Nacht über Yannik nachgegrübelt und war zweimal kurz davor gewesen, ihr Bündel zu packen und davonzulaufen. Himmel – so schlimm hatte es sie lange nicht mehr erwischt. Was hatte sie sich eigentlich eingebildet? Dass dieser Typ in sie verliebt war? Ha! Alles war nur Berechnung gewesen. Eine gierige Kapitalistenseele auf dem Weg zum Großgrundbesitzer. Sie war nur eine Figur in seinem wohl berechneten Schachspiel, eine dumme Gans, die auf ein Bündel alter Briefe, ein paar – höchstwahrscheinlich erfundene – Familiengeschichten und auf einen lächerlichen Schmetterlingskuss hereinfiel.

Nein, sie war natürlich nicht davongelaufen. Das konnte sie den Nonnen nicht antun. Und dann war da der Sandsteinblock.

Egal, wer ihn bezahlt hatte – sie würde daraus eine Statue formen. Die Heilige Jungfrau mit dem Doppelgesicht.

Nach Mitternacht war ihr Zorn verraucht und der Verstand klinkte sich ein. Hallo, dachte sie. Was ist mit mir los? Bin ich jetzt komplett hysterisch? Wieso? Wenn Yannik den See samt Waldgebiet kaufen will – was habe ich damit zu tun? Mit den Nonnen musste er sich gut stellen. Am besten mit Mutter Marie-Joseph, die darüber zu entscheiden hat. Aber doch nicht mit mir! Gehört mir vielleicht der See? Nein. Der Wald? Auch nicht. Weshalb also rege ich mich auf?

Sie verkniff es sich, weiter auf diese Frage einzugehen, und sank stattdessen ins Traumland. Gegen halb fünf läutete das verflixte Glöckchen zur Vigil, kurz vor sieben rief es zur Laudes. Jetzt verstand sie endlich die Gäste, die gejammert hatten, man käme hier in der Nacht vor lauter Gebimmel nicht zum Schlafen.

»Ich habe ihr vorgeschlagen, sie soll ihre Stimme ausbilden lassen«, sagte Paul, als die Andacht vorüber war. Er ging ein wenig steifbeinig hinter ihr her zum Kirchenausgang – alles in allem hatte er die Folterbank aber ganz gut überstanden.

Fast hätte sie den Türflügel aus gutem Eichenholz gegen die Stoßstange des Lastwagens gehauen, der direkt vor der Kirche parkte.

»Bonjour!«, rief eine fröhliche Stimme. »Kann mir jemand beim Abladen helfen?«

Wie gut, dass sie die Nacht damit verbracht hatte, ihre Gefühle in Ordnung zu bringen, sonst wäre sie Yannik jetzt vermutlich an die Gurgel gefahren. So aber grüßte sie ihn mit gelassener Freundlichkeit wie einen alten Bekannten, stellte ihm Paul als das neue Klosterfaktotum vor und erklärte, dass die Steine nicht etwa im Klostergarten, sondern am Seeufer ausgeladen werden sollten.

»Und was soll da gebrannt werden?«

Sie erklärte, dass man Krippenfiguren für den späteren Klosterladen herstellen wolle.

»In einem Brennofen aus Ziegelsteinen?«

»Klar. Wird mit Brennmaterial gefüllt, darauf die Figuren und oben eine Schicht Schlamm, um das Teil abzudichten. Funktioniert seit Jahrtausenden …«

Er grinste und meinte, da sei er sehr neugierig. Als Paul zurück zum Kloster ging, um das Frühstück nicht zu verpassen, hockte sich Yannik neben Giselle, die schon dabei war, die Steine zu sortieren.

»Heute Nachmittag könnte ich mich für ein Stündchen freimachen«, meinte er. »Ich meine nur – falls ich dir helfen soll.«

Sie stapelte Ziegelsteine und wehrte sich nicht, als er vorsichtig mit der Hand über ihren Nacken strich. Er machte es sehr zart; es kratzte trotzdem ein wenig, weil seine Hände von den Bauarbeiten rau waren.

»Wenn du willst …«

»Und dann wollte ich dir noch etwas zeigen. In Plouvan.«

Es klang wie eine Einladung, und sie war nicht weit davon entfernt, sie anzunehmen. Dieses Gefühl, ihn schon lange zu kennen, ganz und gar vertraut mit ihm zu sein. Und zugleich eine große Anspannung, das Herzklopfen bei jeder Berührung, das Atemlose, die Lust auf Ekstase.

»Ach ja? Was wolltest du mir da zeigen?«

»Den Friedhof.«

Na toll. Ihre Leidenschaft sank in die Tiefkühltruhe. Offensichtlich wollte er ihr die Geschichte des Ortes und seiner seltsamen Einwohner näherbringen. Nun ja – nett von ihm. Er war eben ein richtig lieber Kerl. Und lange nicht so schnell, wie sie geglaubt hatte. Was sie jetzt ernsthaft bedauerte.

»Dann bis nachher. Ich muss los.«

Er küsste sie flüchtig auf die Wange, schlug die Ladeklappe an seinem Laster zu und stieg ein. Während er in Richtung Plouvan davonratterte, dachte Giselle darüber nach, ob sie ihn vielleicht ganz falsch eingeschätzt hatte. Wie kam sie auf die Idee, dass er in sie verliebt sei? Er hatte doch nur behauptet, sie sei der einzige Mensch, mit dem er offen reden könne. Tatsächlich war das keineswegs eine Liebeserklärung. Höchstens ein Vertrauensbeweis. Und geküsst hatte er sie ja nur auf die Wangen, wie unter guten Freunden üblich. Alles andere hatte sie sich einfach nur eingebildet.

Na klar, dachte sie. Er liebt seine Ex. Die ihn an Silvester verlassen hat. Die Böller-Frau.

Sie übersprang das Frühstück und suchte einen guten Platz für den Ofen aus, säuberte den Untergrund und mischte den Mörtel. Yannik hatte in weiser Voraussicht einen Sack Zement mitgebracht – kluger Bursche. In der ausgebrannten Remise war nicht viel Brauchbares zu finden. Sie arbeitete nach Augenmaß, kam rasch voran und hatte den Ofen längst hochgemauert, als die Nonnen die Sext sangen.

Beim Mittagessen fehlte Schwester Cécile – sie lag im Bett, ihr Magen sei nicht in Ordnung. Auch Thérèse fühlte sich nicht wohl, sie brachte kaum einen Bissen herunter und trank nur ein wenig Kamillentee.

»Bestimmt eine Magengrippe«, vermutete Paul. »Ich hatte sie ganz schlimm, kurz bevor ich hierherkam …«

»Tatsächlich?«

Mutter Athanase starrte ihn durchdringend an, sagte aber weiter nichts. Nolwenn bemerkte, dass Paul die Magengrippe auf keinen Fall mitgebracht haben konnte. Sonst wäre sie selbst doch die Erste, die er angesteckt hätte. Daraufhin begannen Pauls Ohren wie ein Tauchsieder zu glühen.

Auch zu diesem Punkt äußerte sich die Priorin nicht weiter, nur Schwester Thérèse tat einen tiefen Seufzer und griff nach dem Becher mit heißem Kamillentee.

»Ich hatte heute früh ein Telefonat mit Mutter Marie-Joseph«, vermeldete Mutter Athanase. »Ich habe sie angerufen, um einige Dinge ins rechte Licht zu rücken. Vor allem habe ich ihr von unseren Initiativen berichtet, die ja in Richtung Klosterladen und Herstellung von Gebäck, Stickereien, Obstessig und anderen Dingen gehen. Sie war recht beeindruckt. Hatte ich euch schon gesagt, dass ich in Huelgoat fünf Geschäfte aufgetan habe, die bereit sind, unsere Produkte zu verkaufen?«

»Hört, hört ...«, rief Paul.

Auch Nolwenn und Giselle äußerten sich lobend. Nur mit den Produkten war es einstweilen noch nicht weit her. Thérèse war noch nicht zum Keksebacken gekommen, und Cécile war durch die kaputte Brille am Sticken gehindert.

Nur Giselle vermeldete einen Fortschritt: »Der Ofen ist fertig gemauert. Muss nur noch trocknen, dann kann es losgehen.«

»Und wir beide haben ...«, trompetete Nolwenn, hielt dann aber inne, weil Paul ihr ein Zeichen machte. »Also ... Paul hat schon in der Werkstatt mit dem Ton gearbeitet und ... äh ... und ich habe ihm dabei geholfen.«

Schwester Thérèse, die vom Küchenfenster her Einblick in die Werkstatt hatte, verbarg ihr Gesicht im Kamillenteebecher. Die Priorin lächelte milde.

»Wir ... ich ... also, es sind ein paar Prototypen entstanden«, erklärte Paul.

»Was für Typen?«, fragte Thérèse.

»Erste Versuche ...«, meinte Paul mit höflichem Lächeln.

»Gewiss ...«, nickte Schwester Thérèse.

Giselle bekam ein schlechtes Gewissen. Was auch immer drüben in der Werkstatt geschehen war – es ging auf ihre Kappe. Sie hatte Nolwenn dazu ermutigt.

»Bekommt man die mal zu sehen?«, fragte sie Nolwenn.

»Natürlich. Sie sind hier. Unter dem Tisch.«

Aus unerfindlichen Gründen zogen alle die Beine an. Nolwenn bückte sich und brachte ein Spankörbchen ans Licht, das voller Tonfiguren war. Viel konnten die beiden eigentlich nicht miteinander angestellt haben, dazu war die Produktion zu umfangreich.

»Das ist der heilige Joseph und das da die Maria … Und das ist ein Eselchen und zwei Enten, die hab ich gemacht. Und dann hab ich noch dies hier gemacht …«

Die Figuren waren ganz erstaunlich gut gelungen. Die Krippenfiguren sehr schlicht, bodenständig und in sich geschlossen. Der Esel ein bezauberndes graues Langohr. Und dieses niedliche Mädchen mit den Flügeln …

»Ist das ein Engelein?«, fragte Schwester Thérèse.

»Nein, das ist eine Fee …«, erklärte Nolwenn stolz.

Mutter Athanase nahm die Fee in die Hand und beäugte sie kritisch. Wirklich gut, die kleine Novizin hatte Talent.

»Ich dachte … ich dachte, dass wir vor allem typisch bretonische Dinge herstellen sollten. Und Feen gibt es hier jede Menge. Auch Hexen. Und Zwerge, die Korrigan. Die wollte ich auch machen …«

Mutter Athanase empfahl den beiden Künstlern, vorerst bei den Krippenfiguren zu bleiben und das heidnische »Gezücht« hintanzustellen. Ein Klosterladen sei keine Menagerie.

Schwester Thérèse trug mit Nolwenn den Nachtisch herein – rote Grütze aus Erdbeeren und Süßkirschen, dazu Vanillesoße. Sie wünschte guten Appetit und erklärte, sie müsse sich jetzt zurückziehen. Allein beim Duft der Vanillesoße hebe sich ihr Magen, sie könne für nichts garantieren, wenn sie länger hier am Tisch bliebe.

»Großer Gott! Legen Sie sich hin. Nolwenn wird sich um Sie kümmern, falls Sie etwas brauchen …«

Aber Schwester Thérèse brauchte nur ihren Kamillentee, Nolwenn solle lieber bei Cécile vorbeischauen, die habe es schlimm erwischt.

Die Priorin schüttelte den Kopf und seufzte.

»Ich weiß nicht, welche Schuld wir auf uns geladen haben, dass der Herr uns solche Prüfungen auferlegt …«

»Abbé Lecombe hat ja schon gesagt, wir seien verflucht«, bemerkte Nolwenn und hielt sich erschrocken den Mund zu, als sie das braune und das grüne Auge der Priorin zornig auf sich gerichtet sah.

»Wer ist Abbé Lecombe?«, erkundigte sich Paul interessiert.

»Der Typ auf dem Säulenkapitell in der Kirche. Der linke. Der rechte ist ein Engel«, gab Giselle freimütig Auskunft.

Die Priorin warf geräuschvoll ihren Löffel in die geleerte Nachtischschale. »Heiliger Benedikt, vergib mir Sünderin«, sagte sie vernehmlich. »Ich habe zugelassen, dass dein Schweigegebot während der Mahlzeiten durchbrochen wird, und ich bereue es zutiefst.«

Yannik erschien um halb drei, hörte sich die Non an, die die Nonnen heute in stark verminderter Anzahl sangen, und bewunderte anschließend Giselles frisch gemauerten Brennofen am Seeufer.

»Dann werde ich ja nicht mehr gebraucht und wir könnten gleich nach Plouvan fahren«, meinte er schließlich zu Giselle.

»Wenn du keine Angst hast …«

»Angst? Wovor? Hexen? Bösen Geistern? Steinewerfern? Brandstiftern?«

»Magengrippe … Paul scheint sie uns eingeschleppt zu haben.«

»Pfui Teufel!«, sagte er und verzog das Gesicht. »Da wäre mir eine Hexe weitaus lieber …«

»Du kannst auch beides zugleich haben«, grinste sie.

»Gekauft! Steig ein, Klosterhexe. Und setz dich schön dicht zu mir, damit es auch mit der Ansteckung klappt.«

Eine prickelnde Spannung herrschte zwischen ihnen, und Giselle genoss es, ihn immer wieder herauszufordern. Tatsächlich legte er einen Arm um sie, während er den Wagen über die Landstraße steuerte, und sie fand immer wieder einen Anlass, sich dicht an ihn zu schmiegen, um dann gleich wieder auf Abstand zu gehen. Seine Nähe fühlte sich gut an, seine Stimme gefiel ihr, die tief und ein wenig rau war, seine kräftigen Hände, die nichts von einem Künstler hatten, sondern Bauernpfoten waren.

»Also auf den Friedhof …«

»Nicht die ganze Zeit …«

»Nicht? Ich dachte, du wolltest mir dort einen geschichtlichen Vortrag halten …«

»Im Regen? Hör auf zu träumen!«

Kurz vor Plouvan hatte der Himmel wieder einmal seine Schleusen geöffnet. Die Scheibenwischer bekamen ordentlich zu tun, und Giselle kuschelte sich eng an den Fahrer unter dem Vorwand, ihr sei kalt. Yannik hielt den Wagen vor dem Eingang zum Kirchhof an, und da es Hunde und Katzen regnete, blieben sie noch ein Weilchen im Auto sitzen.

Er tat, was er tun musste. Oder wollte. Ja, ganz sicher hatte er schon längst auf eine Gelegenheit dazu gewartet, es aber diskreterweise kaum merken lassen. Er küsste erst ihre Wange, dann die Schläfe, und als sie ihm ihr Gesicht zuwandte, fanden sich ihre Lippen. Ausgiebig. Sie wiederholten es immer wieder, konnten kaum genug davon bekommen. Ihre Hände erkundeten, was unter der Kleidung auf zärtliche Berührungen wartete, sie hörten nur ihre hastigen Atemzüge, flüsterten leise Worte, spürten den Rausch und sehnten sich nach mehr. Die Welt um sie herum versank oder vielmehr, sie wurde unsichtbar, denn die Scheiben des Wagens beschlugen.

»Du musst nicht denken, dass ich dich deshalb eingeladen habe«, murmelte er.

»Aber nein. Der Regen ist schuld.«

»Ich liebe den bretonischen Regen!«

»Ich liebe die Bretagne!«

»Das freut mich zu hören!«

Jemand klopfte von außen an die Frontscheibe, sodass sie erschrocken auseinanderfuhren. Als Yannik ein Loch in die graufeuchte Tarnung wischte, erkannten sie Abbé Lecombe. Er hielt einen schwarzen Regenschirm über sein Haupt, der locker ausgereicht hätte, eine fünfköpfige Familie trocken zu halten. Seine Miene war düster.

»Gott mit Ihnen, Monsieur l'Abbé«, grüßte ihn Yannik, während er gleichzeitig das Seitenfenster herunterließ. »Wir wollen den Friedhof besuchen.«

Giselle ordnete das zerzauste Haar und zog die Jacke vorn zusammen. Es war klar, dass der gute Abbé bei ihrem Anblick das Schlimmste denken musste.

»Den Friedhof? Und warum tun Sie das nicht, Monsieur Le-Haziff?«, fragte der Priester unfreundlich.

»Es regnet …«, meinte Yannik mit Blick zum grau bewölkten Himmel.

»Haben Sie keinen Schirm?«

»Einen Schirm? Ja, doch, da liegt einer im Wagen … hab ich ganz vergessen …«

Unter dem feindseligen Blick des Priesters stieg er aus, öffnete einen knallroten Damenschirm und eilte damit zur Beifahrerseite. Rot beschirmt und eng nebeneinander gingen sie durch den schmalen Mauerdurchlass in den Kirchhof hinein. Den Calvaire hatte Giselle schon bewundert; er bestand aus einer Kreuzigungsszene, aus Granit gemeißelt und schlicht. Der Ort war klein, einen Calvaire wie in Plougastel konnte man sich hier nicht leisten. Dass es überhaupt einen Kalvarienberg gab, zeugte von bäuerlichem Selbstbewusstsein.

Der Friedhof war nicht groß. Es gab mehrere Familiengrabstätten, die offenbar schon lange bestanden, dazu ein paar Einzelgräber, die fast alle neueren Datums waren. Die letzte Ruhestätte der Sema Tabarly war auf den ersten Blick nicht zu entdecken, nur die frisch eingemeißelte Schrift im Grabstein der Tabarly gab Aufkunft über ihre Lebensdaten.

»Geboren am 10. Januar 1919 – gestorben am 5. Mai 2009«, entzifferte Giselle. »Neunzig Jahre – nicht schlecht. Und wo ist jetzt das Grab ihres Bruders? Wie hieß er noch?«

»Gleich daneben. Du stehst mit dem Fuß drauf.«

Tatsächlich stand ihr linker Fuß auf einer kleinen, quadratischen Steinplatte. Sie war von Gras umgeben, das man sorgfältig daran hinderte, den Stein zu überwuchern.

»Marno Tabarly. Geliebt und betrogen. Schuldlos gestorben. Gott gebe dir Frieden«

Sie musste an einigen Stellen den Finger zu Hilfe nehmen, um die Worte lesen zu können, denn die Nässe hatte bunte Flechten auf dem Stein erblühen lassen.

»Das ist schon seltsam«, meinte sie, während Yannik den Arm um ihre Schultern legte. »Warum dieser Stein mit dem komischen Spruch? Dazu noch ohne Datum.«

»Das fand ich auch merkwürdig«, gestand er. »Ich habe Caira gefragt, aber du weißt ja, dass sie nicht gern mit der Sprache herausrücken. Sie hat nur gesagt, dass es Sema war, die den Stein hat setzen lassen, und dass sie immer das Gras zurückgeschnitten hat, damit man den Stein auch sehen konnte.«

Da Sema schon über ein Jahr lang tot war, musste inzwischen ein anderer diese Aufgabe übernommen haben. Giselle tippte auf Caira.

»Liegt dieser Marno unter dem Stein auch begraben?«, überlegte sie. »Vermutlich nicht, er gehört ja ins Familiengrab.«

»Doch, er ist dort begraben«, sagte Yannik. »Es muss so sein, denn Caira hat mir erzählt, dass Sema jedes Jahr eine Summe an die Gemeinde zahlte, damit das Grab nicht entfernt wurde. Das machen die hier sonst nach dreißig Jahren.«

Giselle kannte diese Gewohnheit. Ihr Vater hatte oft Grabskulpturen angefertigt und den Kunden geraten, sie später im eigenen Garten aufzustellen, weil sie zu schade seien, um auf der Abbruchhalde zu enden.

»Merkwürdig«, meinte Giselle. »Und deine Großtante? Diese Maelle LeHaziff? Liegt die hier auch irgendwo?«

»Im Familiengrab ist sie nicht aufgelistet. Aber sie wird wohl geheiratet haben und weggezogen sein. Vielleicht sogar nach Deutschland. Wer weiß?«

»Solche Dinge sind normalerweise im Kirchenbuch verzeichnet«, erklärte Giselle. »Du brauchst nur hineinzuschauen, dann weißt du genau über deine Verwandtschaft Bescheid.«

Er klappte den Schirm zu, denn es hatte aufgehört zu regnen. »Kluges Mädchen«, lobte er grinsend. »Aber stell dir vor, das war das Erste, was ich versuchte, als ich hierhergezogen bin. Leider hockt Abbé Lecombe wie eine Glucke auf den Kirchenbüchern und lässt nur ganz bestimmte Leute dort hineinschauen. Leute, die die Andachten und Messen im Kloster besuchen, haben wenig Chancen auf einen Blick in die Vergangenheit.«

Sie musste lachen. Da hatte er sich mit den Nonnen gut stellen wollen und es sich gleichzeitig mit dem Priester von Plouvan verdorben.

»So einer gehört versetzt«, knurrte er. »Es gibt schon genügend schwierige Leute hier im Dorf, aber dieser Priester setzt allem die Krone auf. Kein Wunder, dass diese traumhaft schöne Gegend bisher nicht touristisch erschlossen werden konnte. Es liegt an diesen Sturköpfen. Nimm zum Beispiel die LeBloch. Die sperren sich gegen jede Art von Tourismus. Landwirtschaft wollen sie betreiben, Buchweizen anpflanzen, der wird viel gekauft, seitdem die Ökofreaks das Zeug entdeckt haben. Aber davon haben doch die anderen im Dorf nichts. Die haben keine Jobs und ziehen weg.«

Er hatte sich in Rage geredet, und da sie den Kirchhof verlassen hatten und am Pfarrhaus vorbeigingen, hoffte Giselle inständig, dass Abbé Lecombe nicht gerade lange Ohren machte. Yannik hatte schon genug Schwierigkeiten.

»Tourismus – gut und schön«, meinte sie zweifelnd. »Aber in Maßen. Es wäre schade, wenn bald See und Waldgebiete von Fremden belagert würden, die lärmen, Alkohol trinken und überall ihren Müll hinwerfen …«

Sie gingen hinüber zu seinem Hof, stiegen über die Pfützen, und er zeigte ihr die nagelneuen Dachziegel. Die hatte er extra herstellen lassen, damit sie den alten Ziegeln, die hier verwendet worden waren, ähnlich sahen.

»Natürlich ein sanfter Tourismus«, erklärte er. »Aber gerade dazu gehört eine Menge Organisation. Niemand darf kreuz und quer im Wald herumlaufen. Nur auf gekennzeichneten Wegen. Picknick nur an bestimmten Plätzen, da stehen Müllbehälter, Toiletten und ein Kiosk, wo man einkaufen kann. Gute Hotels, Restaurants, Spielplätze, Campingplätze …«

»Hör auf!«, stöhnte sie und hielt sich die Ohren zu. »Mir gefällt es so, wie es ist. Das Letzte, was ich brauche, ist eine Rotte Touristen, die durch den Wald trampeln und Picknick machen.«

Sie standen vor dem Hauseingang, und Yannik suchte in der Jackentasche nach dem Schlüssel. Drüben am Wohnhaus nahm man wieder die Arbeit auf, die wegen des Regengusses unterbrochen worden war. Die Fräse sang ihr kreischendes Lied, ein Arbeiter besserte die Fugen zwischen den alten Granitsteinen mit Mörtel nach.

»Aber verdienen will das Kloster schon an den Touris, oder?«, fragte er.

»Warum nicht? Die Nonnen müssen ihren Lebensunterhalt erarbeiten.«

»Genau deshalb sollte die Gegend besser erschlossen sein. Welchen Sinn hat ein Klosterladen, wenn kein Mensch dort hingelangt? Nein, die Nonnen sind wirklich nette Frauen, ich mag sie alle gern. Sogar die bärbeißige Cécile. Aber solange sie den Wald und den See dem Tourismus entziehen, werden sie auf keinen grünen Zweig kommen …«

Jetzt endlich hatte er den Schlüssel gefunden. Er schloss auf und machte eine einladende Geste in Giselles Richtung. Die zögerte.

»Verstehst du nicht?«, fuhr er fort. »Da gehört jemand hin, der Geld in die Hand nimmt und Kontakte pflegt. Die Planung muss mit den bereits bestehenden touristischen Angeboten kombiniert werden, Fördergelder müssen erschlossen werden, Prominente ins Boot geholt werden, um die Sache anzukurbeln. Warum nicht ein Freilichttheater einplanen? Für Musikveranstaltungen im großen Stil. Wir haben einiges zu bieten, und darin liegt unser Kapital …«

Giselle gefiel sein Gerede immer weniger. Wie hatte sie ihn sympathisch finden können? Er war ein Managertyp, einer, der Projekte realisierte, die Geld brachten, der Hotels mit Hunderten von Betten in den Wald klotzte.

»Aber Mutter Athanase ist doch keineswegs hinter dem Mond …«

Er machte eine geringschätzige Handbewegung.

»Eure Priorin ist schon in Ordnung, aber dieses Projekt ist drei Nummern zu groß für sie. Warte nur ab. Wenn mir Wald und See erst gehören, dann zeige ich dir, was ich unter sanftem Tourismus verstehe. Und ich schwöre dir, dass das Kloster am meisten davon profitie…«

Es stimmte also doch. Dieser Aasgeier!

»Du bist also nach dem Brand gleich nach Paimpont gefahren, ins Kloster La Joie Notre Dame, um dort ein neues Angebot zu machen?«

Er gab es zu. Es sei ein strategisch günstiger Moment gewesen. Wenn Mutter Marie-Joseph nach diesem Schock möglicherweise daran gedacht hatte, See und Wald zu verkaufen, dann war es klug, der Erste zu sein, der ein Gebot abgab.

»Versteh doch, Giselle«, rief er, als er ihren empörten Gesichtsausdruck sah. »Ich will den Nonnen doch nichts wegnehmen. Ganz im Gegenteil. Ich will ihnen helfen …«

»Schon gut«, sagte sie. »Ich habe verstanden.«

Er schüttelte den Kopf und breitete die Arme aus. Sie habe gar nichts verstanden. Das sei einfach ganz normales Geschäftsgebaren. »Ich habe drinnen die Pläne für das Touristengebiet um den See. Schau sie dir an, dann wirst du sehen, dass …«

»Fahr mich bitte zurück zum Kloster …«

Er starrte sie an und begriff, dass sie es ernst meinte. Einen Moment lang stand er unschlüssig, suchte nach Worten und machte dann eine wegwerfende Handbewegung.

»Was soll's. Du bist genauso stur wie dieser Priester …«

Während der Rückfahrt saß Giselle wie angefroren auf dem Beifahrersitz und sah aus dem Seitenfenster. Yannik fuhr ohne Rücksicht auf Pfützen und regenglatte Stellen, mehrfach rutschte der Wagen in der Kurve, sodass er ihn gerade noch abfangen konnte. Giselle sagte kein Wort, und auch er schwieg sich aus. Vor der Klosterkirche hielt er an und wendete ihr sein Gesicht zu. Sein Ausdruck war verbittert.

»Wenn du in Ruhe nachdenkst, wirst du einsehen, dass ich recht habe, Giselle.«

»Danke fürs Mitnehmen!«, sagte sie unfreundlich und öffnete das Tor zum Kreuzgang.

33

Die Nacht verlief unruhig. Schwester Thérèse und Mutter Athanase schlurften abwechselnd durch den Flur zum Badezimmer, und die Geräusche, die durch die leicht gebauten Wände drangen, waren nicht geeignet, Giselle in sanften Schlummer zu wiegen. Dazu schnarchte Schwester Cécile wie ein ganzes Regiment Holzfäller, woraus man schließen konnte, dass wenigstens sie – gottlob – die Magengrippe überstanden hatte. Giselle hätte aber auch ohne dieses Nachtkonzert kaum Schlaf gefunden. Sie hatte grauenhaften Liebeskummer.

Es liegt an mir, dachte sie. Ich bin ein Beziehungskiller. Zu kritisch. Zu nörglerisch. Und viel zu rechthaberisch. Ich kann niemandem vertrauen. Ich bin kein bisschen einfühlsam oder gar verständnisvoll. Ich bin einfach nur eine egoistische Zicke. Frauen wie ich sollten sich nicht verlieben, es kommt nichts Gutes dabei heraus. Nur Kummer und Enttäuschungen. Frauen wie ich sollten sich einmauern und ein Schild davorhängen: Vorsicht bissig!

Gegen vier Uhr, eine halbe Stunde bevor die Vigil gesungen wurde, hörte sie leise Schritte im Flur, die weder von Schwester Thérèse noch von Mutter Athanase stammten. Und Cécile schnarchte immer noch frohgemut wie ein Sägewerk. Nolwenn! Auch das noch. Sie hatte die Unpässlichkeit der Schwestern genutzt und die Nacht drüben im Gästehaus mit Paul verbracht.

Ich bin so eine Versagerin, dachte Giselle. Ich kann nur hoffen, dass Paul an Verhütung gedacht hat. Nolwenn, das Schäfchen, ganz bestimmt nicht.

Es war eine weitere Bestätigung ihrer deprimierenden Erkenntnis, dass sie einfach alles falsch machte. Wer sich auf sie verließ, der war verlassen. Am besten zog sie ihren Hut bis zum Boden herab und blieb darunter hocken.

Die Nonnen hingegen hatten Disziplin. So krank und erschöpft sie auch waren, sie standen auf, schleppten sich ins Badezimmer und machten sich für die Frühandacht fertig. Singen mussten sie auch noch, die armen Wesen. Nur Nolwenn musste geweckt werden, aber die schwebte vermutlich sowieso in anderen Sphären. Als das Glöckchen zur Vigil bimmelte und die Nonnen die Treppe hinuntergingen, konnte Giselle endlich einschlafen.

Zum Frühstück erschienen nur Nolwenn, Paul und Schwester Cécile – Thérèse und Mutter Athanase hatten sich nach der Laudes noch einmal aufs Ohr gelegt. Angeblich ging es ihnen schon viel besser, sie waren nur sehr erschöpft.

»Gott sei Dank – wir drei sind jetzt durch«, meinte Schwester Cécile, die sich reichlich an frischer Butter und Marmelade bediente. »Da wollen wir doch hoffen, dass die anderen verschont bleiben.«

Sie sah Nolwenn und Giselle durchdringend an und bemerkte, eine Magengrippe sei eine harte Prüfung.

»Falls Sie nachher noch gesund sind, Madame Esch-Lamartine, könnten Sie vielleicht nach Huelgoat fahren und meine neue Brille beim Optiker abholen.«

Giselle war schlecht gelaunt und nicht geneigt, sich herumschicken zu lassen. »Das tue ich sehr gern, Schwester Cécile. Allerdings könnte es ja sein, dass mich die Magengrippe unterwegs überfällt und ich den Wagen gegen einen Baum setze …«

Paul erbot sich sofort, diese Fahrt zu übernehmen, und Schwester Cécile wünschte ihm dafür Gottes Segen.

Den wird er brauchen, dachte Giselle verdrossen. Wieder fiel ihr Nolwenn, das Schäfchen, ein.

Es regnete in Strömen, was für Wald und Wiesen sicher segensreich war, für die Arbeit an der Sandsteinmadonna aber wenig förderlich. Giselle beschloss, den Sandsteinblock mit Pauls Hilfe in die Werkstatt zu schaffen, um dort ungestört von Regen und Sturm arbeiten zu können. Es hatte alles auch sein Gutes – da in naher Zukunft keine Gästegruppen zu erwarten waren, hatte sie die Werkstatt wieder für sich.

Paul war jedoch bereits nach Huelgoat zum Optiker gefahren, also musste sie den Transport verschieben. Dann würde sie halt mal nach dem Brennöfchen schauen, ob der Mörtel schön fest geworden war. Mit einem Regenschirm bewaffnet lief sie durch den Klostergarten und grinste über Kater Merlin, der nach alter Gewohnheit vor dem Küchenfenster in Position gegangen war. Was trieb eigentlich Schwester Thérèse in der Küche? Sie wollte doch Kekse backen für den Verkauf. Das da hörte sich aber gefährlich nach verstopftem Abfluss an. Oder? Es gurgelte. Blubberte. Zischte. Brodelte. Was kochte die gute Schwester denn da für ein Hexensüppchen? Kam das Geräusch überhaupt aus der Küche?

Nein, die Geräusche drangen aus dem Brunnen. Giselle setzte sich auf den Rand und schaute in den Schacht hinunter. Dort schien sich etwas zusammenzubrauen, vermutlich war der Zufluss durch die starken Regenfälle angeschwollen, sodass das Wasser im Brunnen stieg. Seltsam war nur, dass solche Geräusche dabei entstanden. Geradezu bedrohlich. Es hörte sich an, als ob dort unten eine schäumende, kochende Brühe angerührt wurde.

»He, du alte Hexe!«, rief Giselle in den Schacht hinein. »Wenn du denkst, du kannst hier Terror machen, dann irrst du dich!«

Sie suchte nach dem schwarzen Stein, den Paul auf das Mäuerchen des alten Kreuzganges gelegt hatte, und setzte ihn wieder auf den Brunnenrand. So! Falls die Dame die Absicht gehabt hatte, das Kloster zu überschwemmen, dann hatte sie Pech gehabt.

Ich bin ganz schön durch den Wind, dachte sie, während sie

mit ihrem Schirm hinunter zum See lief. Rede mit Geistern und Brunnenhexen. Sie glaubte natürlich nicht an diese alberne Circe-Geschichte, die man ihr erzählt hatte. Aber dass im Brunnen etwas hauste, ein Schattenwesen oder Ähnliches, dessen war sie sicher. Es war nichts Besonderes, Quellen und Brunnen waren immer von weiblichen Geistern belebt, das hatten schon die Kelten gewusst und daran hatte sich bis heute nichts geändert.

Sie war so in Gedanken, dass sie es erst bemerkte, als sie schon dicht davorstand. Zuerst starrte sie ungläubig auf den Steinhaufen, der noch gestern Abend ein rund gemauerter, über einen Meter hoher Ofen gewesen war. Dann stieß sie einen Wutschrei aus und rannte zu den Ruinen ihres Werkes.

Es war nicht von selbst zusammengefallen. Der Mörtel war perfekt gemischt und grandios hart geworden. Aber irgendein Arschloch hatte das Bauwerk zusammengetreten, noch bevor der Mörtel richtig angezogen hatte. Das war an den Steinen deutlich zu erkennen.

Vermutlich wieder einmal diese verflixten LeBoff-Söhnchen. Hätte sie ihnen doch mit dem Ruder ordentlich auf ihre dummen Sturschädel gehauen, anstatt nur ein Knie leicht zu beschädigen! Die ganze Arbeit umsonst! Jetzt würde sie Stunden brauchen, um den harten Mörtel von den Steinen abzuschlagen, bevor sie wieder hochmauern konnte. Ach, verdammt – irgendwie passte das alles zu ihrer momentanen Pechsträhne. Aber klar: Wenn es mit der Liebe schiefging, klappte auch sonst nichts. Woher kannte sie das? Gab es nicht so einen Song in einem alten Film? Egal. Wütend trat sie noch einmal gegen den Schutthaufen, dann stapfte sie zurück zum Kloster.

Im Brunnen gurgelte es immer noch. Oben wurde das Bürofenster aufgerissen, Mutter Athanase, noch ziemlich blass um die Nase, beugte sich heraus und winkte ihr. »Kommen Sie doch bitte mal kurz herauf, Madame Esch-Lamartine. Hier ist Post für Sie.«

»Für mich?«, fragte Giselle ungläubig, doch die Priorin hatte das Fenster wegen des Regens schon wieder geschlossen.

Vielleicht von Mutter Marie-Joseph? Aber wieso schrieb die ihr einen Brief? Sonst gab es eigentlich niemanden, der ihren momentanen Aufenthaltsort kannte. Oder doch? Die Bank? Steuerfahndung? Doch nicht etwa … eine schriftliche Entschuldigung? Er liebte sie und es tat ihm leid … O mein Gott, wenn das wahr wäre, dann würde sie auf der Stelle …

Mutter Athanase war eifrig mit dem Computer beschäftigt; soweit Giselle sehen konnte, verglich sie die Preise verschiedener Süßwaren, vor allem Kekse und Kleingebäck aus der Region.

»Kam schon gestern mit der Post«, sagte sie und reichte Giselle ein Schreiben. »Leider fühlte ich mich unpässlich und vergaß, es Ihnen zu geben.«

Der Brief war nicht von Yannik. Natürlich nicht. Sie erkannte die Handschrift schon auf dem Umschlag. Kathérine Esch-Lamartine. Ihre Mutter.

»Ich hoffe, keine schlechten Nachrichten …«, sagte Mutter Athanase, die Giselles entsetzten Blick bemerkt hatte.

»Ach wo …«, stotterte Giselle. »Vielen Dank.«

Sie starrte auf den Absender und überlegte, wie ihre Mutter wohl zu ihrer Adresse gekommen war. Wollte sie diesen Brief öffnen? Eigentlich nicht. Es gab zwischen ihr und ihrer Mutter nichts mehr zu reden. Auch nichts zu schreiben. Gar nichts.

»Ist noch etwas?«, fragte Mutter Athanase mit leichter Besorgnis.

»Äh … nein.«

Giselle machte kehrt und ging aus dem Büro. Sie hätte der Priorin von dem zerstörten Ofen erzählen können, aber das sparte sie sich für später auf. Mutter Athanase hatte ohne Zweifel eine schlechte Nacht gehabt, da brauchte sie jetzt keine Schreckensmeldungen.

Sie selbst auch nicht. Zögerlich drehte sie den Umschlag in

den Händen hin und her, dachte daran, ihn zu verbrennen, aber sie hatte kein Feuerzeug. Das hatte sie Yannik zurückgebracht, blödes Huhn, das sie war. Sie hätte den Brief auch in den Brunnen werfen können, es gefiel ihr jedoch nicht, dass irgendwelche nörglerischen Brunnenwesen ihre Privatpost lasen. Also schob sie den Zeigefinger wie einen Brieföffner in den Umschlag und riss ihn auf. Eine gefaltete DIN-A5-Seite kam zum Vorschein, der Text darauf war handgeschrieben und ziemlich kurz. Kein Wunder, das Schreiben war niemals Sache ihrer Mutter gewesen, sie putzte lieber das Haus. Und sich selbst.

Liebe Giselle,
ich habe Deinen Freund Helmar angerufen, und er hat mir geholfen, Deine derzeitige Adresse herauszufinden. Ich muss Dir mitteilen, dass ich mich von meinem Mann Arthur getrennt habe und die Werkstatt daher für Dich frei ist. Ich wäre froh, wenn Du dort arbeiten würdest, weil ich mich sehr einsam fühle. Und weil es doch auch im Sinne Deines Vaters wäre.
In Liebe
Deine Mutter

Impulsiv knüllte sie das Stück Papier zusammen. Das war das Sahnehäubchen auf allem, was sich in den letzten Tagen über ihr zusammengebraut hatte. Aber gut – wenigstens konnte sie jetzt wütend werden. Das war hundertmal besser, als wegen einer verpatzten Liebe Depressionen zu schieben.

Den Helmar hatte sie angerufen. Ausgerechnet! Das war der Typ, mit dem sie ihre erste unglückliche Liebe erlitten hatte, ein Kollege, der sie mit seinem eingebildeten Künstlertum in den Wahnsinn getrieben hatte. Woher Helmar ihren Aufenthaltsort kannte, war ihr allerdings unerfindlich. Aber er hatte eine Menge Freunde. Wahrscheinlich hatte sie in Guédelon erzählt, dass sie einen Job im Kloster annehmen wollte.

Aber das alles war unwichtig. Kleinkram. Die unglaubliche Gemeinheit war, dass ihre Mutter glaubte, sie brauche nach allem, was sie Giselle angetan hatte, nur mit dem Finger zu winken, und Töchterlein würde anreisen. Weil die arme Mama doch so einsam war.

Papas Werkstatt war für sie frei! Jetzt musste sie sich doch im Flur auf eines der Fensterbretter stützen und mit den Tränen kämpfen. Heiß stieg der Kummer in ihr auf. Was hätte sie damals dafür gegeben, in Papas Werkstatt arbeiten zu dürfen! An seinem Platz zu sitzen. Mit seinem Werkzeug zu arbeiten, das er so oft in der Hand gehabt hatte. Jeder Meißel, jeder Fäustel war eine Erinnerung an die Zeit mit ihm. Bedachtsam hatte er diese Dinge ihren ungeschickten Kinderhänden anvertraut, hatte getröstet, wenn sie sich damit verletzte, gelobt, wenn ihr erste Versuche gelangen. Aber die Mutter hatte diese enge Bindung zum Vater immer hintertrieben. Eifersüchtig war sie gewesen, hatte die Tochter aus der Werkstatt gescheucht, behauptet, das Kind müsse Hausaufgaben machen, etwas lernen, studieren, etwas Anständiges werden. Wie zornig war sie gewesen, als Giselle die Schule abbrach und die Ausbildung zur Steinbildhauerin begann … Ach, was jammerte sie über die alten Kamellen. Vorbei. Gewesen. Papas Werkzeug hatte inzwischen ein anderer benutzt, hatte mit seinen Pfoten die alten Erinnerungen abgestreift, und nun war er auch gegangen. Papas Platz war frei. Aber wollte sie ihn jetzt noch einnehmen? Sie wusste es nicht. Sie wusste es wirklich nicht.

»Madame Esch-Lamartine? Kann ich Ihnen helfen? Ist es eine schlimme Nachricht?«

Mutter Athanase war ihr in den Flur gefolgt, stand neben ihr, und ihre Stimme war ungewöhnlich sanft. Mütterlich. Giselle wischte sich mit den Handrücken über die Wangen und schniefte.

»Ach, nichts Besonderes … Familienangelegenheiten …«

»Das tut mir leid«, sagte die Priorin. »Aber Sie wissen doch, dass sie für uns wie eine Schwester sind. Oder vielmehr: wie eine Tochter …«

Es war seltsam, aber diese Worte taten Giselle unglaublich gut. Sie drehte sich – immer noch schniefend – zu Mutter Athanase um, und bevor sie etwas sagen konnte, hatte die Priorin sie in ihre Arme genommen.

»Das Leben ist nicht immer gut zu uns, Giselle«, murmelte sie. »Mir hat mein fester Glaube immer geholfen. Ich wünschte, ich könnte dir etwas davon abgeben.«

Giselle verharrte einen Moment in der Umarmung, überließ sich der leisen Stimme und den tröstenden Worten. Als sie sich schließlich löste, konnte sie lächeln. »Es geht schon wieder. Ich danke Ihnen … ich danke Ihnen vielmals … Ja, Sie haben recht. Ich fühle mich hier wie in einer Familie. Und das ist ein sehr gutes Gefühl.«

Sie nickte der Priorin noch einmal zu und ging dann eilig die Treppe hinunter, weil ihr die Situation irgendwie peinlich war. Es war lange her, dass jemand sie tröstend in die Arme genommen hatte. Ihr Vater hatte es getan, und seitdem hatte sie niemanden mehr so nahe an sich herangelassen. So nah an ihre Gefühle. Höchstens Yannik, der war auf dem besten Weg dazu gewesen. Aber damit war Schluss. Aus. Für immer.

Sie steckte den zerknüllten Brief in die Hosentasche und lief mit eingezogenem Kopf durch den Regen hinüber zur Werkstatt. Dort fand sie Nolwenn und Paul in inniger Umarmung, und da sie momentan wenig Sinn für zarte Liebesverhältnisse hatte, räusperte sie sich vernehmlich.

Erschrocken fuhr das junge Paar auseinander. Nolwenn richtete die herabgerutschte Haube, Paul blickte verärgert.

»Ach, du bist es«, sagte Nolwenn. »Ich hatte schon Angst, es könnte die Priorin sein. Oder gar Schwester Cécile – die hätte jetzt vermutlich der Schlag getroffen.«

»Möglich«, murmelte Giselle. »Obgleich …«

Sie war sich gar nicht so sicher, ob die gute Cécile nicht weitaus mehr verkraftete, als man ihr zutraute. Sie war zwar recht verschroben, aber doch aus hartem Holz geschnitzt.

»Wir wollten noch ein paar Krippenfiguren herstellen«, meinte Paul und wies auf die geöffnete Packung Lehm. »Weil wir ja bald brennen können …«

»Leider nicht …«

Sie berichtete in dürren Worten von dem Sabotageakt und war von der Wirkung überwältigt.

»Diese Saboteure!«, brüllte Paul zornig. »Das werden sie bereuen! Die kriege ich. Und wenn ich mir die kommenden Nächte um die Ohren schlage!«

Nolwenn sah bewundernd zu ihm auf, und er schlug zur Bekräftigung mit der Faust auf den Lehmklumpen. Giselle überlegte, ob die erfolgreiche Liebesnacht vielleicht zu dieser Verwandlung beigetragen hatte, denn bisher hatte sie Paul eher als ängstlich eingestuft. Zumindest bei der missglückten Waldwanderung hatte er keinen besonders mutigen Eindruck gemacht.

»Nun ja – wenn ich mir die Mühe mache, die Steine sauber zu klopfen und alles noch einmal hochzumauern – dann bin ich schon dafür, weitere Sabotageakte zu verhindern. Notfalls …«

Paul machte eine energisch zustimmende Geste.

»Notfalls auch mit Gewalt«, sagte er mit männlich tiefer Stimme.

Nolwenn machte große Augen.

»Wer Wind sät, wird Sturm ernten, heißt es …«, meinte sie beklommen.

»Und wer sich nicht wehrt, wird gar nichts ernten«, sagte Paul. »Schließlich geht es um das Kloster, oder etwa nicht? Ihr müsst Geld verdienen, so habe ich es verstanden. Und wenn wir die Figuren nicht brennen können, wird es nichts mit dem Verkauf …«

Das sah Nolwenn ein. Sie war allerdings der Meinung, dass

man die Priorin in die Sabotage-Abwehr-Pläne einweihen sollte, stieß damit jedoch sowohl bei Giselle als auch bei Paul auf Widerspruch.

»Bloß nicht … Sie wird es verbieten.«

»Sie *muss* es verbieten. Auch wenn sie es eigentlich nicht möchte. Aber aus christlicher Überzeugung muss sie Gewalt verhindern«, erklärte Paul.

Gewalt? Jetzt fragte sich auch Giselle, was er eigentlich vorhatte. Schließlich hatte sie bei einer ähnlichen Aktion einem jungen Menschen die Kniescheibe beschädigt. Was sich mit christlicher Gesinnung kaum vereinbaren ließ und ihr auch ziemlich unangenehm war. Grundsätzlich jedenfalls.

»Ist doch ganz einfach«, erklärte Paul. »Auflauern. Erwischen. Sack drüber. Fesseln. Ab in den Kartoffelkeller. Ein paar Stunden einsperren, bis er Panik schiebt, und dann laufen lassen. So was vergisst man nicht so leicht.«

Nolwenn sah entsetzt zu Giselle hinüber.

»In einen Sack stecken? Aber da erstickt er doch!«

Paul fuchtelte mit den Armen, um anzudeuten, dass er sich unverstanden fühlte. »Doch nicht in einen Plastiksack. Großer Gott – nein! In einen Kartoffelsack. Die sind aus Jute gewebt, da geht die Luft durch, aber fest sind sie trotzdem.«

»Haben wir so was überhaupt?«, überlegte Giselle, der diese Methode der Sabotage-Abwehr gut gefiel. Dabei wurde niemand ernsthaft verletzt, aber die Bübchen würden einen ordentlichen Schrecken kriegen. Das prägte.

»Im Vorratskeller haben wir solche Kartoffelsäcke«, vermeldete Nolwenn. »Wir müssen nur die Kartoffeln rausnehmen.«

»Zwei Säcke brauchen wir mindestens …«, bemerkte Paul sachverständig. »Und Klebeband zum Fesseln.«

»Das hat Mutter Athanase oben im Büro …«

Man kam überein, dass Paul und Giselle trotz des Nieselregens mit den Vorbereitungen beginnen sollten. Nolwenn wollte

Mutter Athanase darüber in Kenntnis setzen, dass jemand den Ofen zerstört hatte, was Madame Esch-Lamartine nicht daran hindern würde, ihn wieder aufzubauen.

»Weiter sagst du ihr aber nichts, ja?«, schärfte Paul ihr ein.

Nolwenn nickte gehorsam und meinte, dies sei ja keine Lüge. Nur ein Verschweigen. Und Verschweigen sei keine Sünde. Im Gegenteil. Schweigen sei im Kloster ein wichtiges Gebot.

Mitunter konnte die kleine Nolwenn richtig spitzfindig sein.

Gegen Abend waren sie mit der unangenehmen Klopferei fertig. Paul war dafür, die Steine in der Nacht zu bewachen, Giselle aber meinte, bei diesem Regenwetter käme gewiss kein Hund hinter dem Ofen hervor. Und außerdem glaubten die Saboteure ja momentan noch, ganze Arbeit geleistet zu haben.

»Wer weiß, wie viele Augen heute Nachmittag auf uns gerichtet waren«, meinte Paul. »Im Wald kann man sich gut verstecken, und wenn sie ein Fernglas benutzen …«

Dennoch kamen sie überein, die Steine in dieser Nacht ihrem Schicksal zu überlassen. Giselle behielt recht – am folgenden Morgen schien die Sonne vom klaren Junihimmel, und die Bausteine warteten brav darauf, zu einem Ofen gesetzt zu werden.

Dieses Mal ging es doppelt so schnell, denn Paul leistete fachmännisch Hilfsarbeit, reichte die Steine an, rührte im Mörtelbottich herum und versicherte immer wieder, dass er ein ausgezeichneter Maurer sei. Giselle ließ ihn trotzdem nicht an ihren kostbaren Ofen heran, der nun ein wenig höher wurde, dafür bekam die Öffnung unten jetzt die Form eines romanischen Bogens, wenn auch gezackt.

»Sehr schön!«, lobte sie sich selbst, als sie den letzten Stein gesetzt und den Mörtel abgekratzt hatte.

Paul klopfte sich den Dreck von der Jeans. Seine Finger hatten an einigen Stellen gelitten, er würde Nolwenns Notapotheke in Anspruch nehmen müssen.

»Heute Nacht wird es ernst«, sagte er bedeutsam.

34

Plouvan, Juli 1945

Der Wind trieb ihr den Regen ins Gesicht, wollte ihr die Kapuze vom Kopf reißen. Es war Dummheit, was sie tat. Mehr noch: Es war Wahnsinn. Und doch konnte sie nicht anders.

Für immer. Ihn niemals wiedersehen. Ihm niemals sagen dürfen, dass er die Liebe ihres Lebens war. Dass sie Marno nur aus Dankbarkeit geheiratet hatte. Nicht aus Gewinnsucht. Der große Hof der Tabarly war ihr nicht wichtig. Dass sie mit ihm, Peter, fortgegangen wäre, wohin er sie auch geführt hätte. Wäre er nur früher gekommen …

Etwas Feuchtes, Klebriges wehte ihr ins Gesicht. Ein Blatt, eine Fledermaus? Voller Ekel streifte sie es ab, hastete weiter voran. Hier irgendwo musste die Abzweigung in den Waldpfad sein. Bei Tag war sie leicht an zwei braunen Steinen zu erkennen, aber jetzt, in der Dunkelheit, konnte man die Stelle nur erahnen. Sie richtete die Taschenlampe auf den Wegrand, sah graue, tropfnasse Gräser im Wind schwanken, tief hängende Zweige, zwei starre, funkelnde Augen, die einem neugierigen Waldwesen gehörten. Da waren die Steine, ihr Instinkt hatte sie nicht getrogen. Sie schaltete die Lampe wieder aus; die Batterie war schwach, sie musste sparsam mit dem Licht umgehen. Vorsichtig stieg sie über den Graben und drang in den Wald ein, spürte das tropfnasse Laub, das sie von beiden Seiten streifte, den sumpfigen Boden unter den Füßen, der von Baumwurzeln durchzogen war.

Es war nicht schwer gewesen, aus dem Haus zu gelangen. Es geschah manchmal, dass jemand in der Nacht über den Hof auf den Abort musste, dann nahm man den Mantel gegen den

Regen und die Taschenlampe, um den Weg nicht zu verfehlen. Gewiss – Sema hätte Verdacht geschöpft, wenn sie sie erwischt hätte, doch sie war vollkommen unbemerkt aus dem Haus und vom Hof auf die Fahrstraße gelangt.

Peter hat es nicht verdient, so weggeschickt zu werden, dachte sie. Oh ja, Annik hatte nicht unrecht. Als er damals bei uns auf dem Hof wohnte, ein deutscher Leutnant, ein Besatzungsoffizier – da haben sie alle Respekt gehabt. Hat er nicht auch Gutes getan? Nach Connan und Dustin hat er sich erkundigt. Lebensmittel hat er beschafft. Freundlich ist er gewesen, hat niemandem etwas zuleide getan. Und jetzt haben sie die Hunde auf ihn gehetzt, und Connan hat die Mistgabel nach ihm geworfen. Das ist nicht recht. Der Krieg war nicht Peters Schuld …

Sie war so rasch gelaufen, dass sie einen Moment stehen bleiben musste, um Luft zu schöpfen. Die Nässe zog an Schultern und Oberarmen durch den Mantel und durchdrang das Nachthemd, legte sich kalt auf ihre Haut. Ihr Herz klopfte laut und rasch. Erst nach einer Weile vernahm sie die Geräusche des nächtlichen Waldes. Das Tropfen des Regens, das Rieseln der kleinen Rinnsale, die sich am Boden gesammelt hatten, das Flüstern der Zweige, das Knistern und Knacken der nachtaktiven Waldtiere. Ihre Augen erkannten Schatten in der tiefen Dämmerung, Erscheinungen, die vorüberzogen, dunkel, körperlos und schweigsam. Nachtvögel? Marder auf der Beutejagd? Sie drückte für einen Moment auf den Knopf der Taschenlampe, die einen gelblichen Trichter durch das Gewirr der belaubten Zweige zog. Ja, sie war auf dem rechten Weg, sie musste eilen, um nicht allzu lange von daheim fortzubleiben. Nur ein paar Worte. Nur noch einmal seine Stimme hören. In seine Augen sehen. Nein – keine Umarmung. In seinen Armen würde sie schwach werden, das durfte nicht geschehen. Sie würde ihm sagen, dass sie nicht glücklich, aber zufrieden war. Dass sie ihm die gleiche Zufriedenheit wünschte. Er sollte sie vergessen und sich eine andere suchen. Das Leben lag doch noch vor ihm!

Sie war barfuß die Treppe hinuntergestiegen und unten in die Holzschuhe geschlüpft, die für die Stallarbeit bereitstanden. Jetzt bereute sie es, denn die hölzernen Schuhe waren nicht für lange Wege gemacht, sie scheuerten die Füße wund.

Es geschieht mir nur recht, dachte sie. Laufe ich nicht durch den Wald Brocéliande wie die verräterische Guinevere, die sich heimlich mit Lanzelot trifft? Nein, ich werde Marno nicht betrügen, ich werde nur von meinem Geliebten Abschied nehmen und dann zu Marno zurückkehren. Selbst wenn Marno es wüsste, hätte er nichts dagegen. Marno ist ein sanfter Mensch, und er liebt mich. Er würde verstehen, dass ich Peter nicht so gehen lassen kann.

Ihr Holzschuh stieß gegen einen Stein, und sie begriff, dass sie den alten Steinkreis erreicht hatte, an dem sie als Kinder oft gespielt hatten. Ach, wie lange war das her. Damals war Dustin noch bei ihnen und Connan war ein Junge gewesen, kein Hofherr und Despot, wie er es inzwischen geworden war. Sie hatten Verstecken gespielt, und Dustin hatte behauptet, er könne über jeden dieser Steine springen. Es wurde ein Wettspringen daraus, und natürlich war es der arme Marno, der sich eine böse Wunde am Knie zuzog.

Sie ließ den schmalen Lichtstrahl der Lampe nur kurz über den Ort huschen und erschrak über die massigen schwarzen Gestalten, die sie in geheimnisvoller Runde umgaben. Hieß es nicht, es seien verzauberte Könige? Merlin, der magische Gefährte des Artus, hatte die Feinde seines Herrn in Steine verwandelt. Wer den Spruch wusste, sie zu lösen, der konnte ihnen die Freiheit verschaffen. Sie atmete tief den feuchten, pilzigen Geruch des Waldes ein, der in der Nacht ganz anders roch als bei Tag. Es war der Atem des Laubes und der modernden Stämme, aus denen der Humus wird, der neues Leben schafft.

Was für eine verrückte Idee er doch gehabt hatte, sich ausgerechnet bei ihrem einstigen Liebesnest zu verstecken. Aber es war verständlich. Im Dorf durfte er sich nicht blicken lassen und der Garten des verfallenen Klosters war ein Ort, den er noch gut kannte, den er nicht verfehlen konnte. Ob er wohl zwischen den blühenden Hortensien saß? Vermutlich nicht, denn es regnete zu stark. Wahrscheinlich hielt er sich in der Krypta auf, wo sich auch Connan versteckt gehalten hatte. Es wurde ihr unheimlich bei dem Gedanken, dort hinunterzusteigen. Sie hatte Connan damals hin und wieder einen Rucksack mit Lebensmitteln gebracht, und jedes Mal, wenn sie aus dem hellen Sommerlicht hinunter in die feuchte, dunkle Krypta stieg, hatte sie ein ungutes Gefühl gehabt. Hatte die Großtante nicht von einem Fluch erzählt, der auf dem alten Kloster lastete? Von der Hexe, die im Brunnen gefangen saß und auf Rache sann? Allerdings schien sich der Fluch auf Connan keineswegs auszuwirken: Er war zwar stets schlecht gelaunt, wenn sie kam, aber ansonsten gesund und munter.

Sie konnte schon den See rauschen hören, das sachte Zischen der Wellen, die ans Ufer leckten, über totes Geäst und loses Gestein schwappten. Dazwischen vernahm sie das Singen und Stöhnen der hohen Buchen und Eichen. Wieder schaltete sie die Lampe ein und sah zwischen dem Unterholz hindurch die schwarze Wasserfläche im Lichtschein aufblitzen. Gleich darauf wuchs links von ihr ein heller Lichtstrahl in den Nachthimmel. Er kam aus der Richtung, in der die Klosterruine lag. Peter hatte das kurze Aufleuchten ihrer Lampe gesehen und seine Taschenlampe angeschaltet, um ihr den Weg zu weisen.

Alle Bedenken, alle Ängste waren jetzt vergessen. Sie stolperte voran, achtete nicht auf ihre blutenden Füße, stieß die Zweige ungeduldig zur Seite, hörte nur noch ihren keuchenden, hastigen Atem. Ein großer Nachtvogel löste sich dicht neben ihr von einem Baum, berührte sie kühl mit einem Flügel und schwebte am Seeufer entlang davon. Die Klosterruine war jetzt deutlich als schwarzer Schattenriss in der Umgebung des Lichtstrahls zu erkennen, sie stieg über die verfallene Mauer und stand auch schon im ehemaligen Klostergarten zwischen den blühenden Hortensien. Trotz des Regens konnte sie den Duft der Blüten wahrnehmen. Sie sog ihn tief ein und näherte sich der Quelle des Lichtstrahls. Tatsächlich kam Peter – wie sie schon vermutet hatte – aus dem Eingang zur Unterwelt.

»Maelle!«

Sie zuckte zusammen, als hätte sie einen Schlag bekommen. Das war seine Stimme. O Gott – es war tatsächlich Peters Stimme. Sie hatte nicht gewusst, wie heftig sie darauf reagieren würde. Er war hier. Nur wenige Schritte entfernt. Alles war möglich. Ein Sesam öffnete sich vor ihr, zeigte ihr eine Fülle verbotener Schätze und machte, dass ihr schwindelig wurde.

»Maelle! Bist du das?«

Sie schluckte, ihre Kehle war trocken und heiser.

»Ich bin hier …«

Der Lichtstrahl bewegte sich, ein Schatten wuchs aus der Erde, ein Mensch im langen Mantel. Er stellte die Lampe auf den alten Altarstein und streckte ihr beide Arme entgegen. »Maelle! Ich habe so gehofft, dass du kommen würdest. Vergib mir …«

Sie stand vor ihm, zitternd vor Erregung, unfähig zu sprechen. Der Regen lief ihr übers Gesicht, war längst durch den Mantel, durch das Nachthemd gedrungen und lief ihr über Brust und Rücken. Tropfte an ihren Beinen entlang in die Holzschuhe. Der Wind, der im Wald nicht zu spüren gewesen war, trieb sie voran. Nein, sie hatte es nicht gewollt. Auch nicht herausgefordert. Es war unausweichlich, und es geschah, ohne dass es ihr bewusst wurde. Sekunden später fand sie sich an seiner Brust, von seinen Armen umschlungen. Spürte sein nasses Hemd an ihrer Wange, seine unablässig streichelnden Hände auf ihrem Rücken.

»Ich musste dich noch einmal sehen, meine Liebste. Verzeih mir. Ich bringe dich in Schwierigkeiten … Ich hätte es nicht tun sollen, aber ich war zu schwach. Ich konnte nicht anders …«

Seine Stimme, die Art, wie er die französischen Worte aussprach … Es war, als käme sie nach langer Reise durch ein fremdes Land wieder nach Hause. Er küsste zart ihre Wange, sein Mund lag heiß auf der regenkühlen Haut.

»Ich … ich bin nur gekommen, um Abschied zu nehmen«, brachte sie endlich hervor.

Sie spürte seinen tiefen Atemzug. Er nickte. »Das werde ich dir nie vergessen, Maelle.«

»Und um dir zu erklären …«

»Das brauchst du nicht. Ich mache dir keine Vorwürfe.«

»Ich will es trotzdem tun.«

Er zog sie dichter an sich, gab ihr von seiner Wärme, küsste sie auf die Schläfe und flüsterte ihr ins Ohr.

»Lass uns hinunter ins Trockene gehen. Ich habe dort eine Laterne aufgestellt, damit ich mich in dem unterirdischen Irrgarten nicht verlaufe.«

»Nein, lieber nicht …«

»Ja richtig«, meinte er und lachte ein wenig. »Du hast Angst vor der Hexe. Aber ich bin bei dir, Maelle. Ich beschütze dich. Darf ich das?«

Warum sollte sie ihm nicht in Ruhe ihre Gründe nennen? Dort unten in der Stille, wo weder Regen noch Wind sie behinderten, wo sie in Frieden voneinander Abschied nehmen konnten?

»Also gut. Geh voran …«

Er nahm die Taschenlampe an sich, stieg drei Stufen hinab und drehte sich dann nach ihr um. Als er sah, dass sie ihm folgte, ging er weiter. Ein gelbliches, leicht flackerndes Licht war zu sehen, eine Insel in der Dunkelheit der Krypta, nach dem wilden Lauf durch den nächtlichen Wald erschien es ihr fast heimelig.

»Du bist ganz nass«, sagte er sanft. »Nimm meinen Mantel um. Es ist kalt hier unten.«

Sie wehrte sich, doch als er ihr den Mantel trotzdem umlegte, ließ sie es geschehen. Wie unwirklich das alles war. Sie spürte seine Hände, atmete seinen vertrauten Geruch, alle ihre Sinne waren wach, und zugleich hatte die Szene etwas Traumhaftes. Das flackernde Licht von einer Stalllaterne, die er irgendwo aufgetrieben hatte. Die graue Wolldecke am Boden, auf der er gesessen und auf sie gewartet hatte. Eine Feldflasche, ein blecherner Becher, ein angebissener Apfel. Ein halb offener Rucksack. Alles prägte sich ihrem Hirn ein, und sie glaubte, sie würde es noch Jahre später in der gleichen Klarheit sehen. Dann, wenn dieser Abschied nur noch Erinnerung war.

»Möchtest du dich hinsetzen? Einen Schluck trinken? Es ist nur Wasser mit etwas Wein gemischt …«

Sie schüttelte den Kopf. Sammelte ihre Gedanken, um nichts zu vergessen, was sie ihm sagen musste. Sie hatte nur diese eine Chance, dieses eine, letzte Zusammensein, danach würden sie sich nie wieder sehen.

»Sie haben Madame Kervella festgenommen und ich erhielt deine Briefe nicht mehr …«

Er wollte etwas antworten, wurde jedoch durch ein Geräusch abgelenkt. Irritiert ging er zwei Schritte zur Treppe hinüber, zuckte dann die Schultern und lächelte sie an, als wollte er sich für seinen Irrtum entschuldigen.

»Irgendein Tier … oder der Wind …«, meinte er. »Ja, ich habe schon so etwas befürchtet. Ich wurde zu Major Wallberg bestellt und bekam einen ordentlichen Rüffel verpasst. Kurz danach haben sie mich an die Ostfront ge…«

Er unterbrach sich, weil Maelles Blick starr vor Entsetzen wurde. Ein Mensch kam die Stufen zur Krypta hinuntergestiegen, eine lange Gestalt, den Hut tief ins Gesicht gezogen. Er bewegte sich seltsam starr und zögerlich, sodass Maelle ihn zunächst für ein Gespenst hielt. Als sich Peter jetzt blitzschnell umdrehte, hob die Erscheinung ein altertümliches Gewehr und richtete es auf Peter.

»Nein!«, schrie Maelle. »Tu es nicht, Marno. Du irrst dich …«

Der Gewehrlauf zitterte, aber Maelle wusste, dass er den Finger am Abzug hatte. Sie wusste auch, dass Marno mit dem alten Jagdgewehr gut umgehen konnte.

»Es ist der Mann, den du liebst, nicht wahr?«, murmelte Marno.

Er sprach sehr leise, fast schien es, als redete er mit sich selbst. Es klang traurig, so als sei ein Unglück unausweichlich.

»Monsieur Tabarly«, sagte Peter in einem Tonfall, mit dem man Kranke oder kleine Kinder beruhigt. »Bitte, tun Sie nichts, was Sie später bereuen würden. Dies ist ein letztes Gespräch, ein Abschied für immer. Ihre Frau ist Ihnen treu, das schwöre ich bei meiner Ehre …«

Man hörte Marno leise lachen. Es klang seltsam in dem unterirdischen Raum und angesichts des Gewehrs, das immer noch auf Peter gerichtet war.

»Sie liebt mich nicht. Sie wird mich niemals lieben. *Sie* sind ihr Geliebter …«

Er lachte wieder. Leise und zugleich erschreckend. Maelle fing Peters Blick auf und begriff, was er dachte. Er ist irrsinnig vor Eifersucht, dieser Mensch. Er wird uns beide töten!

»Nimm das Gewehr herunter, Marno«, sagte Maelle mit ungewöhnlicher Entschlossenheit. »Nimm es herunter. Du und ich – wir gehen jetzt zusammen nach Hause.«

Marno reagierte nicht. Blieb unbeweglich am Treppenaufgang stehen. Die Kerze der Laterne war heruntergebrannt, sie begann zu flackern, und für einen Moment beleuchtete sie Marnos Gesicht unter dem Hutschatten. Es war sehr bleich und seltsam verzerrt. Ob vor Lachen oder in schmerzvoller Verzweiflung war in der Kürze des Augenblicks nicht auszumachen.

»Marno«, sagte Maelle in sanftem Ton. »Sei bitte vernünftig.«

Sie ging auf ihn zu, streckte den Arm nach dem Gewehrlauf aus, um ihn zu fassen und herunterzudrücken. Doch sie kam nicht dazu. War es Peters Mantel, der noch um ihre Schultern hing? Marno schreckte vor ihr zurück und drückte ab. Das Geräusch war ungeheuer laut, schien tausendfaches Echo in der weitläufigen Krypta zu finden, irgendwo rieselte Putz von der Decke, vermutlich dort, wo die Kugel eingeschlagen war.

»Bist du wahnsinnig geworden? Hör auf damit! Verstehst du nicht? Ich gehe jetzt mit dir nach Hause ...«, rief Maelle.

Jemand griff ihre Hand, riss sie von Marno zurück, ein Tritt gegen die Laterne löschte das Licht. Peter zerrte sie in die Dunkelheit der Krypta hinein, eine Weile liefen sie durch schwarze Finsternis, ertasteten Säulen, Wände, eine steinerne Platte. Blieben atemlos stehen und lauschten. Peters Arm legte sich um ihre Schultern, sein Atem ging rasch, etwas Warmes, Feuchtes rann über ihren Hals, lief den Mantel herunter. Sie fühlte mit der Hand, es war klebrig, es war Blut.

»Hat er dich ...«

»Psst!«

Er hatte ihn getroffen. Marno, dieser Irrsinnige, hatte Peter eine Kugel in die Schulter gejagt. Hilfloser Zorn packte sie. Dazu hatte er kein Recht. Er hatte nicht das Recht zu töten. Nicht Peter. Wenn schon, dann war sie die Schuldige.

Sie lauschten in die Dunkelheit. Hörten ihre eigenen Herzen schlagen. Das Sausen in ihren Ohren. Dann schlurfende Schritte. Zögernd, unstet, häufig die Richtung ändernd.

»Du bist nichts als ein gemeiner Mörder!«, schrie Maelle in die Finsternis hinein.

Peter versuchte, ihr den Mund zuzuhalten, doch sie wusste genau, was sie tat. Es waren zwei Schüsse in der alten Flinte, dann musste man nachladen. Während er damit beschäftigt war, würden sie zum Ausgang laufen und sich retten.

»Mörder! So schieß doch mit deinem albernen Gewehr. Schieß doch. Töte mich. Dann haben wir es hinter uns!«

Der Schuss dröhnte durch den unterirdischen Raum, als würde eine Kanone abgefeuert. Maelle frohlockte, zog die Taschenlampe heraus und schaltete sie an. Der Schein beleuchtete eine graue Säule, der uralte Granitstein glitzerte im Licht. Dann hörten sie es rieseln. Zunächst nur leise, danach knackte es über ihnen, als durchzögen Risse einen starken Fels. Ein dumpfes Zischen folgte. Sand löste sich von der Decke.

»Raus hier!«, keuchte Peter. »Schnell!«

Sie atmeten dichten Staub und husteten. Peter riss ihr die Taschenlampe aus der Hand, eilte voran, verschwand in einer gelblichen, von der Decke herabstürzenden Flut.

»Peter!«, schrie sie in heller Panik.

Es kam keine Antwort mehr. Über ihr barst die Decke, Felsen stürzten, Säulen knickten ein, Sand und Gestein stürzten wie ein wildes, aufgewühltes Meer auf sie herab. Eine kleine Weile kämpfte sie, rang nach Luft, stemmte sich gegen die gewaltige Last, die sie zu Boden drückte. Dann ging ihr der Atem aus, Sand drang ihr in Mund und Nase, das Bewusstsein schwand. Ein Spiegel zerbrach vor ihren Augen, gab ihr den Weg frei in die andere Welt.

35

Notre Dame de la Forêt, Juni 2011

Mutter Athanase blickte von ihrer Gemüsesuppe auf und fixierte Giselle, die gerade versuchte, ein Gähnen zu unterdrücken.

»Wir haben Sie bei der Heiligen Messe vermisst, Madame Esch-Lamartine.«

Giselle rührte in ihrem Teller und schob ein breites Stück Zwiebel an den Rand. Sie hasste labbrige Zwiebeln in der Gemüsesuppe. »Ja, sehr schade. Ich habe verschlafen …«

Die Priorin ließ den vorwurfsvollen Blick noch einige Sekunden lang auf Giselle lasten, dann schweiften ihre Augen hinüber zu Paul, der gedankenverloren sein Stück Weißbrot zerkrümelte.

»Sie ebenfalls, Monsieur Oursel!«

»Wie?«

Paul fuhr zusammen, weil jemand ihm unter dem Tisch gegen den Knöchel getreten hatte.

»Oh … ja … die Messe? Komplett verpennt. Tut mir so leid, Mutter Athanase. Ehrlich …«

Er lächelte zerstreut und machte einen Versuch, die Krümel um seinen Teller mit der Hand zusammenzufegen. Schwester Thérèse lächelte mütterlich, Schwester Cécile tunkte ihr Brotstück in die Suppe, sie hatte Probleme mit den dritten Zähnen. Mutter Athanase holte tief Luft, bevor sie das Ungewitter über ihren Schäfchen entlud.

»Glauben Sie etwa, ich hätte Ihre nächtlichen Aktionen nicht bemerkt? Ich habe Augen und Ohren und bin gottlob immer noch bei klarem Verstand!«

Nolwenn saß zerknirscht auf ihrem Platz. Sie begann schon

zu schniefen, gleich würde sie anfangen zu weinen. Giselle hingegen war seit Tagen schlecht gelaunt. Sie mochte die Priorin, sehr sogar. Aber das hieß noch lange nicht, dass sie sich von ihr abkanzeln ließ.

»Wir schlagen uns die Nächte um die Ohren, damit das Kloster überleben kann. So sieht es aus. Wir brauchen diesen Brennofen, das wissen Sie so gut wie wir, Mutter Athanase!«

Die Priorin hatte ruhig zugehört. Sie nutzte die Zeit, um den geleerten Teller mit dem Brotrest auszuwischen.

»Ich tadele weder Ihre gute Absicht, noch Ihren großartigen Einsatz für unsere Klostergemeinschaft, Madame Esch-Lamartine. Was mich stört, das ist erstens die Tatsache, dass sich eine Novizin meines Klosters in der Nacht außerhalb der Klostermauern in Gesellschaft eines jungen Mannes befindet ...«

»Einspruch!«, rief Paul laut. »Wir sind zu dritt. Giselle ist immer bei uns.«

Die zweifarbigen Augen der Priorin straften ihn ab. Paul murmelte: »Ist doch wahr, oder?«, dann verstummte er.

»Und zweitens stört mich Ihre Gewaltbereitschaft!«

Woher wusste sie von Pauls genialer Idee mit den Kartoffelsäcken? Giselle vermutete, dass Nolwenn geplaudert hatte.

»Wir haben nicht vor, jemanden zu verletzen ...«

»Trotzdem«, beharrte die Priorin. »Ich kann nicht zulassen, dass sich Mitglieder meiner Klostergemeinschaft an gewaltsamen Strafaktionen beteiligen.«

Schwester Thérèse nickte bestätigend und fügte an, dass Gewalt immer Gegengewalt erzeuge.

»Auge um Auge, Zahn um Zahn!«, bemerkte Giselle mit leichter Ironie.

»Kommen Sie mir nicht mit dem Alten Testament«, sagte die Priorin ärgerlich. »Das ist längst überholt.«

»Tatsächlich?«

»Liebet eure Feinde, hat unser Herr Jesus Christus gesagt.

Segnet, die euch fluchen, tut wohl denen, die euch hassen, bittet für die, die euch beleidigen und verfolgen …«

»Amen«, murmelte Paul.

»Und was ist mit denjenigen, die Öfen zusammentreten?«, erkundigte sich Giselle.

»Das fällt unter hassen und verfolgen.«

»Okay …«

Schweigend aßen sie weiter. Nolwenn sprang eilfertig auf, um die Suppe abzuräumen und den Nachtisch hereinzuholen. Aus der Küche drang ein unangenehm brenzliger Geruch.

»Verbrannt«, seufzte Schwester Thérèse. »Meine schönen Butterkekse – alle verbrannt. Der Herd ist kaputt. Er lässt sich nicht mehr regulieren. Entweder volle Stärke oder gar nichts.«

Hilfesuchend sah sie zu Giselle hinüber, und als die mit den Schultern zuckte, wanderten ihre Augen zu Paul.

»Ich schau mir das Teil mal an«, versprach er großmütig.

Die Priorin seufzte. Mutter Marie-Joseph hatte für Mariä Himmelfahrt ihren Besuch angekündigt. Es waren zwar noch ein paar Wochen Zeit, aber langsam machten diese ständigen Rückschläge alle nervös.

»Und überhaupt muss der Mörtel des Brennofens längst hart sein«, meinte sie zu Giselle. »Da müsste ja jemand mit einem Vorschlagshammer kommen!«

Im Grunde hatte sie ja recht. Es ging nach zwei ergebnislos durchwachten Nächten längst nicht mehr um den Brennofen. Es ging darum, die verflixten Saboteure zu erwischen. Ihnen einen Denkzettel zu verpassen. Danach konnte man immer noch für sie beten, wie das Neue Testament es forderte. Dann hatten sie es allerdings auch nötig.

»Mein ist die Rache, spricht der Herr!«, ließ sich jetzt Schwester Cécile lautstark vernehmen und blickte kampflustig um sich.

»Das war jetzt aber aus dem überholten Teil, oder?«, erkundigte sich Paul freundlich.

»Vertrauen wir auf Gott und suchen wir Trost im Gebet«, meinte Cécile. »Der Herr wird unsere Feinde zerschmettern.«

Niemand antwortete darauf, alle löffelten die Vanillespeise, die mit einem Hauch Cointreau verfeinert war. Die gute Schwester Thérèse hatte eine ausgesprochen sinnliche Begabung für die Herstellung von Süßspeisen.

Nach dem Mittagessen arbeitete Giselle an der Sandstein-Madonna weiter, die sich inzwischen in der Werkstatt befand. Sie hatte schon die groben Konturen herausgeschlagen, jetzt galt es, der Gestalt immer näher zu kommen, sie langsam aus dem Stein herauszuschälen, bis man zuletzt die Feinheiten meißelte. Die Hände, die Falten des Gewands. Die Füße, die auf einer Mondsichel stehen sollten. Die beiden Gesichter.

Lästig war, dass es im Brunnen immer noch gurgelte. Es klang, als würde dort unten jemand mit einem großen Strohhalm Luft ins Brunnenwasser blasen, damit es blubberte. So etwas hatte sie als Kind gern mit ihrer Limonade veranstaltet, aber in einem Brunnen hatte sie solche Geräusche noch nie gehört. Hin und wieder drang auch ein Poltern und Schlürfen aus dem Schacht – es musste wohl ein zorniger Wassergeist dort unten hocken. Die Erklärung, dass es mit den vielen Regenfällen zusammenhing, wollte nicht mehr so recht greifen. Seit zwei Tagen hatte es keinen Tropfen mehr geregnet.

Um halb drei gingen die Nonnen in die Kirche, um die Non zu singen, Giselle war jedoch in ihre Arbeit vertieft und blieb in der Werkstatt. Kurz nachdem das Glöckchen den Beginn der Andacht verkündet hatte, gab es einen gewaltigen Knall, und zeitgleich schoss Kater Merlin aus dem Küchenfenster quer über den Klostergarten. Giselle ahnte Böses, legte Eisen und Fäustel beiseite und rannte hinüber in die Küche. Dort stand Paul starr wie eine Salzsäule vor dem defekten Herd.

»Alles in Ordnung, Paul?«

Er hob die Hand, als würde er soeben aus einem hundertjährigen Schlaf erwachen, und kratzte sich am Hinterkopf. »Es hat geblitzt …«, flüsterte er.

»Kurzschluss?«

Er nickte und legte vorsichtig einen Schraubenzieher auf den Küchentisch. Das Teil hatte einen Griff aus schwarzem Plastik, das dort, wo der Metallstab eingesetzt war, Schmelzspuren aufwies.

»Ein Herd hat einen Starkstromanschluss«, sagte Giselle unnötigerweise.

»Ich versteh das nicht«, stotterte Paul. »Da müssen sämtliche Kontakte blank liegen. Ein Wunder, dass die arme Thérèse noch nicht verschmolzen ist.«

Giselle sah ihn entsetzt an. Allzu viel Fachwissen in Sachen Elektrizität traute sie Paul eigentlich nicht zu. Auf der anderen Seite hatte er sich selten wirklich ungeschickt angestellt. Irgendwie passte gerade alles zusammen. Das Kloster und seine Bewohner steckten in einer fetten Pechsträhne. Oder anders gesagt: Irgendein Wesen hier in diesen Klostermauern hatte etwas gegen die frommen Schwestern und versuchte, ihnen zu schaden. Ein Wesen von jener Art, die man nicht so einfach in einen Sack stecken konnte.

»Kundendienst«, meinte sie und wies mit einer Kopfbewegung zum Küchenherd. Paul nickte geschlagen. Dann nahm er den Herd vom Strom und ging, um die herausgeflogene Sicherung wieder einzuschalten.

»Und heute Nacht?«, rief Giselle ihm nach.

»Wir passen auf«, sagte er. »Jetzt erst recht. Auch wenn Monsieur LeHaziff uns neue Steine liefern will, falls jemand den Ofen …«

Giselle runzelte die Stirn und sah Paul fragend an. Der biss sich auf die Lippen und gestand, dass Yannik LeHaziff gestern angerufen habe. Als die Nonnen gerade die Sext sangen, da sei er halt ans Telefon gegangen.

»Und warum hat mir das keiner gesagt?«

»Er hat mich gebeten … also, er wollte nicht so gern …«

»Verstehe«, knurrte Giselle. »Aber woher wusste er überhaupt, dass jemand unseren Brennofen ramponiert hat?«

»Ja, das hat mich hinterher auch gewundert …«

»Wahrscheinlich ist mein Ofen bereits Dorfgespräch Nummer eins in Plouvan«, knurrte Giselle. »Dieses Kaff besteht doch nur aus Saboteuren. Außer den Geschwistern Prigent natürlich.«

Vor der Complet, die gegen acht Uhr gesungen wurde, überredeten sie Nolwenn, noch eine letzte Nachtwache zu halten. Die arme Nolwenn war hin und her gerissen zwischen dem Gehorsam gegenüber ihrer Priorin und Pauls inständigen Bitten. Nur noch dieses eine Mal. Wenn sich dann wieder nichts tat, wollte Giselle den Ofen morgen früh seiner Bestimmung zuführen. Sie verschwieg listig, dass in diesem Fall der Brand mindestens sechzehn Stunden lang in Gang gehalten werden musste und somit eine weitere lange Nacht vor ihnen lag.

Giselle nahm anstandshalber an der Complet teil, während Paul die Zeit oben in seinem Zimmer zu einem Schläfchen auf Vorrat nutzte. Er besaß die ungemein nützliche Fähigkeit, aus dem Stand heraus in einen erholsamen Schlaf zu fallen und bei Ansprache sofort wieder glockenwach zu sein. Das hatte er beim *Service militaire alternatif* gelernt, da war er Sanitäter gewesen.

Um keinen Verdacht aufkommen zu lassen, spielte Nolwenn anschließend mit Schwester Thérèse und Mutter Athanase mehrere Runden »Mensch ärgere dich nicht«; danach gingen die Nonnen zu Bett. Währenddessen lagen Giselle und Paul draußen bereits auf der Lauer. Sie hatten ein dichtes Gebüsch am Seeufer, gleich bei der Klostermauer, als Versteck ausgewählt. Es wurde normalerweise von den Enten benutzt, die dort ihre Eier ausbrüteten. Eng beieinander hockten sie inmitten kleiner Flaumfederchen, versuchten das Niesen zu unterdrücken und beobachteten die Umgebung. Es war jetzt im Juni lange hell –

aber nicht jeder Saboteur scheute das Licht. Doch außer einem Überfall einer Gruppe Seemöwen, die von den Enten heldenmutig vertrieben wurden, geschah so gut wie nichts.

Drei Stunden später, als schon die Dämmerung fiel, schlich sich Nolwenn in die Beobachtungsstation. »Du kannst jetzt ein Stündchen schlafen, Giselle«, flüsterte sie. »Wir beide passen auf.«

»Okay«, gähnte Giselle. »Aber schlaft nicht ein.«

»Wir halten uns gegenseitig wach«, versprach Paul.

»Verstehe …«

»Es ist nicht so, wie du denkst, Giselle«, flüsterte Nolwenn.

»Schon gut.«

Man musste natürlich Glück haben bei diesem Unternehmen. Oder anders gesagt: Der Mistkerl musste Pech haben. Giselle versuchte, ins angenehme Reich der Träume zu sinken, doch es wurde nur ein unruhiges Dahindämmern daraus. Zum Einen war sie viel zu angespannt, zum Anderen nervte sie das Geturtel der beiden Jungtäubchen dicht neben ihr. Waren das Küsse? Oder nur zärtliches Wispern? Das begehrliche Brummen kam ganz sicher von Paul, die hellen Seufzer gehörten Nolwenn. Verflixt noch mal – die beiden waren ganz und gar mit sich selbst beschäftigt, sie würden nicht mal eine Elefantenherde bemerken, die hier vorüberstampfte.

Gegen zwei Uhr fühlte sie sich am ganzen Körper hohl und zerschlagen und kam zu der Überzeugung, dass diese Nachtwachen eine Schnapsidee waren. Am Himmel jagten schwarze Lämmer den weiß gepunkteten Mondenball, manchmal verdeckten sie ihn, dann rollte er ihnen wieder davon, und sie galoppierten hinterher. Giselle fröstelte und räusperte sich leise, um darzutun, dass sie jetzt einsatzbereit war. Sie würde den Ofen auf jeden Fall erst übermorgen bestücken und anzünden. Eine Nacht musste sie mal durchschlafen, sonst konnte sie sich bald in der Klapse anmelden.

Paul und Nolwenn lagen eng aneinandergeschmiegt in süßem Schlummer – na bitte, hatte sie es doch geahnt.

»Ssst …«, flüsterte sie und kniff Paul ins Bein.

»Wir … wir sind wach …«

»Ihr wacht mit geschlossenen Augen?«

Er blinzelte und wischte sich eine Entenflaumfeder vom unrasierten Kinn.

»Klar. Augen zu, Ohren auf …«

Nolwenn tat einen verräterisch tiefen Seufzer, schlug die Augen auf und erschrak, als sie Giselle im Mondlicht erblickte.

»O heilige Jungfrau – ich bin eingeschlafen!«

»Keine Sorge«, beruhigte sie Paul. »Ich habe für uns beide gewacht.«

Giselle beschloss, ihre Meinung für sich zu behalten, und erklärte, sie würde die nächste Wache übernehmen.

»Gut. Bisher keine besonderen Vorkommnisse«, meldete Paul im Flüsterton. Nolwenn gähnte herzhaft und kuschelte sich wieder an ihn. Bald vernahm Giselle das Duett ihrer regelmäßigen Atemzüge. Beneidenswert.

Nichts geschah. Der See lag in geheimnisvoller Schönheit vor ihnen, das Mondlicht zog einen blinkenden Silberstreifen über seine schwarze Oberfläche. Der kleine runde Turm aus Ziegelsteinen am Ufer war deutlich zu sehen, er warf sogar einen Schatten auf den felsigen Untergrund. Wenn der Mond hinter den schwarzen Wolkenlämmern verschwand, horchte Giselle in die Dunkelheit hinein. Doch außer dem leisen Plätschern der Uferwellen, dem Knacken der Zweige und den Atemzügen ihrer Begleiter war nichts zu hören, was Verdacht erregen konnte. Sie wünschte sich Streichhölzer für die herabsinkenden Augenlider, rieb sich die Schläfen, kniff sich in die Arme. Umsonst. Die Müdigkeit war stärker als ihr Widerstand, ihr Kopf sank auf die Arme, das dunkle, erlösende Reich des Schlafes nahm sie auf.

Sie erwachte von einem heftigen Schmerz. Jemand trat ihr auf die Hand, erwischte dabei eine Strähne ihres langen Haares und hechtete nach vorn. Undeutlich nahm sie den umherirrenden Lichtstrahl einer Taschenlampe wahr, dann wurde ihr klar, dass Paul sich gerade in den Kampf gestürzt hatte.

»O Gott!«, flüsterte Nolwenn neben ihr.

Giselle griff nach den Säcken und dem Klebeband, dann stürzte auch sie aus dem Versteck. Drüben beim Brennofen rangen zwei Männer miteinander. Einer von ihnen schien angeschlagen, er taumelte, ruderte mit den Armen und stolperte rücklings gegen den gemauerten Ofen. Gleich darauf war er verschwunden. Mit dem Hintern voran in den Brennofen gefallen.

»Um Gottes willen …«, rief sie Paul zu. »Er kann sich den Schädel angeschlagen haben …«

Die Gestalt im Ofen zappelte mit Armen und Beinen, man vernahm böse Flüche und übelste Verwünschungen. Giselle stand wie vom Donner gerührt, als sie die Stimme erkannte. Paul war jedoch im Jagdfieber, und als der Saboteur wieder auf den Füßen stand, zog er ihm den Kartoffelsack über den Kopf und, da er keine Gegenwehr fand, gleich bis zu den Hüften herunter.

»Das Klebeband … Rasch …«

Paul riss ihr die Rolle aus der Hand und umwickelte den Sack mit Klebeband, bis das Opfer einer Mumie ähnelte. Erst jetzt versuchte der Mann sich zu wehren. Er trat mit den Füßen, beugte sich nach vorn und man hörte ihn wütend schimpfen.

»Seid ihr verrückt geworden? Was soll das? Ich hab die Burschen fast gehabt … «

»Na klar!«, versetzte Paul.

»Lasst mich raus!«

»Jetzt gehst du erst einmal voran.«

Nolwenn streckte den Arm nach Paul aus, wollte ihn festhalten, doch er schüttelte sie ab.

»Paul …«, rief sie und blickte sich hilfesuchend nach Giselle um. »Paul, das ist doch … das ist doch …«

»Lass ihn«, sagte Giselle. »Soll er ihn einsperren.«

»Aber …«

»Er hat es verdient, oder?«

Nolwenn sah flehentlich zum Himmel empor. Der Mond und seine Schafherde waren längst verschwunden. Im Osten lag ein fahler Lichtstreifen über dem Wald, sodass die Baumwipfel wie schwarze Scherenschnitte wirkten.

»Heilige Jungfrau …«, flüsterte sie. »Heilige Jungfrau, beschütze uns … Oh Giselle, es wird großen Ärger geben!«

Giselle hörte sie kaum. Sie war Paul gefolgt, öffnete ihm das eiserne Tor zum Kreuzgang, kroch dann durch das Fenster ins Refektorium und lief hinüber in die Küche, um die Außentür aufzumachen.

»Es reicht jetzt«, kam es unter dem Sack hervor. »Sind wir denn hier im Irrenhaus?«

»Runter. Und dann hübsch warten. Bis zum Jüngsten Tag …«, sagte Paul sarkastisch und stieß den Widerstrebenden die Treppe zum Vorratskeller hinab.

Tür zu, Riegel vor. Paul schaltete das Küchenlicht ein, und Giselle sah sein blasses, zufriedenes Gesicht. Er hatte getan, was er sich vorgenommen hatte – Nolwenn konnte stolz auf ihn sein. Im gleichen Moment läutete drüben in der Kirche das Glöckchen zur Frühandacht.

»Perfektes Timing«, freute sich Paul.

Unten im Vorratskeller rumpelte es, offensichtlich versuchte der Saboteur, sich von der Mumienumhüllung zu befreien. Giselle horchte einen Moment lang besorgt, dann fand sie es sehr passend, heute die Frühandacht zu besuchen. Nach diesem Schock hatte sie es bitter nötig.

»Gute Idee«, meinte Paul. »Ich kann jetzt sowieso nicht schlafen.«

Nolwenn war längst durch das Refektorium in die Kirche geschlüpft, Paul und Giselle warteten einen Moment vor der

Kirchentür, bis ihnen geöffnet wurde. Dann setzten sie sich nebeneinander auf eine der vorderen Bänke und sahen hinauf zur Apsis, wo jetzt die elektrischen Wandlampen ausgeschaltet wurden und vier Kerzenflammen in die Dunkelheit hineinwuchsen. Eine sanfte, weihevolle Stimmung erfüllte den Kirchenraum. Giselle versuchte, sich zu entspannen.

»Magnificat anima mea Dominum …«

Die Stimmen der Nonnen klangen heute ungewöhnlich leise und morgenheiser. Nolwenn, die sonst mit klarer Stimme herausstach, war fast gar nicht zu hören.

Stattdessen glaubte Giselle, ein merkwürdiges Vibrieren unter ihren Füßen zu spüren. Sie kannte dieses eigenartige Zittern des Kirchenbodens, hatte bisher aber immer geglaubt, es sei eine Täuschung. Vermutlich war es dies auch jetzt, es musste daran liegen, dass ihre Gefühlswelt gerade kopfstand. O Gott – sie hatte es nicht glauben wollen. Und es tat verdammt weh. Warum tat er das?

»… quia fecit mia magna …«

Ein dumpfer Schlag war zu hören. Paul hob den Kopf und blickte sich in der halbdunklen Kirche suchend um, dann sank er wieder in sich zusammen.

»Giselle«, flüsterte er.

»Was ist?«

»Könnte es sein, dass der Saboteur …«

»Ja.«

»O Gott!«

Er schlug die Hände vors Gesicht. Der Rausch des Abenteuers, das stolze Bewusstsein des Sieges – alles schmolz jetzt dahin. Er schien sich darüber klar zu werden, dass es bösen Ärger geben würde.

»… et misericordia eius a progenie …«

Er hat es verdient, dachte Giselle verzweifelt. Er ist ein mieser, dreckiger Lügner. Ein hinterhältiger Saboteur. Er hat mich zum

Narren gehalten, mir von seiner Einsamkeit vorgejammert. Mir den Kopf verdreht mit seinem verdammten Schmetterlingskuss …

Unter ihren Füßen rumpelte es jetzt so heftig, dass sie beide von der Kirchenbank hochsprangen und auf die Bodenplatten starrten. Der Gesang vorne lief aus dem Ruder, Nolwenns Stimme setzte komplett aus, Thérèse begann zu husten, nur die Priorin und Schwester Cécile hielten die Stimme.

Da! Ein berstendes Geräusch, dumpf, von einer leisen Erschütterung begleitet, als bräche unten in der Krypta die Decke ein. Oben sangen die Nonnen mit dünnen Stimmchen weiter. Thérèse hatte sich wieder gefangen, Nolwenns Stimme zitterte.

»… deposuit potentes de sede …«

Giselle handelte gegen jede Vernunft. Sie rannte durch den Mittelgang zur Kirchentür, riss sie auf und lief quer durch den Klostergarten zur Küche. Dort riss sie sinnloserweise an der Tür, die – wie sie sehr gut wusste – nur von innen zu öffnen war. Paul, der dicht hinter ihr war, stieß das Küchenfenster auf und stieg hinein. Giselle folgte ihm. Sie war derart in Panik, dass sie beinahe vornüber auf den Küchenboden gefallen wäre.

»Das kann doch gar nicht sein!«, rief Paul.

Er entriegelte das Türchen zum Vorratskeller und riss es auf. Eine weiße Staubwolke quoll ihnen entgegen, sodass sie husten mussten. Es roch intensiv nach Cidre, aber auch nach Kalk, feuchtem Gestein und vor allem nach Moder. Paul fasste ein Küchentuch und hielt es sich vor Mund und Nase.

»Yannik!«, schrie Giselle in die rötliche Finsternis hinein. »Yannik – wo bist du?«

Irgendwo vor ihnen bröckelte Gestein herunter, es klirrte, weil ein Backstein auf eine Flasche Cidre gefallen war. Hinter Giselle hustete jemand sich die Lunge aus dem Leib.

»Hier …. üch … ich bin …. üch … hier …«

Er lag auf einem Haufen Kartoffeln, umgeben von Schachteln

und Packungen, die vermutlich Nudeln, Mondamin, Zucker und Ähnliches enthielten. Alles war weiß überpudert, mehrere Kilopackungen Mehl waren aus dem Regal gefallen und aufgerissen.

»Yannik! O Gott! Bist du verletzt?«

Giselle kniete neben ihm, umfasste seine Schultern, betastete seine Stirn und – aber das leugnete sie später beharrlich – schluchzte dabei zum Steinerweichen.

»Nicht der Rede wert«, hustete er. »Blaue Flecken am Dingsda, Rübe angeschlagen, Finger verdreht, Hautabschürfungen an Schultern und Rücken … He – machst du dir vielleicht gar Sorgen um mich?«

»Überhaupt nicht«, schluchzte sie. »Ich dachte bloß, du wärest tot!«

»Na, viel hat nicht gefehlt …«, meinte er und zog sie an sich. »Hast du wirklich geglaubt, ich wollte deinen Ofen umhauen, du dumme Gans?«

»Nein … ja … ich glaube … eher nicht …«

Dass er sie küsste, konnte sie später wegen der Mehlspuren im Gesicht nicht leugnen. Es waren allerdings keine Schmetterlingsküsse, sondern wirkliche. Die sie in ihrer Verwirrung und Sorge erwiderte. Mehrfach. Bis sie beide niesen mussten. Wegen des Mehls.

»Jesus Christus sei uns gnädig«, hörte man die Stimme der Priorin. Der Rest ging in einem Hustenanfall unter. Die Nonnen hatten die Andacht in aller Eile beendet, und Mutter Athanase hatte zunächst in die Krypta hinabsteigen wollen. Nolwenn hielt sie jedoch davon ab, und so waren sie in die Küche gelaufen.

»Meine Kartoffeln!«, jammerte Schwester Thérèse. »Der Cidre für die Gäste! Oh Jesus! Das Mehl für die Butterkekse!«

»Sodom und Gomorrha!«, ließ sich Schwester Cécile vernehmen, die Giselle und Yannik auf den Kartoffeln entdeckt hatte.

Paul hatte sich vorsichtig der Stelle genähert, an der die Wand ein breites, zerklüftetes Loch aufwies. Hinter dem weißen Putz hatte sich eine Ziegelwand verborgen, die – warum auch immer – zusammengebrochen war.

»Gehen Sie da weg, Paul«, befahl die Priorin, als sich erneut mehrere Steine lösten und herunterprasselten.

Paul hatte den Lichtstrahl der Taschenlampe in das Loch gerichtet. Viel konnte man nicht erkennen. Nur, dass sich dahinter ein Hohlraum befand.

»Ein Fluchtgang womöglich«, meinte die Priorin. »Von der Krypta durch den Vorratskeller hinüber zum Seeufer …«

»Psst …«

Paul hielt den Finger an die Lippen, und alle lauschten, nur Schwester Cécile hustete energisch. Dann, als es endlich still war, konnte man das Gluckern und Plätschern hören.

»Da ist Wasser eingedrungen«, meinte Schwester Thérèse. »Kein Wunder, dass mir das Mehl geschimmelt ist …«

Yannik richtete sich zum Sitzen auf, und Giselle wurde bewusst, dass sie die ganze Zeit auf ihm gelegen hatte.

»Dann ist klar, warum die Mauer eingestürzt ist«, sagte er und nieste. »Sie war unterspült. Der Fluchtgang muss schon vor langer Zeit an mehreren Stellen eingebrochen sein. Und bei den Renovierungsarbeiten haben die Kerle ihn halt einfach zugemauert.«

Er stand ächzend auf, hielt sich eine Hand an den Hinterkopf und näherte sich vorsichtig der eingestürzten Mauer. Zweimal wäre er fast gefallen, weil überall Zwiebeln und Trockenerbsen herumlagen.

»Was tun Sie eigentlich hier, Monsieur LeHaziff?«, wollte die Priorin wissen.

Yannik gab keine Antwort. Er starrte in den Hohlraum und nahm Paul die Taschenlampe aus der Hand.

»Ich muss Ihnen etwas beichten, Mutter Athanase«, sagte Nolwenn und zupfte die Priorin am Gewand. »Wir haben nämlich … also wir haben heute Nacht …«

Giselle sah entsetzt, wie Yannik über die Reste der Mauer stieg und in der Finsternis verschwand.

»Yannik! Bleib da! Jeden Augenblick kann die Decke auf dich runterfallen!«

»Vor allen Dingen, wenn hier laut geschrien wird!«, meinte Paul im Flüsterton.

Schweigend standen sie, sahen einander angstvoll an, schüttelten die Köpfe über so viel unsinnigen Wagemut. Man konnte den Schein der Taschenlampe erkennen, der an einer Säule aus Granit entlangirrte und sich dann auf den Boden richtete. Man erkannte einen schmalen Wasserlauf, der in der Erde versickerte, felsige Wände, Stützbalken aus uralten Zeiten, Schutt, Sand und loses Gestein. Darunter richtig dicke Brocken, aber auch Geröll, Kiesel, von einem Bachlauf abgeschliffen.

»Wasser sucht sich immer seinen Weg«, murmelte Paul.

»Pssst«, flüsterte Nolwenn.

Der Lichtschein zitterte jetzt und verharrte auf einer Stelle. Giselle konnte erkennen, dass sich Yannik herunterbeugte und etwas mit der Hand fasste. Ein Stück Stoff.

»Was macht er denn da so lange?«, flüsterte Schwester Thérèse.

Schwester Cécile putze ihre Brille, die voller Mehl war.

Giselle sah zu Mutter Athanase hin. Beiden war fast das Herz stehen geblieben. Sie ahnten Grausiges.

Gleich darauf erschien Yannik am Mauerloch und stieg über den Schutt zu ihnen hinüber. In seinem Gesicht klebten verschmierte Mehlreste, sodass er aussah, als wäre er um zwanzig Jahre gealtert.

»Da hinten im Schutt liegt so was wie ein Mantel. Hab nur ein Stück vom Kragen gesehen …«

Die Beine knickten ihm weg, er sackte in sich zusammen.

»Gütiger Gott«, stammelte Mutter Athanase. »Schütze unser Kloster vor der Macht des Bösen und steh uns bei in der Stunde der Not!«

36

Schon am Nachmittag erschienen zwei Beamte von der Kripo aus Morlaix. Sie brachten starke Lampen mit und stiegen durch das Mauerloch in den Hohlraum.

»Wie Sie schon vermuteten, Mutter Athanase. Ein Leichenfund. Vermutlich noch aus dem letzten Krieg. Übrigens kein Mann, sondern eine Frau. Wir haben einen Schuh gefunden …«

Ausgraben konnte man die Tote unter den gegebenen Verhältnissen nicht, der Hohlraum in dem eingestürzten Fluchtgang war zu instabil. Eine Spezialfirma wurde beauftragt, den Gang abzustützen, dann erst konnte man die Tote bergen. Dabei fand sich eine zweite Leiche: Nur wenige Schritte von der Frau entfernt lag ein Mann, vermutlich der Eigentümer des Mantels.

Die beiden Toten waren relativ gut erhalten. Man fotografierte sie und zeigte die Bilder im Dorf herum. Niemand äußerte sich dazu – die Beamten der Kriminalpolizei trafen auf eine geschlossene Mauer des Schweigens.

Auch die eifrigen Journalisten, die das abgelegene Dorf mit ihrer Aufmerksamkeit bedrängten, hatten kein Glück. Der Abbé schlug ihnen die Tür vor den Nasen zu, bei den LeBoff bekamen sie es mit dem Hofhund zu tun, und Luic Seznec drohte sogar mit der Mistgabel. Nur Yannik bemühte sich um Höflichkeit, versicherte jedoch, er sei erst seit kurzer Zeit hier und habe keine Ahnung von den alten Dorfgeschichten. Im Kloster hielt man das Tor fest geschlossen und beantwortete neugierige Fragen mit benediktinischem Schweigen.

Bald erwies sich jedoch, dass die Presse keineswegs auf konkrete Informationen angewiesen war. Die Schlagzeilen waren auflagenträchtig, und was an Details fehlte, ersetzten journalistische Erfahrung und Kreativität.

Nonnen haben Leichen im Keller
Totes Liebespaar im Kloster entdeckt
Doppelmord in der Krypta
Benediktinerinnen singen über Leichen

Mutter Athanase konnte es nicht lassen, jeden Morgen die Pressemeldungen im Internet zu durchforsten, auch wenn ihr dies bereits eine heftige Gallenkolik eingetragen hatte.

»Hören Sie sich das an, Giselle: ›Im romantischen Wald von Huelgoat geht der Tod um. Mutter Athanase versicherte uns: Wir hatten keine Ahnung von der Tragödie, die sich unter unseren Füßen abgespielt hatte …‹ Was für eine Frechheit! Ich habe nie mit einem Journalisten gesprochen. Alles erstunken und erlogen …«

»Ach, das ist nur, solange wir im Sommerloch stecken«, tröstete Giselle. »Bald ist die Sache gegessen und es kräht kein Hahn mehr danach.«

»Ihr Wort in Gottes Ohr, Giselle …«

Giselle ärgerte sich genauso, zumal sie von Yannik wusste, wie penetrant die Pressegeier sein konnten. Er hatte zwei von ihnen gewaltsam vom Hof werfen müssen, weil sie ohne sein Wissen in sein Wohnzimmer eingedrungen waren und seinen Schrank nach alten Fotos durchsucht hatten. Aber das erzählte sie Mutter Athanase besser nicht. Die hatte schon genug Sorgen mit der Spezialfirma, die eine fette Rechnung präsentiert hatte. Über die Identität der beiden Toten herrschte nach wie vor Unklarheit, aber die Nonnen beteten täglich mehrmals für ihre Seelen, und auch Abbé Goadec schloss sie in der Sonntagsmesse in seine Fürbitten ein.

Yannik war häufig bei den Andachten zu sehen. Seine Versuche, Giselle anschließend zu einem Spaziergang oder gar zu einer Bootsfahrt einzuladen, schlugen jedoch fehl. Sie hatte sich wieder einmal dem Arbeitsrausch ergeben und war Tag und Nacht mit der Brunnenmadonna beschäftigt. Aus der Werkstatt waren emsige Hammerschläge zu vernehmen, rötlicher Staub verbreitete sich im Umkreis der Arbeitsstätte, sogar die Fenster schienen zu erblinden.

»Du wirst noch zusammenklappen, wenn du nicht mal ein halbes Stündchen zwischendrin ausspannst«, prophezeite er ihr besorgt. »Hast du heute überhaupt schon was gegessen?«

Sie schüttelte den Kopf. Das Tablett mit dem Frühstück stand unberührt auf einem Tisch, auf dem Milchkaffee schwamm eine zarte Staubschicht, das geschnittene Baguette hatte harte Ränder bekommen.

»So was geht gar nicht!«, knurrte er. »Du machst jetzt eine Pause und isst einen Happen. Nun komm schon ...«

Er kleckste Marmelade auf ein Stück Weißbrot und näherte sich damit Giselle, die gerade zwei Schritte zurückgetreten war, um ihr Werk prüfend zu betrachten.

»Was soll ich damit?«

»Essen! Der Mensch braucht Nahrung.«

»Iss es selber. Ich mag nicht.«

Jetzt wurde er ärgerlich. »Du isst jetzt dieses Stück Weißbrot und trinkst einen Schluck Kaffee, Giselle. Ich lasse nicht mit mir handeln. Verdammt – ich habe keine Lust, dich morgen dehydriert und verhungert in die Klinik zu schaffen ...«

Wild entschlossen stand er vor ihr, streckte ihr das von Marmelade triefende Brotstück entgegen, als gälte es, ihr Leben zu retten. Es war so rührend und zugleich komisch, dass sie lachen musste.

»Findest du das auch noch lustig?«, regte er sich auf.

Ihr Gelächter steigerte sich, sie musste sich die Tränen aus den Augenwinkeln wischen.

»Weißt du was«, schimpfte er wütend. »Verhungere doch. Fall in Ohnmacht vor Erschöpfung. Mir ist das doch egal. Ich mache mich hier zum Deppen, weil ich Angst um dich habe, und du hast nichts Besseres zu tun, als mich auszulachen!«

»Du bist süß, wenn du so besorgt schaust.«

Der Satz war absolut nicht geeignet, seinen Zorn zu besänftigen. Im Gegenteil, er heizte ihn noch an. Welcher Mann wollte schon gern als »süß« bezeichnet werden. Yannik jedenfalls nicht.

Wütend warf er das Marmeladenbrot zurück aufs Tablett und wollte davongehen – da fing ihn ihr Lächeln ein. Verschmitzt, amüsiert und zugleich ein wenig schuldbewusst.

»Boshafte Steineklopferin«, knurrte er heiter.

»Dickköpfiger bretonischer Bauer«, schmeichelte sie.

Er näherte sich, ihre Blicke saugten sich aneinander fest. Der Rausch machte sich in ihren Köpfen breit, ließ alles um sie herum in grauem Nebel versinken.

»Hast mich wieder drangekriegt …«

»Ich bin eine schwierige Person.«

»Genau richtig für mich. Alles andere würde mich langweilen.«

Er küsste sie zwischen die Augen. Auf die Nase. Grinste sie frech an. Gleich darauf verschmolzen sie ineinander, tauchten in das Reich der Sehnsüchte und blieben dort für eine Ewigkeit. Mindestens fünf lange Minuten. Danach ließ sich Giselle zu einem Schluck kaltem Milchkaffee und zwei Bissen Weißbrot überreden.

»Wenn diese Dame endlich fertig ist, schlage ich drei Kreuze«, bemerkte er im Hinausgehen und deutete auf die Madonna. Giselle hörte ihn nicht, sie arbeitete schon wieder an den Falten des Mantels. Der Schmied wollte die eiserne Brunnenhaube schon in wenigen Tagen liefern und auf dem Brunnen verankern. Bis dahin sollte auch die kleine Madonna mit den zwei Gesichtern fertig sein, damit er sie auf der Haube fixieren konnte.

»Eigentlich wollten wir die Jungfrau Maria auf dem Brunnen ja feierlich einweihen«, meinte Mutter Athanase, die jetzt häufig in der Werkstatt auftauchte. Sie kannte inzwischen die Arbeitsweise der Steinbildhauerin und sorgte sich ebenfalls um Giselles Gesundheit.

»Ich wollte die Gelegenheit nutzen, um Mutter Marie-Joseph zu uns einzuladen«, fuhr sie fort. »Aber ich fürchte, es ist gerade nicht der passende Moment …«

Im Mutterkloster La Joie Notre Dame herrschte Entsetzen über die Ereignisse in Notre Dame de la Forêt, vor allem die Zeitungsberichte hatten die Äbtissin Marie-Joseph bestürzt, und Mutter Athanase hatte lange Telefonate führen müssen, um etwas Ruhe in die Angelegenheit zu bringen. Nein – für eine nette kleine Einweihungsfeier war jetzt tatsächlich nicht der rechte Zeitpunkt.

So wurde die kleine Madonna ganz unspektakulär auf ihrem Träger über dem Brunnen befestigt und Giselle stand tausend Ängste aus, als der Schmied die eisernen Klammern in sie hineinschlug. Danach dauerte es ein Weilchen, bis die Nonnen sich auf die Richtung geeinigt hatten, in die man die Statue drehen wollte. Schließlich entschieden sie, dass die eine Seite zur Eingangspforte hinschauen sollte, die andere war damit auf das Refektorium ausgerichtet.

»Da begrüßt sie diejenigen, die eintreten, und schaut uns bei den Mahlzeiten zu«, schwatzte Nolwenn. »Das ist doch wunderschön!«

Cécile war beleidigt, denn man hatte sie überstimmt. Sie hatte für eine Ausrichtung auf die Apsis der Kirche hin plädiert, dann hätte die andere Seite jedoch zum Heizungsraum und zur Remise hin geschaut, und das hatte den anderen nicht gefallen.

»Sie hat etwas Unheiliges an sich«, meinte Cécile. »Das habe ich von Anfang an gesagt. Die Mutter Gottes hat nur ein einziges, gütiges Antlitz. Diese aber ist doppelgesichtig …«

»Machen wir uns zum Mittagsgebet fertig«, fiel ihr Mutter Athanase ins Wort. »Im Übrigen finde ich dieses Werk unserer lieben Giselle ganz besonders gut gelungen!«

Giselle war tief gerührt von diesem Lob. Ach, sie wusste ja, dass Mutter Athanase die Kunst beherrschte, ihre Mitarbeiterinnen zu Höchstleistungen zu treiben. Und doch spürte sie, dass auch eine herzliche Zuneigung hinter diesen Worten steckte, und sie war glücklich darüber.

Am Abend, als der Schmied mit Werkzeug und gefülltem Geldbeutel zurück nach Saint-Pol-de-Leon gefahren war, fühlte Giselle sich zittrig und hohl – die übliche Erschöpfung nach dem Arbeitsrausch kündigte sich an. Das Gitter vom Brunnen zu heben kostete sie ziemliche Mühe, aber es wäre unfair gewesen, das auf später zu verschieben. Wie sie schon vermutet hatte, begann es unten im Schacht leise zu rauschen. Schmunzelnd nahm sie den Stein, wog ihn in den Händen, warf ihn in die Luft und fing ihn wieder auf.

»Das Teil könnte einen netten Briefbeschwerer fürs Büro abgeben«, sagte sie, über den Brunnenschacht gebeugt. »Was meinst du dazu?«

Etwas Kühles berührte ihr Gesicht, sodass sie erschrocken zurückfuhr. Die Dame im Brunnen war ärgerlich und hatte ihr eine sanfte Ohrfeige verpasst.

»Dann raus mit dir«, zischte sie sie an. »Der Weg ist frei. Und komm bloß nicht auf die Idee, dich bei mir zu bedanken.«

Sie hatte vorgehabt, den Brunnen von ihrem Zimmer aus ein wenig zu beobachten, doch die bleischwere Müdigkeit ließ ihr dazu keine Chance. Kaum lag sie auf ihrem Bett, da sank sie schon tief hinunter in den dunklen, erlösenden Brunnen des Schlafes.

Es dauerte Wochen, bis die Pathologie die beiden Toten endlich freigab. Die Mediziner hatten eine Menge nutzloser Details zusammengetragen, das Alter der Toten bestimmt, ihren Mageninhalt, Gesundheitszustand, die Herkunft der Bekleidung, auch den vermutlichen Zeitpunkt und die Ursache ihres Todes. Die männliche Leiche war ohne Zweifel ein Deutscher. Er hatte eine Schussverletzung an der Schulter erlitten, die jedoch nicht zum Tode geführt hatte. Sein Blut fand sich auch auf dem Hemd der Frau, es war daher zu vermuten, dass beide kurz vor ihrem Tod engen Körperkontakt gehabt hatten. Beide waren unter dem Geröll und den Sandmassen des einstürzenden Gewölbes erstickt.

Im Dorf herrschte kein Zweifel darüber, um wen es sich bei den Toten handelte. Caira Prigent war es, die Yannik schließlich eröffnete, dass es seine Großtante Maelle und deren deutscher Geliebter sein mussten. Yannik und Giselle hatten es schon geahnt, dennoch waren beide unsagbar traurig, dass diese zärtliche und mutige Liebe so grausam hatte enden müssen. Beide kamen überein, dass niemand die Briefe lesen sollte. Die gehörten dem toten Liebespaar, und am Tag der Beerdigung würde Yannik sie vernichten.

Er sprach bei Abbé Lecombe vor und bat ihn, die Toten im Familiengrab der LeHaziff beizusetzen, das er als letzter Nachkomme übernommen hatte. Später erzählte er Giselle, dass er auf Kampf eingestellt war, als er das Pfarrhaus betrat, doch zu seiner Überraschung fand er in Lecombe einen verständnisvollen Geistlichen. Er hatte sich überhaupt verändert, der schwierige Priester. Ob es an dem Gespräch lag, das er jüngst mit seinem Bischof geführt hatte, oder an den jüngsten Geschehnissen, war nicht auszumachen, doch er erklärte sich einverstanden, die beiden Toten Yanniks Wunsch entsprechend zur letzten Ruhe zu betten. Er ergriff sogar Yanniks Hand, drückte sie und dankte ihm für seine Bereitschaft, das Familiengrab zur Verfügung zu stellen.

Das ganze Dorf kam zu diesem Begräbnis, auch die Nonnen

von Notre Dame de la Forêt nahmen daran teil, ebenso Giselle und Paul. Es war eine würdige und friedliche Zeremonie, ohne hässliches Gerede oder Feindseligkeiten. Das schreckliche Ende, das die beiden jungen Menschen erlitten hatten, erschütterte die Dorfbewohner zutiefst und versöhnte den Jahrzehnte alten Hass.

Man brachte Hortensien in allen Farben, um sie auf das frische Grab zu legen, und Brieg LeBloch ging nach der Zeremonie auf Yannik zu, um ihm seine Freundschaft anzubieten.

»Ich weiß wohl, dass meine Buben allerlei Unsinn angestellt haben. Das mit den Backsteinen, das war eine Dummheit. Aber weil Corontins Knie kaputt war, sind wir alle zornig gewesen. Haben ein wenig an den Autos gekratzt, und Connan hat ein paar Knallfrösche in die Remise geworfen. Konnte doch nicht ahnen, dass es gleich zu brennen anfängt. Und dann dachte er auch, dass da der Wagen vom Kloster stünde …«

Giselle, die daneben stand, hatte Mühe, sich zu beherrschen, doch Yannik schwieg diplomatisch und ergriff die dargebotene Hand.

»Das mit dem Ofen geht übrigens nicht auf unser Konto«, fuhr Brieg LeBloch fort. »Und die Wegweiser auch nicht. Nur ein paar Malereien mit roter Farbe, ganz harmlos.«

Wegen des Ofens und der Wegweiser – da wolle er besser schweigen. Diejenigen, die es getan hätten, sollten es schon selbst gestehen, er würde keinen Nachbarn verraten. Das sei nicht seine Art.

Yannik hatte alle Nachbarn und Freunde zu einem Kaffeetrinken nach der Zeremonie auf dem Friedhof eingeladen, und da das Wetter gut war, saß man an langer Tafel im Freien, trank Kaffee und aß von dem Kuchen, den Marie LeBloch und Iwa Seznec gebacken hatten. Die Nonnen hatten sich in aller Freundlichkeit verabschiedet, leider gestatteten die Gebote des Ordens nicht, dass sie an diesem Treffen teilnahmen. Giselle begleitete sie. Schon damit keiner dumme Fragen stellte, denn sie hatte während der vergangenen Woche mehrmals bei Yannik übernachtet.

Am folgenden Tag erreichte ein überraschender Anruf das Kloster. Abbé Lecombe bat Mutter Athanase, am Sonntag die Messe in der Klosterkirche lesen zu dürfen. Die Priorin war so verblüfft, dass ihr für einen winzigen Augenblick die Sprache versagte. Dann dankte sie dem Abbé und erklärte, man erwarte ihn mit großer Freude.

»Es tut sich etwas«, sagte sie beim Mittagessen zu ihren Frauen. »Wie seltsam. Als wäre ein Bann aufgehoben. Plötzlich sind Hass und Misstrauen verschwunden, und die Menschen können einander wieder begegnen.«

»Wenn es nur kein Strohfeuer ist«, warnte Cécile, die ewig Misstrauische. »Wir sollten uns trotz allem vorsehen.«

Giselle erzählte, Yannik sei ebenfalls der Ansicht, dass die Stimmung im Dorf eine andere, bessere geworden war.

»Stellt euch vor: Die Seznec haben ihm – unter dem Siegel der Verschwiegenheit – gestanden, dass sie es waren, die die Wegweiser entfernt haben. Die Alten und die Jungen gemeinsam. Weil sie sich geärgert hatten, dass Yannik nun ganz groß in den Tourismus einsteigen wollte …«

»Heiliger Servan!«, stöhnte Thérèse. »Da kommen diese Leute ganz harmlos in die Kirche, hören den Andachten zu und planen gleichzeitig, uns die Gäste zu vertreiben. Wenn ich nur an meinen schönen Auflauf denke, der durch ihre Schuld verdorben ist. Den jungen Leuten kann ich das noch verzeihen, aber die Alten, Luic und Iwa Seznec, die sollten sich schämen!«

Nolwenn war der gleichen Ansicht. Auch Cécile setzte eine empörte Miene auf und erklärte, der Herr würde die Sünder gewiss bestrafen.

»Wir wollen nicht mehr darüber sprechen, meine Lieben«, entschied die Priorin. »Jesus Christus vergibt all denen, die ihre

Schuld bekennen und Reue zeigen, und daher werden auch wir nicht nachtragend sein.«

Giselle nickte dazu und beschloss, auch die weiteren Geständnisse für sich zu behalten. Es waren die Seznec-Kinder gewesen, die den Ofen eingetreten hatten. Die Geschwister Anne und Pierrik, die aus Brest zurückgekommen waren, weil sie dort ihre Jobs verloren hatten. Die jungen Leute im Dorf hatten es nicht leicht, denn die Landwirtschaft bot ihnen auf Dauer keine Perspektive. In Morlaix oder Brest konnte jedoch nur derjenige einen guten Job erwischen, der ehrgeizig war und eine gute Schulbildung besaß. Daran waren etliche gescheitert. So kehrten sie ins Elternhaus zurück, unzufrieden und störrisch, hingen herum, wussten nicht viel mit sich anzufangen und kamen auf dumme Gedanken. Sosehr ihr Yanniks Pläne zuwider waren – für die jungen Leute im Dorf wäre sein Hotel und Gästehaus ein Segen, denn sie fänden dort Arbeit.

Am Sonntag war die Klosterkirche überfüllt, denn fast alle Einwohner aus Plouvan waren zur Messe erschienen. Giselle schwitzte Blut und Wasser, denn immer wieder wanderten die Blicke hinauf zum linken Säulenkapitell, wo der Abbé in Gestalt des Versuchers auf die Gemeinde hinabsah. Es wurde gegrinst und geflüstert, und manche schüttelten auch den Kopf. Gestern noch hatte sie überlegt, ob sie möglicherweise die Nase ein wenig stumpfer machen könnte, um die Ähnlichkeit abzumildern, es aber unterlassen. Niemals wieder würde sie lebende Personen abbilden, das schwor sie sich. Aber schließlich hatte ja auch niemand ahnen können, dass der Abbé sich vom Saulus zum Paulus wandeln würde.

Er hielt die Messe ein wenig steif und pathetisch, aber dennoch mit großer Inbrunst. Gott der Herr habe die Seelen der Toten erlöst und den Bann des Bösen von diesem Ort genommen. Daher wolle auch er die Klosterkirche segnen und fortan jeden Sonntag hier die Messe lesen, solange er im Amt sei.

Yannik saß vorn in der ersten Bank zwischen Luic Seznec und Marie LeBloch eingeklemmt. Zu seinem Leidwesen war der Platz neben Giselle schon besetzt gewesen. Caira Prigent und ihre beiden Brüder hatten sich bei ihr niedergelassen.

Der Abbé ließ es sich nicht nehmen, auch die Krypta und den Klostergarten zu segnen. Vor allem die dort neu angepflanzten Hortensien und den Brunnen, auf dem nun wieder eine Muttergottes stand. Danach folgte er bereitwillig der Einladung, gemeinsam mit den Klosterfrauen und einigen guten Freunden im Gästehaus einen Umtrunk zu nehmen. Dort fanden sich auch die Geschwister Prigent ein, man trank Kaffee und Cidre, lobte die köstlichen Crêpes, die Thérèse in großer Menge herstellte, und als gegen Mittag die meisten Besucher zurück nach Plouvan gefahren waren, blickte Caira Prigent in die Runde.

»Wir haben beschlossen, den Mund aufzutun und die Vergangenheit noch einmal aufleben zu lassen«, erklärte sie. »Wer sonst als wir drei sollte das tun, denn wir sind die Letzten, die Maelle, Sema und auch den armen Marno noch gekannt haben. Brieg, du bist der Älteste, also fang an.«

Brieg stärkte sich mit einem Gläschen Calvados, das neben seiner Kaffeetasse bereitstand. »Was ich jetzt erzähle, soll unter uns bleiben«, sagte er und sah in die Runde. »Niemand hat das Recht, ein Urteil zu sprechen.«

»Niemand außer Gott«, betonte Mutter Athanase.

Damit war Brieg einverstanden.

»Deine Großtante, Yannik, war eine anständige und liebenswerte Frau, die es im Leben nicht immer leicht gehabt hat. Was auch immer geschehen ist – du darfst Maelle LeHaziff nicht verurteilen. Ich war fünfzehn, als ich sie zuletzt sah, und ich erinnere mich, dass ich ein bisschen für sie schwärmte, denn sie war eine wirklich hübsche Frau. Marno Tabarly war ihr Ehemann …«

Man sah sich beklommen an. Sie war also verheiratet gewesen. Mit Marno Tabarly. Aber wieso stand davon nichts auf seinem Grabstein?

Jetzt ergriff Iwain das Wort. Nicht ohne sich ebenfalls vorher mit einem Calvados zu stärken. Es kostete die beiden viel Überwindung, diese jahrelang verschwiegenen Dinge zu offenbaren.

»Marno wurde damals tot aus dem See gezogen. Ich weiß noch, wie aufgeregt alle um ihn herumstanden, als Loan Seznec und ein paar andere ihn ins Dorf trugen. Sema war ganz außer sich vor Verzweiflung, und auch die Eltern wollten sich nicht trösten lassen. Dazu das Gerede im Dorf. Weil Maelle doch verschwunden war und kurz vorher dieser Deutsche aufgetaucht war …«

»Hieß er Peter?«, warf Yannik neugierig ein.

Iwain zuckte die Schultern und sah fragend zu Brieg hinüber. Der meinte, er wisse es nicht genau. Ein Leutnant sei er gewesen. Leutnant Schmidt – ja, richtig. Ein hübscher Mensch. Aber eben ein Deutscher. Das war damals nach dem Krieg so gut wie der Teufel persönlich.

»Damals haben sich die LeHaziff und die Tabarly bis aufs Blut zerstritten. Die einen – also die LeHaziff – behaupteten, Marno habe seine Frau und den Deutschen ermordet und sich anschließend in den See gestürzt. Die anderen – das waren die Tabarly – erzählten, dass Maelle und ihr Liebhaber den armen Marno im See ertränkt hätten und dann geflohen seien.«

»Und wie ist es wirklich gewesen?«, fragte Nolwenn mit großen, erschrockenen Augen.

»Niemand weiß es«, sagte Caira mit traurigem Lächeln. »Aber weil niemand sagen konnte, auf welche Weise der arme Marno zu Tode kam, weigerte sich der Abbé, ihn zu beerdigen. Er hätte ja auch ein Mörder und Selbstmörder sein können. Die Tabarly setzten immerhin durch, dass er neben dem Familiengrab liegen durfte. Und als die Eltern gestorben waren, ließ Sema den Stein anfertigen.«

Yannik schlug sich mit der Hand gegen die Stirn.

»Jetzt begreife ich endlich, weshalb mir irgendwelche Spinner ›Mörder‹ an den Schornstein geschrieben haben. Ich bin ein LeHaziff, ein Verwandter von Maelle ...«

Caira nickte und meinte, es sei traurig, dass solche Feindschaften ihre Kreise zögen und Jahrzehnte überlebten.

»Sema muss mehr gewusst haben«, erzählte sie. »Woher, das hat sie nie verraten. Aber sie hat für ihre Freundin Maelle jedes Jahr am Tag ihres Verschwindens eine Seelenmesse lesen lassen. Das tat sie, solange sie lebte.«

»Das ist wahr«, ließ sich jetzt Abbé Lecombe vernehmen. »Ich weiß auch, dass Sema Tabarly ihre Freundin Maelle niemals verdächtigt hat, den armen Marno getötet zu haben. Solch böses Gerede hat sie stets verurteilt. Ja, sie wusste sicher mehr, auch was den Hortensiengarten betraf, der schon zu ihrer Zeit kein guter Ort war. Aber ich habe ihr die Beichte abgenommen, und daher werde ich schweigen.«

Yannik war nicht übermäßig gut auf Sema Tabarly zu sprechen. Immerhin hatte sie ihn damals, als er aus England zurückkehrte und ihr Land kaufen wollte, wie einen Aasgeier behandelt und hinausgeworfen. »Mag sein, dass sie eine mutige und aufrechte Person war«, meinte er. »Besonders menschenfreundlich war sie nicht.«

Caira wechselte einen Blick mit Brieg – er nickte. Es würde Sema vielleicht nicht gefallen, was sie jetzt sagte. Auf der anderen Seite – wer konnte wissen, ob sie ihre Meinung nicht inzwischen geändert hatte?

»Sema Tabarly war einmal mit Ihrem Großvater verlobt, Monsieur LeHaziff. Mit Dustin LeHaziff, Maelles jüngerem Bruder. Wir glaubten alle, er sei im Krieg gefallen. Aber wie es scheint, hat er sich nach England gerettet. Sema hat wohl gehofft, er würde sich irgendwann bei ihr melden.«

»Ach du Schreck«, rief Yannik. »Das ... das habe ich freilich nicht ahnen können. Mein Großvater hat niemals von ihr gesprochen. Ich weiß nur, dass er meine Großmutter damals in einem Lazarett kennengelernt hat. Sie war wie viele junge Frauen als Krankenschwester dienstverpflichtet, und sie hat sich dort in ihn verliebt.«

»Wie romantisch«, meinte Giselle mit leichter Ironie. »Deine Großmutter muss ja bildschön gewesen sein, dass er bei ihrem Anblick seine bretonische Verlobte auf der Stelle vergaß.«

»Er hat sie nie gesehen«, gab Yannik leise zurück. »Hatte ich das vergessen zu erzählen? Mein Großvater war blind. Eine Kriegsverletzung. Ohne meine Großmutter wäre er vollkommen hilflos gewesen.«

Ein kurzes Schweigen entstand. Caira und ihre Brüder sahen sich an. Dustin war im Krieg erblindet! Hatte er sich deshalb nie wieder bei Sema gemeldet?

»Hätte Sema davon erfahren«, meinte Brieg. »Sie wäre ganz sicher nach England gereist, um ihm beizustehen. Sema war mutig, und sie hat ihn sehr geliebt.«

Die Priorin nickte vor sich hin, als wäre ihr die Lösung des Rätsels nun klar.

»Genau das hat er wohl nicht gewollt«, vermutete sie. »Er war hilflos, konnte nicht arbeiten. Sema hätte das Geld verdienen und ihn versorgen müssen, er wäre ihr ein Klotz am Bein gewesen. Wahrscheinlich hat sein Stolz das nicht zulassen wollen. Und so ließ er sie in dem Glauben, er sei tot.«

»Männer!«, sagte Schwester Cécile vernehmlich und schüttelte den Kopf.

»Möglich, dass es so gewesen ist«, meinte Caira und seufzte tief. »Wir wissen es nicht und werden es wohl niemals erfahren. Sie sind gegangen, ihr Schicksal hat sich erfüllt, und es bleibt uns nur, ihrer in Liebe zu gedenken.«

»Das wollen wir tun«, sagte Mutter Athanase und hob das Glas mit Cidre. »Aber wir wollen auch die Lebenden nicht vergessen. Bitten wir den Herrn um seinen Segen für die Menschen in unserer Nähe, für das Dorf Plouvan und auch für unser geliebtes Kloster Notre Dame de la Forêt.«

Abbé Lecombe schloss sich begeistert diesem Trinkspruch an. Der Cidre schien ihn erheitert und entspannt zu haben, denn er war geradezu fröhlich, als er sich von den Nonnen verabschiedete.

»So viel dummes Gerede«, sagte er und lachte. »Was die Leute sich so ausdenken! Behaupteten doch tatsächlich einige meiner Pfarrkinder, ich sähe dem Satan auf dem Säulenkapitell in der Kirche ähnlich …«

Giselle spürte den vorwurfsvollen Blick der Priorin, und ihr wurde mulmig.

»Also, so was!«, rief Yannik mit gut gespielter Empörung. »Was für eine boshafte Verleumdung!«

»Nicht wahr? Und dabei völlig aus der Luft gegriffen. Ich habe mir die Skulptur vorhin noch einmal genau angesehen. Keinerlei Ähnlichkeit.«

»Eben!«, bestätigte Yannik im Brustton fester Überzeugung.

Der Abbé war so angeheitert, dass Mutter Athanase Sorge um die drei Geschwister Prigent hatte, die er auf dem Rücksitz seines Wagens mit nach Plouvan nahm. Da er jedoch ein geistlicher Herr war, wollte sie auf Gottes schützende Hand vertrauen, die ohne Zweifel über seinem Wagen schwebte.

Yannik hatte Giselle überredet, den Nachmittag mit ihm gemeinsam zu verbringen, er habe noch eine Menge mit ihr zu besprechen. Was die Zukunft beträfe. Und seine Pläne. Und überhaupt …

»Wieso bist du so still?«, fragte er beklommen, während sie durch den sommerlichen Wald in Richtung Plouvan fuhren.

»Keine Ähnlichkeit!«, knurrte sie. »Eine Frechheit. Ich habe mein Bestes gegeben. Jeder hat ihn erkannt …«

Dann stimmte sie fröhlich in Yanniks Gelächter ein, und sie wehrte sich auch nicht, als er den Arm um sie legte. Ja, es schien tatsächlich, als hätte sie endlich einmal etwas richtig gemacht. Die Liebe betreffend. War ja auch höchste Zeit.

Was bleibt noch zu erzählen?

Paul reiste wenige Tage später ab. Die Baufirma, die im Kloster immer noch tätig war, hatte ihm ein gutes Jobangebot gemacht, und er bezog ein hübsches kleines Büro in Morlaix. Nolwenn blieb im Kloster, nahm sich aber vor, ihre endgültige Entscheidung gut zu bedenken. Aufregende Ereignisse standen bevor, denn Mutter Marie-Joseph wollte zwei weitere Frauen nach Notre Dame de la Forêt senden: eine ältere Nonne, die Miniaturen malen konnte, und eine weitere Novizin. Ein schüchternes Ding, wie es heißt, das Nolwenn unbedingt unter ihre Fittiche nehmen sollte …

Für den Herbst planten sie einen kleinen Markt vor den Klostermauern, wo man Gebäck, Stickereien und allerlei Tonfigürchen verkaufen wollte, vor allem Krippen- und Heiligenfiguren, aber auch Elfen und Zwerge. Dazu drei Weihnachtskrippen, die Giselle gebaut hatte.

Niemand hatte gesehen, wie die Groac'h aus dem Brunnen stieg, doch wie es scheint, hat sie ihren Palast im See wieder eingenommen. In milden Sommernächten, wenn der Mond seinen Silberstreif über das Wasser legt, kann man sie singen hören. Es soll schön und melodisch klingen, und die Nonnen von Notre Dame de la Forêt warnen einsame Wanderer gern vor unvorsichtigen Nachtspaziergängen. Denn wer in die Netze der schönen Wasserfee gerät, der muss ihr sieben Jahre im gläsernen Palast zu Diensten sein.